PAPUA
NEW GUINEA
Aitape
Sepik
Central Range
Mt. Kubor
4359
Rabaul
2300
New
Britain
Lae
Gaima
Fly
Gulf of
Papua
Mt. Victoria
4035
Owen Stanley Range
Port
Moresby
D'Entrecasteaux
Is.
C. York
Weipa
Coral
Sea
140
145
Gulf of
Papua
Torres Strait
Port
Moresby
C. York
Weipa
Cape
York
Peninsula
Great
Barrier
Reef
Mitchell
Cooktown
Gilbert
Cairns
Bartle
Frere
1611
Croydon
Forsayth
Flinders
Townsville
Charters
Towers
Cloncurry
Great
Dividing
Mackay
QUEENSLAND
Winton
Mt. Table
Top
820
Longreach
Mackenzie
Diamantina
Barcoo
Yaraka
Rockhampton
Mount
Morgan
Gladstone
Bundaberg
Theodore
Charleville
Quilpie
Maryborough
Gympie
Culgoa
Warrego
Cunnamulla
Toowoomba
Brisbane
Ipswich
Dirranbandi
Barwon
C. Byron
Lismore
Walgett
New England Ra.
L. Frome
Bourke
Grafton
Round Mt.
1615
Broken
Hill
NEW SOUTH
WALES
Armidale
Darling
Cobar
Macquarie
Tamworth
Menindee
Dubbo
Taree
Maitland
Cessnock
Orange
Newcastle
Bathurst
Murray
Mildura
Lochlan
Hay
Murrumbidgee
Great Divide
SYDNEY
Botany Bay
Wollongong
Goulburn
Murray
Wagga
Wagga
Canberra
Albury
Shepparton
VICTORIA
Maryborough
Bendigo
Australian
Alps
Mt. Kosciusko
2230
Ballarat
Geelong
MELBOURNE
Warrnambool
Moe
Traralgon
Port Phillip B.
Wilsons Promontory
Bass Strait
King I.
Flinders I.
Burnie
Launceston
Mt. Ossa
1617
TASMANIA
Hobart
South East C.
Chesterfield Is.
(Austral.)
Coral Sea
PACIFIC OCEAN
Lord Howe I.
(Austral.)
Tasman
Sea
5
10
20
25
30
35
40
East from Greenwich 145
150
155
160
165

Patricia Shaw

HEISSE ERDE

Roman

Aus dem Englischen
von
Veronika Cordes
und
Susanne Dickerhof-Kranz

Schneekluth

Die Deutsche Bibliothek – CIP-Einheitsaufnahme

Shaw, Patricia
Heiße Erde: Roman / Patricia Shaw
Aus dem Englischen von Veronika Cordes
und Susanne Dickerhof-Kranz
München: Schneekluth, 1993
ISBN 3-7951-1354-7

Die englische Originalausgabe erschien unter dem Titel
WHERE THE WILLOWS WEEP

ISBN 3-7951-1354-7

Schneekluth –
Ein Verlagsimprint der Weltbild Verlag GmbH, Ausgburg
Satz: Creativsatz, München
Gesetzt aus der Garamond 11/12.5 Pkt.
Druck und Bindung: Wiener Verlag
Printed in Austria 1998 m

Wir leben in Taten, nicht in Jahren,
In Gedanken, nicht in Atemzügen,
In Gefühlen, nicht nach dem Zifferblatt einer Uhr.
Wir sollten Zeit nach Herzschlägen bemessen.
Wirklich lebt nur der,
Der ständig sinnt – spürt, daß Handeln aus Großmut
Am meisten vermag.

Philip James Bailey

PROLOG

Mißmutig ritten die beiden jungen Mädchen den Pfad zur Hauptstraße entlang, die stadtauswärts führte. Beide saßen im Damensattel und trugen einfache, weiße Blusen und lange, dunkle Röcke. Laura hatte einen unauffälligen Filzhut aufgesetzt, Amelia einen Strohhut, dessen bunte Bänder in der feuchten Luft schlaff herunterhingen.

Sie waren, nicht zuletzt dank der Bemühungen ihrer Väter, eng befreundet – herzlich wenig Familien in dieser kleinen ländlichen Gemeinde konnten es sich leisten, ein Pferd für ihre Töchter zu halten, geschweige denn solch edle Vollblüter, wie sie jetzt ihre Reiterinnen willig durch das rauhe Gestrüpp trugen. War Amelias Vater allein schon wegen seines Wohlstands geachtet, so hatte Lauras Vater sich darüber hinaus auch als Parlamentarier einen Namen gemacht.

Wie Amelia häufig und beharrlich zu sagen pflegte, gehörten sie und Laura zur jungen Elite von Rockhampton, und sie konnte böse werden, wenn Laura sie wegen dieser Anmaßung auslachte und meinte: »Sei nicht albern! Von wegen gute Gesellschaft! Das sind alles Menschen wie du und ich.« Ihre gesellschaftliche Stellung war Anlaß langer und heftiger Auseinandersetzungen, zumal es nicht viel gab, worüber sie sich sonst hätten streiten können. Und jedesmal führte eine solche Diskussion zum gleichen Ergebnis: daß Amelia Roberts, im Gegensatz zu Laura Maskey, großen Wert auf derlei Dinge legte.

»Warum mußten wir diesen langweiligen Weg nehmen?« maulte Amelia.

»Ist eine Abkürzung«, erklärte Laura. »Außerdem ist es hier kühler und viel interessanter.«

»Was du nicht sagst. Die Fliegen sind entsetzlich lästig.«

»Dann bind dir das Netz um.«

»Ich werd' doch nicht dieses häßliche Ding über meinen guten

Hut ziehen. Komm, wir reiten zu mir, mir ist heiß, und mir reicht's.«
»Was sollen wir denn bei dir?«
»Ich weiß nicht, wie's mit dir ist, aber ich werde ein kaltes Bad nehmen. Es dürften bereits an die achtunddreißig Grad sein.«
»Wie schön wäre es jetzt am Meer!« seufzte Laura. «Ich würde so gerne schwimmen gehen. Es ist ein herrliches Gefühl, im Salzwasser zu baden.«
»Ja, und dir die Haut von der Sonne versengen zu lassen.«
»Mir doch egal.«
Die Pferde trugen sie aus dem Buschwerk auf die offene Straße. Amelia atmete erleichtert auf. »Hier weht wenigstens ein kleines Lüftchen.«
»Und jede Menge Staub fliegt in der Luft herum. Wir brauchen Regen.«
»Kommst du nun mit zu mir?«
»Meinetwegen«, stimmte Laura, die jetzt gleichauf mit Amelia ritt, zu. »Wenn ich nach Hause komme, wird mich Mutter nur in Arbeit einspannen. Sie erwartet ein paar Damen zum Tee.«
Amelia nickte verständnisvoll. Ihr Vater war verwitwet; bei ihr daheim würde keine Mutter ein aufmerksames Auge auf die beiden jungen Damen haben.
An einer Straßenbiegung bemerkte Laura einen abzweigenden Pfad. »Wohin führt der?« fragte sie Amelia.
»Runter zur Murray-Lagune.«
Beim Weiterreiten meinte Laura: »Zu ärgerlich, daß Frauen nicht zur See hinunter dürfen. Warum eigentlich?«
»Weil da die Herren der Schöpfung schwimmen und Damen dort nichts verloren haben.«
»Eben. Und warum dürfen wir dort nicht schwimmen? Warum müssen wir diese Hitze ertragen, während die sich in der Lagune erfrischen? Ungerecht ist das.«
»Dir bleibt ja immer noch der Fluß, vorausgesetzt, du läßt die Krokodile nicht an dich rankommen«, grinste Amelia.
»Sehr komisch! In der Lagune soll es übrigens auch eine Art Floß geben, von dem aus man ins Wasser springen kann.«

Amelia hielt ihr Pferd an. »Was die wohl anhaben?«
»Wer?«
»Die Männer, du Dummkopf. Beim Baden.«
»Woher soll ich das wissen?« Laura wartete, bis Amelia einen Steigbügel zurechtgerückt hatte, dann nahm sie den Hut ab und schüttelte die vom Schweiß feuchten Locken.
»Hat dir das dein Bruder nicht verraten?« fragte Amelia.
»Leon würde mir nicht mal sagen, wie spät es ist.« Sie lachte. »Wahrscheinlich tragen sie lange Unterhosen. Carter Franklin, unser Bankdirektor, geht auch dorthin zum Schwimmen. Es muß ein Bild für die Götter sein, dieser Fettwanst in Unterzeug.«
»Du bist gemein«, kicherte Amelia. »Vielleicht haben sie ja auch gar nichts an. Würde mich schon interessieren.«
»Mich auch«, feixte Laura.
»Dann trau dich doch, und überzeug dich selbst.«
Laura starrte sie an. »Du bist wohl übergeschnappt. Ich kann doch nicht einfach dort aufkreuzen. Die würden mich auf der Stelle erschießen.«
»Dann versteck dich im Gebüsch, damit man dich nicht sieht.«
»Du meinst, sie heimlich beobachten?«
»Warum nicht? Wäre doch ein Mordsspaß. Und wir wären die einzigen Mädchen, die Bescheid wüßten.«
»Warum tust du es dann nicht?«
»Weil ich dich zuerst herausgefordert habe. Na los, Laura Maskey. Nur Mut!«
Laura, die dazu neigte, erst zu handeln und dann zu denken, zögerte nicht lange. Amelia hatte ja recht. Die Männer zu bespitzeln, war bestimmt ein Spaß. Es geschah diesen selbstsüchtigen Kerlen ganz recht. »Und wo bleibst du so lange?« fragte sie Amelia.
»Um hier zu warten, ist es zu heiß. Ich reit' schon mal vor und sorge dafür, daß uns die Köchin einen leckeren Nachmittagstee zubereitet.«
»Mit warmen Hefebrötchen und Brombeermarmelade«, forderte Laura als Belohnung für ihr Wagnis.

»Geht in Ordnung«, lachte Amelia.
Laura ließ ihr Pferd wenden und galoppierte die Straße zurück, bis zur Abzweigung, die zur Lagune führte. Willig trabte der Vollblüter den ausgetretenen Pfad entlang, beschleunigte das Tempo jedoch, als er die Witterung von Wasser aufnahm, so daß Laura ihn am kurzen Zügel nehmen mußte. Den Hut unter den Sattel geschoben, dirigierte sie das Tier behutsam in den Schutz des Unterholzes, umsichtig Zweige zur Seite biegend, geduckt, wo es galt, dicken Ästen auszuweichen.
Die Rufe und das Lachen vor ihr bestärkten sie nur in ihrem Vorhaben. Das Pferd schien zu verstehen, daß ein prickelndes Abenteuer angesagt war; leichtfüßig bewegte es sich durch das spärliche grüne Unterholz, bis ihm Laura den Kopf tätschelte.
»Pst jetzt«, flüsterte sie. »Ganz ruhig. Nicht weiter.«
Unendlich vorsichtig bog sie einen belaubten Ast zur Seite, um zu sehen, wo sie sich befand, und fuhr zusammen, als sie direkt zu einer kleinen Mole hinüberblickte. »Es geht los!« murmelte sie zufrieden, denn ihr Versteck gewährte volle Sicht auf die nicht weiter als fünfzig Schritt von ihr entfernten Schwimmer.
Sie mußte sich zusammenreißen, um nicht loszulachen. Warum war Amelia bloß nicht mitgekommen! Hier gab es etwas zu sehen, mehr als ein Dutzend Mannsbilder, die sich in der Lagune, an der Mole und auf einer im tieferen Wasser verankerten Plattform tummelten, die als Sprungbrett diente.
Mit schweißüberströmtem Gesicht saß Laura, von Insekten umschwirrt, in ihrem heißen Versteck und setzte ihre Beobachtungen fort. Der große See wirkte so kühl und einladend, daß sie darüber beinahe vergaß, weshalb sie gekommen war. Als sie jetzt die Schwimmer genauer musterte, war sie erst einmal perplex, um kurz darauf loszuprusten und in ihrem Bemühen, sich nicht zu verraten, schier am Lachen zu ersticken. Keiner der Männer trug auch nur einen Faden am Leibe! Wie Gott sie erschaffen hatte, plantschten sie herum! Männer, ob dick oder dünn, groß oder klein, rannten die Mole

entlang und sprangen zwischen die Schwimmenden; andere wiederum kletterten auf die Plattform und scherzten ausgelassen mit ihren Kumpanen, allesamt im Adamskostüm.
»Wie obszön!« kicherte Laura in sich hinein und wischte sich das Gesicht mit dem Taschentuch ab. Laura Maskey, die mit ihren zwanzig Jahren noch nie einen nackten Mann gesehen hatte, war hingerissen.
Unvermittelt raschelte etwas im Unterholz. Laura, die im Busch aufgewachsen war, reagierte instinktiv. Eine Schlange? Das Pferd jedoch war noch schneller. Wie von der Tarantel gestochen, bäumte es sich auf und brach durch das schützende Geäst. Laura klammerte sich an den Kastanienbraunen, der nun ins Freie schoß – auf verbotenes Terrain! Es gelang ihr, ihn zu bändigen, noch ehe er allzuweit das sandige Ufer entlanggaloppiert war, aber als sie ihn kehrtmachen ließ, konnte sie das wütende Geschrei der Männer hören. Na, wenn schon! Ihr blondes Haar wehte im Wind, als sie dem Pferd die Zügel freigab und sich, übermütig lachend, aus dem Staub machte. Gewonnen! Sollten die jählings Überraschten ihrer Empörung doch Luft machen. Was konnten sie ihr schon anhaben? Sie waren entdeckt, sie hatte sie in ihrer ganzen Pracht gesehen.
Für die beiden jungen Mädchen war dies lediglich ein weiterer Schabernack. Aber steter Tropfen höhlt den Stein, und die Eskapade sollte für die Tochter von Fowler Maskey, dem Parlamentsmitglied und Wahlkreisabgeordneten, weitreichende und tragische Folgen haben. Provinzstädte sind nun einmal in der Regel konservativ und anfällig für Tratsch, ganz besonders, wenn sie wie diese hier am Fluß, gerade erst vor zehn Jahren gegründet worden waren und um Anerkennung kämpften. Ihre Bewohner, die das Stigma einer Goldgräbersiedlung ablegen wollten, achteten auf ihren guten Ruf – um mit Amelia zu sprechen, »auf ihre gesellschaftliche Stellung« – und strebten nach Ansehen und Geltung. Nachbarn wurden scharf beoachtet, Familienzwiste hinter geschlossenen Fensterläden ausgetragen, manche Kirchgänger benahmen sich auffällig, und keiner war sich der angespannten Stimmung

deutlicher bewußt als Lauras Vater, dessen Zukunft als Abgeordneter vom Wohlwollen der Bevölkerung abhing. Und Fowler Maskey war ein ehrgeiziger Mann.

ERSTES KAPITEL

Die Sonne ging wie geschmolzenes Gold über dem Meer um Moreton Island auf, ließ das klare Wasser der Bucht noch intensiver funkeln. Singende Wale tummelten sich nach ihrer langen Reise aus südlicheren Gefilden darin, ohne zu ahnen, daß todbringende Harpunen ihrer harrten. Die abklingende Flut hob glitzernde Mangroven aus der dampfenden Dunkelheit; Scharen aufgeregt zwitschernder Vögel flatterten auf, um ihr Tagewerk an den Uferböschungen und den flachen Gestaden der vielen Flußläufe zu beginnen. Unbehelligt überflogen sie die kleinen Boote, die sich auf über dreißig Meilen von der Küste zur Stadt drängten, labten sich am Nektar der roten und weißen Blüten der Lampenputzerbäume, die den Strand säumten und stießen aus dem hohen Eukalyptus hinunter auf alles, was nach Beute aussah.

Es war das Zeitalter der großen Kanäle; der breite Brisbane River war zu einer wichtigen Wasserstraße für die Hauptstadt des riesigen neuen Staates Queensland geworden. Die Bewohner der blühenden Stadt erinnerten sich ungern daran, daß ihr an einer Biegung des Flusses gelegenes Zuhause früher einmal eine Strafkolonie gewesen war. Und wenn sie spazieren gingen, dachten sie längst nicht mehr daran, daß Männer in Ketten, von der Peitsche angetrieben, sich abgemüht hatten, in einer subtropischen Wildnis Straßen zu planieren und wuchtige Regierungsgebäude zu errichten. Sie kamen von den Britischen Inseln, hatten unter Fieber, Unterernährung und den Mißhandlungen ihrer Aufseher gelitten und waren gestorben, ohne daß ihnen irgend jemand eine Träne nachgeweint hatte, ohne je zu erfahren, daß ihre Schinderei nicht umsonst gewesen war. Sie hatten den Grundstein zu einer Stadt gelegt und den Weg für ihre Nachfahren und andere unerschrockene, zähe Pioniere geebnet.

Erst dreißig Jahre waren vergangen, seit das Strafgefangenenlager von Moreton Bay nach wütenden Protesten aus der Bevölkerung aufgelöst und das Grenzland von Brisbane für Siedler zugänglich gemacht worden war. Vielen Häftlingen fehlte nach ihrer Entlassung das für die Heimfahrt nötige Geld, und so blieben sie zwangsläufig in Australien. Andere ließen sich aus freien Stücken dort nieder, bis an ihr Lebensende von ihren früheren Bewachern argwöhnisch beobachtet. Sie wurden Zeuge, wie der neue, immer noch vom ersten Premier, Sir Robert Herbert, regierte Staat einen Tiefschlag einstecken mußte, den ihm ausgerechnet das Mutterland verpaßte.

Gouverneur Sir George Ferguson Bowen, der sich mit Herbert das Privileg teilte, an der Spitze der noch jungen Kolonie zu stehen, verließ sein trautes Heim am Fluß und bestieg in Begleitung seines Adjutanten, Captain Leslie Soames, seine Kutsche. Wäre es ihm als Repräsentant Ihrer Majestät nicht verboten gewesen, hätte er, wie jeder gewöhnliche Sterbliche, die kurze Strecke auf der staubigen Straße zu Fuß zurückgelegt.

Sein Verhalten war ungewöhnlich. Normalerweise rief er die Parlamentarier in seinem Amtssitz zusammen, aber diesmal wollte Bowen vermeiden, die Herren der Presse aufzuscheuchen. Eine Versammlung im Regierungsgebäude deutete auf politische oder gesellschaftliche Veränderungen hin, und in beiden Fällen sorgten die davon betroffenen Abgeordneten – allein schon, um sich wichtig zu machen – für *Verbreitung*, noch ehe sie tatsächlich Bescheid wußten.

Um jedem Verdacht zuvorzukommen, sein Erscheinen habe offiziellen Charakter, hatte er sich für einen seiner Meinung nach schlichten Anzug entschieden. Doch seine Gattin, Gräfin Diamentina, sorgte dafür, daß er sich jederzeit als Inbegriff der Eleganz präsentierte. Selbst in dem schwülen Klima verwarf er Anzüge aus Seide oder Baumwolltuch, wie sie in Mode gekommen waren; er fand sie häßlich und für seine exponierte Stellung unangebracht. An diesem Tag trug er einen schwarzen Rock, am Stehkragen mit einer Borte verbrämt, Kniehosen und spiegelblanke Stiefel und über dem Seidenhemd eine

leichte Wollweste sowie eine seidene Krawatte, die von einer Perlennadel gehalten wurde.
Als er lächelnd das Portal des Parlamentsgebäudes betrat, entledigte er sich nonchalant seines grauen Zylinders und der Handschuhe. Die Leute in der Eingangshalle starrten ihn an, verbeugten sich kurz und machten ihm Platz. Lediglich einer, der vorwitzige Reporter des *Brisbane Courier*, verstieg sich zu der Frage »Was führt sie hierher, Herr Gouverneur?«
Bowen neigte huldvoll das Haupt, um zu zeigen, daß er gut gelaunt und durch nichts aus der Ruhe zu bringen war. »Ach, Sie sind's, Mr. Kemp! Bestimmt wissen Sie schon, daß die Regatta wegen des unvorhersehbaren Regens heute morgen abgesagt werden mußte.«
Die Umstehenden kicherten. Jeder wußte, daß Tyler Kemp ein begeisterter Kanute war.
»Der Premier erwartet Sie?« Kemp ließ sich nicht beirren.
»Das möchte ich doch annehmen.« Bowens Lächeln war noch immer verbindlich. Für eine Terminabsprache war keine Zeit geblieben, die Angelegenheit war dringend.
»Was steht denn heute an?« wollte Kemp wissen.
»Ein rein freundschaftlicher Besuch. Wissen Sie, ich habe noch nie etwas davon gehalten, mich im Elfenbeinturm zu verschanzen, und was wäre an einem trüben Tag anregender als unser Parlament?«
Kemp gab nicht so leicht auf. »Das Parlament tagt, Sir. Werden Sie darauf bestehen, vorgelassen zu werden?«
Bowen warf einen Blick auf seine goldene Taschenuhr, schob sie wieder ein. »Die Sitzung dürfte eben zu Ende gegangen sein.«
Wie zu erwarten, war der Premier von seiner Anwesenheit unterrichtet worden und hatte, wie Bowen erleichtert feststellte, keine Zeit verloren, dem Besucher entgegenzueilen.
»Exzellenz! Guten Tag. Treten Sie doch näher. Wir gehen wohl am besten in mein Arbeitszimmer.«
»Gerne.« Der Premier mußte über sein plötzliches Auftauchen überrascht sein, war allerdings klug genug, es sich nicht

anmerken zu lassen. Politiker durch und durch, pflegte er in Gegenwart unbeteiligter Dritter häufig zu bemerken: »Nicht vor den Kindern.« Auch heute hielt er sich an diese Regel.
Bowen verkörperte, was man allgemein unter einem ranken, schlanken Mann verstand, Herbert dagegen war um einiges größer und auch sehr viel kräftiger gebaut. Als er, gefolgt von einem Adjutanten, mit dem Gouverneur auf sein Arbeitszimmer zusteuerte, trat Tyler Kemp den Rückzug an. Nicht einmal er mischte sich in die Angelegenheiten dieser beiden imponierenden Persönlichkeiten.
»Tee oder Kaffee?« fragte der Premier.
»Kaffee bitte. Für Soames auch.«
Mit vizeköniglichem Segen nahm Herbert seinen Platz hinter dem ausladenden Mahagonischreibtisch ein und tauschte mit dem Gouverneur ein paar Belanglosigkeiten aus, wohl wissend, daß der eigentliche Grund des Besuchs beizeiten zur Sprache kommen würde. Bowen war dankbar für den Aufschub; er hatte schlechte Nachrichten zu überbringen und wollte dabei nicht unterbrochen werden.
Schon bald darauf war Herberts junger Sekretär mit einem Servierwagen zurück, auf dem oben ein silbernes Kaffeeservice und unten eine Schale mit Keksen standen. »Soll ich eingießen, Sir?« fragte er.
Herbert nickte. »Exzellenz, darf ich Ihnen meinen neuen Sekretär, Joe Barrett, vorstellen?«
Die Porzellantassen klirrten gefährlich, als sich der Gouverneur erhob. Barrett, der mit dem Eingießen beschäftigt war und jetzt einen Händedruck tauschen sollte, geriet in Verlegenheit.
Herbert lachte. »Als Sekretär macht er sich gut, als Kellner weniger. Soames, wenn Sie so nett wären, ihm zur Hand zu gehen?«
Der Captain zog die Augenbrauen hoch, und seine dünne Nase kräuselte sich angesichts einer derart unverschämten Bitte, aber es blieb ihm nichts anderes übrig, als – schon um diese unwürdige Aufgabe so rasch wie möglich hinter sich zu

bringen – seinem Gouverneur eilfertig und gekonnt die Tasse zu füllen.
»Hat Jura studiert, unser Joe, an der Universität von Sydney«, sagte der Premier stolz. »Sogar mit Auszeichnung. Nicht wahr, mein Sohn?«
»Ja, Sir. Benötigen Sie mich hier noch, Sir?«
»Nein danke. Wenn Sie dafür mal einen Blick auf diese Rechnung werfen könnten, die der Bauminister durchboxen möchte. Sie hat mehr Löcher als ein Paar alte Socken.«
»Sofort, Sir.« Barrett, noch unerfahren im Umgang mit solch hohem Besuch, floh.
»Die im Norden lassen sich auf blutige Auseinandersetzungen ein«, erklärte Herbert dem Gouverneur freundlich, »denn sie siedeln auf Land, das weit außerhalb der Grenzen liegt. Ich selbst stamme aus der Gegend und gönne ihnen durchaus ihre großen Grundstücke. Auch wenn uns dadurch Einkünfte verloren gehen, weil sie sich davor drücken, Pacht zu bezahlen.« Er trank zügig seinen Kaffee aus. »Wir müssen mehr Inspektoren einstellen, weitaus mehr, um dies alles zu überwachen.«
»Das hat Zeit«, winkte der Gouverneur ab. Er stand auf, musterte die Tuschezeichnungen mit Ansichten von Brisbane und rückte einen der Rahmen zurecht. »Hervorragend. Von wem stammen die?«
»Sie werden es nicht glauben.« Herbert grinste. »Von unserem Freund, Mr. Kemp.«
»Was Sie nicht sagen! Sehr talentiert. Schade, daß er sich nicht auf seine künstlerischen Fähigkeiten konzentriert.« Die Zeichnungen schienen Erinnerungen in ihm zu wecken. »Als ich zum erstenmal hier war, wurde mir der Bericht des Finanzministers vorgelegt.«
»Ach ja.« Herbert lächelte. »Das muß ein Schock gewesen sein. Was hatten wir denn vorzuweisen? Kaum fünf Shilling in der Kasse, um einen neuen Staat zu gründen. Nicht gerade ein vielversprechender Start.« Er seufzte. »Die mageren Tage liegen ja wohl längst hinter uns. Es sei denn, Ihre Bemerkung, daß keine weiteren Inspektoren eingestellt werden können,

läßt wirklich nichts Gutes ahnen.«
»Sie sagen es.«
»Dann raus damit! Vergällen Sie mir das Weihnachtsfest.«
»Es geht das Gerücht um – wohlgemerkt, bisher ist es tatsächlich nichts weiter als ein Gerücht , daß die Agra und Masterman Bank in London in Schwierigkeiten steckt.«
»Allmächtiger! Malen Sie bloß nicht den Teufel an die Wand! Wir wären ruiniert. Wir haben eine Kreditzusage über eine Million Pfund, für den Eisenbahnbau und andere Dinge. Sollten diese Gelder eingefroren werden ... Nicht auszudenken!« Er zog ein großes Taschentuch heraus und wischte sich den Schweiß vom Gesicht.
»Deswegen halte ich es für angebracht, im Augenblick jede weitere Ausgabe einzusparen.«
»Ich danke Ihnen für diesen Hinweis. Für heute abend habe ich eine Ausschußsitzung anberaumt, die letzte in diesem Jahr. Ich werde unverzüglich die Zügel anziehen. Und beten.«

Mit Befriedigung nahm der Gutsbesitzer und Abgeordnete von Rockhampton, Fowler Maskey, Anfang Februar zur Kenntnis, daß in Herberts Kabinett Uneinigkeit herrschte. Der jetzt fünfzigjährige Fowler war ein einflußreicher Mann, nicht zuletzt dank des Vermögens, das er von seinem Vater, einem der bedeutendsten Schafzüchter und Großgrundbesitzer von New South Wales, geerbt hatte. Vor seinem Tod hatte John Dunning Maskey im Vertrauen darauf, daß in dem neuen Staat beste Zukunftsaussichten bestanden, in der Gegend von Rockhampton weitere Ländereien erworben.
Fowler hatte seinem Vater rückhaltlos vertraut. Er war mit seiner Familie in den Norden gezogen, hatte sich, ehrgeizig wie er war, ein Haus gebaut, und sich als einer der ersten in der neuen Stadt niedergelassen, obwohl seine Frau Hilda die Hitze im Sommer unerträglich und sein inzwischen zweiundzwanzigjähriger Sohn Leon die provisorische, nicht besonders hübsche Ansiedlung am Fluß gräßlich fanden. Leons Proteste waren auf taube Ohren gestoßen. Weder verstand er sich aufs

Argumentieren, noch konnte man ihm, mangels Interesse für Schafe oder Rinder, die Verwaltung einer der Maskeyschen Ländereien anvertrauen. Er war ein drahtiger, gutaussehender junger Mann mit blondem Haar und den blauen Augen seiner Mutter. Fowler zeigte sich gern mit ihm. Er war gesellig, ein passabler Kricketspieler, wußte mit Karten geschickt umzugehen, und jede Gastgeberin schätzte ihn als Bereicherung ihrer Feste. Sein Vater verglich ihn mit einer umherschwirrenden Biene, die die neuesten Nachrichten, Stimmungen und Entwicklungen auskundschaftete.

Fowlers Gattin Hilda war dafür, dem Sohn mehr Verantwortung zu übertragen. »Was soll denn aus ihm werden, wenn er weiterhin nur seine Zeit vertrödelt?« Fowler kümmerte das nicht. Er hatte nichts mit Dynastien im Sinn, dachte nur an sich und seine ehrgeizigen Ziele. Wenn er einmal nicht mehr da war, orakelte er, würde Leon ein paar Jahre in Saus und Braus leben, so lange eben, bis das Erbe verpraßt war.

Als Leon erklärt hatte, er wolle lieber in Brisbane leben, war Fowler einverstanden gewesen. »Aber ja doch. Wo immer du willst, sofern du für dich selbst aufkommst.«

»Das ist nicht fair«, hatte ihm Leon vorgehalten. »In Rockhampton hab' ich nichts weiter zu tun als deinen Diener zu spielen.«

»Du trägst dazu bei, daß dein Vater Karriere macht«, hatte Fowler geantwortet, »und wenn du ohne mein Einverständnis woanders leben willst, bekommst du nicht einen Penny von mir.«

Leon war geblieben. Nachmittags traf man ihn meist an der Murray-Lagune, in der dort entstandenen Männerbadeanstalt. Die Abende verbrachte er im Criterion Hotel oder im Herrenclub auf der Quay Street, beides vom elterlichen Haus aus zu Fuß gut zu erreichen.

Zu Fowlers Überraschung sagte seiner Tochter Laura die Stadt durchaus zu. Sie liebte das stattliche Haus mit dem schmiedeeisernen Geländer um die vordere Veranda und dem umlaufenden Balkon im oberen Stockwerk. Direkt an der Quay

Street gelegen, ermöglichte es zu Hilda Maskeys Leidwesen kein zurückgezogenes Leben, während Laura ganz und gar nichts dagegen hatte, das pulsierende Treiben um sich herum zu spüren. Im Gegensatz zu ihrem Bruder genoß sie es, auf der Veranda zu sitzen und mit den Vorbeikommenden, Freunden oder Fremden, zu plaudern.

Sie war ein eigensinniges junges Mädchen, groß und kerngesund, mit ebenso seidenweichem Blondhaar wie ihr Bruder. Nur war sie ungestümer als er, hin und wieder sogar mehr als ihr guttat, aber sie würde ja sowieso bald heiraten, und dann wäre Fowler diese Sorgen los. Kürzlich hatte sie ihn bestürmt, sie zu den Goldfeldern außerhalb Rockhamptons mitzunehmen, doch sie mußte warten, er war zu beschäftigt. Gold. Fowler lächelte. Rockhampton hatte sich über Nacht zu einer Stadt gemausert, dank des Goldrauschs im nahe gelegenen Canoona. In kurzen Zeitabständen war man auf weitere Minen gestoßen. Großartig, daß neben der bereits blühenden Viehwirtschaft auch noch Goldfelder im eigenen Wahlkreis ausfindig gemacht wurden.

Der alte John Maskey hatte zweifelsohne eine kluge Entscheidung getroffen. Für einen Parlamentarier waren die Zukunftsaussichten in Rockhampton mehr als günstig, sofern er seine Trümpfe richtig ausspielte. Und Fowler würde genau das tun. Zu Hilda hatte er gesagt: »Ich erwarte, daß mich meine Familie voll und ganz unterstützt. Wenn ich hier bin, wirst du so viele Einladungen geben wie möglich, und wenn ich mich in Brisbane aufhalte, kannst du wohltätige Verpflichtungen übernehmen. So was macht immer einen guten Eindruck.«

»Was für wohltätige Verpflichtungen?«

»Woher soll ich das wissen? Das ist Frauensache. Und spann Laura mit ein.«

»Laura?« war Hilda hochgefahren. »Die tut doch sowieso nicht, was ich ihr sage! Die gibt sich nur mit den Pferden ab, ist ständig unterwegs. Deine Schuld. Du läßt ihr völlige Freiheit.«

»Dann beschaff ihr einen Ehemann, das wird sie zur Ruhe bringen.«

Derart lässig tat Fowler solche ›Nebensächlichkeiten‹ ab, um für seine Pläne einen klaren Kopf zu bewahren. Er stand an dem großen Fenster am Ende des Flurs und tat so, als wolle er frische Luft schnappen, tatsächlich lag er aber zwischen der Tür zum Kabinettszimmer und seinem Büro auf der Lauer. Sobald die ehrenwerten Herren auftauchten, wollte er, der kleine Hinterbänkler, sich auf dem Weg in sein eigenes Zimmer unter sie mischen. Premier Herbert war zwar ein Verfechter von Solidarität im Kabinett, aber frisch gewagt ist halb gewonnen, und vielleicht konnte sich Fowler einen Minister schnappen, in dessen Ohren noch Herberts Standpauke nachhallte und der deshalb mit seinen Gedanken ganz woanders war. Fowler war sich sicher, daß Premier Herbert die Zügel entglitten waren und daß es nicht viel bedurfte, ihn aus dem Sattel zu heben.
Und da drängten sie bereits heraus, mit unheilverkündenden, bestürzten Gesichtern. Er gesellte sich zu ihnen, bestrebt, das Stimmengewirr zu entschlüsseln, mit dem die Parlamentarier ihrem Unmut Luft machten. Ein großer Fisch ging ihm ins Netz: der Finanzminister. »Wir unterstützen voll und ganz Raffs Petition, das Werften-Projekt in Brisbane zu fördern, Sir. Ich hoffe, Sie vergessen uns das nicht.«
»Alles zu seiner Zeit«, schnappte der Finanzminister und eilte an ihm vorbei.
Fowler paßte sich dem Schritt des Postministers an. »Mächtig schwül heute, wie?« Und als der Minister lediglich nickte, fuhr Fowler fort: »Vielleicht interessiert es Sie, daß bei mir ganze Säcke voll Beschwerden wegen der Post eingehen.«
»Sie haben doch den Telegraphen, oder nicht?« knurrte der Postminister, und Fowler grinste in sich hinein. Natürlich hatten sie den bekommen, obwohl sich dieser alte Knabe hier dagegen ausgesprochen hatte. Ein paar lumpige Pfund als Unkostenbeitrag für die Wahlkampagne der Parlamentarier hatten genügt, um die Bewilligung durchzusetzen. »Haben wir, und wir sind Ihnen auch sehr dankbar dafür, aber die Goldgräber können es sich nicht leisten, jedesmal zu telegraphieren, wenn

sie Verbindung mit ihren Lieben daheim aufnehmen wollen. Reichlich aufgebracht sind sie. Ihrer Meinung nach reicht eine Postzustellung alle zwei Wochen bei weitem nicht aus.«
»Wenden sie sich doch an den Premier«, meinte der Minister, als sie den Treppenabsatz erreichten. Und dann, als sich ihre Wege trennten, rief er ihm noch über die Schulter nach: »Oder Macalister.«
»An wen?« fragte Fowler verdutzt, aber die Tür des Ministers fiel bereits ins Schloß.
Arthur Macalister war Abgeordneter für Ipswich und zudem Arbeits- und Landwirtschaftsminister. Wieso sollte er sich an ihn wenden? Er war ein Nichts, ein bärbeißiger Haudegen, auf dessen Meinung keiner etwas gab. Fowler jedoch würde mit ihm sprechen, und zwar sofort. Er kramte in seinem Büro herum, bis er zwei Flaschen Whisky gefunden hatte, verstaute sie in einer Tüte und machte Arthur seine Aufwartung.
»Lieber Freund«, sagte er, nicht ohne die hektische Atmosphäre in Macalisters Büro wahrzunehmen, »verzeihen Sie die Störung, aber meine Nachlässigkeit ... Ich hätte Ihnen dies hier schon zu Weihnachten vorbeibringen sollen, eine kleine Aufmerksamkeit meiner Wähler, aber ich bin nicht dazu gekommen. Das Ausbaggern des Fitzroy River geht dank Ihrer tatkräftigen Unterstützung zügig voran.«
»Guter Mann«, sagte Macalister und verstaute den Whisky zwischen Landkarten in einem prallvollen Schrank, ohne Fowler auch nur einen Tropfen anzubieten. »Nehmen Sie Platz, Maskey, ich wollte sowieso mit Ihnen sprechen.«
Eine Messingblumenschale auf einem Sockel hinter seinem Gastgeber reflektierte Fowlers frisches, blühendes Gesicht, das ein breites Grinsen zeigte. Er konnte nur hoffen, daß es von der Zerrspiegelung kam. Wenn es Ärger gab, durfte er keine Schadenfreude zeigen. Er kniff die wulstigen Lippen zusammen, um jeden falschen Eindruck zu vermeiden.
Arthur war Vertreter einer aufmüpfigen Meute von Kohlebergarbeitern. Er konnte seine Erregung nur schwer unterdrücken, und an seinem rechten Auge, oberhalb des buschigen Barts,

zuckte es nervös. »Man will ihm das Genick brechen!« hechelte er.

Das Genick brechen! Großer Gott! Fowlers Gedanken überstürzten sich. Wie sicherlich alle anderen Politiker in diesem Gebäude auch überlegte er, ob er sich um die Nachfolge bewerben sollte. Mit wem konnte er rechnen? Ob sich der eine oder andere Gunstbeweis jetzt auszahlte? Premier von Queensland werden, der mächtigste Mann im Staat! Daß er einen eigenen Staat im Norden, mit Rockhampton als Hauptstadt und natürlich ihm als Premier, angestrebt hatte, war unwichtig geworden. Sollten die Separatisten doch sehen, wo sie blieben! Dies hier war weitaus lohnender. Beinahe hätte er aufgelacht. Sollte er gewinnen, würde der Staat intakt bleiben, er würde die Spaltung verhindern.

»Menschenskind, haben Sie mich verstanden?«

»Ja. Ich habe es kommen sehen. Herbert ist nicht sehr beliebt, dennoch überrascht es mich.« Es sah ganz danach aus, als könne er sich Macalisters Unterstützung sicher sein, und zudem konnte ihm der Schotte die eine oder andere Stimme im Süden zuschanzen.

»Nicht sehr beliebt? Das ist noch untertrieben. Der Mann ist wahnsinnig. Wenn wir auf ihn hören, werden wir alle unseren Sitz verlieren. Er versteift sich darauf, an allen öffentlichen Baumaßnahmen den Rotstift anzusetzen und höhere Steuern und Abgaben einzuführen.«

»Was Sie nicht sagen.« Jeder wußte, daß Herberts Pfennigfuchserei nicht auf Begeisterung stieß, aber dies ging zu weit.

»Wenn Sie mich fragen«, fuhr Macalister fort, »müssen wir ihm das Handwerk legen. Sind Sie auch dafür?«

»Muß ich wohl«, entgegnete Fowler. »Die Zukunft des Staates ist wichtiger als ein einzelner Mann, der noch dazu nichts von Finanzen versteht. Das habe ich schon immer gesagt. Wir brauchen an der Spitze einen Mann, der sich darüber im klaren ist, daß die wirtschaftliche Situation in Queensland davon abhängt, ob das Gleichgewicht zwischen Investition und Expansion gefunden werden kann. Wenn er jetzt einen Rückzieher

macht, waren alle bisherigen Anstrengungen vergebens.«
»Ganz meine Meinung. Sollte ich gewählt werden, wird genau nach diesem Rezept verfahren.«
»Wie?« fuhr Fowler hoch. »Sie bewerben sich um das Amt?«
»Gewiß doch, und ich bitte Sie um Ihre Unterstützung. Wenn man bedenkt, was für taube Nüsse einige meiner Kollegen sind, kann ich nur sagen, es war ein Fehler von Herbert, Sie bei der Kabinettsbildung zu übergehen. Sie können sich drauf verlassen, daß mir dieser Fehler nicht unterläuft.«
Das schlug doch dem Faß den Boden aus! Fowler glaubte seinen Ohren nicht zu trauen. Mit Speck fängt man Mäuse – der älteste Trick der Welt. Macalister Premier? Grotesk!
»Herbert biedert sich der vizeköniglichen Sippe an, das ist sein Problem«, hob Macalister wieder an. »Was für mich nicht in Frage kommt. Die können mich mit ihrem albernen Getue nicht beeindrucken.« Er sah Maskey durchdringend an, sein Auge zuckte warnend. »Ich darf also mit Ihnen rechnen?«
»Natürlich«, sagte Fowler. Mochten seine Träume, an der Spitze des Staates zu stehen, auch schwinden – dafür wurde die Separatistenbewegung unvermittelt wieder zu einer Triebfeder.
Die beiden Männer tauschten einen Händedruck, und Fowler machte sich auf, seine eigenen Chancen auszuloten. Da er feststellen mußte, daß er nur unter »ferner liefen« rangierte, versprach er noch zwei weiteren Herren, die Stimmenjagd auf das hohe Amt machten, hoch und heilig seine Unterstützung.
»Von denen wird sowieso keiner Bob Herbert ausbooten«, meinte er zu Leon, der immer gern nach Brisbane mitkam. »Du gehst jetzt raus und hörst dich um. Wenn ich schon für Herbert stimmen muß, will ich auch etwas für mein Geld haben.«
Er zündete sich seine Pfeife an und machte sich daran, eine Erklärung für die Rockhamptoner Presse abzufassen. Darin stellte er Herbert als Verräter des Nordens hin, als einen Regierungschef, der die Bedürfnisse der braven Bürger aus dem Norden und Südosten des Staates nicht beachtete und ihnen nicht nur sein Engagement, sondern auch die öffentlichen Gel-

der vorenthielt. Als sein Aufsatz sich allmählich in ein beißendes Pamphlet gegen den Premier verwandelte, kam Leon aufgeregt zurück. »Herbert hat abgedankt!«
»Was?« Fowler stieß beinahe das Tintenfaß um.
»Er hat abgedankt, wirklich! Gerade eben. Die Gründe dafür will er später bekanntgeben.«
»Zum Teufel mit seinen Gründen – wenn man tot ist, ist man tot. Und wer soll sein Nachfolger werden?«
»Keine Ahnung.«
»Dann stell's fest, du Dummkopf. Geh runter in die Bar. Schmeiß ein paar Runden, kostspielige Drinks, das zieht die Fliegen an.« Er zerknüllte die Presseerklärung und warf sie in den Papierkorb.
Zwei Tage später gab der neue Premier, Arthur Macalister, die Zusammensetzung seines Ministeriums bekannt; Maskeys Name wurde nicht genannt. Fowler machte sich sofort an die Abfassung einer neuen Presseerklärung, in der er Herbert über den grünen Klee lobte und behauptete, er sei von einer Horde Nichtsnutze vertrieben worden, die nicht einmal einen Hühnerstall in Schuß zu halten wüßten. Wer habe denn diesen sturen schottischen Erbsenzähler zum Premier gewählt, einen Mann, der von nichts eine Ahnung habe und dem die Zustände im Norden gleichgültig seien? Er rief die Bewohner von Rockhampton auf, sich geschlossen aus dem Würgegriff des Südens zu befreien und die Bildung eines neuen Staates zu fordern. Südliche Grenze sollte der Wendekreis sein. Daß Rockhampton in dessen unmittelbarer Nähe Hauptstadt werden sollte, brauchte nicht eigens erwähnt zu werden.
Fowler entdeckte Leon auf der Veranda, wo er mit zwei jungen Damen Tee trank, und winkte ihn zu sich. »Geh ins Hotel und pack deine Sachen. Du fährst nach Hause.«
»Warum? Was habe ich denn getan?«
»Es geht nicht darum, was du getan hast, sondern darum, was du tun wirst. Du kannst das Nachmittagsschiff noch erreichen, es läuft um vier Uhr aus. Ich möchte, daß du der Redaktion unserer Zeitung eine Erklärung aushändigst und ein paar

Termine für mich vereinbarst. Ich habe dir alles aufgeschrieben, du kannst die Anweisungen unterwegs durchlesen.«

»Aber ich habe Miss Lynton versprochen, heute abend mit ihr ins Theater zu gehen.«

»Sie wird sich eben eine andere Begleitung suchen müssen. Dies hier ist wichtiger als zuzusehen, wie jede Menge Schwuchteln auf der Bühne herumhopsen. Jetzt mach schon. Vielleicht kann ich für nächste Woche eine Rückpassage ergattern, wenn nicht, dann eben in zwei Wochen. Du kümmerst dich jedenfalls darum, daß alles weisungsgemäß erledigt wird. Wenn ich nach Hause komme, muß die ganze Stadt wachgerüttelt sein, und in der Quay Street soll mich ein vielköpfiges Empfangskomitee erwarten.«

»Von welchem Schiff soll ich dich abholen?«

»Ich werde telegraphieren.«

Nachdem Leon abgereist war, verließ Fowler frühzeitig das Regierungsgebäude, um eine gewisse Mrs. Betsy Perry in Spring Hill zu besuchen.

»Fowler, du garstiger Schlingel! Ich glaubte schon, du hättest mich vergessen.«

»Du weißt doch, daß das nicht stimmt.« Lächelnd und mit Besitzermiene trat er ein. Immerhin gehörte das Haus ihm. »Die Wahl eines neuen Premiers stand an, aber nachdem das über die Bühne gegangen ist, darf ich mich wohl ein wenig entspannen, meinst du nicht auch?« Übermütig pufft e er sie zwischen die vollen Brüste.

»Nicht doch«, kicherte sie. »Erst das Geschäftliche. Die Abrechnung der Mieteinnahmen und die Gästeliste. Es war derart viel Betrieb, daß ich für die Weihnachtsfeiertage noch zusätzlich jemanden einstellen mußte.«

Der Flußdampfer keuchte stromaufwärts. Leon zog es vor, in seiner Kabine zu bleiben – auf Deck war es unerträglich heiß. Wie konnte es einen nur nach Rockhampton ziehen, meilenweit weg von der Küste und ihrer ständig frischen Brise? Rockhampton lag am Flußufer, zwischen zwei Bergketten, die das Städtchen im tropischen Sommer in einen Backofen verwandelten. Noch schlimmer war es in der feuchten Jahreszeit. Schon Brisbane war im Sommer heiß genug, in Rockhampton aber, mehr als dreihundert Meilen nördlich und entsprechend näher am Äquator, war es schier nicht auszuhalten.

Leon stellte sich London vor, wo er noch nie gewesen war, malte sich das kühle Wetter dort und ein herrliches Leben aus. Jeder, der etwas auf sich hielt, fuhr nach England – nannte es gar sein Zuhause! –, und genau das würde er eines Tages auch tun, jawohl, das würde er! Er träumte davon, im fernen England ein wundervolles neues Leben zu beginnen und vor der Abreise seinem Vater noch gründlich die Meinung zu sagen, ihm zumindest einen Abschiedsbrief zu hinterlassen. Wenn er nur das nötige Geld hätte!

Er hatte sich nicht die Mühe gemacht, seiner Mutter telegraphisch seine Rückkehr anzukündigen; hätte er es getan, würde sie ihn abholen, und er wollte seine Freiheit genießen. Das, was er für Fowler zu erledigen hatte, konnte warten.

Eifrige Goldschürfer stießen ihn beiseite, weil sie so schnell wie möglich an Land wollten. Leon sah sie voller Verachtung an. Es war bekannt, daß man sein Leben aufs Spiel setzte, sobald man sich zehn Meilen aus Rockhampton entfernte, und daß die Eingeborenen jeden Fußbreit ihres Landes verteidigten. Zu Recht, wie Leon fand; er hatte durchaus Verständnis für ihr Tun und scherte sich nicht darum, wen sie umbrachten. Ihm war es nur recht, wenn die Schwarzen gewinnen und damit den Untergang dieser elenden Stadt besiegeln würden. Nicht, daß er diese Meinung laut geäußert hätte – man hätte ihn dafür aufgeknüpft, denn die meisten Leute sahen in den Schwarzen nur Tiere, Ungeziefer sogar, von dem es den Bezirk zu säubern galt. Auf wen von diesen rohen Kerlen an Bord wohl ein grauenhafter Tod wartete, überlegte er zynisch.

Als er die Quay Street hinunterging, nickte er dem einen oder anderen Bekannten zu, Viehzüchtern, deren Farmen im Tal des Fitzroy River lagen oder jenseits der Hügel. Von den Schwarzen ließen sich diese Männer nicht einschüchtern; sie bekämpften sie weiterhin, und eines Tages, keine Frage, würden sie endgültig gesiegt haben, auch wenn dafür ein entsprechender Preis zu zahlen war. Die meisten von ihnen und auch ihre Viehtreiber zierten Speernarben; für sie waren es Kriegsverwundungen. In der Bar des Criterion Hotels kam es nicht selten vor, daß Männer, wenn sie dazu aufgefordert wurden, die Hose herunterließen oder sich das Hemd auszogen, um ihre Wundmale zur Schau zu stellen, und dabei stolz verkündeten, wie viele Schwarze – meist Frauen und Kinder – sie getötet hatten. In Brisbane hatte Leon den Leuten klarzumachen versucht, was im Norden wirklich vor sich ging, daß Hunderte von Eingeborenen hingemetzelt wurden. Keiner hatte sich dafür interessiert, höchstens den Spieß umgedreht und gefragt, wie viele Weiße die Schwarzen denn auf dem Gewissen hätten. Aufs Diskutieren verstand sich Leon nicht, und noch weniger gelang es ihm, seine Gesprächspartner davon zu überzeugen, daß das Land den Aborigines gehörte. Einzig Tyler Kemp hatte ihm zugehört und einen Artikel darüber verfaßt, von dessen Veröffentlichung seine Zeitung allerdings absah. Und dann – wie konnte es anders sein – hatte Fowler davon Wind bekommen.

»Was ist bloß in dich gefahren?« schnauzte er. »Einem Reporter derartige Lügenmärchen aufzutischen!«

»Das sind keine Lügenmärchen.«

»Und ob sie das sind. Wenn die Schwarzen Ärger kriegen wollen, dann kriegen sie ihn. Basta. Und du hältst verdammt noch mal ab sofort deinen Mund. Verstanden?!«

»Ja.«

»Noch nicht trocken hinter den Ohren, aber alles besser wissen wollen! Ich sollte dich eine Zeitlang auf eine Farm abschieben, damit dir die Tatsachen klarwerden. Ich möchte wissen, wie du dich aus der Affäre ziehst, wenn die Schwarzen mit ihren Speeren auf dich losgehen! Diese Farmer sind das Salz der Erde, von ihren Herden hängt die Zukunft Queenslands ab. Ohne uns kann der Süden doch gar nicht existieren – wir hier im Norden rackern uns ab und züchten Vieh, damit sich

die in Brisbane auf die faule Haut legen können.«
Leon war erleichtert gewesen, als der Vater auf sein Lieblingsthema kam: der Norden Queenslands gegen den Süden. Fowler Maskey hoffte, eines Tages Premier eines unabhängigen Staates mit Namen Capricornia zu werden. Es war anzunehmen, daß der Vater dieses Ziel auch erreichen würde.
Er betrat das vergleichsweise dunkle Innere des Criterion Hotels und bestellte sich erst einmal ein Bier, um seinen Durst zu löschen, und dann, um die Lebensgeister wieder anzuregen, noch ein Gläschen Rum. Lässig an der Theke lehnend, fiel ihm auf, daß in dem überfüllten Raum mehr Unruhe als sonst herrschte.
»Was ist los?« fragte er den Barkeeper.
»Die Schwarzen haben die Aberfeld-Farm überfallen. Haben Ken McCraig getötet, und einer seiner Leute, Tommy Pike, der seinem Boß zu Hilfe kommen wollte, wurde so schwer verwundet, daß er tags darauf ebenfalls gestorben ist.«
»Um Himmels willen! Und was ist mit Mrs. McCraig? Sie ist eine Freundin meiner Mutter.«
»Die arme Frau. Sie hat's überstanden, und die beiden kleinen Mädchen sind auch in Sicherheit. Unterm Bett versteckt hatte sie sie.«
»Sie wird wohl jetzt die Farm aufgeben«, meinte Leon. Aber der Barkeeper schüttelte den Kopf.
»Von wegen. Sie will unbedingt bleiben. Ihr Bruder aus Sidney soll den Betrieb übernehmen.«
Ganz typisch, fand Leon. Wenn diese Sippschaften von Viehzüchtern einmal Land ergattert hatten, konnte sie nichts mehr davon vertreiben. Sein Großvater war genauso gewesen, hatte mit einer Schaffarm angefangen und sich dann auf Rinderzucht verlegt, und seine Farmen zogen sich mittlerweile von Bathurst aus quer durch Queensland. Geleitet wurden sie von Verwaltern; Fowler und Onkel William strichen nur die Gewinne ein. Wie reich sein Vater wohl war? Gut eine Million besaß er bestimmt. Und doch zog er es vor, in diesem elenden Kaff zu bleiben. Macht, ja natürlich. Geld bedeutete Macht,

und es lockte Schmarotzer an, die hofften, es würde etwas für sie abfallen.
Captain Cope, besser bekannt als Bobby, hatte Leon entdeckt und kam auf ihn zu. Leon hegte Bobby gegenüber gemischte Gefühle. Bobby war gebildet und ein exzellenter Gesprächspartner, doch unterstand ihm, wie anderen weißen Offizieren auch, eine aus dem Süden stammende, übel beleumundete Eingeborenentruppe der berittenen Polizei, die mit Uniformen, Gewehren und entsprechender Munition ausgerüstet war und deren Order lautete, unter den schwarzen Stammesangehörigen, Aborigines wie sie selbst, »aufzuräumen«, was sie auch gnadenlos taten. Leon hatte sie durch Rockhampton reiten sehen; sie waren ihm nicht wie Soldaten, sondern wie eine Gangsterbande vorgekommen. Selbst unter den Viehtreibern auf den Farmen war der Einsatz einer Eingeborenenpolizei umstritten. Bobby ließ Einwände jedoch nicht gelten. »Sie haben einen Job zu erledigen«, erklärte er Leon, »und sie erledigen ihn. Das ist unangenehm, aber nötig.«
»Es heißt, sie brächten ganze Familien um«, erwiderte Leon.
»Nur in Ausnahmefällen. Wenn man plündernde Dingos ausrotten will, muß man die Jungen gleich mit beseitigen, sonst vermehren sie sich wieder, und das Problem bleibt.«
»Ich finde das abscheulich«, hatte sich Leon entrüstet.
»Ist es auch, Freundchen. Aber das braucht dich doch nicht zu kümmern, oder?«
Bobby stürzte sich begeistert auf Leon. »Schön, daß du wieder da bist. Wie wär's mit einer Partie Billard vor dem Essen?«
»Gerne«, gab Leon zurück. »Bist du denn nicht im Einsatz?«
»Bloß nichts übereilen. Es sind schon genug Leute unterwegs. Ich breche morgen früh mit meiner Truppe auf, und dann knöpfen wir uns die Mörder vor.«
Oder jeden, dessen Hautfarbe schwarz ist, argwöhnte Leon. Wenn doch nur irgend jemand die Schwarzen vor diesen erst unlängst rekrutierten Truppen warnen würde! Zumindest hätten sie dann eine faire Chance – sofern man Speere gegen Ge-

wehre als fair bezeichnen konnte. Und Cope würde in eine Falle reiten ...
Nachdem er dem Herausgeber der Zeitung Fowlers Stellungnahme übergeben hatte, hielt Leon seine Pflicht und Schuldigkeit fürs erste getan. Morgen würde er darangehen, den Separatisten Dampf zu machen, sobald sie Fowlers Tirade gegen Macalister und das Parlament verdaut hatten.
Schon als er das Haus betrat, hörte er das von Weinkrämpfen begleitete Zetern der Mutter. Wenn sich Hilda Maskey einen ihrer Gefühlsausbrüche leistete, dann sorgte sie dafür, daß alle Welt und sogar der Hund ihn mitbekamen. Eigentlich schade, daß sie sich diese Anfälle in Fowlers Anwesenheit verkniff. Ihr Mann wollte Ruhe und Frieden im Haus, und Hilda hatte gelernt, sich zu fügen.
Leons Ankunft überraschte sie. Erstaunt fuhr sie herum. »Wann bist du angekommen?«
»Gerade eben«, sagte er und warf den Hut auf die Kredenz. »Aber ich weiß bereits, was passiert ist. Tut mir leid, Mutter.«
»Tut dir leid?« schrie sie auf und hielt sich am Eßzimmertisch fest. »Was hilft das schon? Diesmal ist sie zu weit gegangen. Vater wird außer sich sein! Und mir wird er mal wieder die Schuld geben!«
»Wer ist zu weit gegangen?« fragte Leon verblüfft.
»Niemand«, kam es von Laura, die lässig in einem Ledersessel hinter der Tür saß. »Mutter hat durchgedreht.«
»So nennst du das?« Die schluchzende Hilda wischte sich mit einem bereits feuchten Taschentuch übers Gesicht. »Was soll ich denn sonst tun, wenn meine Tochter Schande über die Familie bringt? Leon ist eben erst zurück, und auch er weiß es bereits. Die ganze Stadt spricht darüber.«
Leon zog seine Jacke aus und öffnete den Kragen. »In der Stadt spricht man darüber, daß Ken McCraig ermordet wurde. Ich würde gern erfahren, warum du so aufgelöst bist.«
»Ach ja, der arme Ken. Ich habe bereits an Mrs. McCraig geschrieben und sie für eine Weile zu uns eingeladen, aber jetzt bin ich heilfroh, daß sie nicht hier ist.«

»Wieso?« Er sah Laura an, die nur die Schultern zuckte und sich mit der Hand durch das volle blonde Haar fuhr, um ihrem Nacken ein wenig Kühlung zu verschaffen. Leon riß die Fenster auf.
»Nicht doch«, wehrte die Mutter ab. »Das bringt nur die Hitze herein.«
»Ich lasse sie raus«, gab er zurück. »Sieh dir diese Wand an, sie beginnt bereits zu schimmeln. In diesem Klima muß man die Fenster offen halten, sonst fängt es an, muffelig zu riechen. Also, was ist schiefgegangen?«
»Dann weißt du es also noch gar nicht! Gott sei Dank! Es ist besser, wenn du es von mir erfährst. Deine Schwester, dieses schamlose Ding, ist heute zur Murray-Lagune geritten.«
»Du hast *was* getan?« rief Leon. » Du bist zum Badegelände geritten?«
»Ja«, sagte Laura trotzig. »Warum denn nicht? Ist doch nur vier Meilen stadtauswärts, und gefährlich war es auch nicht.«
Leon war ebenso entsetzt wie seine Mutter. »Bist du wahnsinnig? Dort haben doch nur Männer Zutritt.«
»Dann sollte es so etwas auch für uns geben. Ich würde so gerne schwimmen gehen und finde es ungerecht, daß wir vor uns hin schwitzen müssen, während sich die Männer in diesem kleinen See erfrischen können.«
»Da siehst du's!« Hildas Stimme überschlug sich fast. »Keinerlei Schamgefühl. Über ein derartiges Ansinnen solltest du nicht einmal in Gegenwart deines Bruders sprechen.«
»Ich hoffe nur, daß weit und breit kein Mann zu sehen war«, meinte Leon naserümpfend.
»Doch, jede Menge, Leon. Sie hatten viel Spaß daran, ins Wasser und wieder hinaus zu springen. Wie große, fette Frösche.«
»Allmächtiger! Mutter hat recht. Du bist schamlos.«
»Nein, bin ich nicht. Wenn jemand schamlos ist, dann doch wohl eher Männer, die splitternackt herumtollen. Und wenn ich dran denke, daß sie uns das Schwimmen verbieten, wo« – sie lachte – »wir doch weniger zu verbergen haben als sie.«

»Du hast sie belauert!« rief er. »Wenn dich bloß niemand gesehen hat.«
»Müssen sie wohl«, sagte sie, »sonst hätte es Mutter nicht erfahren.«
»Mrs. Mortimer hat es mir erzählt«, stammelte Hilda. »Sie weiß es von ihrem Mann und fand, ich sollte es wissen.«
»Sie konnte nicht schnell genug hier aufkreuzen«, sagte Laura naseweis. »Hat bestimmt einen neuen Weltrekord aufgestellt.«
Leon konnte es noch immer nicht glauben. »Was ist, wenn mich jemand darauf anspricht? Nicht auszudenken!«
»Du kannst ja sagen, ich sei nicht deine Schwester, sondern nur das Hausmädchen«, schlug Laura vor.
Leon fand das alles andere als komisch. »Ich möchte bloß wissen, wie Vater das aufnimmt.«
»Hab ich ihr auch gesagt«, jammerte Hilda. »Fowler wird einen Tobsuchtsanfall bekommen.«

Fowlers Tobsuchtsanfälle ließen Laura völlig kalt. Bühnenzauber war das, wie seine Reden auch. Glaubten denn die Leute wirklich diesen ganzen Mist, den er ihnen auftischte, als wäre er ein Priester und könnte sie als einziger vor Hölle und Verdammnis bewahren? In der Morgenzeitung war der Artikel abgedruckt, den Leon gestern überbracht hatte. Er hatte ihn als Pressemitteilung deklariert, aber Cosmo Newgate, der Herausgeber, hatte ihn in der Spalte der Leserbriefe veröffentlicht. Laura wartete beim Frühstück ungeduldig auf Leon, um es ihm zu zeigen. Und dann war er an der Reihe, einen Tobsuchtsanfall zu bekommen, dieser Maulheld. Warum er niemals wagte, Fowler die Stirn zu bieten, blieb Laura ein Rätsel. Bei der Mutter war es nicht anders. Dabei könnte sie, wenn sie es darauf anlegte, ihrem Mann das Leben verdammt schwer machen und ihn auf Trab bringen; statt dessen stöhnte und seufzte sie in einem fort, gab sich zufrieden mit ihrer Unzufriedenheit, nahm seine Schikanen hin und glaubte, sie gehörten zu ihrem Schicksal als Ehefrau.
Hilda war durchaus einmal glücklich gewesen, damals, als sie

auf dem Familienstammsitz in Bathurst gelebt hatten. Dort hatte sie den Trubel der reichen und angesehenen Gesellschaft genossen und sich als hervorragende Gastgeberin etabliert. Fowlers ehrgeizige Pläne jedoch hatten sie ihren Freunden und ihrer Familie entzogen und in dieses entlegene Städtchen in Queensland verschlagen, während sich ihr Mann als Abgeordneter des Wahlkreises und Mitglied des Parlaments schon bald häufiger in Brisbane aufhielt als zu Hause. Ein Segen, fand Laura, obgleich sich die Mutter auch darüber beklagte.
Laura hatte ihre Kindheit auf dem Stammsitz der Familie genossen. Ihr Herz gehörte den Pferden und allen anderen Haustieren, und sie war glücklich, bis man sie nach Sydney ins Internat schickte. Während Leon gerne an seine Schulzeit zurückdachte, war ihre Erinnerung mehr als finster. Die Lehrerinnen reagierten pikiert auf ihre Ausdrucksweise, die sie von den Männern auf dem Hof und in den Schafpferchen übernommen hatte; sie wurde streng bestraft, weil es ihr an Arbeitseifer mangelte und sie sich unhöflich und aufmüpfig aufführte, ein Wildfang, dessen Benehmen nicht geduldet werden konnte. Als sie schließlich ausriß und sich zu ihrem Onkel in Sydney flüchtete, wurde sie vom Unterricht ausgeschlossen. Von der nächsten Schule flog sie, weil sie immer wieder auf eigene Faust den nahegelegenen Strand aufsuchte. Man verstand einfach nicht, daß Schulmauern für ein Mädchen wie Laura nicht nur ›Gefängnis‹, sondern auch eine Herausforderung bedeuteten. Angestachelt von ihren Klassenkameradinnen, die es aufregend fanden, eine Rebellin unter sich zu haben, hatte sie sich sogar in die hohen Wellen der Coogee Beach gestürzt – für sie ein unvergeßliches Erlebnis: die prickelnde, kristallene Frische der Brandung, die unbeschreibliche Wucht der Brecher ..., ein Polizist hatte sie festgenommen, als sie aus dem Wasser kam.
Das war das Ende ihrer Schulzeit. Laura erhielt die Erlaubnis, auf Bondi, dem Gut von Onkel William und seiner verrückten Frau, zu bleiben, obwohl ihr der Vater aus der Ferne die Prügel ihres Lebens androhte. Achtzehn Monate später, als sich

die Familie nach Rockhampton einschiffte, war alles vergessen. Laura hatte sich stets nach dem Landleben zurückgesehnt und sich geschworen, diesen Wunsch auch in die Tat umzusetzen. Ihren Freunden erzählte sie, sie wolle einen Schafzüchter heiraten und sich einen Stall voller Pferde halten. Oder aber eine eigene Farm kaufen. Wo doch Onkel William, der seiner Nichte sehr zugetan war, versprochen hatte, sie in seinem Testament zu berücksichtigen. Sollte er tunlichst auch, dachte Laura. Ihr Aufenthalt auf Bondi war der Maskey-Familie sehr gelegen gekommen. Williams Frau, Tante Freda, war anfällig für unschöne »Anwandlungen«, wie ihre Handgreiflichkeiten taktvoll umschrieben wurden. Dann ging sie mit dem Messer auf die Bediensteten los, die trotz aller Überredungskünste Williams bald das Weite suchten, so daß Laura die Rolle der Haushälterin übernahm, schon weil sie es als einzige verstand, Tante Freda zu beschwichtigen.

»Sie hat Angst«, erklärte Laura. »Das ist alles. Sie sucht Schutz. Sie hört von irgendwoher Stimmen, die ihr einreden, daß man sie umbringen will und daß sie sich verteidigen muß.«

Als die arme Freda schließlich in einer Irrenanstalt landete, benötigte William Lauras Dienste nicht länger. Zumal er, als Freda dann starb, nach London übersiedelte. Nach dieser anstrengenden Zeit auf Bondi fand Laura Rockhampton eigentlich gar nicht so übel. Sie liebte es, die Uferböschungen des tief unter ihr fließenden Fitzroy River entlangzureiten oder im Schatten der Trauerweiden zu sitzen, eins zu werden mit dem sacht wogenden Grün. Manchmal versuchte sie, die Postkartenidylle in ihrem Skizzenbuch festzuhalten, fand aber immer, daß ihre Bemühungen dem großartigen Fluß nicht gerecht wurden.

Das Hausmädchen brachte ein an Leon adressiertes Telegramm, das die Mutter aufriß. »Euer Vater kommt mit dem nächsten Linienschiff nach Hause«, verkündete sie.

Laura runzelte die Stirn. »Du kritisierst ständig an mir herum. Dabei benimmst du dich äußerst ungehörig, wenn du anderer Leute Post öffnest.«

»Ein Telegramm ist keine Post«, gab Hilda zurück. »Außerdem ist es von deinem Vater.«
»Aber das wußtest du doch erst, nachdem du es geöffnet hattest.«
»Ich wäre dir dankbar, wenn du dich um deine eigenen Angelegenheiten kümmern würdest. An deiner Stelle würde ich lieber über mein eigenes Benehmen nachdenken. Glaub nur nicht, daß dein Vater nichts von deiner neuesten Eskapade erfährt.«
»Bestimmt wird er das«, sagte Laura sarkastisch. Sie zerteilte gekonnt eine saftige Mango, löste ein Segment heraus und saugte das süße Fruchtfleisch aus der Haut. Damit herauszurücken, daß Amelia, die Tochter von Boyd Roberts, einer der führenden Persönlichkeiten der Stadt, sie dazu angestachelt hatte, war wohl nicht ratsam.
Sie grinste in sich hinein. Amelia! Alle lobten sie in den höchsten Tönen! Wie entzückend sie stets aussähe in ihren rosa oder blauen Kleidern, den ausgefallenen Hüten und mit ihren aufgesteckten schwarzen Locken, die das Gesicht einrahmten! Dabei war Amelia hinter ihrer hübschen Fassade ein richtiger Teufel und durchtriebener als ein Affe auf der Stange, ohne sich allerdings jemals erwischen zu lassen. Heimtückisch konnte sie sein und, wie Laura hin und wieder fand, geradezu niederträchtig. Sie belauschte jeden, der ihr großes, luftiges Haus hoch oben auf dem Berg betrat, und gab dann alles brühwarm an Laura weiter. Wenn die beiden Mädchen nachmittags sittsam mit Amelias Vater und dessen Freunden zusammensaßen, kam es zuweilen vor, daß Laura mit einemmal Alkohol, für gewöhnlich Cognac, in ihrem Kaffee schmeckte, den sie, von Amelia scheinheilig beäugt, ohne eine Miene zu verziehen trinken mußte, weil sie wußte, daß auch die Freundin Alkohol in ihrer Tasse hatte.
Mr. Roberts war ein großer, gutaussehender Mann Ende Vierzig, mit dunklem, an den Schläfen ergrauendem Haar und einem schmalen Schnurrbart. Nach seinem Abschied vom Regiment hatte er auf einer Reise in den Norden auf spektakuläre

Weise sein Glück gefunden – Boyd Roberts war, wie es hieß, einer der ersten Goldschürfer, der in Canoona einen Volltreffer gelandet hatte und mit prallen Satteltaschen in Rockhampton einritt. Kein Wunder, wenn man ihn angesichts seines wachsenden Wohlstands – mittlerweile gehörten ihm zwei Minen – mit dem legendären König Midas verglich. Seine Frau dagegen war nicht vom Glück begünstigt und vor einigen Jahren an einer Lungenentzündung gestorben.
Roberts hatte sich ein Haus auf dem Berg über der Stadt gebaut und ausreichend Personal eingestellt, um sein Töchterchen Amelia, für das ihm nichts zu teuer war, umsorgen zu lassen. Laura hielt Amelias Ansprüche für eher bescheiden. Sie machte sich nichts aus Reisen, aus dem, was in der großen, weiten Welt vor sich ging; sie interessierte sich ausschließlich für Kleider und kostbaren Schmuck, womit sie der Vater auch reichlich verwöhnte – Dinge, die ihr bei der Ausführung ihres Plans, sich den richtigen Ehemann zu angeln, halfen. Mit achtzehn wußte sie genau, was sie wollte: heiraten und bis in alle Ewigkeit in diesem Haus, das sie Beauview getauft hatte, zusammen mit ihrem Vater leben.
Unentwegt wurden Mr. Roberts heiratswillige junge Damen zugeführt, die Amelia als Bedrohung empfand, so daß ihnen bei ihren Besuchen regelmäßig die erstaunlichsten Dinge zustießen: Ihre Handschuhe verschwanden, oder sie hatten mit einem plötzlich auseinanderbrechenden Rohrstuhl zu kämpfen, oder eine Maus verfing sich in ihrem Rock. Spitzfindiger war dagegen Amelias Art, den Besucherinnen Komplimente zu machen. Sie ließ sich lang und breit über ihre Kleider aus, ihre Frisuren, ihren Schmuck, brachte nervöse junge Frauen dazu, ausschließlich von sich und ihrer Garderobe zu sprechen, wohl wissend, wie sehr den Vater diese Art der Unterhaltung langweilte. Für wild entschlossene Witwen wie auch für zartbesaitete ledige Damen konnte ein Besuch in Beauview wahrhaftig zu einem Desaster werden – und Amelia zog dabei die Fäden, ohne daß der liebenswürdige und charmante Boyd Roberts das jemals zu bemerken schien.

Endlich erschien Leon zum Frühstück, in seinem weißen Rüschenhemd und sandfarbenen Kniehosen wie aus dem Ei gepellt. Er entdeckte sofort das Telegramm auf dem Tisch. »Von Vater?«

»Ja, mein Schatz«, sagte Hilda. »Er kommt mit dem nächsten Schiff.«

Leon nickte lässig. »Ich muß den Empfang für ihn vorbereiten. Ihr beide kommt natürlich auch.«

»Natürlich«, lächelte Hilda.

»Vaters Leserbrief ist abgedruckt worden«, sagte Laura unschuldig.

»Was denn für ein Leserbrief?« Leon griff bereits nach der Zeitung, fand, was er suchte, und ließ sich auf den Stuhl fallen. »Mein Gott! Das wird er mir in die Schuhe schieben«, sagte er niedergeschlagen.

»Warum denn, mein Schatz?« fragte Hilda. »Was macht das schon aus? Solange er seine Meinung zum Ausdruck bringen kann ...«

»Das macht sehr viel aus. Jeder Idiot kann einen Leserbrief schreiben. Eine Stellungnahme von Cosmo würde im Nachrichtenteil abgedruckt und nicht ganz hinten versteckt. Das gäbe seinen Argumenten zusätzlich Nachdruck.«

»Du glaubst also, Cosmo ist gegen einen neuen Staat im Norden?«

»Er hält sich mit seiner Meinung noch zurück. Fest steht nur, daß er mit Vater als Premier nicht einverstanden ist.«

»Wen will er dann?« fragte Hilda. »Wo doch dein Vater so viel Erfahrung hat. Kein anderer kann es mit ihm aufnehmen.«

»Ausgenommen Mr. Roberts«, warf Laura ein.

»Roberts?« Leon war verblüfft. »Der interessiert sich doch gar nicht für Innenpolitik.«

»Tut er wohl.« Laura schmunzelte. »Das weiß ich von Amelia.«

Hilda setzte klirrend ihre Teetasse ab. »Hat man Worte! Reicht es nicht, wenn wir einen derart gefährlichen Kerl in unserer Stadt dulden müssen? Muß er jetzt auch noch mit dem Parlament liebäugeln?«

»Mutter!« fiel ihr Laura ins Wort. »Ich weiß nicht, wer dir solche Geschichten erzählt. Mr. Roberts ist nicht gefährlich. Er ist, ganz im Gegenteil, ausgesprochen nett.«
»Was weißt du denn schon?« sagte Leon. »Dieser Mann hat draußen auf den Goldfeldern einen schlechten Ruf. Er soll sich die ersten Claims in Canoona widerrechtlich angeeignet haben, die Starlight-Mine gehört angeblich einem alten Schotten, der auf mysteriöse Weise verschwunden ist.«
»Warum hat man ihn dann nicht vor Gericht gestellt?« begehrte Laura auf.
»Weil keiner bereit war, sich mit Roberts und seinen Handlangern auseinanderzusetzen. Bis heute nicht.«
»Ich glaube dir nicht. Außerdem beschäftigt er Grubenarbeiter und keine Handlanger.«
»Geh lieber nicht mehr in sein Haus«, warnte Hilda Laura. »Deinem Vater ist das bestimmt nicht recht. Zudem habe ich gehört, daß er sich seinen Geliebten gegenüber ziemlich ungebührlich verhält.«
»Tut er nicht! Amelia paßt schon auf! Jede Geliebte, wie du sie nennst, wäre froh, wenn sie zehn Minuten durchhielte.«
»Ach ja?« meinte Leon interessiert, aber Laura wollte aus Loyalität zu ihrer Freundin nicht näher auf das Thema eingehen.

Sommerregen hatte kurz vor Fowlers Rückkehr die Stadt unter Wasser gesetzt, so daß Leon ihn alleine an der Anlegestelle abholte. Verärgert griff er nach dem Schirm, den Leon ihm reichte. »Wo ist deine Mutter?«
»Im Criterion, zusammen mit Laura. Im Hotel findet ein Empfang für dich statt, aber sehr viel Leute sind nicht gekommen.«
»Diese Angsthasen! Nur wegen ein paar Regentropfen!«
»Nicht deswegen. Sie feiern in der Kneipe unten an der Straße. Sie sind auf eine weitere Goldader gestoßen, offenbar auf eine dicke, im Crocodile Creek.«
Obwohl Fowler sich das merkte und darin einen neuerlichen

Beweis für die politische Schwäche des Südens sah – der reiche Norden überflügelte mit seinen Steuern den Süden –, tat dies seinem Unmut keinen Abbruch. Er stürmte in den Speisesaal des Hotels, wo auf weißgedeckten Tischen ein kleiner Imbiß wartete, auf der einen Seite ein kaltes Buffet und auf der anderen Seite Getränke. Dazwischen nicht mehr als ein Dutzend Leute, die eher schuldbewußt herumstanden.
Seine Frau kam auf ihn zu und küßte ihn. »Willkommen daheim, mein Lieber. Wie war es in Brisbane?«
Fowler beachtete sie nicht. »Ist das alles?« zischelte er Leon zu. Für gewöhnlich erschienen mindestens hundert Leute zu seinen Versammlungen. Gold hin, Gold her, Leon hätte sich mehr ins Zeug legen müssen. »Mit dem, was hier aufgefahren ist, könnte man eine ganze Armee satt kriegen«, sagte er und zog Leon beiseite. »Du machst mich nur lächerlich. Geh schon und sorg für mehr Publikum.«
»Wo soll ich das denn herkriegen?«
»Ist mir völlig egal. Aus der Bar! Von der Straße! Schau nach, wer sich im Hotel aufhält. Bring sie hier rein!«
Fowler zwang sich zu einem professionellen Lächeln und begrüßte die wenigen Getreuen einzeln. »Um so mehr bleibt für uns«, scherzte er und nahm sich einen Whisky. »Also dann, greift tüchtig zu. Es ist genug da! Ich sag euch was, Leute, es ist schön, wieder zu Hause zu sein.« Er schüttelte Hände, sprach zwei Damen seine Hochachtung dafür aus, den Elementen getrotzt zu haben, und bemühte sich, nicht wie gebannt zur Tür zu starren, als eine seltsame Mischung Fremder in den Raum drängte.
»Sieht aus, als müßtest du ihnen das nächste Mal was Ausgefalleneres bieten«, meinte Laura, die neben ihm stand.
»Was meinst mit ›was Ausgefalleneres‹?«
»Ich weiß nicht. Wenn es um Konkurrenz geht, reicht eben eine kostenlose Abspeisung nicht, um sie in deine Versammlungen zu locken. Wirklichen Hunger leidet hier niemand.«
Mit dem Ausgefallenen hatte sie durchaus recht; auch diesen

zarten Hinweis merkte Fowler sich. Aber Konkurrenz? »Was für Konkurrenz?«
»Mr. Roberts tritt bei den nächsten Wahlen gegen dich an.«
Diese Nachricht traf Fowler völlig unvorbereitet, aber er war gut im Pokern. »Na und?« sagte er. »Als Abgeordneter von Rockhampton dürfte es für mich nicht schwer sein, den Sitz für Queensland oder Capricornia zu beanspruchen.«
»Capricornia? Soll so der neue Staat heißen?«
»Bietet sich doch geradezu an. Rockhampton liegt am Wendekreis des Steinbocks, lateinisch *capricornus.*« Er hatte sich auf ein Gespräch mit seiner Tochter nur eingelassen, um die Zeit zu überbrücken; jetzt, da man sich an der Tür drängte, begab er sich dorthin, um die Neuankömmlinge zu begrüßen.
Laura trank ein Glas Ingwerbier, nahm sich einen Teller Weinschaumauflauf und verzog sich, während Leon eine in roten Plüsch eingeschlagene Schachtel bei den Ehrenplätzen abstellte. Den Damen wurden Stühle gebracht, dann warf sich Fowler in Positur und richtete das Wort an die Versammlung. Laura vergewisserte sich, daß sie von ihrem Platz aus, ohne dem Redner den Rücken zuzukehren, den Saal überblicken konnte; denn lieber als die ihrer Ansicht nach langweiligen Ausführungen Fowlers verfolgte sie die Reaktionen der Zuschauer. Eine ganze Palette von Reaktionen! Da gab es Tuschelnde, Dösende, Zappler, gebannt Lauschende, und vor allem richtete sich ihr Augenmerk auf Störenfriede. Sie verliehen den Veranstaltungen Würze. Leider waren heute keine anwesend, und je länger Fowler sprach, desto schläfriger wurde sie. Bloß nicht einnicken! Der Zorn Gottes würde über sie hereinbrechen! Sie richtete sich auf und bekam mit, wie sich am gegenüberliegenden Tisch ein hochgewachsener junger Mann ein Hühnerbein stibitzte und gleich darauf noch eins und genüßlich kauend den so bedeutenden Staatsangelegenheiten lauschte. Als der junge Mann bemerkte, daß Laura schmunzelte, zwinkerte er ihr zu.
Nachdem Fowler seine Rede beendet hatte, verlas Carter, der Direktor der Commercial Bank und, wie konnte es anders

sein, Fowlers Vermögensberater, ein kurzes Grußwort, um dann unter dem Jubel der Anwesenden zu verkünden, daß Großbritannien den australischen Sovereign als gesetzliches Zahlungsmittel anerkannt habe.
Fowler ergriff daraufhin nochmals das Wort. »Zur Würdigung dieser bedeutsamen Entscheidung werde ich am kommenden Sonntag in meinem Hause frisch geprägte Sovereigns an meine politischen Freunde verteilen. Die Veranstaltung beginnt um zwei Uhr nachmittags. Ihr seid alle eingeladen.«
Sieh einer an! So schnell und entschlossen hatte er ihren, Lauras Vorschlag, etwas Ausgefallenes zu bieten, in die Tat umgesetzt. Wenn sich ein Wettlauf zwischen ihrem und Amelias Vater entwickelte, versprach der Wahlkampf direkt spannend zu werden. Geld gegen Geld. Nicht anzunehmen, daß sonst noch jemand mithalten konnte.
»Ist letzten Endes doch gar nicht so schlecht gelaufen, meinst du nicht auch?« wandte sich Leon an sie.
»Nein, durchaus nicht.« Armer Bruder! »Zumindest waren ein paar neue Gesichter da und nicht der ewig gleichbleibende Haufen. Wer ist eigentlich dieser junge Mann da drüben, der sich gerade über die Apfeltaschen hermacht?«
»MacNamara. Ich hab' ihn im Hotel abgefangen. Ihm gehört die Oberon-Farm östlich der Berserker Ranges. Seine Familie hat Geld wie Heu. Sie besitzt mehrere Farmen auf der Strecke Hunter Valley Townsville.«
Laura stieß ihn sacht an. »Vater will dich sprechen.«
Leon sah sich zum Vater um und eilte auf dessen Wink hin zu ihm. Laura schlenderte zu dem Fremden hinüber. »Hat es Ihnen geschmeckt, Mr. MacNamara?«
»Aber gewiß doch, Miss Maskey.« Er grinste. »Ich war am Verhungern. Bin grade erst in die Stadt gekommen!«
Sie fühlte sich geschmeichelt, daß er auch ihren Namen in Erfahrung gebracht hatte. Er war sehr groß und, sofern man das von einem Mann sagen konnte, bildschön. Sanfte braune Augen, gelocktes Haar, weiche Konturen und ein hinreißendes Lächeln. Ein freundliches Lächeln.

»Darf ich Ihnen etwas zu trinken holen?« fragte sie.
»Ich hätte gern eine Tasse Tee.«
»Kommt sofort«, sagte sie fröhlich.
Sie leistete ihm Gesellschaft, während er seinen Tee trank, beantwortete seine Fragen zur eben zu Ende gegangenen Versammlung.
»Ihr Vater ist ein guter Redner«, meinte er. »Trotzdem sollte er sich auf den einen Job beschränken.«
»Auf welchen denn?«
»Den er hat. Die Vertretung dieses Distrikts im Parlament. Ich bin gegen die Abspaltung. Dazu ist es viel zu früh. Queensland ist auf seine natürlichen Reichtümer angewiesen; es wäre fatal, zu diesem Zeitpunkt eine Trennung zu vollziehen. Entzweien und zugrunde richten – das ist alt, aber wahr.«
»Wer sollte uns denn zugrunde richten?«
»Die Finanzen. Immense Schulden würden das Volk nur in Armut stürzen. Der Staat hat bereits genug damit zu kämpfen. Zwei Finanzministerien, die sich um ein Budget streiten – unmöglich!«
»Aber wir im Norden mit unserem Gold und unserem Vieh kommen praktisch für Brisbane und die südlichen Distrikte mit auf.«
»Das glauben Sie doch wohl selbst nicht?« Er schien ehrlich erstaunt.
In diesem Augenblick kam Leon zurück. »Entschuldigen Sie, Mr. MacNamara, aber wir müssen gehen. Komm, Laura. Ich hol' nur noch schnell Vaters Gepäck.«
MacNamara zwinkerte. »Sie haben sich zu viele Reden Ihres Vaters angehört. Ich hoffe, Sie verzeihen mir, Ihre Gastfreundschaft unter Vorspiegelung falscher Tatsachen genossen zu haben, aber als hungriger Mann konnte ich einfach nicht anders.«
»Schon gut«, sagte sie großmütig. »Ich finde Ihre Ansichten durchaus interessant. Hoffentlich sind Sie satt geworden. Übrigens bin ich morgen hier zum Mittagessen verabredet. Vielleicht könnten wir anschließend unser Gespräch fortset-

zen?« Eine faustdicke Lüge, aber sie wollte ihn unbedingt wiedersehen. Amelia würde sie eben begleiten müssen.
»Das wird wohl nicht gehen«, erwiderte er. »Morgen habe ich eine Menge zu erledigen.«
»Dann eben nicht.« Laura reichte ihm die Hand. »War nett, Sie kennenzulernen.«
Gleich darauf schalt sie sich eine alberne Gans – aber hatte er nicht ihre Hand ein wenig länger als nötig festgehalten, als wollte er sie nicht gehen lassen? Wahrscheinlich bildete sie sich das nur ein. Aber die Berührung war warm gewesen, und ein erregendes Kribbeln durchlief sie, als sie mit ihren Eltern aufbrach. MacNamara! Ein umwerfender Mann! Sie konnte es kaum erwarten, Amelia von ihm zu erzählen. Und sie hatte sein Zögern bemerkt. Vielleicht konnte er es doch einrichten, zum Mittagessen dazusein – er logierte schließlich im Criterion.

Zum zweiten Mal in dieser Woche verzichtete Laura auf zwanglose Kleidung und machte sich aus gegebenem Anlaß »stadtfein«. Sorgsam traf sie ihre Wahl, wohl wissend, daß sie gestern Mr. MacNamara gegenüber reichlich vorwitzig gewesen war und ihn damit möglicherweise gekränkt hatte. Manche Männer reagierten durchaus empfindlich, wenn eine Dame die Initiative ergriff, auch wenn sie Mr. MacNamara nicht für so verschroben hielt.
Sie schnürte ihr Korsett locker – nicht einmal für ihn würde sie sich wie in einen Schraubstock einzwängen –, schlüpfte in einen bodenlangen Batistunterrock und streifte ihr Lieblingskleid aus blauschillernder Seide darüber, dessen tief ausgeschnittenes Mieder in diesen heißen Tagen angenehm zu tragen war und mit einer feinplissierten Borte aus Georgette abschloß. Die Schneiderin hatte ursprünglich angeregt, die Halspartie lagenweise mit Spitze zu besetzen, was Laura, die Rüschen nicht mochte, aber abgelehnt hatte. Dagegen hatte sie auf einer etwas tiefer angesetzten Taille bestanden sowie auf einem weitgeschnittenen Rock, dessen Falten das hübsche Farbenspiel von Licht und Schatten zur Geltung brachten.

Nach einigem Hin und Her hatte sie der Schneiderin zugestanden, für den Rücken zusätzlich Plissee zu verwenden, mit einer breiten, flachen Schleife in Taillenhöhe, die wie eine Turnüre wirkte. Als sie sich jetzt im Spiegel betrachtete, mußte sie zugeben, daß das Kleid ungemein elegant wirkte. Sie setzte einen Strohhut auf, verbarg das sichernde Gummiband unter dem Haar und begann, in einer Schublade nach passenden Handschuhen zu wühlen.

»Was hast du vor?« Die Mutter stand an der Tür.

»Mittagessen, mit Amelia.«

»Ich habe dir doch gesagt, du sollst nicht mehr zu den Roberts gehen.«

»Vater hat es mir nicht verboten.«

»Wird er schon noch. Ich nahm an, du würdest hierbleiben und mir bei den Vorbereitungen zu dieser Einladung helfen, die er mir eingebrockt hat«, sagte Hilda vorwurfsvoll. »Ohne mich zu fragen einfach alle Welt herbitten! Offenes Haus am Sonntag nachmittag! Das heißt, keiner weiß, wie viele kommen und was für Leute das sind. Einfach ungeheuerlich! Soll ich etwa sämtliche Dummköpfe und liederlichen Weiber der Stadt verköstigen?«

»Mutter, ich muß gehen«, unterbrach Laura das Lamento. »Ich helfe dir morgen.«

»Und wie kommst du hin?« fragte Hilda. »In dem Kleid kannst du doch nicht reiten.

»Amelia holt mich mit ihrer Kutsche ab.«

Hilda brummte mißbilligend. »Es ist ein Skandal, wie dieser Vater seine Tochter verzieht. Das hat's doch noch nie gegeben, daß ein junges Mädchen einen eigenen Wagen samt Kutscher hat.«

»Ist ja nur eine kleine Kutsche«, versuchte Laura die Mutter zu beschwichtigen, die davon ausgehen mußte, daß Laura in Beauview verabredet war und nicht im nahen Hotel. »Mr. Roberts hat eine kleinere Variante anfertigen lassen. Sie ist sehr bequem und in der feuchten Jahreszeit geradezu ideal. Du solltest dir auch eine Kutsche zulegen, Mutter, du könntest sie

wirklich sehr gut gebrauchen.«
Niemand sonst in der Stadt hatte irgendeine Art von Kutsche. Wenn die Frauen nicht reiten wollten, nahmen sie den Einspänner oder einen Ponywagen. Amelias Gefährt sorgte in Rockhampton für Klatsch und Neid, was der jungen Dame nur recht war.
Noch immer murrend, folgte Hilda Laura nach unten. »Bloß gut, daß Amelia ein so reizendes, wohlerzogenes Mädchen ist. Sonst hätte ihr Vater sie längst restlos verdorben.«
»Gewiß«, pflichtete Laura der Mutter bei und mußte ein Lachen unterdrücken. »Da ist sie ja schon.«
»Guten Tag, Mrs. Maskey!« Amelia beugte sich aus dem Fenster der Kutsche. »Ich hoffe, es geht Ihnen gut.«
»Ja danke, Miss Roberts«, antwortete Hilda steif und nahm, als Laura einstieg, die Gelegenheit wahr, den livrierten Kutscher, der jetzt den Schlag zuwarf und dann auf den Bock kletterte, einmal aus der Nähe zu betrachten. Eines Kommentars enthielt sie sich, rief nur noch Laura hinterher: »Sei nicht zu spät zurück. Zum Abendessen sind Gäste da.«
»Was für Gäste?« wollte Amelia wissen.
»Nur Mr. und Mrs. Franklin«, gab Laura Auskunft, um gleich darauf den Kopf einzuziehen. »Vorsicht! Schau weg. Da kommt Captain Cope.«
»Bobby Cope? Mach doch nicht so ein Gesicht. Ich finde ihn sehr fesch.«
»Ich aber nicht. Er ist ein Wüstling.«
»Von wegen Wüstling, er flirtet nur gern, und dagegen ist nichts einzuwenden. Das macht doch Spaß.« Dann: »Deine Mutter war so ruhig. Ich habe mich schon gewundert, daß sie dir erlaubt, allein ins Hotel zu gehen.«
»Sie glaubt, wir fahren zu dir.« Laura schmunzelte. »Und dein Vater, was hat der gemeint?«
»Er hat gar nicht erst gefragt. Er ist doch kein Spießer.«
Laura fuhr hoch. »Sag dem Kutscher, er soll anhalten. Wir sind schon am Hotel vorbeigefahren.«
»Nur keine Panik. Ist alles in Ordnung. Ich habe ihn angewie-

sen, erst mal eine Runde durch die Stadt zu drehen. Damit die Leute was zu lästern haben.« Sie rückte ihren Hut zurecht, dessen rosa-weißes Band auf ihr Gingham-Kleid abgestimmt und unter dem Kinn mit einer rosa Satinschleife gebunden war. »Lehn dich jetzt zurück«, sagte sie, als die Kutsche über die Fitzroy Street fuhr und dann in die East Street einbog. »Schau einfach geradeaus, Laura«, wies sie die Freundin an. »Du verdirbst alles, wenn du den Leuten zuwinkst.«
»Ich werde mich hüten, den Leuten zuzuwinken!« empörte sich Laura.
»Wie wär's, wenn wir hier hielten und ein paar Einkäufe machten?« schlug Amelia vor.
»Kommt nicht in Frage! Wir kommen sonst noch zu spät zum Mittagessen.«
»Na schön. Du hast es dermaßen eilig, dort aufzukreuzen, daß ich glaube, du hast dich in diesen MacNamara verknallt. Ich brenne darauf, ihn kennenzulernen. Meinst du, er ist da?«
»Weiß ich nicht. Aber er weiß, daß wir dort sind.«
»Er findet dich nett?«
»Ich glaub' schon. Er hat schwarzes Haar und ein umwerfendes Lächeln, sieht blendend aus, abgesehen von einer kleinen Narbe an der Wange. Andererseits ist er dadurch nur noch hinreißender, männlicher ...«
»Du meine Güte!« meinte Amelia. »Paß bloß auf, daß *ich* mir nicht diesen Märchenprinzen angle.«
»Wage es«, drohte Laura.

Die beiden jungen Damen stiegen hoheitsvoll aus der Kutsche und rauschten in die Empfangshalle des Criterion Hotels, wo sie, nachdem sich ihre Augen an das dort vergleichsweise schummrige Licht gewöhnt hatten, die schmachtenden Blicke der Männer an der rechter Hand gelegenen Bar ignorierten und geradewegs auf den Speisesaal zusteuerten.
Gunnar Thomas, der Gastwirt, folgte ihnen von der Bar aus. »Womit kann ich Ihnen dienen, meine Damen?«
Für unverheiratete junge Mädchen schickte es sich nicht, allein

zu speisen, aber Amelia wußte sich zu helfen. »Wir gedenken, mit meinem Vater hier zu Mittag zu essen«, sagte sie. »Und es wäre reizend von Ihnen, Mr. Thomas, wenn Sie uns einen Tisch an der Tür zuweisen könnten, damit wir ihn nicht verpassen.«

»Aber natürlich, meine Gnädigste, natürlich«, erwiderte Thomas und eilte voraus.

»Er ist drauf reingefallen!« flüsterte Amelia, als beide ganz selbstverständlich Platz nahmen und sich ungeniert im Speisesaal umsahen.

Wohl wissend, daß man sie im Sichtschutz eingetopfter Palmen beobachtete, musterte Laura, um ihre Aufregung zu verbergen, die roten Samtvorhänge mit den goldenen Borten und Quasten an den Fenstern, die Standuhr und die Bilder mit den Jagdhunden an den Wänden. Unwillkürlich streifte dabei ihr Blick die Tür: noch kein Zeichen von Mr. MacNamara.

»Möchten die Damen schon bestellen oder lieber erst eine kleine Erfrischung zu sich nehmen und auf den Herrn warten?« fragte ein Ober.

»Wir möchten nicht warten«, sagte Amelia von oben herab. »Das würde doch noch eine Weile dauern. Ich nehme Austern. Und gebratenes Hühnchen. Was ist mit dir, Laura?«

»Das gleiche«, sagte Laura, der nicht unbedingt nach essen zumute war.

Amelia dagegen hatte einen gesunden Appetit mitgebracht. »Dann möchten wir noch Plumpudding, mit viel Schlagsahne.« Sie reichte dem Ober die handgeschriebene Speisekarte zurück. »Und vorab frisches Brot und Butter.«

Als sich der Ober entfernt hatte, meinte sie zu Laura: »Wir sollten eine Flasche Wein bestellen.«

»Ich möchte keinen Wein«, wehrte Laura ab. »Und du brauchst auch keinen. Mach dich nicht lächerlich.«

»Von wegen lächerlich. Du bist eine Spielverderberin. Wo bleibt eigentlich dein Freund? Warum fragst du nicht nach, ob er im Hotel ist?«

»Fällt mir nicht im Traum ein!«

»Ich würde es tun«, kicherte Amelia. »Wenn er so nett ist, wie du behauptest, würde ich mich auf die Suche nach ihm machen.«
Der Ober brachte ihnen ein kleines rundes Brot und eine eisgekühlte Schale mit Butterröllchen und kurz darauf eine Platte frischer Austern in der Schale.
Mit einem zuckersüßen Lächeln brachte Amelia die Gaffer mit ihren mißbilligenden Blicken dazu, sich wieder um ihre eigenen Angelegenheiten zu kümmern, dann machte sie sich über die Austern her. »Wenn doch endlich dein Verehrer auftauchte!« sagte sie, während sie eine Auster nach der anderen knackte.
»Er ist nicht mein Verehrer«, widersprach Laura.
»Noch nicht.« Amelia grinste, schaute zur Tür. »Schau mal, wer da kommt!«
Lauras Herz tat einen Sprung. Um so enttäuschter war sie gleich darauf, als Bobby Cope sich näherte.
»Ich seh' wohl nicht recht«, sagte er überschwenglich. »Zwei entzückende junge Damen, die sich selbst überlassen sind.«
»Wir warten auf Mr. Roberts«, entgegnete Laura kühl.
»Er ist mir nicht begegnet«, sagte Cope. »Darf ich Ihnen so lange Gesellschaft leisten?«
»Nicht nötig«, meinte Laura, während Amelia im gleichen Atemzug sagte: »Das wäre reizend von Ihnen.« Und zu Lauras Entsetzen fuhr sie fort: »Es ist reichlich unangenehm, ohne männlichen Schutz hierzusein.«
Cope ließ sich nicht zweimal bitten, nahm Platz und bestellte auf Amelias Drängen hin etwas. »Nehmen Sie die Austern«, riet sie ihm. »Sie sind einfach köstlich.«
»Ich weiß nicht«, meinte er. »Ich mag Austern nicht besonders. Ihnen scheinen Sie auch nicht so recht zu schmecken, Laura?«
Laura schoß das Blut ins Gesicht. Sie hatte so langsam wie möglich gegessen, um die Mahlzeit in die Länge zu ziehen und Mr. MacNamara genügend Zeit zu geben, vielleicht doch noch zu kommen. »Doch, tun sie«, murmelte sie.
»Ich muß schon sagen, Sie sehen heute einfach entzückend

aus. Dieses Kleid steht ihnen ausnehmend gut. Ist es nicht so, Amelia?«
»Ja, wirklich.« Amelia machte einen Schmollmund. »Hast du es selbst genäht, Laura?«
Laura merkte, daß sie Gefahr lief, zur Zielscheibe von Amelias Spott zu werden, und drehte den Spieß um. Da Amelia nichts für Politik übrig hatte, fragte sie: »Was halten Sie von Macalister, dem neuen Premier, Captain Cope?«
»Ein ausgemachter Dummkopf ist er«, sagte Cope. Ich habe mich gestern abend mit Ihrem Vater über ihn unterhalten. Übrigens hat er mich für nächsten Sonntag eingeladen. Wird bestimmt ein anregender Nachmittag. Würden Sie mir erlauben, mich Ihnen als Begleiter anzutragen?«
»Bobby, in meinem eigenen Haus brauche ich keinen Begleiter.«
»Eine Party? Nächsten Sonntag?« mischte sich Amelia ein. »Bin ich eingeladen?«
»Natürlich«, sagte Laura gedankenlos, den Blick auf die Tür gerichtet.
»Wunderbar.« Sie strahlte. »Für diesen Anlaß brauche ich unbedingt ein neues Kleid. Warum lade ich eigentlich nicht selbst einmal an einem Sonntag zum Tee ein? Würden Sie kommen, Captain?«
»Ich würde mich geehrt fühlen«, sagte Bobby. Sein bulliges Gesicht verriet wenig Begeisterung, aber Amelia schien sich zu freuen.
Laura verstand einfach nicht, was Amelia an Bobby Cope fand. Zugegeben, in Uniform sah er ganz manierlich aus, aber sein kurzgeschorenes Haar und der martialische Schnauzbart machten sein grobes Gesicht und die wulstigen Lippen nicht gerade attraktiver. Und seine halb von den Lidern verdeckten Augen straften seine joviale Art Lügen. Laura erschienen sie kalt und verschlagen. Ganz anders Amelia, sie fand Bobbys Augen erregend und geheimnisvoll, und alles an ihm gefiel ihr.
»Du magst ihn nur, weil er mir nachstellt«, hatte Laura einmal gesagt. »Das ist nur dein ewiger Widerspruchsgeist! Er ist alles andere als nett.«

Jetzt war Amelia in ihrem Element; sie überredete Bobby sogar, eine Flasche Wein zu bestellen. Je länger sich das Essen hinzog, desto enttäuschter war Laura. MacNamara hatte es sich nicht anders überlegt. Möglicherweise hatte er wirklich dringende Angelegenheiten zu erledigen, redete sie sich ein. Andererseits hätte er, wenn er sie mochte, immerhin versuchen können, ein Wiedersehen zu arrangieren.
Nachdem sie die Mahlzeit beendet hatten, schickte Amelia Bobby nach ihrer Kutsche. »Dein Freund ist also nicht gekommen. Pech gehabt. Vielleicht ist er ja in der Bar oder auf seinem Zimmer. Frag doch mal nach.«
»Das kann ich nicht.«
»Unsinn. Dann tu ich's eben.« Sie winkte den Ober herbei. »Bitte stellen Sie fest, ob sich Mr. MacNamara im Hotel aufhält.«
Nervös wie ein Angeklagter, der sein Urteil erwartet, saß Laura da, während Amelia es vor Spannung kaum aushielt.
»Nein, Miss«, sagte der Kellner, als er zurückkam. »Mr. MacNamara hat heute früh das Hotel verlassen und ist noch nicht zurück.«
»Ist zwar schade«, meinte Amelia zu Laura, »macht mich dafür um so neugieriger. Ich weiß, was wir tun – du schickst ihm einfach eine schriftliche Einladung für Sonntag, auf dem Briefpapier deines Vaters.«
Laura strahlte. »Gute Idee. Ich brauche ja nicht zu unterschreiben. Hoffentlich hat er bis dahin nicht schon wieder die Stadt verlassen.«
»Es ist einen Versuch wert. Du kannst doch nicht den ganzen Tag hier rumhängen.«
Bobby Cope war schneller zurück als erwartet. »Na, was heckt ihr beiden munteren Schelme denn da aus?« lachte er.
Amelia bedachte ihn mit einem Augenaufschlag. »Wie können Sie so was nur annehmen! Ich habe gerade vorgeschlagen, zu mir zu fahren und dort vielleicht Karten zu spielen.«
»Wunderbar«, sagte Bobby. »Ich bin gern dabei. Mr. Roberts scheint aufgehalten worden zu sein.«

»Er ist ein bißchen vergeßlich«, sagte Amelia leichthin. »Also dann, gehen wir.«
»Ohne mich«, widersprach Laura. »Ich muß nach Hause.«
Amelia lächelte hintergründig. »Natürlich. Laura hat einiges Schriftliches zu erledigen. Sie müssen also mit mir allein vorlieb nehmen, Bobby. Aber nicht schummeln.«
Laura war enttäuscht und beschämt. Wie kindisch, so viel Aufhebens zu machen, nur um einen Mann wiederzusehen, der es nicht einmal für nötig hielt, kurz vorbeizukommen! Warum nur hatte er sie so beeindruckt? Sie hatten sich doch nur ein paar Minuten lang unterhalten, aber sein belustigter Blick verfolgte sie noch immer. Welche Farbe hatten seine Augen? Braun, ja, braun waren sie, die Augen eines Buschmanns, zärtliche, liebevolle Augen, mit denen er in der Sonne meist blinzelte. Und seine Stimme erst! Weich, mit einem leichten irischen Akzent. Er hatte mit ihr geredet, als wären sie die einzigen im Raum gewesen. Sie versuchte, ihn aus ihren Gedanken zu verbannen, war erschrocken, daß ein Fremder es vermochte, sie derart zu verunsichern, und froh, Amelias und Bobbys Gesellschaft entfliehen zu können und nach Hause zu kommen. Vergiß MacNamara, beschwor sie sich, du spielst mit dem Feuer, wie Amelia. Sei doch vernünftig.
»Ihr Vater erwartet Sie in seinem Arbeitszimmer«, richtete ihr das Dienstmädchen aus.
Laura schlenzte den Hut auf den Garderobenständer, fuhr sich durchs Haar und klopfte sacht an die Tür des Arbeitszimmers. Als sie ihre Eltern sah, wußte sie, daß Unheil drohte. Mit hochrotem Gesicht saß ihr Vater an seinem Schreibtisch, neben ihm stand, in der Pose einer Märtyrerin die Hände ringend, ihre Mutter.
»Wird auch Zeit!« brüllte Fowler. »Was hast du zu deiner Entschuldigung vorzubringen?«
»Ich habe dir doch verboten, zu den Roberts zu fahren«, setzte Hilda noch eins drauf.
»Ach so.« Laura lächelte. »Ich hab's mir anders überlegt. Wir

haben mit Captain Cope im Criterion gepflegt zu Mittag gespeist.«
»Eine Dreistigkeit sondergleichen!« schnaubte Fowler, der aufgesprungen war und auf sie herabblickte. »Du solltest dich schämen, dich in der Stadt sehen zu lassen! Du nimmst keine Rücksicht auf meine Stellung, verschwendest keinen Gedanken an die Schwierigkeiten, mit denen ich gerade jetzt zu kämpfen habe. Wie ein Flittchen benimmst du dich! Ich kann mir weder jetzt noch sonst irgendwann einen Skandal erlauben, und du versetzt leichtfertig die ganze Stadt in Aufruhr!«
»Sie wollte nicht auf mich hören«, sagte Hilda. »Du bist derjenige, der sie so verzieht. Ebensogut könnte ich gegen eine Wand reden.«
»Wie alt bist du?« Fowler blitzte Laura an. »Zwanzig?«
»Demnächst einundzwanzig«, berichtigte Hilda stolz.
»Einundzwanzig!« äffte Fowler sie nach. »In diesem Alter sind die meisten jungen Mädchen längst verheiratet.« Er wandte sich an seine Frau. »Wundert mich nicht, daß sie keinen Mann findet. Bei dem Ruf!«
»Was für ein Ruf?« fragte Laura. »Kaum jemand weiß, daß es mich gibt.«
»So, meinst du?« zischelte Fowler. »Wie erklärst du dir dann, daß es der Polizeisergeant für seine Pflicht hielt, mich beiseite zu nehmen, um mich zu bitten, meine Tochter von der Murray-Lagune fernzuhalten? Meine Tochter! Da draußen! Die ganze Stadt spricht darüber, aber ich erfahre es als letzter.« Erregt ging er im Zimmer auf und ab. »Alles deine Schuld«, hielt er Hilda vor. »Du hast dazu geschwiegen und mich dadurch, daß meine Tochter den Namen Maskey verunglimpft, zum Gespött der Leute gemacht. Nun denn«, fügte er noch hinzu, »es gibt eine Lösung für dieses Problem. Damit so was nicht wieder vorkommt, soll sie einen anderen Namen annehmen. Habt ihr mich verstanden?«
»Einen anderen Namen annehmen?« stammelte Hilda. »Wie ...?«
»Mein Gott, stell dich doch nicht so an. Beschaff ihr einen

Mann. Verheirate sie. Ihr Frauen wißt doch, wie man so was einfädelt, also vorwärts.«
»Ich werde wohl gar nicht gefragt?« begehrte Laura auf. Sie sah zwar ein, daß es töricht gewesen war, zur Lagune zu reiten, aber die Reaktion ihres Vaters darauf war eindeutig übertrieben.
»Nein, du wirst gar nicht gefragt. Es findet sich bestimmt ein junger Mann, der bereit ist, dich zu heiraten, sofern du eine ansehnliche Mitgift vorzuweisen hast. Zum Beispiel Captain Cope. Es ist mir nicht entgangen, daß er dir schöne Augen macht.«
»Ich werde Bobby Cope nicht heiraten. Dazu kannst du mich nicht zwingen.«
»Dann eben einen anderen. Ich möchte dich so schnell wie möglich unter der Haube wissen. Die Tage, in denen du dich austoben konntest, sind vorbei; du wirst heiraten und eine Familie gründen und mir nicht länger auf dem Pelz hocken.«
Unwillkürlich starrte Laura auf den langsam kahl werdenden Schädel ihres Vaters, was diesen noch mehr aufbrachte. »Du hältst dich wohl für verdammt schlau«, sagte er. »Aber hör gut zu. Entweder du tust, was ich dir sage, oder du wirst enterbt. Du bist genau wie Leon. Und jetzt raus mit euch beiden. Ich habe zu tun.«

ZWEITES KAPITEL

Vier Jahre vor diesen Ereignissen hatten sich die Wege der MacNamara-Zwillinge getrennt.
Seit dem tragischen Tod ihres Vaters hatten die beiden auf Koramin, dem Gut der Familie in der Liverpool-Ebene in New South Wales, gearbeitet und es zu einem gediegenen, blühenden Anwesen gemacht, auf das Pace, wenn er noch gelebt

hätte, stolz gewesen wäre. Pace und seine Frau Dolour waren die ersten, die sich auf Viehzucht spezialisierten; die drei Söhne – die Zwillinge sowie der Jüngste, der Duke gerufen wurde – waren auf der Farm geboren, die zu jener Zeit noch am Ende der Welt zu liegen schien. Inzwischen jedoch erstreckten sich über Hunderte von Meilen westwärts weitere Güter, es waren Straßen angelegt und Städte gegründet worden, und all das hatte Kooramins Prestige aufgemöbelt.
Die Zwillinge waren noch Kinder, als Pace starb; sein Tod war ein entsetzlicher Schock für sie. Sie hatten geglaubt, ihr irischer Vater sei gegen alles gefeit, und sehnten voller Erwartung seine Rückkehr von einem Streifzug in den Norden herbei. Doch nur sein Partner, ein argentinischer Viehzüchter namens Juan Rivadavia, war zurückgekommen und überbrachte die traurige Nachricht, daß Pace von schwarzen Stammesangehörigen getötet worden war.
Die ersten Monate danach waren sehr turbulent. Es kostete die Familie viel Energie, die Zügel wieder aufzunehmen, die der eigensinnige Ire, der davon geträumt hatte, die beste Rinderzucht des Landes sein eigen zu nennen, aus der Hand gegeben hatte. Einzig die Verbundenheit mit dem Vater hielt sie zusammen. Sie alle liebten Kooramin, und diese Liebe war so existentiell, daß Meinungsverschiedenheiten jedweder Art immer wieder rasch beigelegt werden konnten.
Anfangs waren die beiden Knaben rührend darum besorgt, der verwitweten Mutter zur Hand zu gehen und überboten sich gegenseitig in ihren Versuchen, es ihr recht zu machen. Die starke, leidenschaftliche Frau sah die gute Absicht durchaus, mißbilligte jedoch das Konkurrenzgehabe. »Das hier hat nichts mit einem Wettkampf zu tun, und ich möchte nicht, daß ihr euch aus lauter Ehrgeiz gegenseitig das Leben schwer macht.«
Als die Knaben älter und selbstbewußter wurden, schwand ihr anfänglicher Eifer um die Gunst der Mutter. Sie entwickelten unterschiedliche, von anderen Viehzüchtern übernommene Vorstellungen darüber, wie eine Rinderfarm zu führen sei, von

denen Dolour jedoch nichts hören wollte. Höllisch schwer war es gewesen, die Mutter dazu zu bringen, das nötige Geld für hochwertigere Zuchttiere und besseres Gerät herauszurücken.

John war es, der die Konfrontation suchte. »Mutter, so kann es einfach nicht weitergehen. Ich bin es leid zuzusehen, wie Koramin herunterkommt, weil du zu geizig bist, Geld dafür auszugeben.«

»Sprich nicht so mit mir«, hatte sie ihn zurechtgewiesen. »Du hast keine Ahnung, was es heißt, arm zu sein. Ich weiß es, und ich will es nie wieder so weit kommen lassen. Vergiß nicht, daß ich für euch drei zu sorgen habe.«

»Wir sind doch nicht arm. Die schweren Zeiten sind vorbei, wir erzielen für unser Vieh gute Preise und haben beste Pachteinnahmen von den anderen Gütern.«

Dolour hatte gelächelt, schien bereit nachzugeben. Sie strich ihr dichtes rotes Haar, durch das sich bereits Spuren von Grau zogen, zurück. »Na gut, wenn wir Geld brauchen, verkaufen wir eben das Land oben im Norden.«

»Nein, nicht«, mischte sich Paul ein. »Das gehört Duke, und es bleibt so lange auf seinen Namen eingetragen, bis er volljährig ist und entscheiden kann, was daraus wird.«

»Ich hasse dieses Stück Land!« rief sie. »Euer Vater ist dort umgekommen. Ich möchte nicht, daß Duke dorthin geht.«

»Mutter«, beschwichtigte Paul, »das haben wir doch schon besprochen. Und ich sag's nicht gern immer und immer wieder, aber Dad lag viel an diesem Land dort oben; es ist erstklassiges Weideland. Er wollte es haben, und er hat es gekauft. Es war sein Wunsch, daß Duke es bekommt, wenn er älter ist, weil er wußte, daß es erst dann zu bewirtschaften sein würde. Tut mir leid, wenn du anderer Meinung bist, aber es steht nicht zum Verkauf.«

Seine Mutter starrte ihn an, warf den Kopf zurück und verließ das Zimmer.

»Na, besten Dank. Jetzt wird sie tagelang ungenießbar sein«, meinte John.

»Was hätte ich denn sonst sagen sollen?«
»Nichts. Es würde mich allerdings nicht überraschen, wenn sie zur Abwechslung jetzt das Valley of Lagoons ins Spiel brächte. Wir haben sie nicht überreden können, etwas Geld lockerzumachen, und dabei wollte ich Arbeiter einstellen, um das Gelände einzäunen zu lassen. Jetzt bleibt uns wohl nichts anderes übrig, als das selbst in die Hand zu nehmen.«
John war, so schien es, der ruhigere und bedächtigere von beiden. »Ich muß oft an Vater denken«, sagte er jetzt. »Es ist immer noch so, als wache er genau darüber, was wir tun.«
»Komm mir bloß nicht damit!« wehrte Paul ab, der seine Gefühle lieber hinter einer guten Portion Sarkasmus verbarg. »Du hast Dolour beim Beten belauscht. Pace hat sich nie um den alltäglichen Kleinkram gekümmert, nicht wirklich. Bei ihm ging's doch immer nur um neues Land. Erst hat er mit Rivadavia das große Weidegebiet im Brisbane Valley gekauft, dann wollten sie immer noch mehr. Wenn er noch lebte, würde er weiterhin nach neuen Ländereien Ausschau halten, und wir säßen nach wie vor hier und hielten die Farm in Gang.«
»Du bist ungerecht«, warf John ein.
»Ist nicht als Kritik gemeint. Ich hab' ihn bewundert. Ich würde gern das gleiche tun, meine eigene Farm haben. Aber stell dir vor, ich frage Dolour, ob sie mir Geld dafür gibt! Sie würde mir auf ihre irische Art Bescheid sagen.«
»Tu mir einen Gefallen«, sagte John. »Behalt deine Pläne im Augenblick für dich. Wir müssen sie dazu bringen, für dringend nötige Anschaffungen etwas Bargeld rauszurücken. Vielleicht sollte ich Rivadavia bitten, mal mit ihr zu reden.«
»Warum ihn da mit reinziehen?« entrüstete sich Paul. »Das ist eine reine Familienangelegenheit.«
John zuckte die Achseln. Er mochte den einstmaligen Partner seines Vaters; sein Bruder dagegen gab sich kühl und reserviert, wenn Rivadavia zu Besuch kam. Machte er ihn etwa für den Tod des Vaters verantwortlich? Oder kam er ganz einfach nicht darüber hinweg, daß die Schwarzen Pace getötet und Rivadavia ungeschoren gelassen hatten?

Juan Rivadavia war über Paces Tod derart erschüttert gewesen, daß er bisher keinen noch so kleinen Teil des riesigen Weidelandes, das er und Pace im hohen Norden abgesteckt hatten, für sich beansprucht hatte. Es sei Paces Wille gewesen, hatte er erklärt, daß Duke es bekommen solle, und dementsprechend hatte er es unter Dukes Namen registrieren lassen.
»Sehr anständig von ihm«, hatte John angemerkt. Paul dagegen hatte die Stirn gerunzelt und gemeint: »Oder er hat ein schlechtes Gewissen.«
»Das ist gemein. Er war zutiefst betroffen.«
»Ich weiß, ich weiß. Ich möchte nicht darüber sprechen.«
Seither hatte sich Paul beharrlich über Rivadavia ausgeschwiegen. Dieser hatte, nachdem er nach Kräften der MacNamara-Familie zur Hand gegangen war, sein Anwesen im Hunter Valley einem Verwalter überlassen und war nach Argentinien zurückgegangen, zusammen mit seiner heute längst verheirateten Tochter. Damals hatte man gemunkelt, Juan wolle sie von den hiesigen jungen Burschen, die er für nicht standesgemäß halte, fernhalten. Wehmütig erinnerte sich John daran, daß er selbst einmal bis über beide Ohren in die wunderschöne Rosa verliebt gewesen war, die ihn ihrerseits keines Blickes gewürdigt hatte. Kein Wunder, daß auch der argentinische Ehemann äußerst wohlhabend war; einem solchen Gentleman stand es eben eher zu, für eine Frau wie Rosa zu sorgen.
Häufig dachte er über Pace nach; er war stolz auf seinen Vater. Über die Freundschaft zwischen dem Iren, der ohne einen Penny nach Australien gekommen war, und dem bereits reichen jungen Einwanderer Rivadavia hatte sich John stets gewundert – schon weil beide Männer kaum etwas gemeinsam zu haben schienen. Pace war ein grober, polternder Klotz, der redete, wie ihm der Schnabel gewachsen war. Rivadavia dagegen war gebildet und kultiviert und verkehrte in den adligen Kreisen Sydneys. Immerhin verband die beiden, wie die meisten, die auf dem freien Land lebten, eine ausgeprägte Liebe zu Pferden und dazu diese Besessenheit, sich so viel Land wie möglich anzueignen. Das hatte den Ausschlag gegeben; beide

Männer hatten sich entschlossen, tausend Meilen hinauf in den Norden zu reiten, in eine gefährliche, von feindseligen Schwarzen bewohnte Gegend, um Gebietsansprüche auf unberührtes Land geltend zu machen, das der deutsche Forscher Leichhardt ausgekundschaftet hatte. Sie hatten Leichhardt, diesen Forscher aller Forscher, sogar persönlich kennengelernt und seine Karten eingesehen, und er war es dann auch gewesen, der die beiden Männer auf die Idee gebracht hatte, jenen verhängnisvollen Tausend-Meilen-Ritt zu unternehmen.

Das alles lag weit zurück. Als Juan aus Argentinien zurückkam, erschien er häufig zu Besuch auf Kooramin. Es dauerte nicht lange, bis er und Dolour heirateten und fortan, zusammen mit Duke, im Hunter Valley lebten. Dolour übergab Kooramin den Zwillingen, die dort endlich nach eigenem Gutdünken schalten und walten konnten und mit neuem Schwung an die Arbeit gingen. Wenn es auch anfangs zwischen den Brüdern noch gelegentlich zu Meinungsverschiedenheiten kam, so legten sie sich im Laufe der Zeit und machten einer erfolgreichen Zusammenarbeit Platz.

Daß sie beide zur selben Zeit Hochzeit feierten, schien nur allzu natürlich. John heiratete Eilen Doherty, ein junges Mädchen aus Bathurst, Paul Jeannie L'Estrange von Moonee Downs, einer Rinderzuchtfarm nordwestlich von Kooramin.

Alles ließ sich zunächst prächtig an. Vier junge Menschen, die gut miteinander auskamen, die Arbeit anpackten und für frischen Wind auf der Farm sorgten; und die Arbeiter auf der Farm machten willig mit. Nach sechs Monaten jedoch kriselte es im MacNamara-Haushalt. Paul war wegen der Einstellung seiner Frau zu den Aborigines verstimmt. Rücksichtslos sprang sie mit den Schwarzen um, vor allem mit den jungen Mädchen, die auf dem Anwesen arbeiteten. Das führte zu Spannungen mit Eileen, die zu guter Letzt Paul aufforderte, Jeannie die Leviten zu lesen. »Das muß aufhören«, sagte sie. »Ihr arbeitet tagsüber draußen, und sie scheucht inzwischen die Mädchen hier herum.«

»Was soll ich denn machen? Ich habe sie gebeten, nachsichtiger mit ihnen zu sein, aber sie hat nun mal von Haus aus eine schier unüberwindliche Abneigung gegen Schwarze. Ich meine immer noch, sie wird mit der Zeit lernen, etwas mehr Verständnis für sie aufzubringen. Wir müssen eben Geduld mit ihr haben.«

»Ich habe lange genug geduldig zugesehen, aber jetzt, da sie ihr wahres Gesicht zeigt, kann ich das nicht mehr zulassen. Wie eine Zuchtmeisterin stiefelt sie über den Hof, übt ständig Kritik an den Mädchen, fuchtelt mit ihrer Reitgerte herum. Heute morgen hat sie doch wahrhaftig die kleine Bessie geschlagen, nur wegen eines zerbrochenen Tellers. Wenn so etwas noch mal vorkommt, zieh ich ihr eins mit der Peitsche über. Mal sehen, wie ihr das schmeckt.«

»Tu das nicht! Ich werd' mit ihr reden.«

»Mit ihr reden reicht nicht. Bescheid stoßen muß man ihr!« beschwor ihn Eileen und stürmte davon.

Paul versuchte es. »Jeannie, kannst du nicht ein bißchen netter zu den Eingeborenenmädchen sein, die hier arbeiten? Sie geben doch ihr Bestes.«

»Ihr Bestes?« lachte Jeannie. »Schlechter kann es wohl kaum noch sein! Faule Nichtsnutze sind das, eine wie die andere. Warum schicken wir sie nicht weg und stellen saubere weiße Dienstboten ein?«

»Weil sie hier zu Hause sind, Jeannie, und wir uns um sie kümmern müssen. Wenn wir ihnen Arbeit geben, trägt das dazu bei, daß sie sich unseren Lebensgewohnheiten anpassen ...«

»Warum sollen sie sich anpassen? Eine dreckige Bande ist das, und je eher sie auf Nimmerwiedersehen verschwinden, desto besser.«

»Was redest du da, Frau?!« fragte Paul bestürzt. »Es geht hier um Menschen!«

»Das sind keine Menschen. Selbst die paar Gezähmten, die ihr für euch arbeiten laßt, stehen bei weitem nicht auf der gleichen Stufe wie wir. Mein Vater sagt, sie sind nicht besser als Tiere. Eher schlimmer, um genau zu sein. Eine regelrechte Plage sind sie, sagt er.«

»Verstehe«, sagte Paul ruhig. Dann, unheilvoll: »Mir ist zu Ohren gekommen, daß dein Vater die Erschießung von Schwarzen organisiert. Ist da was Wahres dran?«
»Warum nicht?« erwiderte sie schnippisch. »Ist doch die einzig mögliche Art, sie loszuwerden. Wo diese Halunken wahllos unser Vieh abschlachten.«
»Wundert mich nicht, wenn ihr sie so behandelt.«
Sie sah ihn herausfordernd an, stemmte die Hände in die Hüften. »Dein eigener Vater wurde von Schwarzen ermordet. Und trotzdem schlägst du dich auf ihre Seite. Du scheinst nicht viel Grips von ihm geerbt zu haben.«
»Laß meinen Vater aus dem Spiel. Er starb in einem fairen Kampf draußen in der Wildnis. Es ist kein Zeichen von Intelligenz, unschuldige Männer und ihre Familien kaltblütig umzubringen. Und keines von Überlegenheit, kleine schwarze Mädchen, die sich nicht wehren können, zu vertrimmen. Solltest du in meinem Haus jemals wieder zur Peitsche greifen, dann ...«
»So ist das also. Eileen hat gepetzt, wie? Kommt sich so hochherzig und edel vor. Dabei hat sie dauernd was an mir auszusetzen, hackt ständig auf mir herum. Als wir heirateten, hast du gesagt, wir würden unsere eigene Farm haben. Davon ist weit und breit nichts zu sehen. Wie lange muß ich denn noch mit ihr unter einem Dach leben? Wenn sie erst ihr Baby hat, wird sie vermutlich die Beine hochlegen und darauf bestehen, daß ich den Haushalt allein führe.«
»Es geht nicht um Eileen.«
»Doch. Warum fragst du sie nicht, wann sie fortgehen?«
»John und Eileen werden nicht fortgehen, sondern wir.«
Er machte auf dem Absatz kehrt und ließ sie stehen. Über seinen Wunsch, eine eigene Farm zu besitzen, hatte er bereits mit John gesprochen, und jetzt war der Zeitpunkt dafür gekommen. Da Eileen in wenigen Monaten ihr erstes Kind erwartete, war es besser für sie, auf Kooramin zu bleiben.
John hatte gelacht. »Dir kann's wohl nicht schnell genug gehen, Bruderherz. Vermute ich richtig, daß da noch was an-

deres dahintersteckt als dein Wunsch nach etwas Eigenem? Ich meine, daß du dich selbständig machen willst?«
»Erraten.« Paul grinste, wurde aber gleich darauf ernst. »Ich wollte immer so wie Pace sein, einfach aufbrechen können und Neues entdecken. Also hab' ich mir gedacht: Schau dir mal Queensland an.«
»Ein riesiger Staat. Es dürfte nicht ratsam sein, sich zu weit ins Abseits zu begeben. Du solltest zunächst einmal den Markt sondieren und dich dann nach Land umsehen.«
»Genau deswegen hab' ich an die Gegend um Rockhampton gedacht. Durch die Goldvorkommen ist dort eine Stadt aus dem Boden gestampft worden, der man wegen ihres Flußhafens beste Zukunftsaussichten einräumt.«
»Und das Land eignet sich für die Viehzucht?«
»Allem Anschein nach ja, aber ich werde mich selbst überzeugen.«
»Wenn du noch ein bißchen wartest, komme ich mit.«
»Meinetwegen. Aber vergiß nicht: Der Käufer bin ich. Du bleibst auf Gedeih und Verderb auf Kooramin.«

Zwei Monate, nachdem Eileen von einem Sohn entbunden worden war, der von allen Jack genannt wurde, wenngleich er den Namen John Pace erhielt, brachen die Brüder nach Rockhampton auf. Sie ritten durch das nördliche New South Wales und weiter über die Darling Downs nach Brisbane – denselben Weg, den der Vater mehrmals zurückgelegt hatte. Durch eine malerische Landschaft zogen sie die Küstenpfade entlang nach Norden. Als sie, die im Inland aufgewachsen waren, zum ersten Mal das Meer erblickten, waren sie so überwältigt, daß sie sich dort ein paar Ruhetage gönnten, baden und fischen gingen, auf Hügeln Rast machten und von dort aus die Aussicht genossen und in abgeschiedenen Gasthäusern übernachteten. Mit der australischen Wildnis auf du und du, waren sie stets auf Überfälle von Buschmännern oder marodierenden Schwarzen gefaßt und entsprechend schwer bewaffnet und auf der Hut.

Sie ritten durch eine bizarre Landschaft, die Ironstone Mountain genannt wurde und mit Geröllblöcken übersät war, und trafen vor einer Höhle auf mehrere Aborigines. Einen Augenblick lang befürchtete Paul, es würde Schwierigkeiten geben, aber sie durften passieren. Als er sich zur Sicherheit noch einmal umsah, waren die finsteren Gesichter zu einem Grinsen verzogen.
»Was in denen wohl vorgeht?« sagte er.
»Weiß der Himmel«, meinte John kopfschüttelnd. Er nahm den Hut ab und wischte sich den Schweiß von der Stirn. »Jedenfalls bin ich froh, wenn wir diesen verdammten Berg hinter uns haben. Die Hitze, die von diesen glatten Kegeln ausgeht, ist geradezu mörderisch. Ein Steak könnte man drauf braten. Das sind wirklich die unheimlichsten Felsen, die ich je gesehen habe. Ich möchte wissen, was es mit denen auf sich hat.«
»Sie sehen aus wie dunkel gefleckter Granit.«
Mühsam kämpften sie sich weiter, mußten immer wieder den Geröllblöcken ausweichen, saßen schließlich, als der Pfad nicht mehr zu erkennen war, ab und führten die Pferde zu einem Felsvorsprung, um sich einen Überblick über das Gelände zu verschaffen.
»Allmächtiger!« rief John. »Sieh dir das an!«
Vor ihnen erstreckte sich ein weites Tal an einem breiten Fluß. Paul war überwältigt. »Das muß der Fitzroy River sein«, sagte er atemlos, hingerissen von der Landschaft unter ihm. Daß es hier gutes Weideland geben sollte, wußte er, aber dieses Tal übertraf all seine Erwartungen. Wie gebannt ließen die Brüder den Blick über die sattgrüne Szenerie schweifen, die bis weit nach Osten reichte und dort von bewaldeten Bergen natürlich begrenzt wurde.
Schließlich fand John es an der Zeit, weiterzureiten. Er sah die steile Böschung hinunter. »Jetzt ist mir auch klar, warum die vorhin so gefeixt haben«, sagte er.
»Diese ausgekochten Schlawiner«, lachte Paul. »Sie wußten genau, daß der Pfad hier oben endet. Immerhin haben wir uns einen Rundblick verschaffen können. Die Reise ist zu Ende,

Bruderherz. Das hier ist genau, was mir vorschwebt.«
Als sie zurückritten, um auf anderem Wege ins Tal zu gelangen, war von den Schwarzen nichts mehr zu sehen.
Paul war erregt, sprach bereits vom Viehtreck über Land, überlegte, wer auf Kooramin abkömmlich sei und ihm helfen könne, hier einen Betrieb aufzubauen.
»Hoffentlich bist du nicht zu spät dran«, gab John zu bedenken. »Übermäßig viel Land dürfte in dieser Gegend nicht mehr zu ergattern sein.«

Wie vorausgesehen, war Rockhampton eine geschäftige Kleinstadt am Südufer des Flusses, unterhalb eines Felsmassivs, dessen Ausläufer sich bis in das strudelnde Wasser erstreckten und den Schiffsverkehr weiter stromaufwärts unmöglich machten. Und diese Felsen waren es auch, die der Stadt ihren Namen gegeben hatten.
An der Anlegestelle herrschte reger Betrieb, und Landvermesser waren damit beschäftigt, die Straßenführung festzulegen. John und Paul hatten schon bald die Stadt durchritten und immer wieder anerkennend genickt. Entlang des Weges hatten sie bereits prächtiges, gesundes Vieh weiden sehen, und jetzt bekamen sie mit, wie eine weitere Herde auf eine Koppel getrieben wurde.
»Hereford«, sagte Paul beifällig. »Man geht mit der Zeit.«
»Kann man wohl sagen«, erwiderte der Bruder. »Ich bin nur froh, daß diese Herden weitab von unserem Land weiden. Sonst käm's zu einem harten Konkurrenzkampf.«
»Alles ist so grün«, schwärmte Paul. »Einfach nicht zu fassen. Ich wette, Trockenzeiten sind hier ein Fremdwort.«
»Nun übertreib mal nicht«, warnte John. »Sie werden schon ihre Dürreperioden haben, genau wie alle andern auch. Vergiß nicht, daß die Sommerregenfälle eben erst vorbei sind.«
»Weiß ich doch«, meinte Paul, ohne jedoch restlos überzeugt zu sein. Nach den weiten Ebenen in ihrer Heimat und den heißen trockenen Sommern dort kam ihm dies hier wie ein Garten Eden vor, der noch dazu nur etwa vierzig Meilen von

der Küste entfernt war. Der geeignete Ort schlechthin für eine Familie. Bei diesem Gedanken flog ein Schatten über Pauls Gesicht. Jeannie litt sehr darunter, noch immer nicht schwanger zu sein; daß sie Eileen in diesem Punkt beneidete, war nur verständlich.
Er hatte nur gelacht. »Warum so eilig? Wir haben doch noch genug Zeit.«
Offenbar hätte er das nicht sagen dürfen. Sie hatte ihm Vorwürfe gemacht, keine Rücksicht auf ihre Gefühle, eigentlich überhaupt keine Rücksicht auf sie zu nehmen. Was nicht stimmte. Er liebte sie, sie war seine Frau. Er seufzte auf. Je eher sie fortzogen, desto besser, dann würde sie sich nicht einbilden, ständig mit ihrer Schwägerin wetteifern zu müssen. In ihrem eigenen Zuhause würden sie um so glücklicher sein.
Enttäuschung schlich sich ein, als nach einer Woche die Brüder noch immer kein verfügbares Land ausfindig gemacht hatten. Sie wandten sich an die Landvermesser, die im York Hotel in der Fitzroy Street ihr Büro hatten und deren Gebietskarten auf dem neuesten Stand waren, aber was sie dort erfuhren, war wenig vielversprechend.
»Das meiste Weideland in der Gegend ist in festen Händen«, sagte Charles Conway, der Oberste Landvermesser. »Das heißt, im Umkreis von mindestens dreihundert Meilen.«
»Ich wußte, wir würden zu spät kommen«, meinte John niedergeschlagen. »Die Viehzüchter hatten fast zehn Jahre Zeit, sich hier festzusetzen.«
»Gehört nicht viel dazu«, meinte Charles. »Die Brücher Archer waren die ersten. Nahmen sich erstklassiges Land. Dann kamen Ross und Birkbeck und andere, darunter die Carlisles von Camelot. Auch kleinere Farmen sind entstanden, Airdrie zum Beispiel oder Oberon und Deeside. Ihnen würde ich empfehlen, dem Fitzroy in westlicher Richtung bis zur Mündung des Isaac River zu folgen.«
Paul hatte die Hoffnung aufgegeben. Was für ein Träumer er doch gewesen war. Zu glauben, für sie würde die Zeit stillstehen! Pace hätte ihn nur ausgelacht. Pace, der immer wieder in

unberührte Landstriche vorgedrungen war und die Gebiete, auf die er Anspruch erhob, sehr viel früher als andere Landsucher abgesteckt hatte.
Ein drittes Mal wollten sie noch bei William Wexford, dem Bevollmächtigten für die Landvergabe, vorstellig werden.
»Ist doch nur Zeitverschwendung«, murrte John. »Wir sollten lieber westwärts reiten. Es ist bestimmt einfacher, da draußen was zu kaufen; hier scheinen wir auf verlorenem Posten zu stehen.«
»Nein«, trotzte Paul.
»Also gut. Aber wenn du eine Farm willst, gibt's keine andere Möglichkeit als weiterzuziehen, so lange, bis wir Land finden, das noch frei ist. Und uns dort ein Gebiet abzustecken.«
»Nein. Ich will hierbleiben.«
»Was bist du doch für ein Dickschädel, Paul. Niemand wird deinetwegen sein Land hergeben. Entweder ziehen wir weiter, oder wir reiten nach Hause.«
Wexford empfing sie freudestrahlend. »Ich habe gute Nachrichten für euch, Jungs. Die Oberon-Farm steht zum Verkauf.«
Paul biß sofort an. »Oberon? Wo ist das?«
»Etwa fünfzig Meilen nördlich des Flusses, in den Bergen. Ein schönes Anwesen. Nicht übermäßig groß, etwa vierzig Quadratmeilen, also gut zu bewirtschaften. Bestens geführt.«
»Wir sehen es uns gleich morgen an«, sagte Paul.
John gab sich zurückhaltender. »Wem gehört es?«
»Angus Scott. Er stammt aus Armidale, mehr aus eurer Kante.«
»Warum will er verkaufen?« bohrte John.
»Ach ja, da ist was, das Sie wissen sollten. Seine Frau kommt einfach nicht drüber weg. Ihr Bruder ist bei dem Massaker bei Cullin-La Ringo unweit von Springsure ermordet worden – Sie erinnern sich bestimmt an diese schreckliche Geschichte, bei der neunzehn Weiße von Schwarzen abgeschlachtet wurden.«
»Ja, ich erinnere mich«, sagte Paul. »Aber das liegt doch weit entfernt von hier.«

»Nur ein paar hundert Meilen«, raunte John leise.
»Jedenfalls«, fuhr Wexford fort, »wurde seine Frau nach diesem tragischen Ereignis regelrecht hysterisch. Hatte panische Angst vor den Schwarzen. Die sich, wie Sie bestimmt wissen, zur Genüge in diesem waldreichen Landstrich rumtreiben. Die Darambal-Stämme können gelegentlich höchst unangenehm werden. Und Louisa konnte diese ständige Bedrohung nicht länger ertragen. Sie nahm die Kinder und ging. Angus hoffte, sie würde wiederkommen, aber von wegen. Sie hat darauf bestanden, daß er verkauft, und jetzt ist's soweit.«
»Ist es wirklich so gefährlich dort?« fragte John.
»Kommt drauf an, was Sie gefährlich nennen. Ab dem Wendekreis sind die Schwarzen nun mal ein Problem, aber man lernt, mit ihnen auszukommen.«
»Wenn man sie richtig behandelt, gibt's keine Probleme«, sagte John.
Wexford schüttelte den Kopf. »Kein Stamm findet sich einfach mit der Inbesitznahme seines Landes ab.«
Die Brüder schwiegen, vermieden jeglichen Blickkontakt. Beide dachten an den Vater, der auf ein friedliches Nebeneinander vertraut und kämpfend sein Leben verloren hatte.
»Falls du gedenkst, Oberon zu kaufen, solltest du Jeannie lieber nichts von den Schwarzen erzählen«, meinte John auf dem Rückweg ins Hotel. »Du kennst doch ihre Einstellung.«
»Wir sehen uns das Anwesen erst einmal genau an, und wenn der Preis stimmt, sichere ich mir das Vorkaufsrecht«, entgegnete Paul. »Dann spreche ich mit Jeannie, damit sie genau weiß, auf was wir uns da einlassen. Ich denke nicht daran, ihr etwas zu verschweigen. Die Entscheidung liegt nicht nur bei mir, sondern auch bei ihr.«

Jeannie war derart aus dem Häuschen bei der Aussicht, als Herrin auf Oberon uneingeschränkt schalten und walten zu können, daß sie Paul um den Hals fiel. »Ich wußte, du würdest etwas finden!« jubelte sie. »Noch dazu eine bewirtschaftete Farm! Wunderbar! Ich hatte schon befürchtet, du würdest ir-

gendwo in der Wildnis ein neues Gebiet abstecken und ich müßte warten, bis ein Haus drauf stünde. Oberon! Das klingt fast zu schön, um wahr zu sein.«
»Vielleicht ist es das auch«, dämpfte Paul ihren Überschwang. »Komm, setz dich, ich werd' dir alles ganz genau erzählen. Bis jetzt hab' ich mir lediglich das Vorkaufsrecht an dem Grundstück gesichert.«
»Was?! Warum hast du denn nicht sofort zugegriffen? Was ist, wenn jetzt einer daherkommt und mehr bietet?«
»Laß mich doch mal ausreden«, sagte Paul und rückte damit heraus, daß die Schwarzen in diesem Gebiet gelegentlich Schwierigkeiten machten, daß die Stämme der Darambal nicht bereit seien, ihr Land kampflos aufzugeben.
»Ihr Land? Das ist doch wohl ein Witz. Sie besitzen kein Land. Schwarze ziehen in der Gegend herum und lassen sich niemals irgendwo für längere Zeit nieder.«
»Also dann ihr Gebiet.« Er strich ihr eine Haarsträhne aus dem Gesicht. »Jeannie, die Aborigines dort oben können durchaus unangenehm werden, sei dir dessen bewußt.«
»John sagt, um Rockhampton herum gibt es jede Menge Farmen, auf denen auch die Familien wohnen. Warum sollte es auf Oberon anders sein?«
»Ist es ja nicht. Angus wußte zwar zu berichten, daß verschiedentlich ein paar wildgewordene Schwarze bei ihm aufgetaucht sind, die ihre Speere geschwungen und ein bißchen Klamauk veranstaltet haben, aber ansonsten waren sie harmlos.«
»Wo liegt dann das Problem?«
»In der Vergangenheit wurden Farmen durchaus überfallen oder Reiter, die allein unterwegs waren, umgebracht. Auf beiden Seiten, bei den Weißen wie bei den Schwarzen, hat es eine Menge Tote gegeben, und niemand kann sagen, wann das endlich aufhört.«
Jeannie runzelte die Stirn. »Ich begreif dich nicht. Du möchtest diese Farm haben, und versuchst gleichzeitig mir das Mitkommen auszureden.«
»Um Himmels willen, nein! Aber ich kaufe die Farm nur,

wenn du wirklich dort leben möchtest. Angus Scotts Frau hat es dort vor Angst nicht länger ausgehalten ...«
»Hältst du mich etwa auch für solch einen Hasenfuß? Wenn so viele Frauen im Norden leben, lass' ich mich doch nicht von einer Horde dreckiger Schwarzer verschrecken. Wenn sie mir zu nahe kommen, brenn ich ihnen eine Ladung Blei aufs Fell. Dann tauchen sie so schnell nicht wieder auf.«
»Ich hoffe nur, daß es gar nicht erst dazu kommt. Mir geht es darum, friedlich mit ihnen Seite an Seite zu leben. Wenn man ihnen zu essen gibt, stellen sie ihre Feindseligkeiten viel eher ein, als wenn man sie provoziert.«
»Mag schon sein«, räumte Jeannie ein. Sie hielt es für ratsam, ihn in seinen Ansichten zu bestärken; wenn nicht, würde er am Ende vielleicht noch vom Kauf absehen. Wo John doch das Anwesen als ideal bezeichnet hatte, nicht ohne anzumerken, daß Rockhampton alles daran setzte, sich zu einer ungemein ansprechenden Stadt am Fluß zu mausern. Dazu kam, daß Oberon günstiger gelegen war als Kooramin. Von hier aus war der Ritt über das Gebirge nach Sydney beschwerlich, aber Rockhampton erreichte man von Oberon aus in zwei Tagen. Und von Rockhampton aus konnte man wiederum das Schiff nach Brisbane oder Sydney nehmen. Jeannies Schwester lebte in Brisbane; wenn sie zu Besuch käme, würde das weniger umständlich für sie sein als die Reise nach Kooramin.
Jeannie schlang die Arme um sich, brannte darauf, ihr neues Zuhause kennenzulernen. Endlich würde sie sich so einrichten können, wie sie es wollte, und nicht länger vom Zierrat anderer umgeben sein. Ihr Haus sollte schön werden. Nur das Beste vom Besten. Paul war wohlhabend genug, um sich Entsprechendes leisten zu können. Seine verwitwete Mutter hatte noch einmal geheiratet, diesmal einen steinreichen Viehzüchter aus dem Hunter Valley. Und wenn die beiden Alten einmal nicht mehr lebten, würde jedem der drei MacNamara-Söhne ein fetter Batzen zufallen.
Was Paul und seine Sorge um die Schwarzen anging, so war es wohl klüger, ihm erst einmal seinen Willen zu lassen. Jeannie

hatte nicht die Absicht, Schwarze – ob zutraulich oder nicht – in ihrem Haus zu dulden. Was für ein Träumer Paul doch war! Ihr Vater hatte schon recht: Nur ein toter Abo war ein guter Abo. Sie war eine hervorragende Schützin, konnte sich ebenso gut verteidigen wie jede andere Frau auf einer abseits gelegenen Farm. Außerdem waren Paul und seine Arbeiter stets bewaffnet; sie würden schon dafür sorgen, daß die Schwarzen Abstand hielten.

Jeannie drängte Paul, umgehend an Angus Scott zu schreiben und die Option anzunehmen. Wenn er sich Oberon entgehen ließe, würde sie ihm das nie verzeihen.

DRITTES KAPITEL

Hätten die beiden jungen Mädchen etwas von Paul MacNamaras Plänen für diesen Tag geahnt, wären sie mit ihrem schicken kleinen Gefährt auf der Stelle umgekehrt und nach Beauview zurückgefahren. Denn genau dorthin führte ihn sein Weg.

Nicht, daß er nicht erwogen hätte, nach dem Besuch bei seinem alten Freund William Wexford im Criterion zu Mittag zu speisen. Aber dann hatte er es sich doch anders überlegt. Einen kleinen Imbiß konnte er schließlich auch anderswo zu sich nehmen, obgleich er dieses Mädchen gern wiedergesehen hätte, das Mädchen mit dem verschmitzten Lächeln und dem schalkhaften Blick. Miss Maskey. Selbst jetzt noch war er versucht, sein Pferd zu wenden. Etwas eigenartig Vertrautes ging von ihr aus, es war, als kenne er sie seit Jahren. Vielleicht bildete er sich das auch nur ein, weil er sie so verflixt attraktiv fand. Sie ging ihm einfach nicht mehr aus dem Kopf, wie sehr er sich auch bemühte. Er wollte sie unbedingt wiedersehen, mit ihr sprechen.

Als Junggeselle wäre er auf die Sekunde pünktlich im Hotel erschienen und hätte sie erwartet. Aber er war kein Junggeselle, und damit erübrigte sich alles weitere.
Entschlossen wendete er das Pferd hügelwärts, in Richtung Beauview. Er mußte Boyd Roberts unmißverständlich auf einiges aufmerksam machen.
Er ritt die lange, in Serpentinen verlaufende Zufahrt entlang, nahm beifällig zur Kenntnis, daß der Landschaftsarchitekt so vernünftig gewesen war, den Weg nicht als Steilstrecke anzulegen, denn das wäre eine Zumutung für Pferdegespanne gewesen. Ein herrlicher Besitz, wie er zugeben mußte. Große Rasenflächen wurden von schattenspendenden Palmen gesäumt, tropische Blüten prangten an exotischen Bäumen. Das Haus war um einiges größer, als er erwartet hatte – ein hoch aufragender, zur Abwehr der Hitze weiß gestrichener Holzbau mit romantischen Veranden, die über die Rasenflächen ragten. Weiße Gittereinfassungen sorgten für eine intime Atmosphäre in angenehm frischer Luft. Wie konnte ein Halunke wie Roberts sich ein so bezauberndes Haus zulegen? Ein krasser Widerspruch, wie es schien.
Eine Hausangestellte führte Paul durch die mit Zedernholz ausgelegte Eingangshalle in einen kühlen, abgedunkelten, kleinen Salon. Als sich seine Augen an das matte Licht gewöhnt hatten, nahm er die üppige Ausstattung wahr – die tiefen, weichen Ledersessel, die mit Goldfäden durchwirkten Brokatvorhänge, die Beistelltischchen mit perlmuttener Einlegearbeit. Teppichbrücken aus fernen Ländern verschluckten jeden Schritt, Lampen glitzerten kristallen. Zu gern hätte er mit dem Fingernagel dagegengeschnippt, hielt sich aber noch rechtzeitig zurück.
Boyd Roberts betrat den Raum, lässig-elegant in leichten Wollhosen und einem teuren weißen Hemd mit offenem Kragen. »Mr. MacNamara?« fragte er und streckte die Hand aus, die Paul schüttelte, weil der Anstand es gebot. »Möchten Sie etwas trinken? Ich nehme einen Whisky.«
»Nein danke.«

Roberts goß sich aus einer Karaffe einen Whisky ein und hielt ein geschliffenes Glas hoch. »Wasser vielleicht?«
»Nein danke. Ich bin gekommen, um mich mit Ihnen über Ihre Männer zu unterhalten.«
Roberts schien nicht gehört zu haben. »Nehmen Sie doch Platz. Im Sitzen läßt sich's ebensogut reden.« Er deutete auf einen Sessel, der ächzte, als Paul in dem kühlen Leder versank. Roberts selbst zog sich einen Stuhl heran und ließ sich, einen Arm lässig um die hohe Lehne gelegt, darauf nieder. Eigentlich war Paul größer als Roberts, aber jetzt, wo sein Gastgeber auf ihn heruntersah, kam er sich unwillkürlich vor wie ein kleiner Junge unter dem gestrengen Blick eines Erwachsenen.
»Also, was ist mit meinen Männern?« Roberts zündete sich eine Zigarre an.
»Mir gehört die Oberon-Farm«, hob Paul an.
Roberts fiel ihm ins Wort. »Ich weiß. Nettes kleines Anwesen.«
»Ich weiß«, sagte auch Paul. »Und deshalb möchte ich nicht, daß sich Ihre Kerle auf meinem Gelände herumtreiben.«
»Sie meinen wohl die Goldschürfer, die für mich arbeiten.«
»Wenn's anständige Leute wären, hätt' ich ja nichts dagegen. Aber Sie wissen ja selbst, was für üble Gesellen das sind. Sie haben andere Goldschürfer zusammengeschlagen, sich mit meinen Männern rumgeprügelt, mein Vieh abgeschlachtet, und jetzt muß ich erfahren, daß sie sich mit den Schwarzen anlegen.«
Roberts gähnte lediglich. »Was sind das nur für Schauergeschichten! Und wer sind Ihre Männer? Doch wohl auch Goldschürfer. Kein Wunder, wenn sie sich in die Wolle geraten.«
»Es sind keine Goldschürfer, sondern Viehtreiber. Immerhin geben Sie zu, daß es auf meinem Land zu Handgreiflichkeiten kommt.«
»Davon kann keine Rede sein. Ich gestehe Ihnen nur zu, daß das, was Sie sagen, im Bereich des Möglichen liegt, auch wenn Sie meiner Meinung nach übertreiben. Die Männer, die in meinen Diensten stehen, tun nichts anderes als das, was ihnen auf-

getragen wurde. Daß sie geschliffene Manieren haben, kann man wohl nicht von ihnen erwarten.«
Paul schraubte sich aus dem Sessel. »Ich erwarte von ihnen, daß sie sich an das Gesetz halten. Ich erwarte von Ihnen, Mr. Roberts, daß Sie Ihren Männern das klarmachen oder sie rauswerfen. Zumal es nicht nur um mein Anwesen geht; auch auf anderen Farmen in der Gegend machen sie Ärger.«
»Ach, wirklich? Eigenartig, daß sich außer Ihnen noch keiner beschwert hat.«
»Außer mir noch keiner beschwert? Was ist mit Jock McCann? Er hat Ihnen Vorhaltungen gemacht, und ein paar Wochen später haben Ihre Leute sich an ihm vergriffen. Wir wissen, wie sie heißen, Roberts, und wir werden von jetzt an ein Auge auf sie haben. Ich rate Ihnen, so was bei mir nicht zu versuchen, sonst werde ich von meinem Recht Gebrauch machen und demjenigen, der versucht, sich mit mir anzulegen, eine Kugel verpassen.«
Roberts drückte seine Zigarre aus und schlenderte hinüber zur Anrichte, um sich erneut sein Glas zu füllen. »Na, wollen Sie's sich nicht noch mal überlegen?« fragte er Paul und schwenkte die Karaffe.
Pauls Gaumen war ausgetrocknet. Nur zu gerne hätte er etwas getrunken, doch mußte er ablehnen. Für ihn stand jetzt fest, daß es reine Zeitverschwendung war, Roberts zu bitten, seine Männer zur Ordnung zu rufen.
»Über McCann ist mir nichts bekannt«, sagte Roberts jetzt mit einem verschlagenen Blick auf Paul, »außer, daß er auf seinem Anwesen einen Unfall hatte, daß er sich das Bein gebrochen hat ...«
»Man hat ihm das Bein gebrochen«, stellte Paul richtig.
»Er hat sich das Bein gebrochen«, fuhr Roberts unbeirrt fort. »Ein verdammt komplizierter Bruch. Will einfach nicht mehr zusammenwachsen, wie ich von Doktor Forbes gehört habe. Gläserne Knochen. Für Leute mit Glasknochen ist ein Bruch geradezu fatal.« Er trat ans Fenster. »Wie herrlich grün wieder alles nach dem Regen ist. Ich habe einen Mann aus Sydney, der

sich um die Gestaltung der Freiflächen kümmert. Angeblich der beste seiner Zunft.«

»Sie lügen«, sagte Paul rundheraus. »McCann hat mir selbst erzählt, daß er hier war. Alles, was ich von Ihnen verlange, ist, daß Sie Rücksicht auf andere nehmen. Wenn Sie Ihren Männern nicht einschärfen, sich anständig aufzuführen, muß ich daraus schließen, daß sie in Ihrem Auftrag handeln.«

»Ich hätte Ihnen bessere Umgangsformen zugetraut, als in ein fremdes Haus einzudringen und den Besitzer einen Lügner zu schimpfen.«

»Zu welcher Ansicht soll ich sonst kommen? Wir haben auch ohne diese Zwischenfälle genug Probleme da draußen. Ich kann einfach nicht verstehen, warum Sie diesen Kerlen keine klaren Anweisungen geben können ... oder wollen.«

»Das behaupten Sie, MacNamara.« Das grelle Licht von draußen ließ Roberts Augen funkeln. Wie eine Schlange in ihrem dunklen Versteck, durchfuhr es Paul. »Für mich sind das nichts weiter als hart arbeitende arme Schlucker, die nach besten Kräften ihr Tagwerk verrichten.«

»Ausgemachter Unsinn ist das«, gab Paul zurück und griff nach seinem Hut. »Also gut. Wenn Ihre Leute nicht Vernunft annehmen wollen, dann verbiete ich ihnen, Oberon zu betreten. Keine Sorge, ich werd's ihnen selbst sagen, mit dem Gewehr im Anschlag. Ich habe das Recht auf meiner Seite und Jock McCanns Unterstützung.«

Offensichtlich unbeeindruckt von Pauls Drohung, begleitete Roberts den Besuch zur Haustür. »Ich bezweifle, daß Sie sich auf Mr. McCanns Unterstützung verlassen können. Wissen Sie nicht, daß er verkauft hat?«

»Er hat was?!« fragte Paul verblüfft.

»Na ja, das Bein eben. Er kann nicht mehr. Ich hab' ihm ein ausgezeichnetes Angebot gemacht, das er einfach nicht ablehnen konnte.«

»Sie haben sein Grundstück gekauft?« Paul war wie vom Donner gerührt.

»Ja. Der arme Teufel war überglücklich.«

»Aber wieso denn? Was wollen Sie denn mit einer Rinderfarm anfangen?« Gegen seinen Willen ließ Paul seinen Blick über Roberts Prestigeobjekt, sein Haus, schweifen.
»Als Geldanlage, Sir. Bis sich das Gold erschöpft, muß ich Vorsorge getroffen haben. Vertraue nicht den Banken – Grund und Boden ist meine Devise. Zumal mir die Gegend um Rockhampton um so mehr zusagt, seit ich mich entschlossen habe, den alten Maskey abzusägen. Ich habe nämlich die Absicht, als neuer Abgeordneter dieses Bezirks ins Parlament einzuziehen. Und weil man an Glaubwürdigkeit gewinnt, indem man Vertrauen unter Beweis stellt, investiere ich hier in großem Umfang.«
Paul stülpte sich den Hut auf den Kopf. »Dann viel Glück«, sagte er kurz angebunden. »Mit meiner Stimme brauchen Sie jedenfalls nicht zu rechnen.«
»Tu ich auch nicht. Dafür würde ich gern die Oberon-Farm kaufen. Sie nennen mir Ihren Preis, nehmen das Geld und verschwinden. Und sind mit einem Schlag all Ihre Sorgen los.«
»Soll das etwa eine Drohung sein?«
Roberts gab sich überrascht. »Keineswegs. Ich spekuliere lediglich auf Ihren Besitz.«
»Eher verwandelt sich die Hölle in ein Eisloch!« entfuhr es Paul, als er die breite Treppe hinunterstürmte.

Um ihre Eltern versöhnlich zu stimmen, hatte Laura sich für das Festtagsgewand entschieden, das ihr die Mutter in Sydney gekauft hatte, ein aufwendig verarbeitetes gelbes Voilekleid mit einer breiten Satinschärpe, das durchaus nicht so luftig war, wie es wirkte: Nicht nur, daß es hochgeschlossen und mit einem gestärkten Kragen besetzt war, einschließlich der Ärmel war es auch noch mit schwerem, gelben Satin gefüttert, und darunter mußte man noch einen gestärkten Kattununterrock ziehen, damit sich der Rock vorschriftsmäßig bauschte. Bereits beim Zuknöpfen der engen Manschetten schwitzte Laura. Sie fühlte sich unwohl und war so gar nicht sie selbst. Allein schon die Farbe vertrug sich nicht mit ihrem hellen

Haar und dem sonnengebräunten Gesicht. Amelia mit ihren dunklen Locken und ihrem so ganz anderen Geschmack würde dieses Kleid viel eher entsprechen.
»Aber heute«, sagte sie zum Spiegel, »spielen wir die pflichtbewußte Tochter, und da werde ich eben genauso langweilig aussehen wie alle anderen in ihrem Sonntagsstaat.«
Sie stand zusammen mit ihren Eltern an der Tür, um die ersten Gäste zu begrüßen, und bald herrschte im Haus ein solches Gedränge, daß Leon im Garten einen Tisch mit alkoholischen Getränken für die Herren aufstellte. Die Älteren zogen die Veranda vor, während im kleinen Salon kichernde junge Mädchen hin und her huschten, in Grüppchen miteinander schwatzten und verstohlen die draußen immer wieder kurz auftauchenden Männer beäugten. Die dazugehörigen Mütter hatten sich in den hinteren Teil des Raumes verzogen, wedelten, wie in die Falle geratene Vögel, hektisch mit ihren Fächern herum. Mit dem festen Vorsatz, dem Tratsch keinen weiteren Vorschub zu leisten, tauschte Laura mit jeder ein paar höfliche Worte, zwang sich, nicht zur Tür zu schauen, wenngleich sie inständig hoffte, daß Mr. MacNamara dort auftauchte.
Wie üblich allen Gepflogenheiten zum Trotz, hob sich Amelia mit ihrem Traum aus schimmerndem, tief ausgeschnittenem grünen Taft von allen anderen ab. Das dunkle Haar hatte sie aufgesteckt und mit einem kecken Hütchen gekrönt. »Meine Liebste!« begrüßte sie Laura. »Was für ein Aufgebot! Die halbe Stadt ist erschienen!«
»Dein Vater hatte nichts dagegen, daß du kommst?«
»Du weißt doch, daß er mir bei dem, was ich tue, nicht reinredet. Er hat sich übrigens köstlich darüber amüsiert, daß dein Vater Sovereigns verteilt hat.«
»Das war meine Idee«, gestand Laura.
»Tatsächlich? Nun, hat auch prima geklappt. Aber jetzt verrat mir doch mal – hast du Mr. MacNamara eingeladen?«
Laura warf ihr einen warnenden Blick zu. »Ja.«
»Ist er schon da?«
»Ich glaube nicht.«

»Nicht noch mal! Du mußt ihn wohl vergessen. Er scheint deine Gefühle nicht zu erwidern.«
»Da gibt's nichts zu erwidern.«
»Papperlapapp. Ich habe noch nie erlebt, daß dich jemand derart gefesselt hat.«
»Stimmt gar nicht.«
»Wenn du meinst ... Es ist heiß hier drinnen bei all diesen Schnattergänsen. Gehen wir doch raus.«
»Ich kann jetzt nicht.« Laura hatte gesehen, daß ihr die Mutter ein Zeichen gab. »Geh schon mal vor auf die Veranda, ich komm' später nach.«
»Dein Vater will dich sprechen«, sagte Hilda. »In seinem Arbeitszimmer. Und sag doch bei dieser Gelegenheit der Köchin Bescheid, daß wir im großen Salon noch Rosinenbrötchen brauchen. Und Tee.« Sie tupfte sich das Gesicht ab. »Daß mir dein Vater das aufgebürdet hat, werd' ich ihm nie verzeihen. Eine Zumutung, für die ganze Gesellschaft genug zu essen heranzuschaffen.«
Fowler empfing Laura mit ungewohnter Herzlichkeit. »Da bist du ja, mein Kleines. Komm doch näher.«
Neben dem Schreibtisch stand ein eulenhaft grinsender Bobby Cope mit einem Glas in der Hand. War er bereits beschwipst? Stumm und völlig entgeistert hörte Laura sich an, was ihr der Vater zu sagen hatte: daß Captain Cope um ihre Hand angehalten und er als Vater seine Einwilligung gegeben habe. »Du bist zu beneiden«, sagte Fowler überschwenglich. »Ich bin überzeugt, in eurem gemeinsamen Leben werdet ihr beiden sehr glücklich sein.«
»Ich bin derjenige, der glücklich ist«, sagte Cope. »Seit ich Laura kenne, habe ich sie gern.« Er trat neben Laura. »Ich hätte Ihnen am liebsten schon gestern beim Essen einen Antrag gemacht«, sagte er. »Sie sahen zauberhaft aus.«
»Was für ein Essen?« fragte Fowler argwöhnisch.
»Im Criterion«, gab Bobby bereitwillig Auskunft. »Ich kam zufällig vorbei, und da Boyd Roberts durch Abwesenheit glänzte ...«

»Du warst mit Boyd Roberts verabredet?« herrschte Fowler seine Tochter an.
»Ich habe Amelia begleitet«, sagte Laura lakonisch.
»Spar dir diesen arroganten Ton, mein Fräulein! Ich möchte nicht, daß du dich mit Roberts triffst.« Er wandte sich an Cope. »Und Sie tragen mir dafür Sorge.«
»Sehr wohl«, sagte Cope geschmeichelt.
Laura stand noch immer wie angewurzelt da, unfähig, diese absonderliche Situation zu begreifen. »Jetzt geht schon, ihr beiden. Wir werden die Verlobung bei einem offiziellen Anlaß bekanntgeben. Dazu muß ich erst in meinen Terminkalender blicken. Jetzt aber warten wichtige Gäste im großen Salon auf mich. Geh und hilf deiner Mutter, Laura.«
Laura lachte auf, als Fowler eilig sein Arbeitszimmer verließ.
»Was gibt's denn so Komisches?« fragte Bobby.
»Wie Sie gerade feststellen durften, sind wir völlig nebensächlich.«
»Das glaube ich nicht. So war das nicht gemeint. Ich bewundere Ihren Vater, doch, tu' ich wirklich.«
»Dann müssen Sie lernen, ihn nicht zu beachten. Ich bin diejenige, der Sie zuhören sollen. Ihr Antrag, Bobby, ist gewiß schmeichelhaft für mich, aber ich kann ihn nicht annehmen.«
Jetzt war es an ihm, bestürzt zu sein, auch wenn er sich rasch wieder fing. »Nicht doch, Laura. Natürlich können Sie. Mit der Zeit werden Sie sich schon an den Gedanken gewöhnen. Ihr Vater hat seinen Segen dazu gegeben, ich hatte sogar fast den Eindruck, die Idee stammt von ihm.«
»Damit könnten Sie recht haben.« Sie sah, wie Cope sich in einem Wandspiegel betrachtete und sich siegesbewußt über die Enden seines dichten Schnurrbarts fuhr. Das machte sie noch wütender. »Bobby«, sagte sie mit der größtmöglichen Beherrschung, »vergessen Sie einfach die ganze Sache.«
»Sie scheinen nicht zu begreifen, daß ich Sie liebe! Ich möchte, daß Sie meine Frau werden, und das werden Sie auch, warten Sie's ab.«
Laura floh in die Küche zu ihrer Mutter. »Weißt du, was Vater

getan hat?« platzte sie heraus, so daß die emsig herumhantierenden Dienstboten unwillkürlich aufhorchten.
»Gewiß. Und du solltest sehr glücklich sein«, sagte Mrs. Maskey und richtete weiter hauchdünne Sandwiches auf einer Platte an.
»Ich bin aber nicht glücklich! Sondern entsetzt! Wer meint er denn zu sein, daß er mir vorschreiben will, wie ich zu leben habe?«
»Nicht jetzt, mein Liebes«, sagte Hilda. Sie rief eines der Mädchen zu sich. »Dieses Tablett kommt in den großen Salon, das andere in den kleinen. Und räumen Sie die benutzten Tassen ab.«
Laura zog es vor, sich in der Küche zu verschanzen und hier mit Hand anzulegen. Es kam gar nicht in Frage, daß sie sich zwingen ließ, Bobby Cope zu heiraten. »Das können die doch nicht von mir verlangen«, murmelte sie.
Die Köchin schaute sie an. »Was von Ihnen verlangen, Laura?«
»Nichts«, sagte sie. »Gar nichts.«

Alle Wege, so schien es, führten an diesem schwülwarmen Nachmittag zu Fowler Maskeys Haus. Im Hotel ruhte, wie sonntags üblich, der Betrieb bis zur Teestunde; aber im Grunde hätte man, wie Paul fand, auch ganz schließen können, denn nach dem Mittagessen gab es einen wahren Exodus und Bedienstete wie Gäste drängten auf die Quay Street.
Mißgelaunt starrte er durch die Tür auf den Fluß. Ein vergeudeter Tag! Warum war er nicht, wie ursprünglich beabsichtigt, zum Fischen gegangen? Aber da war diese Einladung zum Nachmittagsempfang bei den Maskeys, die jetzt auf der Frisierkommode in seinem Zimmer lag und die ihn hatte zögern lassen. Dabei paßte diese Unentschlossenheit gar nicht zu ihm. Was war nur mit ihm los? Obwohl er Maskeys Ruf nach einem neuen Staat nicht befürwortete, war Paul der Meinung, es sei besser, den gegenwärtigen Amtsinhaber zu unterstützen, als dazu beizutragen, daß dieser Fiesling Roberts der neue Abgeordnete für Rockhampton würde.

Der Zusammenprall mit Roberts ging ihm immer noch nach. Ein ausgemachter Halunke war dieser Kerl! Eine Krämerseele! Völlig absurd, daß Roberts sich Oberon unter den Nagel riß – das war Pauls geringste Sorge –, aber feststellen zu müssen, daß Boyd Roberts in der Stadt beliebt war, schockierte ihn. Gestern abend in der Bar war es fast zu Handgreiflichkeiten mit eingeschworenen Roberts-Anhängern gekommen, die ihm seine Kritik an dem Mann übelnahmen. Keiner wollte glauben, daß ein leutseliger Gentleman wie Roberts zu so miesen Tricks griff.

Paul grinste verbittert. Deswegen hatte sich Roberts auch diese Unverschämtheit ihm gegenüber leisten können! Städter interessierten sich eben nicht für das, was auf den Farmen vor sich ging, es sei denn, es handelte sich um etwas Spektakuläres wie beispielsweise Überfälle von Schwarzen. Die Goldsucher gönnten Roberts den Erfolg; sein Aufstieg symbolisierte ihre eigenen Hoffnungen und Träume. Und wie an Fowler Maskeys Rockschöße hängten sie sich auch an seine, beeindruckt vom Wohlstand der beiden Männer.

Auf einem Baum in der Ferne trällerte ein Würger, kündete schöneres Wetter und damit wohl auch das Ende der feuchten Jahreszeit an, und zu seinen drei vollen, klaren Tönen schlenderte Paul ins Hotel zurück. Nicht nur die politische Situation ging ihm im Kopf herum, sondern auch dieses Mädchen, Maskeys Tochter. Sie hielt ihn mit unsichtbaren Fäden an diesem verwaisten Ort fest, machte es ihm unmöglich, irgendeinen Plan für den Nachmittag zu schmieden. Zu Maskey zu gehen, kam nicht in Frage, er wollte sie nicht wiedersehen. Falsch. Er wollte sie unbedingt wiedersehen, er fieberte geradezu danach, und das war ein verdammt guter Grund, fernzubleiben.

Auf der Veranda war keine Menschenseele. Mißmutig schlenderte Paul an einer Reihe Liegestühle vorbei zu den beiden wuchtigen Rohrstühlen, die als Blickfang ganz hinten aufgestellt waren. Stille umgab ihn, nur das leise Rauschen einer nahen Bambusstaude war zu hören.

Schmunzelnd sah er auf die Stühle. Die Damen, die hier

draußen zu sitzen pflegten, hatten eine strenge Hackordnung; seit geraumer Zeit schon war Grace Carlisle, die Matriarchin der riesigen Camelot-Farm, die Oberbefehlshaberin.
Paul, der nichts Rechtes mit sich anzufangen wußte, lüpfte schalkhaft den Hut in Richtung des unbesetzten Stuhls. »Schönen guten Tag, Mrs. Carlisle. Wie geht es Ihnen heute?«
Er wollte gerade umkehren, als aus einer offenen Terrassentür eine Stimme antwortete: »Sehr gut, danke.«
Paul schrak zusammen. Diese Stimme kannte er doch! Warum hatte er sich zu diesem Jux hinreißen lassen?
»Unterhalten Sie sich häufiger mit Stühlen?« fragte sie und betrat die Veranda. »Oder haben Sie einen zuviel getrunken?«
»Weder noch«, lachte er. »Sollte nur eine höfliche Konversation sein.«
»Mit meinem Gespenst vermutlich.« Sie trug einen weiten Seidenkimono über einem robusten schwarzen Kleid, ihr dichtes weißes Haar wurde von einem rosa Netz zusammengehalten.
»Verzeihen Sie«, sagte er. »Habe ich Sie gestört?«
»Nicht doch. Es ist höchste Zeit für mich, auf die Beine zu kommen. Sie sind doch der junge MacNamara, nicht wahr?«
»Ja, Ma'am. Paul MacNamara.«
»Ah ja. Oberon. Wie kommen Sie da draußen zurecht?«
»Ganz gut. Ein großartiges Land.«
»Gewiß. Lassen Sie sich nur nicht von all dem Grün täuschen. Auch hier kommt es gelegentlich zu scheußlichen Dürreperioden.«
»Um solchen Eventualitäten vorzubeugen, lege ich gerade Dämme an. Trockenzeiten habe ich in New South Wales zur Genüge erlebt. Allzuviel kann man ja nicht ausrichten, wenn sich die Weiden in Staub verwandeln.«
»Wie wahr«, gab Mrs. Carlisle zurück. »Bleibt zu hoffen, daß uns gute Jahre bevorstehen. Wo ist denn Ihre Frau?«
»Sie besucht ihre Schwester in Brisbane und will demnächst zurück sein. Wir fahren dann gemeinsam nach Hause.«
Mrs. Carlisle nickte. »Haben Sie da draußen Schwierigkeiten mit den Schwarzen?«

»Nicht der Rede wert. Die auf unserem Anwesen verhalten sich durchaus ruhig. Sie halten Abstand, treiben sich an der nördlichen Grenze rum. Gelegentlich lassen sich auch schon mal Fremde sehen, aber wenn man ihnen ein paar Lebensmittel zusammenpackt, sind sie's zufrieden und verschwinden wieder.«
Das entsprach nicht ganz der Wahrheit. Seine Frau verjagte sie lieber mit Gewehrsalven – ein Anlaß für Streitigkeiten zwischen ihnen. Jeannie behauptete, wenn man ihnen zu essen gäbe, würden sie nur noch dreister. Sie wollte einfach nicht wahrhaben, daß der eine oder andere arme Schlucker wirkte, als sei er am Verhungern.
Grace Carlisle streifte sich nachdenklich das Haarnetz ab. »Man weiß einfach nicht, wie man sich verhalten soll. Sie durchfüttern oder bekämpfen.«
»Ich bin für durchfüttern.«
»Das ehrt Sie. Trotzdem weiß man nie, ob sie nicht eines Tages rabiat werden. Wir haben es auf jede mögliche Weise versucht, und dennoch kommt es weiterhin zu Zwischenfällen.«
»Wenn unsere Leute aufhören würden, auf sie Jagd zu machen, gäb's weniger Probleme.«
»Vielleicht. Nur daß sich die Männer schwerlich zurückhalten lassen, wenn bei Überfällen von Schwarzen weiße Familien umgebracht werden.« Sie seufzte. »Der Haß auf beiden Seiten ist einfach unüberwindlich.«
»Dieser Meinung bin ich nicht. Wir sollten als zivilisierte Menschen mit gutem Beispiel vorangehen.«
»Auch noch die andere Wange hinhalten? Ich hoffe nur, mein Lieber, daß Sie niemals vor diese Entscheidung gestellt werden.«
Er hätte ihr gern erzählt, daß die MacNamaras eine solche Entscheidung bereits hatten treffen müssen und daß beim Tode von Pace keiner an Rache gedacht hatte, auch dann nicht, als die Nachbarn darauf gedrängt hatten, Truppen in das Krisengebiet zu entsenden. »Auge um Auge?« hatte seine Mutter gesagt. »Davon will ich nichts hören. Wir sind doch nicht

mehr in Irland. Pace wußte, worauf er sich einließ.«
Mrs. Carlisle jedoch schien das Thema nicht länger zu interessieren. Sie beobachtete die Leute, die am Hotel vorbei der Stadt zustrebten. »Sieht ganz so aus, als ob Fowler Maskeys Gäste genug hätten. Warum sind Sie eigentlich nicht dort?«
Er zuckte nur die Schultern, so als hätte er dergleichen nie in Erwägung gezogen.
»Es könnte ganz aufschlußreich sein, jetzt mal vorbeizuschauen.« Sie lächelte. »Ich bin immer darauf aus zu erfahren, was Fowler vorhat. Der Mann ist zweifellos ein Schaumschläger, allerdings nicht von der Sorte wie dieser andere Bewerber um den Sitz.«
»In diesem Punkt stimme ich Ihnen zu«, knurrte Paul.
»Dann hätten Sie vielleicht Lust, mich zu begleiten, Mr. MacNamara?«
»Warum nicht?« erwiderte er mit einer Ruhe, die er nicht empfand.
Er wartete, bis sie sich, wie sie es nannte, »in Ordnung gebracht« hatte, und grinste angesichts seiner Schwäche sarkastisch in sich hinein. »Brauchtest dich nicht mal drängen zu lassen – warst sofort einverstanden«, schalt er sich. »Hast einen passablen Vorwand gefunden, und jetzt kannst du nicht schnell genug hinkommen. Hinterhältig nennt man so was.«
Ob es ihm wohl vergönnt sein würde, sich mit ihr zu unterhalten, mit dieser Miss Maskey, die ihm derart den Kopf verdreht hatte, daß er darüber fast seine Frau vergaß und aufgeregt war wie Kind am Weihnachtsabend?
Bis Mrs. Carlisle auftauchte – noch immer in ihrem schwarzen Kleid, aber zusätzlich mit einem ausladenden Hut voller Seidenblumen –, hatte er sich wieder einigermaßen in der Gewalt und sich eingeredet, Miss Maskey habe ihn längst vergessen und eigentlich nur aus purer Höflichkeit ein paar Worte mit ihm gewechselt. Mehr war da nicht. Er bemerkte, daß sich Mrs. Carlisle eine funkelnde Brillantbrosche angesteckt hatte und jetzt Handschuhe über ihre auffälligen Ringe streifte. Kriegsbemalung, ging es ihm durch den Kopf, ob zivilisiert

oder wild, zwangsläufig greifen wir alle in irgendeiner Form zur Kriegsbemalung.

Weder Fowler Maskey noch Leon nahmen Notiz von ihm, sie waren viel zu sehr um Grace Carlisle bemüht. Eindeutig übertrieben, wie das spöttische Zwinkern ihrer Augen verriet.
Sie wurden an bereits im Aufbruch begriffenen Gästen und am lärmerfüllten kleinen Salon vorbei in einen Raum geschleust, in dem sich, hinter verschlossenen Türen und für die Allgemeinheit nicht zugänglich, führende Persönlichkeiten und enge Freunde der Familie zusammengefunden hatten.
Hilda wurde geholt. Vor Hitze und Erschöpfung war ihr Gesicht hochrot, als sie Grace Carlisle willkommen hieß. Sie wies sofort die Dienstboten an, für kaltes Wasser, heißen Tee und frisches Gebäck zu sorgen.
Aus dem bequemen Ohrensessel heraus, in dem sie Platz genommen hatte, richtete Mrs. Carlisle das Wort an ihren Gastgeber: »Ich darf doch wohl annehmen, Fowler, daß Sie mir einen dieser Erinnerungs-Sovereigns aufgehoben haben?«
Paul, der respektvoll hinter der alten Dame Aufstellung genommen hatte, mußte sich das Lachen verkneifen, wußte er doch, daß Mrs. Carlisle die letzte war, die ein solches Geschenk haben wollte. Fowler jedoch, dem jeglicher Sinn für Humor abging, durchschaute die Großgrundbesitzerin nicht.
»Meine Liebe, wie können Sie nur fragen!« rief er jovial. »Leon, hol doch mal eine Erinnerungsmünze für Mrs. Carlisle.«
»Tut mir leid, Vater, es sind keine mehr da.«
»Dann beschaff eine«, knurrte Fowler, worauf Leon sich gehorsam in Bewegung setzte.
»Und wie geht's immer so auf Camelot?« fragte Fowler und zog sich einen Stuhl heran, um Mrs. Carlisle, ohne Paul groß zu beachten, seine ungeteilte Aufmerksamkeit zu widmen.
Paul holte sich eine Tasse Tee und etwas Dattelgebäck und kehrte zusammen mit mehreren anderen zu Mrs. Carlisle zurück, die offenbar gewohnt war, Hof zu halten.

Die Luft im Zimmer war stickig und zusätzlich von dem Geruch nach Kampfer gesättigt, der den erst kurz zuvor aus der Mottenkiste geholten Anzügen der Männer sowie den voluminösen Kleidern der Damen entströmte. »Sie brauchen hier nicht wie ein Wachposten rumzustehen«, wisperte Mrs. Carlisle Paul zu. »Für gewöhnlich halten sich die jungen Herren am Erfrischungsstand im Garten unter dem Jakarandabaum auf.«

Paul ließ sich das nicht zweimal sagen. Unauffällig verzog er sich zur Eingangstür, wo er prompt mit Miss Maskey zusammenprallte.

Sie schien erregt, bemühte sich jedoch, ein freundliches Gesicht zu machen. »Mr. MacNamara! Ich wußte gar nicht, daß Sie hier sind.«

»Ich bin mit Mrs. Carlisle gekommen«, sagte er und schaute sie prüfend an. »Alles in Ordnung mit Ihnen?«

»Ja, danke. Wenn Sie mich entschuldigen würden – ich bin sehr in Eile.«

Er trat zurück, ließ sie vorbei. Unvermittelt blieb sie stehen und wandte sich zu ihm um. »Für gewöhnlich gehe ich um fünf Uhr am Fluß spazieren. Warum kommen Sie nicht mit?«

Ihre Stimme klang gezwungen und trotzig. Er wußte nicht, was diese eigenartige Aufforderung zu bedeuten hatte; es gelang ihm gerade noch zu stammeln »Wenn Sie meinen«, ehe sie davonstürzte.

Er begab sich in den seitlich gelegenen Garten. Wie linkisch doch sein »Wenn Sie meinen« gewesen war, er hätte bei Gott höflicher sein können. Er war eben einfach nicht darauf gefaßt gewesen. Genausowenig wie auf alles andere im Hause Maskey, daß beispielsweise Gäste je nach Wertschätzung in gesonderte Räume komplimentiert wurden, ähnlich wie man bei einer Auktion Schafe auf verschiedene Pferche verteilte.

Der Jakarandabaum mit seinem sattgrünen Laub breitete Schatten über eine aus Holzböcken und Tischplatten errichtete Bar, um die sich an die dreißig Männer drängten und sich auf Kosten des Hauses mit Alkoholischem versorgten. Die langen

Damasttischtücher waren bereits arg mitgenommen – wie frisches Blut breiteten sich Rotweinflecken aus, und überall standen leere Flaschen herum. Mehrere junge Männer torkelten grölend auf dem Rasen herum und überboten sich gegenseitig mit geistlosen Bemerkungen; ein weiterer junger Mann lehnte an einem Rasenmäher und gab unregelmäßig Schnarchtöne von sich.

Inmitten einer Gruppe, die irgend etwas zu feiern schien, erkannte Paul Bobby Cope, hütete sich aber, auf ihn zuzugehen. Für Captain Cope und seine Kumpanen hatte er nichts übrig; lieber trank er das Ingwerbier, das er sich eingegossen und mit einem Schuß Rum versetzt hatte, allein.

In einer Seitentür erschien Leon Maskey, kam, nachdem er einen Blick in die Runde geworfen hatte, auf Paul zu. »Was dagegen, wenn ich Ihnen Gesellschaft leiste? Schrecklich, solche Veranstaltungen.«

»Bedienen Sie sich«, lachte Paul. Leon stellte angewidert halbleere Flaschen zusammen und goß sich dann einen Whisky ein.

»Wo ist denn der Barmann?« fragte er Paul.

»Keine Ahnung. Sieht aus, als kämen Ihre Gäste auch so ganz gut zurecht.«

»Versoffenes Pack!« Er warf ihnen einen abschätzigen Blick zu, wandte sich dann wieder an Paul. »Ich habe mir leider Ihren Namen nicht gemerkt.«

»MacNamara. Paul MacNamara.«

»Ach ja. Sie sind mit Mrs. Carlisle gekommen. Ich hab' vorhin grade noch gehört, wie sie Vater Vorhaltungen machte, weil er für die Abspaltung eintritt.«

»Recht hat sie«, meinte Paul. »Haben Sie's geschafft, einen Sovereign für sie aufzutreiben?«

»Ach ja, richtig. Es blieb mir nichts anderes übrig, als ihn jemandem abzukaufen, natürlich für das Doppelte seines Werts.«

Das mußte Paul unbedingt Grace Carlisle erzählen. Sie würde sich köstlich amüsieren. »Was ist denn da drüben los?« fragte

er. »Warum strahlt Cope denn so? Hat er etwa wieder mal einen kühnen Angriff auf unbewaffnete Schwarze unternommen?«
Leon warf ihm einen skeptischen Blick zu, und einen Moment lang erinnerte er Paul an Laura. Dann aber wurde Leons Gesicht wieder völlig ausdruckslos, als hätte er Übung darin, keine eigene Meinung zu äußern. Er kippte seinen Whisky hinunter. »Um Ihre Frage zu beantworten«, meinte er gedehnt, »unser Captain hat sich weitaus Kühneres geleistet. Er hat um die Hand meiner Schwester angehalten und sich der Zustimmung der dankbaren Eltern versichert, noch dazu mit der Aussicht auf eine nicht unbeträchtliche Aussteuer.«
»Welcher Schwester?«
»Ich habe nur eine.«
»Er will *Laura* heiraten?«
»Richtig.«
»Verstehe«, sagte Paul gelassen. »Ich hab' sie vorhin kurz gesehen und mich schon gefragt, warum sie so glücklich wirkt.«
Der ironische Unterton in seiner Stimme entging Leon. »Laura machte einen glücklichen Eindruck? Jetzt versteh' ich gar nichts mehr! Mir kam's den ganzen Nachmittag lang so vor, als würde jeden Augenblick das Dach einstürzen.«

Laura schuftete. Sie kehrte die Zimmer im Erdgeschoß aus, putzte und räumte so wild entschlossen auf, daß die Bediensteten, die bei ihr noch nie einen Hang zur Häuslichkeit festgestellt hatten, nur staunten. Sie hatte das Bedürfnis, in Bewegung zu bleiben, um die Panik, die sie zu verschlingen drohte, abzuwehren.
Bobby Cope war als einer der letzten gegangen. Anstatt vor den wenigen noch zurückbleibenden Gästen eine Szene zu machen, hatte sie zugelassen, daß er sie auf die Wange küßte, auch wenn sie sich dadurch nur noch gedemütigter fühlte. Stets hatte sie sich für frei in ihren Entscheidungen gehalten und schien in der Lage, sich unbekümmert innerhalb der selbst gesteckten Grenzen von Anstand und Schicklichkeit zu bewe-

gen. Und jetzt mußte sie feststellen, daß sie sich das nur eingebildet hatte. Die Hirngespinste eines jungen Mädchens. Unvermittelt mit Fowlers gnadenlos gefällter Entscheidung konfrontiert, drohte ihr Selbstvertrauen über Bord zu gehen. War das die Laura, die sich spöttisch darüber ausgelassen hatte, die Mutter sei zu schwach, es mit dem Vater aufzunehmen, und Leon zu unterwürfig? Würde sie die Kraft haben, ihm die Stirn zu bieten, und wenn ja, was dann?
Als könne er Gedanken lesen, klopfte ihr Fowler auf die Schulter. »Captain Cope hat mir zu verstehen gegeben, daß du von dieser Heirat nicht sonderlich begeistert bist. Ich hab' ihm gesagt, es sei blanker Unsinn und albernes Getue von dir, ihn einfach abzuweisen.«
»Ist es nicht. Ich will ihn nicht heiraten.«
»Was du willst und was du tun wirst, sind zwei verschiedene Dinge, mein Kind.« In seiner Massigkeit überragte er sie, und sie drückte die Schultern durch, um nicht den Anschein zu erwecken, sich vor ihm zu ducken.
»Das hier ist mein Haus«, sagte er mit gedämpfter Stimme, damit die Dienstboten nichts mitbekamen, »und solange du hier bist, wirst du gehorchen. Du führst ein Leben in Luxus, und wenn du Cope heiratest, wird das nicht anders sein, dafür werde ich schon sorgen. Kann eine Tochter noch mehr verlangen? Solltest du dich mir allerdings widersetzen, fliegst du raus. Ist das klar?«
»Du würdest mich rausschmeißen, ohne den sprichwörtlichen Penny?« blitzte sie ihn herausfordernd an.
Er lachte nur. »Besser hätte ich es auch nicht formulieren können. Wenn du dir nur über deine Situation im klaren bist.«

Da sie sich keine Schürze umgebunden hatte, hatte das ungeliebte gelbe Kleid Tee abbekommen, was Laura nur recht war. Sie ließ es zu Boden fallen, als befreie sie sich von einem Zwang, zog sich nach einem erquickenden Bad eine schlichte weiße Bluse und einen dunkelblauen Rock an, um den sie einen Gürtel aus weichem Ziegenleder schlang.

Im Haus war es still. Leon war nirgends zu sehen, die Mutter hatte sich hingelegt, der Vater war mit Carter Franklin und einer Flasche Whisky in den Farngewächsen hinter dem Haus verschwunden, wo es kühl war. Laura wollte keine Zeit verlieren. Obwohl den ganzen Nachmittag über ein großes Durcheinander geherrscht hatte, erinnerte sie sich sehr wohl, daß sie aus einer verrückten Laune heraus Mr. MacNamara zu einem Spaziergang aufgefordert hatte. Jetzt war sie froh darüber. Zwar redete sie sich ein, daß es eigentlich keine Rolle spielte, ob er mitkam oder nicht, aber allein der Gedanke, er würde vielleicht doch auftauchen, beflügelte sie. Sie hatte sich eine Chance verschafft, den Eltern Widerstand zu leisten.
»Noch besteht Hoffnung für dich«, sagte sie sich, als sie die Straße überquerte. »Wenn du ihnen weiterhin die Zähne zeigst, lassen sie sich vielleicht umstimmen.«
Lange Zeit saß sie auf einer Bank, fand, als sie den träge dahinziehenden Fluß auf seinem Weg ins Meer und die schwarze Schwanenfamilie beobachtete, die friedlich auf dem Wasser trieb, ihre innere Ruhe wieder.

Sie schrak zusammen, als er unvermittelt vor ihr stand.
»Da sind Sie ja«, sagte sie. »Eigentlich hatte ich es schon aufgegeben.« Sie war so in Gedanken versunken, daß sie völlig vergaß, wie fremd ihr dieser Mann im Grunde war. Hatte sie nicht die ganze Woche hindurch nur an ihn gedacht? War er nicht ihr ständiger Begleiter gewesen? Er war so etwas wie ein guter alter Freund geworden, und jetzt brauchte sie einen Freund.
»Ich war mir nicht sicher, ob die Einladung ernst gemeint war.« Er hatte seine Jacke abgelegt und die Ärmel seines offenen Hemdes hochgekrempelt, so daß sie seine starken, sehnigen Arme sehen konnte.
Ein richtiger Buschmann, stellte sie fest, groß und schlank, zwar nicht so atemberaubend schön wie in ihrer Erinnerung, wenngleich diese großen braunen Augen ...
»Lust auf einen Spaziergang?« Mit dieser Frage holte er sie auf den Boden zurück. Sie sprang auf, blickte sich nervös um.

»Ja«, sagte sie. »Ich muß für eine Weile von hier weg.«
»Gut, dann gehen wir lieber da lang ..., stadtauswärts.« Als sie dem ausgetretenen Pfad am Flußufer folgten, bot er ihr weder seinen Arm, noch drängte er ihr eine Unterhaltung auf. Sie war ihm dankbar dafür, weil sie merkte, daß Tränen in ihren Augen brannten, und befürchtete, sie würde gleich zu weinen anfangen.
Er bog die stacheligen Zweige der Kolbenbäume beiseite, damit sie daran vorbei konnte, und sie fühlte sich wohl in seiner Gesellschaft, wohl genug inzwischen, um ein Gespräch zu beginnen. »Tut mir leid, Mr. MacNamara, ich bin wohl keine anregende Begleitung, wie?«
Er drehte sich zu ihr um, lächelte. »Würde ich nicht sagen. Ich genieße den Spaziergang. Sehen Sie doch nur, dort hat jemand Krebsfallen ins Wasser gelegt. Wenn ich mich heute nicht extrem gut benehmen müßte, würde ich mir auf dem Rückweg am liebsten einen dicken fetten Brocken schnappen. Paßt gut zum Bier.«
Da sich noch immer keine ungezwungene Fröhlichkeit bei ihr einstellen wollte, griff Laura seine Bemerkung auf. »Sie zeigen sich heute von Ihrer besten Seite?«
»Aber gewiß doch, liebe Miss Maskey.«
»Nennen Sie mich Laura.«
»Nur, wenn Sie mich Paul nennen.«
»Abgemacht, Paul. Warum benehmen Sie sich so besonders gut?«
Er reichte ihr die Hand, damit sie von der Uferböschung aus leichter die kleine Sandbank erreichte. »Weil, wenn uns jemand sieht, der Tratsch in der Stadt losgeht.«
»Warum? Ist es neuerdings ein Verbrechen, wenn zwei spazierengehen?«
»Kommt darauf an, wer die beiden sind.« Er nahm einen Stock und fing an, Austernschalen von einem Fels abzulösen.
Sie ließ sich auf einem grasbewachsenen kleinen Erdhügel nieder. »Erfolgreich?« rief sie zu ihm hinüber.
Er schüttelte den Kopf. »Nein, sie sind zu alt. Offenbar haben

die Abos schon vor Urzeiten alles abgeerntet.«
»Was ist denn so verwerflich daran, daß wir beide zusammen frische Luft schnappen?« nahm Laura den Faden wieder auf.
Er warf den Stock hin und setzte sich neben sie. »Na ja ..., zum einen sind Sie seit heute verlobt.«
»Sie wissen davon?«
»Ja. Und wenn diese verlobte junge Dame noch dazu mit einem verheirateten Mann durch die Gegend streunt, dann ist das ein gefundenes Fressen für die Tratschmäuler in Rockhampton.«
Er war verheiratet!
Laura war wie gelähmt. Diesmal hatte sie es wirklich geschafft, sich bis zum Geht-nicht-mehr lächerlich zu machen. Da der Erdboden sie nicht verschluckten wollte, meinte sie schnippisch: »Das schert mich doch nicht.«
»Sollte es aber«, sagte er leise.
»Warum haben Sie mir dann nicht erzählt, daß Sie verheiratet sind?«
»Ich hatte keine Gelegenheit dazu. Vielleicht nahm ich an, Sie wären im Bilde. Jedenfalls wissen Sie es jetzt.«
»Und wo haben Sie Ihre Frau gelassen?« fragte sie wütend.
»Sie ist in den Süden gefahren. Ich erwarte sie mit dem nächsten Schiff zurück.«
Schweigen. Beide starrten auf den Fluß, als hätten sie ihn noch nie gesehen. Bis Paul sagte: »Der Augenblick der Wahrheit. Tut mir leid, wenn Sie einen falschen Eindruck von mir gewonnen haben. Aber herkommen wollte ich unbedingt.«
»Warum?« fragte sie und fühlte sich matt und noch niedergeschlagener.
Er überlegte. »Sagen wir, sozusagen als halbe Antwort«, »daß Sie mir heute nachmittag vorkamen, als bedrücke Sie etwas, und da dachte ich mir, vielleicht kann ich Ihnen irgendwie helfen. Dann wiederum sagte ich mir, daß mich das nichts angeht. Und dann fiel mir ein, daß Sie vielleicht auf mich warten ...« Er brach ab und grinste sie an. »Und haben Sie gemerkt, daß das, was ich sage, überhaupt keinen Sinn ergibt?«

»Wie auch immer – ich freue mich jedenfalls, daß Sie gekommen sind.«
»Und Ihre Verlobung? Erwartet man nicht von einer jungen Frau, die sich gerade verlobt hat, daß sie vor Glück aus allen Knopflöchern strahlt?«
»Ich denke schon«, sagte sie gepreßt, mit versteinerter Miene. »Aber meistens bleibt es der jungen Frau überlassen, für wen sie sich entscheidet. Bei mir war es nicht so. Man hat einfach bestimmt, daß ich Bobby Cope heirate. Sozusagen befohlen.«
»Und Sie wollen ihn nicht heiraten?«
»Ich kann ihn nicht ausstehen!«
»Freut mich, das zu hören. Ich hab' auch nicht viel für ihn übrig. Warum sprechen Sie nicht mit Ihrem Vater? Vielleicht weiß er gar nicht, was für einer dieser Cope ist.«
»Vater schätzt Captain Cope. Er hält ihn für sehr tüchtig.«
Paul seufzte. »Ich glaube, Sie bauschen das viel zu sehr auf. Wenn Sie Cope nicht heiraten wollen, dann lassen Sie's einfach bleiben. Zwingen kann man Sie doch nicht.«
Laura brach in Tränen aus. »Sie kennen meinen Vater nicht.«
Er legte den Arm um sie. »Na, na, na, so schlimm wird's schon nicht werden. Sie brauchen nur bei Ihrem Nein zu bleiben. Selbst Cope kann nicht so schwer von Begriff sein.«
»Glauben Sie bloß das nicht. Er ist dickhäutig wie ein Rhinozeros.«
Paul wurde sich jählings bewußt, daß er in seinem Mitgefühl die Grenzen des Schicklichen übertreten hatte. »Verzeihung«, sagte er und zog den Arm zurück. »Das hätte ich nicht tun dürfen.«
»Wieso denn nicht?« erwiderte sie eigensinnig. »Zumindest stimmen Sie mit mir überein, obwohl Sie verheiratet sind.«
Er lachte. Ein aus der Tiefe seines Herzens kommendes, ansteckendes Lachen. »Die typisch irische Logik, mit der auch meine Mutter argumentiert! Sie erinnern mich an sie.«
Laura tupfte sich mit dem Taschentuch die allmählich versiegenden Tränen ab. »Sehe ich auch so aus wie sie?«
»Nein. Dolour hat leuchtend rotes Haar. Und die Regeln stellt

sie je nach der Lage der Dinge auf. Das allerdings dürfte auf Sie auch zutreffen.«
»Was ist dagegen einzuwenden?« Es klang wie eine inständige Bitte. Laura lechzte nach Bestätigung, um ihr Selbstvertrauen zurückzugewinnen.
»Nichts. Bleiben Sie, wie Sie sind.«
Die Sonne färbte sich rosa, als sie sich durch eine Wolkenbank kämpfte. »Das Ende der feuchten Jahreszeit«, meinte Paul.
»Es wird langsam Zeit für mich«, sagte sie traurig. »Ich muß nach Hause.«
»Wie stellt sich eigentlich Ihre Mutter zu all dem?« fragte er. »Kann sie nicht ein Wort für Sie einlegen?«
»Mutter? Wohl kaum. Wenn er sagt ›Spring‹, fragt sie ›Wie hoch?‹«
»Verstehe.«
»Nein, das glaube ich nicht. Männer dürfen tun und lassen, was sie wollen. Frauen dagegen werden herumgereicht wie kalte Platten. Aber ich lass' mir das nicht gefallen.«
»Was werden Sie also tun?«
Sie stand auf und blickte ihn an. »Was geht Sie das an? Für Sie ist das hier doch nicht mehr als eine interessante Konversation, über die Sie Ihrer Frau berichten können, wenn sie wieder da ist. ›Weißt du, mit wem ich geplaudert habe? Mit der Tochter von Fowler Maskey, du weißt schon, dem Abgeordneten. Sie sitzt ganz schön in der Tinte ...‹«
Er packte sie an den Schultern, schüttelte sie. »Hören Sie auf! Ich bin auf Ihrer Seite. Schon vergessen?«
»Tut mir leid«, kam es zurück. »Ich benehme mich wohl ein wenig hysterisch.«
Er hielt sie noch immer fest und sah ihr in die Augen, mit einer Intensität, die sie erbeben ließ. »Wir sagen ständig zueinander, daß es uns leid tut, fangen wir also noch mal von vorne an. Es tut mir nicht leid, daß wir hier sind. Ich wollte Sie wiedersehen, nur ein einziges Mal noch. Und jetzt, wo ich da bin ..., was würden Sie sagen, wenn ich Sie küssen wollte?«
»Ich würde sagen ›Vergessen Sie nicht, daß Sie verheiratet sind.‹«

»Dann ist es mir das wert«, lächelte er, »nur ein einziges Mal.« Er umfing ihr Gesicht mit beiden Händen und küßte sie sanft. »Nein, zweimal«, flüsterte er, und als er sie abermals küßte, schmiegte sich Laura an ihn, schlang zögernd die Arme um ihn.
In seinen Armen, im Schutz der überhängenden Äste, erfuhr Laura ihre erste Leidenschaft. Dieser zärtliche Mund, diese weiche Haut! Ihr Gefühl hatte sie nicht getrogen. Dieser Mann war für sie bestimmt. Das Wissen darum verlieh diesen himmlischen Augenblicken eine bittersüße Würze, die sie seine Liebkosungen um so stürmischer erwidern ließ, bis er sich von ihr löste.
»Es ist wohl besser, wenn ich dich jetzt nach Hause bringe.«
Sie hätte ihn bis in alle Ewigkeit küssen mögen. Was daheim in der Quay Street vor sich ging, hatte an Bedeutung verloren. Erst als sie jetzt Hand in Hand zurückgingen, gewann allmählich wieder die Realität die Oberhand.
Kurz vor der Stadt blieb er stehen. »Hier müssen wir uns Lebewohl sagen.«
»Lebewohl?« stotterte Laura.
»Es muß sein.«
»Bedeutet dir denn das, was geschehen ist, gar nichts?«
Er küßte sie wieder, auf die Stirn und ein letztes Mal auf den Mund. »Sehr viel sogar. Du bedeutest mir sehr viel. Alles. Seit ich dich zum ersten Mal gesehen habe.«
»Warum bist du dann nicht tags darauf zum Mittagessen gekommen? Warum hast du soviel Zeit vergeudet?«
Er schüttelte den Kopf. »Weil ich ahnte, daß genau dies passieren würde, und weil ich wußte, daß es nicht sein darf.«
Sie stieß ihn von sich. »Warum dann jetzt? Warum zum Teufel jetzt? Im letzten Augenblick! Ich hab' dich lieb! Wie findest du das? Und ich schäme mich nicht mal, dir das zu sagen, weil du in ein paar Minuten aus meinem Leben verschwunden sein wirst und ich dich vergessen muß. Vielleicht kann ich mich schon bald nicht einmal mehr an deinen Namen erinnern.«
»Mein Gott«, sagte er. »Du bist genauso kratzbürstig wie

meine Mutter. Hör zu. Wenn es dich irgendwie tröstet, dann wisse, daß ich ebenso empfinde wie du. Nur: Es darf nicht sein.«
»Dann geh«, sagte sie unglücklich, obwohl seine Worte sie erregt hatten. Mein Pech, redete sie sich ein, mich auf ihn einzulassen und dann festzustellen, daß er verheiratet ist.
Er entfernte sich, kam wieder zurück. »Verdammt noch mal«, sagte er. »Ist gar nicht so einfach. Was machst du morgen?«
»In der Früh' reite ich aus, wie immer.«
»Um wieviel Uhr?«
»So gegen sieben. Bevor es zu heiß wird.«
»Dann reite an der Sägemühle vorbei. Dort zweigt ein Pfad nach Süden ab. An dieser Stelle warte ich auf dich.«
»Wo ist Süden? Links oder rechts?«
»Kennst du die Schäferhütte auf dem Hügel?«
»Ja.«
»In dieser Richtung.« Er machte eine Pause. »Und solltest du es dir anders überlegen, habe ich durchaus Verständnis dafür.«

Nicht weit hinter der Sägemühle holte er sie ein. In ihrem pflaumenblauen Dreß und im Damensitz reitend, bot sie ein Bild der Anmut, das seinesgleichen suchte. Zumal heutzutage kaum noch eine Frau einen Damensattel benutzte, auch Jeannie nicht, die das für unsportlich hielt.
»Suchen Sie jemanden, Miss?« rief er übermütig und schloß im Galopp zu ihr auf.
»In der Tat«, sagte sie kühl. »Ich bin bei der alten Schäferhütte verabredet. Wenn Sie Lust haben, können Sie mich ja begleiten.«
»Zu gütig«, lachte er, und gemeinsam ritten sie weiter.
»Ich bin froh, daß du mich gefunden hast«, sagte sie nach einer Weile. »Ich habe nämlich nicht die leiseste Ahnung, wo diese Hütte ist.«
»Dann werde ich sie dir zeigen.«
Bei einer Gruppe von Eukalyptusbäumen stiegen sie ab, und er nahm ihre Hand. »Da oben, siehst du, am Berghang. Dieses

alte Steinhaus mit dem Schindeldach.«
»Ich seh's.« Sie band ihr Pferd an einen Baum. »Wozu hat man eigentlich Schäferhütten gebraucht?«
»Jemand, der nicht wußte, was er tat, hat hier versucht, Schafe zu züchten. Aber dazu war es viel zu feucht, und außerdem fand sich keiner, der so verrückt gewesen wäre, in einer Hütte zu hocken und den lieben langen Tag auf Schafe aufzupassen. Niemand hat je da drin gewohnt; das einzige, was sie zu bieten hat, ist eine wunderschöne Aussicht. Sollen wir mal raufsteigen?«
»Meinetwegen.«
»Oh! Wir hören uns nicht allzu begeistert an an diesem schönen Morgen. Ist es dir zu steil?«
»Nein.« Sie rammte die blankgeputzen Stiefel in die etwas Halt gebenden Grasbüschel und begann, den glitschigen Hang hinaufzusteigen. Grinsend folgte er ihr.
»Mach dir um mich keine Sorgen. Ich bilde die Nachhut und fang dich auf, solltest du ausrutschen und das Gleichgewicht verlieren.«
Das Gleichgewicht verlieren, hallte es in ihr nach, als sie sich vorwärts arbeitete, immer darauf bedacht, bei jedem Tritt festen Halt zu finden. Alles um sie herum schien aus dem Gleichgewicht geraten zu sein. Was hatte sie eigentlich hier zu suchen? Hatte sie den Verstand verloren? Steckte sie nicht schon tief genug in Schwierigkeiten? Mußte sie sich zu allem anderen auch noch mit einem verheirateten Mann einlassen?
Ein Grasbüschel löste sich aus dem feuchten Boden. Sie glitt aus, aber er fing sie auf und stellte sie wieder auf die Beine. »Wie steht's übrigens an der Heimatfront, Laura?«
»In etwa so schlimm wie hier«, gab sie, ungehalten über das eine wie das andere, zurück.
»Mach dir nichts draus. Wir schaffen das schon«, meinte er doppeldeutig. Er überholte sie und streckte ihr die Hand entgegen. »Komm weiter. Sobald wir Fels unter den Füßen haben, wird es einfacher. Ich hätte daran denken sollen, daß der anhaltende Regen den Aufstieg in eine Rutschbahn ver-

wandelt hat und du Gefahr läufst, dir meinetwegen ein Bein zu brechen.« Er zog sie hinauf auf die Kuppe. Von dort aus führte der Weg über ein steiniges Plateau.
»Geschafft«, sagte er. »Ein wunderbarer Blick. Die Mühe hat sich gelohnt.«
Laura nickte. Als sie die Stadt unter sich liegen sah, fühlte sie sich bereits besser und so sicher, als hätte sie die Situation ohne fremde Hilfe gemeistert.
»Bist du schon mal auf dem Ironstone Mountain gewesen?« fragte er.
»Nein.«
»Eines Tages nehme ich dich dorthin mit. Von dort oben aus haben mein Bruder und ich das Tal zum ersten Mal gesehen. Umwerfend war das. An jenem Tag damals habe ich beschlossen, mich hier niederzulassen.«
Laura sah ihn an. »Du willst mich auf den Ironstone Mountain mitnehmen? Wann denn? Und vielleicht gar zusammen mit deiner Frau?«
»Warum nicht?« lachte er. »Und mit Captain Cope auch.«
»Warum mußt du immer alles ins Lächerliche ziehen?« fuhr sie ihn an.
Paul trat an den Rand des Plateaus und blickte hinunter. »Weil ich nicht weiß, was ich sonst tun soll«, sagte er ruhig. »Ich kann dir nicht auftischen, meine Ehe sei unglücklich. Das ist sie nicht. Ich kann dir nicht sagen, daß ich meine Frau verlassen will, denn ich werde sie nicht verlassen. Ich bin nur noch diesen einen Tag in Rockhampton und hatte, egoistisch, wie ich bin, gehofft, wir könnten ein paar Stunden zusammen verbringen.«
»Hast du auch Kinder?« fragte sie und versuchte nicht daran zu denken, welche Rolle sie beim Zustandekommen dieses Treffens gespielt hatte.
»Noch nicht«, antwortete er. »Möchtest du umkehren?«
»Nein. Ich möchte mit dir hierbleiben und alles um mich herum vergessen.«
Über den Bergen in der Ferne stieg eine Regenwand auf, die

sich rasch über das Tal auf sie zubewegte. »Wir sollten uns in der Hütte unterstellen«, sagte er.
»Kommen wir da rein?«
»Das will ich meinen. Die Tür fehlt.«
Sie beeilten sich, ins Innere der Hütte zu gelangen. Am Fenster stehend, das Laura erst einmal so gut es ging mit ihrem Taschentuch vom Schmutz befreite, verfolgten sie das Toben der Elemente, das Rollen des Donners über sich und das Zucken der Blitze in der hereinbrechenden Dunkelheit. »Ich liebe den Regen«, sagte sie. »Ich hab's gern, wenn es so richtig prasselt.«
»Ich auch«, sagte er und küßte sie.
Während der Sturm über sie hinwegjagte und Nebelschwaden die offene Tür einhüllten, zog Paul sie an sich. In der Geborgenheit seiner Arme fühlte Laura all ihre Sorgen schwinden. Er küßte, liebkoste sie. Als beider Verlangen übermächtig zu werden drohte, riß er sich von ihr los.
»Was ist denn?« fragte sie bestürzt. »Empfindest du nicht ...«
Sein Lächeln beschwichtigte sie. »Das ist ja das Vertrackte. Was wir empfinden, ist mehr, als gut für uns ist.«
Laura schlang die Arme um seinen Hals, kuschelte sich an ihn. Den Mund an seiner seiner Wange, hauchte sie: »Das glaubst du doch selbst nicht.«
Als seine Lippen erneut die ihren berührten, geschah dies mit um so größerem Verlangen. Sie liebten sich, zunächst zärtlich und dann mit einer Leidenschaft, die sie verzauberte. Noch nie hatte jemand sie so begehrt, und bei dem Gedanken, daß sie vielleicht niemals wieder ein solches Glücksgefühl erleben würde, klammerte Laura sich an ihn.
Der Regen hatte inzwischen nachgelassen, der Himmel hellte sich allmählich auf. »Das Unwetter ist vorbei«, sagte er. Ihre Augen füllten sich mit Tränen. Es ist vorbei, hämmerte es in ihrem Kopf, jetzt muß ich ihm endgültig Lebewohl sagen. Und zu Hause fängt das Unwetter erst an.
Er half ihr den vom Regen aufgeweichten Hang hinunter, und sie ritten zurück zur Stadt. »Sehe ich dich wieder?« fragte sie. Als er sie anschaute, schienen seine sanften braunen Augen sie

zu umfangen, unendlich froh, sie an seiner Seite zu wissen, und Laura schoß das Blut ins Gesicht. Sie wußte, daß sie seinen Entschluß ins Wanken gebracht hatte.

»Ich weiß nicht ... Ich hoffe es. Ich werde versuchen, es einzurichten, wenn ich das nächste Mal in der Stadt bin.«

»Wann wird das sein?«

»Das kann ich beim besten Willen nicht sagen. Nach der Regenzeit wartet auf der Farm erst mal viel Arbeit auf mich, aber ich komme bestimmt wieder.«

»Ich warte auf dich.«

Er nahm ihre Hand. »Tu das nicht. Du mußt zusehen, wie du mit deinem Leben zurechtkommst.«

»Das entscheide ich.«

»Im Augenblick ist wohl keiner von uns beiden zu vernünftigen Entscheidungen fähig.« Er griff ihrem Pferd in die Zügel und hielt es so, daß er ihre Wange küssen konnte. »Du bist hinreißend ...«

Völlig hilflos schien er jetzt zu sein, wußte nicht, was er sagen sollte. »Es ist wohl besser, wenn wir uns hier trennen«, meinte Laura kurz entschlossen und ritt an.

Als sie sich, bereits ein gutes Stück von ihm entfernt, noch einmal umdrehte, um ihm zuzuwinken, sank ihr der Mut. Er war bereits zu einer kleinen, verschwimmenden Gestalt geworden – ein einsamer Reiter, der in der flirrenden Hitze unwirklich wie eine Fata Morgana wirkte.

Am nächsten Morgen sprach Bobby Cope vor und setzte Laura davon in Kenntnis, daß er mit seinen Männern für mehrere Tage auf Patrouille sein würde. Diese erfreuliche Nachricht wurde durch den geschmackvollen Verlobungsring, einen gefaßten Brillanten, den er ihr überreichte, beeinträchtigt.

»Tut mir leid, Bobby«, erklärte Laura, »den kann ich nicht annehmen. Ich möchte Ihre Gefühle nicht verletzen, aber ich habe dieser Verlobung nicht zugestimmt. Ich kann Sie unmöglich heiraten.«

»Laura, zieren Sie sich doch nicht so. Wieso denn nicht? Wir waren doch immer gute Freunde. Ihre Eltern sind glücklich, und Sie werden bestimmt auch glücklich werden.«
Sie steckte den Ring in das Kästchen zurück und ließ es zuschnappen. »Ich liebe Sie nicht. Genügt das?«
»Nein, tut es nicht. Ihr Vater hätte Sie nicht derart unter Druck setzen dürfen. Er kennt doch Ihren Widerspruchsgeist. Wenn ich doch nur Gelegenheit gehabt hätte, vorher selbst mit Ihnen zu sprechen!«
»Sie hätten zuerst mich fragen sollen, nicht ihn.«
»Das ändert jetzt auch nichts mehr.« Er stellte das Kästchen auf den Tisch. »Das lass' ich hier. Sie brauchen Zeit, um sich an den Gedanken zu gewöhnen. Ich liebe Sie, ich bin verrückt nach Ihnen ...« Er streckte die Hand nach ihr aus, aber sie entzog sich ihm.
»Nicht! Wenn Sie unbedingt heiraten wollen, warum fragen Sie dann nicht Amelia? Sie haben durchaus Chancen bei ihr.«
Er war gekränkt. »Nein, nicht Amelia. In Sie habe ich mich verliebt!. Und ich glaube, wenn Sie ehrlich sind, mögen Sie mich auch.«
Wieder betrachtete er sich im Spiegel, und Laura kam es vor, als sei er im Grunde in sich selbst verliebt. Deswegen konnte er auch ihre Zurückweisung nicht hinnehmen – er wollte es einfach nicht wahrhaben, daß sie ihn nicht mochte.
Die Mutter betrat das Zimmer, lächelte, als Bobby Laura mit festem Griff an sich zog. »Ich wollte gerade gehen, Mrs. Maskey. Es gibt allerhand zu tun für mich.«
Angewidert befreite sich Laura. Da er tat, als merke er es nicht, blieb sie absichtlich zurück und überließ es der Mutter, ihn hinauszubegleiten.
»Wiedersehen, Liebste!« rief er Laura zu und ging, ohne auf Antwort zu warten.
Hilda begutachtete den Ring. »Wie hübsch! Ich liebe Solitäre.«
»Seit wann?« fragte Laura. Die Ringe ihrer Mutter waren samt und sonders sehr groß und aufwendig gefaßt.
»Für junge Mädchen ist ein solcher Ring genau das richtige.

Du mußt ihn dir gleich anstecken.«
Es überraschte Laura selbst, wie ruhig sie war. »Ich denke nicht daran, ihn zu tragen, genausowenig wie ich daran denke, Bobby Cope zu heiraten.«
»Hast du ihm das gesagt?«
»Ja.«
»Sah mir gar nicht danach aus.« Hilda rümpfte die Nase. »Er kam mir vielmehr sehr glücklich vor. Du wirst schon noch Vernunft annehmen, an den Gedanken zu heiraten muß man sich erst einmal gewöhnen. Sobald der Captain zurück ist, werden wir eure Verlobung offiziell bekanntgeben.«
Laura zuckte mit den Schultern. »Was ich dazu zu sagen habe, ist wohl völlig unwichtig. Aber wenn ihr euch alle lächerlich machen wollt, dann bitte sehr.«

Fowler Maskeys Hauptsorge als Politiker galt seinem Sitz im Parlament – er war für ihn Maßstab seines gesellschaftlichen Ansehens. Niemand in der Maskey-Familie hatte jemals so hochgesteckte Ziele verfolgt; kein Wunder also, daß Fowler in seinem wohlhabenden und obendrein versnobten Clan Reputation genoß: Er hatte dem Namen Maskey Geltung verschafft.
Seinen Sitz im Parlament aufgeben zu müssen, wäre ein Desaster, über das Fowler lieber gar nicht erst nachdachte. Eine schreckliche Demütigung. Es gab Zeiten, in denen er seine Wähler verabscheute, einen wie den anderen, wohl wissend, wie sehr er auf sie angewiesen war. Ihre kleinliche Kritik ging ihm auf die Nerven, wie im Grunde auch diese verdammte Stadt – ob sie nun unterging oder überlebte. Nur nicht im Hinblick auf seinen Sitz im Parlament – für Fowler hing alles davon ab, daß sie sich über Wasser hielt, nach dem Goldrausch nicht zu einer Geisterstadt verkümmerte.
An diesem Morgen jedoch, als er in seinem Arbeitszimmer die Post durchsah, weilten seine Gedanken im Parlamentsgebäude in Brisbane. Das Unheil, das sich dort zusammenbraute, konnte durchaus die noch in weiter Ferne liegende Wahl be-

einflussen, wenn er auch nicht wußte, in welchem Maße.
Fowler verstand nichts von monetären Systemen, wußte nicht einmal, wie Banken ihre Geschäfte betrieben. Er wußte nur, daß sie seine Schecks auf die wohlgefüllten Maskeyschen Konten gutschrieben, die sein Bruder William eingerichtet hatte und führte. Um so peinlicher, daß Fowler, wie so viele seiner Kollegen in der parlamentarischen Arena, überzeugt war, sehr wohl den Durchblick in Sachen Finanzen zu haben. Von keinem Zweifel geplagt, erhob er sich häufig schwerfällig und und teilte langatmig seine Meinung über Gesetzesvorlagen zur Bewilligung von Geldern und Zusatzanträge mit.
Es war ein Schock für ihn gewesen, im *Brisbane Courier* zu lesen, daß seine Reden durchweg als inhaltsloses, dummes Geschwätz abgetan wurden. Als er daraufhin von dem Reporter Tyler Kemp verlangt hatte, seine Behauptungen zu widerrufen, hatte der ihn nur ausgelacht. »Spielen Sie sich bloß nicht so auf, Maskey, ich bin nicht ihr Lakai. Wenn Sie eine Ahnung davon hätten, wie es wirklich um die Wirtschaft dieses Staates bestellt ist, würden Sie zur Abwechslung mal den Schnabel halten.«
Für diese Zurechtweisung, schwor sich Fowler, würde Kemp eines Tages büßen müssen. Dabei war die Kritik, vom parlamentarischen Standpunkt aus gesehen, noch milde ausgefallen; den Angriff auf seine Würde jedoch konnte Fowler nicht verschmerzen.
Jetzt, da ihm ein Telegramm von Premier Macalister vorlag, in dem das Parlament einberufen wurde, tappte er abermals völlig im dunkeln. Zwar war soeben durchgedrungen, daß die britische Bank Agra und Masterman zahlungsunfähig war, aber warum verursachte das einen solchen Aufruhr? Fowler wußte, daß Queensland bei Agra und Masterman Geld aufgenommen hatte, aber das war doch noch längst kein Grund zur Beunruhigung. Man suchte sich einfach eine andere Bank. Schließlich war der Finanzminister lediglich ein Schuldner und kein Investor.
Seine Frau unterbrach ihn in seinen Überlegungen. »Fowler,

ich muß mit dir reden. Es geht um Laura.«
»Was ist mit ihr?« erwiderte er zerstreut, ohne vom Schreibtisch aufzusehen.
»Ich finde, wir sollten die Hochzeit nicht überstürzen. Damit es nicht so aussieht, als müßten die beiden heiraten.«
»Dann wart eben noch ein paar Monate damit. Ich muß sowieso nach Brisbane. Diese Reise kommt mir verdammt ungelegen, ich hatte bereits eine Reihe wichtiger Termine vereinbart.«
»Die müssen dann eben verschoben werden«, meinte Hilda. »Aber Laura macht mir wirklich Sorgen, Fowler.«
»Weswegen denn noch?«
»Sie sagt, sie will ihn nicht heiraten.«
»Sie wird tun, was man ihr sagt. Du kannst schon mal mit den Vorbereitungen zur Verlobungsfeier beginnen. Sie soll die größte und schönste werden, die Rockhampton je erlebt hat. Wenn ich aus Brisbane zurück bin, soll alles arrangiert sein. Wir müssen alle wichtigen Leute einladen. Vor allem die Gutsbesitzer. Ich brauche ihre Unterstützung für einen neuen Staat.«
»Wo soll die Feier stattfinden? Hier zu Hause?«
»Nein, im Golden Nugget Hotel. Dort ist Platz, um zusätzliche Zelte aufzustellen. Und schau nicht auf die Kosten, hast du verstanden?«
»Gewiß, mein Lieber. Aber vielleicht solltest du doch noch mal mit Laura sprechen. Zum Glück ist Captain Cope gerade weg und bekommt von ihrer Empörung nichts mit.«
»Cope ist in diesem Distrikt ein hochgeachteter Mann. Er tut das, was die weißen Regimenter schon längst hätten tun sollen, nämlich diesen Wahlkreis für Siedler sicher zu machen. Lauras Geblöke interessiert mich nicht. Sorg du dafür, daß sie Vernunft annimmt. Und jetzt laß mich weiterarbeiten.«

»Das Schiff ist da«, informierte ihn Leon, »und es legt erst um vier Uhr nachmittags wieder ab. Wir haben also noch genug Zeit.«

»Wir? Du bleibst hier und paßt auf alles auf. Schlimm genug, daß Macalister mich unter dem Vorwand dieser angeblichen Krise nach Brisbane zitiert. Der verdammte Narr gefällt sich darin, mit der Peitsche zu knallen.«
»Ich würde sagen, er sucht Rat«, meinte Leon. »Die Regierung steckt in immensen Schwierigkeiten.«
»Dummes Zeug! Es ist doch nicht unsre Schuld, wenn eine englische Bank zusammenbricht.«
»Vater, der Zusammenbruch der Bank bedeutet gleichzeitig das Aus für das Finanzministerium. Mir schwante schon, daß sich so etwas anbahnt, als Premier Herbert anfing, die Ausgaben zu kürzen. Das Budget hing von dem Millionenkredit der A und M Bank ab, und dieses Geld steht jetzt nicht mehr zur Verfügung.«
Fowler schwieg, bemüht zu begreifen. Wie konnte auf einmal kein Geld mehr vorhanden sein?
»Die Situation ist mir durchaus klar«, schnappte er, um sein Gesicht zu wahren. »Nur sehe ich nicht ein, was das mit mir zu tun haben soll. Das ist Macalisters Problem.«
»Ich befürchte, es wird zu einem allgemeinen Problem werden«, sagte Leon. »Wenn das Finanzministerium pleite ist, werden die staatlichen Projekte eingestellt, das heißt, viele werden ihren Job verlieren, Beamte wie Handwerker. Durchaus denkbar, daß beispielsweise der Bau der neuen Post gestoppt wird.«
»Was?« In der East Street war, zur Freude der Bewohner, vor kurzem mit den Bauarbeiten für ein Postamt begonnen worden. Und Fowler hatte keine Gelegenheit ausgelassen zu betonen, daß die dafür nötigen Gelder nur auf sein unermüdliches Betreiben hin angewiesen worden seien. Wenn jetzt die Arbeiten eingestellt wurden, war das eine arge Schlappe für ihn.
»Ich muß mich beeilen«, sagte er.

Müde und gereizt verließ Jeannie MacNamara das Schiff. »Diesen blödsinnigen Kapitän sollte man auspeitschen«, sagte sie zu ihrem Mann. »Drei Eingeborenenmädchen waren an

Bord, und er hat ihnen erlaubt, unsere Toilette zu benutzen.«
»Über die Reling konnten sie wohl kaum ihre Notdurft verrichten«, lachte Paul.
»Da gibt's nichts zu lachen. Er hätte sie gar nicht erst an Bord lassen dürfen. Ich möchte, daß du Beschwerde einlegst. Da, da drüben sind sie!«
Ihren Worten zufolge war Paul eher darauf gefaßt gewesen, gleich drei schwarze Huren aus der Zubringer-Barkasse steigen zu sehen; statt dessen handelte es sich um junge Mädchen in hübschen langen Baumwollhemden; ihr Kraushaar hatten sie mit bunten Tüchern gebändigt. Mit gesenktem Blick standen sie barfüßig am Kai, verschüchtert und hilflos und augenscheinlich darauf wartend, abgeholt zu werden.
»Hör mal, Jeannie, das sind Dienstboten, also reg dich nicht so auf.«
»Ich hätte mir denken können, daß du das sagst ...«, fing sie an. Er küßte sie auf die Wange und schnitt ihr das Wort ab. »He! Wie wär's mit ›Guten Morgen, Liebster. Ich freue mich, wieder bei dir zu sein‹?«
»Ja, natürlich. Aber so etwas kann ich einfach nicht dulden.«
»Wo ist Clara? Hast du sie nicht wieder mitgebracht?«
»Doch. Ich habe meinen Schirm vergessen. Sie holt ihn.« Clara Carmody war Jeannies Hausmädchen. Ihrem Vorsatz treu bleibend, keine Aborigine in ihrer unmittelbaren Nähe zu dulden, hatte Jeannie schon bald Clara, die neunzehnjährige Tochter eines hiesigen Bergarbeiters, eingestellt, ein stilles, umgängliches Mädchen vom Land, das etwas vom Kochen und von Hausarbeit verstand. Jeannie und sie kamen gut miteinander aus.
»Wie geht es deiner Schwester? Und ihrer Familie?«
»Alles bestens. Dave leitet jetzt das neue Möbelgeschäft, das er gekauft hat, und Kath das in der Charlotte Street. Sie ist ungemein tüchtig, eine Geschäftsfrau durch und durch. Du wirst Augen machen, wenn du siehst, was ich gekauft habe! Eine wunderschöne Mahagoni-Anrichte.«
»Oh nein! Wo willst du die denn hinstellen?«

»Na, ins Wohnzimmer natürlich.«
»Das Wohnzimmer ist schon so voll, daß du bald einen Pflug brauchst, um dir einen Weg zu bahnen.«
»Ich nehme die alte Anrichte raus und stelle sie ins Eßzimmer.«
»Da steht bereits eine.«
»Die wandert erst einmal in den Schuppen, bis der neue Wohntrakt angebaut ist, den du mir ständig versprichst.«
Paul hatte manchmal den Eindruck, sie seien Kath Jacksons einzige Kunden. Alles im Hause stammte aus dem Geschäft der Jacksons, die sperrigen Einkäufe wurden nach Rockhampton verschifft und dann mit dem Ochsengespann nach Oberon geschafft – ein Ende war nicht in Sicht. Die alte Anrichte, von der Jeannie gesprochen hatte, war vor etwas mehr als einem Jahr angeschafft worden. Paul unterdrückte einen Seufzer. Sein schlechtes Gewissen meldete sich, als er die Quay Street hinuntersah. Jetzt war wohl nicht der richtige Zeitpunkt, seiner Frau Vorhaltungen zu machen.
Er holte den Einspänner, verstaute das Gepäck und half den beiden Frauen beim Einsteigen. »Beinah hätt ich's vergessen«, sagte er zu Jeannie. »Wir übernachten heute nicht im Cooper's Inn. Wir sind auf Camelot eingeladen.«
»Wirklich?« Jeannie war begeistert. »Wie das?«
»Ich habe Grace Carlisle getroffen, hier in der Stadt. Sie hat uns eingeladen.«
»Wunderbar! Schade, daß ich das nicht vorher wußte. Dann hätte ich etwas anderes angezogen.«
»Du siehst hinreißend aus.« Das tat sie auch, wie er zugeben mußte. Für eine Frau war Jeannie ausgesprochen groß, und weil sie ständig auf den Beinen war, sehr schlank. Drahtig und gesund wirkte sie, und jetzt in den Ferien hatte sie sogar ein bißchen zugenommen. Das stand ihr ausgesprochen gut.
Paul holte mit seinem Pferd den Einspänner auf der sandigen Straße außerhalb der Stadt ein.
»Wo ist mein Gewehr?« rief Jeannie ihm zu.
»Hier. Munition ist unter dem Sitz.«

Jeannie übergab Clara die Zügel, überzeugte sich, daß Paul pfleglich mit der Waffe umgegangen war, schob sie dann in das Lederfutteral an der Querstange des Einspänners zu ihrer Rechten.
Sie überquerten den Fluß mit der Fähre, überließen es dem Fährmann, Pferd und Wagen das aufgeweichte Ufer auf der anderen Seite hinaufzubringen, schlugen dann den Weg nach Norden ein, Jeannie im bequemen Einspänner, Paul hoch zu Roß vorneweg, gut bewaffnet und ständig auf der Hut, ob nicht irgendwo im dichten Buschwerk Gefahr lauerte.

Es war ein schwüler, heißer Tag in Brisbane. Angesichts der gnadenlosen Sonne und ohne Aussicht auf Regen duckten sich die Eukalyptusbäume unter dem stahlblauen Himmel.
Fowler Maskey schwitzte in seinem weißen Anzug vor sich hin, kleine Rinnsale sammelten sich in seinem breiten Hosenbund, durchtränkten die gestärkte Baumwolle. Verärgert fuchtelte er mit dem Stock hinter einer sich entfernenden Mietdroschke her, der im Augenblick einzigen hier an der Anlegestelle. Er nahm den Tropenhelm ab, wischte sich über den Schädel und verfluchte die Hitze. Wie Rockhampton lag Brisbane in einem Flußtal, und an einem solchen Tag bestand hier auf eine kühlende Brise genausoviel Aussicht wie in einer von Fledermäusen wimmelnden Höhle.
Auch andere Passagiere, die mit Bergen von Gepäck das Dampfschiff verließen, hielten irritiert nach einer Transportmöglichkeit Ausschau. Wie eigenartig still es war! Obwohl mehrere Schiffe in diesem Binnenhafen vor Anker lagen, waren die Lagerhäuser geschlossen; keine Hafenarbeiter, die lärmend mit Frachtgut beschäftigt waren, keine Matrosen auf Landurlaub, auch keine chinesischen Gepäckträger, die herbeistürzten, um sich ihre Pennies zu verdienen. Statt des sonst so geschäftigen Treibens am Kai ein Bild unheilschwangerer Untätigkeit.
War heute etwa Sonntag? fragte sich Maskey. Nein, eindeutig Mittwoch. Wo also steckten die Arbeiter? Die Männer, die auf

der Werft beschäftigt waren? Welch Pflichtvergessenheit! Darüber mußte er unbedingt mit dem Premier sprechen. Es ging schließlich nicht an, daß Leute, die mit dem Schiff hier anlegten, sich selbst überlassen blieben. Ein unmöglicher Zustand!
Er gewahrte mehrere Damen, die ihm über Berge von Gepäckstücken hinweg flehende Blicke zuwarfen. Erwarteten sie etwa, daß ein Mitglied des Parlaments sich ihnen als Träger andiente? Um ihrer stummen Bitte zu entkommen, griff er nach seinem Koffer und strebte dem Zollgebäude zu. Von dort aus gelangte man über einen schmalen Weg zur William Street.
Wenigstens dort schien alles seinen gewohnten Gang zu gehen. Die Geschäfte hatten geöffnet, gelegentlich fuhr ein Wagen vorbei, aber noch immer keine Mietdroschke. Fowler hielt auf die Queen Street zu, auf sein Zuhause, wenn er nicht zu Hause war: das Royal Exchange Hotel. Als er an der nächsten Ecke einen Menschenauflauf bemerkte, rief er einen Reiter an, der gerade dorther kam. »Hallo, Sie da, Sir! Was ist denn da los?«
Der Mann sah ihn verdutzt an, saß dann ab und band sein Pferd an einen Pfeiler. »Sie sind Maskey, richtig? Der Politiker?«
»Der bin ich.« Fowler fühlte sich geschmeichelt, erkannt worden zu sein.
Der Fremde spuckte auf die staubige Straße. »Wenn Sie nicht wissen, was los ist, dann sind Sie auch nicht der Richtige für Ihren verdammten Job!«
»Ich verstehe nicht«, sagte Fowler bestürzt.
»Geschieht Ihnen recht«, schnaubte der Mann und verzog sich.
»Unglaublich!« brummelte Fowler. »Eine Frechheit!«
Er schleppte sich weiter. Der Koffer wurde mit jedem Schritt schwerer, seine Kleidung infolge der ungewohnten Anstrengung immer feuchter und unansehnlicher. Aber er war entschlossen, sich bis zum Hotel durchzuschlagen und keine voreiligen Fragen mehr zu stellen. Was hier vorging, würde er über die geeigneten Kanäle in Erfahrung bringen.

Fowler hatte sowohl die Größe des Menschenauflaufs als auch die Stimmung der Leute unterschätzt, bis er sich mitten unter ihnen befand und vergeblich versuchte, sich einen Weg hinaus zu bahnen. Er war eingekesselt und wurde von der Meute, die sich in Abständen aufzulösen und wieder zu sammeln schien, einfach mitgerissen. Keiner von denen, die da johlten und grölten, nahm Notiz von ihm, bis er, seinen Koffer als Puffer einsetzend, um sich in den Schutz der Läden zu verdrücken, zu einem Nebenmann sagte: »Verzeihung. Lassen Sie mich bitte durch.«

»Ja, laßt den feinen Pinkel durch!« brüllte eine aufgebrachte Stimme, und jemand schnappte sich Fowlers Kopfbedeckung. Schallendes Gelächter, als er versuchte, danach zu haschen; der Tropenhelm wirbelte durch die Luft, wanderte von Hand zu Hand. Irritiert gab Fowler die Jagd nach dem guten Stück auf. Als er sich nach seinem Koffer bückte, war er nicht mehr da.

»Mein Gepäck!« Sein Schrei ging in der immer zorniger werdenden Menge ungehört unter. Tafeln wurden in die Höhe gehalten. »Arbeit!« erscholl es wie aus einem Munde. »Gebt uns unsere Arbeit wieder!«

Hinter ihm kreischte eine Frau. »Unsere Kinder verhungern, während dieser Fettsack und seinesgleichen im Luxus schwelgen!« Der heftige Stoß in den Rücken, den sie Fowler verpaßte, machte ihn taumeln. Nur die dicht an dicht gedrängten Körper um ihn herum bewahrten ihn vor einem Sturz. Sich an irgendwelche Jacken klammernd, gelang es ihm, das Gleichgewicht zurückzugewinnen, als plötzlich das Geräusch von splitterndem Glas zu vernehmen war. Und die Menge wälzte sich weiter, schleuderte Steine, schlug Scheiben ein und stieß Unflätigkeiten aus. Eine ausgewachsene Revolte, konstatierte Fowler entsetzt. Er sah Männer und Frauen Geschäfte plündern, wurde weitergezerrt, bis er unbemerkt in eine schmale Gasse entkam, dort gegen eine Wand torkelte und mit zitternden Knien weiterging, um schließlich auf den Stufen einer kleinen Treppe zusammenzubrechen. Sein Herz klopfte zum Zerspringen.

Ein Mann rannte die Gasse entlang. Fowler machte sich darauf gefaßt, zusammengeschlagen zu werden, und versuchte sich aufzurichten. Der Mann blieb unvermittelt stehen. »Mein Gott, das ist ja Mr. Maskey!«
Fowler sah zu ihm auf, ächzte. Tyler Kemp! Daß ausgerechnet der ihn in dieser Verfassung sehen mußte, wie ein Penner in der Gosse!
»Na, kommen Sie schon«, sagte Kemp und half ihm auf die Beine. »Sieht aus, als hätte Ihnen der Pöbel ganz schön zugesetzt. Scheußliche Erfahrung. Eine blutrünstige Horde. Sind Sie verletzt?«
»Ich glaube nicht«, sagte Fowler, bemüht, wieder normal zu atmen und den Rest seiner Würde zusammenzukratzen. »Nur ein paar blaue Flecken. Was in Gottes Namen geht denn hier eigentlich vor?«
»Das wissen Sie nicht?«
»Wenn ich's wüßte, würde ich nicht fragen«, gab Fowler gereizt zurück. »Ich bin eben erst mit dem Schiff angekommen. Mein Gepäck haben mir diese Wahnsinnigen auch geklaut! Wo bleibt denn die Polizei?«
»Die hat in der George Street Posten bezogen, deshalb haben die Demonstranten einen anderen Weg gewählt. Wenn Sie mich fragen, die verdrücken sich mit der Beute, ehe die Polizei hier auftaucht. Die Situation ist klar und eindeutig. Die Regierung hat kein Geld mehr und deshalb die öffentlichen Arbeiten eingestellt, und das heißt, praktisch jeder zweite sitzt auf der Straße. Keine Arbeit, kein Lohn, keine Lebensmittel für die Familien – und das hier ist die Folge: Plünderungen. Das Parlament ist einberufen worden. Aber wem sage ich das.«
»Ich wußte nicht, daß es so ernst ist«, sagte Fowler. »Ist wohl besser, wenn ich jetzt mein Hotel aufsuche.«
Da er noch immer unsicher auf den Beinen stand, kam Kemp mit. Fowler war froh um die Begleitung; in seiner lädierten Verfassung hätte er alleine nur Verdacht erregt. Als ihn Kemp durch eine Hintertür in ein abgeschiedenes Zimmer führte, um dann den Besitzer zu holen, ließ sich Fowler herab, die Hilfe

dankend anzuerkennen. »Sehr freundlich von Ihnen«, überwand er sich zu sagen.
»Keine Ursache«, erwiderte Kemp. »Das gleiche würden Sie doch bestimmt auch für mich tun«, fügte er grinsend hinzu.
In der Geborgenheit seines Hotelzimmers, versorgt mit einem Tablett voller Butterbrote und kaltem Hühnchen sowie mit einer Flasche Cognac, nahm Fowler davon Abstand, sich ins Parlamentsgebäude zu begeben, ehe nicht seine Kleidung wieder in Ordnung gebracht wäre und er den von einem Hausdiener besorgten Stapel Zeitungen durchgearbeitet hätte.

Fowler hatte stets die Ansicht vertreten, ein wahrer Gentleman kaufe niemals von der Stange, und jetzt steckte er in einem schwarzen Tuchanzug, der ihm das Aussehen eines Leichenbestatters verlieh. Warum nur hatte er seinen Sohn nicht mitgenommen! Nachdem an diesem Morgen so viel schiefgegangen war, kam er sich einigermaßen erbärmlich vor. Sein Anzug war zwar rechtzeitig und auch ausreichend gestärkt aus der chinesischen Wäscherei zurückgekommen, aber – und bei dem Gedanken daran bekam Fowler heiße Ohren – mit einem Flicken über einem langen Riß am Gesäß. Mit einem Loch in der Hose hatte er sich auf einer Hauptstraße von Brisbane gezeigt! Ob Kemp diesen Fauxpas bemerkt hatte? Oder der Hoteldirektor? Es war zu peinlich, darüber nachzudenken.
Er hatte deshalb erneut nach seinem Schneider geschickt, nachdem er ihn bereits beauftragt hatte, mehrere neue Anzüge samt Zubehör als Ersatz für die verlorengegangenen anzufertigen. Beim zweiten Mal hatte er den guten Mann ersucht, ihm eine annehmbare Ausstattung von der Stange zu besorgen, da er unmöglich mit geflickten Hosen herumlaufen konnte. Und dieser armselige Aufzug war nun das Ergebnis.
Fowler beeilte sich, seinen Kollegen im Parlament über den Grund seiner Aufmachung Rechenschaft abzulegen und ihnen zu schildern, wie ihm die Demonstranten zugesetzt hatten. Allmählich kam er sich wie ein Held vor, schon weil keiner der anderen Parlamentarier die Ausschreitungen hautnah miter-

lebt hatte. Als er dann noch Kemps einschlägigen Bericht las, nahm er tief befriedigt zur Kenntnis, daß der Reporter auch auf sein Mißgeschick eingegangen war. »Mr. Maskey, Abgeordneter von Rockhampton und Augenzeuge der handgreiflichen Auseinandersetzungen, wurde übel mitgespielt, er kann von Glück sagen, ohne ernsthafte Verletzungen davongekommen zu sein.« Der Artikel war so abgefaßt, daß man fast den Eindruck gewann, Fowler habe sich absichtlich unter die Menge gemischt – eine kleine Verfälschung der Tatsachen, gegen die er ausnahmsweise einmal nichts einzuwenden hatte.
James Mitchell, der Sprecher, bestand nach der Lektüre des Artikels auf Fowlers Teilnahme an einer Ausschußsitzung. Dort erwarteten ihn finstere Gesichter, die schon vor Beginn der Diskussion ahnen ließen, daß die Lage schlimmer war, als er es sich vorgestellt hatte.
Mitchell wies noch einmal darauf hin, daß nicht genügend Geld für die Angestellten des öffentlichen Dienstes zur Verfügung stehe, und im Tumult, der daraufhin ausbrach, gelang es Fowler endlich, die Frage loszuwerden, die ihn am meisten beschäftigte.
»Dies bezieht doch wohl nicht die ländlichen Wahlkreise mit ein, in denen öffentliche Arbeiten unabdingbar sind?«
Mitchell warf ihm einen säuerlichen Blick zu. »Alle Vorhaben der Regierung sind unabdingbar. Sie müssen dennoch vorübergehend eingeschränkt werden.«
»Und wie lange ist vorübergehend?«
»Schwer zu sagen«, meinte der Sprecher ausweichend. »Der Finanzminister muß die Situation neu überdenken ...«
»Das kann doch nicht so schwer sein«, schnappte Jock Campbell aus den Darling Downs. »Da gibt's eigentlich nichts herumzufackeln, wenn man in ein Geldsäckel schaut und nichts drin findet.«
»Ist bereits geschehen«, fuhr Mitchell ungerührt fort, »wir haben schließlich diese Sitzung einberufen, um darüber zu diskutieren, was wir zur Deckung unserer Schulden unternehmen können.«

»Warum hat man nicht schon vor Monaten daran gedacht?« wollte ein weiteres Mitglied wissen.
»Weil damals noch nicht abzusehen war, daß die A und M Bank bankrott gehen würde«, sagte Mitchell.
»Ich wette, Herbert wußte es. Sonst hätte er doch den Gürtel nicht so eng geschnallt.«
Als Fowler die lautstarken Vorwürfe und Anschuldigungen hörte und sich zusehends Panik ausbreitete, zwang er sich, sich nicht davon anstecken zu lassen. Er wußte ebensogut wie alle anderen, daß ihre Sitze in Gefahr waren. Diese Grünschnäbel von Parlamentariern waren noch längst nicht so abgebrüht wie die in Westminster. Hier kämpfte jeder für sich, und jeder Politiker bekam den Zorn des notleidenden Pöbels unmittelbar zu spüren. Eigentlich ungerecht, fand Fowler, so an den Pranger gestellt zu werden, aber vom kleinen Mann auf der Straße durfte man eben kein Verständnis erwarten. Gnadenlos waren die Politiker der Blamage ausgesetzt, die jetzt wie eine Flutwelle auf sie zurollte. Und da sprangen sich diese Narren noch gegenseitig an die Gurgel und suchten nach einem Sündenbock!
»Ich bin der Ansicht«, sagte Fowler so autoritär wie möglich, »daß Schuldzuweisungen unangebracht sind. Wurde dieser Ausschuß nicht vielmehr einberufen, um über einen Ausweg aus der Misere zu beratschlagen?«
»Hört! Hört!« rief Mitchell erleichtert.
Es mangelte nicht an Anregungen. »Holt Herbert zurück! Sägt Macalister ab!«
»Nein, wir sollten Macalister anhören. Er weiß eine Antwort.«
»Höhere Steuern. Die Reichen müßten zur Kasse gebeten werden.«
»Es bei anderen Banken versuchen.«
»Das tun wir bereits«, sagte Mitchell, »bisher allerdings ohne Erfolg.«
»Victoria um einen Kredit bitten, die schwimmen im Gold.«
»Lieber die Prämie für jeden, der neue Goldvorkommen in diesem Staat ausfindig macht, verdreifachen.«

Am Ende beherrschten drei mit Kontoauszügen bewaffnete Männer das Treffen. Mit gerunzelten Augenbrauen sprachen sie so langatmig von vorgezogenen Maßnahmen, Zinssätzen, absehbaren Entwicklungen, kurzfristigen Krediten, von Garantien und Antworten der britischen Banken, daß Fowler zum guten Schluß einzuschlafen drohte.

Gleich nachdem die Sitzung zu Ende war, suchte er den Premier auf. Im Ausschuß war angeklungen, daß Macalister angeblich die Antwort auf dieses weitreichende Problem parat hätte, und diese Antwort war für Fowler ungeheuer wichtig. Er war zwar weiterhin nicht gut auf Macalister zu sprechen, weil der ihn bei der Ernennung der Minister übergangen hatte, aber wenn es ihm gelänge, diese Situation zu bereinigen, dann gebührte ihm die Macht.

Macalister gab sich jovial. »Na, wie ist's gelaufen?« empfing er den Besuch.

»Uns stehen mehrere Optionen offen«, erklärte Fowler großspurig. »Ein Bericht wird gerade ausgearbeitet. Wie Sie sicher gehört haben, bin ich in diesen Aufstand geraten, habe mein Gepäck verloren und war deshalb verhindert, mich von Anfang an in die Diskussion einzuschalten. Wie jedoch zu erfahren war, haben Sie bereits eine Lösung in Aussicht gestellt.«

»Ha! Bleibt ihnen also doch nichts übrig, als zu Kreuze zu kriechen, wie?« krächzte Macalister.

»Schon möglich«, erwiderte Fowler ungerührt. »Ich für meinen Teil bin leider nicht ganz auf dem laufenden, wollte aber die Diskussionsrunde auch nicht damit aufhalten, mir Ihren Vorschlag unterbreiten zu lassen – schon weil ich es vorziehe, ihn von Ihnen persönlich zu erfahren. Einige Herrschaften neigen nämlich dazu, solch gewichtige Angelegenheiten bis zur Unkenntlichkeit zu verstümmeln.«

»In der Tat. In der Tat«, sagte Macalister. »Nehmen Sie doch Platz, Maskey. Es gibt eine Lösung, eine einzige, aber die ist für diese Schwachköpfe viel zu einfach, die müssen immer alles verkomplizieren. Sie haben ja selbst gesehen, wie ernst die Lage ist. Die Arbeiter und ihre Familien haben nicht genug zu essen, und ich stehe immer auf der Seite der Arbeiter. Ich stamme ja selbst aus der Arbeiterklasse und möchte mir's mit denen nicht verderben. Ipswich ist in Aufruhr, auch in meiner Gegend werden Lebensmittelgeschäfte geplündert. Wir müssen den Arbeitern helfen, und zwar sofort.« Er pochte auf den Schreibtisch, um seinen Worten Nachdruck zu verleihen. Fowler fand, der Premier solle weniger reden und statt dessen lieber handeln.

Endlich kam Macalister auf seine Theorie zu sprechen. Fowler war beeindruckt. Macalister hatte recht. Schluß mit der ewigen Bittstellerei bei den britischen Banken. Um dieser Krise Herr zu werden, war es am besten, eigenes Geld zu drucken.

So jedenfalls sah es Fowler. »Nicht konvertierbares Regierungsgeld«, wie Macalister das nannte. »Ein Entwurf zur Gestaltung liegt bereits vor. Bis uns was Besseres einfällt, nennen wir die Scheine Greenbacks. Meinen Sie nicht auch, daß in Anbetracht unserer natürlichen Ressourcen – Wolle, Schafe, Rinder und dazu das Gold, auf das wir im Laufe der Zeit noch stoßen werden – gar nichts schiefgehen kann? Wir müssen Vertrauen haben, Mann, Vertrauen in uns selbst, genau das geht uns nämlich ab. Und irgendwann werden unsere Tresore so voll sein, daß es zur Deckung unserer eigenen Währung reicht. Zur Hölle mit den Banken!«

Verdammt interessant, fand Fowler. Wenn die Zeit für die Abspaltung reif war, könnte der neue Staat ebenso verfahren. Noch dazu, wo er Gelegenheit bekam zuzusehen, wie man so etwas bewerkstelligte.

»Na, was sagen Sie jetzt?« fragte Macalister, und seine buschigen Brauen signalisierten, daß eine negative Antwort nicht erwünscht war. Die Warnung war überflüssig.

»Ich bin dafür«, erwiderte Fowler. »Wann können wir damit beginnen?«

»Das ist der Haken daran. Ich muß erst diese kleinmütigen Geister rumkriegen. Obwohl einige durchaus nicht abgeneigt sind. Glauben Sie mir, auf andere Weise kann diese Krise nicht überwunden werden. Sollen sie doch alle in ihre Wahlkreise

zurückgehen und sich eine Weile das Gejammere anhören, dann nehmen sie schon Vernunft an.«
Fowler überlief es kalt. Auch er würde sich seinen Wählern stellen müssen, mit einer Wirtschaftsflaute ersten Ranges, die wie Blut an seinen Händen klebte.
»Eine andere Möglichkeit gibt es nicht?«
»Nein. Ich werde in aller Ruhe die entsprechenden Vorkehrungen treffen – die technischen Einzelheiten sollten geklärt sein, bis das Parlament in der Winterperiode wieder zusammentritt. Und bis dahin wird mich auch der letzte Dummkopf angefleht haben, ihn ans sichere Ufer zu führen.«
»Und die Arbeiter?« fragte Fowler ihren obersten Repräsentanten.
»Deren Situation wird sich leider wesentlich verschlechtern, ohne daß ich etwas dagegen tun kann. Es soll bloß niemand kommen und mir das vorwerfen, ich ließe nicht zu, daß sich Queensland jemals wieder in die Abhängigkeit irgendwelcher Banken begibt. Wir müssen eben den Sturm über uns ergehen lassen, bis mein Vorschlag angenommen wird.«

Tyler Kemp schlenderte in die Salonbar des Royal Exchange Hotels, wo Fowler gerade Hof hielt. Wegen der fast täglich stattfindenden Krawalle, über die es zu berichten galt, war es bei der Zeitung in dieser Woche hoch hergegangen; aber während dieser Aspekt des Konflikts hinlänglich besprochen war, frustrierte Kemp die augenscheinliche Unfähigkeit des Parlaments, sich auf eine Lösung zu einigen. Am Ende der Woche würden sie noch immer zaudern, weitere Ausschüsse einberufen und dumm herumschwätzen, während Rom längst in Flammen stand.
Tyler war der Sohn hart arbeitender schottischer Einwanderer. Sein Vater arbeitete in den schwer zugänglichen Bergwäldern im Norden von New South Wales, wo er gewaltige Baumstämme mit Ochsengespannen hinunter zum Clarence River schaffte. Als elfjähriger Junge war er zusammen mit seinen Eltern hierher gekommen, hatte begeistert das riesige Glasgow

mit einer entlegenen Blockhütte vertauscht. Er war Robin Hood, mit einem richtigen Bogen und Pfeilen; er war ein Kreuzritter mit einem eigenen Mohren, einem fröhlichen Schwarzen aus dem Stamme der Bundjalung, die in diesem Gebiet lebten.

Die Aborigines um sie herum waren freundliche, wenn auch durchtriebene Gesellen und von der weißen Familie sehr angetan. Wenn Tyler unter den Bäumen vor dem Haus von seiner Mutter unterrichtet wurde, sahen die schwarzen Frauen mit ihren Kindern andächtig schweigend zu, wie der kleine Kerl auf seiner Schiefertafel herumkratzte oder aus seinen Büchern vorlas. Sie ahnten, daß diese Sitzungen Connie Kemp noch mehr bedeuteten als ihrem Sohn, und zollten ihr Respekt, auch wenn sie nicht verstanden, worum es letztendlich ging.

Eine ihrer Lieblingsbeschäftigungen war es, Geschäfte zu machen, nur mußte man sich dabei höllisch in acht nehmen. Der junge Jugalag war ein richtiger kleiner Gauner. Connie verkaufte er zweimal denselben wilden Honig, den die Eingeborenen, nachdem sie ein paar Brocken Englisch gelernt hatten, Zuckertüte nannten. Er stibitzte ihn aus dem Musselinsäckchen hinter dem Haus und erschien mit unschuldiger Miene erneut damit an der Vordertür. Und als Connie den Trick durchschaute und ihn mit ihrem Besen durch den Wald scheuchte, kannte die Schadenfreude keine Grenzen.

Bei der Geburt von Tylers Schwester leisteten die schwarzen Frauen Hebammendienste. Als Dadda Kemp am Fluß unter abrutschende Baumstämme geriet, waren es die schwarzen Männer, die ihm zu Hilfe eilten, die schweren Baumstämme hochstemmten und ihn nach Hause brachten. Da er tief in den weichen Boden gedrückt worden war, trug er glücklicherweise außer zwei gebrochenen Rippen keine Verletzungen davon.

Die Klagen seiner Altersgenossen über eine trübsinnige Kindheit waren Tyler fremd. Er liebte das Leben in diesen grünen, nebelverhangenen Wäldern. Mit zunehmendem Alter nahm ihn der Vater unter seine Fittiche, und schon bald verstand Tyler die Axt ebenso geschickt zu handhaben wie alle anderen

Holzfäller. Seine Ochsengespanne überredete er zu Höchstleistungen an diesen steilen Hängen, und wenn sie nicht hörten, zwang er sie dazu. Auch Wild zu erlegen lehrte ihn der Vater, er stellte sogar Zielscheiben auf, stolz, daß der Sohn in seinen jungen Jahren bereits ein so ausgezeichneter Schütze war. Während Connie ihr Augenmerk auf seine schulischen Fortschritte richtete, hielt sein Vater mehr von körperlicher Ertüchtigung. Sonntags pflegte Dadda, ausgerüstet mit seiner heißgeliebten, kleinen goldenen Taschenuhr, Tyler zu einem Querfeldeinlauf loszuschicken, und um ihm das Mogeln zu vereiteln postierte er entlang der Strecke Aborigines als Aufpasser. Wie ausgelassen sie schrien und johlten, wenn Tyler barfuß die steilen Hänge hinaufgekeucht kam und versuchte, seine eigene Zeit zu unterbieten!

Bald wollten auch die Schwarzen mitlaufen. Also wählte Dadda die besten unter ihnen aus und ließ sie gegen seinen Sohn antreten. Und so sehr sich Tyler auch anstrengte, er konnte einfach nicht mithalten; dafür war das Rennen um so lustiger, schon weil Connie am Ende des Tages die Teilnehmer zu einem gemeinsamen Abendessen mit gebratenen Wildvögeln und in heißer Asche gebackenen Kartoffeln einlud.

Zufriedene, liebenswerte Menschen, seine Eltern, die sich als einzige Extravaganz in ihrem Leben samstags abends ein Gläschen Whisky genehmigten, den sie von Flußhändlern bezogen. Auch er war zufrieden – bis sie ihm verkündeten, sie wollten ihn fortschicken.

Sein Entsetzen war ihm noch immer gegenwärtig. Ihre Begründungen, die Eröffnung, daß sie für seine Erziehung, die er längst als abgeschlossen ansah, Geld beiseite gelegt hätten. Er solle es einmal besser haben, sagten sie, und dabei fiel es ihm schwer sich vorzustellen, was besser sein könnte. Connie hatte für ihn ein Volontariat beim *Moreton Bay Courier* ergattert: Sie hatte Durchreisenden, die auf dem Weg nach Norden waren, mehrere seiner Aufsätze ausgehändigt und darum gebeten, sie dem Herausgeber der Zeitung zuzuschicken oder zu geben. Jedesmal hatte sie einen ungeschönten Bericht über die

Charaktereigenschaften ihres Sohnes beigefügt. »Er ist aufrichtig und wahrheitsliebend. Muß gelegentlich unter Druck gesetzt werden, damit er sich auf seine Arbeit konzentriert. Keine Probleme mit der Rechtschreibung, dafür beim Rechnen, außerdem verfügt er über einen großen Wortschatz. Deshalb würde sich sein Vater geehrt fühlen, wenn Sie ihn zum Redakteur ausbilden könnten; das entsprechende Honorar bitten wir in Raten abzahlen zu dürfen.« Es kam Connie Kemp nicht in den Sinn, den üblichen stolzgeschwellten mütterlichen Brief zu schreiben, genausowenig wie sie daran zweifelte, daß die Durchreisenden ihr Versprechen einlösen würden.

Ihr Vertrauen wurde belohnt. Die Briefe erreichten ihr Ziel, der Herausgeber wurde aufmerksam. Als der dritte Aufsatz eintraf, wurde ihm klar, daß dieser junge Bursche durchaus das Zeug zum Schreiben hatte, und aus einer selten großmütigen Laune heraus bot er Tyler Kemp ein Volontariat an; ein Honorar entfalle, teilte er der Mutter mit, der Junge bekäme fünf Shilling pro Woche ausbezahlt, je nachdem wie er sich anstelle, vielleicht auch mehr.

Um Tyler Lebewohl zu sagen, strömten die Leute aus der verstreuten Gemeinde von überall her zusammen. Es wurde ein wunderschönes Abschiedsfest, bei dem die Aborigines aus der Gegend einen diesem Anlaß entsprechenden Corroboree, einen besonderen Tanz, aufführten.

Wenn Tyler Jahre später Rückschau hielt, dann machte er sich klar, daß es auch schwere und traurige Zeiten in diesem unwirtlichen Gebiet gegeben haben mußte, daß er sich nur nicht mehr daran erinnern konnte. Was ihm im Gedächtnis haften geblieben war, waren vielmehr die fröhlichen, aufgeschlossenen Eltern, die Schönheit und der Reiz der Buschlandschaft und vor allem sein jäher Abstieg in die Zivilisation.

Es dauerte eine geraume Weile, bis er sich an das Leben in der Stadt gewöhnt und seine Unsicherheit überwunden hatte, bis er, in billigen Unterkünften hausend, für sich selbst sorgen konnte. Glücklich war er nur in der Zeitungsredaktion. Mit

Feuereifer stürzte er sich in die Arbeit, war jedermann zu Diensten und darauf stolz; als er schließlich einen eigenen Schreibtisch zugewiesen bekam, war der Weg frei. Denn Tyler war ein ausgezeichneter und zuverlässiger Reporter.
Nur eines bedrückte ihn maßlos – daß die Bürger der Stadt nichts für Aborigines übrig hatten, sie sogar verabscheuten. Er fand es unerträglich, zu hören, wie abschätzig sich seine Umgebung über sie äußerte. Wo immer er eine seriöse Zeitung aus einer anderen Stadt in die Hand bekam, las er sie, mußte jedoch feststellen, daß auch dort, nicht anders als im *Brisbane Courier*, wie sich das Blatt inzwischen nannte, Schwarze voller Vorurteile beurteilt wurden. Wo immer er für sie Partei ergriff, wurde er niedergebrüllt und ausgelacht; lediglich einige wenige teilten seine Ansichten.
Als Tyler Kemps Ansehen stieg, respektierte man allmählich auch seine politische Einstellung, obwohl er weiterhin Groll gegen diejenigen hegte, die ihre Ressentiments gegenüber den Schwarzen pflegten – also mehr oder weniger alle, die er kannte. Er wußte, daß ein Umdenken nicht zu erwarten war, und dieses Wissen verbitterte ihn. Es machte ihm schon gar nichts mehr aus, in Brisbane und Umgebung als verbohrter, jähzorniger Charakter zu gelten. Das verunsicherte die Leute, und er profilierte sich.
Soweit der Werdegang des Mannes, der sich im Royal Exchange Hotel jetzt an Fowler Maskey heranmachte, um etwas mehr über das Finanzdebakel zu erfahren.
»Alles gut überstanden, Sir?«
Maskey strahlte den aschblonden Reporter an. »Bestens, danke. Weiß der Himmel, was mir in der Gewalt von diesen Raufbolden noch alles hätte passieren können, wenn Sie nicht aufgetaucht wären.«
Tyler grinste. Als er Maskey gefunden hatte, war kein Raufbold in Sicht gewesen, aber wenn der alte Knabe es so sehen wollte, dann bitte sehr. Tylers Gedanken waren bei wichtigeren Dingen. »Der Finanzausschuß, heißt es, beabsichtigt, dem Premier in Kürze einen Bericht vorzulegen. Können Sie mir

einen kleinen Anhaltspunkt geben, wie man vorzugehen gedenkt?«
Der Abgeordnete von Rockhampton, hocherfreut, vor seinen Schafzüchter-Freunden und noch dazu an deren bester Tränke von Kemp ins Verhör genommen zu werden, richtete sich auf und stellte sein Glas mit Nachdruck auf den Tresen. »Gewiß doch. Ich habe an diesem Treffen teilgenommen und kann hier und jetzt und ohne Umschweife sagen, daß mir noch nie ein solch trauriger Haufen von Pfuschern untergekommen ist.«
»Wirklich?« meinte Tyler interessiert.
»Wirklich. Soviel mir bekannt ist, wird der Bericht nichts Schlüssiges enthalten; da man in keinerlei Hinsicht Übereinstimmung erzielen konnte, hat sich das Ergebnis mehr oder weniger in Luft aufgelöst. Ein von mir eingebrachter Vorschlag wurde natürlich nicht berücksichtigt; in Brisbane ist man auf die Meinung von Leuten vom Lande ja nicht sonderlich erpicht ...«
»Stimmt genau«, pflichtete ihm ein bärtiger Schafzüchter bei.
»Allerdings«, fuhr Fowler fort, »haben mir anschließende Gespräche mit dem Premier gezeigt, daß zumindest er und ich einer Meinung sind und daß es sehr wohl einen Ausweg aus diesem Schlamassel gibt. Wenn meine Kollegen im Parlament den Vorschlag erst einmal verdaut haben, wird es mit Queensland schon in wenigen Monaten wieder aufwärts gehen.«
»Ein Vorschlag, den der Premier befürwortet?« fragte Tyler.
»Aber gewiß doch.«
»Wäre es Ihnen möglich, diesen Plan zu erläutern?« Mit dieser Herausforderung reizte Tyler des öfteren Politiker, die sich um alles in der Welt keine Blöße geben wollten.
Fowler zögerte kurz. Der Vorschlag des Premiers hatte Hand und Fuß, und eigentlich konnte es nicht schaden, ihm zu größtmöglicher Publizität zu verhelfen, schon um die Parlamentarier unter dem Druck der Öffentlichkeit zum Umdenken zu bewegen und hinter Macalister zu bringen. »Die Öffentlichkeit«, sagte er, »fordert rasches Handeln, und wir werden in der Tat umgehend handeln, um diesem Rutsch in

die absolute Verelendung Einhalt zu gebieten. Eine Regierung kann nicht einfach dasitzen und die Hände ringen. Wir müssen Vertrauen in uns selbst und in unsere eigenen beträchtlichen Ressourcen haben, das heißt, wir können und werden zu unseren eigenen Leistungen stehen. Deshalb beabsichtigt die Regierung, eine nicht konvertierbare eigene Währung in Umlauf zu bringen!«

Er hakte die Daumen in seiner Weste ein und nickte bedächtig. Die Umstehenden schluckten.

»Und das soll klappen?« fragte Bert Dayton.

»Möglich wär's«, meinte ein anderer.

»Ein bißchen riskant«, kommentierte einer, und während man hin und her überlegte, bestellte sich Tyler einen doppelten Whisky. Inzwischen war das, was Maskey von sich gegeben hatte, auch zu den anderen an der Bar gedrungen, und deren Reaktion behagte Tyler ganz und gar nicht.

»Ein vernünftiger Vorschlag, was, Kemp?« vergewisserte sich Fowler bei Tyler.

»Ein völliger Wahnsinn!« entfuhr es dem Reporter.

Obwohl ihn Kemps Äußerung überraschte, zwang sich Fowler zu einem nachsichtigen Lächeln. Der Reporter war nun mal ein verschrobener Kauz. »Na, na, junger Mann, denken Sie erst mal drüber nach«, sagte er. »Nur nicht so voreilig.«

»Von wegen.« Tyler schien nicht weiter auf dieses Thema eingehen zu wollen, was Maskey nur recht war. In Gegenwart des Reporters war es wohl auch ratsam, sich wieder auf sicheres Terrain zurückzubegeben. »Na gut«, meinte er, »da Sie nun schon mal hier sind, müssen Sie auch mitfeiern. Ich wollte gerade Champagner bestellen und auf die Verlobung meiner Tochter anstoßen.« Er wandte sich an seine Freunde. »Eine Vorankündigung, Leute. Sagt euren Familien, sie sollen sich auf eine Reise in den Norden einrichten, zu Lauras Verlobungsfeier.« Er gab dem Ober an der Bar ein Zeichen. »Champagner für alle, guter Mann. Den besten, den Sie da haben.«

Korken knallten, und die kleine Gesellschaft griff gierig nach den Gläsern. »Auf das Wohl meiner Heimatstadt, das mir am

Herzen liegt«, verkündete Fowler leutselig. »In Rockhampton wird ein Fest stattfinden, das es mit jedem hier unten aufnehmen kann.«
»In Rockhampton?« spottete ein Fremder. »Soviel ich weiß, ist das eine Kleinstadt ohne jede Bedeutung!«
Fowler lachte. »Das hat man auch mal von Brisbane gesagt. Rockhampton dagegen muß sich nicht erst vom Makel einer Strafgefangenensiedlung reinwaschen und wird eines Tages eine große Stadt sein, inmitten allerbesten Weidelandes. Sir, ich fordere Sie auf, trinken Sie auf Rockhampton.«
Der nächste Toast galt Maskeys Tochter Laura und ihrem Zukünftigen.
»Wer ist denn der Glückliche?« fiel Dayton gerade noch ein, als die Gläser schon wieder gefüllt wurden.
»Captain Robert Cope«, verkündete Fowler. »Ehemals Angehöriger des New South Wales Regiments und jetzt bei unserer in Rockhampton stationierten, berittenen Eingeborenenpolizei.«
Kostenlosem Champagner nicht abgeneigt, hatte Tyler Kemp bereits zwei Gläser geleert und wollte gerade gehen. Währenddessen überlegte er, ob diese verrückte Geschichte, die Maskey da über eine regierungseigene Währung verbreitet hatte, lediglich ein paar Zeilen wert oder groß aufzumachen sei. Die Erwähnung Copes ließ ihn innehalten.
»Wer?« fragte er. »Wer ist der Verlobte?«
»Captain Cope.« Fowler warf sich in die Brust. »Genießt einen ausgezeichneten Ruf in unserer Gemeinde.«
»Tut er das jetzt?«
Da auf diesem weniger kontroversen Gebiet ein bißchen Trommelwirbel nicht schaden konnte, gab Fowler sich leutselig. »Sie sind natürlich auch eingeladen, Kemp. Waren Sie schon mal in Rockhampton?«
»Kann ich nicht behaupten.«
»Dann seien Sie uns herzlich willkommen. Ich hoffe, Sie können es einrichten.«
»Das werde ich mir um nichts in der Welt entgehen lassen«,

sagte Tyler und verließ mit langen Schritten die Bar.
Draußen umfing ihn der süßlich-ekelerregende Geruch von roten Jasminblüten und Abwässern, und einmal mehr wünschte er sich, wieder die saubere Luft in den Bergen, wo seine Eltern weiterhin lebten, atmen zu können. Die Blockhütte hatte sich längst zu einem Häuschen samt Zaun und Garten gemausert, und inzwischen besaß sein Vater eine Sägemühle, obwohl er noch immer der beste Holzfäller in der Gegend war und immer noch sein Ochsengespann hatte. Keine allzugroßen Veränderungen also, wenn man einmal davon absah, daß die Aborigines allmählich abzogen oder mit den Krankheiten der Weißen zu kämpfen hatten. Und daß die, die blieben, nicht länger die Herren ihrer Wälder waren, sondern sich mit ihren Bedürfnissen an die Kemps und andere Siedler wenden mußten.
»Captain Cope!« Tyler spuckte die Worte auf den aufgeweichten Boden. »Dieser mordlüsterne Kerl!« In hellen Zorn hatten ihn die Berichte über Copes Aktivitäten versetzt. Als Held war er hingestellt worden, er, der für Farmer Distrikte säuberte und kraft Gesetz die Siedlungen der Aborigines terrorisierte. Eine *carte blanche*, die ihm das Recht gab, zu töten und zu töten und zu töten!
Tyler fühlte sich elend. Er konnte nichts dagegen tun außer, so wie Fowlers Kollegen wegen jener anderen Angelegenheit, die Hände ringen. Er besaß keinerlei Einfluß, um sich für diese Unschuldigen stark zu machen und für ihre Rechte einzutreten. Sie hatten ja keinerlei Rechte.
Cope war nur ein kleiner Handlanger, einer von vielen, aber ein Zusammenschluß von Cope und Maskey konnte fatal werden. Man mußte nicht allzu klug sein, um Maskey zu durchschauen, denn wenn er Cope als Schwiegersohn akzeptierte, befürwortete er auch seine Einsätze. Und wenn Cope die Rückendeckung des Rockhamptoner Abgeordneten genoß, würde er seine Machtbefugnisse ins Uferlose ausweiten. Weiße, die möglicherweise seinem mörderischen Treiben Einhalt zu gebieten versuchten, würden sich kein Gehör verschaf-

fen können. Maskey als Vertreter des Staates würde seinem Schwiegersohn die Stange halten.
Tyler betrat eine schmuddelige Kneipe, bestellte sich nochmals einen Whisky und verzog sich zum Nachdenken in eine Ecke. Sein Entschluß stand fest: Er wollte Fowler Maskey stürzen. Als erstes würde er in einem Artikel die regierungseigene Währung als Ausgeburt von Unfähigkeit und Verantwortungslosigkeit anprangern. Weiterhin mußte er jedwede Entgleisung, die sich Maskey möglicherweise geleistet hatte, in Erfahrung bringen. Und dann wollte er nach Rockhampton fahren. Es mußte doch dort jemanden geben, der bereit war, es mit Maskey aufzunehmen, und wer immer das war, er würde Tylers bedingungslose Unterstützung erhalten. Hauptsache, dieser Geldsack würde von seinem Thron gestoßen. Sowieso hatten schon viel zu viele Großgrundbesitzer das Sagen. Gegen ererbten Wohlstand hatte Tyler etwas.
Er hielt das Glas gegen eine rauchige Lampe. »Deine Tage sind gezählt, Fowler.«
Vornehmlich in dieser Kneipe verkehrte ein gewisser Ferret – Tyler spannte ihn gern als Kundschafter ein –, keineswegs ein Frettchen, wie der Name besagte, sondern ein untersetzter, rundlicher Bursche mit einem freundlichen Schweinchengesicht. Seine Kleidung war ärmlich, aber sauber; die runde Nickelbrille verlieh ihm etwas Eulenhaftes. Einer, der in der Menge nicht sonderlich auffiel. Und genau das kam ihm zugute. Ferret eignete sich hervorragend dazu, Informationen zu beschaffen, und sah sich selbst als inoffiziellen Detektiv, ein Titel, den andere ein wenig überspannt fanden, hatte Ferret doch wegen betrügerischer Machenschaften bereits mehrmals im Gefängnis gesessen.
Als er auftauchte, winkte ihn Tyler zu sich. Der kleine Mann setzte sich zu ihm. »Sie haben einen Job für mich, Mr. Kemp?«
»Ja. Kennen Sie Fowler Maskey, den Abgeordneten?«
»Nicht persönlich, nein, nur vom Hörensagen.«
Tyler schob zehn Shilling über den Tisch. »Was wissen Sie über ihn?«

»Bedauerlicherweise nur sehr wenig.«
Tyler war klar, daß Informationen von Ferret nicht so leicht zu haben waren. Egal, womit er aufzuwarten hatte – erst einmal ließ er ein paar Tage verstreichen, um die Kosten in die Höhe zu treiben. »Im Augenblick hält er sich im Royal Exchange auf. Ich möchte, daß Sie sich umhören, ihm für ein paar Tage auf den Fersen bleiben. Finden Sie soviel wie möglich raus. Mit wem pflegt er Umgang? Hat er soviel Geld, wie er vorgibt? Irgendwelche Feinde? Ich muß wissen, woran ich bei ihm bin.«
»Kein Problem.« Ferret grinste. »Ich nehm' ihn unter die Lupe.«

Tyler Kemps Artikel über die in Aussicht gestellte regierungseigene Währung erschien auf der ersten Seite, löste jedoch eigenartigerweise nicht den erwarteten Wirbel aus – in einigen politischen Lagern sogar das Gegenteil des Erhofften. Macalister rügte den Herausgeber dafür, ihm nicht Gelegenheit zu einer Stellungnahme gegeben zu haben. Leserbriefe für und wider den Plan überschwemmten den *Courier*, wobei die Zustimmungen weitaus in der Überzahl waren, so daß Tyler nicht ausschloß, daß so manche dieser Briefe auf Macalisters Betreiben hin geschrieben worden waren. In den Kneipen redete man sich die Köpfe heiß, und eine Frau warf Tyler vor, er versuche, die Bemühungen eines so rechtschaffenen Mannes wie der Premier es sei zu sabotieren.
Ein weiterer Artikel, in dem Tyler ganz subjektiv vor Fallstricken warnte, wurde auf eine der hinteren Seiten verbannt.
»Hören Sie auf, sich darüber Gedanken zu machen«, sagte der Chefredakteur. »Diesen Ballon kriegen die sowieso nicht hoch. Kommt mir vor, als hätten Sie sich in die Idee verrannt, daß es denen ernst damit sein könnte. Wenn Sie mich fragen, ist das nur leeres Geschwätz, um sich für eine Weile dem Druck zu entziehen.«
»Fowler Maskey schien das nicht so zu sehen.«
Der Chefredakteur lachte. »Da haben Sie's! Sie selbst nannten

doch Fowler einen Aufschneider. Und jetzt fallen Sie prompt auf ihn rein.«

Nachdenklich machte sich Tyler auf die Suche nach Ferret. Ganz gleich, was Fowler von sich gab – Macalister, der eifrig auf Stimmenfang für sein Vorhaben ging, war derjenige, auf den man aufpassen mußte. Wenn es ihm gelang, die nötige Unterstützung zu finden – was dann?

Tyler ging das möglicherweise bevorstehende Herumjonglieren mit den Finanzen derart an die Nieren, daß er umkehrte und seinem Chefredakteur ein schauerliches Szenario schilderte, ihn allerdings auch diesmal nicht vom Ernst der Lage überzeugen konnte. Wutentbrannt kündigte er daraufhin seinen Urlaub an und nahm es gelassen hin, daß der Chefredakteur freudestrahlend meinte: »Gute Idee. Sie haben es verdient, mal richtig auszuspannen. Werden Sie Ihre Familie besuchen?«

»Nein. Ich will mich mal im Norden umschauen.«

»Ausgezeichnet. Ist immer gut, mit den Leuten auf dem Land Kontakt zu halten. Mal rauskommen und was erleben, den Alltagsmief hinter sich lassen.«

Viel wußte Ferret nicht zu berichten. »Hat 'ne völlig saubere Weste, Mr. Kemp.«

»Das war zu befürchten«, knurrte Tyler. »Diese verdammten Schafzüchter!«

»Sie sagen es. Gute Familie. Die Bankkonten so himmelhoch gestapelt, daß man nicht mal mit 'nem Pferd drübersetzen kann. Fowler hat Frau und Sohn und Tochter in Rockhampton. Keine Ahnung, was dort oben so läuft; seine Kumpels hier unten sind jedenfalls gut betuchte Hinterwäldler. Er wettet gern, und die Buchmacher lieben ihn, weil er immer sofort zahlt. Alkohol ja, verträgt auch 'ne Menge, scheint das prima wegzustecken. Spielt Karten, wird rabiat, wenn er verliert.«

»Jähzornig?« fragte Tyler, nach einem Strohhalm greifend.

»Ja, doch. Ich habe einen Kerl gesprochen, der ihn draußen auf

dem Gut der Familie erlebt hat. Sieht aus, als könnte Fowler richtig fies werden – auch wenn's vertuscht wurde, hat er mal eigenhändig 'ne Köchin vertrimmt, weil sie angeblich Lebensmittel weiterverkauft hat.«
»Ich wußte es«, sagte Tyler. »Sein ›Hallo, mein Freund, schön Sie zu sehen‹ ist zu glatt, um echt zu sein. Diese Knopfaugen können stahlhart sein. Besonders weit komme ich damit aber nicht. Was bin ich Ihnen schuldig?«
»Noch mal zehn, dann stimmt's«, sagte Ferret und steckte die Shilling, die ihm Tyler reichte, ein.
»Da wär' noch was«, meinte er dann und schielte auf Tylers Brieftasche. Der Reporter hatte dummerweise zu früh bezahlt.
»Ist gut und gern ein Pfund wert«, fügte Ferret noch hinzu.
»Was ich bisher zu hören bekommen habe, war mitnichten den Preis wert. Das hätt' ich allein auch herausgefunden.«
»Warum haben Sie's dann nicht, Mr. Kemp? Übrigens wär' ich einem weiteren Gläschen durchaus nicht abgeneigt.«
Ferret zelebrierte sein Ritual. Mit stoischer Ruhe wartete er, bis zwei weitere Whiskys gebracht wurden. »Auf Ihre Gesundheit, Mr. Kemp«, sagte er sanftmütig, ohne das Gesicht zu verziehen.
»Zehn Shilling«, sagte Tyler.
»Zehn und noch mal zehn«, konterte Ferret. »Die Information besteht sozusagen aus zwei Teilen.«
»Wir werden ja sehen.«
Ferret ging darauf ein. »Unser Freund verkehrt in einem gewissen Haus in Spring Hill, das eine Mrs. Betsy Perry führt.«
»Ein Bordell?« fragte Tyler. »Welches?«
»Chelsea Lane, Nummer fünf.«
»Kenn' ich noch gar nicht.«
»Nicht mehr so neu, dafür mächtig teuer, und Betsy läßt keinen rein, den sie nicht kennt. Eine Art Club. Ein Kumpel von mir liefert Lebensmittel dorthin, an den Hintereingang natürlich. Er sagt, sie kauft nur das Beste. Und, daß dort farbige Mädchen in allen Schattierungen rumlaufen.«
»Jungs auch?«

»Um Himmels willen! Damit will Betsy nichts zu tun haben.«
»Sie wollen mich reinlegen«, sagte Tyler. »Wenn ich schreibe, daß Maskey in einem Puff ein- und ausgeht, werde ich aus der Stadt gejagt. Soviel ich weiß, gibt es in Brisbane mehr Bordelle als in Bombay am Zahltag. Die Kunden würden mir die Haut abziehen.«
»Ich hab' doch gesagt, daß die Information aus zwei Teilen besteht«, sagte Ferret pikiert. »Der zweite wäre, daß alles Mr. Maskey gehört – das Gebäude und auch der Laden. Betsy ist nur seine Geschäftsführerin.«
»Was?« Tyler war auf einmal hellwach. »Sind Sie sicher?«
»Ganz sicher, Mr. Kemp. Alles seins.«
»Gut gemacht.« Tyler klatschte Ferret das Pfund in die linke Hand. Wenn es ihm schon nicht gelingen sollte, Maskey aus der von der Regierung geplanten eigenen Währung einen Strick zu drehen, dann würde diese Sache den bigotten Heuchler vom Sockel stürzen. Als Ort, der geeignet war, die Bombe platzen zu lassen, kam nur Rockhampton in Frage, Maskeys Wahlkreis. Tyler mußte nur noch jemanden auftreiben, der bereit war, Maskey bei den bevorstehenden Wahlen herauszufordern. Wenn er einem Gegenkandidaten die Informationen zur Veröffentlichung in den Zeitungen gab, konnte man Maskey abschreiben. Die Landbevölkerung war durch die Bank religiös, zumindest gab sie sich den Anschein.
Fröhlich schlenderte Tyler zum Büro der Schiffahrtsgesellschaft. Er wollte so schnell wie möglich nach Rockhampton.

Tylers Vorhaben drohte erneut durchkreuzt zu werden. Seine Kampagne gegen die regierungseigene Währung war im Sande verlaufen, und jetzt, wo er vorhatte, Fowlers Machenschaften aufzudecken, waren andere mit ihren eigenen, raffiniert eingefädelten Intrigen zugange.
Betsy Perry versuchte seit langem, Fowler sein lukratives Unternehmen abzukaufen. Aber der Preis war zu hoch. Sie hatte überlegt, ob sie ausziehen und sich selbständig machen sollte, allerdings wären ihr dann Maskeys gutsituierte Freunde verlo-

rengegangen; Fowler würde an ihrer Stelle einfach jemand anders mit der Leitung betreuen. Aber jetzt hatte sie ihn am Wickel.

Charlie Tuck, der Laufbursche, hatte ihr gegen Bezahlung den Hinweis gegeben, daß Ferret sich für Chelsea Lane, Nummer fünf interessiere, und jeder wußte, daß Ferret nichts umsonst tat, und wenn, dann schon gar nicht aus freien Stücken.

Also hatte Betsy ihrerseits jemanden auf Ferret angesetzt. Mit Erfolg.

»Wir müssen reden«, erklärte sie Fowler zu fortgeschrittener Stunde, als er entspannt und zugänglich war und sich den ausgezeichneten Brandy schmecken ließ, den sie besorgt hatte.

»Worüber denn, meine Liebe?«

Betsy setzte sich auf den breiten Klavierhocker und glättete die Falten ihres goldfarbenen Satingewandes. Jetzt oder nie. Das war die Gelegenheit, auf die sie gewartet hatte. Sie sah zu, wie er sich behaglich eine Pfeife anzündete, fragte sich wie schon so oft, warum ein Mann mit soviel Geld an diesem Betrieb hing. Einer ihrer Kunden hatte dazu einmal gesagt: »Je mehr Geld man hat, desto mehr braucht man. Reiche Männer entwickeln immer höhere Ansprüche und treiben sie ins Unermeßliche.«

Mittlerweile hatte Betsy erkannt, daß auch sie hinter dem Geld her war. Sie hatte durchaus ein angenehmes Auskommen hier, aber sie wollte mehr.

»Wir haben ein Problem«, sagte sie und meinte damit ihn.

»Keins, was du, wie ich überzeugt bin, nicht lösen könntest«, erwiderte Fowler und sank zurück in den mit Samt bezogenen Sessel.

»Mir ist zu Ohren gekommen«, fing sie an, »daß sich jemand erkundigt hat, wem dieser Laden gehört.«

Fowler fuhr hoch.

»Ein Kerl, der sich Ferret nennt. Ein Informant.«

»Nie von ihm gehört. Ein Informant für wen?«

»Die Zeitungen«, flüsterte sie.

»Allmächtiger! Du hast doch nicht etwa mit ihm gesprochen?«

»Keine Spur. Würde ich ihm auch nicht geraten haben. Aber er ist gut. Er war sogar auf dem Grundbuchamt. Das Haus ist auf deinen Namen eingetragen, Fowler. Du könntest erhebliche Schwierigkeiten bekommen.« Betsy hatte schon früher einmal erwogen, ihn unter Druck zu setzen, aber nicht den Mut dazu gefunden. Jetzt, da sie sich auf Tatsachen stützen konnte, fiel es ihr leichter, ihm das Messer auf die Brust zu setzen. Sie merkte, daß er erregt war und schwitzte und setzte noch eins drauf. »Er soll für Tyler Kemp arbeiten, den Reporter, von dem diese häßliche Geschichte über dich stammt, die unlängst auf der Titelseite der Zeitung zu lesen war.«

»Kemp! Dieser Lump! Da unterhält man sich in gutem Glauben mit ihm, und was tut er? Versucht, mich lächerlich zu machen. Nun, das Lachen wird ihm schon vergehen, wenn Macalister diesen Gesetzesentwurf durchbringt.«

»Tyler scheint eine widerliche Ratte zu sein«, pflichtete Betsy bei, »aber wenn er es auf dich abgesehen hat und sich über uns ausläßt, werden sich unsere Kunden Hals über Kopf aus dem Staub machen.«

Fowler wußte, daß sie recht hatte, aber es schmerzte ihn, ein so einträgliches Unternehmen aufzugeben, das ihm ohne das geringste Zutun seinerseits eine schöne Stange Bares einbrachte, über das er William keine Rechenschaft ablegen mußte. Es wurmte ihn gewaltig, daß der Bruder ganz genau wußte – zu wissen glaubte –, wie groß sein Vermögen war.

»Wir sollten dichtmachen«, sagte Betsy jetzt, »um unseren guten Ruf zu wahren, bevor Kemp seine Krallen in dich schlägt. Ich werde mit den Mädchen weggehen. Du kannst das Haus für – sagen wir – zwölf Shilling die Woche an eine nette Familie vermieten, und dann guckt Kemp in die Röhre.«

»Zwölf Shilling die Woche!« japste Fowler. »Das reicht nicht mal für meine Zigarren.«

Betsy zuckte die Schultern.

»Nein, nein, so schlau ist Kemp nicht. Ich werd' ihm eins auswischen«, sagte ihr Hauseigentümer. »Wie wär's, wenn ich dir das Haus mit allem Drum und Dran verkaufe? Ich kann das beim Grundbuchamt in kürzester Zeit regeln, und dann macht Kemp ein dummes Gesicht.«

Nach langem Hin und Her über den Preis entschloß sich Betsy, das Haus zu kaufen. Fowler, den ihr Herumfeilschen trotz aller Freundschaft rasend machte, erklärte sich, um den Handel endlich unter Dach und Fach zu bringen, mit einem niedrigen Preis einverstanden, er war sogar froh, den Komplex für hundert Pfund, ein Bruchteil seines eigentlichen Werts, abzustoßen.

Als anderntags das Geschäftliche erledigt war, bedauerte Fowler zwar den Verlust, nahm ihn dann aber gelassen hin. Solange das Unternehmen bestanden hatte, war es reizvoll und rentabel gewesen; jetzt tat er gut daran, auf der Hut zu sein. Das galt auch für diesen Kemp. Und wie das für Kemp galt!

VIERTES KAPITEL

Endlich wieder zu Hause, zogen sich die Frauen sofort zurück; Paul hingegen begab sich vor dem Zubettgehen auf seinen üblichen Rundgang. Begleitet von seinen beiden Hirtenhunden, die sich freuten, daß ihr Herr wieder da war und das Leben wieder seinen normalen Verlauf nahm, umrundete er gemächlich das Haus und ging dann hinüber zur Koppel. Leise wiehernd löste sich sein Pferd von den anderen und trottete auf der anderen Seite des Zauns neben ihm her. Paul vergewisserte sich, daß das Gatter fest verschlossen war, gab dem Pferd einen liebevollen Klaps und wandte sich, das Gewehr geschultert, in Richtung Scheune.

Er ging vorbei am dunklen Hühnerstall und umrundete die Meierei, grinste, als er einen Blick auf Jeannies Gemüsegarten warf. Hoffentlich hatte sich der alte Danny, ihr Faktotum, um die sorgsam gehegten Pflänzchen gekümmert – wenn nicht, würde es morgen ein Donnerwetter setzen.

Die Viehtreiber waren in einem an die Stallungen grenzenden,

langen Flachbau untergebracht. Nur das allernötigste Mobiliar – Schlafkojen auf der einen Seite und ein großer Fichtenholztisch mit Stühlen auf der anderen – war darin vorhanden. Die Männer spielten Karten, als Paul den Kopf durch die Tür steckte.
»Wie wär's mit einer Partie, Boß?«
»Nein danke. Ich dreh' nur schnell die Runde. Bis morgen dann.« Er sagte ihnen immer Bescheid, wenn er nachts das Farmgelände inspizierte, für den Fall, daß jemand nervös wurde und anfing herumzuballern. Lediglich sechs Männer arbeiteten zusammen mit ihm auf der Farm, aber Paul konnte sich auf sie verlassen. Ihr Vormann war Gus Stein, ein erfahrener Viehtreiber. Er war der Sohn deutscher Einwanderer.
Im Gegensatz zu den üblichen Gepflogenheiten nahmen die MacNamaras ihre Mahlzeiten zusammen mit den Männern ein, auf einer überdachten Veranda hinter dem Haus. Jeannie hatte anfangs Einwände erhoben. »Das schickt sich nicht. Wir sollten sie von Anfang an so behandeln, wie es ihnen zusteht.«
»Eben«, hatte Paul entgegnet. »Mir ist es egal, wie das im Süden gehandhabt wird. Hier jedenfalls gelten andere Regeln. Wir müssen zusammenhalten, zusammenarbeiten und vielleicht sogar zusammen kämpfen. Das setzt voraus, daß wir uns gegenseitig achten und respektieren.«
Die Männer wußten diesen Vertrauensbeweis zu schätzen, wie auch das schmackhafte Essen, das Jeannie und Clara zubereiteten. Die Mahlzeiten entwickelten sich zu allseits beliebten Zusammenkünften, bei denen Paul von Mann zu Mann anstehende Probleme besprechen konnte. Der schweigsame Vormann war mit der Zeit sein bester Freund geworden und nicht weniger stolz auf Oberon als der Besitzer selbst.
Wieder am vorderen Tor angelangt, warf Paul einen prüfenden Blick nach oben. Wie wohl das Wetter morgen werden würde? Der Mond stand hoch am schwarzblauen, mit Sternen übersäten Nachthimmel, und in Richtung Küste ballte sich eine schneeweiße Wolkenbank, die allmählich hinter den Bergen verschwand. In der Ferne konnte er winzige Lichter erkennen,

die man fälschlicherweise für Sterne halten konnte – Lagerfeuer der Schwarzen, die sich in diesen Höhen versteckt hielten, in diesem unerforschten Gebirge, das er, wäre es nicht weiterhin zu gefährlich gewesen, gern durchstreift hätte, um die Schönheit der wilden Landschaft mit eigenen Augen zu sehen. Er ließ seinen Blick über die gezackten, dunklen Gipfel schweifen, die sich schemenhaft gegen die weißen Wolken abzeichneten, bis er an einem Bergabsturz haften blieb, über dem ein steiler Granitfelsen im Mondlicht schimmerte. Welch eine Aussicht mußte man von dort oben haben, überlegte er. Auf der einen Seite über das ganze Tal hinweg und auf der anderen bis zum Meer. Möglicherweise führte von dort aus sogar ein Paß hinunter zur Küstenebene.

Sein Land zog sich bis zu den Ausläufern der Berge, und dies war es auch, was ihm an Oberon so gut gefiel: die Verschiedenheit des Geländes, das er sein eigen nennen konnte. Wenn auch der Fitzroy weit weg war, so war das Land immerhin von einem kleineren Fluß sowie schmalen, von den Bergen kommenden Rinnsalen durchzogen, die das Weideland bewässerten – Überbleibsel aus der feuchten Jahreszeit. Es gab genug Buschwerk, das dem Vieh Schutz bot, und weiter nördlich dichte Wälder, an den Ausläufern der Berge dagegen hin und wieder eine Ansammlung von Felsbrocken, von denen aus Rinder, die sich von der Herde entfernt hatten, leicht ausfindig zu machen waren. Kurzum, alles hier entsprach seinen Vorstellungen, die Zahl seiner Kurzhornrinder stieg stetig, die Preise, die er dafür erzielte, waren gut.

Die Hunde sprangen vor ihm die Treppe hinauf und legten sich wie gewohnt vor der Haustür zur Ruhe. Paul tappte ins Schlafzimmer, versuchte, nicht an Laura zu denken. Dabei hätte er gerne gewußt, wie es ihr ging und ob sie es geschafft hatte, den Ehemann, den man ihr aufzwingen wollte, von sich zu weisen. Hoffentlich.

In aller Herrgottsfrühe tobte Jeannie bereits im Haus herum. Nichts war, wie es sein sollte. Überall hatte sich Schimmel ge-

bildet, in den Schränken, an den Kleidern, an den Wänden. Und die besten Käse waren auch verschwunden.
»Vermutlich Mäuse«, sagte Paul verschmitzt, als ihm Clara das Frühstück brachte.
»Sieht mir eher nach verfressenen Männern aus«, fauchte Jeannie. »Zwei meiner besten Legehennen sind auch weg. Und die Meierei ist während meiner Abwesenheit nicht saubergemacht worden. Sie stinkt. Kaum dreht man dem Betrieb den Rücken, geht es drunter und drüber.«
Um der Schimpfkanonade zu entfliehen, beeilten sich die Männer und ihr Boß, so schnell wie möglich ihre erste Mahlzeit hinter sich zu bringen und zu den Ställen zu kommen.
»Wenn sie erst den Kohl sieht ...«, argwöhnte Gus. »Danny hat sich alle Mühe gegeben, aber dieser Hagelschauer neulich ... Hat zwar nur ein paar Minuten gedauert, aber dem Kohl ist's nicht besonders gut bekommen.«
»Brechen wir lieber auf«, lachte Paul. Es war höchste Zeit, die Herden auf diesem großen, nicht eingezäunten Gelände durchzuzählen, Ochsen, die verkauft und Rinder, die gebrannt werden sollten, zusammenzutreiben. Gus gab den Männern entsprechende Anweisungen und ritt mit Paul zum Fluß, den die Aborigines wegen der Unmengen von Papageien, die sich hier aufhielten, Wiragulla nannten. An diesem Morgen waren die Vögel in Hochform, kreischten und zankten um die Wette, daß es in den Bäumen blitzte. Als ein Habicht über ihnen auftauchte, stoben sie in dichten Scharen davon und bildeten am blauen Himmel einen bunten Teppich.
Befriedigt stellte Paul fest, daß der Fluß noch ausreichend Wasser mit sich führte, er würde erst später während der Trockenperiode versanden. Um ihn jetzt zu überqueren, hätten die Pferde ihn durchschwimmen müssen; deshalb wandten sich die Männer zur flußaufwärts gelegenen Brücke, um von dort aus ins Buschland zu gelangen. Auf einer Anhöhe hielten sie unvermittelt an.
»Wo ist bloß diese verfluchte Brücke?« rief Paul.

Sie galoppierten den Hang hinunter, an die mit Schutt und Geröll aufgeworfene Uferböschung. »Vor einer Woche war sie noch da«, sagte Gus. »Sie kann doch unmöglich weggeschwemmt worden sein.«
»Ausgeschlossen«, meinte auch Paul. »Nichts deutet auf eine Überflutung hin. Könnten die Schwarzen dahinterstecken?«
»Nicht von der Hand zu weisen«, erwiderte Gus. »Nur ..., sie hantieren nicht mit Sägen. Da, sehn Sie sich das an ...« Er stieß mit dem Stiefel an ein aus dem Wasser herausragendes Rundholz. »Eindeutig durchgesägt.«
»Warum nur?« Paul war fassungslos. »Warum sollte es jemand drauf anlegen, eine Brücke zu zerstören? Noch dazu hier draußen. Außer uns benützt sie doch niemand.«
»Reiner Mutwille. Schätze, dahinter stecken Jack Corbett und seine Bande. Sie haben während Ihrer Abwesenheit um das Haus herumgelungert. Wir haben sie weggejagt. Ich hab' Corbett gesagt, er soll seine Leute zusammenhalten oder vom Grundstück verschwinden. Nebenbei bemerkt, sind sie noch dazu unfähig, sie haben hier nicht einmal eine Spur von Gold gefunden.«
Mit ernster Miene berichtete Paul Gus von seinem Gespräch mit Boyd Roberts. »Es herrschen jetzt andere Gesetze«, fügte er hinzu. »Corbett und sein Lumpenpack haben bereits eine Reihe von Goldschürfern vertrieben, und jetzt wollen sie mich einschüchtern. Dies hier könnte der Anfang sein.«
Am späten Nachmittag, als sich die Viehtreiber wieder sammelten, stellte sich heraus, daß nicht nur im Grenzbereich der Farm gelegene Stallungen zerstört worden waren. Auch eine Schwarzensiedlung an einer Lagune hatten die Plünderer überfallen und die Bewohner in die Flucht gejagt .
»Hat es Verletzte gegeben?« fragte Paul. Aber nur, daß die Schwarzen verschwunden waren und offensichtlich eine Gruppe Berittener etwas damit zu tun hatte, wußten die Männer zu berichten.
Unvermittelt stieß Gus Paul an. »Wer ist denn das?«
Ein einzelner Aborigine tauchte aus dem Busch auf, ein älterer

Mann mit schlohweißem Haar und langem, verfilztem Bart und einem Speer.
Paul saß ab und ging mit ausgestreckter Hand auf den Fremden zu, der diese Geste jedoch übersah. Paul versuchte es noch einmal. »Dein Name?«
»Gorrabah«, stieß der Mann hervor.
Paul sah sich die dünne, klapprige Gestalt mit den angestrengt blinzelnden Augen näher an. »Du krank?« fragte er in der Annahme, Gorrabah sei gekommen, um Hilfe zu erbitten.
»Nicht krank«, sagte Gorrabah trotzig. »Du Boß. Lagune gehören meinem Volk. Fisch in Lagune gehören meinem Volk.« Er hob die Stimme. »Ihr Männer überfallen unsere Hütten. Zwei Stammesbrüder tot. Wir nicht hinnehmen! Wir euch umbringen!« Auf schwankenden dünnen Beinen deutete er auf die Viehtreiber.
Wäre die Situation nicht so ernst gewesen, hätte Paul aufgelacht, es wirkte doch reichlich absurd, daß dieser klapprige alte Mann bewaffneten Weißen drohte. Immerhin mutig. »Es tut mir sehr leid, daß zwei deiner Leute umgebracht wurden. Sehr leid«, sagte Paul. Er nahm den Hut ab, bedeutete seinen Männern, das gleiche zu tun, und hoffte, Gorrabah würde verstehen. »Das hier sind gute Männer«, sagte er. »Wir werden die schlechten Männer fangen.«
Gorrabah spuckte ihm vor die Füße. »Alle weißen Männer schlecht! Ihr sterben!« Er drehte sich um und verschwand im Busch.
»Jetzt reicht's!«, rief Paul Gus zu. »Wir reiten zu Corbett und seiner Bande.«

Gorrabah schleppte sich zurück in die Berge, zu seinen Stammesbrüdern. Ja, er war krank und würde nicht mehr lange leben, und er sehnte die Stunde herbei, die ihn in seine Traumzeit entlassen würde. Das Volk der Darambal, sein Volk, durchlebte schwere Zeiten, überall drohte Unheil in Gestalt dieser weißen Eindringlinge. Bis zum bitteren Ende wollte er nicht ausharren.

Aber nicht deswegen hatte er sich aufgemacht, diesen Boß zur Rede zu stellen, sondern weil er der einzige hier oben war, der sich in dieser neuen Sprache verständigen konnte und, wie er selbst von sich sagte, geschickt zu taktieren wußte.
Er hatte festgestellt, daß der Paul genannte weiße Boß der Umgänglichste war und daß sie von seinen Männern nichts zu befürchten hatten. Da aber unbedingt etwas unternommen werden mußte, bot es sich da nicht geradezu an, eine weiße Bande gegen die andere aufzuhetzen und dadurch eine Auseinandersetzung zwischen ihnen heraufzubeschwören? Es waren Goldgräber gewesen, die sie überfallen hatten. Seine Leute waren um ihr Leben gerannt. Und dann, als sie gemerkt hatten, daß diese Teufel nicht nur ihrer Zerstörungswut freien Lauf ließen, sondern es auf ihre Frauen abgesehen hatten, waren sie umgekehrt und hatten ihre Speere gegen die weißen Männer geschleudert. Den Frauen war nichts geschehen, aber die Gewehrkugeln der Weißen hatten zwei ihrer tapfersten Krieger niedergestreckt.
Nicht nur Trauer erfüllte die Familien, sondern auch rasender Zorn. Sie wollten zurückschlagen, dieses schreckliche Verbrechen sühnen. Gorrabah und die anderen des Ältestenrats hatten für Geduld plädiert; um das Risiko weiterer Verluste zu vermeiden, schien es ihnen angebrachter, erst einmal die weißen Männer gegeneinander aufzuhetzen. Mal sehen, ob dieser Boß Paul Wort halten und die Mörder bestrafen würde. Also warteten sie ab, ob Gorrabahs Auftritt Wirkung zeigen würde.

Der Abend brach herein, als Paul MacNamara und seine Männer mit durchgeladenen Gewehren und ohne Vorankündigung ins Lager der Grubenarbeiter galoppierten, wo sie Corbett und die anderen, insgesamt fünf an der Zahl, überwältigten und fesselten.
»Zwei Schwarze hast du umgelegt, du Schurke!« schrie Paul Corbett an.
»Von wegen. Nicht einen einzigen«, japste Corbett.

»Abstreiten nützt nichts. Wir haben einen Augenzeugen. Du bist tot.«
»Was soll das heißen, tot?« höhnte Corbett.
»Das heißt, dies ist mein Land, und ich vertrete hier das Gesetz. Ihr habt die Schwarzen aufgescheucht und uns alle in Gefahr gebracht. Es gibt etwas, was diese schwarzen Brüder verstehen: Auge um Auge. Wenn sie sehen, daß du deine Strafe erhalten hast, werden sie Ruhe geben. Wir werden dich also aufknüpfen, Corbett, und einen zweiten dazu!« Er deutete auf einen drahtigen Grubenarbeiter. »Dich! Du mußt ebenfalls dran glauben.«
Gus machte sich sofort daran, dem anderen einen Strick um den Hals zu legen. »Du machst den Anfang«, raunte er.
Der Grubenarbeiter schrie auf. »Wieso denn ich? Ich hab' doch niemand erschossen! Ich war drüben an der Brücke. Corbett und Jones waren das.«
»Schnauze!« brüllte Corbett. »Das ist doch nur ein ganz mieser Trick von denen.«
»Sei dir da nicht so sicher«, sagte Paul. Er wandte sich an den Drahtigen, der sich gegen Gus zu wehren versuchte. »An welcher Brücke? Der, die mal über den Wiragulla führte?«
»Genau da. Corbett hat gesagt, wir sollen sie niederreißen.«
Mehr und mehr den Ernst ihrer Lage begreifend, verfolgten die Grubenarbeiter, wie die Oberon-Männer systematisch ihre Zelte zertrampelten und das Lager verwüsteten, Tropenhelme zerstörten, Seilwinden demolierten, Geräte und Nahrungsmittel durch die Gegend warfen und alle Waffen einsammelten.
»Das geht doch nicht!« knurrte Corbett. »Wie sollen wir denn ohne Gewehr zurechtkommen?«
»Dort, wo ihr hingeht, braucht ihr keins«, sagte Paul finster.
Corbett versuchte sich zu rechtfertigen. »Es waren doch diese Nigger, die uns angegriffen haben. Bilden Sie sich vielleicht ein, der liebe Gott zu sein? Wir sind schließlich nicht die einzigen, die 'n paar Schwarze umgebracht haben! Ist sowieso nicht schade um die!«

Er schrie auf, als Pauls Peitsche seine Brust traf. Unter dem aufgerissenen Hemd zeichnete sich ein blutiger Striemen ab. »Wenn das Mr. Roberts erfährt, können Sie sich auf was gefaßt machen, MacNamara«, winselte er.
»Was hat denn Roberts damit zu tun?« fragte Paul scheinheilig, um Corbett aufs Glatteis zu locken.
»Er gibt die Befehle«, kam kleinlaut die Antwort.
»Das nehm ich dir nicht ab.« Die Peitsche klatschte gefährlich nahe an Corbetts Beinen entlang.
»Sollten Sie aber.« Corbett richtete sich auf. »Roberts hat angeordnet, daß wir hier Kleinholz machen. Sie würden nicht wagen, die Hand gegen ihn zu erheben. Was er will, bekommt er auch.«
»Habt ihr das gehört?« rief Paul seinen Leuten zu, und als sie nickten, sagte er zu Gus: »Es ist wohl vernünftiger, wenn du nach Hause reitest und dort nach dem Rechten siehst. Wir andern kümmern uns inzwischen um diese Kerle hier.«
Gus warf einen nervösen Blick auf Pauls Peitsche. »Nur die Ruhe, Boß, übertreiben Sie's nicht.«
»Keine Sorge«, meinte Paul. »Sie hätten's zwar verdient, aufgehängt zu werden, aber wir werden uns damit begnügen, sie hier wegzuschaffen. Es ist eine Schande, aber es geht nicht anders.«
Mit vorgehaltenem Gewehr befahl man den Gefangenen, ihre Pferde zu satteln und aufzusitzen. Dann zog man mit ihnen an die Peripherie des Farmgeländes, zu einem Pfad, der von Oberon wegführte.
»Jetzt verschwindet!« herrschte Paul sie an. »Und sollte einer von euch jemals wieder den Fuß auf meinen Grund und Boden setzen, wird er sofort erschossen.«
»Ich komme wieder«, sagte Corbett drohend.
Paul lachte nur. »An deiner Stelle, Freundchen, würde ich machen, daß ich wegkomme. Wenn Roberts erfährt, daß du ihn mit reingerissen hast – und keine Sorge, er wird es erfahren –, ist dein Leben keinen Pfifferling mehr wert.«
»Wir schlagen Ihnen einen Handel vor«, meldete sich einer der

Grubenarbeiter zu Wort. »Sie geben uns unsere Waffen wieder, und wir lassen uns nie wieder hier sehn.«
»Kein Handel. Ihr haltet euch fern, dafür werd' ich schon sorgen.«
»Sie können uns doch nicht ohne Waffen losschicken«, sagte Corbett beschwörend. »Bis Rockhampton ist's ein Ritt von zwei Tagen. Was ist, wenn wir von Schwarzen angegriffen werden?«
»Dann habt ihr die gleichen Chancen wie sie vor einigen Tagen«, antwortete Paul ungerührt. Er schoß in die Luft, worauf sich die Pferde erschrocken aufbäumten. »Vorwärts!« brüllte Paul. Zusammen mit seinen Männern, die zu ihm aufgeschlossen hatten, wartete er ab, bis die Grubenarbeiter außer Sicht waren.
»Gute Arbeit zu später Stunde, Boß«, meinte einer der Leute auf dem Heimweg.
»Ja«, gab Paul zurück, »dafür dürfen wir jetzt diese verflixte Brücke und die Stallungen reparieren. Und hoffen, daß die Schwarzen keine Vergeltung üben.«
Als sie über das hügelige Land zogen, sah Paul zu den schwarzen Bergketten, die mit mehr Lichtpünktchen als je zuvor durchsetzt waren. Die Familienverbände versammelten sich, um die Toten zu beklagen. Mit einem Mal verloren die Feuer auf den Anhöhen um Oberon alles Betörende. Sie waren nicht länger wie Sterne, sondern strahlten etwas Drohendes aus. Paul zweifelte nicht daran, daß ihr Auftritt bei den Grubenarbeitern von Schwarzen beobachtet worden war; schon deshalb hatte er ihr Lager so gründlich und spektakulär verwüsten lassen. Das sollte den Aborigines klarmachen, daß die Männer der Oberon-Farm keine Schuld an dem blutigen Überfall traf. Daß sie die Mörder hatten laufen lassen, würde die Eingeborenen allerdings nicht besänftigen. Vielleicht hätte er Corbett und seinen Kumpan festnehmen und der Polizei übergeben sollen, aber das wäre Zeitverschwendung gewesen; die beiden hätten Notwehr geltend gemacht – erfolgreich. Bei dem gegenwärtig herrschenden politischen Klima würde kein

Gericht der Provinz sie verurteilen.
Noch immer schloß er einen Racheakt der Schwarzen nicht aus. Wenn sich so viele dort oben versammelten, konnte wer weiß was passieren.
In sich gekehrt und mißmutig ritt Paul dahin, verfluchte Corbett, verfluchte Roberts und zwang sich schließlich, an etwas anderes zu denken.
Warum lud er nicht demnächst einmal seine Mutter und den Stiefvater ein? Sie kannten seine Farm noch nicht. Als er und Jeannie auf Camelot gewesen waren, hatte Grace Carlisle erwähnt, sie hätten gerade von der Chelmsford-Farm in New South Wales Zuchtbullen gekauft, und als Paul nicht darauf eingegangen war, hatte Jeannie stolz verkündet: »Diese Farm gehört Pauls Stiefvater.«
Das hatte Eindruck gemacht. »Eine hervorragende Farm«, hatte Grace gesagt. »Wie es heißt, ein Anwesen, mit dem man Staat machen kann.«
Später, als sie allein waren, kam Jeannie nochmals darauf zu sprechen. »Wenn ich Chelmsford erwähne, brauchst du mich gar nicht so vorwurfsvoll anzublitzen«, meinte sie. »Die Leute sollen wissen, wer du bist.«
»Sie wissen, wer ich bin«, hatte er abgewehrt.
»Aber nichts über deine Familie, und so was hören sie gern. Es schadet doch nichts, wenn sie erfahren, daß dein Stiefvater einer der reichsten Männer von New South Wales ist.«
»Rivadavia hat nichts mit uns zu tun.«
»Von wegen! Ihr seid verwandt, ob dir das nun paßt oder nicht. Du kannst deiner Mutter einfach nicht verzeihen, daß sie noch einmal geheiratet hat.«
»Unsinn!« entfuhr es ihm, obwohl er wußte, daß sie recht hatte.
Sein Bruder John hatte sich gefreut, als Dolours ihre Heiratsabsichten verkündete. Der damals achtzehnjährige Paul dagegen war außer sich und sah das Andenken seines Vaters besudelt. Lustlos hatte er an den Hochzeitsfeierlichkeiten teilgenommen, und seither war seine Einstellung zu Mutter

und Stiefvater indifferent. Er sah sie zu familiären Anlässen, begegnete ihnen jedoch mit Distanz.
Bei der Taufe von Johns Baby hatte er gehört, wie der Bruder zu Dolour gesagt hatte: »Tut mir leid, Mutter. Ich weiß nicht, was in Paul gefahren ist. Früher mochte er Juan so gern; jetzt behandelt er ihn wie einen Fremden.«
Paul hörte noch immer die Mutter mit in ihrer sanften, irisch gefärbten Stimme antworten: »Laß ihn nur. Er ist genau wie dein Vater. Tut sich furchtbar schwer, jemandem zu verzeihen. Er wird es schon noch schaffen.«
An diesem Tag wurde Paul bewußt, was für ein Narr er gewesen war; daß es nichts zu verzeihen gab außer seiner eigenen Verbohrtheit. Weil ihn das Thema jedoch viel zu sehr aufwühlte, hatte er es bislang, trotz bester Vorsätze, nicht geschafft, sich bei den beiden zu entschuldigen, ihnen zu sagen, wie sehr er sie liebe. Mit der räumlichen Entfernung und der vielen Arbeit war alles noch schwieriger geworden; seit er Oberon übernommen hatte, war er nicht mehr im Süden gewesen.
»Übrigens«, hatte er zu Jeannie gesagt, »habe ich vor, jetzt, wo wir eingerichtet sind, Mutter und Juan nach Oberon einzuladen.«
Bereits im Begriff, ins breite Himmelbett zu steigen, hatte sie innegehalten. »Das wäre wunderbar! Wann denn?«
»Wenn die Trockenzeit beginnt. Der Winter ist die beste Zeit für Besuche.«
»Herrlich. Darf ich Leute einladen, damit sie sie kennenlernen?«
»Warum nicht?«

Er lächelte, während er dahingaloppierte. Sie war so aufgeregt gewesen, daß sie die halbe Nacht hindurch Pläne geschmiedet hatte.
Ja, sagte er sich, er wollte ihnen schreiben und sie einladen, sobald sich die Schwarzen beruhigt hatten, sobald die Brücke wieder stand und tausend andere Dinge erledigt waren. Wenn Juan kam, sollte er sich davon überzeugen können, daß es an

Pauls Farm und an seinem Vieh nichts auszusetzen gab. Juan Rivadavia war als junger Mann aus Argentinien eingewandert, abgesichert durch den finanziellen Rückhalt und der Erfahrung einer Dynastie von Rinderbaronen, und er hatte in Australien großen Erfolg gehabt. Es war bestimmt aufschlußreich, wie sich Juan zu Tierhaltung und Verwaltung auf Oberon äußern würde.
Und Jeannie könnte als Gastgeberin Furore machen, Feste veranstalten und die Siedler beeindrucken. Allmählich freute er sich selbst auf den Besuch.

Das Treffen des Ältestenrats der Darambal erstreckte sich über mehrere Tage. Während dieser Zeit betrauerten die verschiedenen Sippen den Tod zweier Männer aus dem Clan der Kutabura. Umringt von Hunderten von Männern walteten Gorrabah und die anderen Ratsmitglieder ihres Amtes – für die Begräbnisfeierlichkeiten allesamt mit Federn geschmückt und weiß geschminkt. Daraufhin ließ man sich mit überkreuzten Beinen auf dem Boden nieder und sang zu den kehligen Seufzern eines Didgeridoo die traditionellen Refrains, während bemalte Tänzer mit langsamen und ausdrucksstarken Bewegungen die Geschichte der Tragödie erzählten.
Den Frauen war die Teilnahme an dieser besonderen Zeremonie nicht gestattet, doch auch sie trauerten tränenreich am Rande einer Lichtung. Die unmittelbaren Verwandten äußerten ihren Kummer lautstark, ritzten sich die Brüste mit scharfkantigen Steinen auf und beschmierten sich die Gesichter mit Blut und Lehm.
Nach der offiziellen Trauerzeremonie ließ man die Angehörigen der Toten allein, damit sie unter sich ihrem Schmerz nachgeben konnten, und gesellte sich zu den Männern, um miteinander zu beratschlagen. Aufgebracht und unversöhnlich stimmten die Frauen lautstark denen zu, die umgehend Vergeltung forderten.
Anfangs war Gorrabah verblüfft, wie viele der Darambal – seiner Schätzung nach mehr als sechshundert, wenn man die

Kinder mitzählte – der Versammlung in diesem Hochwald beiwohnten. Zu viele, um sie zu verköstigen, wie er befürchtete; die Kutabura, die hier in den Bergen zu Hause waren und einstmals als stolzer, ungestümer Stamm gegolten hatten, verfügten jetzt, da man sie aus ihrem angestammten Jagdgebiet vertrieben hatte, nur noch über unzureichende Nahrungsquellen.
Gorrabah erkannte Angehörige der Kuinmerbura und Bekalbura, die gekommen waren, um ihre Anteilnahme zu bezeugen. Er ahnte aber auch, daß sich dahinter noch mehr verbarg. Es war nicht üblich, daß die Kutabura die Clans aus dem Norden und die, die am Fluß lebten, mit ihren Schwierigkeiten behelligten. Da jedoch das Protokoll deren Ältesten die Teilnahme an Zusammenkünften von Gorrabah und seinen Ratsmitgliedern gestattete, hatte sich der Kreis der hier versammelten Anführer auf unbequeme zwanzig erweitert. Es würde äußerst schwer werden, zusammen mit Hitzköpfen aus anderen Stämmen weise Entscheidungen zu treffen. Zuviel Geschrei, zu lange Diskussionen. Und das, wo sich Gorrabah alles andere als wohl fühlte.
Er wies seinen alten Freund Harrabura, den Mann des Himmels, an, für Ruhe zu sorgen. Harrabura war seinerzeit ein großer Krieger gewesen; noch wichtiger waren seine wundersamen magischen Kräfte, für die er respektiert und gefürchtet wurde.
In der vierten Nacht erteilte Harrabura einem Vertreter der Kuinmerbura das Wort, worauf dieser den Kutabura in wohlgesetzter Form dafür dankte, an ihrem Schmerz teilhaben zu dürfen, und seine Anteilnahme zum Ausdruck brachte. »Ein grausames Verbrechen«, sagte er betrübt, »nicht nur das Volk der Darambal, sondern die gesamte Nation trauert. Wir sind aus den Bunya-Landen, und unsere Clans haben sich hier eingefunden, um die Geister um Befreiung anzurufen.«
Als er den Kopf senkte und ernst auf den feuchten Waldboden stampfte, sah sich Gorrabah prüfend seine Stammesnarben und seine Bemalung an. Diese gelben und weißen Muster hatte

er lange nicht gesehen, auch nicht die Emufedern, die aus dem langen Haar des Mannes hingen. Aber er wußte, daß es Kriegszeichen waren. Und daß der Mann trotz seiner so zurückhaltend zum Ausdruck gebrachten Worte des Bedauerns vorhatte, zu den Waffen zu rufen. Entsprechend gab er Harrabura ein Zeichen. Da dem Kuinmerbura jedoch freie Redezeit eingeräumt worden war, blieb den Versammelten nichts anderes übrig, als den Vortrag bis zu Ende anzuhören.
Jetzt kam er auf die schrecklichen Verluste zu sprechen, die sein Clan durch die mordenden und alles verwüstenden Weißen erlitten hatte. Er schilderte Überfälle, bei denen Frauen und Kinder regelrecht abgeschlachtet worden waren. Er brauchte erst gar nicht zur Rache aufzurufen – andere, mitgerissen von seiner Beredsamkeit, sprangen schreiend auf, diesmal nicht um Befreiung flehend, sondern Vergeltung fordernd.
Gorrabah schüttelte nur den Kopf. Wann würden sie endlich begreifen, daß das sinnlos war? Da die Weißen mit ihren Gewehren und den großen, starken Pferden in der Überzahl waren, wäre es angebrachter, über die Zukunft der Aborigines zu beratschlagen.
Der Redner deutete auf ihn. »Du, alter Mann, schüttelst den Kopf. Du glaubst, wir sind zahlenmäßig unterlegen, und ich stimme dir darin zu. Aber wir können uns nicht in Höhlen verkriechen. Wir müssen uns zusammenschließen und kämpfen. Es ist besser, im Kampf zu sterben, als zusehen zu müssen, wie unser Volk verhungert. Wenn wir Mut genug haben, können wir die Weißen aus diesem Tal vertreiben und es wieder als unser Eigentum beanspruchen.« Ein Sturm der Begeisterung erhob sich.
Jetzt sprach der Vertreter der Bekalbura, der zwar bescheidener auftrat, jedoch einen Knochen durch die Nase trug und frische Trauernarben am Körper hatte. »Ich bin gekommen«, sagte er würdevoll, »um das Volk der Kutabura zu bitten, uns in ihren Bergen Zuflucht zu gewähren. Auch wir haben durch die Hand der Weißen unendliches Leid erfahren, ganze Familien sind ausgelöscht worden, und noch Schlimmeres steht uns

bevor. Denn so unglaublich es auch klingen mag: Farbige Männer, unsere eigenen Leute, wenn auch von unbekannten südlichen Stämmen, haben sich neuerdings mit den Weißen zusammengetan und helfen mit, uns umzubringen. Nein, sie helfen nicht nur mit. Sie verfügen ebenfalls über Gewehre und tragen die Uniform der Weißen, und es ist zu befürchten, daß sie, soweit das überhaupt möglich ist, noch grausamer handeln.«
»Das stimmt. Ich habe sie gesehen!« rief der Kuinmerbura dazwischen. »Gnadenlose Bestien sind das!«
Sein vorlautes Benehmen blieb angesichts des lähmenden Entsetzens der Kutabura-Ältesten ungeahndet.
»Das kann nicht sein«, meinte Harrabura. »Diese dunkelhäutigen Männer müssen einer anderen Rasse angehören.«
»Tun sie nicht«, sagte man ihm. »Sie haben die gleichen Gesichtszüge, das gleiche Haar, die gleiche Haut, den gleichen Körperbau. Sie gehören zu uns, und doch wollen sie ihr eigenes Volk umbringen.«
»Mit denen können wir es nicht auch noch aufnehmen«, sagte der Bekalbura, »deshalb suchen wir bei euch Schutz.«
Bis zum Ende der Woche wurden mehrere Entscheidungen gefällt. Den Bekalbura wurde Unterschlupf gewährt, mit der Auflage, sich auf die Familien auf beiden Seiten der Berge zu verteilen, um nicht einer einzelnen Sippe zur Last zu fallen.
Mit den Kuinmerbura-Ältesten zu verhandeln, erwies sich als weitaus schwieriger. Schließlich setzte sich Harrabura in den Wortgefechten durch. »Wir verstehen eure Sorgen und eure Beweggründe, aber einem Krieg können wir nicht zustimmen. Zu viele würden dabei ihr Leben verlieren – wer sollte dann noch unsere Kinder beschützen? Wenn der Stamm der Darambal überleben will, muß er die Kinder in Sicherheit wissen.«
Der letzte Punkt wurde im engsten Kreis verhandelt. Da Paul, der Boß auf Oberon, die Goldsucher verjagt hatte, die zwei ihrer Männer auf dem Gewissen hatten, vertrat Gorrabah den Standpunkt, daß man mehr nicht erwarten könne, »ohne Gefahr zu laufen, unserem Volk noch mehr Leid zuzufügen.«

Und obgleich die Entscheidung Zorn und Tränen hervorrief, wurde sie, wie jeder Beschluß des Ältestenrats der Kutabura, ungeschriebenes Gesetz.

Als die Männer zurückkamen, erwartete sie Jeannie mit dem Frühstück – Rinderschmortopf und obendrein Hefeklöße –, das sie abends zuvor zubereitet hatte und jetzt scherzhaft als Abendessen und Frühstück in einem deklarierte. Zum Frühstück, sagte sie, gäbe es die Hefeklöße, die mit heißem, goldenem Sirup übergossen wurden. Die Männer langten kräftig zu, sie wußten das herzhafte Mahl zu schätzen.
Nachdem sie sich auf Pauls Geheiß zurückgezogen hatten, um ein wenig zu schlafen, meinte Jeannie: »Paul, ich weiß, du hast getan, was du konntest, aber war es wirklich klug, die Grubenarbeiter zu vertreiben?«
»Ich mußte es tun. Wir können uns keine Zwischenfälle leisten. Hat dir Gus nicht erzählt, daß sie zwei Schwarze getötet haben?«
»Doch. Aber warum gleich fortjagen? Ich bin doch nicht blind. Vergangene Nacht habe ich die Lagerfeuer gesehen, und auf den Hügeln wimmelt es vor Schwarzen. Wir könnten zusätzliche Männer gebrauchen, zu unserem eigenen Schutz.«
»Die würden uns niemals beschützen, Jeannie. Das waren Boyd Roberts' Leute, und sie sind drauf aus, uns von Oberon zu vertreiben.«
»Hättest du nicht mit ihnen verhandeln können? Ihnen anbieten zu bleiben, wenn sie sich anständig aufführen?«
»Reine Zeitvergeudung.« Er zog sich die Stiefel aus. Die gleiche Zeitvergeudung, wie mit ihr darüber zu streiten, dachte er verbittert. Daß die Grubenarbeiter Schwarze ermordet hatten, würde Jeannie nicht umstimmen. »Die vielen Eingeborenen in den Bergen geben auch mir zu denken. Meinst du nicht, du solltest mit Clara für eine Weile in die Stadt ziehen? Bis sich die Lage restlos geklärt hat?«
»Warum sollte ich? Hier bin ich zu Hause. Wenn wir uns allein nicht wehren können, solltest du Truppen anfordern.«

»Wir werden uns die nächsten Tage über auf dem Hof aufhalten und abwarten, was passiert. Es ist ein wenig voreilig, die Kavallerie auf den Plan zu rufen, dadurch wird alles nur noch schlimmer. Es ist anzunehmen, daß die Schwarzen dort oben ein Corroboree abhalten, um die Toten zu betrauern, mehr nicht. Und daß sie sich anschließend wieder in ihre Ecken verziehen.«

Auf dem Gutshof selbst gab es immer etwas zu tun, und keiner der Männer hatte etwas dagegen, hier alle möglichen Arbeiten zu verrichten, bis die Luft rein war. Nachts ritten sie auf Patrouille und atmeten erleichtert auf, als die Zahl der Lagerfeuer auf den Hügeln zusehends abnahm, ein Zeichen dafür, daß der Zwischenfall keine weiteren Folgen nach sich ziehen würde. Und sie freuten sich, als ihnen Paul mitteilte, er habe sich entschlossen, einen Schmied und einen Sattler einzustellen, so er denn einen fände; das Beschlagen der Pferde und sonstiger Reittiere sei, ganz abgesehen davon, daß ja auch Gerätschaft und Zubehör in Ordnung gehalten werden müßten, ein zu großer Arbeitsaufwand.

Allerdings verfolgte Paul damit noch ein anderes Ziel. »Damit wäre ständig ein Mann auf dem Gutshof«, sagte er zu Gus, »um auf die Frauen aufzupassen.«

Gus lachte. »Eher paßt Ihre Missus auf ihn auf. Sie geht doch keinen Schritt ohne ihr Gewehr und ist 'ne verdammt gute Schützin. Wenn's stimmt, daß demnächst Besuch kommt, sollten Sie die Nachbarn einladen und einen Wettbewerb veranstalten.«

»Gute Idee«, meinte Paul. »Mach' ich.«

»Auch für die Frauen, damit wir wissen, auf wen wir setzen können. Die Missus könnte den Burschen leicht ein paar Pfund einbringen.«

»Aber ja doch. Mir hoffentlich auch.«

Er konnte lediglich zwei Männer für das Vieh auf den Weiden abstellen, mit den anderen mußte er den Wiederaufbau der Brücke vorantreiben. Zum Abschleppen der gefällten Baumstämme lieh er sich von einer anderen Farm ein Zugpferd aus.

Obwohl der Wasserspiegel bereits fiel, war es äußerst mühsam, die Stützen in den Boden einzusenken und die Balken zu verankern. Nur gut, daß Gus über einige Erfahrung im Brückenbau verfügte; andernfalls hätte es Paul, wie er zugeben mußte, niemals geschafft.

Während die Brücke langsam Gestalt annahm, waren Jeannie und Clara mit Einwecken und Pökeln beschäftigt und füllten den Kühlraum mit geräucherten Würsten, Dörrfleisch und Käse auf. Der bevorstehende Besuch würde einigen Wirbel auslösen, und als gute Hausfrau wollte Jeannie nichts bis zur letzten Sekunde hinausschieben.

Sie wartete auf den Postboten, der eine Stoffbestellung mitnehmen sollte. Neue Kleider für sie, eine Dienstmädchenuniform für Clara sowie Vorhänge waren nötig. Was gab es nicht alles zu tun! Jeden Abend wälzten sie und Clara Kataloge, um Schnittmuster auszuwählen, Hutformen zu studieren und Tischwäsche und Besteck zu bestellen. »Ob es Paul paßt oder nicht, aber unser Besuch soll im Eßzimmer speisen, ganz stilecht«, sagte Jeannie zu Clara. »Es werden ja nicht nur seine Eltern da sein, sondern auch die Nachbarn, und ich möchte, daß sie uns als perfekte Gastgeber kennenlernen.«

Clara war ebenso aufgeregt wie Jeannie und nahm jede neue Aufgabe begeistert in Angriff. Eines Tages, hoffte sie, würde auch sie einen Viehzüchter heiraten, und dann wäre es nur gut, über all diese Dinge genau Bescheid zu wissen.

Endlich kam der Postbote in seinem Wagen angerumpelt und brachte Pakete sowie Zeitungen und Briefe, alles in einem Leinensack mit der Aufschrift »Oberon« verstaut, den er gegen einen anderen mit dem Postausgang eintauschte, den Jeannie ihm gab. Ihre Bestelliste versprach er im Kaufhaus von Rockhampton abzuliefern.

»Viel Neues gibt's nicht«, meinte er, »außer daß die Schwarzen mal wieder verrückt gespielt haben. Reiter auf den Farmen südlich des Flusses sind mit Speeren bedroht worden, und die Kuinmer haben rumgetobt und Höfe überfallen. Einer wurde niedergebrannt, und mehrere Stück Vieh mußten dran glau-

ben. Fast täglich wird von dort unten ein neuer Zwischenfall gemeldet. Ich bin nur froh, daß ich für diese Tour hier eingeteilt bin; scheint einigermaßen ruhig zu sein.«
»Sie lassen es aber trotzdem nicht drauf ankommen, wie?« meinte Jeannie und deutete auf die doppelläufige Flinte auf dem Boden neben dem Kutschersitz.
»Nicht mit mir, Missus. Schieß als erster, lautet meine Devise.«
»Meine auch«, pflichtete sie ihm bei. »Auf den Hügeln hier gibt es jede Menge Schwarze; kürzlich haben sie einen Riesenrummel veranstaltet. Wenn Sie wieder in der Stadt sind, sollten Sie das den berittenen Truppen melden. Es würde mich nicht wundern, wenn sich die Schwarzen nach ihren Überfällen hier versteckten. Es ist ja bekannt, daß sie an einem einzigen Tag eine enorme Strecke zurücklegen können.«
»Und ob sie das können. Ich werd's auf alle Fälle melden.«
Clara versorgte ihn mit Tee und belegten Broten sowie mit Marschverpflegung für seine lange, einsame Fahrt, die sie in ein feuchtes Tuch eingeschlagen hatte.
An diesem Abend hatte Jeannie Neuigkeiten für Paul.
»Wann bist du mit der Brücke fertig?«
»Sehr bald, Gott sei Dank. Den Rest können die Männer allein machen. Mir reicht's.«
»Wie schön. Wir sind nämlich auf ein Fest in Rockhampton eingeladen.«
Paul war erschöpft. Mit einer kalten Flasche Bier und zwei Gläsern kam er ihr auf die Veranda nach. »Möchtest du etwas trinken?«
»Gerne. Hast du mir eigentlich zugehört?«
Er ließ sich auf einen mit Segeltuch bespannten Stuhl fallen. »Ja, hab' ich, nur daß mich irgendein Fest in Rockhampton nicht im mindesten reizt. Ich hab' viel zuviel zu tun.«
»Bah! Es handelt sich nicht um irgendein Fest.« Triumphierend schwenkte sie eine mit einem goldenen Band umwickelte Pergamentrolle. »Eine Einladung von unserem Abgeordneten und Parlamentsmitglied Mr. Maskey und seiner Frau zur Verlobungsfeier ihrer Tochter! Ein richtiger Ball soll stattfinden!«

Paul schoß das Blut ins Gesicht. Er war froh, daß ihm die anbrechende Dämmerung Schutz bot, und dankte der Vorsehung, daß er die Einladung bereits abgelehnt hatte. »Egal, wer uns da einlädt«, sagte er so gleichgültig wie möglich, »wir können jedenfalls nicht teilnehmen, basta. Schreib ihnen einen netten Brief und bitte sie, uns zu entschuldigen.«
»Kommt nicht in Frage. Das ist das erste Mal, daß wir hier von der besseren Gesellschaft eingeladen werden. Ich möchte unbedingt hingehen.«
»Dann tu's doch. Ich halt' dich nicht zurück. Nur ich selbst kann nicht die Zeit dafür erübrigen.«
»Ach Paul, bitte.« Sie begann zu schmeicheln und zu flehen. »Du weißt doch, daß ich unmöglich allein dort erscheinen kann. Ich brauche nicht mal was Neues zum Anziehen, ich habe doch noch dieses schulterfreie graue Satin-Abendkleid von unserer Abschiedsfeier. Du hast gesagt, ich sähe bezaubernd darin aus. Hier habe ich es noch nie getragen. Es wäre genau das Richtige.«
Sie tat ihm leid. Wenn ihr die Teilnahme an diesem Fest so viel bedeutete, war es wohl seine Pflicht und Schuldigkeit als Ehemann, mit ihr hinzufahren. Schon weil es in dieser einsamen Gegend kaum so etwas wie gesellschaftliches Leben gab, im Gegensatz zu den betriebsamen Tagen auf Kooramin, wo zu guter Letzt Gästezimmer angebaut werden mußten, um Freunde zu beherbergen. Aber zu Lauras Verlobungsfeier? Nein. Kam nicht in Frage.
»Unmöglich, Jeannie. Mehr ist dazu nicht zu sagen.«
»Du bist müde, Liebster«, sagte sie. »Und bis dahin sind es ja noch Wochen. Wenn du dich ein bißchen erholt hast, wirst du es dir bestimmt noch mal überlegen. Ich wette, alle aus Camelot werden dort sein.«
Er schob sein Glas beiseite und stand auf.
»Wohin gehst du?« fragte sie.
»Das Bier ist schal. Ich hol mir einen Whisky.«
»Bleib sitzen, Paul. Ich bring ihn dir.«
Ja, dachte er. Einen doppelten. Am besten gleich einen dreifa-

chen. Jetzt brauche ich einen kräftigen Schluck. Laura wird demnach doch diesen Kerl heiraten! Wie konnte sie nur? Er wußte, daß er kein Recht hatte, diese Frage zu stellen, nicht einmal sich selbst. Aber warum ausgerechnet diesen Captain Cope? Hatte sie nicht gesagt, daß sie ihn haßte?

Jeannie kam mit der Whiskyflasche und einem Krug voll kaltem Wasser zurück. »So, und nun ruh dich erst mal aus. Morgen ist auch noch ein Tag.«

Am folgenden Abend kam es zu einem hitzigen Wortgefecht.

»Fowler Maskey ist einer der wichtigsten Männer im Staat!« schrie sie. »Es wäre idiotisch, seine Einladung abzuschlagen. Vielleicht brauchst du ihn eines Tages noch. Leute wie er können eine Menge bewirken!«

»Maskey«, lachte er. »Dieses widerliche Großmaul!«

»Wie kannst du so was behaupten?»

»Ich hab' ihn im Hotel kennengelernt, als ich auf dich wartete.«

»Davon hast du mir gar nichts erzählt.«

Vieles hatte er nicht erzählt. So vieles. Wie man sich doch verändern konnte! Er hatte sich verändert. Er hatte versucht, Laura zu vergessen, aber diese Einladung hatte mit einem Schlag die Erinnerung an sie wieder heraufbeschworen. Wenn ihn doch Jeannie nicht ständig mit dieser dummen Verlobungsfeier behelligte! Natürlich würde er gern hingehen, um Laura wiederzusehen. Um Cope ins Gesicht zu sagen, er solle verschwinden und Laura in Ruhe lassen! Träume eines Schulbuben, Träume vom weißen Ritter. Wer wollte sich schon selbst zum Narren halten? Und wenn sie ihre Meinung geändert hätte? Wenn sie Cope als ihren Verlobten in einem ganz neuen Licht sah oder begriffen hatte, daß ihre Eltern genau wußten, was am besten für ihre Tochter war? Paul war hundeelend zumute, und Jeannies Nörgeln ging ihm auf die Nerven. »Ein für allemal, Frau MacNamara, es bleibt dabei, daß wir nicht hinfahren!«

Sie rächte sich, indem sie kaum noch mit ihm sprach, die Einladung beim Abendessen herumreichte und ihm vorhielt, im

Gegensatz zu ihm seien seine Männer tief beeindruckt; großspurig verkündete sie, möglicherweise doch noch zuzusagen. Sie reizte Paul bis zur Weißglut und machte ihm das Leben sauer – und dennoch konnte er sich nicht zu einem Ja durchringen, und als die Tage vergingen und die Zeit knapp wurde, schimpfte sie ihn einen ausgemachten Trottel. Da er dem nichts zu entgegnen hatte, breitete sich verbissenes Schweigen zwischen ihnen aus.

Laura hatte Amelia seit dem Empfang im Hause ihres Vaters nicht mehr gesehen und ritt deshalb eines Nachmittags zu der Freundin hinaus. Bereits an den Stufen von Beauview kam ihr Amelia entgegen.

»Ach, du bist's«, sagte sie nicht gerade herzlich, was Laura jedoch geflissentlich überhörte; Amelia konnte ja gelegentlich recht launisch sein. »Mein Vater und ich wollen gleich weg«, fügte sie noch hinzu.

»Ich bleib nicht lange«, sagte Laura und entledigte sich ihres Reithuts und der Handschuhe. »Wie geht's dir denn so immer?«

»Gut, danke. Aber das interessiert dich im Grunde doch gar nicht. Letzten Sonntag hast du mich ja auch allein gelassen. So würde ich mit meinen Gästen niemals umspringen.«

»Ich weiß, tut mir leid«, sagte Laura. »Aber ich hatte Probleme und mußte außerdem in der Küche helfen.«

Schmollend ließ sich Amelia auf einen der weichgepolsterten Stühle auf der Veranda sinken. »Nicht, daß es mir was ausgemacht hätte. Kaum daß ich das Empfangszimmer verließ, war ich von Verehrern umringt. Regelrecht belagert.«

»Freut mich, daß du dich amüsiert hast.«

»Ich amüsiere mich immer. Wenn nicht, verschwinde ich«, sagte Amelia von oben herab. »Da du offenbar vorhast, deine eigenen Wege zu gehen, ohne mir etwas darüber zu erzählen, frage ich mich, warum du dir die Mühe machst, jetzt hier rauszukommen.«

Laura runzelte die Stirn. »Hast du von der Geschichte mit

Bobby Cope gehört?«
»Alle wissen, daß du mit Bobby Cope verlobt bist.«
»Dann sind alle falsch informiert.«
Amelias Augen blitzten auf. »Falsch informiert? Er hat es mir selbst gesagt.«
»Mir doch egal, was er gesagt hat. Er hat das mit meinem Vater ausgeheckt. Mich hat niemand gefragt. Ich habe ihn jedenfalls abgewiesen.«
»Wirklich?« Amelia war argwöhnisch. »Das ist mir ganz neu.«
»Dann hör mir mal zu, du vor allem! Du weißt genau, daß ich ihn nicht mag.«
»Du hast ihn tatsächlich abgewiesen?«
Laura, die noch immer stand, blickte über die Grünfläche. »Ja, aber meine Eltern bestehen trotzdem darauf, daß ich ihn heirate.«
»Wie aufregend!« Amelia war neugierig geworden. »Erzähl doch!«
»Amelia, bitte versteh, wenn ich nicht drüber sprechen möchte. Es regt mich zu sehr auf.«
Amelia hätte allzugern Fragen gestellt, wußte aber, daß sie den Rest der Geschichte rechtzeitig erfahren würde. Dies hier sah durchaus nach einem prächtigen Skandal aus!
In diesem Augenblick erschien ihr Vater und bemerkte die unübliche Stille zwischen den beiden Mädchen. »Warum so schwermütig, ihr zwei?«
»Laura hat ein großes Problem«, sagte Amelia. »Erzähl's ihm, Laura.« Und als Laura, erbost, daß Amelia Mr. Roberts gegenüber etwas von ihren Schwierigkeiten erwähnt hatte, den Kopf schüttelte, fuhr sie ungerührt fort: »Sie will Captain Cope nicht heiraten, aber ihre Eltern sagen, sie muß. Würdest du so etwas von mir verlangen?«
»Natürlich nicht«, lachte er. »Ich halte nichts von Vernunftehen. Das heißt aber nicht, mein Töchterchen, daß ich zulassen würde, daß du irgendeinen Bauernknecht heiratest.«
»Als ob ich das vorhätte«, kicherte Amelia. »Aber wenn Mr. Maskey darauf besteht, daß Laura den Captain heiratet – muß

sie das dann tatsächlich tun?«
»Nein.«
»So einfach ist das nicht«, sagte jetzt Laura, obwohl sie wußte, daß sie Familienangelegenheiten nicht vor Boyd Roberts ausbreiten sollte. Andererseits konnte er ihr als Mann von Welt möglicherweise einen guten Rat geben. »Vater droht, mich rauszuschmeißen, wenn ich nicht gehorche«, flüsterte sie.
»Großer Gott!« rief Roberts aus. »Damit hat er Sie in der Hand.«
»Ich weiß einen Ausweg«, mischte sich Amelia ein. »Wenn er dich vor die Tür setzt, Laura, dann kommst du einfach zu uns. Wir verstecken dich.«
Laura mußte unwillkürlich lachen. »Du meinst, ich soll mich für den Rest meines Lebens in irgendeinem Hinterzimmer verbarrikadieren?«
Boyd Roberts zeigte sich von seiner fürsorglichen Seite. »Sie werden sich schon zu helfen wissen«, meinte er. »Aber Sie sind eine Freundin der Familie, und wenn es zum Schlimmsten kommen sollte, dann steht Ihnen unsere Tür offen.«
»Da siehst du's!« sagte Amelia. »Ich wußte, Daddy würde Verständnis haben. Wir fahren jetzt zu einem Konzert im Park. Warum begleitest du uns nicht?«
»Danke, aber das geht nicht.« Sie warf Mr. Roberts ein mattes Lächeln zu. »Aus politischen Gründen. Tut mir schrecklich leid, aber wenn man mich mit Ihnen zusammen sieht, fängt mein Vater gleich wieder an zu toben. Im Augenblick ist es nicht ratsam, Öl ins Feuer zu gießen.«
»Schon gut«, sagte Roberts leichthin. »Wenn erst mal die Wahlen vorbei sind, kommt alles wieder ins rechte Lot.«
»Mit dem Unterschied, daß du dann dem Parlament angehören wirst«, strahlte Amelia, und Laura sah, wie bei der taktlosen Bemerkung seiner Tochter ein Schatten über Roberts' Gesicht huschte.
Auf dem Heimweg wünschte sie sich, die Wahlen fänden bereits nächste Woche statt und ihr Vater würde Boyd Roberts unterliegen. Dann würde im Maskeyschen Haushalt nicht län-

ger so viel Aufhebens um Fowlers Ansehen in der Öffentlichkeit gemacht. Ob wohl Paul MacNamara auf seiner Farm in Sicherheit war? Es wurde doch ständig davon gesprochen, daß die Schwarzen wieder aufsässig wurden. An Paul denken hieß auch an seine Frau denken, und das bedrückte Laura unendlich. Obwohl sie sich in letzter Zeit gelegentlich auch fragte, warum sie sich darauf versteifte, gegen die Eltern zu rebellieren. Da Paul nicht frei war, war es doch eigentlich egal, wen sie heiratete. Und Bobby Cope war ihr wirklich zugetan. Wenn sie von ihm verlangte, seinen Beruf aufzugeben, und ihren Vater dazu brachte, ihnen die Verwaltung einer Farm zu überlassen? Ein solches Leben hatte sie sich doch immer gewünscht. Wäre das wirklich so schlimm?

Als Captain Cope von seiner Mission zurückkehrte, war er hocherfreut, eine verwandelte Laura vorzufinden; unaufdringlich machte er ihr den Hof, glaubte, sie gewöhne sich allmählich an den Gedanken zu heiraten. Beiläufig ließ sie sogar einfließen, sie könnten vielleicht eine der Maskey-Farmen übernehmen! Was für ein glücklicher Zufall! Er wollte unbedingt der Armee den Rücken kehren, die Lage wurde zu brenzlig. Wenn es gelingen sollte, die Schwarzen in diesem Distrikt loszuwerden, würde man ihn in den Norden schicken, um unter den dortigen Stämmen mit Tausenden ungehobelter Wilder aufzuräumen.

Sein Entschluß, Laura Maskey zu heiraten, stand felsenfest, und er tat alles, um sie nicht zu verärgern oder ihren Widerspruch herauszufordern. Mrs. Maskey hatte er darlegen müssen, daß es – wegen seiner augenblicklich unmöglich abzusehenden Einsätze im Zusammenhang mit den Unruhen im Distrikt – angebracht sei, die Verlobungsfeier auf den kommenden Monat zu verschieben, und er war leicht verstimmt gewesen, als sie ihm eröffnete, daß die Familie, mit Rücksicht auf Fowlers Termine, das bereits genau so geplant habe.

»Dennoch, mein lieber Junge«, sagte Mrs. Maskey, »empfiehlt es sich, die Einladungen frühzeitig zu verschicken, zumal viele unserer Gäste eine weite Anreise haben. Leon wird ein Schiff chartern, das Verwandte und Freunde aus Sydney und Brisbane herbringt. Das ist doch so viel einfacher, nicht wahr, als tröpfchenweise und ganz durcheinander hier anzukommen. Na ja, wie ich eben schon zu Leon sagte, wäre es eigentlich vernünftiger, in Brisbane zu feiern, das ist für alle besser zu erreichen, aber wenn man einen Politiker in der Familie hat, muß man eben darauf achten, die Gefühle der hiesigen Bevölkerung nicht zu verletzen ...«

Sie redete ohne Punkt und Komma weiter, und Cope bekam allmählich eine leise Vorstellung vom Wohlstand dieser Leute. Ein Schiff chartern! Gott im Himmel! Was das kostete! Ganz abgesehen von der Verköstigung. Er kehrte in seine Unterkunft zurück, um Laura zu schreiben – einen Brief, den abzufassen ihn Stunden kostete. Er mußte ihr seinen Standpunkt darlegen, ohne daß sie ihn ständig unterbrach und ohne diesen starren Blick, zu dem sie fähig war.

Es wurde ein freundlicher Brief. Voller Verständnis, warm und herzlich, aber nicht blumig. Sie war nicht der Typ dafür. Er legte ihr dar, daß eine Ehe in erster Linie auf Freundschaft gründe, daß er ihr Freund sein wolle. Da er inzwischen wußte, wie sie auf Fowlers despotisches Gebaren reagiert hatte, verstieg er sich dazu, ihr anzudeuten, daß sie mit ihm gewiß freier sein würde und ihr angesichts der vielen gemeinsamen Interessen ein wunderschönes Leben bevorstehe. Er hatte in der Vergangenheit genügend Frauen umgarnt, wußte also, daß es darauf ankam, ihnen das zu sagen, was sie hören wollten.

Bei der Lektüre des Briefs glaubte Laura eine andere Seite an Bobby Cope zu entdecken, eine zurückhaltendere und einfühlsamere. Sie war gerührt. Und obwohl sie irritiert und verunsichert blieb und sich gleichzeitig wegen ihres törichten Verlangens nach Paul MacNamara schalt, glaubte sie allmählich daran, daß Bobby sie aus der eisernen Hand des Vaters befreien könnte und sie mit ihm die Welt kennenlernen, dem Leben doch noch eine positive Seite abgewinnen würde.

Ganz war sie allerdings nicht davon überzeugt. War nicht die entscheidende Ursache für ihre augenblickliche Dünnhäutig-

keit eher die Tatsache, daß sie über keinerlei eigenes Geld verfügte? Es kam also darauf an, für alle Fälle entsprechende Vorkehrungen zu treffen.
Als Cope das nächste Mal vorsprach, packte sie den Stier bei den Hörnern und kehrte, wohl wissend, daß er keine andere Wahl hatte, den Spieß um. »Bobby, ich habe mich dazu durchgerungen, Sie zu heiraten.«
Er war sichtlich erleichtert.
»Unter einer Bedingung«, fuhr sie fort. »Ich werde mit Ihnen eine Abmachung treffen.«
»Was für eine Abmachung?« lachte er.
»Mein Vater spricht von einer Mitgift in bar und darüber, Ihnen die Verwaltung der Quilpie-Farm zu übertragen.«
»Wären Sie denn dort glücklich?« fragte er. »Ich finde, Frauen sollten bei derlei Dingen ein Wort mitsprechen.«
»Ja.«
Er konnte seine Freude kaum unterdrücken. »Dann soll es Quilpie sein, Laura.«
»Gut. Damit kommen Sie auf Ihre Kosten. Was mich angeht – ich will das Geld.«
Er war wie vor den Kopf geschlagen. »Liebste, was mein ist, ist auch dein, wir werden in jeder Beziehung Partner sein.«
»Das genügt mir nicht. Ich habe Sie nicht gefragt, wie Sie finanziell gestellt sind, und möchte es auch gar nicht wissen. Die Quilpie-Farm ist ein wunderschöner Besitz und bringt eine Menge Geld ein. Sie würden dort nicht ewig Verwalter bleiben, denn eines Tages werde ich diese Farm erben, und dann gehört sie uns, Sie fahren also sehr gut damit.« Sie lächelte. »Wenn wir wirklich Freunde sind, Bobby, sollten wir offen miteinander reden können. Machen Sie doch nicht so ein Gesicht. Es ist doch alles ganz einfach.«
»Und wenn Ihnen Ihr Vater das Geld verweigert? Könnte doch sein, daß wir dann gar keins bekommen.«
»Nicht doch. Sie werden es entgegennehmen und mir dann aushändigen, ansonsten können Sie die Farm vergessen. Und sollten Sie meinem Vater gegenüber etwas von dieser Abma-

chung verlauten lassen, dann ist sie null und nichtig und das Heiratsversprechen auch.«

Da er keine Chance sah, mit ihr darüber zu diskutieren, rettete er sich in die Floskel, die den geringsten Widerstand versprach. »Dann sollten wir dieses Abkommen wohl mit einem Kuß besiegeln, finden Sie nicht?«

Sie gestattete ihm, sie zu küssen, versuchte, dabei nicht an Paul zu denken. Es stand für sie fest, daß der eigentliche Verlierer Bobby Cope war; er mochte sie offenbar sehr, während sie nichts als Gleichgültigkeit empfand. Wie viele Vernunftehen wohl so einseitig waren wie diese zu werden drohte?

Ihr Sieg stumpfte sie ab, so als hätte sie eigenhändig die Tür zu einem leeren Zimmer zugeschlagen und jetzt nicht mehr die Kraft, sie wieder aufzustoßen. Ihr Selbstbewußtsein schwand, wenn sie an die Vorhaltungen der Mutter dachte. »Wir wollen doch nur dein Bestes, uns ist daran gelegen, daß es dir gutgeht. Andere junge Mädchen begreifen das und fügen sich widerspruchslos. Ich weiß gar nicht, woher du diese Ansichten hast. Warum nur bildest du dir ein, du müßtest anders sein?«

Ja, warum eigentlich? sinnierte Laura.

Die erste Antwort auf die Einladung kam von Amelia, ein formelles Schreiben, in dem sie mitteilte, daß sie verhindert sei. Laura konnte es ihr nicht verdenken – Amelia hatte durchaus Grund, ihr böse zu sein, mußte sie doch glauben, Laura habe sie über ihre Beziehung zu Bobby Cope belogen. Dabei hatte Laura eigentlich nur sich selbst belogen.

FÜNFTES KAPITEL

Eine Militäreinheit wurde im Süden der Stadt an der Gladstone Road stationiert. Sie unterstand dem Kommando von Lieutenant Gooding, der es bei einigen wenigen Erkundungstrips beließ, um sich mit der Örtlichkeit vertraut zu machen. Er ging bereits auf die Vierzig zu, hatte Frau und Kinder in Maryborough und beabsichtigte, seine restliche Dienstzeit hier abzusitzen. Peter Gooding war bei unzähligen Kämpfen im Busch dabeigewesen und bei einem nächtlichen Überfall von Schwarzen auf sein Camp in der Nähe von Mundubura lebensgefährlich verletzt worden. Die Alpträume von dem Schrecken und den Schmerzen jener Nacht verfolgten ihn noch immer.

Nach seiner Genesung hatte er um Versetzung in den Verwaltungsdienst gebeten, und sein Gesuch war angenommen worden. Andernfalls hätte er seinen Dienst quittiert. Dieser Krieg mit den Eingeborenen wurde gegen alle militärischen Regeln geführt. Es gab keine offenen Kämpfe, bloß Hinterhalte. Es gab keine Fronten, die Schwarzen nahmen keine Gefangenen, und die Kavalleristen plagten sich wegen der Sprachbarriere und der Mauer des Schweigens, auf die sie bei den Aborigines stießen.

Goodings Einheit bestand lediglich aus zwanzig Mann, aber das reichte ihm. Er war ein tüchtiger und pflichtbewußter Verwaltungsoffizier, und sein Büro zeugte von peniblem Ordnungssinn. An den Wänden hingen die neuesten Karten der Gegend und Aufrisse der Rinderfarmen in der Peripherie, die er von den Viehzüchtern zu ihrem eigenen Schutz angefordert hatte.

Dem Lieutenant zur Seite stand Sergeant Mick O'Leary, ein erfahrener alter Kämpfer, der sich abends gern auf einen Drink zu ihm gesellte. Die beiden Männer nahmen ihre Aufgabe sehr ernst, und ihre abendlichen Gespräche drehten sich immer

wieder um das eine Problem: wie sie die Siedler schützen konnten.
»Der Haken bei der Sache ist«, pflegte Gooding nach jedem neuen Ausbruch von Gewalttätigkeiten zu sagen, »daß wir nur reagieren, aber nicht agieren können. Bis hier endlich einer angeritten kommt und uns von einem neuen Angriff berichtet, bis wir unsere Männer losgeschickt haben, sind die Schwarzen längst verschwunden.«
»Und dann«, pflichtete O'Leary ihm jedesmal bei, »reiten diese Amateure mit einem Haufen Freiwilliger los und schießen auf jeden Schwarzen, den sie vor die Flinte kriegen. Damit fordern sie bloß neue Racheakte heraus.«
Am Ende gelangten sie immer wieder zu der traurigen Einsicht, daß sie bei einem so riesigen Gebiet, das es zu kontrollieren galt, keinerlei Chance hatten. Die Schwarzen haßten sie, und die Weißen bemängelten, daß sie bei den Angriffen nie zur Stelle waren.
»Wir erreichen nur etwas«, meinte Gooding, »wenn wir so eine Art Friedenskorps werden. Wir brauchen mehr Leute, dann spüren die Schwarzen die militärische Präsenz und überlegen es sich gut, ob sie ihre marodierenden Horden losschicken.«
In seinem Bericht an das Hauptquartier in Brisbane forderte er Verstärkung an und triumphierte, als er die Antwort in Händen hielt.
Die Realität sah dann ganz anders aus als erwartet. Einen Monat später kam Captain Robert Cope an der Spitze einer Truppe von Schwarzen angeritten. Berittene Eingeborenenpolizei!
Gooding tobte vor Wut bei dem Gedanken, daß ihm dieses Häuflein Abtrünniger unterstellt werden sollte, die er weder als Soldaten noch als Polizisten ernst nehmen konnte. Sie waren nichts weiter als eine Mörderbande mit einem militärischen Freibrief zum Töten von Wilden – und ihnen war jedes Mittel recht.

O'Leary dachte wie Gooding. »Meine Leute werden sich weigern, mit denen zu arbeiten.«
Der Lieutenant ließ die Neuankömmlinge in einer Reihe antreten. Sie trugen grüne Uniformen mit spitzen Helmen und hatten den Patronengurt um die Brust geschlungen. Über der Schulter hing der neueste Karabiner, ein kurzläufiges, häßliches Gewehr. Gooding wandte sich O'Leary zu und murmelte: »Ich kann's nicht fassen, daß Schwarze sich freiwillig dazu hergeben, ihre schwarzen Brüder zu töten.«
O'Leary schien überrascht. »Aber wieso, Sir? Haben denn die Weißen nicht jahrhundertelang Weiße bekämpft? Doch das ist meine geringste Sorge. Sie müßten sie mal in Aktion erleben. Ihre ganze Ausbildung besteht aus Reiten und Schießen, mehr haben sie nicht gelernt. Die meisten von ihnen sind immer noch halbe Wilde, von unserem Handwerk verstehen sie rein gar nichts.«
Captain Cope, den Kavalleriesäbel umgeschnallt, kam zu ihm herüber. Gooding erwiderte den Militärgruß mit finsterer Miene. Mit Blick auf die zehn Neuankömmlinge meinte er: »Ich hatte nicht so schnell mit Verstärkung gerechnet. Wir können Ihre Leute nicht unterbringen.«
»Kein Problem«, erwiderte Cope locker. »Sie kampieren sowieso lieber unter freiem Himmel. Haben Sie hier ein Offiziersquartier?«
»Eigentlich nicht«, beeilte sich Gooding zu sagen. »Es gibt nur ein Zimmer, meines, gleich neben dem Büro.«
»Dann werde ich sehen, daß ich in der Stadt unterkomme«, meinte Cope. »Wenn Sie gestatten.«
»Aber ich bitte Sie, selbstverständlich!« Gooding war dankbar, daß er auf diese Weise Distanz zu dem Offizier halten konnte, der ungemein stolz auf seine Truppe zu sein schien. Von Stund an wurde Gooding sein Kommando zu einer bitteren Last. Beide Offiziere waren sich auf Anhieb unsympathisch, aber der Lieutenant hatte keine andere Wahl, als die zusätzlichen Männer als Verstärkung zu akzeptieren. Allerdings gingen seine und Copes Leute getrennte Wege.

Als ihm eines Tages gemeldet wurde, Schwarze hätten mehrere Pferde auf einer Farm mit dem Speer getötet, wurde Cope mit der Sache betraut. Seine Männer durchkämmten das nahegelegene Buschland mit tödlicher Präzision – sie spürten die Schwarzen auf und mähten sie mit Gewehrsalven nieder. Unschuldige wurden neben Schuldigen getötet, ganze Familien auseinandergerissen.

Einige der Siedler protestierten bei Gooding gegen Copes Schwadron und ihre barbarischen Methoden, die Mehrzahl jedoch begrüßte die Aktionen, weil Lieutenant Gooding nun endlich ihre Ländereien schützte. Also zog dieser sich in sein Büro zurück und ließ Copes Truppe gewähren, führte aber minutiös Buch über ihre Einsätze und orientierte sich dabei, so gut er konnte, an Copes geschönten Berichten. Die übrige Zeit kümmerte er sich um seine eigenen Angelegenheiten und schrieb lange Briefe an seine Frau.

Die Situation spitzte sich alsbald dramatisch zu. Die Aborigines sammelten neue Kräfte, um dann mit aller Härte zurückzuschlagen. Sie wurden von dem gerechtem Zorn über die Massaker getrieben, die von Freischärlern und von der Eingeborenenpolizei an ihren Familien verübt worden waren. Sie versteckten sich in den Berserker Ranges und an den Hängen von Mount Archer, schwärmten von dort aus nach Osten und Westen aus und schlossen sich im Norden mit anderen Stämmen zusammen. In den Bergen waren sie relativ sicher, weil Gooding das Gebiet mit seinen wenigen Männern nicht kontrollieren konnte.

Wieder einmal schrieb er an das Hauptquartier und bat darum, die schwarze Polizeitruppe zurückzubeordern, weil sie die Situation nur noch verschärfte. Er forderte den Einsatz regulärer Truppen, um das Gebiet einigermaßen unter Kontrolle zu bekommen, nachdem inzwischen rohe Gewalt die Auseinandersetzungen beherrschte.

Diesmal erhielt er keine Antwort. Auch seine weiteren Briefe wurden nicht beantwortet. In seiner Verzweiflung beschloß Gooding, den Abgeordneten Fowler Maskey, Mitglied des

Rechtsausschusses und des Landesparlaments, um Unterstützung zu bitten.

Was für ein trefflicher Zufall, fand Tyler Kemp, daß er auf demselben Schiff wie Fowler Maskey reiste. Dieser sparte sich allerdings jedes Wort und beschränkte sich darauf, ihm hin und wieder vernichtende Blicke zuzuwerfen. Tyler kam zu dem Schluß, daß dies nicht der richtige Ort sei, den Abgeordneten zu fragen, ob er immer noch Macalisters Antrag auf Ausgabe einer landeseigenen Währung unterstützte. Statt dessen erwiderte er einen von Maskeys finsteren Blicken mit einem vertraulichen Zwinkern, worauf dieser sich so heftig umwandte, daß er eine Pirouette zu drehen schien.
Tyler grinste vergnügt. Wenn Maskey ahnte, daß er über die wahren Besitzverhältnisse des Spring Hill Bordells Bescheid wußte, würde er sich bestimmt etwas freundlicher geben.
Kemp ging es prächtig. Dies war seine erste Seereise, und das Stampfen und Rollen des Schiffes versetzte ihn in eine geradezu euphorische Stimmung. Die zahlreichen Schiffsunglücke vor dieser Küste beunruhigten ihn nicht weiter – er vertraute dem Schiff, der *Elanora*. Im vergangenen Jahr erst war die *SS Star of Australia* mit Kurs auf Rockhampton mit siebzehn Menschen an Bord gesunken, und Tyler hatte einen ergreifenden Artikel darüber geschrieben. Nun blickte er in stiller Ehrfurcht auf die weite blaue See und legte rasch eine Gedenkminute für die armen Seelen ein.
Die ganze Küste entlang herrschte freundliches Wetter, und an Bord hatte sich eine fröhliche Gesellschaft zusammengefunden, die sich nach dem Abendessen gewöhnlich im Salon zum Kartenspielen traf. Hin und wieder blitzte im Westen ein grüner Küstenstrich auf, und aus berufsmäßiger Neugier beschwatzte Tyler den Kapitän, ihn Einsicht in die Seekarten nehmen zu lassen. Dabei stellte er fest, daß sie der Route des berühmten Forschungsreisenden James Cook folgten, und daß die meisten kartographierten Landmarken von ihm stammten.

Angesichts der gewaltigen Küste, die so grün und so geheimnisvoll vor ihnen aufragte, empfand Tyler Hochachtung vor der Mühsal der Siedler, die diese Wildnis urbar machten. Und dann dachte er an Rockhampton. Würde die aufstrebende Goldgräberstadt den Boom überdauern?

Sie segelten durch idyllische tropische Gewässer, an Curtis Island vorbei, passierten Keppel Cay und fuhren in den Fitzroy River. Nur noch etwa zwanzig Meilen, dann war die Reise zu Ende. Tyler fand sie viel zu kurz. Am liebsten wäre er einfach weitergesegelt.

Er hegte einen großen Traum: Einmal im Leben die Weltmeere befahren und die berühmten Städte der anderen Hemisphäre besuchen! Auf dieser kurzen Schiffsreise war ihm die Aussichtslosigkeit seiner Träume erst richtig bewußt geworden. Nur die Reichen konnten sich solche Abenteuer leisten. Tyler hatte Unmengen von Reiseerzählungen verschlungen, deren Verfasser Europa bereisten, die Sehenswürdigkeiten bestaunten, samt Dienerschaft in luxuriösen Villen und Hotels abstiegen und sich nicht um die Kosten scherten. Er war von diesen Reisebüchern fasziniert und gleichermaßen abgestoßen. Mit seinem Gehalt würde er nie reich werden, ganz gleich, wie sehr er sich abstrampelte, aber jene Leute hatten offensichtlich noch nie im Leben einen Finger krumm gemacht.

Während sich die *Elanora* in seichteren Gewässern stromaufwärts arbeitete, saß Tyler an Deck und blickte auf das tropische Grün am Ufer und auf die Bergketten, die in einiger Entfernung in den klaren blauen Himmel ragten; er verspürte die uralte Verlockung der Berge – man mußte wissen, was hinter der nächsten Kuppe lag.

Rockhampton entpuppte sich als Überraschung. Tyler hatte eine heruntergekommene Goldgräbersiedlung mit den üblichen Holzbaracken und viel Staub erwartet und stellte fest, daß die Gegend richtig erschlossen war. Breite Straßen zogen sich im rechten Winkel zum Fluß bis weit ins Landesinnere, und auf der Uferseite lag eine Reihe einladener Lokale. Tylers Blick fiel auf ein freistehendes, elegantes Stadthaus mit zwei

Stockwerken. In bester Lage, dachte er, mit Ausblick auf den Fluß und die Berge.
»Das ist Mr. Maskeys Haus«, hörte er eine Frau sagen und lächelte daraufhin höhnisch. Hätte er sich das nicht denken können?
Maskey betrat den Pier. Er begrüßte verschiedene Leute mit Handschlag und kletterte dann in einen offenen Einspänner, mit dem ihn sein Sohn erwartet hatte. Mit einem verächtlichen Schulterzucken setzte Tyler sich seinen neuen Strohhut auf, nahm seinen Koffer und ging geradewegs zum nächsten Pub.
In der Bar drängte sich ein buntes Völkchen: Minenarbeiter in roten Flanellhemden, Soldaten in Uniform, Viehhüter, manche von ihnen mit Sporen an den Stiefeln. Tyler arbeitete sich zum Tresen vor, trank zwei Halbe Bier und machte sich dann daran, die Stadt zu erkunden, nachdem er dem Barkeeper seinen Koffer anvertraut hatte.
In der nächsten Straße gab es verschiedene kleine Läden, ein paar bescheidene Arbeiterhäuschen und ein in Bau befindliches Postgebäude. Als Tyler an einer leicht heruntergekommenen Pension vorbeikam, merkte er sich die Hausnummer – hier würde es nicht so teuer sein wie in einem Hotel in erster Lage am Wasser. Weiter landeinwärts wurde die Gegend immer ärmlicher. Unter hohen Bäumen standen Zelte und einfache Hütten, Kinder tobten zwischen den Wagen herum, Wäsche trocknete an den Bäumen und Frauen kommunizierten lautstark, während sie schwere Körbe schleppten oder in Kochtöpfen auf offenem Feuer rührten. Scheinbar unberührt von Lärm und Gestank lagen Männer im Schatten der Bäume, die Pfeife im Mund, und erzählten sich Geschichten.
Tyler wanderte eine andere Straße entlang, die von gepflegten Häusern gesäumt wurde. Er hatte den Eindruck, daß dieser Ort sich mit der Zeit zu einer ansehnlichen Stadt mausern würde. Wenn er erst einmal mit ein paar Ansässigen gesprochen hatte, würde er schon eine gute Story für den *Courier* zusammenbasteln.
Ein paar Chinesen liefen geschäftig durch die Straßen, und da

Tyler in Brisbane chinesisches Essen zu schätzen gelernt hatte, betrat er eines ihrer Speisehäuser. In dem dämmrigen Raum stand ein langer Tisch, an dem nur Chinesen saßen, die ihn nicht zu beachten schienen. Tyler bestellte Suppe und einige andere Gerichte und genoß das Essen in dieser friedvollen Atmosphäre.
Beim Bezahlen fragte er den Wirt nach dem Weg zur Lokalzeitung. Der Chinese bestand darauf, ihn hinzubringen und führte ihn zwei Straßen weiter zu einem einfachen Holzhaus, das die Redaktion der *Capricorn Post* beherbergte.
Cosmo Newgate begrüßte den Ankömmling persönlich. »Wir sind hier nur eine Schmalspurredaktion«, entschuldigte er sich. »Ich bin der Herausgeber, Chefredakteur und Mädchen für alles und bitte um Nachsicht, falls Ihnen unser Blatt etwas dilettantisch vorkommt.«
»Ganz und gar nicht«, beteuerte Tyler. »Ich habe gerade eine Nummer gelesen und finde, daß Sie Ihre Arbeit recht gut machen.«
»Wenn der berühmte Mr. Kemp das sagt, nehme ich es als Kompliment«, meinte Newgate. »Darf ich Ihnen einen Drink spendieren? Wir haben nicht oft die Ehre, einen auswärtigen Kollegen bei uns begrüßen zu dürfen. In unserer kleinen Stadt passiert nicht viel. Sind Sie an einer Geschichte dran?«
»Ich mache Urlaub«, erklärte Tyler. »Aber ein bißchen Arbeit ist vielleicht auch dabei.«
Die beiden Männer gingen zu einem Hotel, dessen Bar offensichtlich von den bessergestellten Herren der Stadt frequentiert wurde. Wie erwartet, kam das Gespräch alsbald auf die Politik.
Cosmo beklagte die finanzielle Misere Queenslands, und Tyler stimmte verhalten zu, sorgsam darauf bedacht, nicht Stellung zu beziehen. Er wollte nicht gleich anecken, sondern im Augenblick lieber zuhören.
»Sie kennen Mr. Maskey, unseren lokalen Abgeordneten?« fragte Cosmo.
Tyler nickte. »Ich habe ihn mehrere Male getroffen.«

»Er hat eine Menge Anhänger«, bemerkte Cosmo, und es schien Tyler, als hielte der Zeitungsmann sich ebenfalls bedeckt.
»Das kann ich mir denken«, meinte er. »Wie ich höre, soll er die separatistischen Bestrebungen hier unterstützen.« Cosmos Stirnrunzeln entging ihm nicht, und er fuhr unbekümmert fort. »Das wäre zum Beispiel ein interessantes Thema. Guter Stoff, um die Auflage zu erhöhen.«
»Stimmt.« Cosmo lächelte. »Bei solchen Themen gibt es immer ein Pro und Kontra ...«
Ein großgewachsener Mann in makellosem Reiterdreß trat an ihren Tisch. Englischer Landadliger, mutmaßte Tyler.
»Cosmo, altes Haus«, begann der Fremde. »Wie ich sehe, gönnen Sie sich auch mal ein Päuschen.«
»Gewissermaßen ja«, erwiderte Cosmo. »Mr. Kemp, darf ich Sie mit Mr. Boyd Roberts bekanntmachen. Mr. Kemp arbeitet als Reporter für den *Brisbane Courier*. Er ist heute morgen angekommen.«
Roberts sah ihn interessiert an. »Ist das wahr?« sagte er, als sie sich die Hand gaben. »Dann würde ich Sie gern zu einem Drink einladen. Sie auch, Cosmo.«
»Nein danke.« Cosmo winkte ab. »Ich muß zurück. Aber ich denke, Mr. Kemp wird nichts dagegen haben.«
Während Roberts sich um die Drinks kümmerte, tuschelte Cosmo Tyler zu: »Der Mann wird Sie bestimmt interessieren. Er tritt bei den nächsten Wahlen gegen Fowler Maskey an.«
»Noch eine gute Story?« Tyler lächelte verschmitzt. Cosmo nickte. »Will ich meinen! In diesem Nest hier ist das der Kampf der Giganten.«
In der Tat war Roberts recht unterhaltsam und machte keinerlei Anstalten, an politische Themen zu rühren. Freimütig erzählte er von seinem glücklichen Goldfund in Canoona. Tyler hörte ihm gebannt zu – Geschichten über Goldsuche und die damit verbundene Mühsal faszinierten ihn von jeher. Sie unterhielten sich eine gute Stunde lang, dann erhob sich Tyler, weil er die Gastfreundschaft des anderen nicht über Gebühr in

Anspruch nehmen wollte. »Ich muß gehen«, sagte er. »Ich habe mein Gepäck in einem Pub am Hafen stehen.«
»In der Quay Street?« fragte Roberts. »Wo werden Sie denn wohnen?«
»Ich habe eine kleine Pension in der Nähe entdeckt, da wollte ich eigentlich bleiben.«
»In einer Pension!« Boyd Roberts war entsetzt. »So etwas können wir wichtigen Besuchern doch nicht zumuten. In meinem Haus ist genug Platz, warum kommen Sie nicht zu mir? Schließlich machen Sie Urlaub, und ich werde dafür sorgen, daß er für Sie so angenehm wie möglich wird.«
»Ich möchte Ihnen keine Umstände machen«, wandte Tyler ein.
Roberts lachte. »Aber nicht doch! Sie sind herzlich willkommen. Also abgemacht. Mein Haus liegt ein paar Meilen außerhalb der Stadt, Sie brauchen also ein Pferd. Warten Sie hier, ich kümmere mich darum.«
Roberts besorgte ihm nicht nur ein Pferd, er gab auch Order, Tylers Gepäck in sein Haus bringen zu lassen.
Tyler nahm diese Geste ländlicher Gastfreundschaft nur allzugerne an. Als die Stadt hinter ihnen lag und die beiden Männer in leichten Galopp fielen, musterte Roberts Tyler von der Seite. »Für einen Stadtmenschen reiten Sie aber recht gut.«
»Ich bin im Busch groß geworden«, erklärte Tyler mit einem Lächeln. »Bin jahrelang ohne Sattel geritten, weil das Geld nicht reichte.« Er fühlte sich wohl in Roberts Gesellschaft. Obwohl der andere um einiges älter war als er selbst, hatte er sich ein jugendliches Gemüt und eine positive Einstellung zum Leben bewahrt. Ich bin ein echter Glückspilz, freute Tyler sich im Stillen. Kost und Logis gratis und nette Gesellschaft obendrein.

Sein Beruf hatte Tyler schon in Brisbane in manches herrschaftliche Haus geführt, dies jedoch übertraf die kühnsten Erwartungen. Dennoch konnte man diese Villa nicht als Herrenhaus bezeichnen; sie war großzügig geschnitten, hatte hohe Decken und war mit viel Geschmack eingerichtet. Allein in

Tylers Schlafzimmer hätte eine kinderreiche Familie Platz gehabt. Außer dem Doppelbett, der Chaiselongue und den Sesseln standen noch eine Mahagonikommode und ein Schrank darin. Die große Glastür führte auf einen eigenen kleinen Balkon. Tyler trat hinaus und sah sich um. Mit einem leisen Neidgefühl dachte er daran, wie glücklich jene Leute sich schätzen konnten, die in einer so schönen Umgebung leben durften.
Das Zimmermädchen brachte seinen Koffer, nun konnte er auspacken und sich umziehen. Genüßlich schlenderte er zum Waschtisch, goß frisches Wasser aus einer chinesischen Kanne in die große Schüssel und genoß den Luxus, nach der Enge der Schiffskabine so viel Platz für sich allein zu haben. Das Wasser war erfrischend kühl, die Handtücher weich wie Daunen, und er hätte gerne das hohe, breite Bett ausprobiert; es machte einen so komfortablen Eindruck, daß er am liebsten ein Nickerchen darin gemacht hätte. Doch die Zeit verflog. Nachdem er ihm kurz die größten Räume und den vorderen Teil des Hauses gezeigt hatte, hatte Boyd ihn auf die Terrasse gebeten, wo sie vor dem Dinner einen Drink nehmen wollten. Da Roberts, wie Tyler wußte, Witwer war, fragte er sich, wer wohl die anderen Gäste sein würden.
Sein Gastgeber hatte ihn darauf hingewiesen, daß man zum Essen Abendkleidung trug, also warf Tyler sich in Schale: Smoking, gestärktes Hemd, schwarze Fliege. Der Abendanzug war eine teure Anschaffung gewesen, aber sie hatte sich gelohnt – in seiner eleganten Aufmachung war er schon an so manchem Türsteher vorbeigerauscht, während seine Kollegen draußen bleiben mußten. Nur gut, daß er den Smoking eingepackt hatte.
Er traf Boyd alleine an. »Kommen Sie, mein Lieber, und leisten Sie mir Gesellschaft«, rief er, als Tyler eintrat. »Was möchten Sie trinken?«
»Einen Whisky bitte.« Während Boyd sich an den Getränken zu schaffen machte, musterte Tyler die gut bestückte Bar. Allein der Whisky mußte ein Vermögen wert sein.
»Auf Ihr Wohl«, sagte Boyd und reichte Tyler ein Glas.

Der Gast nahm seinen Whisky und genoß die Aussicht. Das Anwesen lag auf einer Anhöhe, die Bäume unmittelbar vor dem Haus waren gefällt worden, um freie Sicht zu gewähren. Tief unten in der Flußebene lag Rockhampton, ein unscheinbarer Fleck in dieser grandiosen Landschaft, die sich bis zu den fernen blauen Bergen vor ihnen erstreckte.

»Wirklich schön hier oben«, bemerkte Tyler. Die Abenddämmerung färbte den Himmel zartrosa, und ein silbriger Nebel senkte sich auf das Tal.

»Ja, das finde ich auch«, erwiderte Boyd. »Ich bin der Stadt nahe, ohne in ihr eingesperrt zu sein.«

»Kommen Sie auch vom Land?«

»Nein, ich bin in Sydney geboren. Mein alter Herr war Schuldirektor, und als ich keine Anstalten machte, in seine Fußstapfen zu treten, schickte er mich zum Militär. Ich haßte es, brachte es aber sogar zu einem bescheidenen Rang. Dann quittierte ich den Dienst. Zu viele Vorgesetzte für meinen Geschmack.«

»Das kann ich gut verstehen. Die militärische Disziplin würde mich umbringen.«

Boyd lachte. »Bitte, setzen Sie sich doch. Wir sind hier nicht so förmlich.« Sie machten es sich in tiefen Sesseln bequem, und Tyler mußte sich eingestehen, daß man sich an dieses Leben gewöhnen konnte.

»Wie ist es mit Ihrem Beruf?« wollte Boyd wissen. »Nicht allzu hart, denke ich.«

»Nicht, wenn man den Dreh raus hat. Als ich eines Tages erkannte, daß ich mindestens genauso gut wie meine Kollegen, wenn nicht besser schreiben konnte, war ich auf dem richtigen Weg.«

»Und wie ist es heute?« fragte Boyd. »Haben Sie viele Vorgesetzte? Ich frage mich immer, wie so große Zeitungen gemacht werden.«

»Eigentlich nicht. Mit meinem Chefredakteur komme ich gut aus – hin und wieder geraten wir aneinander, aber im großen und ganzen kann ich ungehindert arbeiten.« Daß ihm gerade die Geschichte über die neue Währung von Queensland entzogen worden war, erwähnte er nicht, es erschien ihm in dieser Umgebung zu banal.

»Wieso haben Sie sich ausgerechnet Rockhampton für Ihren Urlaub ausgesucht?« wollte Boyd wissen. Tyler setzte gerade zu einer Antwort an, als ein junges Mädchen auf die Veranda geeilt kam. Unglaublich hübsch, mit dunklem Haar und engelhaften Zügen. Sie trug ein Kleid aus altrosa Seide, der weite Rock raschelte leise auf dem schimmernden Parkett. Feinste Spitze bedeckte den tiefen Ausschnitt, in der Mitte prangte eine kostbare Kameebrosche. Was für eine zarte Haut sie hat, dachte Tyler und erhob sich hastig. Und ihr Dekolleté ist umwerfend.

»Meine Tochter«, stellte Boyd vor, »Amelia«.

Tyler konnte die Augen nicht von ihr wenden, als sie ihm gegenüber Platz nahm. »Vater hat mir alles über Sie erzählt, Mr. Kemp«, begann sie. »Ich glaube, Sie sind eine Berühmtheit.«

»Oh nein«, stammelte er. »Ich bin bloß ein Schreiberling, wie man so sagt.«

»Untertreiben Sie nicht«, sagte Boyd scherzend. »Sonst glaubt sie Ihnen noch.« Er reichte seiner Tochter ein Glas Sherry, und sie blickte Tyler erwartungsvoll an.

»Sie haben ein wunderschönes Haus«, erklärte er. »Alles hier ist einfach umwerfend.« Das hätte er nicht sagen sollen – es klang zu direkt, als ob er sie damit meinte. Also fuhr er fort: »Ich meine, das Haus, das ganze Anwesen, die Aussicht ... Ich bin angenehm überrascht.«

»Sie sind wirklich reizend, Mr. Kemp«, sagte sie, und ihr betörender Augenaufschlag schien anzudeuten, daß sie das Kompliment persönlich meinte. Hoffentlich hat Boyd nichts gemerkt, dachte Tyler in Panik. Es könnte ihm nicht recht sein.

»Wie lange werden Sie bleiben, Mr. Kemp?« fragte Amelia.

»Och, bloß ein paar Tage«, brachte er heraus.

Boyd mischte sich ein. »Ein paar Tage nur? Das wäre uns gar

nicht recht. Im übrigen geht das nächste Schiff erst in zwei Wochen, und sie werden wohl kaum eine Pension unserer Gesellschaft vorziehen?«

Amelia plapperte mit glockenheller Stimme weiter. »Wir haben gern Gäste hier und werden unser Bestes tun, damit Sie sich bei uns wohlfühlen.«

»Oh, ich fühle mich sehr wohl«, erklärte Tyler beinahe entschuldigend.

»Also abgemacht.« Amelia blickte ihren Vater an. »Hör Paps, unser Gast aus Brisbane soll aber nicht herumsitzen und Däumchen drehen. Wir müssen ihn mit Leuten bekannt machen. Ich werde etwas arrangieren, vielleicht auch einen Tanzabend.«

»Wie du meinst, meine Liebe.« Boyd wandte sich Tyler zu. »Amelia ist eine wunderbare Gastgeberin. Ich glaube, uns beiden stehen sonnige Zeiten ins Haus.«

Amelia nahm Tylers Arm, als sie zum Essen schritten. Sie reichte ihm nur bis an die Schulter, aber was sie durch den Ärmelstoff spüren konnte, gefiel ihr genauso gut wie seine ganze Erscheinung. Auf die Ankündigung ihres Vaters hin, daß ein Reporter bei ihnen wohnen würde, hatte Amelia ein verschrobenes Männchen mit Brille erwartet. Tyler Kemp hingegen war da schon etwas anderes. Muskeln und Verstand, diese Kombination traf man nicht so oft. Wäre sie bloß nicht mit Laura verkracht, dann könnte sie ihr von diesem Prachtexemplar von Mann vorschwärmen und damit angeben, daß er bei ihnen wohnte. Sollte Laura, diese falsche Schlange, ihren Bobby Cope ruhig behalten, der konnte Tyler nicht das Wasser reichen.

Boyd mochte ihn wohl auch, andernfalls hätte er ihn nicht in sein Haus eingeladen. In solchen Dingen war ihr Vater sehr vorsichtig. Schon dieses Gütesiegel erhöhte für sie Tylers Reiz. Außerdem schien ihm das Haus zu gefallen. Amelia sah in jedem jungen Mann, den sie traf, einen potentiellen Ehemann, nur verlor sie das Interesse meist rasch wieder. Diesmal aller-

dings nicht. Tyler war intelligent – das würde für Harmonie im Haus sorgen, denn Boyd duldete keine Dummköpfe um sich. Zahlreiche Männer arbeiteten für ihn da draußen in den Goldminen, aber er verhandelte mit ihnen nur in seinem Büro. Niemals bat er sie ins Haus, und Amelia wußte warum. Er wollte nicht, daß sie seiner Tochter schöne Augen machten. Sie wußte das zu schätzen, denn sie konnte auf solche Gesellschaft gut verzichten.
Amelia hatte sich Hals über Kopf in Tyler verliebt, und beim Dinner strahlte sie geradezu von innen heraus. Seine Kleider, mußte sie sich eingestehen, wirkten irgendwie billig und schäbig, aber das würde sich ändern lassen. Wozu sonst hatte man eine Ehefrau?

Boyd Roberts saß in seinem Arbeitszimmer, die Füße auf den Schreibtisch gelegt, und nippte an einem Cognac. Er war zufrieden mit diesem Tag. Kemp hatte sich mit dem Arm voller Bücher aus ihrem bescheidenen Bestand in sein Zimmer zurückgezogen und Amelia versprochen, eine Liste zu machen, damit sie in Beauview eine Bibliothek aufbauen konnte. Beim Gedanken an Amelias plötzliches Interesse für Bücher konnte er nur lachen. Sie wollte doch bloß ihren Gast beeindrucken. Diese Mühe konnte sie sich sparen. Boyds Taktik, seine Tochter zunächst nicht zu erwähnen, hatte prächtig funktioniert. Er wußte aus sicherer Quelle, daß Tyler Junggeselle und niemandem versprochen war, und so hatte Amelias Wirkung auf den Gast ihn in keiner Weise überrascht.
Sie liebte es, sich herauszuputzen und die Blicke auf sich zu ziehen, folglich konnte Boyd sich darauf verlassen, daß sie jeden männlichen Gast des Hauses, egal wie alt, betörte. Und in Kemp hatte er sich nicht getäuscht. Wie er Amelia mit den Augen verschlang, wie seine Blicke an ihren prallen Brüsten klebten, ließ Boyd ahnen, daß dieser vitale Naturbursche sie auf der Stelle hätte vernaschen mögen. Wie hatte er sich an Kemps Nervosität geweidet; er kannte das Gefühl, wenn die aufsteigende Begierde mit dem Anstand kämpfte.

Boyd schätzte jüngere Frauen, aber kein junges Gemüse. Bei seinen Besuchen im Bordell in der East Street bevorzugte er die voll entwickelten knapp Zwanzigjährigen. Wie Amelias Freundin Laura Maskey. Ein echter Leckerbissen! An den richtigen Stellen gepolstert, volle Lippen, wie geschaffen für die Liebe; die kleinen Ohren unter üppigem Blondhaar verborgen. Lieber Himmel ..., auf der Stelle würde er sie vernaschen. Wie oft hatte er sie beobachtet, wenn sie mit Amelia plauderte, während er sich – ganz der liebe, nette Papa – im Hintergrund hielt, sie mit den Augen auszog, über ihren knackigen Hintern strich und ihren blonden Flaum streichelte. Er wäre genau der Richtige für sie, würde ihr zeigen, wie schön Sex sein konnte, würde sie zum Rasen bringen, bis sie um mehr bettelte, wie seine Huren.

Er lachte und goß sich noch einen Cognac ein. Der Mensch hofft, solange er lebt. Eines Tages würde er schon noch Hand an die bezaubernde Laura legen dürfen, wenn sie sich erst einmal diesen Kinderkram mit dem Idioten Cope abgeschminkt hatte.

Aber nun zurück zu Amelia und zu dieser interessanten Konstellation, die sich so unerwartet ergeben hatte.

Obschon er sich unwissend gab, wußte Boyd Roberts genau über Tyler Bescheid. Boyd gehörte zu den wenigen Leuten in Rockhampton, die die Brisbaner Zeitungen bezogen. Sie mochten Wochen alt sein, er las jedes Wort und erheiterte sich an Tylers kritischer Analyse von Maskeys Parlamentsreden. Und dann noch seine Artikel über die Ausgabe einer eigenen Währung, in dem er Fowler einen Narren schalt, der so riskante finanzielle Balanceakte auch noch unterstützte. Aber Tyler hatte recht. Boyd dachte genau wie er.

Das Ganze war einfach Schwachsinn, genau wie die Idee mit der Separation. Diese Wahnvorstellung, den Norden von Queensland abzuspalten. Dafür war es einfach noch zu früh. Boyd würde sich später damit befassen, im Augenblick ging es ihm vor allem darum, Fowler aus dem Amt zu hebeln, auf saubere Art oder mit faulen Tricks. Faul!

Fowler! Er wurde allmählich betrunken, aber das scherte ihn nicht.
Er hatte also eine Tochter und einen erstklassigen Journalisten, die scharf aufeinander waren, und wie er seine Tochter kannte, würde sie den nächsten, den entscheidenden Schritt machen. Wenn er die beiden noch ermutigte, würde er am Ende mit einem Schwiegersohn dastehen, der für einen Mann mit politischen Ambitionen nicht mit Gold aufzuwiegen war. Dieser Gedanke erregte ihn ungemein.
Aber Kemp war kein Narr. Es bedurfte einiges mehr als eine Liebesaffäre mit Amelia, um ihn bei der Stange zu halten und blind für andere Unternehmungen zu machen.
Zum Teufel mit diesem arroganten Hund MacNamara! Der konnte warten. Hatte seine teure Ausrüstung ruiniert und seine Leute vertrieben und ihm dann noch die Schuld geben wollen, bloß weil ein paar Schwarze dran glauben mußten. Drohungen ließen Boyd Roberts kalt. Drohungen waren ein Zeichen von Schwäche. Er hatte noch nie im Leben jemanden bedroht. Er handelte. Wie damals in Canoona bei der Starlight Goldmine. Er hatte dem alten Trottel einen guten Preis für die Mine geboten, und als der das Angebot nicht annehmen wollte, hatten Boyds Männer ihn tief im Busch in einen alten Schacht geworfen. Dort würde man ihn vielleicht in hundert Jahren finden. Das Flöz hatte sich im wahrsten Sinn des Wortes als Goldgrube erwiesen, es reichte so tief, daß sie die Arbeit wegen der immer schlechter werdenden Luft einstellen und die Mine schließen mußten. Aber eines Tages, wenn er über eine bessere Ausrüstung verfügte, würde Boyd dorthin zurückkehren,
Es gab noch andere Goldminen. Gold schürfen war reine Zeitverschwendung. Besser, man wartete ab, bis jemand einen Fund machte, um dann zu verhandeln. Der Pächter konnte es auf die sanfte oder auf die harte Tour haben, Boyd kümmerte das nicht. Und dann dieser miese Hund Corbett! Er war auf eine schmale Goldader in Oberon gestoßen, die dann aber wenige Meter vor dem Schacht endete. Da Boyd gerade allen

Ehrgeiz daran setzte, in den elitären Viehzüchterverband jener Gegend aufgenommen zu werden, um seine hochfliegenden Pläne voranzutreiben, hatte er Corbett angewiesen, sich nicht von der Stelle zu rühren und MacNamara das Leben schwer zu machen. Er konnte ja nicht ahnen, daß die feige Ratte alles vor Zeugen ausplaudern würde.

Einer der Männer war winselnd in Beauview aufgetaucht. »Wir haben keine Chance nich' gehabt! MacNamara wollte uns lynchen!«

Wie war noch gleich der Name von dem Mann? Tom Irgendwas.

»Verdammter Idiot!« hatte er ihn angebrüllt. »Er hat bloß geblufft! Das hättest du doch merken müssen! Wo steckt Corbett?«

»Hat Fersengeld gegeben. Is' nach Süden, Mr. Roberts. Kommt nich' wieder. Bin der einzige, wo sich zu Ihnen traut und sagt, was passiert ist. Und mein' Lohn zu holen, wenn's genehm is'.«

Boyd hatte den Mann angestarrt. Er war der einzige, der MacNamaras Geschichte bestätigen konnte, daß Boyds Leute im Auftrag gehandelt hatten. Nun, Tom Irgendwas würde kein Zeugnis mehr ablegen können. Er schlummerte für immer auf dem Grund des Fitzroy River, vorausgesetzt, die Krokodile hatten ihn nicht gefressen.

Boyd scharte seine besten Leute um sich. Seine Grubenarbeiter würden weiter in den Goldminen schuften, aber ein halbes Dutzend Männer, denen er vertraute, arbeiteten nun auf seinem Anwesen als Gärtner, Stallknechte oder Handwerker. Es gefiel ihnen, sie wohnten in sauberen Quartieren, und er wußte sie in der Nähe.

Solange wir unserem Journalisten den Hof machen, sinnierte Boyd, muß Beauview ein friedlicher Ort bleiben.

Er sann darüber nach, was es kostete, Cosmo Newgate loszukaufen, damit er einen Chefredakteur eigener Wahl auf den Posten hieven konnte. Zu diesem Zeitpunkt eine hypothetische Frage, aber dennoch wert zu überlegen. Geld regiert die

Welt, aber Zeitungen machen Meinungen. Wenn Boyd erst einmal die Lokalpresse kontrollierte, war Maskey aus dem Rennen.

Seine Gedanken wanderten zurück zu Amelia. Es wurde Zeit, sie unter die Haube zu bringen, dann konnte er neu anfangen. Er war nicht geneigt, den Opa zu spielen und Enkelkinder zu hüten, er würde sein eigenes Leben führen. Aber er kannte seine Tochter. Es hatte ihm einen Riesenspaß gemacht, sie unmäßig zu verwöhnen und zuzusehen, wie dieses kleine Früchtchen zu einer bezaubernden jungen Dame mit formvollendeten Manieren und einem eisernen Willen heranwuchs. Sie war eigensüchtig und anspruchsvoll, und ihr Vater erkannte in diesen Eigenschaften voller Stolz *seine* Tochter wieder. Schließlich war sie eine Roberts.

Amüsiert hatte er verfolgt, mit welch raffinierten Tricks sie alle heiratswilligen Frauen, ob Witwe oder ledig, davonscheuchte, die ein begehrliches Auge auf ihren Vater geworfen und ihn als potentiellen Ehemann in Betracht gezogen hatten. Sie verteidigte ja bloß ihr Terrain. Ganz abgesehen davon, daß diese zwitschernden Geschöpfe beileibe nicht in Frage kamen. Nachdem nun aber ein Verehrer, der ihm nützlich sein konnte, Amelia den Hof machte, war es an der Zeit, sie zu verheiraten und für sich selbst eine Frau zu suchen.

Amelia wiegte sich in der Vorstellung, das Anwesen gehöre ihr. Welch ein Irrtum. Ihr den Stuhl vor die Tür zu setzen, würde einige Mühe kosten, aber er kannte sein Mädchen. Sie war bestechlich. Notfalls würde er ihr ein eigenes Haus bauen, wo sie mit ihrem Ehegespons turteln konnte, und wehe, wenn der nicht spurte.

Ja, dieser Tag hatte eine Menge interessanter Perspektiven eröffnet. Boyd klopfte sich innerlich selbst auf die Schulter, löschte die Lampen und zottelte etwas unsicher zu seinem Schlafzimmer.

Obwohl Tyler eine Menge Alkohol konsumiert hatte, konnte er nicht schlafen. Er lag nackt auf den kühlen Laken und

genoß die zarte Brise, die von der Terrassentür her wohltuend über seinen Körper strich.
Auch er stellte seine Betrachtungen über Amelia an. Er freute sich darauf, daß er sie in den nächsten Tagen noch oft sehen würde, aber seine Gedanken kreisten auch um Boyd Roberts. Ein wirklich angenehmer Gastgeber, man fühlte sich wohl in seiner Gesellschaft, und Tyler wußte nicht zu sagen, wann er zuletzt einen so netten Abend verbracht hatte. Trotz allem beschlich ihn das seltsame Gefühl, daß irgend etwas nicht stimmte. Roberts konnte wunderbar Geschichten erzählen – er gab diverse Histörchen aus seiner Zeit beim Militär und über den Goldrausch zum besten –, und mit seiner gepflegten Erscheinung und den vollendeten Umgangsformen schien dieser elegante Rahmen ihm auf den Leib geschneidert. Nur sein Blick paßte nicht dazu, er war schlau und berechnend, mußte Tyler sich eingestehen. Roberts machte aus seiner Herkunft keinen Hehl – offenbar waren seine Eltern recht arme Leute gewesen, warum also sollte er nicht gerissen sein? Immerhin hatte es dieser Mann zu etwas gebracht.
Und wie er sich um seine Tochter sorgte, die ihm sehr zugetan schien. Nach dem Verlust der Mutter mußte man ihm das hoch anrechnen. Auf Tylers Frage, ob er denn nie wieder heiraten wolle, hatte Roberts mit einem liebevollen Blick auf Amelia erwidert: »Meine Güte, Tyler. Eine bessere Gastgeberin als Amelia finden Sie weit und breit nicht.«
Und Amelia hatte Tyler über den Tisch hinweg angelächelt. »Ich kann mich recht gut um Paps kümmern.«
Mit dieser rührenden Antwort nahm sie ihn noch mehr für sich ein, aber seine Frage hatte sie in ihrer Naivität nicht beantwortet. Ihr Vater übrigens auch nicht. Ein gesunder und kräftiger Mann wie Boyd lebte gewiß nicht wie ein Mönch, und da er Geld hatte, brauchte er auf sexuelle Freuden nicht zu verzichten. Tyler war nicht verheiratet, weil er sich die Mädchen, die ihm gefielen, nicht leisten konnte. Und eine Alternative war ihm noch nicht eingefallen. »Du willst zu hoch hinaus«, hatte seine Mutter bei seinem letzten Besuch geklagt. Sie woll-

te, daß ihr Sohn endlich einen Hausstand gründete. »Du bist jetzt bald dreißig, mein Sohn. Bevor ich ins Grab sinke, möchte ich noch Enkelkinder sehen.«

Tyler wälzte sich hin und her. Amelias Augen ..., grün mit goldenen Einsprengseln, wie die ihres Vaters ..., und auch wieder nicht. Boyds Augen hatten einen anderen Ausdruck. Als ob er sich über sie lustig machte, über sie beide. Seine Augen strahlten keine Wärme aus, sie waren kalt. Tyler suchte nach einem treffenden Wort, kramte in seinem Gehirn und kam auf ... grausam. Wie paßte das mit einer so harmonischen Atmosphäre zusammen?

Da er sowieso nicht einschlafen konnte, verfolgte Tyler das Thema weiter. Er hatte schon früh die Kunst des Zuhörens erlernt: nicht darauf zu achten, was die Leute *sagten*, sondern darauf, was sie *meinten*.

Wenn Roberts wirklich einen Parlamentssitz für Rockhampton anstrebte, warum hatte er das nicht erwähnt? Aus Höflichkeit? Weil er mit einem Gast nicht fachsimpeln wollte? Möglich. Dann wäre er allerdings der erste Politiker der Weltgeschichte, der soviel Selbstbeherrschung aufbrachte. Und das auch noch einem Journalisten gegenüber.

Tylers berufsbedingte Skepsis ließ ihn weitergrübeln. Amelia war wiederholte Male auf Boyds verächtliche Bemerkungen über Fowler Maskey eingegangen, bis sie, nach einem warnenden Blick ihres Vaters, das Thema wechselte. Tyler hatte sich unbefangen gegeben und ins Gespräch geworfen, daß er und Fowler in einer Reihe von Fragen nicht konform gingen. Das wäre für jeden Kandidaten die Gelegenheit gewesen, kräftig vom Leder zu ziehen. Boyd hatte sich jedoch bloß überrascht gegeben, sich mit einem »Ach wirklich?« begnügt und Tyler nicht aufgefordert, sich weiter auszulassen.

Später, als die beiden Männer sich in das Raucherzimmer zurückzogen, hatte Tyler die unverkennbaren Lettern des *Brisbane Courier* aus einem Stapel Zeitungen auf dem Tisch lugen sehen und im Vorbeigehen rasch einen Blick darauf geworfen. Die Nachrichten waren brandaktuell, zumindest für

Rockhamptoner Verhältnisse. Boyd mußte also wissen, wo Tyler stand. Warum dann diese Zurückhaltung?
Sein Gastgeber wollte also nicht über Politik mit ihm diskutieren, das war sein gutes Recht. Früher oder später würde es aber dennoch dazu kommen. In der Zwischenzeit sollte er eingelullt werden, und das gefiel ihm nicht. Was mochte Roberts noch im Sinn haben, wenn er seine kostbare Zeit auf diese Weise vergeudete?
Tyler erhob sich, ohne Licht zu machen, und ging zum Waschtisch, um sich ein Glas Wasser einzugießen. Sein Mund war vom Alkohol wie ausgedörrt. Während er in der offenen Terrassentür lehnte und sein Glas leerte, nahm er eine Bewegung im Freien wahr. Rasch schlang er sich ein Handtuch um die Hüften, schlich auf den Balkon und duckte sich in den Schatten. Er sah einen Mann mit einer Waffe, wahrscheinlich einer Flinte oder einem Gewehr, und wollte schon Alarm schlagen, als ein zweiter, ebenfalls bewaffneter Mann auftauchte. Die beiden wechselten ein paar Worte, dann gingen sie wieder auseinander.
Wachen, stellte Tyler fest. Warum? Fürchtete man sich hier draußen vor Überfällen durch Schwarze? Möglich, aber unwahrscheinlich in dieser Gegend. Höchst unwahrscheinlich sogar. Was also sollte beschützt werden? Leben oder Eigentum? Und vor wem?
Bei Tagesanbruch wurde Tyler vom lauten Gesang der Vögel geweckt, das Zeichen zum Aufstehen. Im Gegensatz zu seinen Kollegen schlief er nie lange, der Morgen war für ihn die schönste Zeit des Tages. Um niemanden im Haus aufzuwecken, sprang Tyler leichtfüßig vom Balkon in den Garten und machte sich an die Erkundung des Anwesens.
Bei den Stallungen saßen zwei Männer und tranken Tee mit dem Stallknecht. Sie sahen müde aus. »Guten Morgen«, grüßte Tyler hinüber. »Was für ein herrlicher Tag.«
»So ist es, Sir«, sagte der Stallknecht und griff etwas spät nach einer Mistgabel, um Arbeit vorzutäuschen.
Tyler sah zwei Gewehre an der Wand lehnen. »Ist die Nacht-

wache beendet? Ja, ja, ganz schön anstrengend.« Er tat so, als sei ihre Präsenz das Natürlichste der Welt. »Können Sie sich denn jetzt ein wenig ausruhen?«
»Ein paar Stunden schon«, erwiderte einer der Männer. »Aber erst nach dem Frühstück.«
»Ja, das werden Sie brauchen«, meinte Tyler. »Mr. Roberts ist sicher zufrieden mit Ihrer Arbeit. Ich kenne eine Menge Leute, die auf der Nachtwache einfach pennen.«
Seine anerkennenden Worte fanden ein Echo. »Wir nicht«, knurrte der andere Mann. »Wir bleiben wach, halten die Augen offen.«
»Das wissen Stadtmenschen wie ich besonders zu schätzen«, sagte Tyler. »Wie ich höre, sind die Eingeborenen hier oben ganz schön wild.«
Die Männer starrten ihn an. »Wilde? Wilde sind hier keine.«
»Ach. Da bin ich aber erleichtert.«
Tyler ließ seine Worte absichtlich in der Luft hängen, wohl wissend, daß einer der Männer sich zu einem weiteren Kommentar verleiten lassen würde. Der Kleinere von beiden, der nicht so recht wie ein Hausangestellter wirkte, sondern eher wie ein Schlägertyp aussah, rang sich schließlich eine Antwort ab. »Wir halten einfach ein Auge auf das Anwesen für Mr. Roberts. Er ist ein reicher Mann«, brummte er.
»Das habe ich gemerkt«. Tyler grinste vertraulich. »Jeder Reiche hat Feinde, das ist sein Los.«
»Wohl wahr«, meinte der Wachmann und trank seinen Tee aus. »Es gibt immer irgendwen, der Ärger machen will. Aber nicht, solange wir hier aufpassen.«
»Gut zu hören. Dürfte ich mir einmal die Pferde anschauen? Scheint ein guter Stall hier zu sein.«
»Bitte sehr. Hier drin stehen bloß die feinen Pinkel, aber draußen auf der Koppel sind ein paar echte Renner.«
»Herzlichen Dank auch.« Tyler trollte sich, seine Neugier wuchs. Was für Feinde denn? Und seit wann hatten reiche Leute ein Monopol auf Feinde?
In den nächsten Tagen wurde Tyler völlig von Roberts

vereinnahmt, der wiederum seine Tochter in all ihre Unternehmungen einspannte – Ausritte, Picknicks am Fluß, wo Amelia den Männern beim Angeln zusah, Mittagessen im Criterion Hotel und Kartenspiele am Abend. Tyler genoß Amelias Nähe, er schaute sie an, atmete ihren Duft, sehnte sich danach, sie zu berühren, was ihm jedoch in der Anwesenheit ihres Vaters verwehrt blieb. Roberts Präsenz begann ihn zu erdrücken, und Amelias Nähe frustrierte ihn immer mehr. Am Freitagmorgen schließlich streikte er und erklärte, daß er ein paar Dinge in der Stadt erledigen wolle.

»Wir werden Sie begleiten«, bot Boyd an.

»Nein danke, bemühen Sie sich nicht.« Tyler konnte, wenn es sein mußte, genauso stur sein wie sein Gastgeber. »Ich habe Ihre Zeit schon über die Maßen beansprucht.«

»Werden Sie zum Mittagessen zurück sein?« wollte Amelia wissen.

Tyler lachte. »Bitte warten Sie nicht mit dem Essen auf mich. Seit ich hier bin, habe ich dank Ihrer köstlichen Verpflegung bestimmt schon ein paar Pfund zugelegt. Fasten wird mir guttun.«

Amelia blickte etwas verärgert drein, dann konterte sie geschickt. »Nun denn. Ich habe sowieso genug zu tun. Der Ball ist für Samstag geplant, und ich muß noch die Bestellungen für das Dinner aufgeben. Paps, du sorgst doch dafür, daß das Wohnzimmer ausgeräumt wird, damit wir tanzen können? Und kümmere dich bitte auch um die Getränke.«

»Schon erledigt, Liebes.«

Tylers erster Gang in der Stadt führte zu Lieutenant Gooding, dem er sich in seiner offiziellen Mission als Reporter vorstellte. Er wollte nicht noch mehr Zeit unnötig verschwenden.

Der Lieutenant entpuppte sich als umgänglicher Mensch, der froh war, einmal freimütig reden zu dürfen. »Da oben findet ein Krieg statt, aber die Siedler wollen es nicht wahrhaben. Sie scheinen nicht zu begreifen, daß da eine ganze Rasse ums Überleben kämpft.«

Tyler legte alle Bedenken ab. »Reden wir doch offen miteinan-

der. Ich habe Sie aufgesucht, weil Sie eine Eingeborenentruppe kommandieren.«
»Eingeborenenpolizei«, korrigierte ihn Gooding. »Eigentlich gehören sie zur Polizei, sie wurden mir aufgedrängt, weil ihr Kommandant, Captain Cope, sich als der Ranghöhere über den lokalen Polizeisergeanten hinwegsetzen konnte. Also lasten Sie seine Aktivitäten bitte nicht mir an.«
»Sie befürworten sie also nicht?«
»Das ist noch gelinde ausgedrückt. Ich habe darum ersucht, daß die Truppe abgezogen wird. Ich war erst gestern deswegen bei Mr. Maskey, aber nachdem Cope seine Tochter heiraten wird, will er nichts in dieser Richtung hören. Er erklärte sich allerdings damit einverstanden, mehr reguläre Truppen für dieses Gebiet anzufordern.«
»Oh nein!« rief Tyler aus. »Das kann nicht Ihr Ernst sein!«
»Was soll ich tun? Hier werden täglich auf beiden Seiten Leute ermordet.«
»Aber mehr Schwarze als Weiße.«
»Stimmt. Mein Befehl lautet jedoch, die Siedler zu schützen, nicht die Aborigines. Deswegen kann sich die Eingeborenenpolizei diese Greueltaten erlauben. Ich habe Verstärkung angefordert in der Hoffnung, den Frieden zu wahren und Leben zu schützen, aber wenn Sie eine bessere Idee haben, lasse ich mich gerne belehren.«
Es war deprimierend, und so wechselte Tyler das Thema. »Was können Sie mir über Boyd Roberts erzählen?«
Gooding blickte ihn scharf an. »Warum? Was interessiert Sie an ihm?«
»Reine Neugier. Ich bin derzeit sein Gast.«
Der Lieutenant zuckte die Schultern. »Ich mische mich nicht gern in die Lokalpolitik ein.«
»Deswegen frage ich Sie ja, weil ich eine unabhängige Meinung hören möchte. Er hat bisher nichts davon gesagt, daß er gegen Maskey kandidiert, und ich frage mich, warum. Ich finde es merkwürdig.«
»Er ist mehr als merkwürdig«, meinte Gooding. »Ich würde

meinen, er will Sie erst mal auf seine Seite ziehen. Er hat eine Menge Anhänger hier und ist um einiges populärer als Maskey, aber hüten Sie sich vor ihm. Meine Leute kommen herum, sie hören auch die andere Seite der Geschichte. Nichts, was sich in der Presse verwerten ließe, bei Gott. Aber wo Rauch ist, ist auch Feuer. Ich halte diesen Mann für skrupellos und gefährlich, und er übertüncht das, indem er die Fassade des Gentleman vorführt. Er glaubt, daß er über dem Gesetz schwebt, wendet aber rauhe Methoden an, um an sein Ziel zu gelangen.«

»Zum Beispiel?«

»Es wird behauptet, daß seine Leute zwei Goldsucher überfallen und von ihrem Gebiet verjagt haben. Einer von ihnen tauchte kürzlich in der Stadt auf und drohte, Roberts zu töten. Stimmt es, daß seine Männer ihn jetzt auf Beauview bewachen?«

»Ist mir noch nicht aufgefallen«, log Tyler. »Wenn Sie das nächste Mal in den Busch reiten, würde ich gern mitkommen.«

»Aber gern. Ich muß sowieso wieder einmal ein paar von den Rinderfarmen aufsuchen. Ich werde Ihnen Bescheid geben.« Gooding zwinkerte ihm vertraulich zu. »Bei mir werden Sie sicher sein. Ich bin nicht auf Ärger aus.«

Etwa zur gleichen Zeit erstattete Leon seinem Vater Bericht.

»Ich weiß, wo Tyler Kemp abgestiegen ist.«

»Gut. Halte ein Auge auf ihn.«

»Das wird nicht einfach sein. Er wohnt bei Boyd Roberts.«

»Was?«

»Ja. Ich frage mich, was da gespielt wird.«

»Ist doch wohl klar, daß er sich mit Roberts gegen mich verschworen hat. Du wirst ein Wörtchen mit Cosmo Newgate reden. Ich will nicht, daß das Geschmiere von dem Kerl in unserer Lokalzeitung erscheint.«

»Ich dachte, du hättest bereits mit ihm gesprochen?«

»Da ging es um andere Dinge. Da wußte ich noch nicht, daß Kemp sich mit Roberts verbündet hat.« Fowler drehte sich

verärgert in seinem Stuhl herum. »Und wo bleibt Captain Cope? Die Verlobungsfeier soll nächste Woche stattfinden, und ich habe ihn noch nicht wieder zu Gesicht bekommen.«
»Er ist auf Patrouille, aber er wird sicherlich rechtzeitig zurück sein. Ob's hagelt oder schneit«, fügte Leon verächtlich hinzu, aber Fowler hörte schon nicht mehr zu.

In einer anonymen Umgebung läßt es sich gut nachdenken, fand Tyler. Er suchte sich einen Tisch im hinteren Teil der Taverne, stellte sein Bier und seinen Käsesandwich ab und ließ sich auf der Bank nieder. Für die Mittagsstunde waren nicht viele Gäste in dem Lokal, und die wenigen ungehobelten Männer an der Bar wurden kaum beachtet. Einige trugen Messer und Handfeuerwaffen im Gürtel. Gewiß hatte jeder von ihnen eine Geschichte zu erzählen – aber dies war nicht die Zeit dazu. Tyler bewegten andere Dinge. Vorrangig Amelia.
Goodings Bemerkungen über ihren Vater erschreckten Tyler nicht. Er hatte in seiner Laufbahn schon so manchen krummen Hund getroffen und bezweifelte, daß es solche Strolche nur in der Arbeiterklasse gab. Er sah sich auch nicht als großen Helden, der die tapferen Bürger von Rockhampton retten wollte. Wenn Maskey und Roberts die besten Pferde waren, die sie ins politische Rennen schicken konnten, hatten sie es nicht anders verdient. Volkes Stimme war nicht immer weise.
Nun, da er Roberts kannte, schien es Tyler töricht, seinem Gastgeber die Geschichte von Fowlers Bordell aufzutischen – das würde er Cosmo schon selber stecken. Er würde aber Captain Cope gern kennenlernen und einen Artikel über die berittene Eingeborenenpolizei schreiben. Der einzige Weg, sich über ihre Aktivitäten zu informieren, führte offenbar in den Busch, sozusagen mitten ins Kampfgeschehen. Tyler wußte, daß es gefährlich für ihn werden konnte, da die Aborigines ihn möglicherweise für einen Feind hielten, aber es war allmählich an der Zeit zu handeln, statt am Schreibtisch zu sitzen und Reportagen aus zweiter Hand zu verfassen.
Er hatte Gooding unverblümt gebeten, Copes Berichte sehen

zu dürfen, was er ihm aber verwehrte. »Nur über meine Leiche«, hatte Gooding rundheraus erklärt. »Das würde mich meinen Posten kosten. Die Wahrheit müssen Sie woanders suchen.«

Roberts und Fowler Maskey hatten eines gemeinsam – beide duldeten die Eingeborenenpolizei. Doch Fowler unterstützte sie aktiv, während Roberts gleichgültig blieb. »Ich besitze selbst Land da draußen«, hatte er erklärt. »Ich werde aber nicht gleich zur Polizei laufen, wenn ein Schuppen niederbrennt.«

Vor dem Hintergrund seiner neuen Erkenntnisse über diesen Mann glaubte ihm Tyler. Roberts wandte seine eigenen Methoden an, und weder Minenarbeiter noch Schwarze oder Polizei waren in seinem Reich willkommen.

Man soll von den Vätern nicht auf die Töchter schließen, also würde Tyler noch ein paar Tage in Beauview bleiben – zumindest, bis Amelias Ball vorbei war, für den sie sich doch so ins Zeug legte. Und er würde versuchen, ihr den Hof zu machen.

Der Gedanke elektrisierte ihn. War er wirklich so scharf auf sie? Die Antwort war klar und deutlich. Ja! Hier ging es nicht um eine oberflächliche Affäre: Er liebte Amelia und spürte, daß sie seine Zuneigung erwiderte. Er wollte sie heiraten und mit nach Brisbane nehmen und ... wohin? In seine bescheidene Behausung? Nein, es war an der Zeit, ein Haus zu kaufen und einen Hausstand zu gründen. Doch dann begannen die Zweifel an ihm zu nagen. Durfte er sie denn aus dieser wunderbaren Umgebung entführen, aus diesem luxuriösen Leben? Und würde sie eine Minderung ihres Lebensstandards überhaupt akzeptieren?

»Wenn sie dich liebt, ja«, schalt er sich selbst. Um kläglich hinzuzufügen: »Aber sei dir nicht allzu sicher.«

Deprimiert erkannte Tyler, daß seine Chancen schlecht standen. Er hatte überhaupt kein Recht, um Amelias Hand anzuhalten. Am besten, er vergaß die ganze Geschichte. Es würde wohl eine Weile schmerzen, aber weniger als eine Ablehnung.

Cosmo Newgate schaute nicht einmal auf, als Tyler in sein

Büro spaziert kam. »Was kann ich für Sie tun?« fragte er in unpersönlichem Ton.

»Nicht viel«, erwiderte Tyler betont fröhlich. »Ich habe hier ein paar Sachen, die Sie vielleicht interessieren könnten.« Er reichte ihm den Artikel über die Eingeborenenpolizei, den er schon vor längerer Zeit verfaßt hatte, und der von seiner Zeitung abgelehnt worden war.

Cosmo reagierte nicht anders. »Das kann ich nicht drucken. Man würde mich aus der Stadt jagen.«

»Wer? Fowler Maskey? Weil Cope seine Tochter heiratet?«

»Fowler Maskey hat nichts damit zu tun. Aber wo wir gerade davon sprechen, wir brauchen keine Fremden hier, die Persönlichkeiten des öffentlichen Lebens anschwärzen, und schon gar nicht, wenn sie sich mit Leuten wie Roberts zusammentun.«

»Sie haben mich mit Roberts bekanntgemacht, vergessen Sie das nicht«, erwiderte Tyler verärgert. »Und was Ihre hochgestellten Persönlichkeiten angeht, werfen Sie mal einen Blick auf das hier.« Er knallte noch einen Artikel auf den Tisch, der sich mit Fowler befaßte.

»Das hatte ich schon erwartet«, erkärte Cosmo und stopfte das Manuskript in den Papierkorb. »Fowler hat mir bereits berichtet, daß Sie gegen ihn sind und Gerüchte verbreiten, er sei der Besitzer eines gewissen Bordells. Zunächst wollte ich nicht glauben, daß ein Journalist Ihres Kalibers auf solche Lügen hereinfällt, aber wie ich sehe, habe ich recht.«

»Nein, *ich* habe recht«, gab Tyler zurück. »Prüfen Sie es doch nach.«

»Das habe ich bereits getan. Telegrafisch. Ich habe auch schon eine Antwort vom Grundbuchamt. Maskey ist nicht der Besitzer jenes Grundstücks.«

»Was?« Tyler mochte es nicht glauben. Ferret, der Schnüffler, war stets ein zuverlässiger Zuträger, aber diesmal mußte er sich geirrt haben.

Angsichts Tylers Verlegenheit erschien ein schmales Lächeln auf Cosmos Gesicht. »Ich denke, Sie sollten sich bei Mr. Maskey entschuldigen.«

»Wenn das so ist, werde ich mich wohl entschuldigen müssen«, gab Tyler zu.

»Dann sollten Sie schnellstens gehen«, sagte Cosmo. »Roberts ist ein großzügiger Gastgeber, Sie müssen sich ja bei ihm wie die Made im Speck fühlen.«

»Spotten Sie nur«, erwiderte Tyler. »Roberts möchte mir den Aufenthalt so angenehm wie möglich machen und hat nicht ein Wort über Politik verloren. Wenn er wirklich etwas auf dem Kerbholz haben sollte, hätten Sie das doch bereits aufgedeckt.«

»Aufgedeckt? Was denn? Im Gegensatz zu Ihnen schreibe ich nur über Dinge, für die ich Beweise habe. Und derzeit haben wir genug Probleme in der Stadt. Hätten Sie nicht da oben in Beauview gesteckt und auf Wolke siebzehn geschaukelt, dann hätten Sie längst bemerkt, was hier unten los ist. Eine Menge Leute sind arbeitslos, seitdem die Regierung ihren Bankrott erklärt hat, und die Städter trifft es am schlimmsten. Erst letzte Nacht wurde wieder ein Lebensmittelgeschäft geplündert.«

»Ich wußte nicht, daß es so schlimm steht«, gestand Tyler ein. »Das tut mir leid.«

Cosmo lenkte ein. »Scheint ganz so, als ob unser Mr. Maskey es auch nicht kapiert hat«, bemerkte er trocken. »Oder Ihr Mr. Roberts.«

»Nicht *mein* Mr. Roberts. Oh nein, er hat nichts dergleichen erwähnt.«

Cosmo zuckte die Achseln. »Unsere Titanen leben in einer anderen Welt. Ich persönlich gebe keinen Cent auf einen von den beiden.«

»Dann helfen Sie mir, an eine Geschichte über die Eingeborenenpolizei heranzukommen. Sie brauchen sie ja nicht zu drucken. Ich will mir bloß selber ein Bild machen. Geben Sie mir ein paar Empfehlungen für die Viehzüchter.«

»Sie würden's Ihnen nicht danken. Die haben nichts dagegen, daß Schwarze gegen Schwarze kämpfen.«

»Aber es muß doch jemanden geben, der mir behilflich sein kann.«

»Ich weiß nicht ...« Cosmo zögerte. »Versuchen Sie's mal bei MacNamara in Oberon, er urteilt nicht so hart gegen die Eingeborenen. Er hat mal gesagt, er gibt ihnen lieber zu essen, als daß er sie bekämpft. Vielleicht läßt er mit sich reden.«
»Gut. Das ist doch schon was.«
Tyler verließ die Redaktion mit dem beruhigenden Gefühl, vor einer sinnvollen Aufgabe zu stehen, die ihn wieder ins Lot bringen und dem Einfluß Amelias und Roberts' entziehen würde. Er wollte so schnell wie möglich nach Oberon aufbrechen.
Tylers Pläne sollten jedoch vereitelt werden. Cosmos spöttische Bemerkung, Fowler Maskey bemerke die wachsende Not der Stadtbevölkerung nicht, hätte Tyler hellhörig machen müssen, wäre er nicht so sehr mit seinen eigenen Angelegenheiten beschäftigt gewesen.
Ganz anders lagen da die Dinge bei Boyd Roberts. Er sprach beim Mittagessen mit Amelia. »Ich möchte, daß du den Tanzabend am Samstag absagst.«
»Das kann ich nicht, Paps. Tut mir leid. Die Einladungen sind bereits geschrieben und werden heute persönlich überbracht.«
»Dein Fest überschneidet sich mit Lauras Verlobungsparty.«
»Ich weiß.« Amelia kicherte vergnügt. »Einige Leute haben aber bereits zugesagt, weil sie lieber zu uns kommen. Bei Fowler wird es wieder endlos lange Reden und Debatten geben, bei uns versprechen sie sich mehr Spaß.«
»Das ist richtig«, räumte Roberts ein. »Aber hör mir bitte zu. In der Stadt regt sich bereits Unmut wegen der Unsummen, die Maskey für seine Party verschwendet, und ich will mir nicht das gleiche vorwerfen lassen. Ausgerechnet jetzt, wo die Leute Not leiden. Die Ladenbesitzer machen sich Sorgen. Wenn die Leute kein Geld haben, bezahlen sie ihre Rechnungen nicht und ziehen weiter. Es muß nicht viel passieren, um eine so junge Stadt wie unsere zu schädigen.«
Amelia zog die Stirn kraus. »Mein Fest wird doch nicht gleich Rockhampton ruinieren.«
»Das ist nicht der Punkt. Ich bin politisch erledigt, wenn ich in

Zeiten wie diesen mit Geld um mich werfe. Darum ist es viel klüger, zuzusehen, wie Maskey sich selbst in den Fuß schießt.«
»Also kann ich überhaupt kein Fest veranstalten?«
»Doch, das kannst du. Am Tisch ist Platz für zwölf Gäste, du kannst also noch neun Leute einladen, ohne daß es auffällt. Ich werde einen Geiger und einen Klavierspieler bestellen, damit ihr nach dem Essen auch tanzen und euch vergnügen könnt.«
»Und Laura triumphiert, weil ihre Party schöner ist als meine!«
Boyd lachte. Er hatte schon geahnt, warum seine Tochter ihr Fest unbedingt auf diesen Samstagabend legen wollte. »Darüber würde ich mir an deiner Stelle keine Gedanken machen. Es könnte nämlich in der Stadt zu Unruhen kommen, und du bist weitab vom Schuß.«
»Was für Unruhen?«
»Ich weiß nicht«, sagte er. »Manchmal kriegen die Leute einen Koller und machen Dummheiten. Hier draußen sind wir sicher, und du kannst deine kleine Feier haben. Ich halte das sowieso für die elegantere Lösung. Besser als ein aufwendiger Ball.«
Amelia hatte angebissen und gab ihm recht. »Es wird einfach himmlisch werden, ich werde das beste Silber auflegen. Und wer nicht eingeladen ist, wird sich grün und blau ärgern.«

Boyd Roberts traf sich mit drei Vertrauensleuten in seinem Büro. Es war ein langgestrecktes Sandsteingebäude mit vergitterten Fenstern in einiger Entfernung vom Haupthaus, möbliert mit einem schweren Schreibtisch und ein paar bequemen Sesseln. Den Steinfußboden bedeckte ein großer Teppich. Die eine Ecke des Raums nahm ein im Boden verankerter Safe ein, die andere ein Regal voller Aktenordner – Gestütbücher, Buchhaltungsunterlagen, Gehaltslisten, Vermessungsberichte und Karten.
Hinter einer doppelt gesicherten Tür verbargen sich das Waffenlager samt Munition und ein zweiter Safe mit Bargeld und Gold. Boyd war so vorsichtig, immer darauf zu achten, daß

nur wenig Bargeld sich im Safe befand, wenn er ihn in Anwesenheit seiner Mitarbeiter öffnen mußte. Zu dem gesicherten Tresorraum hatte nur er allein Zutritt.

»Maskey wird am Samstagabend ein großes Fest im Golden Nugget veranstalten«, sagte er zu seinen Männern. »Ich möchte, daß ihr heute schon in die Stadt geht, durch die Lokale zieht und für Aufruhr sorgt. Die Arbeiter sollen wissen, daß Maskey eine Menge Geld hat, daß er Unsummen für eine Feier springen lassen kann, während ganze Familien am Hungertuch nagen. Am Samstag fallt ihr noch einmal dort ein und gebt ein paar Drinks aus, ich gebe euch Geld dafür ...«

»Klingt wie 'ne richtige Sause«, sagte einer der Männer und zog sich die Hose hoch.

»Mag sein, aber ihr habt einen Auftrag auszuführen. Macht euch an die Leute ran, an die richtigen Aufrührer, liefert ihnen die Argumente zum Randalieren. Samstagabend müssen sie richtig am Kochen sein. Ihr müßt die Leute mobilisieren und auf das Golden Nugget hetzen, aber haltet euch aus der Schußlinie. Ich will nicht, daß irgend jemand mich hinter dieser Sache vermutet. Soweit ich weiß, sind die Leute bereit, Maskey zu massakrieren, also braucht ihr sie bloß noch aufzustacheln.«

»Und wenn sie nicht darauf anspringen?« fragte einer der Männer.

»Dann seid ihr euren Job los.« Ihr Boß grinste. »Dann könnt ihr euch zu den anderen Arbeitslosen gesellen.«

Die Gästeschar, die zur Verlobungsfeier von Captain Cope und Laura Maskey ins Golden Nugget Hotel strömte, mußte regelrecht Spießruten laufen. Eine zornige Menge hatte sich auf der Straße vor dem Hotel versammelt und pöbelte die aufgeputzten Herren und Damen wegen ihrer teuren Garderobe und ihres feinen Gehabes an.

Captain Cope und seine Kumpanen bezogen Posten am Hoteleingang und versuchten, die Gäste einigermaßen unbeschadet in das Hotel zu lotsen. Wer mit der Kutsche anrollte, wurde in

den Hof hinter dem Hotel umdirigiert und mußte es durch den Kücheneingang betreten.
Cope war erschöpft. Die letzte Patrouille hatte ihn und sechs seiner Leute mehr als zweihundert Meilen nach Norden geführt, viel weiter als geplant. Aber die Sinclair-Farm oben an der Küste war von Schwarzen überfallen worden, und er hatte eingreifen müssen. Wie gewöhnlich, war er mit seiner Truppe wieder zu spät gekommen, der Aufseher und zwei der Viehtreiber waren tot und der alte Sinclair tobte.
Cope hatte wohl oder übel die Angreifer verfolgen müssen. Sie stellten wenigstens einige von ihnen in einer Felsschlucht – und erschossen schließlich elf Männer. Aber seine Zeit wurde knapp, er mußte nach Brisbane zurück. Er erklärte dem alten Sinclair seine Zwangslage und ließ, um ihn zu beruhigen, seine Eingeborenenpolizei unter dem Kommando von Charlie Penny zurück, dem Dienstältesten in diesem Haufen.
Bevor er losritt, gab er Penny Anweisung, noch ein paar Tage lang in der Gegend zu bleiben, bis sich alles beruhigt hätte, und dann nachzukommen. Pennys Trupp sollte sich aufteilen und auf getrennten Routen zurückreiten, um eventuell versprengte Schwarze aufgreifen zu können. Ob er das kapiert hatte?
»Yes, Sir.« Pennys schwarzes Gesicht glänzte vor Aufregung. Das erste Mal, daß er ein Kommando übernehmen durfte.
»Und daß ihr mir ja nicht herumtrödelt«, ermahnte Cope den Schwarzen. Er wußte, daß seine Truppe ohne Anführer zu nichts taugte, Penny war sogar zu faul, ein Känguruh zu jagen, es sei denn, er hatte den Befehl dazu. Aber er konnte es nicht ändern.
Noch während er seine Sachen packte, sah er, wie Penny mit stolzgeschwellter Brust herumstolzierte und sich wie ein General aufführte, um die Leute zu beeindrucken. Der Schwarze konnte zum Tier werden, aber gerade deshalb war er wie geschaffen für den Job. Wenn es ums Töten ging, war er sofort dabei und schonte niemanden.
Als Cope nach einem halbtägigen Ritt in Rockhampton ein-

traf, hatte er seine schwarze Truppe längst vergessen.
Die Pöbeleien der Menge machten ihn wütend und er wünschte, Mr. Maskey käme heraus und spräche mit den Leuten. Statt dessen begrüßte er seine Gäste und versuchte, die aufgelösten Damen zu beruhigen. »Machen Sie sich keine Sorgen«, beschwichtigte er sie. »Die verlieren irgendwann die Lust und hören von alleine auf, vor allem, wenn keine Gäste mehr kommen, über die sie sich aufregen können. Es sind nur ein paar Betrunkene und Randalierer, die Polizei wird sich um sie kümmern und sie heimschicken.«
Im Hotel selbst drohte Unheil anderer Art. Mrs. Maskey flüsterte ihrem Mann zu, er möge zu Laura gehen und ihr gut zureden. »Sofort. Sie sitzt in der Damengarderobe und weigert sich herauszukommen.«
Da das einfache Hotel nicht über eine eigene Damengarderobe verfügte, hatte Leon eines der Schlafzimmer für die Damen reservieren lassen, und hier saß Laura nun, umgeben von einer Schar aufgeregt um sie herumflatternder Frauen. Sie schwirrten aus und ein, Taftröcke raschelten, Satinvolants knisterten, Brüsseler Spitze konkurrierte mit klassischer Seide, und Rüschen maßen sich mit feinstem Tüll. Hier ging es nicht nur um ein gesellschaftliches Ereignis – heute fand der erste offizielle Ball in dieser aufstrebenden Provinzstadt statt. Die Ansässigen unter den geladenen Gästen sahen in diesem Ereignis ein Zeichen ihres Prestiges, denn schließlich hatten einige Besucher aus den Anliegerstaaten ihnen die Ehre erwiesen, zu kommen. Aber was für eine Schande, daß diese Spielverderber da draußen randalierten! Man entschuldigte sich wortreich bei den auswärtigen Gästen.
Ihre Mutter neben sich, die vor Stolz auf ihre Tochter nur so strahlte und zwitscherte, saß Laura wie betäubt da, als gehöre sie gar nicht dazu. Sie fühlte sich wie eine Fremde, die aus der hintersten Ecke diesen Aufzug beobachtete, diese bunte Farce in einem Provinzhotel, das nach Höherem strebte.
Keiner schien zu sehen, daß die Korridore nicht mit Teppichen, sondern mit einfachen Kokosmatten ausgelegt waren,

keiner registrierte die rauhen Wände und die Sturmlampen im Festsaal anstelle von Kristallüstern. Keiner bemerkte die Wespennester im Dachgebälk oder die handtellergroße Tarantel in Lauerstellung genau über der Saaltür, denn dies war die Nacht der Nächte, man wollte auf Kosten des guten alten Fowler feiern und ausgelassen sein und natürlich auf das Glück seiner bezaubernden Tochter und ihres Zukünftigen anstoßen.

In der Damengarderobe hagelte es Glückwünsche, erhitzte Gesichter drängten sich um Laura. Die Mädchen umarmten sich, die Mütter küßten sich auf die Wange, man trat sich gegenseitig auf Rocksaum und Schleppe. Lauras bezauberndes Kleid wurde bestaunt, bewundert und in den höchsten Tönen gelobt, man pries Hilda Maskeys Talent für Gesellschaften und bedauerte diese armen Teufel vor dem Hotel. »Aber gleich so einen Wirbel zu machen, meine Liebe! Wozu?« ereiferten sie sich. »Was können wir denn dafür, daß die Zeiten schlecht sind?«

»Das sind bloß Krawallmacher«, bemühte sich Hilda, ihre Nacht der Nächte zu verteidigen. »Was für eine Schande, wie sie den Leuten zusetzen. Aber kümmern Sie sich nicht darum. Der Champagner steht bereit, amüsieren Sie sich.« In ihrer Naivität wußte Hilda gar nicht, wie recht sie mit ihrer Bemerkung über die Krawallmacher hatte. Sie waren in der Tat dabei, die Menge aufzuwiegeln. Hilda wollte lediglich die peinliche Situation überspielen, daß ihr Ehemann, der allseits geschätzte Abgeordnete von Rockhampton, in aller Öffentlichkeit beleidigt wurde. Was würden bloß ihre auswärtigen Freunde davon halten? Was mußten sie *denken*?

Und während Hilda darum kämpfte, Haltung zu wahren, trug ihre eigene Tochter noch zu dem Chaos bei und weigerte sich, die Garderobe zu verlassen.

Hilda war entsetzt. Mit einem entschuldigenden Lächeln drängte sie die anderen Frauen sanft aus dem Zimmer, bis sie endlich allein mit ihrer Tochter war.

»Tut mir leid, Mutter. Wirklich. Aber ich kann diese Sache nicht durchstehen.«

»Aber gewiß kannst du, du Dummchen. Das sind bloß die Nerven. Du warst die ganze Zeit schon nervös. Wisch dir die Tränen ab, schau bloß, wie du aussiehst. Und sei vorsichtig mit dem Kleid, du wirst es ganz zerdrücken.«

»Warum hörst du nicht, was ich sage?« flehte Laura. Die letzten Tage waren unerträglich für sie gewesen, ihre Mutter wußte das. Laura weinte so gut wie nie. Hilda wüßte nicht einmal zu sagen, wie lange das letzte Mal her war, bis die bevorstehende Verlobung ihre Tochter so überwältigt hatte, daß sie nun bei jeder Gelegenheit in Tränen ausbrach. Laura schämte sich ihrer Schwäche, nicht nur der Tränen wegen, die allein schon peinlich genug waren, sondern vor allem deshalb, weil sie die Sache überhaupt hatte so weit kommen lassen.

»Ich will mit Bobby reden«, erklärte sie in einem Versuch, sich zu behaupten. »Jetzt gleich.«

»Warum denn?«

»Um ihm zu sagen, daß aus der Verlobung nichts wird, was sonst? Leider konnte ich ihn vorher nicht erreichen. Ich hatte insgeheim gehofft, er würde nicht rechtzeitig kommen.«

»Du kannst ihn jetzt nicht sprechen, sei nicht kindisch.« Lauras Mutter wurde nun ernstlich böse. »Der arme Kerl steht draußen am Eingang und versucht, diese Randalierer von unseren Gästen fernzuhalten. Ich verstehe nicht, warum diese Leute unsere Feier stören müssen, es ist ein privates kleines Fest. Aus Neid, nehme ich an. Es würde mich nicht wundern, wenn gewisse Leute dahintersteckten, die nicht eingeladen sind. Aber die Polizei wird sie bald davonjagen. So eine Schande! Was unsere Freunde aus Sydney und Brisbane nach einem solchen Eklat denken werden!«

»Ich sagte, es gibt keine Verlobung«, brachte Laura sich in Erinnerung.

Hilda ignorierte den Einwand. »Bislang hat alles so wunderbar geklappt. Alle sind zufrieden mit ihrer Unterkunft und jeder freut sich auf eine fröhliche Feier. Das Wetter spielt mit, und du solltest mal das Buffet im Freien sehen! Die Köche haben sich diesmal selbst übertroffen. Das war übrigens die Idee deines Vaters, damit das Speisezimmer frei bleibt und ihr dort tanzen könnt. Die jungen Leute sind schon so gespannt. Du solltest draußen bei ihnen sein. Dein Kleid ist einfach umwerfend, du wirst die Ballkönigin sein, und das hast du verdient, es ist dein Abend! Also komm jetzt, Kind.« Laura stand auf, und ihre Mutter zupfte aufgeregt an ihr herum, zog ihr Dekolleté gerade und strich die Rockfalten glatt.

»Ich möchte nach Hause«, sagte Laura.

Ihre Mutter rang die Hände. »Das kannst du nicht, und damit basta.«

»Ich rühr mich nicht von der Stelle, bis du mir Bobby Cope bringst«, erklärte Laura und begann, sich das Haar zu ordnen.

»Nun gut, wenn du drauf bestehst«, lenkte Hilda ein. »Vielleicht bringt er dich wieder zur Vernunft.«

Endlich allein, blieb Laura vor dem Spiegel stehen und betrachtete sich. Ihre Mutter hatte ihr das Haar gerichtet, es türmte sich in weichen Locken auf dem Kopf und fiel in einer Kaskade von langen Wellen über die Schultern. Die in ihr Blondhaar geflochtenen silbernen und blauen Bänder sahen entzückend aus und harmonierten wunderbar mit den Saphirohrringen, die Hilda ihr geliehen hatte. Allein der Verlobungsring ruhte noch in seiner Schatulle auf der Kommode. Laura brachte es nicht fertig, ihn überzustreifen.

Ihr Kleid war bezaubernd, zugegeben, und sie wünschte sich, Paul MacNamara könnte sie darin sehen; im Grunde ihres Herzens war sie aber erleichtert, daß er und seine Frau die Einladung abgesagt hatten. So wie die Dinge lagen, hätte Laura seine Nähe nicht ertragen und schon gar nicht, daß er Zeuge dieser entwürdigenden Situation geworden wäre. Am liebsten wäre sie einfach davongelaufen, irgendwohin. Besser jedoch, sie wartete auf Bobby und erklärte ihm alles. Sie würden gemeinsam vor die Gäste treten und ihnen mitteilen, daß sie beschlossen hätten, nicht zu heiraten, aber trotzdem zu feiern. Das würden sie auch. Die Ankündigung würde zwar zunächst großes Erstaunen und Gerede hervorrufen, aber dann würden die Leute es vergessen, und Fowler konnte weiterhin seine Politik betreiben, die ohnehin der wahre Grund für dieses ganze Spektakel war.

Draußen lärmte die Menge noch immer, aber Laura konnte den Ärger ihrer Mutter nicht teilen – im Gegenteil, sie begrüßte die Störung, weil sie das Interesse von ihrer Person ablenkte. Die Hausmädchen zu Hause hatten ihr vorsichtig zu verstehen gegeben, daß in Rockhampton Arbeitslosigkeit herrschte und zunehmende Armut – in Brisbane und Sydney ebenfalls –, und sie hatte geflissentlich übersehen, daß Reste ihres Essen beutelweise aus dem Haus getragen wurden. Gerne hätte sie mehr dazugegeben, aber ihre Mutter hielt ein wachsames Auge auf die Vorräte.

»Findest du nicht, daß eine so große Feier im Moment etwas protzig ist?« hatte Laura sie gefragt.

»Nein, finde ich nicht«, hatte Hilda erklärt. »Und wage ja nicht, diesen Unsinn zum Vorwand zu nehmen, die Angelegenheit noch weiter hinauszuschieben.«

Einer plötzlichen Eingebung folgend, überlegte Laura, was wohl passieren würde, wenn sie nach draußen ginge und selbst mit den Leuten redete. Und wenn sie – falls hungrige Frauen und Kinder darunter waren – diese zu der Feier einlud? »Das gäbe ein Chaos!« sagte sie zu ihrem Spiegelbild. »Ein einziges Chaos!«

Ihre Mutter kam zurück. Ohne Bobby Cope, aber mit ihrem Vater im Schlepptau, der die Tür hinter sich zuknallte. »Was höre ich da?« polterte er los. »Deine Mutter sagt, du willst kneifen?«

»Ich habe mich gegen diese Verlobung entschieden«, sagte Laura ruhig. »Und das ist endgültig. Ich werde es Bobby Cope selbst erklären.«

»Du wirst noch viel mehr tun«, brüllte ihr Vater mit zornrotem Gesicht. »Du wirst da hinausgehen und dich benehmen. Ich lasse mich nicht zum Narren halten. Deine Verlobung wird, wie geplant, um neun Uhr bekanntgegeben, und du wirst neben deinem Verlobten stehen. Hast du verstanden?«

»Verstanden ja, aber ich werde es nicht tun.«

Er schlug ihr mit dem Handrücken ins Gesicht, wobei sein Goldring sie an der Wange verletzte. Laura taumelte zurück und stürzte zu Boden. Als sie sich ins Gesicht griff, spürte sie Blut an der Wange und einen pochenden Schmerz.

»Richte sie wieder her und schaff sie nach draußen«, fuhr Fowler Hilda an. »Wenn ich sie selber holen muß, kriegt sie eine Tracht Prügel.«

Er stürmte hinaus, und Hilda half Laura auf die Beine. »Komm schon. Dein Vater hat es nicht so gemeint. Es ist deine Schuld, du hast ihn so weit getrieben.« Sie betupfte Lauras Wange mit einem nassen Tuch, dann kramte sie in ihrer Tasche nach der Puderdose. »Ein wenig Puder wird die Stelle verdecken, glaub mir. Wir können ja sagen, daß du hingefallen bist.«

»Das werde ich nicht sagen«, erklärte Laura zornig. »Ich werde ihnen sagen, daß er mich geschlagen hat.« Sie trat wieder vor den Spiegel und betrachtete ihre Wange, die sich bereits verfärbte.

Hilda trat neben sie, die Puderquaste in der Hand, aber Laura wehrte sie ab. »Nimm die Finger weg! Du bist genauso schlimm wie er. Ich würde niemals erlauben, daß jemand mein Pferd schlägt, und du läßt so etwas zu! Jetzt kriegst du mich erst recht nicht hier raus.« Hilda brach in Tränen aus.

In diesem Augenblick ertönte ein Tusch, und dann begann die Musikkapelle zu spielen. Die Menschen auf der Straße hatten, eingeschüchtert durch die Drohung, sie verhaften zu lassen, eben angefangen sich zu verlaufen, aber die Musik stachelte sie von neuem auf. Sie klang wie Hohn in ihren Ohren, eine ungeheuerliche Provokation. Männer rotteten sich zusammen und brüllten Unflätigkeiten, andere kamen zurückgerannt und schwenkten Stöcke und Spitzhacken, die johlende Menge verwandelte sich in einen wütenden Mob. Sie trampelten den niedrigen Zaun vor dem Hotel nieder und warfen mit Steinen. Ein Stein flog durch das Fenster der Garderobe und verfehlte Hilda um ein Haar. Die riß Laura an sich und zog sie aus dem Zimmer.

Immer mehr Wurfgeschosse krachten auf das Wellblechdach, die Gäste rannten in Panik aus dem Speisesaal und wollten wissen, was passiert war.
»Lieber Himmel!« rief eine der Frauen entsetzt. »Schaut euch Laura an! Was ist passiert?«
»Ein Stein«, erklärte Hilda geistesgegenwärtig. »Diese Bestien haben das Fenster eingeschlagen und Laura getroffen. Eine Schande ist das! Eine absolute Schande!«
Leon bahnte sich einen Weg durch die Gästeschar an ihre Seite. »Bitte beruhigen Sie sich! Es wird alles gleich vorbei sein. Vater meinte, daß zwei Polizisten allein nicht mit dem Pöbel fertigwerden und hat nach den Militärs geschickt.«
Wenig später kam die Truppe, mit Lieutenant Gooding an der Spitze, in die Quay Street geritten und begann sogleich, die Randalierer die Straße hinunter zum Fluß zu treiben, wo sie sich angesichts der bewaffneten Rotröcke eiligst verliefen.
Fowler erhob die Stimme, um die Ordnung wiederherzustellen. »Es ist vorbei! Der Champagner ist entkorkt, Sie können sich jetzt entspannen. Kommen Sie! Wir lassen uns doch von ein paar Rowdies unseren schönen Abend nicht verderben.«
Bobby Cope trat neben Laura. »Liebste! Man sagte mir, du seist verletzt! Aber ja! Diese Schweine, wie konnten sie es wagen! Entschuldige bitte meine Ausdrucksweise, aber wie geht es dir?« Er legte beschützend den Arm um sie, und die umstehenden Damen in ihren feinen Garderoben überschlugen sich vor Mitgefühl.
Lauras Kopf schmerzte. Ihr Gesicht fühlte sich von dem heftigen Schlag wie aufgedunsen an. Fassungslos über die geschickte Lüge ihrer Mutter stand sie da, doch da wurde sie schon von aufgeregten Frauen in die Damengarderobe zurückgeschoben, Bobby an ihrer Seite.
Dann rief jemand: »Feuer!« – der Todfeind aller Holzhäuser. Die Frauen rafften in Panik ihre weiten Röcke zusammen und rannten. Leon steckte den Kopf durch die Tür und rief Bobby zu Hilfe. »Die Markise brennt. Sie haben die Markise angezündet!«

Bobby Cope rannte ebenfalls los. Hilda war verschwunden, offenbar, um die Gäste zu beruhigen, und Laura war plötzlich allein.
Sie blieb einen Moment wie betäubt stehen, dann ging sie auf die Seitenveranda hinaus, wo einige Männer heldenmütig kleine Feuerchen löschten. Laura schaute ihnen ein Weilchen zu und schlenderte dann gemütlich zu den Stallungen hinter dem Hotelgebäude.
»Sind die Pferde sicher vor dem Feuer?« fragte sie einen älteren Stallknecht.
Er beruhigte sie mit einem breiten Grinsen. »Ich dachte mir, ich bleibe besser bei den Pferden«, meinte er. »Sie sind doch Miss Maskey?«
»Ja.« Laura ging an ihm vorbei. »Wo ist das Pferd meines Bruders?«
»Hier. Schmuck wie immer.« Er führte Laura zu einer der Boxen, wo der rassige Fuchs stand. Er hob den Kopf und wieherte leise, als er Laura erkannte. Sie tätschelte ihn liebevoll.
»Du kennst mich doch, nicht wahr?« Von dem Tier ging etwas ungemein Beruhigendes aus. Einem Impuls folgend, bat Laura den Stallknecht, das Pferd zu satteln.
»Will Leon fort?« fragte der Alte ungläubig.
»Nein, ich.«
»Sie wollen ihn reiten? In den schönen Sachen?«
»Es ist bloß ein Kleid, also beeil dich.«
Der Knecht führte das Pferd aus der Box, dann griff er nach einem Sattel. »Ich gebe Ihnen einen Damensattel«, erklärte er in dem Bestreben, das Pferd für Laura angemessen herzurichten. »Sie dürfen nicht mit Leons Sattel reiten, dann sehn se aus wie 'n Schmetterling auf 'm Kürbis.«
Schließlich half er ihr aufs Pferd und betrachtete kopfschüttelnd ihre silbernen Schuhe.
Laura bedankte sich für die Hilfe. »Falls jemand nach mir fragt, sag ihnen, daß ich heimgeritten bin.«
Der Alte kratzte sich hilflos am Kopf und sah ihr nach, wie sie in die Dunkelheit hinausritt. Sie lenkte das Pferd landeinwärts,

weg vom Hotel und weg von ihrem Elternhaus. In der kühlen Nachtluft fühlte sie sich schon viel besser. Das Pferd verfiel in einen gemächlichen Trott, als ob es spürte, daß sie nicht in Eile waren. Laura wollte einfach nur reiten und würde wieder umkehren, sobald sie sich beruhigt hatte. Aber je weiter sie ritt, desto entschlossener wurde sie. Zum Hotel zurückzukehren, würde nur Ärger bringen, und nach Hause zu reiten, würde ihn lediglich verzögern. Die hohen Eukalyptusbäume wisperten in der leichten Brise, und gelegentlich ertönte der Schrei irgendeines Nachttiers, aber das ängstigte Laura nicht. Ein Dingo floh vor ihr in die dunklen Büsche und erinnerte sie daran, daß auch sie auf der Flucht war. Aber wohin? Sie konnte schließlich nicht die ganze Nacht herumreiten. Jetzt schämte sie sich für ihr Ungestüm. Sie hätte gleich nach Hause preschen und sich für diesen Nachtritt umziehen sollen, bevor man sie vermißte. Und was dann?

Ganz anders Amelias Dinnerparty. Sie verlief in harmonischem Rahmen. Keiner der Gäste, nicht einmal Amelia selbst, ahnte etwas von dem Drama, das sich unten in der Stadt abspielte. Sie speisten bei Kerzenlicht an einer langen Tafel mit Boyd Roberts am oberen und Amelia am unteren Ende. Neben ihr saß der Ehrengast, Tyler Kemp.

Zu Amelias Entzücken hatten einige ihrer Freunde, fünf junge Damen und vier Herren, bei den Maskeys rasch noch abgesagt, um zu ihrer Party zu kommen. Ein Punkt für sie!

Die Gäste amüsierten sich, genossen die Speisen und erlesene Weine und lobten die Gastgeberin für das gelungene Mahl. Nebenan spielten zwei Musiker populäre Melodien – für Amelia machten sie den Abend geradezu perfekt. Ihr Vater hatte recht, das mußte sie ihm zugestehen, eine Feier im kleinen Rahmen besaß so viel mehr Charme und Intimität. Und mit Tyler neben sich war sie romantisch wie keine zuvor.

Amelia strahlte – nein, sie leuchtete geradezu von innen heraus. Der rosa schimmernde Satin ihres Kleides und die Rubinhalskette betonten ihre cremeweiße Haut, und Amelia, sich ihrer Wirkung auf Tyler wohl bewußt, berührte ihn hin und wieder spielerisch am Arm oder neigte sich ihm zu, um ihm etwas ins Ohr zu flüstern, womit sie ein inniges Band zwischen ihnen flocht und den anderen Gästen signalisierte, daß er ihr Kavalier sei.

Sie konnte es kaum erwarten, bis sie zu tanzen begannen und Tyler sie endlich in die Arme nahm. Aber als das Dessert gereicht wurde – Amelias eigene Kreation aus eingelegten Früchten, Biskuit und Schlagsahne –, flüsterte ihr das Hausmädchen zu, daß jemand draußen nach ihr fragte.

»Wer denn?« fragte Amelia ärgerlich. »Du siehst doch, daß ich beschäftigt bin.«

»Miss Maskey«, sagte das Mädchen.

»Laura? Wieso, um Himmels willen? Gut, ich komme.« Amelia entschuldigte sich bei ihren Gästen und eilte nach draußen. Sie fand Laura auf der Veranda. »Du meine Güte! Was willst du denn hier? Ich habe Gäste, Laura.«

»Tut mir leid. Ich hatte keine Ahnung.«

Amelia blickte die Freundin scharf an. »Du feierst doch heute deine Verlobung. Ist die Party schon vorbei? Und wie bist du hergekommen? Was machst du überhaupt um diese Zeit hier? Und dann auch noch in dieser Aufmachung? Hast du einen Schwips?«

»Nein. Ich habe es einfach nicht mehr ausgehalten. Also habe ich Leons Pferd genommen und bin losgeritten, und als ich auf dem Weg war ...«

Amelia fand Lauras Besuch überhaupt nicht amüsant. »Nun, das klingt ja alles recht spannend, warum kommst du nicht morgen vormittag vorbei und erzählst mir alles.«

»Ja, das wäre wohl besser.« Laura trat den Rückzug an. »Es tut mir leid, ich wollte nicht stören.«

»Wir sitzen noch beim Essen«, meinte Amelia ungerührt.

Plötzlich tauchte ihr Vater hinter ihr auf. »Laura. Ist etwas passiert?«

»Nein, nichts. Ich wollte gerade gehen. Ich hätte nicht herkommen sollen.«

Boyd trat näher und sah sie prüfend an. »Was ist mit Ihrem Gesicht? Sie haben eine Prellung und ich glaube, auch ein blaues Auge.«
Bei Amelia überwog die Neugier. »Aber ja! Du meine Güte, was hast du denn diesmal angestellt?«
Laura versuchte beschämt, ihr Gesicht zu verbergen. »Nichts. Ich muß gehen. Wie dumm von mir herzukommen.«
»Nein, war es nicht«, erwiderte Boyd. »Ich bestehe darauf, daß Sie hereinkommen.«
»Das kann ich nicht. Ich möchte nicht, daß Ihre Gäste mich in dieser Verfassung sehen.«
»Das brauchen sie auch nicht. Amelia, kümmere dich um deine Gäste. Laura und ich nehmen die andere Tür.«
Amelia entschwand erleichtert, und Boyd führte Laura durch eine Seitentür in das kleine, gemütliche Kaminzimmer, wo sie und Amelia so manchen Regentag mit Spielen oder Geplauder verbracht hatten.
Boyd brachte Kaffee und Cognac. »Ihr beiden schlimmen Mädchen habt sowieso immer an meinem Cognac genascht, also lehnen Sie bitte nicht ab. Er wird Ihnen guttun. Sie haben offensichtlich Schlimmes erlebt. Möchten Sie darüber sprechen?«
Nach dem zweiten Cognac faßte Laura wieder Mut und erzählte Boyd die ganze Geschichte – von ihrer Party, ihrem Wunsch, die Verlobung zu lösen und von dem Aufruhr vor dem Hotel.
»Diese Feier wird so schnell keiner vergessen.« Boyd lächelte. »Aber Sie haben mir immer noch nicht gesagt, was Ihnen zugestoßen ist.« Er berührte vorsichtig die Prellung. »Tut es noch weh? Soll ich Ihnen was drauftun?«
»Nein danke, nicht nötig. So schlimm ist es nicht, fühlt sich nur etwas taub an.« Laura brachte es nicht über sich, Boyd Roberts zu gestehen, daß ihr Vater sie geschlagen hatte, also griff sie auf Hildas Notlüge zurück. »Sie haben Steine durchs Fenster geworfen. Einer hat mich getroffen.«
»Nicht möglich!«

Laura beschlich das ungute Gefühl, daß er ihr nicht glaubte. Er beließ es jedoch dabei. »Was nun? Soll ich Sie mit der Kutsche nach Hause bringen lassen oder möchten Sie bei uns bleiben?«

»Ich glaube, ich könnte jetzt niemanden zu Hause ertragen. Wenn es Ihnen nichts ausmacht, Mr. Roberts, würde ich gern die Nacht über hierbleiben.«

»Nennen Sie mich Boyd. Ich komme mir ganz alt vor, wenn Sie Mr. Roberts zu mir sagen.«

Sie nickte. »Boyd.«

»Also gut, Sie bleiben. Und nun, würden Sie nicht gern beim Tanz mitmachen? Ihr Kleid ist bezaubernd, und so schlimm sieht Ihr Gesicht nicht aus.«

»Lieber nicht, danke.«

»Wie Sie meinen. Schlaf wird Ihnen jetzt guttun. Morgen früh sieht alles ganz anders aus.« Er brachte sie zu einem der Gästezimmer. »Sie kennen sich ja bei uns aus. Wenn Sie etwas brauchen, rufen Sie das Mädchen. Hoffentlich stört Sie die Musik nicht.«

»Du meine Güte, überhaupt nicht. Sie sind so nett. Ich hätte nicht gewußt, wohin sonst.«

»Aber wir sind doch Freunde.« Boyd drückte ihr einen väterlichen Kuß auf die Stirn. »Schlafen Sie gut und machen Sie sich keine Sorgen. Das ist bloß ein Sturm im Wasserglas.«

Als sich die Tür hinter Boyd geschlossen hatte, streifte Laura die Kleider ab und schlüpfte in der Unterwäsche ins Bett. Angstvolle Gedanken gingen ihr durch den Kopf. War ihr Vater zuvor schon wütend genug gewesen, in welche Raserei mußte er jetzt erst geraten sein? Vermutlich würden sie sie suchen, sich Sorgen um sie machen. Sollten sie doch! Laura betastete vorsichtig ihre Wange. Sie mußte furchtbar aussehen. Wenn Mr. Roberts es erlaubte, würde sie einige Tage hierbleiben, bis die Schwellung abgeklungen war. Dann malte sie sich mit Schrecken aus, wie ihr Vater angeritten käme und die Herausgabe seiner Tochter forderte. »Oh Gott!« wisperte sie. »Ich sitze ganz schön in der Klemme.« Sie kuschelte sich tiefer in die Decke und fühlte sich für den Augenblick sicher.

Erschrocken fuhr sie aus dem Schlaf hoch. Jemand schüttelte sie an der Schulter.
»Laura! Aufwachen! Ich muß dir unbedingt was erzählen! Was ganz Tolles!«
Amelia kniete im Nachthemd neben Lauras Bett.
»Wie spät ist es denn?« murmelte sie verschlafen.
»Keine Ahnung. Mitternacht, denke ich. Bist du jetzt wach?«
»Ja. Was gibt's denn?«
»Also, laß mich erzählen. Aber von Anfang an, es ist alles so wunderbar.« Amelia holte weit aus, um Tyler Kemp ausführlich zu beschreiben, diesen ansehnlichen und noch dazu ledigen Gast ihres Vaters. Dann schilderte sie ihre Dinnerparty – wer eingeladen worden war, wer was getragen hatte, was sie gegessen hatten und wie beeindruckt Tyler sich gezeigt hatte. »Er ist eine Berühmtheit, weiß du, und hat schon eine Menge Gesellschaften besucht, aber er fand meine absolut gelungen.«
Über Amelias Geplapper drohte Laura wieder einzuschlafen.
»Paps hat mir erzählt, was dir zugestoßen ist.« Amelia erinnerte sich plötzlich wieder an Lauras Verlobungsfeier. »Was für ein Debakel das gewesen sein muß! Ich meine, vor der eigenen Verlobung zu kneifen, Laura.« Sie mußte lachen. »Was sie wohl gemacht haben, als du verschwunden warst?«
»Keine Ahnung«, entgegnete Laura. »Ich wollte Bobby Cope von Anfang an nicht heiraten, und dann konnte ich die Sache einfach nicht weiter durchhalten. Wenn ich bloß darüber lachen könnte. Aber ich sitze ganz schön in der Patsche.«
»Kann man wohl sagen«, pflichtete Amelia munter bei. »Paps sagt auch, daß es vor dem Hotel zu einem Aufruhr gekommen ist. Was für eine Nacht! Natürlich hat er das vorausgesehen. Er meinte, dein Vater hätte diese armen Teufel mit der aufwendigen Feier nur unnötig gereizt. Das hat er sich selber eingebrockt.«
Laura schloß die Augen in Erinnerung an all den Lärm und das Durcheinander im Hotel. »Wahrscheinlich.«
Amelia nahm die Lampe und leuchtete Laura ins Gesicht. »Deine Wange ist blau angelaufen. Paps sagt, du seist von

einem Stein getroffen worden, aber das kann ich nicht glauben. Sieht aus, als ob jemand dich geschlagen hätte. Bobby etwa?«
Laura schüttelte den Kopf.
»Dein Vater war's! Ganz bestimmt!«
Da Laura die Antwort schuldig blieb, fühlte sich Amelia in ihrem Verdacht bestätigt. »Na ja, wie auch immer. Paß auf, jetzt muß ich dir den Rest der Geschichte erzählen. Sie ist absolut göttlich!« Und sie berichtete ausführlich, wie sie nach dem Essen zum Tanzen übergegangen waren, wie oft Tyler mit ihr getanzt hatte und wie gut sie zueinander paßten. Nachdem ihr Vater sich gelangweilt zurückgezogen hatte, hatten die Pärchen zu schmusen angefangen, und sie und Tyler waren durch den Garten gewandert. »Und – Laura, hör doch, schlaf nicht wieder ein – da hat er mich geküßt und sagte mir tausend schöne Dinge, und dann haben wir uns stundenlang geküßt. Traumhaft! Er ist in mich verliebt!«
Nun war Laura wieder wach. »Hat er das gesagt?«
»Nein, du Dummchen. Das brauchte er gar nicht. Ich weiß, daß er um meine Hand anhalten wird. Er ist einfach perfekt. Paps mag ihn, jeder mag ihn. Außerdem werde ich hier bei dir schlafen. Ich bin viel zu aufgeregt, um jetzt in mein Zimmer zu gehen.«
Während Amelia unaufhörlich weiterplapperte, nickte Laura wieder ein, und es dauerte nicht lange, bis auch Amelia in Schlaf sank.

Tyler war wie gewohnt früh auf den Beinen und machte seinen Morgenspaziergang durch den Garten. Der nächtliche Besucher interessierte ihn nicht besonders. »Bloß eine gute Freundin«, hatte Amelia erklärt. »Sie hat ein bißchen Ärger mit ihrer Familie und möchte gern allein sein.« Tylers Gedanken kreisten wieder um Amelia. Er fühlte sich ein klein wenig schuldig, daß er sie so heftig geküßt hatte, aber es war unmöglich gewesen, ihr zu widerstehen.
Sie hatte den Mondscheinspaziergang im Garten vorgeschlagen, was er sich nie getraut hätte. Und dann ihre Nähe, ihr

süßer Duft, ihre Wärme – er mußte sie einfach küssen. Danach war er verloren. Amelia erwiderte seine Küsse leidenschaftlich, und er mußte all seine Selbstbeherrschung aufbringen, um sich loszureißen. Schließlich war er Gast in diesem Hause. Er durfte ihr keine Hoffnungen machen, es gab keine Zukunft für sie beide. Aber er liebte sie doch, und jetzt begehrte er sie noch mehr.

Während Tyler über das Grundstück wanderte, gingen die absonderlichsten Gedanken in seinem Kopf herum. Irgendwie fühlte er sich aus dem Gleichgewicht geraten. Der naturbelassene Wald hinter dem Haus schien Ordnung zu repräsentieren, während der sorgsam gehegte Garten, die gestutzten Bäume und die gepflegten Blumenrabatten Unordnung verkörperten, als ob die Persönlichkeit Roberts' aus allem sprach. Tyler mußte daran denken, wie unpassend er es gefunden hatte, daß Fowler einen Schwiegersohn wie Captain Cope akzeptierte, und nun sah er sich selbst in der umgekehrten Situation. Worüber beklagte er sich eigentlich? Schließlich würde er, sollte der Fall eintreten, auch nichts gegen Roberts als Schwiegervater einzuwenden haben.

Er konnte die geheimnisvolle Präsenz jener Eingeborenenstämme körperlich spüren, die erst vor kurzem von diesem Land vertrieben worden waren, und er dachte an die Aborigines hoch oben in den Bergen. Er hatte rasch begriffen, daß die Weißen die Kultur dieses Volkes niemals verstehen würden, sie war zu tief in einer gewaltigen Vergangenheit verwurzelt. Dort, wo er aufgewachsen war, hatten sie zumindest miteinander gesprochen, hier jedoch schien es das kaum zu geben, hier herrschte rohe Gewalt. Diese Erkenntnis bestärkte ihn in seinem Entschluß, in den Busch zu reiten und selbst die Antworten auf seine Fragen zu suchen.

Lieutenant Gooding wollte am kommenden Montag mit seiner Truppe zur Camelot-Farm hinausreiten, sie lag auf dem Weg nach Oberon, und Tyler durfte sie begleiten.

Sein Entschluß stand fest. Er würde gehen. Die Politik des Städtchens Rockhampton war nebensächlich, wenn es da draußen im Busch um Leben oder Tod ging. Er würde nicht viel tun können, zumindest aber die Wahrheit über die Buschkriege herausfinden.

Beim Frühstück berichtete Boyd von dem nächtlichen Aufruhr in der Stadt. Er gähnte. »Verstehen Sie jetzt, warum wir unsere kleine Zuflucht hier draußen so schätzen?«

Amelia sah das ganz anders. »Ich will unbedingt wissen, wie es weitergeht. Wir haben hier einen zauberhaften, friedlichen Abend verbracht, und die Maskey-Party war ein kompletter Reinfall.«

In Erinnerung an die Zärtlichkeiten der letzten Nacht warf sie Tyler einen liebevollen Blick zu. Der merkte, daß Roberts sie beobachtete. Wie Katz und Maus, dachte Tyler, wobei ich nicht sicher bin, wer die Katze ist. Ich habe ihn im Visier, und er hält sein väterlich wachsames Auge auf mich. Rasch griff er Amelias Bemerkung auf, um die Aufmerksamkeit von sich abzulenken.

»Woher wissen Sie das?«

»Weil seine Tochter hier ist. Laura Maskey, meine Freundin.«

Tyler verschluckte sich beinahe an seinem Tee. »Maskeys Tochter? Hier?«

»Ja, sie ist die nächtliche Besucherin, das sollte aber niemand erfahren. Sie hat fürchterlichen Zank mit ihrem Vater, weil sie einfach ihre Verlobung mit Bobby Cope abgeblasen hat.«

»Gut für sie«, meinte Tyler.

»Und wissen Sie was«, fuhr Amelia fort und biß zierlich in einen Marmeladentoast, »er hat sie geschlagen. Ins Gesicht. Es muß ganz schön weh tun, ihre Wange ist ziemlich geschwollen.«

»Gütiger Gott! Wie geht es ihr jetzt?«

»Ganz gut, sie will aber ihr Zimmer vorläufig nicht verlassen.«

»Tja, schade, daß Sie nicht dabei waren«, wandte sich Roberts an Tyler. »Eine tolle Geschichte. Sie behaupten einfach, daß Laura von einem Stein getroffen wurde, der durchs Fenster flog. Aber Sie könnten die richtige Geschichte schreiben. Sie kennen die Wahrheit.«

»Sie auch«, erwiderte Tyler. Er verstand den Wink mit dem Zaunpfahl. »Ich denke, daß ein Skandal dieser Größenordnung Ihre Chancen bei der Wahl erhöhen würde. Wie ich höre, wollen Sie gegen Maskey kandidieren?«

Boyd lachte dröhnend. »Es gibt nichts Schlimmeres als einen Reporter auf Urlaub, Amelia. Merk dir das. Ich habe versucht, ihn von seinem Gewerbe abzulenken, aber jetzt hat er Blut geleckt! Ja, ich trete gegen Maskey an und werde ihn auch schlagen. Sie kennen doch das alte Sprichwort, Tyler: ›Regierungen gewinnen keine Wahlen, sie verlieren sie.‹ Und Maskey sorgt persönlich dafür, daß seine Wähler abspringen.«

»Es käme Ihnen doch sicher gelegen, wenn ich einen Artikel über die Vorkommnisse der letzten Nacht verfassen würde?«

»Schon, aber das ist nicht nötig«, meinte Boyd kühl. »In einer Kleinstadt kommt die Wahrheit von selber ans Tageslicht – eine Bemerkung hier, ein Wörtchen da. Aufruhr, geplatzte Verlobung, väterliche Grausamkeit, die Tochter läuft davon. Ich würde meinen, daß Ihre Zeitung und erst recht unser Lokalblatt die Sache aufgreifen.«

Tyler ließ sich nicht für dumm verkaufen. Natürlich stimmte das, was Roberts sagte, doch konnte er Gängelei nicht leiden. Andererseits war Maskey einer der führenden Politiker des Landes. Sollte er als Journalist ruhig auf seinem Allerwertesten sitzen bleiben, während sich direkt vor seiner Nase eine explosive Mischung aus Provinzposse und Skandal abspielte? Und weshalb? Weil ihm der andere Kandidat noch weniger gefiel? Es wäre nicht das erste Mal, daß er sich für keinen von beiden entschied.

Nach Cosmos Kritik war er in die Defensive gegangen, weil er sich nicht den Vorwurf der Parteinahme einhandeln wollte. Die Story bot sich geradezu an, er brauchte bloß zuzugreifen. Das gehörte zu seinem Job. Er tröstete sich mit dem Gedanken, die eigentliche Geschichte über Captain Cope und die berittene Eingeborenenpolizei darüber ja nicht aus den Augen zu verlieren. Schließlich war das Mädchen Copes Verlobte – beziehungsweise ehemalige Verlobte.

»Dürfte ich mich vielleicht einmal mit der jungen Dame unterhalten?« fragte Tyler mit unschuldiger Miene. »Aber gewiß doch«, erwiderte Roberts in seiner selbstgefälligen Art, die Tyler fuchste. Um dagegenzuhalten, überraschte er ihn und Amelia mit der Nachricht von dem geplanten Ausritt mit Lieutenant Gooding.
Amelia war enttäuscht. »Aber wieso denn? Da draußen gibt es überhaupt nichts zu sehen, nur Wildnis. Müssen Sie wirklich gehen?«
»Es ist alles Neuland für mich«, erklärte Tyler mit Nachsicht. »Ich darf die Truppe zur Camelot-Farm begleiten. Im Grunde meines Herzens bin ich ein ›Buschmann‹, Amelia. Für einen Stadtmenschen wie mich ist das ein großes Erlebnis.«
»Solange Sie nicht von einer Schlange gebissen oder von den Schwarzen gejagt werden«, schmollte sie.
»Ich werde aufpassen«, beschwichtigte er sie und fragte sich, ob in der Stadt nicht ähnliche Gefahren lauerten.

»Sie weiß, daß Sie Journalist sind«, sagte Amelia. »Sie brauchen ihr ja nicht gleich auf die Nase zu binden, daß Sie über sie schreiben wollen.«
»Warten wir's ab.«
Laura saß am hintersten Ende der Veranda und versuchte nervös, ihr Gesicht zu verbergen, als die beiden auf sie zutraten.
»Ist nicht so schlimm mit deinem Gesicht«, sagte Amelia in ihrer taktvollen Art. »Ich möchte wetten, daß Tyler schon jede Menge Prellungen gesehen hat. Tyler, das ist Laura Maskey. Sie ist nicht in der besten Verfassung, also gehen Sie bitte sacht mit ihr um.«
Laura legte ihr Buch beiseite und brachte ein kleines Lächeln zustande.
»Also weißt du«, fuhr Amelia unbekümmert fort, »du siehst bezaubernd aus.« Sie klärte Tyler auf. »Laura konnte ja heute morgen schlecht ihr Ballkleid wieder anziehen, also habe ich ihr eine Bluse geliehen. Sonst trägt sie immer Reitkleidung,

und ich habe ihr schon so oft gesagt, sie soll sich etwas weiblicher kleiden.«
Das Mädchen war wirklich eine Schönheit. Tyler mußte feststellen, daß Rockhampton weit mehr zu bieten hatte als nur politischen Aufruhr, wenn man sich dieses Gespann ansah. Lauras üppiges Blondhaar, das im Nacken mit einer Schleife zusammengehalten wurde, kontrastierte heftig mit Amelias zigeunerhaftem Aussehen, und Tyler bemerkte bitter, daß man ihr anmerkte, aus was für einem guten Stall sie kam. Sie bewegte sich mit der Eleganz und dem Selbstbewußtsein von Leuten, die bereits über Generationen im Geld schwammen, und ihre ersten Worte bestätigten Tylers Eindruck.
»Amelia, ich wünschte, du würdest nicht über mich reden, als ob ich nicht anwesend wäre.«
Die beiden Mädchen schienen sich wirklich gut zu kennen, denn Amelia war nicht eingeschnappt. Sie lachte nur. »Eigentlich solltest du ja auch nicht hier sein. Tyler hat angeboten, Leons Pferd zurückzubringen und deinem Vater zu sagen, wo du steckst. Womöglich suchen sie bereits den Fluß nach dir ab.«
»Wollen Sie das wirklich für mich tun?« sagte Laura. »Da bin ich Ihnen sehr dankbar.«
»Was werden Sie nun tun?« fragte Tyler und zog sich einen Stuhl heran.
»Ich weiß es noch nicht«, gestand Laura kleinmütig. »Der Abend gestern war so ein schreckliches Debakel.«
»Es dürfte nicht sehr angenehm für Sie gewesen sein.«
»Nein, war es nicht. Mr. Kemp, es tut mir leid, aber ich möchte diese Angelegenheit nicht mit Ihnen diskutieren.«
»Das kann ich verstehen. Mein Interesse gilt eigentlich auch mehr Captain Cope.«
»Warum?«
»Eine Menge Leute, Ihr Bruder Leon eingeschlossen, schätzen seine Aktivitäten mit der Eingeborenenpolizei nicht besonders.«
»Das weiß ich.«

»Haben Sie deswegen die Verlobung gelöst?«
»Nein.«
»Warum haben Sie es dann in aller Öffentlichkeit getan?«
Laura seufzte vernehmlich. »Ihre Phantasie geht mit Ihnen durch, Mr. Kemp. Ich habe die Verlobung nicht gelöst, denn ich habe mich gar nicht erst verlobt. Der Zeitpunkt war etwas unglücklich, und ich werde mich bei Captain Cope entschuldigen.«
»Ihr Vater wollte sie zwingen, Bobby Cope zu heiraten«, warf Amelia ein.
Laura widersprach ihr, richtete jedoch ihre Worte an Kemp: »Wie Sie sehen, hat mein Vater mich zu gar nichts gezwungen.«
Tyler war enttäuscht über die magere Ausbeute. Er hatte gehofft, sie würde sich kritisch über ihren Vater und über Cope äußern und ihm so den Grundstock für einen Leitartikel aus der Sicht der gekränkten Tochter bieten. Aber diese Antwort war publizistisch nicht zu verwerten.
Sie schien seine Gedanken zu erraten. »Mr. Kemp, ich bin die Tochter eines Politikers und ich fürchte, daß Sie mich zitieren werden. In diesem Fall habe ich nichts weiter zu sagen.«
Tyler sah seine Felle davonschwimmen und bohrte weiter. »Was sagen Sie zu den Aufständen und den Plünderungen? Oder dazu, daß die Extravaganz Ihrer Familie hungernde Menschen in Aufruhr brachte?«
Mit dieser Frage wollte er Laura provozieren, sich zu einer Kritik an Maskey verleiten zu lassen, aber sie konterte geschickt. »Wenn wir Frauen erst einmal das Wahlrecht haben, werde ich auch meine Meinung vertreten. Einstweilen dürft ihr Männer selber für euren Unfug geradestehen.«
»Frauenwahlrecht?« Tyler blickte sie überrascht an. »Das sehe ich aber noch nicht so recht.«
»Ich ja«, erwiderte Laura gelassen. »Und hierin dürfen Sie mich gern zitieren.«
Amelia entschuldigte sich bei Tyler, als sie davongingen. »Schade, daß sie Ihnen nicht helfen wollte, aber ich sagte

Ihnen ja, Laura ist einfach unmöglich! Mitten in der Nacht in ihrem Ballkleid davonzureiten und die Gäste einfach sitzenzulassen. Nun, das ist eine Tatsache, und Sie dürfen sie gerne drucken.«

Tyler nickte. Eine turbulente Geschichte, direkt aus dem Leben gegriffen. Jetzt hatte er einen Vorwand, Maskey aufzusuchen und die Lücken zu füllen.

In der Stadt ging er zuerst ins Golden Nugget Hotel, um herauszufinden, wieviel Maskeys Party gekostet hatte. Der Zaun und die zerschmetterten Fensterscheiben wurden bereits repariert, für einen Sonntagmorgen herrschte reger Betrieb in dem Hotel. In der Halle entdeckte er Cosmo Newgate.

»Was machen Sie denn hier?« fragte der. »Sie wollten doch fort, denke ich?«

»Ja, morgen. Sieht ja ganz so aus, als ob Sie hier eine große Geschichte für die Titelseite kriegen.«

»Allerdings. Was für ein Chaos. Miss Maskey wurde von einem Stein getroffen und mußte nach Hause gebracht werden.«

»Ach, wirklich?« Tyler lachte. »Nun, ich habe hier die wahre Geschichte, die ich an den *Brisbane Courier* schicken werde. Sie klingt ganz anders als Ihre, aber das läßt sich nun mal nicht ändern, weil Sie meine Sachen ja nicht drucken wollen.«

»Was wissen Sie?« fragte Cosmo verunsichert.

»Oh nein, so nicht. Ich werde für meine Arbeit bezahlt. Wenn Sie zahlen wollen, kriegen Sie die Story.«

»Solange Sie sie belegen können.«

»Kann ich.«

Comso klappte der Kiefer herunter, als Tyler ihm alles erzählte. »Sind Sie sicher, daß das nicht eines von Roberts Lügenmärchen ist?«

»Ganz sicher. Ich war ja dabei, als das Mädchen aus heiterem Himmel auftauchte, und ganz offensichtlich wurde kein weiterer Gast erwartet.«

Cosmo überlegte. »Laura und Amelia sind schon einige Zeit befreundet, es könnte also stimmen. Aber daß Fowler das

Mädchen geschlagen haben soll – ich weiß nicht. Sie ist ein ziemlicher Hitzkopf, müssen Sie wissen. Sie könnte das erfunden haben.«
»Keine Chance. Sie hat ein traumhaftes Veilchen. Das stammt nicht von einem Stein.«
»Und Laura hat Ihnen das alles selbst erzählt – daß Fowler sie zu dieser Heirat zwingen wollte und sie dann geschlagen hat?«
Tyler faßte einen grundlegenden Entschluß. Jetzt durfte er nicht zimperlich sein. »Ich habe selbst mit ihr gesprochen. Schauen Sie mal nach draußen. Ich bringe Leons Pferd zurück. Fowler hat das Mädchen so roh behandelt, daß sie die Flucht ergriff, und die einzige Person, an die sie sich zu dieser nächtlichen Stunde wenden konnte, war ihre Freundin Amelia. Mit Boyd Roberts hat das überhaupt nichts zu tun. Und für einen hochangesehenden Bürger dieser Stadt ist das kein Benehmen. Ganz zu schweigen von dem Aufruhr, den er verursacht hat.«
Nachdem er sich mit Cosmo einig geworden war, ritt Tyler mit Leons Pferd im Schlepptau zum Haus der Familie Maskey. Er pflockte die Pferde vor dem Haus an und klingelte. Wie erwartet, wollte Maskey ihn nicht sehen.
»Würden Sie Mr. Maskey bitte ausrichten, daß ich eine Nachricht von seiner Tochter bringe«, erklärte Tyler dem Hausmädchen, das ihn einfach auf der Schwelle stehenließ.
Maskey kam selbst an die Tür, ganz offensichtlich immer noch in Rage. »Bitte?« sagte er kurz angebunden.
»Ich habe Leons Pferd zurückgebracht«, begann Tyler.
Fowler blickte an ihm vorbei. »Das sehe ich.«
»Haben Sie irgendeine Erklärung über die Vorfälle von gestern abend abzugeben, Mr. Maskey?«
»Nein.«
»Vielleicht interessieren Sie sich dafür, wo Ihre Tochter sich derzeit aufhält?«
»Verraten Sie's mir.«
»Sie ist bei ihrer Freundin Amelia Roberts.«
Jetzt reagierte Fowler endlich. Wut blitzte in seinen Augen auf. »Sie ist bei den Roberts?«

»Ja. Soll ich ihr etwas ausrichten?«
»Sagen Sie ihr, sie kann dortbleiben«, schnappte Fowler und knallte die Tür ins Schloß.
Tyler grinste vergnügt in sich hinein. Jetzt würde Cosmo ihm bestimmt glauben. Er ritt nach Beauview zurück und verbrachte den Nachmittag damit, einen ausführlichen Artikel über das wahre Gesicht Fowler Maskeys zu verfassen, wobei Amelia ihm mit hilfreichen Informationen zur Seite stand.

Nach dem Abendessen hatte Boyd eine kurze Unterredung mit seinem Gast.
»Amelia mag Sie sehr, Tyler«, begann er. »Und sie hat den Eindruck, daß Sie ihre Gefühle erwidern. Ich hoffe nur, daß Sie nicht mit ihr herumtändeln. Sie hat ein zartes Gemüt.«
»Nein, gewiß nicht«, sagte Tyler. »Ich schulde Ihnen aber eine Erklärung. Ich mag Amelia wirklich sehr und ich hätte es ihr nicht zeigen sollen. Ich könnte ihr einen solchen Lebensstil wie hier nicht bieten, und es hat auch keinen Sinn so zu tun, als wäre ich dazu in der Lage.«
»Ich bin Ihnen dankbar für Ihre Einsicht«, meinte Boyd. »Für die Rolle der verhärmten Hausfrau ist sie nicht geschaffen, und ich wünsche nicht, daß sie unter ihrem Stand heiratet. Das wäre eine Katastrophe. Sie ist nur das Beste gewöhnt und da – bitte verzeihen Sie mir meine Offenheit – könnten Sie gewiß nicht mithalten.«
»Ich fürchte, nein. Ich werde morgen abreisen und hoffe, daß ich Ihrer Tochter nicht zuviel Kummer bereite.«
Boyd seufzte. »Das ist das Problem. Sie wird sehr unglücklich sein, es sei denn, ich helfe dem Glück ein wenig nach.«
»Ich wüßte nicht, wie«, erwiderte Tyler. »Ich arbeite in Brisbane und kann unmöglich von Amelia verlangen, daß sie mit mir geht.«
»Sie könnten hierbleiben.«
»Und meine Stellung verlieren?«
»Das ist nicht gesagt. Ich trage mich schon länger mit dem Gedanken, die Lokalzeitung zu kaufen oder eine zweite zu grün-

den, ich weiß bloß nicht, wie man eine Zeitung macht. Wenn Sie aber hierblieben und Herausgeber würden, wäre uns beiden gedient.«

»Ich soll eine Zeitung für Sie herausgeben?« Tyler konnte es nicht fassen.

»Warum nicht?«

»Ich weiß nicht so recht. Ich müßte mir die Sache überlegen.« Es gab eine Menge zu bedenken, besonders, da Roberts Eigner der Zeitung wäre. Tyler wollte sich nicht zum Sprachrohr eines Politikers mit zweifelhaftem Ruf machen lassen.

»Sie wären Ihr eigener Chef«, fuhr Roberts fort. »Sie würden eine ganze Stange mehr verdienen als jetzt. Und bitte vergessen Sie nicht, daß eine aufstrebende junge Stadt wie die unsere jede Menge Möglichkeiten bietet. Mit Kapital im Rücken könnten Sie Ihr Interessengebiet ausweiten.«

Tyler nickte. Das kam natürlich dazu, aber schon eine eigene Zeitung herauszugeben, bedeutete einen mächtigen Schritt nach vorn. Das Angebot klang wirklich verlockend.

»Wenn Sie akzeptieren, haben Sie meinen Segen und dürfen Amelia den Hof machen. Wie sie mir andeutete, würde sie Sie gern heiraten – wenn die Voraussetzungen stimmen.«

»Sie haben mit ihr darüber gesprochen?«

»Aber gewiß. Ihr Glück liegt mir am Herzen. Und wenn es Sie beruhigt, ich würde Ihnen als Morgengabe ein eigenes Haus schenken, dann bräuchten Sie nicht mit mir unter einem Dach zu leben. Es liegt ganz bei Ihnen, Tyler. Wenn Sie mein Angebot ablehnen, dann ...« – Roberts zuckte die Schultern – »dann gehen Sie nach Brisbane zurück und Amelia bleibt bei mir.«

Amelia erwartete ihn bereits ungeduldig. Tyler nahm ihren Arm und führte sie durch den Garten. Er mußte Zeit gewinnen, um seine Gedanken zu ordnen.

»Was hat Paps gesagt?« bestürmte sie ihn atemlos. »Hoffentlich ist er nicht zu hart mit dir umgesprungen, das macht er nämlich gern mit seinen Leuten. Mit mir allerdings nicht. Was habt ihr besprochen? Oh Gott ...« Sie zupfte nervös an ihrem

Spitzentaschentuch. »Ich bin so aufgeregt, ich rede nur dummes Zeug.«

Tyler wußte einfach nicht, was er ihr antworten sollte. Hier ging es um die wichtigste Entscheidung seines Lebens, eigentlich waren es mehrere Entscheidungen auf einmal, ein ganzes Paket, und er konnte es auch nur als Ganzes akzeptieren oder ablehnen. Alles oder nichts.

Er blickte auf Amelias weiche Lippen und in ihre flehenden Augen und spürte, wie sein Widerstand dahinschwand.

»Dein Vater hat mir erlaubt, dir den Hof zu machen«, sagte er schließlich. »Falls dir der Gedanke zusagt.«

Amelia stieß einen tiefen Seufzer aus. »Aber das weißt du doch. Ich hatte solche Angst, du könntest fortgehen, und ich würde dich nie wiedersehen.« Ihre Augen wurden feucht. »Ich bin so glücklich. Und ist es nicht wunderbar, daß meine beiden liebsten Männer so gut miteinander auskommen.« Sie tupfte sich die Augen. »Wie dumm von mir zu weinen ...«

»Aber nein, gar nicht.« Tyler lächelte sie liebevoll an, küßte ihre Augen, ihre Wange und diese einladenden Lippen. »Ich werde morgen abreisen, dann hast du Zeit genug, alles zu überdenken.«

»Bitte, geh nicht«, flehte sie. »Wir könnten ein andermal in die Gegend fahren.«

»Ich muß gehen, Liebste. Es ist wichtig. Du kennst mich doch erst so kurz, du sollst dir absolut sicher sein.«

Beunruhigt trat Amelia einen Schritt zurück. »Du könntest deine Absicht ändern, jemand anders kennenlernen.«

»Nein, werde ich nicht«, beschwichtigte Tyler. Jetzt waren die Würfel gefallen. Ein Schauder überlief ihn. Ob es ihm gelingen würde, Distanz zu Roberts zu halten? Trotz der kritischen Bemerkungen von Cosmo und Lieutenant Gooding hatte Roberts ihn beeindruckt, und Tyler wußte um sein Ansehen in der Stadt. Was nun ihn selbst anbetraf: War er nicht vielmehr von Roberts' Reichtum als ihm selbst beeindruckt? Er wagte nicht, sich das einzugestehen, weil sein vorrangigster Gedanke Amelia galt und dem Wunsch, sie zu seiner Frau zu machen.

Tyler hätte fast laut gelacht. Wenn seine Entscheidung bedeutete, einen schlecht bezahlten Job aufzugeben, um Herausgeber einer eigenen Zeitung zu werden und noch dazu ein Haus geschenkt zu bekommen, wo lag dann das Problem?
Er zog Amelia in den Schutz der Bäume und küßte sie leidenschaftlich. Jetzt wagte er auch, ihre herrlichen Rundungen zu streicheln, ihr Kleid aufzuknöpfen und ihre schwellenden Brüste zu küssen, worauf Amelia mit einem Stöhnen antwortete. Tief in seinem Herzen wußte Tyler, daß Boyd auf seine infame Weise gesiegt hatte, aber das kümmerte ihn nicht. Er scherte sich einen Teufel darum, daß er just in diesem Moment seine Prinzipien zum ersten Mal verriet. Das Leben war einfach zu kurz, um ein so großzügiges Angebot in den Wind zu schlagen.
Roberts Manipulation war in der Tat so perfide, daß Tyler schon gar nicht mehr an seinen ersten und, wie es jetzt schien, kleineren Sündenfall dachte, als er nämlich Cosmo im Glauben gelassen hatte, seine Informationen über das Fest im Golden Nugget Hotel stammten von Laura persönlich.
Nachdem Cosmo selbst Gast bei dem Fest gewesen war, verfaßte er auch den Aufmacherartikel und spickte seinen Bericht mit Tyler Kemps Informationen. Mit einem zufriedenen Lächeln formulierte er die Schlagzeile für die Montagausgabe: FIASKO! Eine verteufelt gute Geschichte war das, und es bestand kaum die Gefahr einer Verleumdungsklage, denn hier standen lauter Fakten, Fakten und nochmals Fakten.

Captain Cope war betrunken. Volltrunken. Er hatte eine richtige ›Sauftour‹ gemacht, und seine Freunde konnten es ihm nicht verübeln. In aller Öffentlichkeit den Laufpaß zu bekommen, war schon schlimm genug, ganz zu schweigen von dem Verlust einer so bezaubernden Verlobten und der spendablen Mitgift, mit der er ausgesorgt gehabt hätte.
Zunächst schien an jenem verhängnisvollen Abend alles gar nicht so schlimm zu kommen. Jedermann war natürlich entsetzt zu hören, daß Laura von einem Stein verletzt und nach

Hause gebracht worden war. »Aber von wem denn?« hatte er wissen wollen. Als ihr Zukünftiger stand ihm doch sicherlich das Recht zu, sich um seine Braut zu kümmern. Als Bobby erfuhr, daß Leon zum elterlichen Haus gegangen war, um Laura zu suchen, eilte er hinterher, fand das Haus jedoch dunkel vor. Keine Spur von Laura.

Bobby war das Ganze ein Rätsel. Er stellte Leon zur Rede, wollte von ihm wissen, wohin man Laura gebracht habe, verdächtigte ihn gar, die Hände im Spiel zu haben.

Schließlich riß Leon der Geduldsfaden, und er klärte Bobby brüsk darüber auf, daß Laura weggelaufen war, daß sie keine Verlobung feiern wollte und die Eltern die ganze Angelegenheit vertuschten. Sie beide würden jetzt zurück zu den Gästen gehen und ihnen erklären, daß Laura sich nicht wohl fühlte.

»Aber was wird aus unserer Verlobung?« Bobby war immer noch zu bestürzt, um das Ausmaß der Blamage zu begreifen.

»Es ist für uns alle am besten, wenn wir heute abend nicht mehr daran rühren. Das Feuer hat keinen großen Schaden angerichtet, und die Meute hat sich verlaufen. Gehen wir also zurück und feiern noch ein wenig.«

Bobby bestand darauf, Laura zu suchen. Leon erklärte ihm, die Sache würde für ihn dadurch nur noch peinlicher.

»Sie können wirklich nichts mehr tun, alter Knabe. Laura hat Ihnen doch deutlich genug gezeigt, daß sie Sie nicht heiraten will.«

»Das hätte sie mir wenigstens selber sagen können, statt mich so hängen zu lassen. Was soll ich jetzt tun?«

»Vergessen Sie das Ganze. Ich denke, daß Fowler Sie angemessen entschädigen wird, denn er ist genauso wütend. Er kann recht großzügig sein. Allerdings sollten Sie keinen Aufstand machen. Also reißen Sie sich zusammen und helfen Sie mit, den Abend zu retten.«

Der Ball war ein großer Erfolg. Er ging bis in die frühen Morgenstunden, und dann wurde ein köstliches Frühstück serviert. Bobby Cope nahm davon nichts mehr wahr, er lag betrunken unter einem Baum bei den Ställen.

Am Montag morgen saß Hilda mit einem hilflosen Leon neben sich schluchzend am Frühstückstisch, während Fowler vor Wut raste.

»Dieses verdammte Luder!« schäumte er. »Dieses undankbare Geschöpf! Sich mit ›ihrer Version‹ der Geschichte an die Presse zu wenden. Mit ihren Lügen! Na, die kann was erleben. Wie kann sie es wagen. Schau mal, was hier steht!« Er fuchtelte mit der Zeitung vor Leons Nase herum. »›Fowler hat seiner Tochter ein blaues Auge geschlagen und sie an der Wange verletzt!‹«

Wutschnaubend feuerte er die Zeitung in die Ecke, um sie gleich darauf wieder aufzuheben. »Hier steht noch mehr. Dieser verdammte Cosmo! ›Gewiß‹, schreibt er, ›die Zeiten sind vorbei, in denen man seiner Tochter eine reizlose Ehe aufzwang.‹ Was soll das heißen, reizlos? Ich war die Großzügigkeit in Person. Ich hätte den beiden eine grandiose Hochzeit ausgerichtet und eine beträchtliche Mitgift gegeben. Was zum Teufel ist daran so reizlos?«

Nach einer geraumen Weile gelang es Leon, auch ein Wort zu sagen. »Es wird Gras drüber wachsen. Aber Captain Cope könnte zum Problem werden.«

»Richtig, Cope. Wo steckt er denn? Was hat er ihr angetan, daß sie so reagiert?«

»Gar nichts. Er weiß überhaupt nicht, was los ist. Er schläft seinen Rausch aus.«

Fowler schäumte immer noch. »Recht hat er. Dieses kleine Luder hat uns alle zum Narren gehalten.«

Leon pflichtete ihm bei. »Schon. Aber wenn er zu sich kommt, könnte er unangenehm werden. Wir sollten sofort handeln. Ich schlage vor, ihn auszuzahlen.«

Sein Vater hatte sich bereits in die Titelgeschichte vertieft und las, daß die Menschen in ihrer Not von Maskeys demonstrativer Verschwendungssucht geradezu in den Aufstand getrieben worden seien.

»Ja, zahl ihn aus«, knurrte Fowler. »Sieh zu, daß du ihn loswirst.«

»Ich dachte an dreihundert Pfund«, schlug Leon vor. »Da müßte er anbeißen.«
»Was auch immer!« Fowler tobte. »Dieser gottverdammte Cosmo, diese Ratte! Nimmt unsere Gastfreundschaft in Anspruch und schreibt dann Lügen über uns!« Er knüllte die Zeitung zusammen und warf sie angeekelt weg. »Wer hat ihn überhaupt eingeladen?«
Leon fand die Antwort darauf müßig. Cosmo wurde immer zu Maskeys gesellschaftlichen Veranstaltungen eingeladen. Er dachte an Laura. Anfangs hatte er ihre mißliche Lage verstanden und sie bedauert, weil er fand, seine Schwester hätte eine bessere Partie verdient. Er hatte sogar einen halbherzigen Versuch unternommen, bei Fowler ein Wort für sie einzulegen, doch der hatte ihn barsch zurechtgestutzt. »Kümmere dich um deinen eigenen Kram! Derzeit gibt es nur einen Freier, und ich will die Sache hinter mich bringen. Mach dir keine Sorgen um sie, sie ist eine gute Partie für ihn.«
Daß Laura sich nun rächte, indem sie Tyler Kemp ein Interview gab und so den Namen der Familie in den Schmutz zog, machte ihn beinahe so wütend wie seinen Vater.
»Es ist nicht nur Cosmo«, fuhr Leon fort. »Der Artikel trägt auch Kemps Handschrift, und der steckt mit Roberts unter einer Decke. Das Ganze sieht aus wie eine Verschwörung, die dazu angezettelt wurde, deine Wähler zu vergraulen.«
»Natürlich ist eine Verschwörung im Gange«, polterte Maskey. »Das sieht doch ein Blinder. Und meine Tochter macht auch noch mit dabei. Das lasse ich mir nicht bieten. Sag John Laidley, daß ich ihn auf der Stelle sprechen muß. Dann zahl diesen Cope aus, bevor er anfängt zu quengeln.«
Nach einer knappen Stunde stand John Laidley, Fowlers Anwalt, mit ernster Miene auf der Schwelle. Er war noch jung und ein beflissener Mensch. Nach der Lektüre der Morgenzeitung wußte er, warum er gebraucht wurde. Er und seine Frau hatten sich auf dem Fest wunderbar amüsiert, und er hatte jetzt noch einen leichten Kater. Die Gäste hatten Fowlers Erklärung über den Unglücksfall seiner Tochter geschluckt, um

so größer war der Schock heute morgen gewesen. Die Gerüchteküche kochte. Was für eine unglückselige Angelegenheit, wo er und seine Frau Laura doch so sehr mochten und sie als Freundin betrachtet hatten. Er hoffte inständig, daß der Zeitungsartikel über Fowlers Grobheit sich als unwahr erweisen würde, denn sonst, fürchtete er, würde dieses Gespräch recht unangenehm werden.
Er sollte mit seiner Befürchtung recht behalten. Mrs. Maskey kam geschäftig mit dem Morgentee und ihrer Morgenzeitung herein, das andere Exemplar lag zerknüllt auf dem Boden. Das war kein gutes Zeichen.
Sein Mandant wollte Klage erheben.
»Ich verstehe«, sagte John. »Am besten gehen wir die Artikel der Reihe nach durch.«
»Sie haben mich beschuldigt, daß ich schuld an dem Aufstand bin!« stieß Fowler wütend hervor.
»Nicht ganz«, stellte John höflich richtig. »Sie schreiben, die Randalierer fühlten sich provoziert.«
Nach einigem Hin und Her wurde dieser Punkt fallengelassen, und die beiden Männer erörterten die Behauptung, Fowler hätte seine Tochter geschlagen.
»Alles Lügen!« brüllte Fowler, einem Herzinfarkt nahe, während er den Artikel noch einmal überflog.
»Gut. Wenn es unwahr ist, können wir selbstverständlich eine Verleumdungsklage anstrengen. Das hieße allerdings, daß die Verteidigung Laura als Zeugin aufruft.« John rutschte nervös auf seinem Stuhl hin und her. »Würde sie die Beschuldigung zurückweisen? Ich meine, könnte sie es, wenn sie unter Eid stünde?«
Fowler wand sich. Er sprach von einer Verschwörung, behauptete, Tyler Kemp wolle ihm schon lange an den Kragen, und verstieg sich sogar dazu, Roberts anzuschuldigen, *er* habe vermutlich die Menschen aufgewiegelt, worauf John ihm ernstlich von einer Klage abriet.
Am Ende, nachdem John eine Stunde lang sanft aber beharrlich alles hinterfragt hatte, räumte Fowler schließlich ein, daß

er Laura wohl »einen Klaps« gegeben haben könnte.
»Es geschah in der Hitze des Gefechts, John«, versuchte Fowler sich herauszureden. »Der ganze Trubel vor dem Hotel, und dann macht sie auch noch Zicken, das hätte den gutmütigsten Mann in Rage gebracht.«
»Ich verstehe vollkommen, Sir«, erwiderte John und vermied es, den restlichen Teil dieser unsäglichen Geschichte auch noch zur Sprache zu bringen – daß nämlich Laura behauptete, diesen Captain Cope habe sie von Anfang nicht heiraten wollen und man habe sie zu der Verlobung gezwungen –, denn auch dies entsprach ganz offensichtlich der Wahrheit.
Als Fowler schließlich einsehen mußte, daß er keine Verleumdungsklage erheben konnte, warf er sich in seinem Sessel zurück, niedergeschlagen, aber nicht besiegt. »Wenn ich es richtig sehe, muß ich alles auf sich beruhen lassen.«
»Ich fürchte ja, Sir. Dieser Sturm wird sich wieder legen. Es ist zwar bedauerlich, aber Sie können nichts tun.«
»Sir irren sich, John. Ich kann etwas tun. Sie sollen mir ein neues Testament aufsetzen, gleich jetzt. Das Mädchen bekommt nicht einen Penny. Ich werde alles Mrs. Maskey und Leon vererben. Das Testament muß aber absolut wasserdicht sein, damit sie es nicht anfechten kann.«
»Sollten Sie nicht vorher mit Laura sprechen? Sie war aufgebracht, sie hat möglicherweise gar nicht daran gedacht, daß dieser Reporter Kemp sie wortwörtlich zitieren würde. Ein junges Mädchen denkt sicher, so eine Unterhaltung sei ganz persönlich. Ich kenne Laura, Sir, und ich kann mir nicht vorstellen, daß sie der Presse gegenüber solche ...«
»Dann kennen Sie sie eben nicht richtig. Sie kennt sich mit der Presse aus, besser noch als Leon. Sie wußte, welchen Schaden sie anrichten würde, also kein Mitleid mit ihr. So, und jetzt das Testament. An die Arbeit.«
Als am Mittwoch das Charterschiff mit den auswärtigen Gästen ablegte, konnte Fowler endlich aufatmen. Sie hatten sich überschwenglich bei ihm bedankt und sich zweifelsohne großartig amüsiert, es jedoch sorgsam vermieden, auf den Zei-

tungsartikel anzuspielen. Und die Tatsache, daß Laura nicht mit am Kai stand, um sie alle zu verabschieden, mußte Anlaß zu noch mehr Klatsch und Gerede geben.
Doch das politische Leben ist voller Überraschungen, und Fowler fand in seiner Post eine erfreuliche Nachricht, die er gerade zu diesem Zeitpunkt dringend nötig hatte.
Er rief nach Hilda und Leon. »Hört euch das an. Der Brief ist vom Premierminister. Macalister geht mit mir konform, daß wir im Norden und Westen von Queensland Truppenverstärkung brauchen, um die Attacken der Eingeborenen zu kontern. Er hat an den englischen Innenminister geschrieben und darum gebeten, britische Marineinfanteristen hier zu stationieren.«
»Das ist aber wirklich eine gute Nachricht«, freute sich Hilda. »Sorg dafür, daß Newgate das druckt. Die Leute werden erleichtert sein.«
»Ha!« Fowler triumphierte. »Das ist noch nicht alles. Angesichts meiner Loyalität und meiner vehementen Unterstützung seines Antrags, eine eigene Währung auszugeben, um die finanzielle Notlage der Bevölkerung zu lindern« – er blickte von dem Schreiben auf und hielt einen Augenblick inne, um dem, was nun folgte, das gebührende Gewicht zu verleihen –, »bietet er mir einen Kabinettsposten an!«
Leon strahlte. Das mußte auf den alten Herrn wie eine Verjüngungsspritze wirken, und es bedeutete zudem, daß sie nun mehr Zeit in Brisbane verbringen würden. »Wie herrlich«, sagte er. »Können wir den Brief veröffentlichen?«
»Nein. Du setzt dich hin und verfaßt eine Erklärung für die Presse. Du betonst dabei die Ehre, die mir zuteil wird und die Tatsache, daß ich etwas tue, um den Leuten zu helfen. Das wird ihrem Lamentieren ein Ende setzen. Schade nur, daß der Brief nicht schon letzte Woche gekommen ist. Und beeil dich, ich werde den Text persönlich zu Newgate bringen. Ich habe noch ein Wörtchen mit dem Stinktier zu reden.«
Als er Cosmo über sein Pult gebeugt sitzen sah, mußte Fowler trotz seiner großartigen Neuigkeit wieder an den Artikel in

der Montagsausgabe denken. Nicht etwa, daß er diese schamlose Angelegenheit vergessen hätte. Oh nein. Eigentlich hatte er Newgate bloß eine Standpauke halten wollen, aber die Ratschläge seines Anwalts vergessend, begann er zu toben und brüllte den Herausgeber grob an.

Newgate reagierte gelassen. »Ich habe Sie schon erwartet, Fowler. Aber ich mache die Nachrichten nicht, ich drucke sie bloß. Sind Sie fertig und haben sich alles von der Seele gebrüllt? Ich habe nämlich zu arbeiten.«

»Arbeiten? Den Ruf eines anderen Menschen zu schädigen, nennen Sie Arbeit?« bellte Fowler. »Lügengeschichten über eine Familie in Ihrem Schmutzblatt zu verbreiten? Sie sind wirklich der Abschaum, Newgate! Haben Sie verstanden? Der absolute Abschaum!«

Man konnte ihn meilenweit hören. Die Angestellten spitzten die Ohren, und die Kunden am Anzeigentresen beugten sich weit vor, um besser sehen zu können.

»Raus hier!« Cosmo war aufgesprungen. »Verlassen Sie sofort mein Büro! Ich brauche mir das nicht bieten zu lassen!«

»Nein, brauchen Sie nicht«, konterte Fowler. »Aber nehmen Sie das hier!« Er knallte die von Leon verfaßte Presseerklärung auf den Schreibtisch. »Hier haben Sie eine echte Nachricht! Sie werden sie drucken, und wenn Sie es nicht tun, weiß ich endlich, wo Sie stehen. Auf der Seite von diesem Schuft Roberts nämlich!«

»Mit Roberts habe ich nichts zu tun«, versuchte Cosmo sich zu verteidigen.

Fowler schnitt ihm das Wort ab. »Drucken Sie das hier und wagen Sie es ja nicht, auch nur ein Wort zu ändern.«

Cosmo nahm das Blatt auf und überflog den Text. Er war nicht besonders mutig und verabscheute Streitigkeiten. Fowlers Gebrüll und die atemlos lauschende Kundschaft hatten ihn verunsichert. »Es gibt keinen Grund, warum ich diese Information nicht drucken sollte«, sagte er, sich um Würde bemühend, brachte es jedoch nicht über sich, Maskey zu gratulieren.

Fowler schien das nicht zu merken. Triumphierend stolzierte er aus der Redaktion. Seine Mission war erfüllt.
Cosmo kam sich vor wie ein geprügelter Hund. Ärgerlich starrte er auf das Papier, wohl wissend, daß er die Nachricht über das neue Kabinettsmitglied drucken mußte. Es würde kleinlich aussehen, wenn er dieser Neuigkeit nicht den gebührenden Platz in seiner Zeitung einräumte. Fowlers rüdes Benehmen nagte jedoch weiter an ihm.
Als er nachmittags beinahe mit dem Umbruch fertig war, erhielt er ein Telegramm von seinem Korrespondenten in Brisbane.
Cosmo brach in lautes Lachen aus. Aber ja doch, natürlich würde er Fowlers Erklärung bringen, in voller Länge. Und gleich daneben diese brisante Neuigkeit. Er machte sich sogleich daran, die Titelseite neu zu umbrechen.

Laura bekam die Montagszeitung nicht zu sehen. Zu Hause las sie die Zeitung gewöhnlich beim Frühstück, wenn sie als erste am Tisch saß, aber das konnte sie in Roberts Haus schlecht machen.
Tyler war schon früh aufgebrochen, und Amelia, voll des Glücks über ihre bevorstehende Verlobung, hatte ununterbrochen geplappert und von Tylers Botengang zu Lauras Vater berichtet. Laura sollte also bei den Roberts bleiben, nun gut. Wenn Fowler den Gekränkten spielte – das konnte sie auch. Sie würde noch ein paar Tage abwarten, bis ihr Vater sich beruhigt hatte, und dann mit ihm reden. Sie fürchtete sich nicht vor ihm, und da nun eine Heirat mit Bobby Cope nicht mehr in Frage kam, würde Fowler sie anhören müssen.
Sie schrieb jedoch an Captain Cope und entschuldigte sich für ihr Benehmen. Ihre Mutter würde ihm den Verlobungsring an ihrer Stelle zurückgeben.
Als Laura nachmittags in die Küche ging, um sich ein Glas Wasser zu holen, sah sie die Hausangestellten, wie sie, über eine Zeitung gebeugt, die sie bei ihrem Anblick schnell verstecken wollten, flüsterten. Mit einem unguten Gefühl bestand

Laura darauf, einen Blick in die Zeitung zu werfen. FIASKO!, gellte ihr die Schlagzeile entgegen. Laura überflog den Artikel, der in gräßlichen Details die Geschehnisse vom Samstagabend schilderte.
Außer sich rannte sie zu Amelia, die sich gerade die Haare wusch. »Hast du die Zeitung gelesen?«
»Ja. Du bist eine Berühmtheit.«
»Warum hast du mir nichts gesagt?«
»Paps meinte, ich solle dich nicht unnötig aufregen. Außerdem, was soll das ganze Theater? Sie stellen dich als Heldin des Abends hin.«
»Als Heldin? Eine verdammte Närrin! Den Artikel hat Tyler geschrieben, und er vermittelt den Eindruck, daß ich ihm alles erzählt habe, dabei habe ich kaum ein Wort mit ihm gewechselt. Im Gegenteil, ich habe ihm klargemacht, daß ich über die Angelegenheit nicht sprechen möchte, und schau, was er angerichtet hat. Es ist furchtbar!«
Amelia schlug sich ein Handtuch um die nassen Haare. »Du machst immer gleich ein Drama aus allem. Früher oder später hätten die Leute sowieso erfahren, was geschehen ist, auch wenn es nicht in diesem albernen Blatt gestanden hätte.«
»Du hast ihm alles erzählt«, fuhr Laura sie an. »Und er hat mich reingelegt.«
Amelia war dabei, sich das Haar trockenzurubbeln. »Hat er nicht«, gab sie zurück. »So darfst du nicht über ihn reden. Er ist ein guter Reporter und hat bloß seine Arbeit getan. Er behauptet ja gar nicht, daß du ihm das von deinem Vater erzählt hast.«
»Es klingt aber so.«
»Laura, hör auf mit diesem Unsinn. Kämm mir lieber die Haare aus, aber sei vorsichtig, daß es nicht ziept.«
»Mein Vater wird jetzt erst recht toben«, jammerte Laura und zerrte an Amelias Haaren.
»Heiliger Bimbam! Das hättest du dir vorher überlegen sollen, bevor du weggerannt bist. Laß mich das machen, du tust mir weh.«

Laura war viel zu niedergeschlagen, um mit Amelia zu zanken. Gab es denn überhaupt niemanden mehr, der es gut mit ihr meinte? Es sah ganz so aus. Vielleicht sollte sie doch an ihren Vater schreiben.
Der Brief kam nie an. Boyd Robert hatte angeboten, den Brief in die Stadt bringen zu lassen. Statt dessen nahm er ihn mit in sein Büro und öffnete ihn, las Lauras Erklärungen und Entschuldigungen und verbrannte ihn. Es paßte nicht in seinen Plan, daß Laura Maskey sich mit ihrer Familie aussöhnte. Am besten, man beließ die Dinge, wie sie waren. Wenn die Maskeys nicht reagierten, bewies das einmal mehr, daß Laura dort nicht erwünscht war, während er ihr erneut seine Gastfreundschaft anbieten konnte. Je öfter er sie sah, desto heftiger begehrte er sie, gerade in ihrer Verwundbarkeit. Wenn es nach ihm ginge – und das tat es eigentlich immer –, würde Laura für immer auf Beauview bleiben.

»Schon erstaunlich«, sagte Leon, »wie die Leute ihr Mäntelchen nach dem Wind hängen. Ich könnte den Streß eines Politikers nie ertragen. Gestern noch haben uns die Leute den Rücken gekehrt oder die Straßenseite gewechselt, wenn wir auftauchten. Heute ziehen sie den Hut und zerreißen sich für eine Einladung.«
Fowler lachte grimmig. Er hatte dem Premier telegrafiert, daß er den Kabinettsposten gerne annehme, und vorgeschlagen, daß man ihm die Verwaltung des Landwirtschaftsportefeuilles übertrug, was für seine Wählerschaft von eminenter Bedeutung war. Er würde dann nämlich das Sagen über Wohl und Wehe der Viehzüchter haben, und das wußten sie. Ein Brief an den Premier würde folgen, das Telegramm sollte vor allem die lokale Gerüchteküche anheizen. Der örtliche Posthalter und seine Frau waren notorische Klatschmäuler, und da sie gegenwärtig bis zur Fertigstellung der neuen Poststelle die Geschäfte von ihrem kleinen Laden aus führten, wußten die Kunden natürlich bereits von dem Inhalt des Telegramms. Morgen würde die Nachricht in der Zeitung stehen und sich wie ein

Lauffeuer zu den Viehzüchtern seines Wahlbezirks verbreiten.
»Jeder ist eben auf seinen Vorteil bedacht«, meinte Fowler zu Leon. »Und für die Leute ist es eine Ehre, ein Kabinettsmitglied in ihrer Mitte zu haben.«
»Ja, genau.« Leon stellte erleichtert fest, daß sich die Wogen allmählich glätteten. »Sie werden den Ball bald vergessen haben.«
»Das will ich nicht hoffen! Das Drumherum meinetwegen, aber nicht, daß es ein gelungenes Fest war. Was ja auch stimmt.«
»Was machen wir mit Laura?« wollte Leon wissen.
»Nichts. Wie man sich bettet, so liegt man.«
»Meinst du nicht, daß sie uns da draußen bei den Roberts noch mehr Ärger machen könnte?«
»Nein. Vergiß sie. Ich denke, wir sollten so schnell wie möglich nach Brisbane fahren. Hilda kann auch mitkommen. Wenn meine Ernennung offiziell ist, werden wir im Royal Exchange Hotel groß feiern.« Fowler verzog das Gesicht. »Und es wird mir ein besonderes Vergnügen sein, daß ich diesmal keinen von diesen Typen hier einladen muß.«
Am nächsten Morgen erwachte er gutgelaunt. Sein einflußreicher Posten im Kabinett brachte ihn seinem Wunschtraum von der Abspaltung Nordqueenslands schon ein ganzes Stück näher. Was aber viel schwerer wog: Er saß jetzt wirklich fest im Sattel. Roberts konnte ihm nichts mehr anhaben.
An jenem sonnigen Morgen beschloß Fowler, einen Spaziergang zu machen und die Zeitung persönlich zu holen. Er kaufte ein Exemplar, verkniff sich jeden Blick darauf, faltete sie zusammen, klemmte sie sich unter den Arm und ging gemessenen Schrittes zur Quay Street zurück. Sein Desinteresse war indes nur gespielt. Es brannte ihm unter den Nägeln, die Zeitung zu lesen; dies war sein großer Moment, und er mußte ihn auskosten. Er wanderte gemächlich zum Fluß hinunter, als ob er den Uferweg nehmen wolle, um dann, im Schutz der Bäume, endlich die Zeitung aufzuschlagen.
Ungläubig starrte er auf seine Geschichte in einer kleinen Spal-

te in der linken unteren Ecke. Dann sprang ihm die Schlagzeile ins Auge: HERBERT ÜBERNIMMT DAS RUDER.
Mit jähem Schrecken las er, daß angesichts der Finanzkrise des Landes Sir Robert Herbert seinen Posten als Premier wieder eingenommen und Macalister seines Amtes enthoben hatte. Dies sei, war weiter zu lesen, eine Interimslösung, die jedoch vom Gouverneur begrüßt wurde. Und es kam noch schlimmer. Gouverneur Bowen lehnte die Ausgabe einer landeseigenen Währung für Queensland ab, weil sie nicht praktikabel sei und zudem das Land in noch tiefere Verschuldung stürze.
Wie betäubt wandte Fowler sich dem Leitartikel zu, der sich weiter über die Sache ausließ und Bowen für seine Weitsicht und seine weise Entscheidung lobte. Und genau daneben prangte Fowlers Erklärung, da stand schwarz auf weiß, daß er eben jenen Plan befürwortete, den die neue Regierung verwarf.
Fowler taumelte, als ihm klarwurde, daß all seine Hoffnungen nun zerstört waren und diese Titelseite aus ihm einen kompletten Idioten machte. Für Leute, die auf das falsche Pferd setzten, gab es keinen Platz in der Politik. Er suchte Halt an einem Baumstamm, vor seinen Augen drehte sich alles. Das konnte doch nicht wahr sein. Woher hatte Cosmo bloß seine Informationen? Da stand, die Nachricht sei telegrafiert worden. Macalisters Brief an ihn war eine Woche alt.
Er schrie auf, als sich der Schmerz in seine Brust krallte, und verlor den Halt. Mühsam taumelte er ein paar Schritte weiter, aber der Schmerz wurde stärker, und der korpulente Mann stürzte zu Boden. Das Geplätscher des Flusses schwoll in seinen Ohren zu einem Tosen an, er wollte um Hilfe rufen, aber die Stimme versagte ihm, als er um Atem rang.
Das dürre Gras strich ihm kühl über das Gesicht, und endlich ließ der Schmerz nach. Mit leerem Blick sah er die Zeitung aufgeblättert davonfliegen, dann wurde es dunkel um ihn ...
Zwei Fischer fanden Fowler Maskey am Flußufer. Es war für jede Hilfe zu spät.

Hilda Maskey rang verzweifelt die Hände. »Sie haben ihn umgebracht!« schluchzte sie. »Sie haben ihn auf dem Gewissen! Herumgemäkelt und herumkritisiert, in den Zeitungen zum Gespött gemacht. Alles kaputtgemacht, was ihm am Herzen lag.« Sie blickte Leon flehend an. »Fowler war ein guter Mensch, nicht wahr?«
»Ja, Mutter. Das war er.«
Sie begann erneut zu schluchzen. »Warum mußten sie ihn so verhöhnen? Fowler war ein ehrenwerter Mann, eine Stütze der Gesellschaft, aber alle wandten sich gegen ihn, genau wie seine Tochter. Kein Wunder, daß er zusammengebrochen ist und allein da draußen sterben mußte.« Sie bekam einen hysterischen Anfall. »Hoffentlich sind sie jetzt zufrieden! Er ist fort, jetzt müssen sie sich einen anderen Dummen suchen!«
Der Arzt gab ihr ein Beruhigungsmittel. Leon blieb im Eßzimmer sitzen und versuchte, seine Gedanken zu ordnen. Er hatte sich um die Bestattungsformalitäten gekümmert und zwei von Hildas Freundinnen erlaubt, seiner Mutter seelischen Beistand zu leisten. Weitere Besucher ließ er nicht ins Haus. Mit einer gewissen Erleichterung konstatierte er, daß die Maskeys in dieser Stadt nichts mehr hielt. Er schrieb einen kurzen Brief an Laura, teilte ihr in knappen Worten den Tod des Vaters mit und warnte sie eindringlich davor, auch nur einen Fuß über die Schwelle ihres Elternhauses zu setzen. Sie hätte ihrer Mutter und ihrem Vater genug Kummer bereitet und sei an Fowlers Herzversagen gewiß nicht unschuldig. »Und ich will doch sehr hoffen«, fügte er noch hinzu, »daß du Mutter nicht noch mehr zusetzst und uns in diesen leidvollen Tagen heimsuchst.«
Zufrieden las er den Brief noch einmal durch. Fowler hätte nicht anders geschrieben, dachte Leon und fühlte sich richtig stark. Endlich konnte er in seines Vaters Fußstapfen treten. Leon Maskey war jetzt Herr im Haus.
Laura erschien dennoch. Kaum hatte sie die Nachricht erhalten, schwang sie sich aufs Pferd und ritt in die Stadt, stürmte am Hausmädchen vorbei und baute sich tränenüberströmt vor

Leon auf. »Was ist mit Vater passiert?« fragte sie. »Stimmt es? Wo ist Mutter?«
Leon saß an Fowlers Schreibtisch, jetzt seinem Schreibtisch, und blickte Laura kühl an. »Mäßige bitte deine Stimme! Vater ist heute morgen am Fluß zusammengebrochen und gestorben. Wenn du Näheres wissen willst, frag den Doktor. Mutter hat strengstens angeordnet, daß sie dich nicht zu sehen wünscht, und wenn du auch nur einen Funken Gefühl hast, wirst du das respektieren und sie in Ruhe lassen.« Ungerührt sah er zu, wie Laura schluchzend in einen Sessel fiel.
»Wenn du dich beruhigt hast, möchte ich dich bitten, das Haus zu verlassen.«
»Leon, so darfst du nicht mit mir sprechen«, stieß Laura schließlich hervor. »Ich kann es nicht fassen, daß er fort ist. Armer Vater, so plötzlich von uns zu gehen. Mutter wird meinen Beistand brauchen, ich kann nicht einfach fortgehen.«
»Du hast keine andere Wahl«, bemerkte Leon und drehte ihr den Rücken zu.
»Aber natürlich. Hier ist mein Zuhause. Leon, sei doch vernünftig.«
»Das bin ich ja«, erwiderte er. »Ich will nur vermeiden, daß du uns noch mehr Kummer bereitest.« Er warf Fowlers Testament auf den Tisch. »Hier, lies das, dann wirst du einsehen, daß dies nicht länger dein Zuhause ist. Vater hat dich aus seinem Testament gestrichen, und du hast hier nichts mehr verloren.« Leon triumphierte innerlich. Fowler hatte Hilda das Haus und ein beträchtliches Vermögen vermacht. Der Rest des ansehnlichen Nachlasses ging an seinen Sohn, er brauchte nicht mehr mit Laura zu teilen, wie es im ersten Testament vorgesehen war. Er, Leon, bekam alles! Er hätte Laura beinahe dafür danken mögen, daß sie den Vater bis zur Weißglut und darüber hinaus getrieben hatte. Dank ihrer Mithilfe war er jetzt ein reicher Mann und niemandem mehr verpflichtet.
Leons Entschluß stand bereits fest. Er würde Hilda überreden, das Haus zu verkaufen und so schnell wie möglich nach Brisbane zu ziehen. In zivilisierter Gesellschaft würde sie sich

wohler fühlen, und ein Haus in Brisbane war eine solide Basis. Wenn dann erst einmal Gras über die Sache gewachsen war, würde er seine Träume verwirklichen und nach London und auf den Kontinent reisen. Es gelang ihm nur schwer, eine trauervolle Miene zur Schau zu stellen, während er innerlich jubilierte.

Seine Schwester schien nicht zugehört zu haben. Oder sie hatte nichts begriffen. »Wann ist die Beerdigung?« wisperte sie.

»Morgen nachmittag«, erklärte Leon. »Um drei Uhr. Vorher findet in der Kirche ein Trauergottesdienst statt.«

Laura brauchte ihre Zeit, um das Gesagte aufzunehmen. Leon wünschte, sie würde wieder gehen. Ihre Gegenwart machte ihn unruhig, als ob sie auf wundersame Weise dieses kostbare, herrliche Testament zu Fall bringen könnte: seine Fahrkarte in die Freiheit, in ein neues, wunderbares Leben, das nun vor ihm lag.

»Kann ich ein paar Kleider mitnehmen?« fragte Laura kleinlaut.

»Aber gewiß. Wo soll ich deine restlichen Sachen hinschicken?«

»Ich denke, zu den Roberts.«

Leon lächelte abfällig. »Aber natürlich! Deine Freunde, die Roberts!«

»Leon!« flehte sie. »Ich will dort nicht bleiben. Ich habe dem Reporter diese Dinge nie erzählt, habe ihm überhaupt nichts erzählt. Ich habe Vater geschrieben und ihm alles erklärt.«

»Das mag schon sein, er hat es aber nie erwähnt. Wenn du mich jetzt bitte entschuldigst, ich habe zu tun.«

Laura trat in den Flur hinaus und bat eines der Hausmädchen, ihrer Mutter zu sagen, daß sie da sei und sie sehen wolle.

Kaum war das Mädchen verschwunden, hörte sie ihre Mutter in den höchsten Tönen kreischen. Das Mädchen kam zurückgelaufen. »Tut mir leid, Miss Laura. Sie will Sie nicht sehen und die anderen Damen meinen, Sie sollten besser gehen. Mrs. Maskey ist vom Tod Ihres Vaters sehr mitgenommen. Ein andermal vielleicht«, schloß sie mit einem verlegenen Lächeln.

In der kleinen Kirche drängte sich die Trauergemeinde. Neugierige Blicke musterten Laura, die zwischen Amelia und Roberts saß.
Als Laura sich am offenen Grab neben ihre Mutter stellen wollte, zischte ihr Hilda unter ihrem schwarzen Schleier zu: »Verschwinde! Wenn du und deine Freunde nicht gewesen wärt, wäre mein Mann noch am Leben.«
Erschrocken trat Laura einen Schritt zurück und wäre beinahe gestolpert. Cosmo Newgate nahm ihren Arm. »Es tut mir so leid«, murmelte er und erging sich in den üblichen Beileidsbekundungen.
Laura riß sich los. »Sie haben diese Lügen über mich gedruckt!« blitzte sie ihn an. »Sie widerlicher Mensch, und mein Vater hat Ihnen geglaubt. Jetzt wird er nie mehr erfahren, daß ich Tyler Kemp nichts über uns erzählt habe. Kein Wort habe ich ihm gesagt.« Schluchzend wandte sie sich ab.
Cosmo blickte ihr mit einem leisen Schuldgefühl nach. Fowlers Ernennung zum Kabinettsmitglied auf dieselbe Seite zu setzen wie die Nachricht, daß dieses Kabinett gar nicht mehr existierte, war ihm wie ein gelungener Scherz vorgekommen, eine kleine Rache für Fowlers Wutausbruch. Er hatte diesen Mann in aller Öffentlichkeit lächerlich gemacht, aber von Politikern durfte man doch erwarten, daß sie ein dickes Fell besaßen. Aufkommende Zweifel, ob er mit diesem Aufmacher Schuld am Herzversagen Fowlers haben könnte, hatte Cosmo bereits im Keim erstickt. Jetzt erkannte er, daß Kemp ihn über Laura angelogen hatte und er selbst am tiefen Zerwürfnis bei den Maskeys schuld war.
Cosmo verwünschte sich für diesen schweren Fehler. Es wäre ein leichtes gewesen, die Sache mit Laura abzustimmen. Aber Kemp hatte ihn gelinkt. Cosmo sah, wie Laura zu Amelias Kutsche gebracht wurde, und aufrichtiges Mitleid überkam ihn. Roberts, eine große und elegante Erscheinung in Schwarz, legte einen teuren Kranz am Grab nieder. Cosmo konnte das

Böse dieses Mannes beinahe körperlich spüren; er war sicher, daß Roberts hinter allem steckte, und obschon andere ihn für einen respektablen Bürger hielten, schwor er sich, nie wieder seine Partei zu ergreifen.
Cosmo, der kleine, bebrillte Mann mit dem grauen Haarschopf und dem ungepflegten Schnauzbart blieb, den Hut in der Hand, noch lange in Gedanken versunken am Grab stehen. Als er schließlich den Friedhof verließ und zu seinem Pferd gehen wollte, trat Boyd Roberts zu ihm.
»Cosmo! Ich weiß, daß es jetzt etwas unpassend ist, aber ich würde gern mit Ihnen reden.«
»Worüber?«
»Ob Sie daran interessiert wären, Ihre Zeitung zu verkaufen.«
So niedergeschmettert, wie er gegenwärtig war, hätte Cosmo seine Zeitung nur allzugern verkauft, um vor seinen Schuldgefühlen zu fliehen. Der gewitzte Zeitungsmann hielt sich jedoch zurück. »Wer will sie denn kaufen?«
»Ich, wenn Sie nichts dagegen haben.«
»Sie ist nicht zu verkaufen.«
»Alles ist käuflich. Nennen Sie Ihren Preis.«
»Was wollen Sie denn mit einer Zeitung?«
»Darüber brauchen Sie sich nicht den Kopf zu zerbrechen. Sie nennen mir Ihren Preis, und ich zahle.«
Nachdem Cosmo die *Capricorn Post* ins Leben gerufen und ihr zu einer stattlichen Auflage verholfen hatte, war es ursprünglich sein Ziel gewesen, die Zeitung mit einem ordentlichen Profit zu verkaufen und weiterzuziehen. Aber nach dieser Tragödie an Roberts verkaufen? Niemals.
»Sie steht nicht zum Verkauf an.« Es gab eine Menge Dinge, die Cosmo Roberts sagen, die er ihm vorwerfen wollte, aber dies war nicht der Ort und nicht die Zeit dafür. Cosmo kam aus den Slums von Sydney, er hatte seinen Beruf unter härtesten Bedingungen von der Pike auf gelernt und genug Geld verdient, um seine eigene Zeitung zu gründen. Er kannte härtere und brutalere Männer, als dieser geschniegelte Provinzganove mit seinen gedungenen Amateurkillern sich vorstellen

konnte. Er war Roberts gewachsen und durchaus in der Lage, sein infames Spiel mitzuspielen. »Meine Güte, Boyd. Ich könnte gar nicht verkaufen. Diese Zeitung ist mein Leben! Was sollte ich sonst tun?«

»Sie könnten woanders wieder neu anfangen.«

»Ach nein. Zuviel harte Arbeit. Mir gefällt's da, wo ich bin.«

Cosmo sah, wie Roberts Backenmuskeln arbeiteten und seine Augen sich verengten. Er wußte, daß er sich Ärger einhandelte, aber das scherte ihn nicht. Nicht jetzt. »Was geschieht mit Jock McCanns Rinderfarm? Wie ich höre, haben Sie sie gekauft?«

»Stimmt.«

»Aber der Viehbestand ist verkauft. Man sagt, die Farm liegt brach.«

»Ich werde mich schon darum kümmern.«

»Schön, wenn man soviel Geld hat.«

»In der Tat.« Roberts rang sich ein Lächeln ab. »Was ist nun mit der Zeitung? Sie könnten einen hübschen Gewinn herausschlagen.«

»Kommt nicht in Frage, alter Knabe. Ich bin zufrieden mit dem, was ich habe. Guten Tag auch. Ich muß wieder an die Arbeit.«

Im Laufe der nächsten zwei Wochen trat Boyd noch dreimal an Cosmo heran, und jedesmal wurde sein Angebot abgelehnt. Instinktiv vorsichtig, vergewisserte sich Cosmo, daß alle seine Versicherungspolicen in Ordnung waren. Er hatte gehört, daß Laura Maskey von ihrem Vater enterbt worden war und nun ohne einen Penny dastand, ganz der Gnade und Barmherzigkeit von Boyd Roberts ausgeliefert. Da Cosmo keine Angehörigen zu beerben hatte, setzte er ein neues Testament auf, in welchem er Laura all sein Hab und Gut vermachte.

Währenddessen ließ Boyd gegenüber seinem bezaubernden Gast seinen ganzen Charme spielen.

Solange Tyler Kemp nicht zur Stelle war, freute sich Amelia über Lauras Gesellschaft und kümmerte sich aufrichtig um die

trauernde Freundin. Doch schon nach ein paar Tagen fand sie das langweilig und suchte nach anderen Zerstreuungen.
Eines Tages wurden Lauras Habseligkeiten gebracht, und Amelia begann zu überlegen. Wenn Tyler nun zurückkam und Laura hier vorfand? Sie hatte es nur allzuoft erlebt, daß sie in Lauras Gegenwart von den jungen Herren kaum bemerkt wurde. Wenn Tyler nun seine Absichten änderte und sich in Laura verliebte? Je mehr sie darüber nachdachte, desto blühender wurde ihre Phantasie. Sie geriet in Panik. Und die Eifersucht erwachte.
»Wie lange wirst du denn bleiben?« fragte Amelia sie vorsichtig.
Laura sank in sich zusammen. »Nicht lange«, sagte sie kaum hörbar. »Du warst so lieb. Ich muß bald fort. Wenn ich nur wüßte, was ich tun soll.« Sie kämpfte mit den Tränen. »Ich meine ..., wohin ...« Ihre Stimme versagte. Allmählich wurde Laura die Trostlosigkeit ihrer Lage bewußt, aber sie brachte es nicht über sich, Amelia zu gestehen, daß sie völlig mittellos dastand. Daß sie im Augenblick nirgendwohin konnte, selbst wenn sie es wollte. Vielleicht könnte sie an Onkel William in England schreiben, aber das würde Monate dauern.
Wenn sie doch nur diese schreckliche Depression abschütteln und wieder klar denken könnte! Ganz bestimmt würde sie eine Lösung finden. Was taten denn andere Leute in dieser Lage?
Wie üblich, wurden Auszüge aus Fowler Maskeys Testament öffentlich ausgehängt. Amelia bestürmte ihren Vater. »Hast du das gelesen? Fowler hat ihr nicht einen Penny vermacht! Diese Ratte Leon hat sich Lauras Anteil geschnappt. Das ist ja furchtbar! Was soll Laura denn jetzt tun?«
»Wir werden uns was überlegen«, beruhigte Boyd sie.
»Aber was? Sie kann doch nicht ewig hierbleiben.«
»Zerbrich dir darüber nicht dein hübsches Köpfchen. Wo willst du denn in diesem bezaubernden Aufzug hin?«
Amelia strahlte. »Zu Nancy Leighton. Bei ihr findet eine musikalische Soiree statt. Sie macht sich so viel Mühe und hofft,

daß ihr Beau ihr heute noch einen Antrag macht.«
»Soll ich dich begleiten?«
»Nein danke. Ich nehme die Kutsche.«
»Also dann. Amüsier dich gut und mach dir keine Gedanken um Laura.«
»Versuch doch mal, Leon zu überreden, mit Laura zu teilen.«
»Mal sehen.«
An diesem Abend ließ Boyd das Essen auf der Veranda servieren. Der Tisch war für zwei gedeckt. Boyd kümmerte sich persönlich um die Feinheiten: rosafarbene Kerzen, die ein weiches Licht verströmten, erlesene Weine und kostbares Kristall. Laura schien das alles kaum zur Kenntnis zu nehmen. Sie erklärte, nicht besonders hungrig zu sein und nahm nur wenige Bissen zu sich. Nach einigen Gläsern Wein raffte sie all ihren Mut zusammen und berichtete vom Testament ihres Vaters.
»Ich weiß nicht, was ich tun soll«, sagte sie mit tränenerstickter Stimme, »oder wo ich hin soll.«
»Alles zu seiner Zeit«, meinte Boyd und schenkte nach. »Trinken wir auf Ihre Gesundheit und auf Ihre Schönheit. Denn Sie sind unverändert schön.«
Laura brachte ein grimmiges Lachen zustande. »Das hilft mir auch nicht weiter.«
»Sie lächeln ja!« Boyd strahlte sie an. »Sie machen Fortschritte, meine Liebe.«
Der Wein begann zu wirken. Laura zuckte die Schultern. »Fortschritte? Sie wissen, daß ich keinen Penny besitze?«
»Das wird sich ändern. Geld ist nicht so wichtig. Einsamkeit ist ein schlimmeres Übel.«
Laura nickte. Noch nie im Leben hatte sie sich so einsam und verlassen gefühlt, obwohl sie hier ihre Freunde um sich herum hatte. Sie war auf deren Mitleid angewiesen. Bei dem Gedanken, daß sie sich ihnen auch noch selbst aufgedrängt hatte, errötete Laura. Sie empfand tiefe Dankbarkeit für diesen Mann und schenkte ihm ihre ganze Aufmerksamkeit.
»Wenn Amelia verheiratet ist«, begann Boyd mit traurigem Blick, »wird es hier nicht mehr wie früher sein. Sie wird mit

Tyler in ein eigenes Haus ziehen, und ich werde hier alleine herumpusseln. Ich darf den beiden nicht im Wege stehen, das Leben geht schließlich weiter. Wahrscheinlich werde ich als einsamer alter Mann enden.«

»Oh nein«, wandte Laura ein. »Warum denn, um Gottes willen? Ich habe mich oft gefragt, warum Sie nie wieder geheiratet haben.«

»Ich habe nicht die Richtige gefunden.«

Laura stützte das Kinn auf und sah ihn unbeschwert an. Es tat gut, einmal von den eigenen Problemen abgelenkt zu werden. »Aber Sie brauchen sich doch bloß umzusehen. Ein Mann mit Ihren Qualitäten!«

»Das ist nett von Ihnen. Es könnte allerdings sein, daß ich inzwischen doch die Richtige gefunden habe, die Frage ist nur, ob sie mich will.«

»Warum nicht?«

»Sie könnte mich alt und gebrechlich finden.«

Diesmal lächelte Laura. »Das kann ich mir nicht vorstellen.«

Boyd spielte mit seinem Glas. »Das Problem ist«, gestand er schließlich, »daß sie gar nicht merkt, wie sehr ich sie mag.«

»Dann müssen Sie es ihr sagen. Boyd, Sie sind doch nicht etwa schüchtern?«

»In diesem Fall schon.« Er setzte sein Glas ab. »Ich könnte gar keine andere in Betracht ziehen, weil ich nur Augen für meinen bezaubernden Gast habe.«

Laura spürte, wie Panik in ihr aufstieg, und senkte rasch den Blick. Bestimmt hatte sie seine Worte mißverstanden. »Was meinen Sie damit?« stammelte sie.

»Ich versuche, Ihnen klarzumachen, daß ich Sie schrecklich vermissen werde, wenn Sie fortgehen.«

»Mich?« Laura rang nach Worten.

»Sie brauchen nicht verlegen zu werden«, beschwichtigte er sie. »Sie wissen doch, wie schön Sie sind. Ich wollte Sie auch gar nicht so schnell damit behelligen, aber Sie schienen mir so bedrückt, daß ich gar nicht anders konnte.«

»Sie haben bloß Mitleid mit mir«, murmelte sie.

Boyd lächelte. »Oh nein, meine Liebe. Ich gehöre nicht zu den ›Barmherzigen Brüdern‹. Ich weiß, daß Sie sich um Ihre Zukunft Sorgen machen, und wenn es Sie tröstet, lassen Sie mich zunächst sagen, daß Sie hier solange bleiben können, wie Sie wollen. Zweitens hoffe ich, daß Sie in mir von nun an weniger Amelias Vater sehen als vielmehr einen Mann. Einen Mann«, fügte er hinzu, »der Sie inzwischen so sehr liebt, daß er sich absolut lächerlich macht.«
»Aber nein, tun Sie nicht«, rief Laura. »Es kommt bloß alles so überraschend. Ich weiß einfach nicht, was ich sagen soll.«
»Sie müssen gar nichts sagen. Ich bitte Sie lediglich, über meine Worte nachzudenken.« Er konnte nicht umhin, auf sein Vermögen hinzuweisen. »Ich bin ein reicher Mann, Laura. Es würde Ihnen an nichts fehlen. Ich würde Ihnen den Mond auf einem Silbertablett servieren, wenn Sie mich heiraten.«
Jetzt war es heraus. Laura saß eine Weile schweigend da, am liebsten wäre sie im Boden versunken. Sie mußte auf seine Gefühle Rücksicht nehmen, er hatte ihr soeben ein großes Kompliment gemacht, und sie durfte ihn nicht verletzen. »Was würde Amelia dazu sagen«, fragte sie schließlich, um Zeit zu gewinnen.
»Ich wäre Ihnen sehr verbunden, wenn Sie vorerst Amelia gegenüber nichts davon erwähnten«, sagte Boyd. »Sie würde mich auslachen und einen alten Trottel schimpfen, weil ich mir Hoffnungen mache.«
»Oder Schlimmeres, fürchte ich.«
»Nun ja. Aber wie ich schon sagte, wird Amelia ihr eigenes Leben führen. Lassen wir das jetzt. Die Sache eilt nicht, ich möchte nur, daß Sie ernsthaft darüber nachdenken. Jetzt zu etwas anderem. Ich möchte hier einen Krocket-Rasen anlegen, weiß aber noch nicht ...«
Es überraschte Laura, wie leicht Boyd das Thema wechseln konnte, um den Abend für sie so angenehm wie möglich zu gestalten. Später dann, in ihrem Zimmer, dachte sie ausführlich über sein Angebot nach. Wenn sie ihn ehelichte, hätte sie wahrlich ausgesorgt, sie wünschte bloß, er hätte seinen Reich-

tum nicht erwähnt, denn es klang wie Bestechung. Heirate mich, und ich werde dich dafür belohnen. Vermutlich fanden viele Frauen es richtig und wichtig, eine ›gute Partie‹ zu machen, aber Laura wand sich innerlich bei dem Gedanken. Sie ließ sich nicht kaufen. Ob sie nicht ein wenig zu hartherzig war? Boyd kannte sie nun schon eine ganze Weile, und wenn er sie heiraten wollte, sollte sie wenigstens sein Angebot zu schätzen wissen.
Auf wundersame Weise ging es ihr schon viel besser. Ob das nun am Wein lag, an dem Heiratsantrag oder an der Versicherung Boyds, daß sie unbegrenzt bleiben durfte, auf jeden Fall sah sie zuversichtlich in die Zukunft. Sie stellte sich sogar vor, wie es sein würde, mit Boyd zu schlafen, und fand den Gedanken lange nicht so abstoßend wie in bezug auf Bobby Cope. Die kurze, leidenschaftliche Affäre mit Paul hatte ihr die Augen über die wahren ehelichen Pflichten geöffnet. Sie war kein unschuldiges Mädchen mehr, das blauäugig in den Ehestand trat.
Andererseits, überlegte sie, als sie in ihr Nachthemd schlüpfte, war sie nicht in Boyd verliebt und durfte sich auch nicht aus reiner Verzweiflung zu einer Eheschließung verleiten lassen. Er schien davon auszugehen, daß sie ihn nun, in Kenntnis seiner Absichten, in einem anderen Licht sehen und sich in ihn verlieben würde. Er ist ein erfahrener Mann, dachte sie schläfrig, und manchmal braucht die Liebe Zeit. Sie mochte ihn ja in gewisser Weise und schätzte ihn. Vielleicht ...

SECHSTES KAPITEL

Im Grunde genommen war Jeannie Paul nicht mehr richtig böse, aber allzu leicht wollte sie es ihm auch wieder nicht machen. Das Fest bei den Maskeys war vorbei, und sie hatten le-

diglich *das* gesellschaftliche Ereignis des Jahres verpaßt, mehr nicht.
Sie klebte die Einladungskarte in ihr Sammelalbum und legte das graue Satinabendkleid wieder zusammen. Mit dem Kleid packte sie auch ihren Ärger beiseite, aber ihre heimlichen Träume ließen sich nicht so einfach verstauen. Und deshalb mußte sie Paul bestrafen und an jeder Kleinigkeit herumnörgeln.
Paul brach am Dienstag in aller Frühe mit seinen Leuten auf, dankbar, daß er dem häuslichen Unfrieden entkommen konnte. Sie wollten sich die nördlichen Weidegründe ansehen, die Zäune reparieren und die Rinderherden inspizieren.
Jeannie war froh, sie alle los zu sein. »Ich schwör' dir«, sagte sie zu Clara, »wenn ich je für mich selber sorgen müßte, könnte ich überall als Köchin arbeiten.«
Clara nickte. Nachdem Mr. MacNamara aus Sorge wegen der Schwarzen alle seine Leute näher ans Haus gezogen hatte, mußten die beiden Frauen Überstunden in der Küche machen. Es kam den Männern gar nicht in den Sinn, selbst zu kochen wie sonst, wenn sie draußen kampierten. Statt dessen erschienen sie dreimal am Tag zu den Mahlzeiten in der Küchentür und holten sich ihre Ration ab. Darüber hinaus futterten sie Kekse und Kuchen, die Butter und die Marmeladen der Frauen. »Eine ganze Armee wollte ich nicht verköstigen«, bemerkte Clara angesichts der leeren Vorratskammer.
»Heute mache ich keinen Finger mehr krumm«, erklärte Jeannie. »Wir haben uns eine Pause verdient. Ich werde frisches Brot backen, und nachmittags gehen wir zum Angeln. Ich hab' neulich erst ein paar prächtige Barsche gesehen, die nur darauf warten, gebraten zu werden.«
»Mir recht«, sagte Clara, und das hieß, sie freute sich riesig. Mr. MacNamara begleitete sie sonntags manchmal zu ihrer Lieblingsstelle am Fluß, einer kleinen Lichtung im Schatten der Trauerweiden. Für Clara war das immer der Höhepunkt der Woche, sie drei allein, viel Gelächter und Späße. Clara himmelte den Boß heimlich an und beneidete die Missus um

ihr Glück, sich einen solchen Mann geangelt zu haben.
Jeannie hegte auch ihr kleines Geheimnis: Sie war eine unverbesserliche Tagträumerin. Aber als sportliche Frau – sie konnte hervorragend reiten, schwimmen, schießen und angeln – würde sie das niemals zugeben.
Jeannie MacNamara hatte sich an der Seite ihres gutaussehenden Ehemannes bereits als Attraktion des Festes bei den Maskeys gesehen. Ihre Frisur würde natürlich ein Coiffeur in der Stadt zurechtzaubern. Die Carlisles von der Camelot-Farm, ihre neuen Freunde, würden ebenfalls da sein. Und bald würde es sich herumsprechen, daß sie und Paul direkt mit den Rivadavias aus dem Hunter Valley verwandt waren. Selbst die Maskeys würden sie kennen, sie verkehrten ja in denselben Kreisen, zwar nicht hier in Queensland, aber in Sydney, wo der Vizekönig Hof hielt. Und, schweifte Jeannie ab, sie war eine ausgezeichnete Tänzerin. Sie hatte das Tanzen ohne Unterricht wie im Vorbeigehen gelernt und sah sich nun die ganze Nacht tanzen und tanzen, und die Leute fragten: Wer ist das?
Jeannie seufzte tief, und der Tagtraum verblaßte. Paul, dieser sture Kerl! Nun ja, es blieb immer noch der Besuch von Dolour und Juan Rivadavia, um sich zu freuen. Nicht, daß sie ein so grandioses Fest wie die Maskeys auf die Beine stellen konnten – sie konnten aber nach Rockhampton fahren und die beiden vom Schiff abholen. Und Paul könnte in einem der Hotels eine Dinnerparty arrangieren. Man könnte sogar die Maskeys dazu einladen. Warum nicht?
Die häuslichen Pflichten riefen. Jeannie war das ungesäuerte Fladenbrot leid, sie würde richtiges Brot backen, und sie und Clara würden sich endlich einmal wieder ein Schinkensandwich gönnen, bevor sie zum Angeln gingen.

Der Soldat Charlie Penny hatte Ärger mit seiner Truppe. Wenn Captain Cope nicht da war, spurten die Kerle einfach nicht. Charlie hatte sich das Herumkommandieren wesentlich einfacher vorgestellt, aber irgendwie klappte es nicht.
Sie hatten die Sinclair-Farm ohne Zwischenfälle verlassen und

sich in Richtung Berge bewegt. Am Fuß der Berge war es dann zum Streit gekommen. Charlie und sein Kamerad Blackie Bob hatten jeder eine Flasche Rum mitgehen lassen und teilten sie redlich, bis sie feststellten, daß Stan Hatbox sich ganz allein an einer anderen Flasche bediente und sich die doppelte Menge hinter die Binde goß. Mit einem Faustschlag setzten sie ihn außer Gefecht und durchsuchten seine Sachen. Zum Vorschein kam das reinste Feuerwasser, ein selbstgebrannter Schnaps, den Stan und sein Bruder Billy in einem Versteck unter dem Schuppen der Viehtreiber gefunden hatten.

Zunächst fanden sie das riesig komisch. Die Treiber würden ihnen nichts antun, weil Schnapsbrennerei illegal war, also gehörten all die Flaschen, die sich im Gepäck von Joseph und Tom Curley fanden, ihnen. Sie machten ein Feuer, verzichteten jedoch auf das Kochen und ließen die Flaschen kreisen. Zwischen Tom Curley und Stan kam es zu einem Handgemenge, aber zu dem Zeitpunkt war Charlie, der Boß, bereits stockbetrunken.

Am nächsten Morgen hatten sie einen Kater. Charlie watete völlig angezogen in den nahe gelegenen See, um wieder nüchtern zu werden, und versuchte dann, sein Häuflein Männer wieder zu militärischer Ordnung zu rufen, wie Captain Cope es zu tun pflegte. Aber sie lachten ihn bloß aus.

Da griff er nach seiner Kriegskeule, einer furchtbaren, mit Nägeln gespickten Waffe. Charlie hatte sie bei einem Überfall der Wilden auf ein Camp erbeutet. Er versetzte Joseph einen Schlag zwischen die Schulterblätter, um ihnen zu zeigen, daß er es ernst meinte. Dann begann er mit der Einteilung der Leute.

»Ihr zwei«, brüllte er, »Joseph und Tom, hierher. Du gehst mit denen, Billy.«

Billy hielt sich den Bauch vor Lachen und stampfte mit militärischem Schritt wie die Karikatur eines Soldaten auf der Lichtung herum.

Charlie gab seine Anweisungen. »Ihr drei geht auf dem Küstenpfad, wie der Captain gesagt hat, und wir gehen durchs Tal.«

Billy weigerte sich. »Ich geh' nirgends hin ohne meinen Bruder.«
»Ich gebe hier die Befehle«, pfiff Charlie ihn an. Billy schnappte sich sein Gewehr und zielte auf ihn, worauf Charlie seinerseits nach der Waffe griff.
»Schon gut, Charlie. Dann soll eben Blackie mitgehen«, versuchte Stan zu vermitteln.
Ohne Vorwarnung hagelte es plötzlich Speere auf sie herab. Die Männer warfen sich in Deckung. Joseph und Tom reagierten zu spät. Ein wahrer Regen von Speeren ging auf sie nieder und durchbohrte sie grausam.
In Panik feuerten Billy und Charlie blindlings in den Busch. Wieder regnete es Speere, und einer bohrte sich in Stans Rücken. Seine Schreie mischten sich in die Gewehrsalven. Dann war der Angriff vorbei. Charlie fluchte. Captain Cope würde ihm die Schuld geben. Der Verlust von Joseph und Tom beschäftigte ihn weniger als die Tatsache, daß er vergessen hatte, Posten aufzustellen. Charlie schauderte bei dem Gedanken. Wenn die Aborigines sie vergangene Nacht überfallen hätten, wären sie jetzt alle tot.
Vorsichtig kamen alle aus der Deckung. Stan brüllte vor Schmerzen.
»Sag ihm, er soll's Maul halten«, sagte Charlie.
»Die ham ihm 'n verdammten Speer in die Rippen gejagt«, erklärte Blackie Bob.
Charlie kümmerte sich nicht weiter um Stan. Zusammen mit Billy suchte er die unmittelbare Umgebung ab. Sie hatten die schwarzen Angreifer tatsächlich in die Flucht geschlagen, einer lag tot im Gras. Seine Stammesgenossen würden ihn bestimmt holen kommen. Rasch zog Billy sein Messer und schnitt dem Toten das rechte Ohr ab, seine Jagdtrophäe.
Blackie Bob kam zurück und erstattete Bericht. »Alle abgehauen, Boß. Dahin.« Er deutete in Richtung Berge. »Sind fünf Leute und der Tote hier. Die greifen wir uns.«
Charlie schüttelte den Kopf. »Dann laufen wir denen direkt in die Arme. Die warten doch bloß drauf, uns in Stücke zu reißen.«

Er machte sich daran, Gräber für die beiden Männer auszuheben. Sehr tief würde er nicht kommen, die Dingos würden die Leichen wieder ausbuddeln, aber das scherte ihn nicht. Wenn sie nur bald von hier wegkamen.
Währenddessen kümmerte sich Billy um seinen Bruder. Er besah sich die Wunde. Nur eine Seite der schmalen, scharfen Speerspitze war ins Fleisch eingedrungen. Zwei Männer hielten Stan fest, und Billy wand die Waffe aus der Wunde, die heftig blutete. Sie verbanden Stan notdürftig mit den Lappen, mit denen sie sonst die Gewehre reinigten.
Charlie überlegte. Nachdem sie nur noch zu viert waren und die Wilden im Nacken hatten, war es sicherer, die Truppe nicht zu teilen. Sie würden zusammen bleiben und durch das Tal zurückreiten. »Verdammt gefährlich, sich jetzt aufzuteilen«, murmelte er vor sich hin. Und wie um Cope die Schuld an allem zu geben, fügte er hinzu: »Verdammte Weiße. Verdrücken sich. Lassen uns die Drecksarbeit machen.«
»So isses«, pflichtete Blackie bei. »Die kriegen auch mehr zu futtern.«
Bei diesen Worten begann Charlies Magen wieder zu knurren, und das brachte ihn nur noch mehr auf. Weiße Truppen bekamen besseren Proviant; von schwarzen Soldaten wurde erwartet, daß sie jagten oder fischten und sich selbst versorgten. Sinclair hatte ihnen nichts mitgegeben – wäre aber statt dessen Captain Cope mit dabei, müßten sie sich wegen der Verpflegung keine Sorgen machen. Keiner sonst scherte sich darum, ob die schwarzen Truppen hungerten, solange sie bloß die stinkenden Wilden für sie davonjagten.
Die Männer holten die Pferde und hievten den stöhnenden Stan in den Sattel. Billy ermahnte den Bruder. »Reiß dich zusammen, sonst lassen sie uns beide zurück. Also mach schon.«
Er drehte sich zu Charlie um. »Der Captain sagt, da oben in den Bergen wimmelt es von Wilden. Da gehen wir nicht hin. Wir bleiben im Tal.«
Charlie wußte das auch. Sie sollten auch gar nicht in die Berge reiten, lediglich im Flachland patrouillieren und eventuell

marodierende Eingeborene aufgreifen. Aber es ging nicht an, daß Billy hier die Befehle erteilte. Wie ein pedantischer Bürovorsteher wiederholte Charlie mit seinen eigenen Worten, daß sie durchs Tal reiten würden. »Zu McCanns Farm. Futtern.«
Bevor sie aufstiegen, griff Billy nach dem Speer. Es war eine gute, starke Waffe, die, auf beiden Seiten mit Widerhaken eingefaßt, sicher im Schaft steckte. Auf Stans fragenden Blick erklärte Billy nur: »Kannst ne Menge Fisch mit schnappen, Mann.«
Und dann ritten sie los. Das war am Montag gewesen.
Irgendwann ließen sie den Busch hinter sich und ritten durch offenes Weideland. Sie folgten dem Fluß, der sie zu McCanns Anwesen bringen mußte. Ein langer Ritt ohne besondere Vorkommnisse lag hinter ihnen, als sie auf der Farm ankamen, und sie waren rechtschaffen hungrig und müde.
Das Gehöft lag wie ausgestorben da. Die Männer betraten das Haus und blickten sich suchend um. Es gab keine Möbel, keine Einrichtung, keine Menschenseele, nichts.
Als es Charlie endlich dämmerte, daß diese Farm verlassen war, geriet er in Rage. Sie durchsuchten jede Ecke und jeden Winkel nach etwas Eßbarem und fanden lediglich Reste, ein paar Konserven, verschimmelten Käse und eine halbleere Flasche Gin, aber nichts, womit sie sich hätten den Bauch vollschlagen können. Wütend schlugen sie alles kurz und klein, warfen die Fensterscheiben ein, rissen die Türen aus den Angeln, ließen mit den Tomahawks ihre Wut an den Wänden aus. Zu guter Letzt steckten sie das Haus in Brand.
Blackie fing ein paar Kaninchen, die sie in der Glut des Lagerfeuers brieten. Zufrieden und satt lehnten sie sich zurück und amüsierten sich über ihren Racheakt an den Weißen.
Stan lag unter einem Baum. Die Wunde schmerzte noch heftig, aber sie blutete nicht mehr. Billy betupfte sie mit etwas Eukalyptusöl und verkündete, daß es seinem Bruder schon besser ginge. Er schwenkte einen Batistunterrock, den er im Haus gefunden hatte, zog sich die Hosen aus und drapierte sich das Kleidungsstück um die schmalen Hüften. Die anderen wieher-

ten, und Charlie neckte ihn: »Was willste mit 'nem Kleid, wo nichts drin is', Billy. Warum suchste nich' eins mit 'ner Frau drin?«

»Sie kriegen eine, Boß«, grinste Billy. »Gleich, wenn wir in die Stadt kommen, das schwör' ich.«

Charlie nickte erfreut, nicht wegen der versprochenen Frau, sondern weil Billy ihn »Boß« genannt hatte. Allmählich fingen die Kerle an zu spuren. Selbstgefällig blickte er in die Runde. »Wenn's hell wird, reiten wir los.« Er wies mit dem Daumen auf die schwelenden Trümmer hinter ihnen. »Dem weißen Mann wird das da nicht gefallen. Wir sagen ihm, wir haben böse Nigger hier geschnappt, schwerer Kampf. Joseph und Tom von Speer getötet. Armer Stan auch einen abgekriegt. Wir gute Soldaten, viele getötet und davongejagt. Armes Haus nicht mehr zu retten.« Er lächelte verschlagen. »Klingt gut, was?«

Die drei Männer waren begeistert, aber Blackie Bob fand eine Schwachstelle. »Captain Cope sagt, drei von uns sollen den Küstenpfad nehmen.«

Charlie blickte ihn mißmutig an. Aber Blackie hatte recht. Charlie dachte ein Weilchen nach, dann fiel ihm eine Lösung ein. »Wir konnten uns nicht trennen. Wilde kommen vom Berg herunter und greifen an. Wir hinterher.«

»Verdammt richtig«, rief Billy. »Und ich hab' den Speer als Beweis und das Ohr.«

Nach einigem Hin und Her stand ihre Geschichte. Es gab noch eine kleine Diskussion über den Verbleib von Joseph und Tom, da sie ja nicht auf dem McCannschen Anwesen, dem Ort des fiktiven Kampfes, begraben worden waren. Schließlich warf Blackie höhnisch in die Runde: »Der weiße Mann schert sich einen Dreck um uns. Bei weißen Soldaten wollen sie die Gräber sehen. Bei uns Schwarzen nicht.«

Charlie hatte verdammt recht.

Am nächsten Morgen ging es Stan schon besser. »Mein Bruder is'n tapferer Kerl«, erklärte Billy stolz, als sie sich auf ihre Pferde schwangen und Richtung Süden, zur nächsten Farm,

Oberon, galoppierten. Mittlerweile glaubten sie selbst daran, Helden einer großen Schlacht zu sein, mit zwei gefallenen und einem verwundeten Soldaten, und daß sie nur mit viel Glück ihre eigene Haut hatten retten können. Der Boß in Oberon würde zufrieden sein, ja, er würde sie sogar bedauern, und deshalb durften sie mit freundlicher Aufnahme und guter Verpflegung rechnen.
Damit lagen sie gar nicht so falsch.
Die zwei Hunde bellten schon von weitem, als der Trupp um die Biegung geritten kam, und Jeannie erwartete sie mit schußbereitem Gewehr. Sie wußte, daß die Männer von Oberon zu dieser frühen Stunde unmöglich schon zurück sein konnten. Beim Anblick der Uniformen atmete sie erleichtert auf. »Wo ist euer Offizier?« rief sie.
Charlie zügelte sein Pferd. »Nach Rockhampton, Missus. Letzte Woche. Captain Cope wollte zur Hochzeitsfeier.«
Cope! Wie beruhigend, diesen Namen zu hören. Jeannie drehte sich zu Clara um, die hinter ihr stand. »Er meint die Verlobungsfeier, zu der wir eingeladen waren.«
»Und was wollt ihr hier bei uns?« fragte sie weiter.
»Captain Cope hat Nachricht bekommen«, antwortete Charlie wahrheitsgemäß. »Ihr Boß sagt, zu viel böse Wilde in den Bergen da. Sagt, ich soll auf dem Heimweg bei Ihnen vorbeischauen, ob alles in Ordnung ist.«
Jeannie war entzückt. »Paul hat keine Nachricht geschickt«, flüsterte sie Clara zu. »Ich hab's getan.«
»'ne Menge Scherereien da draußen«, erklärte Charlie.
Jeannie sah ihn erschrocken an. »Was für Scherereien?« Dann bemerkte sie Stan, der schwer in seinem Sattel hing. Auf Charlies Anweisung übertrieb er die Schmerzen, um Mitleid zu erregen. »Was fehlt ihm denn?« wollte Jeannie wissen.
»Vom Speer durchbohrt, Missus. Sind überfallen worden. Großer Kampf mit zehn ...« Charlie fiel nicht mehr ein, auf welche Anzahl sie sich nun geeinigt hatten und blickte fragend in die Runde. Die Kameraden nickten. Egal.
»Vielleicht zwanzig Krieger«, fuhr er fort. Er trommelte sich

demonstrativ auf die Brust. »Peng! Peng! Mausetot!«
»Du lieber Himmel!« stieß Jeannie hervor. »Wo ist das passiert?«
»McCanns Haus. Gestern.«
»Aber da wohnt doch niemand mehr.«
»Um so besser«, erklärte Charlie. »Großer Überfall von Wilden auf das Haus, brennen alles nieder.«
Jeannie ließ das Gewehr sinken und hörte sich mit verstörter Miene Charlies haarsträubende Geschichte von der großen Schlacht an. Seine drei Kumpanen lauschten ebenfalls wie gebannt und nickten immer wieder bekräftigend mit dem Kopf.
»Wo sind die restlichen Wilden jetzt?« fragte Jeannie ängstlich.
»Weiß nich'«, sagte Charlie. »Wie sie weglaufen, wissen wir nicht, was tun. Blackie hier meint, wir sollten hinterher, aber der Captain, er hat mir befohlen, hierher zu kommen.«
Jeannie verstand. Typisch für die Schwarzen, sie waren unfähig, Entscheidungen zu treffen. Wahrscheinlich hätten sie die Angreifer verfolgen müssen, aber sie konnte es dem Kerl nicht verübeln, daß er lieber Copes Anweisung gefolgt war. Er wirkte nicht besonders helle, die anderen übrigens auch nicht, er führte eben bloß Befehle aus und wußte es nicht besser. Der arme Captain Cope, dachte Jeannie bei sich. Der muß sich ja vorkommen, als habe er einen Haufen dressierter Affen um sich.
»Ham 'se vielleicht was zum Futtern für uns, Missus? Dann hauen wir auch wieder ab. Müssen nach Rockhampton zurück.« Charlie brannte darauf, schnellstens nach Hause zu reiten, nachdem Billy ihm versichert hatte, daß er es ernst mit der Frau meine. Er kannte eine, eine Weiße, die ihr Höschen für ihn fallen lassen würde. Allerdings war sie nicht billig, drei Shilling im Vergleich zu drei Pence für eine junge Eingeborene. Ein ganzer Monatssold, aber es würde sich lohnen. So nah war Charlie noch nie an eine weiße Frau herangekommen. Der Gedanke daran erregte ihn ungemein, trotzdem feilschte er noch ein Weilchen. »Sie müßte schon mehr als das Höschen ausziehen«, sagte er und grinste anzüglich. Billy verstand. »Klar, Boß. Schöne, fette, weiße Lady. Viel zu sehen!«

Nachdem seine Räuberpistole problemlos über die Bühne gegangen war, bewegte Charlie nur noch ein Gedanke: Pferde tränken, was essen und dann wie der Teufel zurückreiten und die Frau finden. Aber Jeannie durchkreuzte seine Pläne.

»Nein«, erklärte sie mit einer Bestimmtheit, als führte sie das Kommando. »Ihr bleibt hier. Ihr bekommt was zu essen, dann redet ihr mit unserem Boß. Er wird wissen wollen, was passiert ist. Vielleicht wird er auch mit euch losreiten und die Gegend absuchen wollen, falls ein paar von den Wilden zurückkommen.« Sie beriet sich mit Clara. »Paul muß vielleicht zu McCanns Farm reiten und nachsehen. Auch wenn das Anwesen jetzt diesem Roberts gehört.« Jeannie konnte sich eine gewisse Schadenfreude nicht verkneifen. Wäre die Lage nicht so gefährlich und mit zwei Gefallenen auch tragisch gewesen, hätte sie den Wilden beinahe gratulieren mögen zu ihrer Tat. Endlich einmal war Roberts empfindlich getroffen worden. Jock McCann hatte seiner Frau ein herrliches Haus gebaut. Jetzt war es zerstört, und es würde ein Vermögen kosten, es wieder aufzubauen.

Charlie fand ihren Vorschlag nicht so gut. »Wir müssen zurück«, erklärte er. »Hat der Captain gesagt.«

»Das geht schon in Ordnung.« Jeannie blieb hart. »Mein Mann wird Captain Cope alles erklären. Zunächst müßt ihr Mr. MacNamara Meldung machen. Er ist hier der Boß.«

»Wo steckt er denn?« fragte Charlie. Es schien keiner der Männer in der Nähe zu sein, sonst wäre schon längst einer aufgetaucht.

»Draußen auf den Koppeln«, sagte Jeannie. »Ich erkläre euch den Weg. Sind nur ein paar Stunden zu reiten. Bringt euren Kameraden in den Schuppen. Da kann er sich ausruhen, bis ihr zurück seid. Kann er gehen?«

Stan war in sich zusammengesunken. »Es hat wieder angefagen zu bluten, Missus«, rief er und faßte sich an den Rücken.

Jeannie sah die blutgetränkte Uniform. »Ist die Wunde verbunden?«

»Haben nix zum verbinden«, erklärte Billy und stützte den Bruder, damit er nicht vom Pferd fiel.
»Mein Gott!« Jeannie war aufrichtig bestürzt. »Wir werden uns um die Wunde kümmern.« Sie bat Clara, Verbandszeug zu holen.
Die Männer stiegen ab und hoben Stan behutsam aus dem Sattel. Clara kam mit dem Verbandskasten angelaufen.
»Tragt ihn in den Schuppen, rasch!« rief Jeannie. Dann hob sie den Kopf und schnüffelte. »Du lieber Himmel! Mein Brot! Es ist angebrannt.«
Sie ließ Clara bei den Männern zurück und rannte ins Haus. Das Gewehr stellte sie in der Küchentür ab. Aus dem großen Backofen qualmte es bedrohlich. Jeannie fluchte über ihre Vergeßlichkeit. Zum Glück war nur die Oberseite der Brotlaibe angebrannt, und sie hatte noch eine Portion Teig übrig. Rasch machte sie sich daran, die restlichen Brote zu formen und in den Ofen zu schieben. Diesmal würde sie nicht so vergeßlich sein.
Sie strich sich gerade das zerzauste Haar aus der erhitzten Stirn, da hörte sie Clara schreien. Es war ein einziger hoher, durchdringender Schrei. Jeannie schnappte sich das Gewehr, stürmte aus dem Haus und rannte zum Schuppen.

Es war einfach so passiert, ärgerte sich Charlie hinterher. Ein Schritt hatte sich wie von selbst aus dem anderen ergeben.
Sie liefen alle barfuß, ihre Stiefel waren mit den Schnürsenkeln an den Sätteln festgeknotet. Captain Cope achtete immer streng darauf, daß sie ihr Schuhwerk pflegten, denn wenn sie in voller Montur auftreten mußten, gehörten die Stiefel dazu. Ansonsten fanden die schwarzen Soldaten sie eher hinderlich und unbequem. Sie führten ihre Pferde zum Schuppen, wobei Stan mit seiner Verletzung übertrieb, um das weiße Hausmädchen, das neben ihnen herlief, mitleidig zu stimmen. Charlie störte sich nicht daran; so wurde ihre Geschichte noch glaubwürdiger.
Das Mädchen war ebenfalls barfuß – im Gegensatz zur Mis-

sus, die, wie Charlie bemerkt hatte, Stiefel trug. Er beäugte die rosa Zehen, die unter dem langen schwarzen Rock hervorlugten, mit einem breiten Grinsen. Charlie fühlte sich ganz obenauf, nachdem die schlaue Missus ihre Geschichte von dem angeblichen Kampf anstandslos geschluckt hatte. Billy fing seinen Blick auf und zwinkerte ihm zu – auch er stellte seine Betrachtungen darüber an, was noch unter diesem Rock verborgen lag.

Sie brauchten nicht lange zu warten. Als sie um die Stallecke bogen und das Mädchen ihnen bedeutete, weiterzugehen, verfing sich ihr Rock in einem Dornbusch. Während sie sich loszureißen versuchte, erhaschten die Männer einen Blick auf ihren blütenweißen Unterrock, ein Unterrock wie der, in dem Billy letzte Nacht herumgetanzt war. In Erinnerung daran wurde ihnen ganz heiß.

Sie pflockten die Pferde an, trugen Stan in den Schuppen und legten ihn auf ein paar Säcke. Das Mädchen kniete sich neben ihn und befahl Charlie, das Hemd und die oberen Hosenknöpfe aufzumachen. Als sie die Wunde sah, zuckte sie zurück. »Das muß genäht werden!«

»Nein!« keuchte Stan. »An mir wird nich' rumgedoktert.«

»Bring mir Wasser«, sagte Clara zu Blackie.

Sie säuberte die Wunde und desinfizierte sie dann mit Puder.

Billy stand hinter ihr und starrte fasziniert auf den Unterrock, der durch den zerrissenen Rock blitzte. Charlie fing seinen Blick auf, er wußte, was in Billy vorging, und er war selbst zu erregt, um ihn zu stoppen.

Mit einem Satz packte Billy das Mädchen, preßte ihr seine derbe Pranke auf den Mund und zog sie von Stan weg. Charlie nickte Blackie zu. »Du paßt auf.«

Sie zerrten Clara in eine dunkle Ecke und rissen ihr die Kleider vom Leib. Billy zog sein großes Messer hervor und drohte ihr damit. Sie trat nach ihnen und versuchte mit erstaunlicher Kraft, freizukommen, aber es half nichts. Bald war sie nackt, ganz weiß und rosig, mit vollen Brüsten, und sie hatten es schrecklich eilig, sie anzufassen.

Stan sah gebannt zu, als Billy ihr das Messer an die Kehle setzte. »Halt's Maul oder ich jag' dir das Ding in die Brust.«
Sie nickte mit angstvollem Blick. Charlie ließ sie los und begann, seinen Gürtel zu lösen.
Da stieß das Mädchen einen Schrei aus, einen durchdringenden Angstschrei, der von den Wänden widerhallte. Ohne zu zögern, versetzte Billy ihr einen Faustschlag, der sie umwarf. »Jetzt is' se ruhig«, sagte er. »Mach schnell Mann, dann komm' ich dran.«
Billy zog das Mädchen weiter in die Ecke und betatschte ihren Körper, als Charlie Einhalt gebot. »Is' se tot?« Er war sehr abergläubisch, was Tote anbelangte, und fürchtete sich vor ihrem Geist, der ihn verfolgen könnte.
»Nein.« Billy grinste gemein. »Bloß k.o. Fühl mal.« Er hob ihren Kopf an, und Charlie spürte den Pulsschlag durch die warme Haut. Er würde seine Chance also doch noch bekommen.
Mit dem Gewehr in der Hand rannte Jeannie zum Schuppen. Man brauchte ihr nicht zu sagen, was passiert war – der Angstschrei und die darauffolgende Stille sprachen für sich –, und sie schalt sich für ihre Dummheit. Ob schwarz oder weiß, fremde Männer waren immer gefährlich, und diese Sorte hier ganz besonders. Es seien bloß dressierte Wilde, hieß es immer wieder, aber sie hatte nie darauf geachtet. Und jetzt hatte sie sich von ihren Uniformen täuschen lassen, von diesen verdammten Uniformen.
Sie schlüpfte durch die Hintertür und hätte die Männer beinahe überrumpelt. Aber Billy, der mit dem Blick zur Tür stand, sah sie hereinkommen und auf ihn anlegen. Er riß das stöhnende Mädchen hoch, hielt sie wie einen Schild vor sich, das Messer an ihrer Kehle. »Das Gewehr weg, Missus«, bellte er. »Oder ich schlitz' sie auf.«
Jeannie war entsetzt, die arme Clara splitterfasernackt in den Händen dieser Bestien zu sehen. Der andere Mann hob die Hände und trat einen Schritt zurück. Der Verwundete fiel auf die Knie »Ich hab' se nich' angerührt, Missus«, winselte er.

»Hab' nie nichts getan.«
Jeannie konnte den vierten Mann nirgends ausmachen, aber Clara war momentan wichtiger. Sie kam wieder zu sich und merkte, daß der Mann sie als Schutzschild benutzte. Die Klinge an ihrem Hals fühlte sich gräßlich scharf an. »Bitte nicht schießen«, kreischte sie. »Er wird mich töten.«
Jeannie hielt unbeirrt das Gewehr auf die Gruppe gerichtet. »Alles in Ordnung?« rief sie Clara zu.
»Ja«, würgte Clara hervor.
»Duck dich!« Jeannies Befehl wirkte augenblicklich. Clara fiel wie ein Stein zu Boden, und Billy war ohne Schutz. Jeannie schoß ihm genau zwischen die Augen.
In der Zwischenzeit hatte Blackie Zeit gehabt, die Situation zu begreifen. Er hatte die Missus nicht kommen sehen, vermutete sie aber irgendwo auf dem Kriegspfad. Er schlich um den Schuppen herum und kam herein, als sie gerade auf Billy schoß. Sofort zog er ihr Charlies Kriegskeule über den Schädel. Die andere Frau lag wimmernd am Boden und versuchte, ihre Blöße zu bedecken.
»Wir müssen abhauen«, erklärte Charlie. Es blieb keine Zeit mehr, sich um Billy zu kümmern. Sie mußten ihre Haut retten. »Brat ihr auch eins über«, befahl er Blackie.
Blackie gehorchte. Er hatte Wilde und deren Kinder verdroschen, eine weiße ›Eingeborene‹ machte da keine Ausnahme, und diese Keule war eine prächtige Waffe. Er schlug zu.
Charlie grinste gerissen. »Das können wir den Niggern auch in die Schuhe schieben. Müssen aber unsere gottverdammten Spuren verwischen, Blackie.«
Sie sammelten die Kleider des Mädchens ein, hoben das Gewehr auf und trugen die beiden schlaffen Körper zum Fluß. Da noch Leben in den Frauen war, sah Charlie nicht ein, warum sie sich nicht nehmen sollten, was ihnen zustand. »Wenn die uns je kriegen, tut's uns leid, wenn wir's nicht getan haben«, erklärte er, und Blackie fand die Logik zwingend. Trotz seiner Verwundung machte Stan mit. Die beiden Frauen waren zu schwach, um sich zu wehren, und als alles vorbei

war, packte Blackie den Speer, den sie als Souvenir mitgenommen hatten, und rammte ihn der Weißen in die Brust. Sie stießen die Frauen ins seichte Gewässer, der Speer steckte noch in Jeannie MacNamaras Körper, dann warfen sie ihre Kleider und das Gewehr hinterher.

Blackie, der Fährtenleser, kannte sich aus. Er räumte im Schuppen auf, hinterließ aber absichtlich Fußspuren im Sand. Die hölzerne Kriegskeule legte er neben die Tür. Er grinste zufrieden. Die weißen Polizisten würden sich für besonders schlau halten, wenn sie die Spuren fanden und das Geschehen rekonstruierten. Oder das, was sie dafür hielten.

Sie wickelten den toten Billy in eine Decke und banden ihn auf seinem Pferd fest. Dann durchwühlten sie das Haus auf der Suche nach Eßbarem und schlugen dabei alles kurz und klein. Als sie davonritten, roch es nach verbranntem Brot.

Statt nach Rockhampton zu reiten, kehrten sie zu der niedergebrannten Farm von McCann zurück und begruben Billy tief im Busch.

Nach dieser Anstrengung und dem langen Ritt ruhten die drei Männer sich erst einmal aus – in dem sicheren Gefühl, ihre Spuren geschickt verwischt zu haben. Sie beschlossen, am nächsten Tag wieder nach Oberon zu reiten – unbescholtene Männer auf der Spur der Wilden –, nach jener Schlacht, in der drei ihrer Kameraden gefallen waren. Zufrieden fiel Charlie in einen tiefen, gesunden Schlaf.

Ein ungutes Gefühl beschlich Paul MacNamara, als er und seine Männer bei Anbruch der Nacht oben auf dem Hügel Halt machten. Seine Farm lag vollkommen im Dunkeln.

»Kein Licht!« rief Gus, und sie gaben ihren Pferden die Sporen und galoppierten los.

Paul war wie benommen. »Wo sind sie?« rief er immer wieder, während er von einem Gebäude zum nächsten rannte. »Findet sie! Holt noch mehr Laternen!«

Sie wußten, daß Schwarze dagewesen waren, einer der Männer konnte sie angeblich riechen. Weiße plünderten gewöhnlich, Schwarze zerstörten. Der Backofen war kalt, verbranntes Brot

lag darin, ein Zeichen, daß die Angreifer längst auf und davon waren.
Als sie die Kriegskeule fanden, bestätigte sich ihr Verdacht, daß Wilde die Frauen angegriffen und verschleppt haben mußten. »Sucht weiter«, schrie Paul beinahe hysterisch. »Vielleicht haben sie sie irgendwo freigelassen. Und du«, wandte er sich an Danny, »du holst Hilfe von den anderen Farmen. Hol so viele Leute, wie du kriegen kannst.« Er blickte auf die finsteren Berge, wo stecknadelgroße Lagerfeuer leuchteten, und schwor den Angreifern blutige Rache.
Die Männer von Oberon suchten das Gelände systematisch ab, schwärmten über die Pferdekoppeln, zertrampelten den Gemüsegarten, trieben die wenigen Milchkühe auseinander und stürmten über das neu angelegte Weizenfeld. Sie näherten sich gerade dem Fluß, als ein Schuß sie aufhorchen ließ.
»Das ist Gus«, rief einer der Männer, und sie rannten los. Nur Paul zögerte, seine Beine waren schwer wie Blei. Die Laterne in der Hand, taumelte er über den Trampelpfad zur Angelstelle am Fluß. Ein schwacher Hoffnungsschimmer regte sich in ihm; vielleicht hatten sich die Frauen da unten versteckt.
Gus hielt ihn am Arm zurück. »Sie gehen besser ins Haus zurück, Boß.«
»Habt ihr sie gefunden?« fragte Paul mit gepreßter Stimme.
»Ja«, sagte Gus leise. »Tut mir leid. Wir können ihnen nicht mehr helfen.«
»Tot? Sind sie tot? Bist du sicher?«
»Ja. Die Männer kümmern sich um sie. Sie wollen doch da nicht etwa runtergehen.«
Paul riß sich los und rannte wie besessen den Pfad zum Fluß hinunter und auf den Lichtkreis der Laternen zu. Hektisch schob er die Trauerweiden beiseite und starrte auf das Bild, das sich ihm bot. Die nackten Körper lagen in grotesker Verrenkung im seichten Wasser, die Laterne warf ein gespenstisches Licht auf ihre Gesichter und das nasse Haar. Ein Speer ragte aus dem Wasser, die Spitze steckte noch in Jeannies Brust. Paul schrie entsetzt auf. »Zieht ihn raus!« Ihm wurde übel, bittere

Galle stieg in ihm auf. Dann wurde es schwarz um ihn.
»Der Boß!« rief einer der Männer. »Er ist ohnmächtig geworden!«
»Gnädiger Gott«, murmelte Gus. »So was muß einen ja umhauen. Ich kümmere mich um ihn. Holt Decken, wir müssen die Frauen einwickeln, bevor wir sie zum Haus hinauf bringen.«
Paul kam wieder zu sich und begann hemmungslos zu weinen. Gus half ihm auf die Beine, und sie folgten der schaurigen Prozession, den Männern und ihrer traurigen Last.

Einsam und in sich zusammengesunken saß Paul in dieser schrecklichen Nacht da, weinte um die Frauen, gequält von ihrer Tortur und von Selbstvorwürfen zermartert.
Gus brachte ihm schwarzen Kaffee mit einem Schuß Whisky und legte eine Decke um die gebeugte Gestalt. Sein Boß, sein Freund. Er sagte nichts, sie würden später reden.
Paul nahm die Männer wie durch einen Nebel wahr. Er hörte sie Gebete murmeln und versuchte selbst zu beten, aber sein Innerstes revoltierte gegen diesen Gott, der das Verbrechen mitangesehen und seine allmächtige Hand nicht erhoben hatte. Ein Gott, der solche Versündigung gegen die Natur zuließ! Nein, diesem Gott würde er niemals vergeben.
Er konnte auch sich selbst nicht verzeihen, daß er seine Frau und das junge Mädchen nicht besser beschützt hatte.
Arme Jeannie. Wo waren die Kinder, die sie sich so sehnlichst gewünscht hatte? Zerknirscht dachte Paul daran, wie er sie damals ausgelacht hatte, als sie eifersüchtig auf ihre Schwägerin und ihr Neugeborenes gewesen war. »Wir haben noch viel Zeit«, hatte er gesagt.
Viel Zeit. Die Worte klangen wie Hohn in seinen Ohren. Arme Jeannie. In den letzten Wochen ihres Lebens war sie ihm gram gewesen wegen dieser albernen Feier bei den Maskeys. Die Schamröte stieg ihm ins Gesicht. Seine Frau war in dem Glauben gestorben, daß er sie nicht genug liebte, um ihr diesen kleinen Wunsch zu erfüllen.

Dann fing er an zu beten. Nicht zu Gott, er betete zu Jeannie, bat sie um Vergebung, gestand ihr seine Untreue. Verzweiflung packte ihn bei dem Gedanken, daß sie ihn vielleicht doch hörte und erfuhr, wie es um sein Herz stand. Das konnte er nie wieder gutmachen.

Wer hatte diese schreckliche Tat begangen? Er schwor in ohnmächtigem Zorn, die Täter zu finden und zu töten, und wenn er sie bis ans Ende der Welt verfolgen mußte. Bis ans Ende der Welt? Die Welt, seine Welt, endete in jenen Bergen dort. Da hausten diese Bestien. Jeannie hatte die Schwarzen gehaßt. War es ihr vorbestimmt, durch sie zu sterben? Er hatte nicht auf sie gehört. Ihr Ehemann, verantwortlich für ihre Sicherheit, hatte die Frauen schutzlos zurückgelassen. Zu spät, um sich vorzuwerfen, daß er schon lange einen Hufschmied hatte einstellen wollen, der immer da war und aufpassen konnte. Das Bewußtsein vom Ausmaß seiner Schuld traf Paul mit aller Härte. Er würde sich das nie verzeihen können.

Gegen Morgen hörte er Pferdegetrappel im Hof. Gus kam zu ihm und erklärte, daß er mit einer Handvoll Leute ausreiten und die Mörder suchen wolle.

Paul machte Anstalten mitzukommen.

»Nein«, erklärte Gus. »Sie bleiben hier. Es sind ein paar Frauen unterwegs, die sich um ...«, er geriet ins Stocken, »... alles kümmern werden. Sie werden Sie brauchen. Claras Eltern wissen Bescheid, und Jeannies Familie wird benachrichtigt. Wir werden jetzt das Gelände durchsuchen und gegen Mittag wieder zurück sein. Wir finden sie früher oder später.«

»Oh ja.« Paul blickte grimmig. »Wir werden sie finden, jeden einzelnen.«

Gus schauderte, als er den Haß in Pauls Stimme hörte. Konnte dieser friedliebende Mensch sich so verändert haben?

Als Gus zurückkam, waren die Frauen von den benachbarten Farmen bereits da. Sie hatten die Leichen im Gästezimmer aufgebahrt und kümmerten sich um den Haushalt. Sie würden bis nach der Beisetzung im Haus bleiben. So wollte es der Brauch.

Ein Polizist, Sergeant Jim Hardcastle, der zufällig in der Nähe war, übernahm das Kommando. Wie er Gus erklärte, hatte er in Rockhampton um militärische Verstärkung gebeten.
Am späten Nachmittag erschienen drei Berittene der Eingeborenenpolizei auf der Farm. Der Sergeant eilte ihnen entgegen.
»Gut, daß ihr da seid, Jungs. Wo kommt ihr denn her?«
»Waren erst bei Sinclair«, erklärte Charlie. »Auf dem Rückweg stoßen wir auf eine Bande von Wilden auf McCanns Farm. Die haben drei von unseren Leuten getötet und McCanns Haus abgefackelt. Sind ihnen auf der Spur.«
Die Nachricht versetzte alle in helle Aufregung. Jetzt konnten sie sich ein Bild davon machen, wie die Bestien vorgegangen waren; sie hatten sich aus den Bergen herangepirscht und eine Todesspur hinterlassen. Im südlichen Teil hatte es keine Überfälle gegeben, folglich mußten die Angreifer sofort nach diesem schrecklichen Verbrechen wieder in den Schutz der Berge geflohen sein.
Paul schickte einen Boten nach Rockhampton, der seiner Familie Jeannies Tod telegrafieren sollte und bat sie, für ihre Seele zu beten. Er versprach, bald zu schreiben, wohl wissend, daß er es niemals schaffen würde, von dieser Tragödie zu berichten.
Aufgrund der sommerlichen Temperaturen mußten die Frauen so schnell wie möglich begraben werden, und so stand Paul am Donnerstag abend allein neben den Grabhügeln auf einer kleinen Anhöhe am Fluß. Er brachte es nicht über sich, Jeannie Lebewohl zu sagen, aber er schwor blutige Rache. »Du hast so recht gehabt«, erklärte er ihr. »Ich habe ihnen Frieden angeboten, und das habe ich dafür bekommen. Dafür werden sie büßen«, versprach er. »Sie werden alle büßen. Ich jage sie allesamt ins Meer.«

Amelia stürmte ins Haus, um Laura die Neuigkeit zu berichten. Sie war gerade von einem Einkaufsbummel in Rockhampton zurückgekommen, einem nutzlosen Unterfangen, da eines der Geschäfte inzwischen dichtgemacht hatte und das andere nichts Interessantes bot. Also würde sie versuchen, ihren Vater zu überreden, mit ihr nach Brisbane zu fahren, um sich neue Kleider zu kaufen. Er schien im Moment nicht allzu beschäftigt. Und es würde Tyler recht geschehen, wenn er zurückkam und sie nicht antraf ... Aber nein, vielleicht doch lieber nicht.

Wie dem auch sei – sie hatte vor der Polizeiwache einen großen Menschenauflauf gesehen und wollte schon weglaufen, weil sie fürchtete, es könnte derselbe Mob sein, der das Golden Nugget Hotel belagert hatte. Dann entdeckte sie vertraute Gesichter, Leute, die kaum bei einem Aufstand mitmachen würden, und mischte sich unter die Menge.

Die Frau des Vikars wollte sie wegscheuchen. »Sie sollten nicht hier sein. Das ist nichts für die Ohren eines jungen Mädchens.«

Das hatte Amelia erst recht neugierig gemacht. Sie entdeckte einen Bekannten, Leith Gordon, und bestand darauf zu erfahren, worüber sich alle so aufregten. »Man weiß ja gar nicht, was man glauben soll«, klagte sie.

Nur zu gern berichtete Leith, was er wußte. Amelia war schockiert: zwei Frauen brutal ermordet und nackt in den Fluß geworfen. »Wie sagten Sie noch gleich, waren die Namen?«

Leith Gordon arbeitete als Kassierer bei der Bank. Er hatte eine der Damen gekannt, vielmehr ihren Mann, Paul MacNamara. »Einen netteren Menschen können Sie sich auf diesem Erdball nicht vorstellen«, versicherte er Amelia. »Seine Frau kam einmal zu uns in die Bank. Eine echte Dame. Nicht zu fassen, daß sie tot ist. Ermordet von diesen Bestien.«

Stimmen wurden laut, daß etwas gegen die Wilden unternommen werden müsse, ein für allemal. Man wollte endlich Taten sehen.

Amelia nahm zwei Stufen auf einmal und rief laut nach Laura. »Wo bist du?«

»Hier«, meldete Laura sich aus dem großen Salon, wo sie gerade in einem Buch las. Sie scheint überhaupt nur noch zu lesen,

konstatierte Amelia erbittert. Laura war nicht mehr sehr unterhaltsam, seitdem sie um ihren Vater trauerte.
»Was gibt's denn?« fragte Laura.
Allzu leicht wollte Amelia Roberts es ihr nicht machen. Alles schön der Reihe nach. »Wußtest du, daß der Gentleman, in den du so verknallt bist, verheiratet ist?« wollte sie wissen.
»Sprichst du von Paul MacNamara?«
»Natürlich. Also?«
»Ja«, gab Laura zu.
»Woher weißt du es?«
»Er hat's mir selber gesagt.«
»Wann?« Amelia rang nach Luft.
»Am Sonntag auf unserer Party«, erwiderte Laura vorsichtig.
»Er war da und du hast nichts gesagt?«
Laura seufzte. »Er kam in Begleitung von Grace Carlisle. Ich habe ihn nur kurz gesprochen.« Zumindest dieser Teil entsprach der Wahrheit. »Vielleicht erinnerst du dich daran«, fuhr sie bitter fort, »daß ich damals meine eigenen Probleme hatte.«
»Oh gewiß. Also, dann habe ich Neuigkeiten für dich. Paul MacNamara ist nicht mehr verheiratet.« Amelia wartete genüßlich ab, wie die Nachricht einschlug.
»Wieso denn?«
»Halt dich fest, Laura! Seine Frau ist tot. Sie wurde von Schwarzen ermordet. Auf ihrer Farm, auf Oberon. Und ihr Hausmädchen auch!«
»Oh mein Gott, das ist ja furchtbar. Bist du sicher?«
»Aber ja doch.«
»Du lieber Himmel. Die arme Frau!«
»Ihm ist aber nichts passiert«, beschwichtigte Amelia. »Die Wilden haben sich angeschlichen, als die Männer draußen bei den Herden waren, und die Frauen getötet. Die Leute sagen, es sei ein Glück, daß sie keine Kinder hatten, sonst wären auch die von Speeren durchbohrt worden.«
»Von Speeren durchbohrt?« wiederholte Laura entsetzt.
Amelia senkte die Stimme. »Und noch schlimmer, sagt man.«
»Heilige Mutter Gottes, nein!«

»Du solltest ihm einen Beileidsbrief schreiben und ihn daran erinnern, daß es dich noch gibt.«
Laura knallte ihr Buch zu. »Wie kannst du nur so herzlos sein?«
»Wieso denn herzlos? Ihr habt beide einen großen Verlust zu beklagen, also wäre es doch passend, ihm ein paar freundliche Zeilen zu schicken. Bestimmt freut er sich, wenn er von dir hört«, fügte sie hinterhältig hinzu.
»Aber doch nicht aus einem solchen Anlaß.«
Amelia zuckte die Achseln. »Wie du meinst. Ich gehe jetzt, ich habe noch zu tun.«
Laura blieb wie betäubt sitzen. Unter normalen Umständen wäre ein Beileidsbrief angemessen gewesen, hier jedoch nicht. Sie konnte Pauls Schmerz nur vage ermessen, und ausgerechnet jetzt wollte er bestimmt nicht an sie erinnert werden. Amelias herzlose Überlegung konnte sie überhaupt nicht nachvollziehen, dieser Gedanke, daß der Weg nun für sie frei sei. Sie trauerte mit ihm um die beiden Frauen und fühlte das Leid, dem er nun ausgeliefert sein würde, nachdem das der anderen vorbei war.
Amelia, erbost über Lauras Verweis, besprach die Tragödie mit ihrem Vater.
»Ja, ich weiß«, meinte Roberts vorsichtig. »Dieselben Kerle haben McCanns Anwesen niedergebrannt. Ein wunderbares Haus! McCann wußte bestimmt nicht, wie wertvoll es war. Was für ein Ärger! Ich muß es wieder aufbauen lassen, und mit den Wilden auf dem Kriegspfad lockst du keinen Arbeiter in die Gegend.«
»Bloß gut, das Laura nicht mit Paul MacNamara verheiratet war«, sagte Amelia gedankenverloren.
»Was meinst du damit?«
»Sie ist total verknallt in ihn.«
»In wen?«
»In MacNamara. Ich möchte wetten, wenn die Aufregung sich erst mal gelegt hat, werden die beiden heiraten. Laura wollte ihn nicht gehen lassen, so scharf war sie noch nie auf einen Mann.«

Boyd kochte innerlich vor Wut. Er hätte direkt zu Laura gehen und die Wahrheit aus ihr herausschütteln mögen. Benutzte sie ihn etwa bloß, während sie auf ihren Liebsten wartete? Amelias Worten nach schienen Laura und MacNamara ein Paar zu sein. Da kam der Tod seiner Frau ja recht gelegen.
Ob Fowler Maskey etwa hinter die Affäre zwischen den beiden gekommen war? Hatte er deswegen seine Tochter geschlagen? Wollte sie deshalb Cope nicht heiraten? Er hatte immer schon den leisen Verdacht gehegt, daß ein anderer Mann im Spiel sein könnte, aber nachdem Amelia, die sonst immer alles wußte und der nichts entging, keinerlei Andeutung in dieser Richtung gemacht hatte, hatte er den Gedanken fallengelassen. Bis heute. Ausgerechnet MacNamara! Er würde sie nie kriegen! Niemals!
Boyd Roberts hatte seine Tochter richtig eingeschätzt. Ihr entging nichts. Solange sie in ihrem Vater einen alten Mann sah, war ihr nichts aufgefallen. Jetzt fiel es ihr wie Schuppen von den Augen. Boyd kleidete sich mit besonderer Sorgfalt zum Abendessen um, holte die besten Weine aus dem Keller, zog immer wieder Laura ins Gespräch und ließ seine Tochter praktisch links liegen. Und er bedrängte Laura mit Fragen, mit bohrenden Fragen. Kein Zweifel, er war eifersüchtig!
Nicht nur er. Amelia saß den beiden gegenüber und lächelte still vor sich hin, spielte die Ahnungslose. Je länger sie ihren Vater beobachtete, desto klarer erkannte sie, was sich hier abspielte. Er konnte seine Augen kaum von Laura abwenden, brannte vor Verlangen, und Laura wußte es. Amelia spürte das instinktiv. Laura erwiderte Boyds Blick nicht mehr als Freundin seiner Tochter, sondern als Frau. Wie konnte ich nur so dumm sein, schalt Amelia sich innerlich. Wie konnte sie zulassen, daß Laura ihre Position einnahm und womöglich das Vermögen ihres Vaters an sich riß?
Gezielt brachte sie die Rede auf den schrecklichen Vorfall, um dann auf Lauras Vorliebe für das Landleben und den Wunsch nach einem Reitstall zu kommen.

»Du solltest Laura mal deine Rinderfarm zeigen, Paps, die McCann-Farm«, schlug Amelia vor.
Er wiegte den Kopf. »Jetzt nicht, es ist zu gefährlich.«
»Aber ja, das vergaß ich ganz. Oberon liegt ja gleich daneben.«
Das saß. Laura wurde rot, und Boyd bemerkte es. Er sah sie wortlos an und strich sich dabei über den Bart, eine Angewohnheit von ihm, wenn er schlechtgelaunt war. Als nächstes, beschloß Amelia, mußte sie Laura aus dem Haus ekeln, und das würde nicht einfach werden. Mit Boyd durfte sie allerdings nicht aneinandergeraten – er konnte sehr unangenehm werden, wenn jemand seine Pläne durchkreuzte. Sie konnte auch Laura nicht einfach kaltstellen, das würde er sofort merken.
Also mußte sie sich etwas einfallen lassen.

Die Trauer bot Laura einen willkommenen Vorwand, sich der Öffentlichkeit zu entziehen. Bis auf ihre täglichen Ausritte verließ sie Beauview überhaupt nicht mehr. Allerdings begann diese erzwungene Untätigkeit an ihr zu nagen und wurde noch von dem beschämenden Bewußtsein verstärkt, daß sie ja ohne einen Pfennig dastand. Sie konnte Boyd schlecht um Geld bitten, aber sie würde ihn um einen Kredit angehen, den sie – ja wann? – zurückzahlen würde. Eine andere Lösung konnte sie sich im Moment nicht vorstellen, und sie ärgerte sich über ihre Einfallslosigkeit.
Beim Mittagessen erklärte Amelia, daß sie nach Brisbane fahren und sich für ihre Verlobung neu einkleiden wolle. Es würde Laura doch nichts ausmachen, alleine auf Beauview zu bleiben? Boyd lud sie ein mitzukommen, aber Laura lehnte ab.
Nach dem Abendessen, Amelia war mit Freunden ausgegangen, begleitete Boyd Laura zu ihrem Zimmer. Er versuchte noch einmal, sie zu der Fahrt zu überreden und schilderte ihr das Leben in Brisbane in den schillerndsten Farben, doch Laura blieb bei ihrem Entschluß.
»Aber warum denn?« beharrte er auf seiner Einladung. »Sie können doch hier nicht nur herumsitzen!«

Laura seufzte. »Verstehen Sie denn nicht, daß ich es mir nicht leisten kann auszugehen?«
»Gewiß, aber Geld soll nicht das Problem sein. Ich werde mich um alles kümmern.«
»Nein. Ich kann nicht noch mehr Almosen annehmen. Wirklich nicht.«
Boyd trat näher an sie heran und strich ihr über das Gesicht. »Du weißt, daß es kein Almosen ist, Laura. Du kennst meine Gefühle. Ich würde dich gern verwöhnen, es wäre mir ein Vergnügen.« Er zog sie in die Arme und küßte sie, so sanft wie möglich, aber schon die Berührung ihrer Lippen ließ ihn alle guten Vorsätze vergessen.
Ungeduldig drängte er sie durch die offene Tür in ihr Schlafzimmer.
»Nicht Boyd, bitte nicht«, flehte Laura, als er sie wieder in die Arme schloß.
Er hielt sie fest und lächelte auf sie herab. »Dein Problem ist, liebe Laura, daß du nicht weißt, was du willst.«
Ohne Mühe hob er sie auf und trug sie zum Bett. Mit seinem Körpergewicht drückte er sie nieder, als sie sich wehrte. »Ich will dich nur ein wenig küssen«, flüsterte er und preßte ihr die feuchten Lippen auf den Mund. »Das bißchen kannst du mir doch gewähren.«
Sie wandte den Kopf ab, und er ließ seine Zunge an ihrem Ohr spielen, küßte ihren zarten Hals und streichelte ihre Brüste. Er begann, ihre Bluse aufzuknöpfen, wild vor Verlangen nach ihren rosigen Monden, aber Laura schob seine Hände fort.
»Laß mich«, flehte er. »Ich tu' dir nicht weh. Ich bin genau der Richtige für dich.« Er preßte sie an sich. »Du bist eine leidenschaftliche Frau, das spüre ich. Du brauchst einen Kerl wie mich.«
»Lassen Sie mich los, Boyd.« Laura entwand sich seiner Umarmung.
Ihr Widerstand brachte ihn auf, er ließ sich jedoch nichts anmerken. »Ich könnte dich auf der Stelle nehmen, wenn ich wollte. Keiner würde dir helfen«, reizte er sie.

»Das würden Sie nicht wagen!«
Er gab sich betont gleichgültig. »Ich würde es auch gar nicht wollen«, erklärte er.
Aber sie hatte recht. Er sah zu, wie sie aufsprang und sich die Kleider und das Haar glattstrich. Sie war immer noch die Tochter des verstorbenen und von allen betrauerten Fowler Maskey, und er, Boyd, der einzige Kandidat für Fowlers Parlamentssitz. In diesem Stadium konnte er sich keinen Skandal erlauben, und dieses kleine Biest würde garantiert wie am Spieß schreien. Sie stand jetzt mit dem Rücken zu ihm und wartete darauf, daß er das Zimmer verließ. Ja, dachte er, für diesmal würde er es aufgeben. Vor seinen Augen rannte sie in den Schlamassel wie ein durchgehendes Pferd, das schnurstracks auf ein viel zu hohes Hindernis zusteuert.
»Es tut mir leid«, log er. »Ich hätte das nicht tun dürfen, aber du bist so verdammt hübsch, du machst es mir wirklich schwer.«
Sie reckte das Kinn. »Und ich hielt Sie für einen Gentleman.«
Boyd lachte. »Trau, schau, wem. Gerade Gentlemen sind am schlimmsten. Vielleicht ist jetzt nicht der richtige Augenblick zu fragen, ob du meinen Antrag annimmst?«
»Im Gegenteil.« Laura drehte sich zu ihm um und sah ihn an. »Es ist genau der richtige Moment. Ich bin Ihnen wirklich dankbar, Boyd, aber ich kann Sie nicht heiraten.«
»Verstehe. Wen willst du dann heiraten?«
Seine Frage verwirrte sie. »Wieso ..., nun, niemanden.«
»Gar niemanden?« Er zog die Augenbrauen hoch und maß Laura mit einem so überheblichen Blick, daß die kalte Wut in ihr hochstieg. Diesen demütigenden Angriff würde sie ihm nie verzeihen, und das hatte den Ausschlag für ihre Entscheidung gegeben. Mit Widerwillen dachte sie an seine nassen Küsse, den gierigen Mund und wünschte, er würde gehen und sie in Ruhe lassen.
»Das steht hier nicht zur Debatte«, erklärte sie kühl. »Aber darf ich fragen, wie es jetzt mit mir hier weitergeht?«
Boyd stand auf und ging zur Tür. »Mach dir keine Sorgen. Ich

bin vielleicht kein solcher Gentleman wie Maskey, aber ich würde eine junge Dame nie hinauswerfen. Du kannst hier wohnen bleiben, solange du willst. Wer weiß?« Er zuckte die Achseln. »Vielleicht änderst du deine Meinung ja noch.«

Auch Cosmo Newgate traf eine wichtige Entscheidung.

Boyd Roberts war über seine Anwälte noch mehrere Male mit Kaufangeboten an ihn herangetreten, aber Cosmo hatte abgelehnt. Er verfolgte inzwischen ganz andere Ziele.

Er hatte gehofft, Grace Carlisle bei Fowlers Beerdigung zu treffen. Sie war eine alte Freundin der Familie und zudem die wohl reichste und einflußreichste Frau in der Gemeinde.

Er unternahm zwei Versuche, mit Hilda Maskey zu sprechen. Das erste Mal wurde er nur von Leon empfangen, der über Laura nicht mit sich reden ließ. Das nächste Mal traf er sie beim Packen an. »Wir können gar nicht schnell genug wegkommen«, sagte Hilda. »Und nach allem, was Sie meinem armen Mann angetan haben, wagen Sie es auch noch, mich zu besuchen!«

Cosmo erklärte, er sei gekommen, um für Laura ein gutes Wort einzulegen, aber Hilda wollte davon nichts hören. Schließlich habe Laura sich bei den Roberts eingenistet und sich damit eindeutig gegen die Familie entschieden.

Cosmo wies darauf hin, daß Laura nicht wisse, wohin, wenn ihre Familie sie nicht wieder aufnähme.

»Es interessiert mich nicht, was Laura macht. Und was Mr. Roberts angeht, so hat er jetzt freie Hand; er hat auf Fowlers Sitz spekuliert, und den kann er haben. Er wird nicht einmal warten müssen, bis der Premierminister Neuwahlen ausschreibt. Es wird bald eine Nachwahl in Rockhampton geben, Roberts zieht ins Parlament ein, und ich hoffe, daß ihn die Sorgen dann ebenfalls umbringen«, konstatierte Hilda.

»Roberts wird den Sitz nicht bekommen«, erwiderte Cosmo, aber sie wischte seinen Einwand beiseite.

»Ist mir auch egal, wer gewinnt«, sagte sie bitter. »Sie haben Fowler nie akzeptiert, sollen sie doch alle zum Teufel gehen.«

Am Abend schrieb Cosmo einen langen Brief an Grace Carlisle. Er schilderte ihr die politische Lage in Rockhampton, daß Boyd Roberts als einziger kandidiere. Ohne ihr zu nahe treten zu wollen, beschrieb er Roberts als einen Mann niederen Charakters, ungeeignet für ein politisches Amt und für einen Sitz im Landesparlament. Cosmo schrieb weiterhin, daß er verschiedene lokale Größen zu einer Kandidatur hatte überreden wollen, die fraglichen Personen sich aber entweder den Luxus einer unbezahlten Stellung nicht leisten konnten oder aber mit ihren eigenen Angelegenheiten zu beschäftigt waren.
Das, stellte er fest, war nicht besonders ermutigend und konnte für eine aufstrebende junge Gemeinde, die sich von dem Gebaren eines reichen und gefährlichen Gentleman blenden ließ, schlimme Folgen haben.
Cosmo gab seiner Hoffnung Ausdruck, daß es Grace gelingen möge, Leute aus ihrem Bezirk für eine Kandidatur zu gewinnen. »In der Zwischenzeit«, schrieb er, »stelle ich mich als Kandidat zur Verfügung. Ich tue das, um die Wähler aufzurütteln, diese Wahl nicht als gottgewollt hinzunehmen. Wenn Sie jedoch einen Kandidaten aufstellen, werde ich meine Kandidatur sofort wieder zurückziehen. Bis dahin kann ich hier aber wenigstens die Stellung halten.«
Danach wurde der Brief persönlich. Cosmo schilderte die unglückselige Lage von Laura Maskey. »Ich weiß, daß Sie das arme Mädchen in Ihr Herz geschlossen haben und vertraue darauf, daß Sie eine Möglichkeit finden, dem Kind zu helfen.«
Am Tag darauf prangte auf der Titelseite der *Capricorn Post* folgende Schlagzeile: COSMO NEWGATE KANDIDIERT. Cosmo begründete seine Kandidatur in einem ausführlichen Leitartikel und versprach den Lesern in den kommenden Ausgaben einen fairen Bericht über die beiden Kandidaten und ihr politisches Programm.
Stillvergnügt stieg Cosmo in sein Bett. Er würde keinen Bericht über Roberts schreiben, sondern eine Enthüllungsgeschichte. Selbst wenn Roberts ihm mit einer Verleumdungsklage käme, wäre bis dahin längst genug Schaden angerichtet.

Er würde diesen miesen Hund aus dem Rennen werfen.

Amelia hatte ihren Vater noch nie so wütend erlebt. Er brüllte sie sogar an. »Wo steckt dieser verdammte Tyler? Ausgerechnet jetzt, wo ich ihn brauche!«
Sie warf einen Blick auf die Zeitung und stürmte in Lauras Zimmer. »Warum regt er sich so auf? Kein Mensch wird diesen dummen, kleinen Newgate wählen.«
»Ihm gehört die einzige Zeitung am Ort«, klärte Laura sie auf. »Boyd kann froh sein, wenn er hin und wieder einmal erwähnt wird.«
»Ist das so wichtig? Ich meine, Vater ist doch ein bekannter und angesehener Mann ...«
In der nächsten Ausgabe wurde bereits schweres Geschütz gegen Roberts aufgefahren. Die beiden Mädchen lasen mit Entsetzen, daß er unrechtmäßig Gebietsansprüche geltend gemacht habe, Goldsucher regelrecht belagerte und an dem mysteriösen Verschwinden einiger Minenarbeiter schuld sei. Weiter hieß es, Jock McCann, der sich zur eigenen Sicherheit in einem anderen Distrikt aufhielt, wüßte noch mehr beizusteuern.
»Alles Lügen!« kreischte Amelia. »Paps sagt, sie lügen! Kann man Newgate nicht stoppen?«
»Er kann ihn verklagen«, meinte Laura, wohl wissend, daß das Zeit kostete. Was sollte sie bloß von alldem halten? Sie hatte Cosmo immer gemocht, diesen kleinen, drahtigen Mann mit seiner abgehackten Redeweise, aber schließlich hatte er ihr übel mitgespielt. Und nun ... Stimmte das mit Boyd? Wie weit würde er gehen, um auf Kosten eines anderen politische Punkte zu sammeln?
Die *Capricorn Post* erschien nur zweimal die Woche, also mußten die Mädchen wohl oder übel bis Montag ausharren.
Amelia sprach ihren Vater beim Abendessen auf die Sache an. »Warum unternimmst du nichts gegen Newgate? Sag doch was!«
»Sobald ich diesen gottverdammten Tyler ausfindig gemacht

habe, lasse ich Flugblätter drucken«, polterte Boyd. »Newgate besitzt als einziger in der Stadt eine Druckerpresse. Ich kann die Dinger ja schlecht mit der Hand schreiben.«
»Aber die Leute reden!« maulte Amelia. »Man schneidet mich. Leith Gordon feiert am Samstag seinen Geburtstag mit einem großen Fest, und ich bin nicht eingeladen!«
»Verdammt noch mal, halt den Mund!« Boyd stürmte aus dem Zimmer, nicht ohne eine Flasche Whisky von der Anrichte mitzunehmen.
Während Amelia vor sich hin schluchzte, goß Laura sich ein Glas Weißwein ein. Dieser Aufruhr gewährte ihr eine Verschnaufpause. Sie beging heute ihren einundzwanzigsten Geburtstag, aber das hatte sie lieber verschwiegen, um unnötige Aufmerksamkeit und unerwünschte Geschenke zu vermeiden. Den ganzen Tag lang hoffte sie auf ein Zeichen von Leon und ihrer Mutter, die ihren Geburtstag gewiß nicht vergessen hatten. Sie wiegte sich in der Hoffnung auf Aussöhnung mit der Familie. Als jedoch der kühle Abend hereinbrach, mußte sie sich mit kaltem Entsetzen eingestehen, daß man ihr nicht vergeben wollte.
Amelia hatte ihr berichtet, daß das Haus in der Quay Street zum Verkauf anstand, und daß Hilda und Leon Anstalten trafen, Rockhampton zu verlassen. Das überraschte Laura nicht – die beiden hatten sich hier oben nie wohl gefühlt –, es dämpfte aber ihren Optimismus. Sie kämpfte gegen eine neue Depression. Ihre Beherztheit, die man ihr schon so oft vorgeworfen hatte, zahlte sich jetzt aus und half ihr, neue Energien zu entwickeln. Allmählich gewannn sie ihr altes Selbstvertrauen zurück, das ihr in letzter Zeit so ganz abhanden gekommen war.
Schluß mit dem Grübeln, jetzt wird gehandelt, ermahnte sie sich. Sie hatte viele Freunde unter den Viehzüchterfamilien, und Gouvernanten wurden immer gebraucht. Laura schätzte ihre Chancen recht gut ein, sie kannte das Leben im Busch und war mit den meisten Familien persönlich bekannt.
Auf Amelias Papier schrieb sie heimlich mehrere Bewerbun-

gen und gab ihre Adresse mit »postlagernd, Rockhampton« an. Von Amelia borgte sie sich zehn Shilling und ritt in die Stadt. Wieso hatte sie sich bloß so lange hinter den Toren Beauviews verkrochen?
Während sie durch das Städtchen eilte, wurde ihr immer wieder zugenickt, man grüßte sie, sprach ihr das Beleid aus, und Laura dankte gerührt. Das Leben lief in seinen normalen Bahnen weiter. Sie gab ihre Briefe ab und erklärte dem Posthalter, sie rechne mit Antwort.
»Ich werde sie Ihnen hinausschicken, Laura«, sagte der Mann freundlich.
»Danke, Mr. Duncan, nicht nötig. Ich hole sie selbst ab.« Niemand sollte von ihrem Plan wissen.

»Morgen früh reite ich zur Airdrie-Farm hinaus«, erkärte Roberts seiner Tochter.
»Wo ist das denn?«
»Zum Teufel, warum hörst du nie zu? Es ist mein neues Anwesen, und ich bin's leid, es McCanns Farm zu nennen!« Er hegte den Verdacht, daß sich alle gegen ihn verschworen hatten. Es wurde Zeit zu handeln, er war lange genug müßig gewesen. Vom Aufseher der Starlight-Mine hatte er lange nichts gehört, also würde er ihm ebenfalls einen Besuch abstatten und nachsehen, was sich an der Grube tat.
Seine Laune besserte sich zusehends. Boyd liebte die Stimmung auf den Goldfeldern, diese Mischung aus gespannter Erwartung und nervöser Erregung. Unterwegs würde er sich gründlich umsehen. Zwar mußte er dafür einen Umweg nach Osten in Kauf nehmen – doch möglicherweise lohnte der sich ja.
Amelia gefiel sein Vorhaben gar nicht. »Du hast selbst gesagt, es sei vorerst zu gefährlich, sich in der Nähe der Farm aufzuhalten.«
»Für Frauen, nicht für mich. Ich nehme meine Leute mit.«
»Aber sie sind noch nicht mit dem Krocket-Rasen fertig«, maulte Amelia.

»Der kann warten. Ich will mir die Farm ansehen, vielleicht kann man noch was retten. Jeder behauptet, sie sei abgebrannt, aber keiner hat's mit eigenen Augen gesehen. Und die Männer sollen mit den Aufräumungsarbeiten anfangen, damit ich bald bauen kann.«

»Was ist, wenn die Wilden wieder angreifen?«

Eine steile Falte erschien zwischen Roberts Brauen. »Ich werde dafür sorgen, daß sie sich nicht mehr in die Nähe meiner Besitzungen trauen.«

»Und was soll ich hier so allein?« schmollte Amelia.

»Du bist schon oft allein geblieben, außerdem sind die Bediensteten da, und du hast Laura zur Gesellschaft. Und wenn Tyler zurückkommt – weiß der Teufel, wo er steckt –, sag ihm, er soll warten. Ich habe Arbeit für ihn.«

»Was für Arbeit?«

»Hör auf mit deinen dummen Fragen. Ich hab' andere Dinge im Kopf.«

Da war noch die Sache mit Cosmo Newgate. Der Narr tat ungeheuer wichtig und glaubte tatsächlich, er könnte die Wahl gewinnen. Dieser Gartenzwerg! Als Kandidat war Cosmo keinen Pfifferling wert, aber als Besitzer der einzigen Zeitung, mit der er ihm zweimal pro Woche hart zusetzte, war er gefährlich. Eine schlechte Presse könnte Boyd Wählerstimmen kosten, also mußte das Problem aus der Welt geschafft werden. Und zwar rasch. Er wußte auch schon, wie.

Boyd plante, mit seinen Leuten einige Tage lang im Busch zu kampieren und dann zwei Männer im Schutz der Dunkelheit in die Stadt zu schicken, mit dem Auftrag, diese verdammten Druckerpressen zu zerstören. Für ein Alibi wäre gesorgt. Er würde heute noch Vorräte einkaufen und dabei verbreiten, daß er in den Norden reiten und seine niedergebrannte Farm inspizieren wolle, um anschließend bei der Jagd nach den Mördern der Frauen zu helfen. Das würde gut ankommen, schlugen doch die Wogen der Entrüstung über diese Schandtat immer noch hoch. Wie es hieß, war Paul MacNamara von diesem Schicksalsschlag tief getroffen, und Boyd fragte sich, ob er

jetzt bereit wäre, die Farm zu verkaufen, nachdem seine Frau dort ihr tragisches Ende gefunden hatte. Seine Gedanken wanderten zu Laura. Was war zwischen ihr und MacNamara? Ein gemeines Lächeln spielte um Boyds Lippen. Der arme Paul MacNamara. Bei all den Gefahren, die da draußen lauerten, konnte er leicht in einen Speer laufen oder von einem anderen Mißgeschick ereilt werden.
Man sollte sich etwas überlegen. Gut überlegen.

Nachdem Boyd aufgebrochen war, kehrte wieder Ruhe in Beauview ein, und Laura entspannte sich merklich. Die beiden Männer, die sonst auf dem Anwesen arbeiteten, waren mit ihm geritten. Als sie sich schwer bewaffnet in ihre Sättel schwangen, glichen sie eher einem Militärtrupp als Lohnarbeitern. Bei ihrem Anblick hatte Laura an die Worte ihrer Mutter denken müssen. Seine Handlanger, pflegte sie die Männer zu nennen. Gedungene Mörder. Ob das stimmte?
Während Boyds Abwesenheit kehrte Amelia eine neue, unangenehme Seite ihres Wesens heraus, sie wurde schnippisch und reagierte gereizt, wenn Tylers Name fiel, was oft genug vorkam.
»Wenn er zurückkommt«, erklärte sie wichtigtuerisch, »soll er dableiben und auf Paps warten. Er hat was Geschäftliches mit ihm zu besprechen.«
»Und ich soll die Anstandsdame spielen?« neckte Laura sie, aber Amelia fand das nicht komisch.
»Ich brauche keine Anstandsdame, und auf deine kritischen Bemerkungen kann ich verzichten. Solltest du vorhaben, länger in diesem Haus zu bleiben, erwarte ich von dir, daß du ihn mit gebührender Höflichkeit behandelst.«
»Solltest?« Laura zog die Brauen hoch. »Darf ich daraus schließen, daß du es vorziehst, wenn ich bei Tylers Rückkehr nicht mehr da bin?«
»Das liegt natürlich ganz bei dir«, gab Amelia zurück, und Laura wurde klar, daß Amelia auf versteckte Art Boyds Abwesenheit nutzte, um sie aus dem Haus zu ekeln. Zu ihrer ei-

genen Überraschung war sie sogar erleichtert. Wenn sie jetzt ginge, müßte sie sich für Boyd keine Entschuldigung zurechtlegen, würde sich seinen allzu logischen Einwänden nicht stellen müssen.

Es war noch zu früh für eine Antwort auf ihre Briefe, die erst in ein paar Wochen zu erwarten war – trotzdem ging sie mehrere Male zur Poststelle, und endlich lag auch ein Brief für sie da.

»Haben Sie schon gehört?« fragte die Posthalterin, als Laura den Laden gerade verlassen wollte.

»Nein, was denn?«

»In die Räume der *Capricorn Post* wurde letzte Nacht eingebrochen. Die haben bestimmt nach Geld gesucht. Wann wird das alles einmal ein Ende haben? Als nächstes kommt die Bank dran. Stellen Sie sich vor, erst gestern hat uns jemand am hellichten Tag einen Sack Mehl aus dem Regal gestohlen.«

»Und, sind die Einbrecher fündig geworden?« fragte Laura.

»Nein, dafür ist Cosmo viel zu schlau. Der läßt nie Geld herumliegen. Das muß sie wütend gemacht haben, sie haben alles kurz und klein geschlagen. Die Druckerpressen auch. Was für ein Chaos.«

Die Neugier trieb Laura die Straße hinunter, bis sie vor dem Gebäude der *Capricorn Post* stand. Die Tür und alle Fenster an der Vorderfront waren unbeschädigt, die Einbrecher mußten also von hinten eingedrungen sein. Sie entdeckte Cosmo, der mit einem Polizeibeamten sprach, und wandte sich, von einem plötzlichen Schuldgefühl ergriffen, ab.

Waren es wirklich Einbrecher gewesen? Die Zerstörung der Pressen kam Roberts und seinen Ambitionen ja sehr gelegen. Und genau zum richtigen Zeitpunkt. Laura schob diese unbequemen Gedanken beiseite und ging zum Hafen hinunter, wo ein Schiff zum Auslaufen bereitlag. Es widerstrebte ihr, jetzt schon nach Beauview zurückzureiten. Sie setzte sich auf eine Bank, um ihre Post zu öffen, und hatte Angst, wieder eine schlechte Nachricht zu erhalten. Aber der Brief war von Grace Carlisle, der lieben Grace, die sie nach Camelot einlud.

Sie schrieb nur kurz, aber herzlich. Laura sei auf Camelot herzlich willkommen, und wenn sie die Einladung annehmen wolle, solle sie sich bitte an Kelvin und Pamela Carlisle im Criterion Hotel wenden, die in Kürze nach Camelot zurückfahren würden.
Laura wollte vor Freude in die Hände klatschen. Sehr gern würde sie zu den Carlisles fahren, sie konnte auch ihre Post dorthin nachsenden lassen. Sie mochte die Carlisles wirklich, eine große, glückliche Familie, und eigentlich hatte sie ihnen auch schreiben und sie bitten wollen, bei ihnen wohnen zu dürfen, aber ihr Stolz hatte es ihr verboten. Jetzt konnte sie gehen! Wie wunderbar!
Sie sprang auf, wollte sofort zum Criterion Hotel eilen, hielt aber noch einen Augenblick inne und sah dem Schiff nach, das gerade ablegte. An Deck standen Leute, die heftig winkten, und dann entdeckte sie zwei Gestalten an der Reling. Die Frau war in Trauer und trug einen großen Hut mit einem schwarzen Schleier. Neben ihr stand ein junger Mann.
Heiße Tränen stiegen in Laura auf, als sie ihre Mutter und Leon erkannte. Sie verließen die Stadt, ohne ihr Lebewohl zu sagen.

Tyler Kemp betrachtete es nach wie vor als Glücksfall, daß er Lieutenant Gooding und seine Truppe begleiten durfte.
Das grüne Land begann auszuzdörren und zeigte erste Anzeichen des langen, trockenen Winters, der vor ihnen lag. Die Männer wollten eigentlich dem Flußlauf folgen, der sie nach Camelot führen würde, doch ein Zwischenfall zwang sie zu einem Umweg. Ein Goldtransport war auf dem Weg in die Stadt von entsprungenen Sträflingen überfallen worden. Die Täter hatten einen Wachmann getötet und waren mit dem Gold und den Pferden entkommen. Zwei Leute, der technische Gutachter und der Minenaufseher, hatten den Überfall überlebt und sich zwanzig Meilen zu Fuß durch den Busch geschlagen, bis sie Hilfe fanden.
Als Goodings Trupp in der kleinen Stadt Gladstone, etwa

hundert Meilen von der Mündung des Fitzroy entfernt, eintraf, war einer der Verbrecher bereits gefaßt, der andere wurde von der Polizei verfolgt. Der Regierungsbeauftragte, ein gewisser Mr. O'Connell, hieß Lieutenant Gooding willkommen und dankte ihm für seine Unterstützung.

»Die ganze Mühe umsonst«, sagte Gooding reumütig zu Tyler. »Wir gönnen unseren Pferden erst einmal eine Pause, dann reiten wir zurück.«

SIEBTES KAPITEL

Harrabura vom Stamm der Darambal war bestürzt, wie sehr sich der weiße Boß plötzlich verändert hatte, den Gorrabah doch als einen friedlichen Burschen bezeichnet hatte. Da zeigte sich wieder einmal, wie man sich in den weißen Eindringlingen täuschen konnte!

Die Männer vom großen Haus, angeführt von Paul-Boß, befanden sich auf dem Kriegspfad, statt sich um ihr eigentliches Geschäft zu kümmern und weiter gefräßiges Vieh zu züchten, das noch mehr Land zertrampelte. Wie man Harrabura erklärt hatte, waren diese Rinder, die kein Totem und keinen rechtmäßigen Platz auf Erden hatten, allein zum Verzehr bestimmt, und er empfand Mitleid mit ihrer armen Seele. Er hatte von dem schmackhaften Fleisch gekostet, aber das Ausmaß der Herden ängstigte ihn. Wie viele Weiße mußten da draußen leben, wenn sie solche Mengen Fleisch brauchten? Er hatte Gorrabah gefragt, und der wiederum Wodoro, einen wichtigen Kurier, und die Antwort war entmutigend gewesen. Und doch gab es für sie eine Möglichkeit, zu überleben: Sie mußten sich zurückziehen und friedlich verhalten. Das war gar nicht so einfach, aber dank Gorrabahs Vermittlung war es schließlich einzelnen Sippen erlaubt worden, in diesem kleinen Ge-

biet Bäche und Wasserstellen aufzusuchen, die normalerweise die Darambal für sich beanspruchten. Andere Stammesmitglieder hatten sich mißtrauisch in die Berge verzogen.
Der weiße Boß-Mann schien zu begreifen, daß die Eingeborenen mit dem Land, das er nun *sein eigen* nannte, einen Großteil ihrer Jagdgründe verloren hatten, und schenkte ihnen hin und wieder ganze Ochsen. Die Dunkelhäutigen fanden bald heraus, daß man die Häute dieser Kreaturen abziehen und trocknen konnte wie die anderer Tiere, und sie waren dankbar dafür.
Dann wurden zwei ihrer Leute getötet. Hatte nicht der weiße Boß die Angreifer verjagt? Hatte er Gorrabah nicht seine aufrichtige Trauer bezeugt?
Warum wandte er sich jetzt mit solcher Härte gegen das schwarze Volk?
Soweit Harrabura wußte, waren keine weiteren Leute getötet worden, aber die Stammesbrüder, die sie gefangengenommen hatten, schwebten in Gefahr. Die Reiter waren gekommen und hatten – wie die Feuerwalze eines Buschbrands – alle, selbst Kinder und Greise, vor sich hergetrieben, die verängstigten Männer mit Stricken zusammengebunden und zusammengepfercht wie Vieh. Warum?
Voller Panik waren die Frauen mit ihren Kindern und den Greisen geflohen und hatten geklagt, daß die Berge nicht mehr sicher seien, daß die bösen weißen Teufel auch bald Jagd auf sie machen würden.
Die Bergkrieger waren nur mit Mühe zu bremsen gewesen, sie wollten sofort zu den Waffen greifen und ihren Brüdern zu Hilfe eilen. Aber Gorrabah, dessen Leben sich dem Ende zuneigte, genoß noch immer ihre Hochachtung, und er beschwor seine Brüder, sich zu gedulden.
»Du mußt herausfinden«, sagte er zu Harrabura, »warum es diesen neuen Krieg gibt.« Sein Blick war von Tränen getrübt. »Ich dachte, ich hätte Güte in den Augen des weißen Bosses gesehen, aber vielleicht sah ich bloß, was ich sehen wollte.«
Harrabura hockte in der Höhle neben dem greisen Mann und

versuchte ihn zu trösten. »Ich werde Späher hinunterschicken, danach beraten wir uns. Wenn sie aber wieder welche von unseren Brüdern töten, müssen wir handeln.«
Der Alte packte Harrabura am Arm. »Sei vorsichtig. Ein Frontalangriff wird mißlingen. Schick nach Wodoro, er spricht die Sprache der Weißen besser als ich. Er wird wissen, was zu tun ist. Er wird für uns sprechen.«
Harrabura lächelte. Selbst im Angesicht des Todes wahrte Gorrabah seinen Stolz. Er konnte die neue Sprache ein wenig sprechen, aber Wodoro beherrschte sie fließend. Wie jedermann wußte, hatte Wodoros Vater, ein Weißer, sein eigenes Volk verlassen und sich mit Bussamarai, dem großen Häuptling des Tingum-Stammes, zusammengetan. Gemeinsam hatten sie jahrelang Krieg gegen die Weißen geführt, bis Wodoros Vater in einer Schlacht den Heldentod gestorben war. Bussamarai jedoch hatte nie aufgegeben und weitergekämpft, bis das Alter seinen Tribut forderte.
Wodoro war der Sohn einer Eingeborenen, und die Stammesältesten hatten ihn im Gedenken an seinen Vater zum Kurier ernannt – einen Reisenden nicht etwa in Handelswaren, sondern in höheren Dingen. Er war sorgfältig in die alten Riten, die Gesetze der Sippe, in ihre Traditionen und Zeremonien eingeführt und, als er herangewachsen war, zu anderen Stämmen mitgenommen worden, damit er ihre Sprache, ihre Sitten und Gebräuche bei Zusammenkünften und Stammesfesten lernte. Mit seinen rund dreißig Jahren war er zu jung für den Ältestenrat, aufgrund seiner großen Erfahrung wurde er jedoch als weiser Mann geachtet. Auf seinen Reisen hatte er auch viele Male den Stamm der Darambal besucht, und mit Gorrabah verband ihn eine innige Freundschaft. Es würde ihn traurig stimmen, zu hören, daß Gorrabah bald zu seinen Ahnen zurückkehren würde.
Hoffentlich war es nicht schon zu spät. Harrabura bedauerte, über all den eigenen Sorgen Wodoro ganz vergessen zu haben; es würde Gorrabah trösten, ihn bei sich zu wissen, wenn die Zeit zum Abschiednehmen kam.

»Ich werde sofort nach ihm schicken«, erklärte Harrabura. »Die Späher werden ihn finden.«

Er hegte Zweifel, ob Wodoro ihnen bei den gegenwärtigen Schwierigkeiten würde helfen können. Harrabura erkannte allmählich die Hoffnungslosigkeit ihrer Lage und fürchtete, daß das Ende des Darambal-Stammes gekommen sei. Selbst hohe Berge wurden mit der Zeit abgetragen oder von Erdbeben zerstört. Vielleicht war ihre Zeit tatsächlich um. Er fragte sich, ob eine letzte große Schlacht nicht der passendere und würdevollere Abgang wäre. Zudem galt Wodoro immer noch als Aborigine – zwar war er hellhäutiger als die anderen, hatte aber alle Merkmale der schwarzen Rasse. Warum sollten die weißen Eindringlinge ihn anhören? Sie besaßen überlegenes Kriegswerkzeug, das lauter sprach als die Stimme des schwarzen Mannes.

Eine Woche verstrich, und Paul, der Boß, tobte immer noch. Männer vom Stamm der Darambal kehrten aus dem Tiefland in die Berge zurück. Sie waren verhört, geschlagen, einige sogar ausgepeitscht worden, die Haut auf ihrem Rücken hing in blutigen Fetzen herunter. Nach anfänglicher Verwirrung war es ihnen allmählich gelungen, herauszufinden, daß zwei Frauen, die zum weißen Boß gehörten, von Schwarzen umgebracht worden waren. Daher der rasende Zorn. »Sie suchen nach den Mördern«, berichteten die Männer. »Und sie geben nicht auf, bis sie sie gefunden haben. Sie glauben, daß wir das getan haben, und sie werden uns bekriegen, bis wir die Mörder ausliefern.«

Ein weiterer Stammesbruder tauchte auf, mit noch schlimmeren Neuigkeiten. »Sie werden uns selbst hier oben bekämpfen, bis wir die Täter herausrücken.«

»Aber wer hat das getan? Wer hat diese Frauen getötet?« fragte Harrabura.

Niemand wußte es.

Sie kamen zu dem Schluß, daß es die Kuinmerbura – die den Kampf nie aufgeben würden – gewesen sein mußten, und jetzt waren sie alle in Gefahr.

»Haben die Weißen einen von uns getötet?« fragte Harrabura voller Sorge.
»Nein«, hieß es. »Aber sie haben die Bösen dabei.«
»Welche Bösen?«
»Die schrecklichen schwarzen Männer in den Uniformen der Weißen. Sie haben Gewehre. Wir haben den Haß in ihren Augen gesehen, sie sind genauso, wie man sie uns beschrieben hat, grausam. Grausame Männer mit bösen Gesichtern.«
Harrabura schauderte. Davon mußte er sich selbst überzeugen.
Er bewegte sich leichtfüßig wie eine Katze über den Berghang, streifte durch die hohen Wälder und überwand geschickt die Felsen, die sich ihm in dieser urzeitlichen Landschaft in den Weg stellten. Mit grimmiger Miene dachte er daran, daß die Weißen auf ihren Pferden einige Mühe haben würden, die tiefen Schluchten und die steilen, waldigen Hänge zu meistern. Auf seinem Weg begegnete er anderen Leidensgenossen, saß an ihren Lagerfeuern, bemühte sich, verzweifelte Frauen zu trösten und versicherte ihnen, daß die gefürchteten Reiter ihnen nicht weiter nachstellen und sie bedrohen würden.
Ein Späher führte ihn im Schutz der Nacht zum Camp der Weißen, wo die drei schwarzen Soldaten für sich alleine an ihrem Lagerfeuer hockten. Im Dickicht versteckt, betrachtete Harrabura diese Abtrünnigen, seine scharfen Augen prägten sich ihre Gesichtszüge und jede ihrer Bewegungen ein. Sein Blick verharrte auf dem Mann mit der Tonpfeife, den die anderen Charlie Penny nannten, und den er instinktiv als ihren Anführer erkannte. Seine Fäuste begannen lautlos, einen Rhythmus auf die Erde zu trommeln. Harrabura wußte, was es zu tun galt, nur mußte er sich angemessen darauf vorbereiten.
Bevor sie sich in den Busch zurückzogen, zählten Harrabura und der Späher neun Männer ihrer Sippe, Gefangene dieser anmaßenden, häßlichen Weißen. Sie waren an Hals und Hüfte aneinander gefesselt und wurden streng bewacht. Es gab keine Möglichkeit, ihnen zu helfen, und so mußten sie die Brüder

notgedrungen zurücklassen und beten, daß ihr Leben verschont bliebe.
Auf dem Heimweg dachte Harrabura über das Geschehene nach. Er mußte unbedingt herausfinden, wer die weißen Frauen getötet hatte. Die vielen Reiter in diesem Camp machten ihm angst. Es mußten mindestens zwanzig sein, und es gab noch mehr in dem großen Haus. Es machte ihnen nichts aus, schwarze Frauen zu töten, aber wenn es eine von ihren eigenen traf, kannten sie kein Erbarmen.
Wie einige junge Männer Harrabura berichteten, war das andere große Haus weiter nördlich abgebrannt. Womöglich wurde das ebenfalls seinem Stamm angelastet, denn so früh in der Trockenzeit gab es gewöhnlich keine Feuersbrünste. Er mahnte die jungen Männer zur Vorsicht, schließlich galt ein Menschenleben mehr als ein Haus, und hieß sie erst dann ins Tal hinabsteigen, wenn keine Gefahr mehr drohte. Sollten die Kuinmerbura das leere Haus in Brand gesteckt haben, waren sie möglicherweise zu dem anderen Haus weitergezogen und hatten die Frauen überfallen. Die eigenen Stammesbrüder konnte man unmöglich bestrafen, sie würden Vergeltung üben. Man konnte sie bloß zur Rechenschaft ziehen, weil sie ihre unschuldigen Nachbarn in so große Gefahr gebracht hatten. Selbstverständlich würde man den Weißen nichts davon sagen – es würde sowieso keiner die richtigen Worte finden –, denn sie gehörten alle demselben Volk an; die Sippen teilten sich das Gebiet, und es war unvorstellbar, ein Sippenmitglied zu verraten.
Das brachte Harrabura zu seinem Vorhaben zurück. Auf einsamen Pfaden ging er zu den heiligen Stätten. Er saß in versteckten Höhlen und führte die Reinigungsrituale durch, bevor er die Ahnen und Geister anrief. Dann stimmte er in der ältesten Sprache der Welt einen Gesang an. Wieder und immer wieder sang er die alten Worte und Weisen, die seit der Traumzeit an die Auserwählten weitergereicht wurden, seit die Regenbogenschlange zum ersten Mal auf die unbewohnte Erde geblickt hatte. Worte, die in der Jetzt-Zeit-Sprache unbekannt waren.

Harrabura fastete zwei Tage lang. Er sprach zu den großen Ahnen und Geistern und dankte ihnen demütig für die Gnade zahlreicher Kinder und Enkel; er berichtete ihnen, daß er bereits einen Nachfolger ausersehen hatte und in die Mythen einwies, einen fünfzehnjährigen Burschen mit Namen Malliloora, der unbedingt vor Gefahren beschützt werden mußte. Wie er selbst damals. Denn Malliloora würde die magische Kraft erben.

Harrabura behelligte die Ahnen nicht mit den gegenwärtigen Nöten seines Volkes – sie wußten ohnehin davon. Es drängte ihn aber, von dieser neuen, ungeheuerlichen Bedrohung – von den schwarzen Abtrünnigen – zu berichten. Harrabura wetterte gegen sie aus der Tiefe seines Herzens, erklärte den Ahnen, daß sie gegen jedwede Stammesgesetze verstoßen und schon seit langem mit dem Träumen gebrochen hätten, so sie überhaupt ein Träumen besaßen. Vielleicht waren sie auch bloß einem elenden Misthaufen entsprungen.

Harrabura wandte sich dem ›geschäftlichen‹ Teil seiner Aufgabe zu. Obschon der Morgen bereits dämmerte, flog ein Schwarm Fledermäuse auf und davon, als er das Profil von Charlie Penny in den feinen, roten Staub zeichnete. Er blickte zu den Wandmalereien auf, die Charlies fremdes Gesicht nicht zu entweihen vermochte, und ging zu einer geheimen Stelle, an der die Hände jener Menschen, die magisches Wissen besaßen, verewigt waren. Er drückte seine mit weißem Ocker bestäubte, dunkle, kräftige Hand auf die Zeichnungen.

Dann bearbeitete er wie in Trance Garn und Knochen und andere rituelle Gegenstände. Dies war kein Zauber, den er an Malliloora weitergeben konnte. Sein Nachfolger würde sich auf sein eigenes Können verlassen müssen.

Als das kleine, geheimnisvolle Paket komplett war, verklebte Harrabura es mit dem Saft eines Baumes, bedankte sich mit einem langen, monotonen Gesang bei den Ahnen und verließ den Ort.

Die rituelle Verwandlung seines Körpers nahm Stunden in Anspruch. Danach hatte er weiße Striche im Gesicht, und das

lange, dichte Haar war mit einer klebrigen Masse hoch aufgetürmt und mit Knochen aus der Höhle gespickt. Seinen Körper zierten magische Symbole – ein Gemisch aus roter und weißer Ockererde, wie es kein Mensch je gesehen hatte. Um Fußgelenke, Knie, Arme und Hals schlangen sich raschelnde Girlanden aus Laub. Zu guter Letzt brachte Harrabura sich mit einem spitzen Stein zum Zeichen der Weihung eine blutige Wunde quer über dem Bauch bei. Dann legte er sich noch eine kleine, farbenprächtige Schlange um den Hals und ließ das todbringende Reptil in den bereits welkenden Blättern verschwinden.
Er richtete sich zu voller Größe auf. Eine furchteinflößende Gestalt, hätte man sie sehen können.
Die weißen Männer hatten ihr Camp verlegt, aber das war ohne Bedeutung für den magischen Menschen, der nun, wie die uralten Geister und Ahnen, die ihn erhört und ihm ihre Macht verliehen hatten, keinen Namen mehr trug.
Welche Geheimnisse bargen die Millionen Jahre, in denen es Leben auf der Erde gab? Die magische Gestalt wußte es nicht. Sie erstand allein aus dem Wissen, das auf einem unerforschten und von anderen Rassen unbefleckten Kontinent über Hunderttausende von Jahren nach dem Gesetz weitergegeben wurde.
Harrabura betrat das Camp ungesehen und schaute in die Herzen der Männer. Er tröstete seine verängstigten Stammesbrüder und blickte dem weißen Boß ins Gesicht. Er erkannte dessen Qual, seinen Wahn und seine Schuld.
Er wanderte zwischen den anderen Männern umher, spürte ihre einhellige Absicht, aber auch ihre Angst vor diesem Vergeltungszug, und bei vielen den unversöhnlichen Haß auf sein Volk.
Für die Gestalt, die er jetzt verkörperte, war das bedeutungslos. Eine Schlange konnte ein kleines Känguruh verschlingen. Die Erde konnte einen Berg erschüttern und verschlucken. Die Meere, die Regenzeiten vermochten Ungeheuerliches. Alles hatte seinen Platz und seine Bestimmung in dieser wun-

dersamen Ordnung der Welt, auch dieses haßerfüllte Menschengesicht, so vertraut und so vergänglich.
Er ging weiter zu dem kleinen Lagerfeuer, an dem sein Opfer lag und Pfeife rauchte.
Die Gestalt im Körper Harraburas – der den Beistand der Ahnen erfleht hatte und doch wiederum nicht mehr er selbst war – stand bei der Gruppe und lauschte ihrem Geflüster. Er sah ihre verkümmerten Herzen und bedauerte ihre entwurzelten Seelen, weil ihre Traumpfade zerstört waren. Sie hatten nur noch ein Ziel: den weißen Mann zufriedenzustellen und auf diese Weise zu überleben, ihre Gelüste zu befriedigen, wann immer sie konnten. Die Gestalt wurde sich ihrer Schwäche bewußt, und gleichzeitig bäumte sich der Mann in ihr auf und forderte die Einlösung seiner Bitte, die, wie er den Ahnen erklärt hatte, sein Volk mit Seelenstärke erfüllen würde. Seine Brüder sollten die Gewißheit erhalten, daß noch nichts verloren war und sie selbst nach Äonen von Jahren nicht besiegt werden konnten.
Ein Seufzer entrang sich der machtvollen Gestalt. Dann schritt sie weiter – glänzend schwarze Haut und leuchtendes Weiß, fahl schimmernde Menschenknochen im Haar, mundlos das Gesicht. Das Versprechen galt.
Ein Wind erhob sich, eine kleine Brise zunächst. Die Pferde wurden unruhig. Hunde bellten, Männer regten sich im Schlaf, Wolkenschwaden zogen über den Himmel, Nachtvögel kreischten, und der Boß-Mann Paul saß aufrecht am Lagerfeuer. Die zeitlose Gestalt wollte zu ihm treten, das Geheimnis dieses guten und zugleich bösen Mannes erforschen. Aber Harraburas Gelöbnis hatte Vorrang.
Die Gestalt blieb bei Charlie Penny stehen und legte ihm das kostbare Päckchen auf die Brust.

Der neue Tag goß feuriges Licht über die dunklen Bergkämme, und die Wälder erwachten mit Knacken und Rascheln zu neuem Leben. Leierschwänze ließen ihre vereinzelten Schreie hören, winzige Honigfresser mit grünen Flügeln schwirrten

durch die Luft. Kreischend zog ein Papageienpärchen auf Kundschaftsflug durch die Wälder, gefolgt von einem Schwarm Krähen, die den Feldern zustrebten und sich dort ein Frühstück erhofften.
In einer Höhle erwachten die Bergkänguruhs, streckten sich und hüpften davon, als sie die menschliche Witterung aufnahmen.
Im Camp, das im Schatten der Berge lag, herrschte noch Ruhe, bis Charlie Pennys Schreie die Stille erschütterten.
Die Männer schreckten aus dem Schlaf, griffen nach den Gewehren, taumelten aus ihren Zelten und liefen kopflos durcheinander – im Glauben, sie würden attackiert.
Eine der Nachtwachen brach in Gelächter aus. »Falscher Alarm, Kameraden. Der verdammte Charlie hatte bloß einen Alptraum.«
Paul MacNamara zog sich die Stiefel an und ging zu Charlie hinüber, der gerade etwas tief in den Busch schleuderte. »Was ist los?«
Charlie sah ihn bloß mit angstverzerrter Miene an und schnatterte etwas in seiner Eingeborenensprache.
Paul wandte sich an Stan und Blackie. »Was hat er denn? Was hat er da weggeworfen?«
Sie wußten auch nicht weiter. »Eine Schlange?«, bot Stan an. »War vielleicht unter seine Decke gekrochen.«
Paul nickte. »Wird wohl so gewesen sein. Reiß dich zusammen, Charlie. Wir haben genug zu tun.« Er wanderte weiter und blieb nachdenklich vor den Gefangenen stehen, als ob er überlegte, was er mit ihnen anfangen sollte. Sie waren immer noch nackt aneinandergekettet und froren erbärmlich in der kühlen Morgenluft.
Gus trat zu ihm. »Wir sollten sie laufenlassen. Sie wissen nichts.«
Paul reagierte nicht. Im Verlauf dieser Suchaktion war er unnahbar und hart geworden.
»Es hat keinen Sinn«, beharrte Gus. »Wir haben jeden Millimeter auf beiden Farmen abgesucht. Die Fährtenleser haben

die Mörder nicht aufgespürt, also schaffen wir es auch nicht. Wahrscheinlich haben sie sich bereits in den Bergen versteckt, bevor wir überhaupt ahnten, was los war. Wir müssen diese Burschen laufenlassen.«

»Nein!«

»Aber Paul, sie frieren sich zu Tode. Wenn sie wirklich die Hand im Spiel hatten ...« – Gus brachte es nicht fertig, die Morde beim Namen zu nennen – »... würden sie hier nicht mehr rumhängen. Sie wären längst abgehauen.«

»Sie wissen etwas«, stieß Paul zwischen den Zähnen hervor. »Peitsch es aus ihnen raus.«

Andere Männer gesellten sich zu ihnen. Dieses sinnlose Herumsuchen gefiel ihnen gar nicht. »Am besten, man erschießt das Pack«, knurrte einer. »Alle. Die Nigger wissen, was Rache ist. Sie werden schon kapieren.«

»Nein!« Gus war entsetzt. Hilfesuchend sah er Paul an. »Sie können sie doch nicht ohne jeden Grund töten.«

»Und wie wir das können«, knurrten die Männer.

Beim Frühstück wurden Stimmen laut, daß Paul MacNamara nicht fähig sei, den Trupp anzuführen. Daß die Geiseln erschossen werden sollten, damit sie alle endlich wieder nach Hause kämen.

Gus konnte sich nur mit Mühe beherrschen.

»Hören Sie, Mister«, begann einer der Minenarbeiter, »wir haben unser möglichstes getan. Wir sind jetzt seit zehn Tagen unterwegs, haben uns aufgeteilt und alle Nigger von den zwei Farmen verjagt. Die Gefangenen wollen nicht reden. Jetzt muß Ihr Boß eine Entscheidung fällen, oder wir holen uns einen, der es tut.«

Gus blickte in die Runde. »Als da wäre?«

»Boyd Roberts. Wir haben ihn gestern auf McCanns abgebrannter Farm gesehen. Schließlich gehört sie jetzt ihm. Er kommt heute ins Camp, er soll entscheiden, was wir tun sollen. Dann hauen wir ab. Wir können hier nicht ewig rumhängen.«

Gus trug einen Becher Tee zu Paul hinüber. »Boyd Roberts ist auf dem Weg hierher. Wir müssen das Camp abbrechen, Boß. Schicken Sie die Männer nach Hause, ehe er da ist, sonst ist es für die armen schwarzen Kerle zu spät.«

Paul saß in der Hocke und schlürfte den heißen Tee. »Wenn Roberts seine Leute mitbringt – und das tut er sicher, er ist nie allein unterwegs –, haben wir genug Männer, um in die Berge zu reiten. Da müssen wir suchen, da stecken die Mörder.«

»Reine Zeitverschwendung, Boß. Das Gebiet ist zu groß und zu gefährlich. Das hier sind Minenarbeiter und Viehtreiber, die werden da nicht rauf wollen. Schließlich haben sie alle Familie.«

»Sie müssen«, beharrte Paul.

Gus gab es auf und ging zu den anderen zurück. »Wer will, kann nach Hause reiten«, erklärte er. »Wir schätzen eure Hilfe sehr, aber die Zeit arbeitet gegen uns.«

Ein Minenarbeiter ergriff das Wort. »Wir warten lieber auf Roberts und hören, was er dazu zu sagen hat.«

Um die drei Männer der Eingeborenenpolizei zu beschäftigen, wies Gus sie an, die Pferde zu tränken und das Sattelzeug zu reinigen. Stan und Blackie standen sofort auf, während Charlie, in seine Decke gerollt, liegenblieb. »Der is' krank«, sagte Blackie.

»Was fehlt ihm denn?«

Sie rollten mit den Augen. »Mächtig krank.«

Gus riß die Decke weg und betrachtete Charlie. »Sieht aber gar nicht krank aus.« Er befühlte Charlies Stirn. »Hat auch kein Fieber. Wo bist du krank?«

Charlie setzte sich auf und griff ohne Anzeichen von Schmerzen nach seiner Decke. Gus trat ihn in die Seite. »Steh auf, du faules Stück. Gar nichts fehlt dir.«

Wortlos rappelte Charlie sich auf und trottete zu den Pferden.

Nach dem Essen befahl Gus dem Lagerkoch, den Gefangenen die Essensreste zu bringen. Doch der spuckte nur verächtlich vor Gus aus. »Ich koch' nix für Nigger.«

In der Schar der Freiwilligen waren die Männer von Oberon in

der Minderheit, aber Gus konnte sie schlecht nach Hause schicken. Paul war der Boß, und sie erwarteten ihre Order von ihm.
Verdrießlich trug Gus einen Krug voll Wasser zu den Gefangenen und gab ihnen zu trinken. Obwohl sie in ihren Fesseln einen kläglichen Anblick boten, kamen sie Gus heute irgendwie verändert vor. Sie hielten die Köpfe nicht mehr gesenkt, und ihr resignierter Blick war verschwunden. Es schien, als merkten sie nichts von der Gefahr, die ihnen an diesem Morgen drohte.
Gus hockte sich neben sie und versuchte, in einer Mischung aus Gesten, Pidgin-Englisch und den wenigen Worten, die er in ihrer Sprache kannte, mit ihnen zu sprechen und ihnen den Grund für ihre Gefangenschaft zu erklären. Er zeigte mit dem Finger auf Paul, dann direkt auf die Gefangenen. »Ihr reden! Namen sagen. Wer hat weiße Frauen getötet?«
Sie schüttelten lediglich den Kopf, erwiderten furchtlos seinen Blick. Wie all die anderen, die verhört und geschlagen worden waren, wußten sie nichts. Gus hätte ihnen gerne erklärt, daß er sie laufenlassen und ihrem Volk nichts mehr tun würde, wenn sie ihnen bloß die Mörder brächten, aber es war zu kompliziert.
Wenn man sie zu ihrem Stamm zurückgehen ließ und sie die Mörder stellten, würden sie sie dann auch ausliefern? Welcher weiße Mann war je für seine Gewaltakte dem Stamm der Darambal übergeben worden? Aborigines, die auf den Farmen arbeiteten, begriffen schnell, daß Weiße mit zweierlei Maß maßen. Gerechtigkeit hatten sie noch nicht erlebt.
Es fiel Gus schwer, sich einzugestehen, daß die Jagd vorbei war. Anfangs hatte er noch gehofft, die schwarze Eingeborenenpolizei würde ihnen bei der Suche nach den Mördern helfen können, aber die Fährte war kalt. Außerdem hatten die Reiter alle vorhandenen Spuren bereits zertrampelt, als die Berittenen eintrafen. Er konnte ihnen keinen Vorwurf machen. Und nun glitt ihnen die Situation immer mehr aus der Hand. Paul war ganz versessen darauf, in den Bergen weiterzusu-

chen, und der Rest der Männer wollte Blut sehen, egal von wem. Es gefiel Gus gar nicht, daß Paul in seiner dumpfen Wut gemeinsame Sache mit Boyd Roberts machen wollte. Wie es schien, würde er sich notfalls mit dem Teufel verbünden, bloß um sich zu rächen.

Die Rinderfarm blieb inzwischen sich selbst überlassen. Ein ganzer Jahrgang noch nicht gebrannter Kälber tummelte sich auf den Außenweiden, eine leichte Beute für Dingos. Sie hätten das Vieh längst ausmustern und von den Treibern zum Markt bringen lassen müssen. Mit jedem Tag, den sie länger hier draußen verbrachten, verloren sie kostbare Zeit. Als Verwalter trug Gus die Verantwortung. Es war schon unter normalen Umständen harte Arbeit, alles vor der Regenzeit unter Dach und Fach zu bekommen. Sie durften die Dinge nicht länger so schleifen lassen.

Am Vormittag kam Roberts an der Spitze von fünf Reitern wie ein Kavallerieoffizier dahergeritten. In seinem Gefolge der berüchtigte Captain Cope, der sein dezimiertes Häuflein Berittener wieder übernehmen sollte.

Mit einem Blick hatte Gus Cope taxiert und als harmlos abgetan, während er instinktiv die Gefahr witterte, die von Roberts, ihrem neuen Nachbarn, ausging. Er spürte, daß es Ärger mit ihm geben würde.

Vom Sattel aus musterte Roberts das friedliche Lager und verzog verächtlich den Mund. Die Männer saßen einfach herum, rauchten oder ruhten im Schatten der Bäume aus, den Hut ins Gesicht gezogen. Die reinste Idylle.

»Schau einer an!« rief Roberts aus. »Haben wir heute dienstfrei? Ist das ein privates Picknick, oder darf man mitmachen?«

Die Autorität in seiner Stimme brachte Bewegung in die Männer. Sie sprangen augenblicklich auf, zogen sich die Stiefel an, griffen nach ihren Gewehren, zurrten an ihren Patronengürteln und nahmen Haltung an.

Gus blickte sich suchend nach Paul um. Der schenkte Roberts nur einen kurzen Blick und verfiel wieder in sein dumpfes Brüten.

Die Männer umringten Roberts und begannen, einer lauter als der andere, die verfahrene Situation zu schildern. Über ihnen ragte der Bergrücken auf, abweisend wie eine Trutzburg.
Roberts blickte in die Runde. »Seine Frau und sein Hausmädchen sind tot«, begann er und nickte in Pauls Richtung. »Mein Haus ist niedergebrannt. Und was für Heldentaten habt ihr vorzuweisen?«
Die forschen Worte ließen die Männer aufhorchen. Endlich kam Bewegung in die Sache.
»Was haben Sie vor, MacNamara?« rief Roberts.
Paul riß sich aus seiner Versenkung. »Die Berge. Wir werden sie da oben suchen.«
Roberts spürte den Unmut der Männer und schlug einen höhnischen Ton an. »Ach ja? Und wo? Im Norden? Im Süden? Oben am Mount Archer?« Mit einer Geste umschrieb er den Gebirgszug der Berserker Ranges. »Gibt es Trampelpfade? Oder Wege? Wo wollen wir anfangen, und wie viele Monate soll diese Suchaktion dauern?«
»Ich habe mir folgendes überlegt ...«, fing Paul an, aber Roberts schenkte ihm nur einen mitleidigen Blick.
»Sie haben wirklich genug durchgemacht. Ich denke, Sie sollten jetzt mal Ihre Kameraden die Arbeit machen lassen.«
Die Männer registrierten den herablassenden Ton nicht und murmelten ein paar teilnahmsvolle Worte in Pauls Richtung, um Roberts sogleich wieder ihre volle Aufmerksamkeit zu schenken.
Boyd wies mit der Peitsche auf die Gefangenen. »Wer sind die?«
»Verdächtige.«
»Holt sie her, ich will sie mir anschauen.«
Während die Gefangenen herbeistolperten, baute Gus sich vor Roberts auf. »Die Schwarzen wissen nicht, wer die Frauen überfallen hat. Sie sind genauso schlau wie wir. Wir lassen sie laufen.«
»Tun wir nicht«, rief einer der Männer, und wieder wurden Unmutsäußerungen laut.

Roberts entdeckte die schwarzen Polizisten in der Menge der Freiwilligen. Er wandte sich an Captain Cope. »Ihre Leute, nicht wahr?«

Cope nickte. In Roberts Gegenwart schien er zu schrumpfen.

»Lassen Sie sie antreten.«

Cope gehorchte und winkte seine Leute herbei, die sich sogleich vor Roberts aufstellten und Haltung annahmen. Roberts stieg von seinem Pferd und musterte die drei. »Du redest mit den Gefangenen«, befahl er Charlie Penny.

Charlie zuckte zusammen. »Kann nich'. Bin krank.«

Entsetzt stand Bobby Cope dabei, als Charlie sich vor all den Männern ungehorsam zeigte. Er wußte immer noch nicht, wie er erklären sollte, daß drei seiner Leute von Eingeborenen getötet worden waren, während er sich aus persönlichen Gründen vom Dienst beurlaubt hatte. Er stieß Charlie an. »Tu schon, was man dir sagt, verdammt noch mal.«

»Ich nich', Boß«, winselte Charlie. »Kann nich'.«

»Stimmt«, mischte Blackie sich ein. »Charlie is' mächtig krank.«

Unbeeindruckt befahl Roberts Blackie, dem nächsten in der Reihe, zu den Gefangenen zu gehen. »Erklär ihnen, daß wir die Mörder wollen. Daß wir jede Stunde einen von ihnen erschießen, wenn sie uns nicht sagen, wer die Morde begangen hat und wo die Täter stecken.«

Blackie griente. »Wir können auch nich' mit denen reden. Andere Sprache.«

Roberts schlug ihm die Reitgerte ins Gesicht. »Ihr seid alle verdammte Lügner! Tu, was man dir sagt!«

Blackie ging zu den Gefangenen und redete laut in seinem Dialekt – der Sprache eines meilenweit entfernt lebenden Stammes – auf sie ein.

Die Gefangenen blickten ihn verständnislos an. Schließlich ergriff einer von ihnen das Wort und antwortete klar und deutlich etwas in seiner Stammessprache. Für die Weißen hörte sich alles wie ein und dasselbe tiefkehlige Gurren an.

Blackie erklärte stolz, die Gefangenen wüßten auch nichts, ob-

wohl er kein Wort verstanden hatte.
Cope fuhr dazwischen. »Er lügt. Er kann sie gar nicht verstehen.«
»Das macht nichts«, erklärte Roberts. »Ziel dieser kleinen Unterrichtsstunde ist es, die Wilden aufzurütteln. Sie sollen wissen, was ihnen passiert, wenn sie weiße Frauen umbringen. Oder überhaupt Weiße.« Er winkte Blackie zu sich heran. »Der da mit dem Bart sagt nicht die Wahrheit, oder?«
»Nein, Boß!« Blackie strahlte.
»Sie wissen, wer die weißen Frauen getötet hat, aber sie sagen's nicht. Habe ich recht?«
»Freilich, Boß«, sagte Blackie beflissen.
»Erschieß ihn«, zischte Roberts.
In Blackies Augen trat ein Leuchten. Grinsend hob er sein Gewehr, und bevor irgend jemand begriff, was vorging, feuerte er auf den Schwarzen.
Der fiel tot um und riß seine Mitgefangenen zu Boden. Kreischend warfen sie sich neben dem Mann in Deckung, aus Furcht, selbst getroffen zu werden. Gus war mit einem Satz bei Blackie, entriß ihm das Gewehr und stieß ihn zur Seite.
Paul kam angerannt. »Großer Gott! Was ist hier los?«
»Der Mann ist tot«, schrie Gus. »Wird aber auch Zeit, daß Sie zu sich kommen und aufhören, sich selbst zu bemitleiden!«
»Aus dem Weg, MacNamara. Nicht nur Ihre Familie ist in Gefahr, solange diese Mörder herumwüten, alle unsere Familien sind bedroht.« Roberts drängte ihn beiseite.
»Meine Frau ist nicht in Gefahr«, gab Paul zurück. »Sie ist tot!«
»Ihre Schuld, wenn Sie diese Bestien auf Ihre Farm lassen.« Roberts wandte sich an die anderen Männer. »Meine Arbeiter waren selber in Oberon. Sie wissen, wie man mit Schwarzen umgeht. Und was macht er? Jagt die Arbeiter fort, ergreift für die Schwarzen Partei, und das ist die Quittung dafür.«
»Verschwinden Sie!« schrie Paul, aber Roberts zog seinen Revolver.
»Irrtum, MacNamara. Wir wissen, was zu tun ist, und werden

entsprechend handeln. Habe ich recht, Leute?«
Die Männer johlten. Gus trat vor, das Gewehr auf Roberts angelegt. »Sie haben gehört, was der Boß gesagt hat. Verschwinden Sie!«
»Wessen Boß?« fragte Roberts mit einem gemeinen Lächeln und ließ den schweren Revolver spielen. Gus zuckte zusammen, als er den Haß und die Besessenheit in Boyds Augen sah, und fragte sich, welche Gründe es dafür geben könnte. Es konnte nicht nur daran liegen, daß Paul Oberon nicht hatte verkaufen wollen. Schließlich gab es noch mehr Rinderfarmen. Als die Männer zurückwichen, warf Gus Paul Blackies Gewehr zu.
»Wir sind in der Überzahl«, feuerte Roberts die Männer an. »Copes Leute nicht mitgerechnet. Am besten trollt ihr euch nach Hause.« Er sah gelassen zu, wie die Oberon-Männer sich aus der Gruppe lösten und sich hinter Paul und Gus stellten. »So ist's recht, Leute. Am besten nehmt ihr euren Boß mit und laßt ihn sich ausruhen. Er sieht krank aus.«
Das stimmte. Paul hatte abgenommen, und sein Gesicht war eingefallen, seitdem er nicht mehr schlafen konnte. Aber sein Kampfgeist glühte. Er feuerte seine Freiwilligen an. »Dieser Mann wurde kaltblütig umgebracht, genau wie meine Frau und Clara. Jetzt ist Schluß damit. Wie ich es sehe, können uns diese Schwarzen hier nicht helfen ...«
»Und täten es doch so gern«, grölte einer der Männer.
Ein anderer höhnte: »Bist 'n Schlappschwanz, MacNamara!«
Gus spürte die Unschlüssigkeit der Männer in den eigenen Reihen. Seit dem Mord an den beiden Frauen waren sie verstört, immer noch saß ihnen der Schock in den Knochen, und sie lechzten nach Rache, nach Blut.
Paul appellierte an Roberts Vernunft. »Ich weiß nicht, was Sie hier zu suchen haben. Dies ist allein meine Angelegenheit, und ich regle sie auf meine Art.«
»Er hat recht«, wandte Gus ein. »Verdammt noch mal, der Mann hat wirklich genug durchgemacht und Rücksicht verdient, nicht solch blödes Gezänk.«

Roberts drehte sich auf dem Absatz um. »Rücksicht? Er? Die hätte seine arme Frau verdient! Wie ich gehört habe, wollte sie die Schwarzen nicht länger um sich haben, aber hat er sie fortgejagt? Keine Spur!«
»Dieses Schwein!« Paul wandte sich angewidert ab und besprach sich mit Gus. »Ich hab' die Schnauze voll von dem Kerl. Wir müssen die Schwarzen laufenlassen, bevor noch was passiert.«
»So ist's recht, schleich dich nur fort!« setzte Boyd ihm zu. »MacNamara kümmert sich nicht um seine Frau. Warum auch? Er hat ja 'n Schätzchen in der Stadt.«
Die Männer standen wie gebannt. Sie drängten näher, begierig zu sehen, wie MacNamara reagierte, und er reagierte sofort. Er schnellte herum und landete einen Volltreffer. Anerkennend mußten die Männer feststellen, daß sein unerwartet heftiger Faustschlag Roberts zu Boden geschmettert hatte, wo er mit blutender Nase liegenblieb. Beim Sturz ließ er den Revolver fallen. Paul hob ihn auf und warf ihn beiseite. Als Boyd sich aufrappeln wollte, trat er ihn in die Seite, so daß er ins Gebüsch flog.
Paul hielt das Gewehr auf Boyds Leute gerichtet und herrschte sie an, sich mitsamt ihrem Boß zu verziehen. »Verschwindet, oder wir geben euch Fersengeld!«
Gus bedankte sich bei den Freiwilligen für ihre Hilfe und erklärte, sie könnten das Lager abbrechen und die Pferde satteln. Die Männer waren recht kleinlaut geworden, keiner fragte mehr nach den Gefangenen; alle schienen erleichtert, daß sie gehen konnten.
Als die Männer in verschiedene Richtungen davonritten, knöpfte Paul sich Captain Cope vor. »Ich will, daß dieser Schwarze da, Blackie Bob, wegen Mordes unter Arrest gestellt wird.«
»Warum?« fragte Cope zurück. »Er hat nur auf Befehl gehandelt.«
»Wessen Befehl denn, Sie Idiot? Seit wann führt Roberts das Kommando?«

»Er ist ein mächtiger Mann«, jammerte Cope. »Ich komme nicht gegen ihn an. Seit Fowler Maskeys Tod setzt er alles daran, einen Sitz im Parlament zu kriegen.«
»Wer ist tot?« fragte Paul.
»Der alte Fowler. Wußten Sie nicht, daß ihn der Schlag getroffen hat?«
»Nein, wußte ich nicht. Tut mir leid, das zu hören.« Dann erst fiel ihm ein, daß Cope Lauras Verlobter war. »Dann haben Sie ja Ihren Schwiegervater verloren«, meinte er matt.
»Oh nein.« Cope zuckte die Achseln. »Hab' die Sache abgeblasen, beschlossen, das Mädchen nicht zu heiraten. Sie hängt bei Boyd Roberts rum und wohnt jetzt in Beauview.«
Paul blieb von diesen Worten seltsam unberührt. Ihn quälten noch immer Selbstvorwürfe und Schuldgefühle Jeannie gegenüber, er konnte sich seine Untreue nicht verzeihen. Was Laura tut, ist ihre Sache, dachte er dumpf. Er bezweifelte, daß er ihr je wieder unter die Augen würde treten können, wußte nicht, ob er sie überhaupt wiedersehen wollte. Roberts Bemerkung über die Freundin fiel ihm wieder ein. Laura in Beauview? Hatte sie ihm etwas erzählt? Eine eiskalte Wut auf die ganze Welt packte Paul. Was für ein häßlicher Ort!
»Stellen Sie diesen Dreckskerl unter Arrest«, wies er den Captain an, »oder ich werde Sie wegen Pflichtversäumnis belangen.«
»Schon gut«, meinte Cope mürrisch. »Ich nehme ihn mit in die Stadt, es sei denn, Sie brauchen uns hier.«
»Ich brauche Sie nicht. Wo ist Lieutenant Gooding? Ich hatte mit ihm und seiner Truppe gerechnet.«
»Er ist nach Süden geritten, entsprungene Sträflinge einfangen. Man erwartet ihn täglich auf der Camelot-Farm. Er sei bereits überfällig, heißt es.«
»Mist!« stieß Paul hervor. »Ich wollte mit ihm reden. Wahrscheinlich muß ich selber hinüberreiten, wenn ich ihn zu fassen kriegen will.«
Er ließ Cope stehen und wandte sich den Gefangenen zu. Gus war bereits dabei, ihre Fesseln loszuschneiden. Paul fragte die

Schwarzen, ob sie Gorrabah kannten. Als sie nickten, bat er sie, ihn zu ihm zu führen.
»Was haben Sie vor?« fragte Gus. »Sie können unmöglich da hinauf.«
»Wenn sie mich mitnehmen, kann ich.«
»Wo wir gerade einen ihrer Stammesbrüder umgebracht haben? Sie sind verrückt! Sie kommen nicht eine Meile weit.«
»Ich muß zu Gorrabah«, erklärte Paul. »Ich wette, daß der alte Fuchs weiß, wer die Frauen getötet hat. Ich will ihn persönlich fragen.«
Die Gefangenen entschieden die Angelegenheit selbst. So sehr Paul auch mit ihnen verhandelte und ihnen versicherte, daß er Gorrabah kein Leid zufügen werde – sie lehnten sein Ansinnen rundheraus ab. Eher hätten sie sich mißhandeln lassen als das Versteck Gorrabahs preisgegeben.
Schließlich lenkte Paul ein. Er wies die Schwarzen an, ihrem Häuptling auszurichten, daß er in friedlicher Absicht mit ihm sprechen wolle, und sie schienen zu verstehen. Daraufhin ließ er sie gehen. Sie hoben ihren toten Stammesbruder auf und flohen in den Busch.
Cope hatte beschlossen, Blackie vorläufig nicht zu sagen, daß er unter Arrest stand. Erst wenn sie in der Stadt waren, wollte er das tun. Er ärgerte sich über Charlie, der wie betrunken herumtaumelte. »Beweg deinen Hintern, du Faultier«, herrschte er ihn an.
Stan griff ein. »Hat kein' Sinn, Boß. Charlie sterben. Ist bald ein toter Mann.«
»Was redest du da?«
»Charlie sterben. Zaubermann hat mit Knochen auf Charlie gezeigt. Charlie kaputt.«
»Welcher Zaubermann?«
»Weiß nich'«, sagte Stan. »War aber hier.«
»Was für ein Blödsinn«, erwiderte Cope. »Sag ihm, er soll sich in Bewegung setzen, oder er kriegt meine Peitsche zu spüren.«
Die Männer von Oberon verließen als letzte den Lagerplatz. Müde machten sie sich auf den Heimweg.

»Übernimm du eine Weile für mich das Kommando«, sagte Paul zu Gus. »Ich muß nach Camelot und Lieutenant Gooding sprechen. Wenn Gorrabah kommt, sieh zu, daß du etwas aus ihm rauskriegst. Ansonsten soll Gooding mich mit seinen Leuten offiziell in die Berge eskortieren. Ich kann nicht aufgeben. Wir sollten versuchen, ein paar von den Stammeshäuptlingen zu finden, um sie zu fragen. Die Uniformen bewirken vielleicht, daß sie kooperieren.«

»Sie müssen sich unbedingt ausruhen«, meinte Gus. »Reiten wir doch erst mal nach Hause und überschlafen alles gründlich.«

ACHTES KAPITEL

Das schwarz-weiße Tier hatte ein ungewöhnlich flauschiges Fell, aber keinen Beutel. Es fraß auch keine Körner, Beeren, Schnecken oder Würmer wie die anderen kleinen Buschtiere. Es war die seltsamste Kreatur, die sie je gesehen hatten.

Und es zeigte überhaupt keine Scheu vor den Menschen. Wenn man es streichelte, gab es wohlige Laute von sich. Obwohl es so ganz anders aussah als die Birribis, die in den Bäumen hockten, die Arme um die Äste schlangen und dösten oder an Eukalyptusblättern knabberten, meinten einige, es gehöre zur Familie der Birribis. Es war genauso zahm, hatte aber schärfere Krallen und einen tödlichen Jagdinstinkt. Träge, alte Birribis wurden manchmal aggressiv und brüllten, sie waren aber keine Jäger und begnügten sich mit Pflanzenkost.

Dieses kuriose Exemplar zischte, wenn es wild wurde, wie eine Schlange, krümmte den Rücken und schlug blitzartig mit den Krallen zu. Einer der Hunde, der es beschnüffeln wollte, hatte sich auf diese Weise eine blutige Schramme auf der Nase eingefangen und war heulend davongelaufen. Und er gehörte

zur mutigen Sorte, er nahm es mit jedem Dingo oder Känguruh auf, aber das hier ging ihm zu weit.
Sie merkten alsbald, daß das Tier ausnahmslos Fleisch fraß, und zu ihrem Entsetzen stellte es auch dann noch Vögeln und Kleingetier nach, wenn es längst sattgefressen war. Es erlegte sie nur so zum Spaß, wie es schien, spielte mit Eidechsen, bis sie vor Angst und Erschöpfung halbtot waren, um dann gelangweilt davonzustreichen. Das wurde ihm beinahe zum Verhängnis, denn man hielt es für einen bösen Geist, der die Jagdgründe gefährdete. Außerdem hatte es kein Totem und war somit rechtlos vor den Gesetzen des Stammes.
Einige wollten das Tier töten und in den Fluß werfen, andere befürchteten, der böse Geist würde dann das Wasser vergiften. Die Pragmatiker schlugen vor, das Tier zu schlachten und zu essen, aber die Kinder wollten es zum Spielen behalten. Sie stupsten an sein rosa Näschen und quiekten vor Freude, wenn der Fremdling ihre Finger träge mit seiner rauhen Zunge leckte.
Während sie tagelang beratschlagten, was zu tun sei, tobte das Tier mit der größten Selbstverständlichkeit in ihrem Lager herum, als gehöre es ihm. Schließlich wurde entschieden, Harrabura um Rat zu fragen.
Da Kamarga das Tier gefunden und in seinem Jagdbeutel hergebracht hatte und zudem ein bewährter Krieger und Jäger war, stand ihm das Recht zu, das Tier zu Harrabura zu tragen. Ein rundes Dutzend Familienangehörige und Freunde begleitete ihn, neugierig, wie die Entscheidung ausfallen würde.
»Was ist das?« fragte Harrabura und stieß das Tier an, das friedlich zusammengerollt in einem Riedkorb lag, den die Mädchen für ihn gemacht hatten.
»Wir wissen es nicht«, sagte Kamarga. »Was meinst du?«
Sie weckten es auf und ließen es herumtollen, weideten sich an Harraburas Staunen. Er kannte jedes Tier im Busch, vom monströsen Krokodil bis zum winzigen Kultarr, aber ein Ungeheuer wie dieses, mit seidigem Fell und frechem Gebaren, hatte er noch nie gesehen.

»Wo hast du es gefunden?« fragte er Kamarga.
»Im Regenwald hinter der Lagune mit den Seerosen.«
Harrabura beobachtete das Tier eine Zeitlang und hörte sich die verschiedenen Mutmaßungen über seine Herkunft an. Schließlich gab er auf. »Wodoro ist hier, er sitzt bei Gorrabah, der sich auf den Weg in die Traumzeit macht. Ich werde ihn fragen. Er wird es wissen.«
Er bat Kamarga zu bleiben und schickte die anderen fort. »Wann warst du da unten im Regenwald?« fragte er mit strenger Miene.
»Etwa vor einen halben Mond«, erklärte Kamarga stolz. »Ich habe auch den Kampf gesehen.«
»Welchen Kampf?«
»Haben sie dir nichts davon erzählt? Einige von den Bekalbura waren da unten auf der Jagd und stießen dabei auf das Lager der verhaßten schwarzen Soldaten, die die Uniformen der Weißen tragen und unsere Leute umbringen. Sie haben zwei von denen getötet.«
»Warum weiß ich nichts davon?« erwiderte Harrabura barsch. »Die Bekalbura sind zu uns heraufgekommen, um Schutz zu suchen, nicht um zu kämpfen.«
Kamarga schlug sich mit der Hand auf den Mund. »Sag nicht, daß du es von mir weißt. Viele von den jungen Leuten streiten sich deshalb mit den Alten. Eigentlich wollten sie gar nicht angreifen. Doch als sie plötzlich auf die Soldaten stießen, konnten sie sich die Gelegenheit nicht entgehen lassen.«
»Die schwarzen Abtrünnigen haben doch Gewehre. Wie viele Leute haben wir verloren?«
»Von den Bekalbura wurde nur einer getötet«, erklärte Kamarga. »Sie haben seine Leiche zurückgebracht. Mehr weiß ich nicht. Vielleicht wollte die Sippe vermeiden, daß du es erfährst, damit du sie nicht aus unseren Bergen verjagst.«
Harrabura blickte finster. »Da haben sie recht.« Dann hellte sich sein Gesicht wieder auf. »Sie haben zwei dieser Schurken getötet?«
»Ja.«

»Gut.« Harrabura dachte an Charlie Penny und lächelte. »Dann sind schon drei erledigt.«
»Drei, das stimmt«, pflichtete Kamarga bei. »Ich habe das Grab des dritten gesehen.«
»Was sagst du?« Harrabura blickte den anderen überrascht an. »Was für ein Grab?«
»Ganz in der Nähe des abgebrannten Hauses.«
Harrabura packte den anderen an der Kehle. »Hast du das Haus angezündet?«
Kamarga würgte. »Nein!Nein! Du tust mir weh!«
»Sagst du die Wahrheit?«
»Ja. Ich hab' das Feuer von weitem gesehen und wollte wissen, was los ist. Ich bin sehr vorsichtig vorgegangen. Als ich unten ankam, wurde es schon hell, und es war niemand zu sehen. Das Haus war abgebrannt, ich hab' mich aber nicht näher rangetraut.« Kamarga zog die Schultern hoch. »Hatte ja keinen Sinn.«
»Bist du zu dem anderen Haus gegangen? Zu dem da unten, genau vor uns?«
»Nein, bin ich nicht.« Kamarga sah Harrabura vorwurfsvoll an. »Ich hab' das über die weißen Frauen gehört. Ich hab' sie nicht umgebracht, wenn du das denkst. Ich war hier oben, als sich die Siedler da unten versammelten.«
»Wer war's dann? Wer das Haus angezündet hat, hat auch die weißen Frauen umgebracht, das steht fest. Und derjenige hat uns alle in Schwierigkeiten gebracht. Die Gefahr ist noch nicht vorüber.«
»Ich weiß es nicht«, erklärte Kamarga. »Keiner weiß es. Es ist ein großes Rätsel.«
Harrabura schwieg lange Zeit und beobachtete einen Seeadler, der hoch über ihm kreiste. Kamarga blieb einfach sitzen und wartete, denn er war noch nicht entlassen.
Wie in Trance verfolgte Harrabura das endlose Kreisen des Adlers im Blau des Himmels. Ein traumähnlicher Zustand erfaßte ihn, er schien in Raum und Zeit zu schweben. Als er Charlie Penny erblickte, lächelte er grimmig, wohl wissend,

daß dessen Zeit ablief. Dann sah er die weiße Frau an einem dunklen Ort stehen. Trotz ihrer zierlichen Gestalt schien sie eine starke Frau zu sein, und nun hörte er sie rufen. Ein Wort nur. Das Wort konnte er nicht verstehen, aber er spürte die rasende Wut der Frau. Charlie Penny! Er war dort gewesen!
Harrabura kehrte in die Gegenwart zurück, verwirrt und von dunklen Vorahnungen erfüllt. Was war geschehen? Wußte Charlie Penny die Antwort auf das Rätsel? Wenn ja, war es womöglich zu spät, ihn zu fragen.
»Erzähl mir von dem dritten Grab«, sagte Harrabura unvermittelt.
»Ich fand die Leiche von einem der schwarzen Männer im Wald, ein Stück vom Haus entfernt.«
»Hatte er Kampfverletzungen?«
»Nein. Der Mann in der Uniform war begraben worden, aber die Dingos hatten ihn wieder ausgebuddelt. Ich verscheuchte sie und sah ihn mir an. Er hatte ein Loch in der Stirn, von einer Kugel. Da kenne ich mich aus.« Er spuckte verächtlich aus. »Hab' schon genug Schußwunden gesehen.«
»Dann muß ihn ein Weißer erschossen haben«, meinte Harrabura. »Wir können ihn den Dingos überlassen.«
»Vielleicht hat auch ein Weißer die Frauen erschossen«, sagte Kamarga.
Harrabura schüttelte den Kopf. »Ich fürchte nein, auch wenn ich wünschte, es wäre so.« Hätte er nur ein klareres Bild von der weißen Frau. Er versuchte, die Vision aufs neue heraufzubeschwören, aber sie verblaßte so rasch, wie sie gekommen war. Und Charlie Penny? Er hatte als Anführer der drei schwarzen Soldaten vor ihm gestanden, und damit war sein Schicksal besiegelt. Mit der weißen Frau hatte Harrabura ihn allerdings nicht in Verbindung gebracht.
»Es ist gut möglich, daß Charlie Penny im Auftrag der weißen Männer diese Frau getroffen hat«, sinnierte er.
Kamarga sah ihn betroffen an. »Wer? Wer ist Charlie Penny?«
Harrabura wollte sich nicht aus seinen Gedanken reißen lassen. »Es hat nicht unbedingt etwas zu bedeuten, wenn ich ihn

am selben Ort wie die weiße Frau sehe. Es kann eine ganz harmlose Begegnung gewesen sein, so wie viele andere vorher, wenn unsere Stammesbrüder, die im Tal leben, den Boß-Mann und andere aus dem großen Haus unter friedlichen Umständen getroffen haben«, fuhr er fort.
»Ja, ich auch«, beeilte sich Kamarga zu sagen. »Der Boß-Mann, den sie Paul nennen, schenkte mir eins von seinen Tieren, die sie Ochsen nennen.« Kamarga leckte sich die Lippen. »Das war ein gutes Essen! Schade, daß er sich nun gegen uns gewandt hat. Wenn wir im Tal nicht mehr jagen und fischen können, müssen wir hier oben verhungern.«
»Sie war wütend«, meinte Harrabura, weiterhin mit seinen eigenen Gedanken beschäftigt. »Sie raste vor Wut.«
Aufgeregt klatschte er in die Hände. »Sie hatte ein Gewehr!« rief er. »Sie hatte ein Gewehr und peng! – sie hat damit geschossen!« Er hielt inne. »Aber nicht auf Charlie Penny. Auf wen dann?«
Kamarga war verwirrt, versuchte zu helfen. »Schwarze vermutlich. Auf ihre eigenen Leute schießen sie doch nicht.«
»Das stimmt. Charlie Penny ist ein elender Feigling, ich hab's in seinen Augen gelesen. Wahrscheinlich ist er davongelaufen, als sie angegriffen wurden, und hat die Frau ihrem Schicksal überlassen. Deshalb will er es auch nicht zugeben. Falls er wirklich dort war.« Harrabura stöhnte. Sein Instinkt sagte ihm, daß er auf der richtigen Spur war, aber es fehlten noch zu viele Einzelheiten, um ein klares Bild über die Mörder zu gewinnen. Er war sicher, daß ein Mob von Kuinmer-Kriegern die Frauen angegriffen und getötet hatte, aber es ging ihm um etwas anderes. Er mußte die weißen Männer irgendwie davon überzeugen, daß die Kutabura, die jetzt verfolgt wurden und bereits einen Toten zu beklagen hatten, mit der Sache nichts zu tun hatten. Andernfalls würden sie auf schreckliche Weise bestraft werden.
»Was ist mit dem da?« fragte Kamarga und beobachtete das possierliche Tier, wie es seine Krallen an einem Baumstamm wetzte und sich dann genüßlich im Gras wälzte. Er staunte

über das lackschwarze Fell mit den hellen Flecken, die so unschuldig weiß waren wie die Schäfchenwolken am Himmel.
»Laß uns gehen«, sagte Harrabura.
Sie stiegen weiter bergan, stapften durch finstere Wälder, kletterten über eine Felsenklippe und stolperten durch ein breite Klamm, während der letzte Sommerregen fiel. Dann begannen sie den mühevollen Aufstieg zu der Höhle, die Gorrabah für seine Rückkehr zu den Ahnen auserkoren hatte.
Als sie näher kamen, hörten sie das Wehklagen und wußten, daß er bereits von ihnen gegangen war.
Am späten Nachmittag gingen Harrabura und Wodoro zu einer Stelle des Berges, an der ein breites Felsplateau weit über einen Steilhang ragte. Tief unter ihnen lag die Schlucht, der Fluß schimmerte wie ein silbernes Band, und die Baumspitzen wirkten von hier oben wie ein moosgrüner Teppich.
Harrabura wagte sich nicht zu nahe an den Abgrund, Wodoro jedoch trat bis an die Kante und blickte hinab. Er war von kräftigem Wuchs, da aber weißes Blut in seinen Adern floß, nicht ganz so groß wie der Durchschnitt der Darambal. Sein Körper wies die üblichen Initiationsnarben auf, ein Vorderzahn war ihm von seinem Stamm, den Tigrun, ausgeschlagen worden, als Zeichen, daß er die Prüfung bestanden hatte. Wer nicht bestand, wurde geächtet oder kastriert.
Wodoro lehnte solche Rituale entschieden ab und ermahnte alle Stämme, die er auf seinen Reisen besuchte, angesichts der schwindenden Zahl ihrer Stammesmitglieder auf diese Verschwendung von Manneskraft zu verzichten. Harrabura war mit ihm einer Meinung, fürchtete aber den Zorn der großen Ahnen, wenn in die Naturgesetze eingegriffen wurde.
»Ich habe diesen Platz immer schon geliebt«, sagte Wodoro und drehte sich langsam, um das ganze Panorama in sich aufzunehmen. Von hier aus konnte er die Biegung des Fitzroy River erkennen, das breite Tal und die stumpfen Kegel der prächtigen Vulkane, die einst aus dem Herzen der Erde aufgestiegen waren. Die Millionen Jahre hatten ihre Spuren hinterlassen und die Berge bis auf den harten Kern abgetragen.

Im Osten lag grün und verheißungsvoll die Küste, und dahinter schimmerte das wunderbare Blau des Ozeans.
»Ein weißer Mann hat mir einmal erzählt«, sagte Wodoro, »daß sie von da gekommen sind. Mit ihren großen Schiffen brauchen sie mehr als sechs Monde bis hierher.«
Harrabura sah ihn verwundert an: »Warum? Sind ihre Jagdgründe so schlecht?«
»Ich weiß es nicht«, antwortete Wodoro. »Wird wohl so sein.«
Er ließ sich auf einem Stein nieder.
»Sag mir«, begann Harrabura, »ging der alte Mann in Sorge von uns?«
»Ja. Er machte sich große Sorgen um dein Volk.«
»Du weißt, was hier geschehen ist?«
»Seine Familie hat mir erklärt, daß wegen der weißen Frau neue Kämpfe ausgebrochen sind. Wer hat sie umgebracht?«
Harrbura blickte in das Tal hinunter, auf das geliebte Land, und seine Augen wurden feucht. »Ich weiß es nicht. Vielleicht die Kuinmer, jedenfalls keiner von uns. Wir glaubten uns im Tal da unten sicher. Der weiße Boß ließ uns auf sein Land, er hatte nichts dagegen.« Harrabura schnaubte verächtlich. »Hör nicht auf mein dummes Gerede. ›Er hatte nichts dagegen!‹ Wie tief bin ich gesunken, wenn ein solcher Satz über meine Lippen kommt! Wir sind dankbar dafür, auf dem Land, das uns seit der Schöpfung gehört, unser Lager aufschlagen zu dürfen! Ich bitte um Vergebung.«
Wodoro hob die Schultern. »Da ist nichts zu vergeben. Der alte Mann wollte Frieden, ihr müßt euch dafür einsetzen.«
»Sollen wir nach Norden ziehen? Ich habe schon überlegt, ob wir nicht von hier wegziehen und neue Jagdgründe suchen sollen, auch wenn wir dann unsere Traumpfade verlieren.«
»Das wäre sinnlos. Andere Stämme führen ähnliche Kriege mit den Weißen. Sie sind einfach überall, sie überfallen unser Land wie Heuschreckenschwärme. Ihr müßt versuchen, hier auszuharren.«
»Das fürchte ich auch«, sagte Harrabura bekümmert. »In diesem Fall möchte ich dich um einen großen Gefallen bitten. Die

Sache könnte riskant werden, und ich würde es verstehen, wenn du ablehnst.«
»Was für einen Gefallen?«
»Wie es heißt, sprichst du die Sprache der Weißen?«
»Das stimmt. Ich hab' sie von meinem Vater gelernt.«
»Und du wolltest nie bei seinem Volk leben?«
Wodoro lachte. »Als ich noch jünger war und weiter im Süden lebte, ging ich manchmal auf die Farmen zu den Schwarzen, die dort arbeiteten. Aus Spaß gab ich vor, stumm zu sein. Die Weißen nannten mich ›Blödmann‹ und ließen mich gewähren, ich brauchte auch nicht für sie zu arbeiten. Also konnte ich überall herumwandern und hören, worüber sie sprachen. Dabei erfuhr ich aus erster Hand, daß viele uns hassen, aber nicht alle. Deswegen müßt ihr ausharren. Wir wissen aus unserer Traumzeit, daß das Gute über das Böse siegt.«
»Nur muß das Böse zuerst begangen werden, um den Zorn der guten Geister zu wecken«, sagte Harrabura nachdenklich. »Ich frage mich manchmal, warum die großen Geister das Böse überhaupt zulassen.«
»Das ist eine schwierige Frage. Die Schlange, die ein Bilby verschlingt, ist für den Bilby das Böse, aber die Schlange muß ja auch fressen. Was für einen Gefallen soll ich dir tun?«
»Jemand muß für uns ins Tal gehen und mit dem weißen Boß Paul reden. Bevor seine Frau getötet wurde, hat er uns freundlich behandelt. Jetzt ist er so gemein wie die anderen. Du sprichst seine Sprache und sollst ihm erklären, daß wir den Mord nicht begangen haben und in Frieden mit ihm leben wollen.«
Wodoro nickte bedächtig. »Als ich zum alten Mann gerufen wurde, riet man mir, das Tal zu meiden und über die Berge zu gehen. Die Gefahr, von der du sprichst, liegt in dem Tal da unten?«
»Ja. Sie haben alle Schwarzen vertrieben. Es wird nicht einfach sein, an den Mann heranzukommen.«
»Und wenn ich den Falschen erwische, erschießen sie mich?«
Wodoro grinste.

Harrabura hatte jetzt keinen Sinn für Humor. »Das Herz dieses Mannes ist von Zorn erfüllt, auch er könnte auf dich schießen.«

»Das macht die Sache schwierig.« Wodoro überlegte. »Vor allem, da ich nicht weiß, wie er aussieht.«

»Kamarga soll dich begleiten. Er kennt ein paar Schleichwege, er könnte dich ungesehen ins Tal bringen und dir den Boß zeigen.«

»Was dann?«

Harrabura blickte ratlos drein.

»Ich bin kein Krieger«, erklärte Wodoro. »Und auch nicht besonders mutig.«

Der andere sah ihn überrascht an. »Wieso? Dein Name ist Legende, wo immer man ihn hört. Du hast einen Weißen im Warunga-Land mit einem einzigen großartigen Bumerangwurf getötet.«

Wodoro schüttelte den Kopf. »Das ist lange her. Die weißen Männer konnten nach einem Kampf mit den Warunga entkommen, und man gab mir die Schuld daran. Die Warunga sind ein grausames Volk, sie hätten mich töten können. Voller Wut packte ich einen Bumerang und schleuderte ihn mit aller Kraft hinter den Weißen her. Niemand war mehr überrascht als ich, als er einen der beiden niederstreckte.«

Harrabura lachte schallend. »Und so entstehen Legenden.«

Wodoro grinste vergnügt. »Ich konnte natürlich nicht zugeben, daß es bloß ein Zufallstreffer war. Sie haben mich als Held gefeiert, mir eine Frau gegeben und auf meine Fürsprache hin den anderen Weißen freigelassen. Ich führte ihn aus dem Warunga-Land hinaus und schickte ihn heim.«

Wodoros Antwort auf Harraburas Frage stand noch aus, und zu guter Letzt willigte Wodoro ein. »Ich werd's versuchen. Versprechen kann ich nichts. Wenn möglich, rede ich mit dem weißen Boß. Wie nennen sie dein Land jetzt? Die Weißen verwenden gern ihre eigenen Stammesnamen.«

»Oh ja, das weiß ich. Wie ich hörte, nennen sie es ›Ober-on‹. Was bedeutet das?«

»Ein einfacher Name. Bedeutet bloß ›über irgendwas‹, ›über dem Fluß‹ womöglich, jedenfalls nichts Genaues.«
Harrabura brummte. »Wozu dann der Name?« Da fiel ihm ein, daß Kamarga darauf brannte, mit Wodoro zu sprechen. Er pfiff ihn herbei. »Das ist der Mann, der dich ins Tal führen wird«, sagte er, als Kamarga näher trat. »Er möchte dich etwas fragen.«
Kamarga schlug den Deckel des Korbes zurück und sah Wodoro erwartungsvoll an. »Ich habe dieses seltsame Tier gefunden. Was könnte es sein?«
»Es ist eine Katze«, klärte Wodoro ihn auf. »Hübsche Tiere, die Weißen mögen sie und füttern sie täglich.«
»Was soll ich damit anfangen?«
»Töten. Es sind unersättliche Bestien. Sie lauern unseren Vögeln und dem Kleinwild auf und bringen die Natur durcheinander.«
»Kann man sie essen?« wollte Kamarga wissen.
»Würde ich dir nicht raten«, meinte Wodoro. »Die Weißen essen sie nicht.«
Als Kamarga gegangen war, wollte Wodoro noch mehr über seinen Auftrag wissen. »Wenn ich also vor dem weißen Mann stehe und ihm erkläre, dein Volk habe die Frauen nicht getötet, wird er fragen, wer sonst es getan habe. Was soll ich ihm antworten?«
»Du sagst, du weißt es nicht.«
Wodoro sah ihn scharf an. »Heißt das, *du* weißt es?«
»Es heißt nur, daß ich darüber nachsinne. Ich habe noch keine klare Antwort.«

Als Kurier durfte Wodoro keinerlei Waffen tragen. Sein Jagdspeer war mit Habichtsfedern geschmückt, ein Zeichen, daß er als Bote kam. Die gleichen Federn steckten in seinem Haar. Er hatte viele Jahre lang eine harte Ausbildung erfahren. In dieser Zeit war er unter den Stämmen weitergereicht worden, hatte ihre Stammgesetze und ihre Sprachen erlernt, um ihnen die Verständigung untereinander zu erleichtern.

Nach den Trauerfeierlichkeiten für seinen alten Freund Gorrabah machte sich Wodoro mit Kamarga auf in den Regenwald, wo sie sich den Tag über aufhielten und versteckten. In der Dunkelheit marschierten sie durch offenes Waldland, bis sie eine Stelle erreichten, die ihnen Ausblick auf eine Ansammlung von Häusern bot, das Hauptquartier dieses Oberon-Stammes.

Sie waren nahe genug, um Männer auf ihren Pferden zu erkennen, einige ritten direkt unter ihnen vorbei. Kamarga konnte den weißen Boß nirgendwo entdecken und schlug vor, sich in einem Bogen durch den Busch näher heranzuschleichen. Diesmal folgten sie einem Flußlauf und robbten sich vorsichtig vorwärts, bis sie das Haupthaus am Ende der Lichtung erkennen konnten.

Wodoro gab sich alle Mühe, seine Nervosität zu verbergen. Wie er von Kamarga wußte, waren die beiden Frauen in unmittelbarer Nähe getötet worden, und schon der Gedanke daran ließ ihn erschauern. Und noch mehr. Über dem ganzen Anwesen lag etwas, das ihm ein ungutes Gefühl in der Magengegend verursachte, und er suchte fieberhaft nach einem Vorwand, von hier verschwinden zu können.

Drei Männer gingen auf dem Weg zum Fluß ganz nahe an ihnen vorbei. Kamarga schüttelte den Kopf.

Wodoro konnte hören, was die Männer sprachen. »Der Boß will hier einen Zaun ziehen«, sagte der eine. »Keiner mehr darf in Zukunkft diesen Weg benutzen. Ich glaube, er will die Stelle am Ufer, wo Jeannie und Clara getötet wurden, ihrem Andenken weihen.«

»Ein Zaun ist gar nicht nötig«, brummte ein anderer. »Wer würde sich schon hierhertrauen. Kommt einem doch nicht mehr ganz geheuer vor.«

Wodoro lauschte mit angehaltenem Atem. Endlich gingen die Männer wieder.

Später erschien ein weiterer Mann auf der Veranda des großen Hauses. »Das ist er!« zischelte Kamarga. »Das ist der Boß.«

Die Sonne versank bereits hinter den westlichen Bergen, und

Wodoro sah nur den Umriß des Mannes. »Aus dieser Entfernung kann ich ihn nicht richtig erkennen«, sagte er.
»Er ist es aber«, gab Kamarga zurück. »Sie sitzen abends oft auf der Veranda. Wenn der Mond aufgeht, kannst du hinübergehen und mit dem Mann reden.«
»Einfach so?« Wodoro war nicht begeistert von der Idee.
»Der Alte, der gerade von uns gegangen ist, hat es getan. Vor kurzem erst, als sie zwei von unseren Männern getötet hatten, ist er hergekommen und hat den Boß zur Rede gestellt.«
»Du vergißt nur eines. Diesmal sind zwei seiner Frauen getötet worden. Ich werde einen Weg finden, mit ihm zu reden. Du mußt jetzt gehen. Ich danke dir für deine Hilfe, aber von hier an wird es zu gefährlich für dich. Warte auf mich beim Regenwald. Du darfst dein Leben nicht weiter aufs Spiel setzen.«
»Bist du sicher?«
»Ja. Ich rühre mich erst, wenn du schon ein gutes Stück weg bist.«
Wodoro atmete erleichtert auf, als Kamarga lautlos im Busch verschwunden war. Es hatte ihn ganz nervös gemacht, daß Kamarga hinter ihm gesessen und nur auf seine mutige Tat gelauert hatte. Wodoro war sich noch nicht darüber im klaren, wie das Gespräch am geschicktesten einzufädeln war und wollte sich nicht von der Ungeduld Kamargas zu einer Dummheit hinreißen lassen. Das konnte ihn den Kopf kosten. Er hatte schon überlegt, ob er, falls sein erster Versuch schiefging, sich wie ein schwarzer Farmarbeiter kleiden und im hellen Tageslicht auf die Farm gehen sollte. Aber auch das war riskant. Er hatte nämlich festgestellt, daß hier keine Schwarzen arbeiteten. Sein Magen knurrte, und er fragte sich, wieso er sich auf dieses Unterfangen eingelassen hatte.
Zwei Männer traten an die Veranda und unterhielten sich endlos mit dem Boß. Wodoro robbte so nahe wie möglich heran, den Blick unablässig auf das helle Hemd gerichtet, das einzige Zeichen, an dem er den Boß erkennen konnte.
Endlich verabschiedeten sich die Männer, und es sah so aus, als würde der Boß ins Haus gehen ... oder nicht? Wodoro hielt

den Atem an. Der Mann kam auf ihn zu! Da bemerkte Wodoro die Hunde, die um ihn herumsprangen, und aller Mut verließ ihn.
»Verdammte Köter!« fluchte er leise. Es war aussichtslos, den Weißen anzusprechen, diese Bestien konnten jeden Moment anschlagen oder schlimmer noch, ihn verjagen.
Da drehte der Boß sich um und befahl den Hunden, ins Haus zurückzukehren. Mit hängender Rute gehorchten sie ihrem Herrn, der nun den Weg zum Fluß einschlug und geradewegs auf die Stelle zuging, an der das Schreckliche passiert war. Wodoro hatte das geahnt und sich rasch zurückgezogen, um einen Bogen zu schlagen und sich von der anderen Seite heranzuschleichen. Er würde die Stelle finden; er erinnerte sich an die Trauerweiden am Wasser. Ein Schauer lief ihm über den Rücken, er glaubte die Schreie der Toten zu hören. Was zog diesen gequälten Mann hierher? Sein Kummer?
Wie erwartet, fand Wodoro den Mann am Ufer sitzend und traurig in die silbrigen Fluten starrend. Er wollte offensichtlich alleine der beiden Frauen gedenken, die diesen Platz geliebt hatten.
Wodoro befand sich unmittelbar hinter dem Mann im Gebüsch. Im Geiste probte er noch einmal seinen Auftritt. Er konnte unmöglich einfach hervortreten und den Mann erschrecken. Der hatte sein Gewehr auf den Knien und würde bei der kleinsten Bewegung schießen.
Trotz der kühlen Nachtluft brach Wodoro der Schweiß aus. Am besten sprach er den Mann aus seinem Versteck heraus an. Er würde ihn, wie bei den Weißen üblich, mit einem förmlichen »Sir« ansprechen. Dann würde er rufen: »Sir, ich komme in friedlicher Absicht. Ich muß Sie in einer dringenden Angelegenheit sprechen«. Das würde den Mann überzeugen, und Wodoro würde ihn bitten, nicht zu schießen, wenn er aus seinem Versteck trat.
Es kam jedoch ganz anders.
Wie gut, daß Kamarga nicht mehr bei ihm war und ihn antrieb, denn er brauchte einige Zeit, um seinen Mut zusammenzuraf-

fen. Der weiße Mann sprach ein Gebet. Er stand da und sprach jene Worte, die Wodoro schon einige Male bei den Missionaren gehört hatte. Er war zu abergläubisch, den Mann zu stören. Der machte jetzt jene Handbewegung, mit der die Weißen ihre Gebete beendeten, das Zeichen des Kreuzes, und Wodoro wußte, daß es nun Zeit zu handeln war. Gleich würde der Mann gehen. Er wollte ihn anrufen, war aber so aufgeregt, daß er nur ein Krächzen hervorbrachte und, schlimmer noch, auf einen Zweig trat, so daß es hörbar knackte.

Das Gewehr im Anschlag fuhr der andere herum. »Wer ist da?«

Gott sei Dank feuerte er nicht. Es war ein günstiger Moment, ihn anzusprechen. Als Wodoro aber das Gesicht des anderen im Mondlicht sah, zuckte er zusammen und zog sich, zu Tode erschrocken, in den Schutz der Büsche zurück. An einer geschützten Stelle tauchte er in den Fluß und schwamm lautlos ans andere Ufer. Dort stieg er aus dem Wasser und verbarg sich im Busch wie ein verängstigtes Tier.

Stundenlang saß er so zusammengekauert, fröstelnd, die Arme um den Körper geschlungen, und versuchte, seiner Panik Herr zu werden. Vom ersten Moment an hatte er es in der Nähe jener schrecklichen Stelle am Fluß gespürt. Nicht nur die klagenden Seelen jener zwei Frauen waren dort, sondern auch andere Geister, und einen davon hatte er mit eigenen Augen gesehen.

Als der Mann sich umdrehte, hatte es ihn wie der Blitz getroffen. Denn vor ihm stand jener Mann, den er vor vielen Jahren mit seinem messerscharfen Bumerang getötet hatte. Er konnte sich unmöglich irren. Hatte er damals nicht mit eigenen Augen gesehen, daß der Kopf beinahe vom Rumpf getrennt war? Das Bild stand wieder deutlich vor ihm, das Gesicht, die blauen, blicklosen Augen, die helle Haut, das schwarze Haar, die kurzen Locken. Er hatte dem anderen, den sie Juan nannten, geholfen, den Mann zu begraben und selbst gesehen, wie er dem Freund die Augen zudrückte.

Und nun hatte ihn der Geist an diesem schrecklichen Ort

heimgesucht. Was hatte er ihm zugerufen? Wodoro wußte es nicht mehr. Ich bin kein Krieger, stammelte er. Das war das erste und einzige Mal, daß ich einen Menschen getötet habe. Krieger kannten keine Schuldgefühle, sie taten bloß ihre Pflicht. Er hatte geahnt, daß der Geist jenes Mannes ihn verfolgen würde, weil er das Gesetz gebrochen hatte. Ein Mann vom Rang Wodoros mußte der Gewalt entsagen. Man hatte ihn gelehrt, auf Provokationen nicht zu reagieren und bestenfalls aus Notwehr zu töten. Aber es hatte sich damals nicht um Notwehr gehandelt.

Seine Tat hatte die Warunga-Krieger so beeindruckt, daß sie ihm erlaubten, den anderen Weißen in die Freiheit zu führen. Weil, wie Wodoro ihnen versichert hatte, es klüger sei, den Mann gehen zu lassen, damit er die anderen Weißen davor warnte, Warunga-Land zu betreten. Aber damit hatte er bloß sein Gewissen beruhigen wollen, denn die Weißen würden weiterhin in ihr Land eindringen, ob sie jenen Mann nun freiließen oder nicht.

Der weiße Mann Juan hatte um seinen Freund geweint. »Warum mußtet ihr ihn töten? Er war ein guter Mensch und wollte nur den Frieden.« Und dann hatte er immer wieder seinen Namen gerufen, eine schreckliche Sitte, die für die Eingeborenen tabu war. Die Namen der Verstorbenen wurden niemals erwähnt. Wodoro hatte versucht, den Mann zum Schweigen zu bringen, um den Fluch von sich abzuwenden.

Und nun stand Pace dort drüben an der Unglücksstelle am Fluß und rief nach ihm, Wodoro, rief aus den Tiefen all jener Jahre, denn wie jeder wußte, war der Tod zeitlos.

Wodoro fand die ganze Nacht keine Ruhe, wagte nicht zu schlafen, und anstatt zu Kamarga zurückzukehren und sein klägliches Versagen einzugestehen, ging er zu seinem Ausgangspunkt zurück. Voller Unruhe umkreiste er das Gut, bis Pace aus dem Haus trat und sein Pferd sattelte. Wodoro sah, daß er Proviant auflud, ein Zeichen, daß er weit fortreiten wollte, und hörte, wie die anderen Männer ihm »viel Glück« wünschten.

In Wodoros von Geistern geplagter Vorstellung war das nichts Ungewöhnliches. Pace war zurückgekehrt, um ihn heimzusuchen, und seine Mission war erfüllt. Nun ritt er wieder davon, in Richtung auf den großen Fluß, den die Weißen Fitzroy nannten.

Auf dem Rückweg hatte Wodoro Zeit genug, seine Ängste abzuschütteln und logische Argumente gegen Aberglauben und Geisterfurcht ins Feld zu führen. Und er versuchte, auf die Stimme seines Vaters zu hören, den er nicht besonders gut gekannt hatte, dessen Gewitztheit seine Mutter jedoch oft gelobt hatte.

Wodoro dachte nach. Wenn es nun nicht Pace, sondern sein Ebenbild war? Das Ebenbild eines Mannes konnte nur sein Sohn sein. Juan hatte beklagt, daß Pace eine Frau und drei Söhne hinterließ. Die Söhne mußten inzwischen erwachsen sein. Das stellte Wodoro jedoch vor ein neues Problem. Würde er es wagen, dem Sohn Paces gegenüberzutreten? Würde ihm seine Schuld auf die Stirn geschrieben stehen? Würde der Vater durch den Sohn Rache an ihm üben? All dies mußte gründlich überdacht werden. Den schlimmsten Gedanken wagte Wodoro jedoch erst gar nicht zu Ende zu denken: Wenn dieser Mann nun doch nicht Paces Sohn oder ein anderer seines Blutes gewesen war, dann hatte Pace aus dem Grab nach ihm gerufen.

»Hast du mit ihm gesprochen?« fragte Kamarga.

»Nein. Es ergab sich keine Gelegenheit. Er ist nach Osten geritten, aber er wird zurückkommen. Wir müssen abwarten.«

Paul MacNamara hatte es eilig. Wenn er Lieutenant Gooding auf Camelot verpaßte, würde er ihm nach Rockhampton folgen. Er war fest entschlossen, militärischen Beistand für die Suche nach den Mördern zu fordern. Er hatte eingesehen, daß undisziplinierte Horden und die brutalen Methoden der Eingeborenenpolizei die Schwarzen nur noch mehr aufbrachten. Reguläre Soldaten würden sie hingegen davon überzeugen, daß es zu ihrem Besten war, die Mörder herauszurücken. Mit

den Rotröcken würde er ihnen einen heiligen Schrecken einjagen.
Gus hatte ihm zugeraten, nach Camelot zu reiten, allein schon, um Oberon für eine Weile den Rücken kehren zu können und den Seelenqualen zu entrinnen, die in jedem Winkel des Hauses auf ihn lauerten. Paul wäre am liebsten einfach weitergeritten, immer weiter Richtung in Süden, über die Grenze bis nach Kooramin, seiner alten Heimat, um nie mehr zurückzukommen.
Am Abend nahm er ein Zimmer in einer Taverne bei den Goldfeldern. Er war froh über den Lärm und das Stimmengewirr der anderen Gäste, weil es ihn von seinen trüben Gedanken ablenkte. Während er sich unruhig im Bett herumwälzte, ging ihm Roberts hämische Bemerkung wieder durch den Kopf: »Er hat ein Schätzchen in der Stadt!«
Damit konnte er nur Laura gemeint haben. In seiner gegenwärtigen Verfassung interessierte es Paul herzlich wenig, wem Laura sich anvertraut haben mochte. Dennoch saß der Hieb, rührte an sein Innerstes und rief ihm seine schreckliche Schuld wieder ins Bewußtsein. Er war ein Heuchler! Wie konnte einer den Tod seiner Frau beweinen, nachdem er sie betrogen hatte? Aber Paul trauerte aufrichtig um Jeannie und wußte, daß sie niemals Ruhe finden würde, bevor ihr Tod nicht gerächt war. Und das war das mindeste, was er für sie tun konnte.
Am nächsten Tag fühlte Paul sich schon besser. Die Schatten von Oberon lagen hinter ihm. An einer Lagune hielt er an, um das Pferd zu tränken und selbst ein kühles Bad zu nehmen. Dann setzte er seinen Weg fort. Ihm stand der Sinn nicht nach Gesellschaft, und Camelot, wo die Carlisles gern rauschende Feste feierten, war gewiß nicht der richtige Ort für einen Mann in seiner Stimmung, aber er konnte nicht einfach vorbeireiten. Schon der Gedanke an Graces kauzigen Ehemann heiterte ihn auf. Man hielt Justin allgemein für verrückt, aber weil er so immens reich war, nannte man ihn verbrämend »exzentrisch«.
Auf seinem Ritt reifte in Paul der Entschluß, die Unglücksstel-

le am Fluß einzuzäunen und einen kleinen Hügel zu errichten. Er sollte als Gedenkstätte für Jeannie und Clara angelegt werden und den Ort markieren, wo sie manch glückliche Stunden verbracht hatten.

Merkwürdig, dachte Paul. Als er das letzte Mal an jener Stelle gestanden und für die beiden Frauen gebetet hatte, war ihm immer wieder Pace eingefallen. Paul spürte seine Gegenwart so deutlich, daß er das Gefühl hatte, Pace wolle ihm etwas mitteilen. Oder hatte er sich das bloß eingebildet?

Spät am Abend, gegen neun Uhr, erreichte Paul endlich die Allee, die nach Camelot hinaufführte. Die Hunde schlugen an, und vom Haus drangen Gelächter und Gesang herüber, die Lebensfreude und fröhliches Beisammensein glücklicher Menschen verhießen.

Paul brachte sein Pferd zum Stehen und lauschte mit Tränen in den Augen. Pace hatte von Herzen gern gesungen, bittersüße irische Volksweisen, und Dolour hatte ihn auf dem Klavier begleitet.

Irgendwann war der Gesang aus Pauls Leben verschwunden. Er wußte nicht mehr zu sagen, wann. Auf Oberon hatte es nie Musik gegeben. Er hatte keine Zeit dazu, und Jeannie war viel zu sehr mit der permanenten Neumöblierung des Hauses beschäftigt gewesen. Zum erstenmal gestand Paul sich ein, daß es Jeannie weniger um die Einrichtung gegangen war als darum, auf ihre Schwester Eindruck zu machen.

Zwei Reiter kamen auf Paul zugaloppiert, die Gewehrschäfte blitzten im Mondlicht. »Wer ist da?« riefen sie.

»MacNamara. Von Oberon.«

»Oh, Sie sind's, Mr. MacNamara.« Der Ton wurde freundlicher. »Tut uns schrecklich leid, das mit Ihrer Frau.«

Paul nickte. Er war dankbar für die Eskorte. Eine tiefe Mutlosigkeit hatte ihn gepackt, und er fühlte sich wie ein kleiner Junge, der verzweifelt Trost und Rat sucht. Ohne die Männer wäre er einfach umgekehrt und hätte sich im Busch versteckt wie damals, als Juan Rivadavia ihnen die schreckliche Nachricht vom Tod des Vaters gebracht hatte.

Geduldig ließ er sich zu den Ställen geleiten und vom Pferd helfen, beantwortete die Fragen seiner Begleiter. – »Nein, keine Spur. Wir haben sie« – die Mörder – »noch nicht gefunden« –, und er ertrug ihre gutgemeinten Beileidsbekundungen. »Ist Lieutenant Gooding hier?« fragte er schließlich. »Ich muß ihn sprechen.«
»Wir warten schon seit Wochen auf den Kerl«, sagte einer der Männer. »Wir hätten ihn längst zu Ihnen rübergeschickt. Er ist überfällig. Weiß der Himmel, wo diese Burschen sich wieder rumtreiben. Nie sind sie da, wenn man sie braucht.«
Der alte Justin kam aufgeregt aus dem Haus gelaufen. Auf seinem silberweißen Haar thronte ein rosa Partyhütchen. »Du kommst gerade richtig, mein Junge«, sagte er und umarmte Paul herzlich. »Wir feiern heute meinen Geburtstag. Mach dir keine Gedanken wegen eines Geschenks. Morgen ist auch noch ein Tag.«
Im Schein der Stallaternen sah Paul die Viehtreiber beredte Blicke hinter Justins Rücken wechseln. Er beneidete den Alten geradezu um seinen verwirrten Geist und wünschte, es ginge ihm genauso, damit er diese grausame Welt wieder mit einem Lächeln ertragen konnte.
»Herzlichen Glückwunsch, Sir«, sagte Paul und gab dem Alten die Hand. »Ich bin froh, daß ich es noch geschafft habe.«
»In der Tat.« Justin musterte Paul aus wäßrigen Augen. »Alles ein bißchen elegant heute abend, aber der formelle Teil ist bereits vorbei. Es wird schon gehen. Komm schon, ich will das Geschenkeauspacken nicht verpassen, ist schöner als Weihnachten, weil alles mir gehört.«
Paul durfte sich gerade noch die Hände und das Gesicht am Brunnen waschen und ein frisches Hemd anziehen, dann zerrte der Alte ihn ungeduldig weiter.
»Wie geht's deinem Vater?« wollte er wissen und wartete Pauls Antwort gar nicht erst ab. »Kannte ihn gut in den alten Zeiten«, plapperte Justin munter drauflos. »Der Halunke hat mir in Brisbane Valley ein Stück Land genau vor der Nase weggeschnappt, bevor es offiziell zu haben war. War mir eine Lehre.

Sich erst das Land unter den Nagel reißen, und danach die Genehmigung einholen!«
»Ja«, meinte Paul matt. »Ich nehm' an, so war's.«
»Komm Junge, brauchst nichts zu befürchten«, sagte Justin, als die mit chinesischen Lampions geschmückte Veranda vor ihnen auftauchte. »Ist nur der engste Kreis. Grace ist natürlich da, und die Jungens mit ihren Frauen und noch ein paar andere. Kann mich nicht erinnern, wer sie sind, aber es sind lauter nette Menschen. Du hättest deine Frau mitbringen sollen.«
Sie betraten das Haus durch die Hintertür, gingen durch die Küche in einen langen Flur, passierten die offene Tür des Speisezimmers, wo schwarze Hausmädchen gerade eine lange Tafel abräumten, und traten in den Salon, in dem eine wesentlich größere Gesellschaft versammelt war, als Paul erwartet hatte. Der Raum war voller Leute in Abendgarderobe, die Frauen trugen schimmernde Seide und leuchtenden Atlas.
Als Paul eintrat, verstummten die Gespräche. Grace Carlisle, in einem eleganten schwarzen Abendkleid und mit einer dreireihigen Perlenkette um den Hals, ging Paul mit ausgestreckten Händen entgegen. Es schien eine Ewigkeit zu dauern, bis sie ihn erreichte, und die ganze Gesellschaft erstarrte währenddessen zu einer maskenhaften Kulisse.
»Mein Lieber«, sagte Grace, umarmte ihn und gab ihm einen Kuß auf jede Wange. Justin stand daneben und strahlte. »Wie schön, dich zu sehen«, sagte sie, aber in ihren Augen standen Tränen.
»Es tut mir leid«, flüsterte Paul ihr zu. »Ich wollte nicht so hereinplatzen. Ich wußte ja nicht ...«
Sie legte ihm beschwichtigend die Hand auf den Arm. »Nun, wo du schon mal da bist, mach es dir bequem«, erklärte sie ruhig. »Amüsier dich, wir reden später.«
Und sich an ihre Gäste wendend, sagte Grace: »Für Förmlichkeiten ist es jetzt zu spät. Denen, die ihn kennen, brauche ich ihn nicht vorzustellen, und für diejenigen, die ihn nicht kennen, es aber morgen bereits wieder vergessen haben werden: Dies ist ein lieber Freund von uns, Paul MacNamara. Seinem

Aufzug nach zu schließen, hat er den ganzen Tag auf dem Pferd gesessen, also heißen wir ihn willkommen und geben ihm rasch etwas zu trinken.«

Irgendwer klatschte Beifall, und jemand anders klimperte auf dem Klavier, während Grace Paul durch die Menge in das angrenzende Speisezimmer führte. Ohne zu fragen, goß sie ihm einen Whisky ein. »Unser bester Scotch«, erklärte sie.

»Herzlichen Dank.« Er rutschte unbehaglich auf seinem Stuhl hin und her.

Grace erhob ein Glas Champagner. »Auf den Geburtstag, Paul.« Ihre Stimme war warm und mitfühlend. »Sieht aus, als sitzt du hier fest. Wirst du es aushalten?«

Paul ließ den Blick über seine staubige Kleidung wandern und zuckte die Schultern. »Wenn Sie es mit mir aushalten.« Er leerte sein Glas in einem Zug. »Das war das beste, was mir seit langem passiert ist. Dürfte ich um einen Nachschlag bitten?«

»Aber gewiß, mein Lieber.« Grace goß ihm noch einmal ein. »Justin hat keine Ahnung, es tut mir leid ...«

»Aber nicht doch. Früher oder später muß ich mich ja doch der Realität stellen oder, besser gesagt, ins kalte Wasser springen ...«

Grace mußte lachen. »Und das hier ist kaltes Wasser?«

»So ungefähr!«

Das Glas in der Hand, ging Paul an Graces Seite zurück zu der Gästeschar, begrüßte Familienanghörige der Carlisles und Bekannte, nickte Unbekannten zu und merkte an ihren teilnahmsvollen Blicken, daß alle von seinem Unglück wußten. Dann trat Grace zum Piano und sagte: »Miss Laura Maskey.«

Verwirrung, Schmerz, Wut und ein Gefühl von Schuld trafen Paul wie ein Schlag. Sie stand vor ihm, wie er sie in Erinnerung hatte, aber seitdem war ein ganzes Leben vergangen – Jeannies Leben. Er sah die Wolke von seidigem Haar, auf dem ein albernes Partyhütchen saß, blickte in diese wunderbaren, so traurigen Augen, sah in das schöne Gesicht mit den hohen Wangenknochen und den süßen, roten Lippen, die er einst geküßt hatte. Sie trug Blau, ein duftiges, betörendes blaues Etwas und

streckte ihm erwartungsvoll die Arme entgegen.
»Angenehm«, sagte Paul kühl und schob sich an ihr vorbei.

Lauras Gedanken überstürzten sich, als sie im Schneidersitz auf ihrem Bett saß. Sie hatte sich einen Kimono übergeworfen, ein wunderbares Stück in Königsblau mit kostbarer Stickerei, und eine Bluse und einen Rock bereitgelegt. Falls Paul vor ihrem Fenster auftauchte, konnte sie sich rasch etwas überziehen und zu ihm eilen.

Im Haus war alles still, er brauchte bloß herüberzukommen und an ihre Terrassentür zu klopfen. Einer der Flügel stand offen, und die Nachttischlampe brannte, damit Paul ihr Zimmer schnell finden konnte.

Ungeduldig sprang Laura auf und ging auf die Veranda hinaus, lehnte sich an das Geländer, als wolle sie noch etwas Luft schnappen. Sie warf einen verstohlenen Blick auf den anderen Flügel des Hauses, wo Pauls Quartier lag, aber es rührte sich nichts.

Enttäuscht ging Laura in ihr Zimmmer zurück, setzte sich vor den Spiegel und begann, sich das Haar zu bürsten. Was für eine freudige Überraschung, Paul wiederzusehen. Um so herber war die Enttäuschung, daß er sie nur mit einem kurzen Nicken begrüßt hatte.

Das tat weh, aber sie fand genug Gründe, ihn zu entschuldigen. Sicher hatte ihn die unerwartete Begegnung ebenso berührt wie sie, aber schließlich war er in Trauer und durfte sich nichts anmerken lassen. Aber er hätte wenigstens ein Zeichen des Wiedererkennens geben und sagen können: »Wir kennen uns bereits.« Hätte ihr, wie den anderen auch, ein Lächeln schenken können. Warum behandelte er sie nur so ungalant? Wahrscheinlich war er völlig überrumpelt gewesen. Morgen würde sie ihn treffen und ihm ihr aufrichtiges Beileid aussprechen. In der gegenwärtigen Situation durfte sie mehr als Freundschaft nicht von ihm erwarten. Dabei sehnte sie sich so sehr danach, bei ihm zu sein, seine Hand zu halten und ihn zu trösten.

Sollte ihre kurze Affäre alles gewesen sein? Ein kleines Abenteuer für ihn unter dem Vorwand, sie zu lieben, das er inzwischen längst vergessen hatte? Laura machte sich Vorwürfe, daß sie ihm nicht geschrieben und in aller Freundschaft ihr Beileid ausgedrückt hatte. Ihr Schweigen mußte ihn sehr gekränkt haben.

Sei's drum, tröstete sie sich. Sie liebte ihn immer noch. Und sie mußte sich in Geduld fassen, bis er auf sie zukam, bis sie sich aussprechen und mögliche Mißverständnisse ausräumen konnten.

Zwei Tage verstrichen, und Paul nahm einfach keine Notiz von ihr. Er zog männliche Gesellschaft vor und machte sich auf den Koppeln nützlich, während er auf Lieutenant Gooding wartete. Nach dem üblicherweise gemeinsam eingenommenen Abendessen zog er sich in der Regel bald zurück, weil ein anstrengender Tag hinter ihm lag. Er war höflich zu Laura, und damit hatte es sich. Kein einziges Mal wandte er sich direkt an sie oder begann ein Gespräch mit ihr. Sie hätte genausogut Luft sein können.

Grace Carlisle war aufrichtig froh, daß Laura ihre Einladung angenommen hatte und versicherte ihr wiederholt, daß sie unbegrenzt bleiben könne. Ihre Mutter Hilda sei unterrichtet und würde sich im übrigen irgendwann wieder beruhigen und bereuen, was sie ihrer Tochter angetan hatte.

»Das ist mir inzwischen egal«, hatte Laura erklärt. »Ich habe mich um eine Stelle als Gouvernante beworben und zwei Angebote aus New South Wales erhalten. Dort bin ich wenigstens willkommen.«

»Laura, das brauchst du nicht. Du bist hier genauso willkommen. Du darfst nicht so schnell wieder gehen. Außerdem habe ich deinem Onkel William nach London geschrieben – er war mein Verehrer, bevor ich Justin kennenlernte. Ich habe ihm deine Situation erklärt und weiß, daß er dich nicht im Stich lassen wird. Er mag dich. Warten wir ab, was er sagt. Und vergiß eins nicht, Laura, er hat keine Kinder. Laß ihm Zeit. Und bis dahin amüsier dich und laß das Grübeln. Du machst ja ein Gesicht wie sechs Tage Regenwetter.«

Laura litt Höllenqualen. Zu wissen, daß Paul in der Nähe war und sie einfach ignorierte, war schlimmer, als von ihm getrennt zu sein. Viel schlimmer.

Eines Abends hielt sie es nicht länger aus und machte sich auf zu seinem Quartier. Mit zitternden Fingern klopfte sie an seine Tür.

Er öffnete, nur mit einer Hose bekleidet, und starrte Laura an wie eine Fremde.

»Könnte ich dich kurz sprechen?« fragte sie.

Er schien sich nicht zu freuen und machte keine Anstalten, sie hereinzubitten.

»Ich wollte dir nur sagen, wie schrecklich leid mir das mit deiner Frau und Clara tut.«

»Danke«, antwortete er hölzern.

»Glaubst du mir nicht?«

Sein Ton wurde freundlicher. »Oh doch. Ich habe nie etwas anderes von dir erwartet.«

»Kann ich irgend etwas für dich tun?«

»Nein.« Das Schweigen stand wie eine Mauer zwischen ihnen, aber so schnell gab Laura nicht auf.

»Warum behandelst du mich so? Ich dachte, wir seien Freunde?«

Paul war das Gespräch sichtlich unbehaglich. »Tut mir leid. Das habe ich nicht so gemeint. Laura, ich wäre dir dankbar, wenn du mich in Ruhe lassen würdest.«

»Ist es so schlimm?« Sie vergaß ihren Stolz und appellierte an das Gefühl, das sie beide verband. Paul trat einen Schritt zurück.

»Geh schlafen, Laura. Es ist schon spät.«

Gedemütigt trat sie den Rückzug an und verkroch sich in ihr Zimmer.

Die vergangenen Monate hatte nur der Gedanke an Paul sie beseelt und hoffen lassen, daß er ihr zuhören, ihre tiefe Trauer um den Vater verstehen und ihre Selbstvorwürfe zerstreuen würde. Paul, so dachte sie, hätte auch Verständnis für ihr Problem mit Boyd Roberts und würde sogar darüber lachen. Es gab so vieles, was sie ihm erzählen wollte – er hatte ja versprochen, zurückzukommen – und nun war er so sehr mit seinem eigenen Schmerz beschäftigt, daß es keinen Platz mehr für sie in seinem Leben gab. Ohne ihn war sie verloren.

Paul lag auf dem Bett und kämpfte mit seinen Gefühlen. Nur einen kurzen, köstlichen Moment lang erlaubte er sich den Luxus, sich Laura an seine Seite zu wünschen, damit sie seinen Schmerz teilte ...

»Was für einen Schmerz?« schalt ihn eine innere Stimme. »Wegen Jeannie? Wegen ihres Vaters, der dich gehaßt hätte, weil du seine Tochter verführt hast?«

»Wegen allem«, dachte Paul. »Weil das Leben eine Hölle ist.«

»Du Heuchler«, fuhr sein Gewissen fort. »Läßt dich von allen wegen Jeannie bedauern, und deine Geliebte steht daneben.«

»Gott, vergib mir«, murmelte Paul und drehte sich zur Wand. Aber in seinen Träumen erschien ihm Laura, seine süße Laura, und er hielt sie in seinen Armen, bis der Morgen anbrach.

Am nächsten Tag traf Lieutenant Gooding mit seiner Kavallerie ein.

Grace Carlisle hieß sie willkommen. Gooding wurde bei Paul untergebracht, Kemp jedoch mußte mit einem Quartier außerhalb des Hauses vorliebnehmen. Grace konnte sehr konsequent sein, wenn sie jemanden nicht mochte.

»Laura Maskey ist bei uns zu Gast«, setzte sie dem Lieutenant auseinander. »Dieser Kerl da hat ihr eine Menge Kummer bereitet. Ich will ihn nicht in meinem Haus haben. Er soll bei den Soldaten schlafen.«

Gooding erklärte Tyler die peinliche Situation. Der Reporter reagierte wütend. »Soll das heißen, daß ich hier nicht erwünscht bin?«

»So ungefähr. Mrs. Carlisle fühlt sich von Ihnen beleidigt. Sie ist eine enge Freundin der Maskeys, und Laura ist derzeit ihr Gast. Wenn es Ihnen lieber ist, können Sie auch nach Rockhampton zurückreiten.«

»Wo wollen Sie als nächstes hin?«

»Nach Oberon. Wie ich hörte, hat Paul MacNamara uns schon länger erwartet. Ich denke, Sie sollten ihn in Ruhe lassen. Nachdem seine Frau und ein Dienstmädchen ermordet wurden, steht ihm gewiß nicht der Sinn danach, über die Schwarzen zu plaudern.«
Tyler überlegte. Sie hatten unterwegs von dem schrecklichen Unglück erfahren. Und mancherorts wurde harsche Kritik an Gooding laut, weil er nicht zur Stelle gewesen war. Die Vorwürfe waren ungerecht, schließlich konnte man solche Überfälle nicht vorhersagen, und Gooding trug es mit Fassung.
»Was wollen Sie denn überhaupt noch in Oberon?« wollte Tyler wissen. »Ist doch eh zu spät.«
»Gewiß. MacNamara hat eine Schar Freiwilliger wochenlang auf die Suche nach den Mördern geschickt, aber sie haben nicht einmal Spuren gefunden. Ich werde heute abend mit ihm reden und hören, was er von uns will. Aber was es auch sein mag, ich bin verpflichtet, ihm zu helfen.«
Der Gedanke, allein den mühsamen Heimweg nach Rockhampton bewältigen zu müssen, behagte Tyler nicht besonders, so daß er beschloß, den Ausgang der Unterredung abzuwarten.
Am nächsten Morgen berichtete Gooding ihm von MacNamaras Vorhaben. »Er will die Stammeshäuptlinge in den Bergen aufsuchen und sie bitten, die Täter auszuliefern. Für eine kleine Truppe ist das ein ziemlich gefährliches Unterfangen, weil mittlerweile viele Clans der Schwarzen in den Berserker Ranges ihr Quartier aufgeschlagen haben. Keiner weiß genau, wie viele es jetzt sind. Das Gebiet ist noch nicht erforscht und für uns absolutes Neuland.«
Die Sache mit den Bergen reizte Tyler ungemein, der Gedanke an die Wilden weniger. »Müßten Sie nicht erst Verstärkung anfordern?« fragte er.
»Für eine solche Aufgabe haben wir nicht genug Leute in diesem Distrikt. MacNamara behauptet, anhand der Lagerfeuer ausmachen zu können, wo die Schwarzen stecken. Er kennt auch einen der Häuptlinge, einen alten Haudegen namens

Gorrabah. Klingt alles ziemlich verrückt, aber ich muß es versuchen. Was werden Sie tun? Kommen Sie mit oder reiten Sie nach Rockhampton zurück? Sie können auch in Oberon bleiben, falls Ihnen unsere kleine Expedition zu anstrengend erscheint.«

Tyler wurde ärgerlich. »Ich werde schon klarkommen. Bin schließlich auf Bergponys großgeworden. Wird interessant sein, zu sehen, wie Sie sich anstellen.«

»Keine Sorge. Es ist meine Aufgabe, MacNamara Begleitschutz zu gewährleisten. Er soll sich aber bloß nicht einbilden, daß er das Kommando hat. Ich werde meine Männer nicht ins Verderben reiten lassen. Morgen früh brechen wir auf.«

NEUNTES KAPITEL

Amelia fühlte sich einsam und war wütend. Wie konnte man sie in solchen Zeiten nur so im Stich lassen. Die halbe Stadt wandte sich ab, wenn sie vorbeikam und die andere Hälfte starrte sie an, als ob trüge sie ihr Kleid verkehrt herum. »Die Welt ist voller Narren«, hatte ihr Vater erklärt und sicherlich recht damit. Wie konnte man nur so dumm sein und all diesen Unsinn glauben, den Cosmo verbreitete. Und aus welchem Grund veranstaltete er das ganze Theater? Aus purem Ehrgeiz! Er wollte selbst ins Parlament einziehen, diese kurzsichtige, kleine Ratte, und womit konnte er ihren Vater mehr treffen als mit Verleumdungen in seiner Zeitung?

Es überraschte Amelia, daß die Leute Cosmo tatsächlich glaubten. Neulich noch waren sie vor Boyd herumgeschwänzelt und hatten sich fast überschlagen, um eine Einladung nach Beauview zu ergattern. Jetzt blieben sie einfach weg und ließen sie in ihrem Elend sitzen.

Amelia war immerhin klug genug, auf weitere Partys zu verzichten, um keinen neuen Aufruhr zu provozieren. Aber sie

würde sich rächen, sobald alles vorüber war. Und das sei bald, wie ihr Vater versicherte.
Offenbar wußte er von dem Überfall auf die Redaktion der *Capricorn Post*. Cosmo war mundtot gemacht worden! Wenn sie nur irgend jemandem Boyds Brief zeigen könnte, der bewies, wie sehr ihn das traf. Was für ein Jammer, schrieb Boyd, wo er doch die Zeitung für Tyler hatte kaufen wollen. Jetzt mußten sie von vorn anfangen. Tyler sollte sofort nach Brisbane fahren und Druckerpressen kaufen, um eine neue Zeitung zu gründen. Aber wo steckte Tyler?
Amelia hatte bislang nur einen Brief von ihm erhalten, in dem er schrieb, daß er mit Lieutenant Gooding Richtung Süden reiten wollte, aber das sagte ihr wenig. Trotzdem war der Brief wunderbar, und sie hütete ihn wie einen Schatz, nur war es Tylers verdammte Pflicht, nach Hause zu kommen! Wie rücksichtslos von ihm, in der Weltgeschichte herumzureiten, wenn sie ihn so vermißte und ihr Vater ihn brauchte.
Roberts schrieb im übrigen, daß er vorerst nicht zurückkommen werde, weil er den Wilden auf der Spur war, die die beiden Frauen getötet und sein Haus in Brand gesteckt hatten. Das freute Amelia. Wenn Paps die Mörder fing, würden es sich die Leute zweimal überlegen, über ihn herzuziehen. Es gab noch keine Spur von den Mördern, sie befanden sich also noch immer auf freiem Fuß und würden vielleicht noch mehr schutzlose Frauen überfallen. Sie vergewaltigen! Amelia schauderte. In Beauview fühlte sie sich sicher. Paps hatte zwar seine Männer mitgenommen, aber es gab schließlich noch die Köchin und die beiden Hausmädchen, und der alte Andy, das Faktotum, machte sich auch immer irgendwo zu schaffen.
Wenn sie bloß nicht so allein wäre! Beim Gedanken an Laura Maskey geriet Amelia wieder in Rage. Einfach so wegzugehen. Nach allem, was sie für sie getan hatte! Laura hatte ihre Koffer gepackt und im Kutscherhaus deponiert, wo sie später abgeholt wurden. Dieses Luder! In ihrem Zorn vergaß Amelia ganz, daß sie selber vor kurzem noch die Freundin hatte aus dem Haus ekeln wollen. In ihren Augen war Laura eine Egoi-

stin. Warum hatte sie nicht wenigstens gewartet, bis Paps oder Tyler zurückkamen?

Während Amelia ihre Tage vertrödelte, machte sich eine andere Frau auf den Weg nach Beauview.

Jedermann in den Goldfeldern kannte sie als Big Poll, und keiner wagte es, sich mit ihr anzulegen. Ohne Schuhe war sie fast sechs Fuß groß. Sie hatte die Statur eines Ringers, muskulöse Arme und Beine »wie ein Brauereipferd«, sagte man ihr nach. Poll schlug sich und ihren Mann mit Gelegenheitsarbeiten durch. Zeitweise hatte sie sich als als Viehtreiberin oder als Köchin auf den Rinderfarmen verdingt, dann waren sie auf die Goldfelder von Canoona gestoßen und dageblieben.

Poll liebte die Goldgräberei – es bestand ja immer die Chance des großen Treffers – und arbeitete aus reinem Spaß an der Sache härter und länger als jeder Mann. Ob Regen oder Sonnenschein, Poll schuftete mit der Spitzhacke oder stand mit der Waschpfanne bis zu den Knien im Fluß. Sie machte eine kuriose Figur in ihren staubigen Klamotten und trug einen Strohhut mit Schleier, der ihr wettergegerbtes Gesicht vor den unzähligen Fliegen schützen sollte. Wenn das Kleingeld knapp wurde, schickte Poll ihren Mann zum Arbeiten in die Stadt oder auf eine der Rinderfarmen, und die Goldgräber tuschelten untereinander und fragten sich grinsend, was ihn bei dieser zänkischen alten Schachtel hielt. Über Poll kursierten die tollsten Geschichten: Sie habe einem Mann den Arm gebrochen, als sie ihn beim Stehlen überraschte, einem anderen, der ihr ihren Claim streitig machen wollte, in den Fuß geschossen; eine Hure habe sie mit dem Gürtel versohlt, als sie herausfand, daß ihr Mann mit ihr schlief.

Und ihr Angetrauter kam jedesmal zurück. »Meine Poll ist fair«, pflegte er zu sagen. »Das muß man ihr lassen, sie ist ehrlich.«

Diesmal war er jedoch nicht heimgekehrt, und Poll war in Kampfstimmung. Sie würde ihn finden, sie wußte immer, wo sie ihn finden konnte, weil er keine Kneipe ausließ. Sie brauchte also bloß nach Rockhampton zu reiten und seiner Spur von

einer Bar zur nächsten zu folgen.
»Ihr kennt ihn sicher«, pflegte sie zu sagen, »'n schmales Hemd, kleiner als ich, rotes Haar, lang und strähnig, daß er in 'ner Art Zopf trägt. Hat 'ne Hakennase, riesiger Zinken, und trinkt nur doppelte Schnäpse, dieser Saukerl.«
Natürlich kannten ihn alle. Der beste Tip war eine Schnapsbude außerhalb von Rockhampton. Der Wirt stellte Poll einen Humpen mit gestrecktem Bier hin, aber nach einem Blick in ihr Gesicht und auf ihr Gewehr, das am Tresen lehnte, besann er sich anders und zapfte ihr ein ›richtiges‹ Bier. »Er war ein paarmal hier. Einmal auf dem Weg in die Stadt, auf Arbeitssuche. Das nächste Mal war er mit einer Truppe nach Norden unterwegs, froh, daß er Arbeit hatte. Hab' ihn danach eine ganze Weile nicht mehr gesehen, bis er wieder aufgetaucht ist, allein und wieder auf dem Weg in die Stadt.«
»Wie lange ist das her?«
»Schwer zu sagen. Vier bis sechs Wochen vielleicht.«
»Könnte hinkommen«, sagte Poll zu ihrem Pferd, als sie sich wieder in den Sattel schwang. »Ich geb' ihm 'nen Monat, seinen Hintern heimzubewegen, wenn er mit der Arbeit fertig ist. Schätze, der Mistkerl war auf dem Heimweg, aber inzwischen ist noch ein Monat rum. Also ist der Kerl was am Aushecken. Ich zieh' ihm die Ohren lang, wenn ich ihn erwische.«
In drei weiteren Kneipen in Rockhampton wurde Poll wieder fündig. »Ja, ich kenn' ihn«, erklärte ein Kneipenwirt. »Er arbeitet für Boyd Roberts. Hab' ihn aber schon 'ne ganze Weile nicht mehr gesehen.«
»Boyd Roberts?« Poll runzelte die Stirn. »Ich hab' meinem Tom tausendmal gesagt, daß er die Finger von dem Ganoven lassen soll. Wo finde ich Roberts?«
Der Wegbeschreibung folgend, ritt Poll den Hügel hinauf durch das gewaltige Tor. Sie stieß einen anerkennenden Pfiff aus, als sie mit ihrem Pferd auf das Haus zuklapperte. »Hätten wir uns doch denken können, daß der Typ in 'nem Mordsschuppen haust«, vertraute sie ihrem vierbeinigen Gefährten an.

»Hallo, Sie da«, rief jemand, und eine ältere Gestalt, anscheinend der Gärtner, winkte sie heran. »Sie können hier nich' rein!«
»Bin aber schon drin«, erklärte Poll. »Ich suche meinen Mann. Heißt Tom Davies.«
»Nie gehört, den Namen.«
»Wie lange arbeitest du schon hier?«
»'ne halbe Ewigkeit.«
Poll schüttelte traurig den Kopf und seufzte. Mit einem Griff hatte sie ihr Gewehr gepackt und zielte auf den Mann. »Wie heißt du?«
Der Alte riß die Hände hoch und kreischte: »Andy! Mein Name ist Andy! Legen Sie das Ding weg, Sie haben kein Recht, hier reinzuplatzen und Leute zu bedrohen.«
»Halt die Klappe«, fuhr Poll ihn an. »Streng lieber dein Hirn an. Mein Mann arbeitet für Roberts, und ich will wissen, wo er steckt.«
»'ne Menge Leute arbeiten für den Boß«, greinte der Mann. »Ich kann mir nicht alle Namen merken.«
Sie zielte auf seinen Fuß. »Dann solltest du's mal versuchen, sonst wirst du 'ne ganze Weile humpeln müssen.« Sie gab eine Beschreibung von ihrem Tom, erwähnte die roten Haare und die Hakennase, während Andy, die Arme in der Luft, den Blick starr auf das Gewehr gerichtet, fieberhaft überlegte. Schließlich erinnerte er sich und ließ die Arme sinken.
»Hat er 'ne Fistelstimme?«
Poll nickte und blickte Andy forschend an, der nervös an seiner Lippe kaute. »Ja, das wird er sein. Ist mit 'ner Gruppe Minenarbeiter los. Sollten für den Boß Gold schürfen. Hab' sie nie wieder gesehen.«
»Wo sind sie hin?«
»Kann ich nicht sagen, ehrlich.«
»Dann rede ich besser mit dem Boß.«
»Der is' nich' da. Is' nach Norden geritten, weiß nich' genau wohin.«
Poll ließ das Gewehr sinken. »Wann kommt er zurück?«

»Weiß nich'. Bin bloß der Gärtner.« Der Alte war so erleichtert, der Gefahr entronnen zu sein, daß er noch angestrengter nachdachte. »Warten Sie mal«, sagte er. »Wenn ich mir's recht überlege, ist der Kerl noch mal zurückgekommen. Hab' ihn selbst gesehen. Ja ..., und diesmal war er allein. Sagte, er wolle bloß seinen Lohn abholen und dann nichts wie zurück nach Canoona. Sind *Sie* seine Missus?« In seiner Stimme lag echtes Staunen darüber, daß dieser Gorilla die Angetraute einer halben Portion wie Tom sein sollte.

Poll überging die unausgesprochene Bemerkung. »Ja«, knurrte sie. »Sieht ganz so aus, als ob er seinen Lohn in die Kneipe getragen hat.«

Andy blickte ihr nach, als sie davonritt. »Wenn ich mit so was verheiratet wäre, wäre ich auch auf Tour«, murmelte er und machte sich wieder an die Arbeit.

Poll war recht zuversichtlich. »Hat seinen Lohn versoffen«, sinnierte sie, »wollte nich' ohne heimkommen, hat sich also 'nen neuen Job gesucht. Ich werd' dem Kerl Beine machen.«

Ihr Ärger verwandelte sich in ernsthafte Sorge, als sie eine um die andere und schließlich alle Kneipen in Rockhampton abgeklappert hatte, aber niemand Tom Davies mit Geld in der Tasche gesehen hatte. Sie kannte ihren Tom. Der würde nicht durchreiten, ohne zu tanken. Sie kehrte nach Beauview zurück.

Diesmal war Andy nirgendwo zu sehen, also ritt Poll geradewegs zur Vordertreppe des feinen Hauses.

Ein bildhübsches, junges Mädchen mit rabenschwarzem Haar und einem rosa Musselinkleid stand auf dem obersten Treppenabsatz.

»Wer sind Sie?« rief sie ärgerlich.

»Ada Adeline Davies, und mit wem habe ich das Vergnügen?«

»Ich bin Amelia Roberts. Sie sind unbefugt hier eingedrungen, und ich möchte Sie bitten, wieder zu gehen.«

»Möchten Sie, ja?« Poll stieg vom Pferd, schürzte ihre Röcke und stapfte die Treppe hinauf. »Wann wird Ihr alter Herr nach Hause kommen?«

Amelia starrte sie fassungslos an. »Ich weiß nicht. Gehen Sie.«
Poll packte Amelias Arm mit eisernem Griff und schob sie vor sich her. »Werd nich' frech, Kleine. Setz dich! Ich suche meinen Mann, Tom Davies, und alle Spuren führen zu diesem hübschen Anwesen. Ich will wissen, ob du ihn gesehen hast.«
»Wieso sollte ich ihn gesehen haben«, stammelte Amelia voller Panik. Auf ihrem Arm würden garantiert blaue Flecken zurückbleiben.
»Er hat für Boyd Roberts gearbeitet.«
»Dann kann ich ihn gar nicht gesehen haben. Ich komme nicht mit den Arbeitern zusammen.«
Poll bleckte ihre vom Nikotin gelb verfärbten Zähne. »Nein, bestimmt nicht. Das ändert aber nichts daran, daß er hier war. Und ich will wissen, wo er hin ist.«
»Ich habe nicht die leiseste Ahnung.«
»Er ritt einen Apfelschimmel. Hast du das Pferd gesehen?«
»Wir haben so viele Pferde hier, wie soll ich das wissen.«
»Stoker ist einmalig«, fuhr Poll fort. »Ein Apfelschimmel mit einem weißen Fleck auf der Stirn, das eine Ohr hat einen Knick, wurde von einer Kugel getroffen. Ein Schlappohr.«
Amelia zuckte die Schultern. »Einfach lächerlich, daß ich mir all diese Pferde merken soll.« Sie wich Polls Blick aus.
»Du lügst«, zischte Poll und schüttelte das Mädchen. Manchmal mußte man eben bluffen. »Ich seh's dir an. Wenn ich dir dein hübsches Gesicht nicht entstellen soll, mein Täubchen, sagst du jetzt besser die Wahrheit. Das Pferd war hier, nicht wahr?«
Amelia brach in Tränen aus. »Schon möglich. Ich glaube ja. Das ist nicht fair, was Sie mir antun«, schluchzte sie.
»Du wirst noch lernen, was ›fair‹ bedeutet, wenn ich mit dir fertig bin. So, und jetzt führst du mich zu den Ställen. Ich will mich umsehen.«
Entsetzt klammerte Amelia sich an ihren Stuhl. »Es ist nicht mehr da.«
»Das klingt schon besser. Wo ist es denn?«
»Es ist schon seit Wochen fort.«

»Sag mir, wie lange es hier war?«
»Ich weiß nicht. Eine Weile vielleicht.«
»Dann muß mein Tom auch eine Weile hiergewesen sein, nicht wahr?«
»Vermutlich«, wimmerte das Mädchen. »Jetzt ist er aber fort.«
»Das stimmt. Wenn er aber bloß hergekommen ist, um seinen Lohn abzuholen, warum geht er dann ohne sein Pferd weg? Kannst du mir das erklären, Missy?«
»Er wird ein anderes Pferd genommen haben.«
»Oh nein, der nicht. Er geht nirgendwohin ohne Stoker. Daß du meinen Tom nicht kennst, glaube ich dir, aber du kennst das Pferd. Du bist ein ausgekochtes kleines Luder, ich trau' dir genausowenig wie deinem Vater. Also, beweg deinen Hintern und komm mit.«
Poll schob Amelia vor sich her. Am Fuß der Treppe griff sie mit der einen Hand nach ihrem Gewehr, mit der anderen hielt sie Amelias Arm wie in einem Schraubstock. »Eine falsche Bewegung, Missy, und ich brech' dir deinen hübschen Arm. Los geht's.«
Als sie sich in Richtung Stall in Bewegung setzten, schloß sich Polls Pferd der Prozession an und trottete hinter ihnen her.
Der junge Stallknecht, Teddy Wills, starrte das Trio ungläubig an.
»Was geht hier vor?« rief er.
»Keine Sorge«, erklärte Poll gelassen. »Wir suchen bloß nach einem Pferd. Ich will's kaufen, nicht wahr, Miss?«
»Ja«, beeilte sich Amelia zu sagen.
»Welches Pferd?« fragte Teddy argwöhnisch. Er spürte, daß hier etwas nicht stimmte, aber das Gewehr machte ihm angst.
Poll beschrieb das Pferd. »Kennst du es?«
»Ja.«
»Wem gehört es?«
»Mr. Roberts natürlich.«
»Woher hatte er es?« wollte Poll wissen.
»Es stand auf der Koppel. Ich weiß nicht, wo der Boß seine Pferde holt.«

»Und wo ist es jetzt?«
Bevor der Stallknecht etwas sagen konnte, platzte Amelia mit der Antwort heraus. »Einer der Männer wird es reiten, und das wird Ihr Mann sein. Warum gehen Sie nicht endlich und lassen uns in Frieden!«
Dem Burschen blieb der Mund offenstehen. »Aber nein, Miss, Sie irren sich. Wissen Sie nicht mehr? Mr. Roberts hat das Pferd Mr. Kemp gegeben.« Er wandte sich an Poll. »Es ist sowieso nicht zu verkaufen, Missus. Sie müssen sich nach einem anderen Pferd umsehen. Mr. Kemp mochte es gut leiden.«
»Dann hab' ich eben Pech gehabt«, meinte Poll, als sei die Angelegenheit damit erledigt.
Sie wandte sich zum Gehen, und die alte Mähre, die wie ein Lastesel bepackt war, trottete ihr wie ein Hund hinterher.
Amelia strauchelte, als sie versuchte, mit dieser gräßlichen, nach Schweiß stinkenden Person Schritt zu halten. Sie traute sich nicht einmal mehr zu weinen, nachdem ihre Tränen eben schon keinen Eindruck auf Poll gemacht hatten.
Als sie wieder vor der Treppe standen, quetschte Poll Amelias Arm, daß sie vor Schmerz aufschrie. »Wer ist Mr. Kemp?«
»Ein Gast. Er ist fort.«
»Mit Stoker, du kleines Biest?«
»Ja«, heulte Amelia. »Ja!«
»Wo ist dann mein Tom?«
»Ich sagte Ihnen doch, daß ich es nicht weiß.«
Poll ließ Amelia los. »Ich will es aber wissen«, knurrte sie. »Erzähl deinem alten Herrn, daß ihr 'ne Menge Schwierigkeiten kriegt, wenn ich meinen Tom nicht finde. Du, dein Vater und dein feiner Gast. Hast du mich verstanden, Missy? Erhebliche Schwierigkeiten!«
Sie schwang sich auf ihr Pferd und preschte davon. Am Tor trat ihr Andy entgegen.
»Sie schon wieder?« Er funkelte sie böse an.
»Du hast mir verschwiegen, daß Tom sein Pferd hiergelassen hat«, sagte Poll vorwurfsvoll.
»Was für 'n Pferd? Ich hab' nichts mit den Pferden zu tun.

Hab' genug um die Ohren, allein schon damit, Miss Zimperliese dauernd herumzukutschieren.«
Poll nickte. Das glaubte sie ihm unbesehen. Sie hatte jetzt Gewißheit, daß ihrem Tom etwas zugestoßen war. Genau hier.
Sie beschloß, in sicherer Entferung von Roberts und seinen Leuten im Busch zu kampieren. Seine kreischende Göre würde garantiert gleich alles petzen. Roberts galt als gefährlicher Hund. Poll würde einen Teufel tun, sich als Zielscheibe anzubieten, während sie auf ihn wartete. Früher oder später würde er nach Hause kommen und ihre Fragen beantworten.

Die beiden Hausmädchen hatten, hinter Vorhängen versteckt, kichernd mit angesehen, wie Miss Amelia von der fremden Frau gegängelt wurde. Das Lachen verging ihnen, als Amelia wie eine Furie auf sie losging, weil sie ihr nicht zu Hilfe gekommen waren.
»Was hätten wir denn tun sollen?« wandte Dossie, die ältere ein. »Sie war viel stärker, und sie hatte ein Gewehr.«
»Ihr hättet Hilfe holen sollen. Sie hätte mich töten können.« Wütend trat Amelia gegen einen Stuhl und warf eine Bodenvase um. »Das werdet ihr mir büßen! Wartet nur, bis mein Vater das erfährt.«
Dossie versuchte, Amelia zu beruhigen. »Sie ist ja fort. Sie brauchen sich nicht mehr aufzuregen. Was wollte sie eigentlich?«
»Was sie wollte? Das geht euch einen feuchten Dreck an, ihr feigen Ziegen. Mit anzusehen, wie ich mißhandelt werde! Wenn mein Vater zurückkommt, werde ich dafür sorgen, daß er euch feuert!«
»Wenn das so ist, gehen wir lieber gleich. Wir sind Hausmädchen und nicht dazu da, auf Sie aufzupassen.«
»Noch so eine Frechheit, und ich werf' euch raus«, fuhr Amelia die Mädchen an. »Und jetzt macht euch wieder an die Arbeit.«
»Nein«, erklärte Dossie.
Das andere Mädchen nickte. »Geben Sie uns bitte unseren

Lohn. Wir gehen. Und zwar jetzt gleich.«
»Ich hab' kein Geld da«, log Amelia.
»Oh doch. Es ist in der Schreibtischschublade. Sie können es holen, während wir packen.«
Aufgelöst stürzte Amelia ins Büro ihres Vaters und riß die oberste Schublade seines Schreibtisches auf. Mit zitternden Fingern zählte sie etwas Geld ab.
Die Mädchen kamen mit der Köchin zurück. »Wenn die gehen, gehe ich auch«, erklärte sie.
»Du brauchst nicht zu gehen«, sagte Amelia. »Mir dir habe ich keinen Ärger.«
Die Köchin überhörte ihre Worte. »Zwei Pfund zwei Shilling für mich, und ein Pfund siebzehn Shilling für jede von den beiden.« Sie hielt die Hand auf, und Amelia blieb nichts anderes übrig, als ihnen den Lohn auszuzahlen.
Sobald sie mit ihren billigen Pappkoffern abgezogen waren, eilte Amelia in den Garten, auf der Suche nach Andy. »Du mußt sofort die Polizei holen.«
»Warum?«
»Eine Frau war hier und hat mich bedroht!«
»Wer? Diese Mrs. Davies?«
»Ja. Hol die Polizei. Sie sollen sie einsperren.«
»Die tut doch keinem was«, erklärte Andy. »Die sucht bloß ihren Mann.« Er grinste. »Der hat bestimmt die Kurve gekratzt. Kann ich ihm nich' verdenken.«
»Hast du nicht gehört?« fauchte Amelia. »Lauf und hol die Polizei!«
Amelia überlegte einen Moment lang, ob sie den dämlichen Stallknecht nicht auch zusammenstauchen sollte. Aber der war ja viel zu dumm, um zu kapieren, worum es ging. Für heute hatte sie allemal genug von ihrem Personal, sie fühlte sich regelrecht krank.
Erst sehr viel später ging ihr auf, daß sie ganz alleine im Haus war. Sie lief durch alle Zimmer, zündete die Lampen an und rannte in die Küche. Der Herd war kalt, niemand hatte ihr ein Essen bereitet. Der Wind rüttelte an den Läden, Türen knall-

ten, Holzdielen knarrten und ächzten. Amelia flüchtete sich in ihr Schlafzimmer. Sie traute sich nicht, in die Nacht hinauszugehen und Andy zu suchen. Außerdem wußte sie nicht einmal, wo er hauste.

Sergeant Jim Hardcastle wuchs die ganze Sache allmählich über den Kopf. Natürlich hatte er gewußt, daß ein Polizist nicht gerade ein geruhsames Leben führte, aber jetzt schien alles außer Kontrolle zu geraten.

Am Anfang war es in Rockhampton noch relativ friedlich zugegangen. Es hatte die üblichen Schlägereien, Diebstähle, Schießereien und Brandstiftungen gegeben, aber das gehörte zum Alltag eines Polizisten, damit wurde man fertig. Jim hatte sich um diesen Posten nicht etwa gerissen, im Gegenteil, als Familienvater graute ihm davor, Dienst in einer Goldgräberstadt am Rande von Nirgendwo schieben zu müssen. Dennoch war die Wahl auf ihn gefallen, weil er als zuverlässiger Beamter galt. Außerdem hatte man ihm einen dauerhaften Posten versprochen, falls er sich in Rockhampton bewährte, und das hatte den Ausschlag gegeben.

Seine Frau war es leid, immer wieder umzuziehen, sie wollte sich endlich häuslich einrichten und die Kinder in eine anständige Schule schicken. So kam es, daß sie ein hübsches neues Häuschen neben der Polizeistation bezogen und die Annehmlichkeiten des Städtchens am Fluß zu schätzen lernten.

Rockhampton verdankte seine Existenz dem Goldrausch, und als immer mehr Viehzüchter sich in der Gegend ansiedelten, wurde die Stadt zum zentralen Standort für die Viehwirtschaft. Auf der anderen Seite des Flusses wurde gerade eine riesige Fleischfabrik gebaut, in der so mancher Arbeitslose endlich wieder sein Auskommen finden würde. Doch auch in Rockhampton spürte man die Folgen des Finanzdebakels von Brisbane.

Wieso konnte einer Regierung das Geld ausgehen, fragte Jim sich immer wieder. Er hätte seiner Frau gern erklärt, warum er schon seit Monaten keinen Lohn mehr erhielt. Sie mußten Le-

bensmittel auf Pump kaufen, und die Ladenbesitzer drohten bereits, ihnen demnächst den Kredit zu streichen, wenn sie nicht endlich zahlten.
Jim hatte in mehreren Briefen an seinen Vorgesetzten höflich auf seine prekäre Lage hingewiesen und war immer wieder vertröstet worden, daß alles bald in Ordnung käme. Aber wann war das? In seiner Verzweiflung hatte Jim schon erwogen, wie so viele andere den ganzen Kram hinzuwerfen und sein Glück in den Goldfeldern zu versuchen.
Die Schwarzen im Busch waren immer schon ein Problem gewesen, aber in letzter Zeit schienen sie außer Rand und Band geraten. Und noch dazu die chaotischen Zustände in der Stadt. Dort kam es jetzt täglich zu Krawallen und Plünderungen wie an jenem Abend, als die Maskeys ihre Party feierten. Und ausgerechnet Jim, dessen Familie nichts mehr zu beißen hatte, mußte den Mob vor dem Golden Nugget Hotel auseinandertreiben, damit die Maskeys ungestört feiern konnten. Das einzig Gute an der Sache war gewesen, daß er anschließend eine ganze Tüte voller Reste mit nach Hause nehmen durfte und seine Familie sich endlich einmal wieder satt essen konnte.
Dann war er nach Oberon geritten, um in der Mordsache MacNamara zu ermitteln, und hatte sich bemüht, die Leute so behutsam wie möglich zu vernehmen, um den armen Paul nicht noch mehr zu verstören. Nachdem er die Freiwilligen eindringlich ermahnt hatte, bei der Suche nach den Mördern unbedingt im Rahmen des Gesetzes zu bleiben, war er nach Rockhampton zurückgeritten, denn mehr konnte er nicht tun.
In der Stadt breitete sich allmählich eine Art Hysterie aus, alle hatten Angst vor einem groß angelegten Überfall der Schwarzen, und Jim wurde bedrängt, endlich etwas zu tun, damit nicht alle eines Tages ermordet in ihren Betten lägen. Gooding und seine Leute waren natürlich wieder einmal nicht zur Stelle, und so mußte Jim sich mit Goodings Adjutanten O'Leary begnügen, der selbst erst von einem längeren Einsatz in Duaringa zurückgekehrt war.
Um die Leute zu beruhigen und Präsenz zu demonstrieren,

machten O'Leary und seine Truppe ab sofort zweimal täglich die Runde. Es half nichts. Die Leute spielten langsam verrückt. Zuviel Sonne, mutmaßte Jim.

Apropos verrückt. Was sollte mit Captain Cope und seiner Eingeborenenpolizei geschehen? Hardcastle hatte Cope völlig betrunken aus einem Pub holen müssen. Seit Laura Maskey ihm den Laufpaß gegeben hatte, war der Mann überhaupt nicht mehr nüchtern gewesen. »Schlau von ihr«, fand Hardcastle, denn jetzt zeigte Cope sein wahres Gesicht: Er hatte überhaupt keinen Mumm in den Knochen.

»Cope losgeschickt, sich um seine Truppe zu kümmern«, vermerkte der Sergeant in seinem Bericht. »Sie sind einige Tage nach dem Überfall von Süden her nach Oberon gekommen. Sind bei McCanns Farm in einen Hinterhalt geraten.«

Er strich »McCann« aus und ersetzte das Wort durch »Roberts«. Dieser verdammte Kerl! Warf mit Geld um sich, zog sich Fußvolk heran und wollte auch noch einen Sitz im Parlament. Und als kleiner Polizist durfte man einen wie ihn nur mit Samthandschuhen anfassen.

Das erinnerte Jim daran, daß er seinen Bericht über den Einbruch in der *Capricorn Post* noch schreiben mußte. Er hatte die Attacken gegen Roberts mit Interesse verfolgt und die Artikel sogar aufgehoben. Man wußte ja nie. Jim hegte zwar seine Zweifel an diesem Mann, aber es gab keine Beweise dafür, daß er irgendwelche kriminellen Handlungen begangen hätte. Und nun war die *Post* zerstört worden.

Newgate bezichtigte Roberts der Tat, und vielleicht stimmte das auch, aber Roberts konnte man nicht fragen, er war irgendwo unterwegs. Bestimmt hatte er seinen Leuten befohlen, die *Post* lahmzulegen. Aber wie sollte man das beweisen?

Da fiel Hardcastle ein, daß Roberts' Tochter vor zwei Tagen nach der Polizei geschickt hatte. Es schien nicht so dringend zu sein, aber er mußte sich darum kümmern. Warum konnte das Mädchen eigentlich nicht selbst in die Stadt kommen?

Er kehrte wieder zu seinem Bericht zurück. »Cope hat drei Männer im Kampf mit den Eingeborenen verloren. Die

Schwarzen haben das Feuer gelegt und sind zur nächsten Farm gezogen, wo sie die zwei Frauen umbrachten. Ich habe die drei Soldaten bis zur Ankunft ihres Captains den Freiwilligen von Oberon unterstellt.«

Die Fortsetzung der Geschichte bereitete Jim einige Probleme. Also schlug er vorläufig sein dickes Buch zu, um sich alles in Ruhe zu überlegen.

Jim lag eine Anzeige von MacNamara vor, der Blackie Bob beschuldigte, einen wehrlosen schwarzen Gefangenen erschossen zu haben. Von Jim befragt, hatte Cope wiederum Roberts die Schuld in die Schuhe geschoben – immer dieser Roberts. Der hätte den Schießbefehl gegeben, und Blackie hätte blindlings gehorcht.

Blackie saß nun in der Arrestzelle und lamentierte, daß er schon oft auf Befehl von Weißen, insbesondere von Cope, dreckige Schwarze erschossen habe. Was sei daran diesmal falsch?

Jims Ansicht nach lag die Crux darin, daß Blackie unter den Augen von Männern gehandelt hatte, die noch an Gerechtigkeit glaubten. Jim fand es bewundernswert, daß MacNamara nach seinen leidvollen Erfahrungen Partei für einen Schwarzen ergriff, wünschte sich aber, ein anderer hätte Anzeige erstattet. Cope zog nämlich jetzt alle Register und erklärte MacNamara für nicht ganz zurechnungsfähig. In seinem Kummer wüßte er wohl nicht mehr, was er täte, und hätte alles falsch verstanden. Schließlich hatte MacNamara es auch noch gewagt, Cope und seine Eingeborenenpolizei wegzuschicken, statt sie an der Suche nach den Mördern zu beteiligen. Es war alles so verzwickt!

Cope war mit seinen drei Leuten zurückgekommen. Blackie stand unter Arrest, Stan Hatbox klagte den ganzen Tag lang über seine schmerzende Wunde, dabei war sie längst verheilt. Und der dritte, Charlie Penny, lag nur noch im Gras und jammerte, er müsse sterben.

Jim schüttelte angewidert den Kopf. Er haßte Schreibarbeiten, und diese Geschichte übertraf einfach alles, was ihm bisher untergekommen war. Wenn er sie so wiedergab, würde man ihn für geisteskrank erklären. Ein Arzt hatte Charlie untersucht und nichts finden können, dennoch verschlechterte sich der Zustand des Schwarzen von Tag zu Tag. Selbst eine Tracht Prügel hatte nichts bewirkt. »Hat keinen Sinn, Boß«, hatte Blackie erklärt. »Zaubermann hat mit Knochen auf Charlie gezeigt. Er ist verflucht.«

Jim hatte von diesen heidnischen Bräuchen gehört, glaubte aber nicht daran. Und nun spielte sich so etwas vor seinen eigenen Augen ab. Oder auch nicht. Er würde Stan Hatbox mit einer Flasche Rum zu Charlie schicken, sie würde ihn aufwecken. Irgendwann mußte er seine eingebildete Krankheit doch leid werden.

Jims letzte Hoffnung war die Morgenpost. Sie brachte jedoch bloß den Sold für Captain Cope. Ausgerechnet Cope, der wochenlang keinen Dienst geleistet hatte, bekam seinen Lohn, und er, Hardcastle, durfte weiter warten. Kein Wunder, daß er die Lust an der Arbeit verlor.

Er beschloß, nach Beauview zu reiten und zu hören, was Roberts' Tochter auf dem Herzen hatte.

»Wird auch Zeit«, murrte Amelia, als sie ihm öffnete. Sie machte sich nicht einmal die Mühe, ihm einen Tee anzubieten, und zeterte über eine Frau mit Namen Ada Adeline Davies, die unerwartet bei ihr aufgetaucht sei und sie bedroht hätte.

»Warum sollte sie Sie bedrohen?«

»Sie war auf der Suche nach ihrem Mann.« Miss Roberts rümpfte die Nase. »Eine gräßliche Person, hat gestunken wie ein Misthaufen. Ich konnte ihr nicht helfen. Ihr Mann ist ein Arbeiter oder so, da packte sie mich einfach am Arm – schauen Sie bloß die blauen Flecken! – und zerrte mich zu den Ställen.«

»Was wollte sie denn da?«

Miss Roberts brach in Tränen aus. »Das weiß ich nicht. Aber Sie müssen sie einsperren. Die Leute können hier doch nicht einfach hereinspazieren und einen bedrohen.«

»Möchten Sie Anzeige erstatten, Miss Roberts?«

»Aber gewiß. Wegen Körperverletzung.«

Jim versicherte ihr, daß er sich um die Angelegenheit kümmern würde. Dann sprach er mit dem Gärtner und zu guter Letzt mit Teddy Wills, dem Stallburschen.
Dessen Antworten brachten einiges Licht in das Dunkel. Die Dame des Hauses hatte nämlich nichts von einem Pferd erwähnt.
Während er in die Stadt zurückritt, ging Jim Hardcastle so manches im Kopf herum. Boyd Roberts würde nicht sehr erbaut davon sein, daß seine Tochter die Polizei gerufen hatte. So, wie die Dinge lagen, wurde ein Mann vermißt, und Jim erinnerte sich an etwas. War da nicht vor einiger Zeit ein Kerl in der Stadt aufgetaucht, der drohte, Roberts wegen einer krummen Sache umzubringen? Und dann war er plötzlich verschwunden. Nun fehlte auch noch ein Pferd. Angeblich hatte Roberts es Tyler Kemp geschenkt, diesem Zeitungsfritzen.
Das alles war höchst interessant. Jim mußte diese Ada Adeline Davies finden, um das Puzzle zusammenzusetzen. Aber einsperren? Bestimmt hatte das Mädchen maßlos übertrieben. Er würde besser mit Mrs. Davies reden als sie einsperren. Womöglich würde sie selbst Anzeige gegen Roberts erstatten wollen, wenn die Sache mit dem Pferd sich als stichhaltig erwies.
Dieser Tag ließ sich doch nicht so schlecht an.

Tyler nannte seinen Gaul einfach Greybeard, nachdem keiner seinen Namen wußte.
»Der ist herrenlos«, hatte George ihm erklärt, Boyds rechte Hand. Ein magerer Kerl mit hungrigen Augen, vorstehenden Zähnen und einem dünnen Schnauzbart, der es längst nicht mit dem kräftigen Schnauzer seines Vorgesetzten aufnehmen konnte. »Wenn Ihnen der Gaul nicht gefällt, suchen Sie sich einen anderen aus. Er ist nicht mehr der Jüngste.«
»Nein, nein, er ist in Ordnung«, hatte Tyler erwidert. Und mittlerweile war er froh über seine Wahl. »Bist ein guter Kerl«, redete er ihm zu, als die Truppe sich zum Aufbruch rüstete. »Bist zwar nicht ganz rassenrein, aber ein Tropfen adliges Blut

fließt tatsächlich auch in deinen Adern.«
Und Greybeard hatte seinen Kopf gehoben, als ob er sich über das Kompliment freute. Sein derber, dicker Schädel wurde von einem weißen Stirnfleck geziert, und das eine Ohr war abgeknickt. Mit seinem breiten Rücken hatte er die Statur eines Arbeitspferdes, aber sein Tritt war sicher wie der einer Gemse. Er schien ein ausgeglichenes Gemüt zu besitzen und konnte, wenn es darauf ankam, wie ein geölter Blitz rennen. Ließ glatt die edlen Rösser der Truppe hinter sich. Ein gutes Pferd. Tyler wollte es kaufen, aber Boyd hatte abgewunken. »Nein. Behalte ihn ruhig. Ist doch bloß ein Gaul.«
Und so war Greybeard Tyler in all den Wochen ans Herz gewachsen. Nie mehr würde er sich von ihm trennen.
Nun stand er mit Goodings Kavalleristen und den unruhig stampfenden Pferden vor dem Haus und wartete darauf, daß der Lieutenant und MacNamara sich von den Carlisles verabschiedeten.
Als Reporter in Brisbane hatte es Tyler nichts ausgemacht, lediglich Beobachter zu sein und in der Menge unterzugehen, hier aber fiel es ihm schwer, die erzwungene Anonymität – und ihre Folgen – zu ertragen. Als einer von Goodings Truppe war er bloß ein Befehlsempfänger.
Er dachte an Laura Maskey. Während des kurzen Aufenthalts war es ihm nicht vergönnt gewesen, mit ihr zu sprechen, aber sie hatte bestimmt gehört, daß er Gooding begleitete. Wie gern hätte er mit ihr über Amelia und die bevorstehende Hochzeit geplaudert. Der Artikel in der *Post* mußte sie so sehr verletzt haben, daß sie Tyler aus ihrem Gedächtnis gestrichen hatte.
Er zuckte die Schultern. So etwas gehörte zum Job eines Reporters. Da kannte er keine Skrupel. Unangenehm bloß, daß die Familie Carlisle Lauras Partei ergriff und ihm die kalte Schulter zeigte.
Amelia. Erst vergangene Nacht hatte er ihr geschrieben, wie sehr er sie vermißte und daß er so bald wie möglich zurückkommen würde. In ein paar Wochen vielleicht. Er verschwieg ihr allerdings, daß er eine glückliche Zeit durchlebte, sich frei

wie ein Vogel fühlte, keinen Abgabetermin beachten, keine langweiligen Artikel schreiben, nicht die Politik verfolgen mußte. Wie unwichtig ihm das alles erschien. Wen kümmerte es, wie dumm, gierig, schäbig oder offenkundig korrupt manche Leute waren? Wer machte sich Gedanken über die Politik? Würde Premier Herbert die Finanzkrise abwenden können, oder würde sich alles nach einer Gesetzmäßigkeit regulieren, auf die er keinen Einfluß hatte? Tyler scherte sich nicht darum. Er würde nach Rockhampton zurückreiten, Amelia heiraten, sein eigenes Haus und eine eigene Zeitung besitzen und nur noch über das schreiben, was seine Leser interessierte: Pferde, Gold und Rinder. Und für die Damen würde er Kochrezepte abdrucken.
Die Herrschaften ließen sich wirklich Zeit. Eine nervöse Spannung lag über der Truppe, auch die Pferde schienen das zu spüren. Sie schnaubten weiße Wolken in die kalte Morgenluft und hielten den Kopf in die Brise. Endlich traten Gooding und MacNamara aus dem Haus, schwangen sich in den Sattel und ritten, einen Abschiedsgruß winkend, los.
Tyler schloß unmittelbar auf, die Soldaten folgten ihm. Er drehte sich nicht mehr um. Jetzt ging die Jagd endlich los, das große Abenteuer. Angesichts der Berserker Ranges, die sich in der Ferne drohend erhoben, beschlich Tyler ein Gefühl der Angst. Das Bergmassiv war noch unerforscht und steckte voller Gefahren, und Tyler, als Reporter gewohnt, den Dingen auf den Grund zu gehen, grübelte über den Namen »Berserker«. Seines Wissens waren die Berge nach einer nordischen Gottheit oder einem Häuptling benannt, der vor oder während einer Schlacht wie ein Berserker gewütet hatte. Etwas ängstlich fragte sich Tyler, ob der Name ein Omen sein könnte.
Bei der ersten Rast kam MacNamara zu ihm und machte sich bekannt. »Ich wußte gar nicht, daß Sie auch auf Camelot waren«, sagte er, offenbar in Unkenntnis des unerfreulichen Zwischenspiels bei den Carlisles. Wahrscheinlich wollte man Paul nicht mit solchen Dingen behelligen, und Tyler sah keine Veranlassung, ihn aufzuklären.

»Ich wollte Sie schon lange kennenlernen«, sagte Tyler zur Begrüßung.
MacNamara sah ihn überrascht an. »Wieso?«
»Es ist jetzt nicht mehr so wichtig, ich wollte mich nur über die Eingeborenenpolizei informieren. Mir gefällt nicht, was sie tut, aber den anderen hier scheint es nichts auszumachen. Wie ich hörte, sind Sie auch nicht gerade begeistert.«
»Nein.«
»Na ja, vielleicht findet sich ja mal eine Gelegenheit zum Reden.«
MacNamara musterte Tyler eingehend. »Gooding sagte mir, daß Sie mit in die Berge wollen. Warum?«
Tyler zündete seine Pfeife an. » Gooding scheint nicht viel von einem Schreiberling zu halten. Er denkt, daß ich lieber die Füße auf den Tisch lege und warte, bis Sie heimkommen. Diese Herausforderung mußte ich natürlich annehmen.«
Kaum waren die Worte heraus, taten sie ihm leid. MacNamara warf ihm einen langen, traurigen Blick zu. »Dann bleiben Sie besser hier. Ich will die Verantwortung nicht übernehmen«, erklärte er ruhig.
»Brauchen Sie auch nicht. Vergessen Sie, was ich gesagt habe. Aber ich möchte Ihnen wirklich meine Hilfe anbieten. Und reiten kann ich auch.«
»Ja«, meinte der andere nachdenklich. »Das habe ich gemerkt. Hören Sie zu. Wir haben nicht vor, die Schwarzen da oben in den Bergen zu erschießen oder aufzumischen. Ich suche nur eine Antwort.« MacNamara blickte gequält. »Irgendeiner von ihnen weiß etwas über den Tod meiner Frau. Er muß es mir sagen.« Sein Blick folgte den Reitern, die ihre Pferde zur Tränke führten. »Ich muß wissen, was passiert ist, sonst kann ich nicht weiterleben«, murmelte er. »Ich würde niemals Ruhe finden.«
Einen Tag später näherten sie sich der Oberon-Farm. Tyler blickte sich beklommen um. Der Tagmond stand an einem wolkenlos blauen Himmel, die Weidegründe waren bereits gelb geworden, und das Farmhaus machte einen verlassenen

Eindruck. Sie ritten durch das Haupttor, vorbei an einem verkümmerten Garten mit vertrockneten Büschen. Vor den Stallungen stiegen sie ab.
Ein glatzköpfiger Mann kam vom Haupthaus herbeigeeilt, offenbar die einzige menschliche Seele auf diesem Gut.
»Wer sind Sie?« rief Paul etwas unsicher.
»Ich bin der Koch«, erklärte der Mann und verschränkte die muskulösen Arme vor seinem schmutzigen Hemd. »Man nennt mich Baldy. Sie sind der Boß?«
»Ja. Seit wann sind Sie hier?«
»Gus hat mich vor ein paar Tagen eingestellt. Hab' gehört, daß Sie einen Koch brauchen und bin einfach hergekommen. Bleiben die Männer auch?«
»Ja, über Nacht«, erklärte Paul.
»In Ordnung, Boß. Kein Problem. Hab' nicht so viele erwartet, aber ich krieg' schon alle satt.«
Tyler wand sich innerlich. Paul war immer von den Frauen des Hauses begrüßt worden und hatte sichtlich Mühe, mit der neuen Situation zurechtzukommen. Und dieser schmuddelige Kauz machte alles nur noch schlimmer. Tyler hätte sich denken können, was es für MacNamara bedeutete, nach Oberon zurückzukommen. Hilfesuchend sah er Gooding an, der seinen Leuten mit einem Kopfnicken Anweisung gab. »Wo sollen sie nächtigen?« fragte er Paul.
»In der Schlafbaracke.«
»Und Tyler und ich?«
»Im Haus.« Paul stand wie versteinert da, das Gesicht aschfahl. Für Tyler war Mord immer nur ein Schlagwort gewesen, eine Zeitungsnachricht, die einen zwar berührte, aber nicht weiter betraf. MacNamaras Pein traf ihn wie ein Schlag, und er wußte nicht, was er tun sollte. Tyler hatte sich stets für einen abgebrühten Kerl gehalten, den so leicht nichts mehr erschüttern konnte. Zwölf Jahre Reporterdasein in Brisbane, wo er über Verbrechen und jede Art von Laster berichten mußte, hatten aus dem ehrlichen Naturburschen einen Zyniker gemacht, der es nun sogar mit einem Boyd Roberts aufnehmen

konnte und dafür das Herz einer Frau wie Amelia gewann.
Als er MacNamara ansah, packte Tyler tiefes Mitleid, und seine Augen wurden feucht, als er ihn auf der Schwelle seines Hauses straucheln sah.
Tyler sprang rasch hinzu und fing ihn auf, während der dämliche Koch nur dumm herumstand.
»Es geht schon«, knurrte Paul und schob Tyler beiseite.
»Gut!« sagte Tyler und setzte eine unbeteiligte Miene auf. »Ich könnte einen Drink vertragen.«
»Ich auch«, erklärte Paul hölzern. Sie überquerten einen Hof, in dem lange Tische und Bänke standen. Offenbar diente der Platz als Speisezimmer im Freien. Ein paar Stufen führten in eine große, unaufgeräumte Küche, dann betraten sie das offizielle Speisezimmer, das mit Möbelstücken vollgestopft war. Überall lag dicker Staub, es fehlte die sorgende weibliche Hand.
MacNamara zog sich einen Stuhl heran und setzte sich. »Wir haben nie hier drin gegessen«, sagte er gedankenverloren. »Ich hatte es immer viel zu eilig.«
»Wir hatten gar kein Speisezimmer«, gestand Tyler. »Wir haben in der Küche gewohnt und gegessen.« Sein Blick fiel auf die Anrichte mit den Karaffen. »Whisky?« fragte er den Hausherrn.
»Ja. Gläser sind unten drin.«
Tyler goß den Whisky ein und stellte die Gläser auf den Tisch. »Wir haben uns ganz schön beeilt«, begann er versuchsweise Konversation zu machen. »Ihr Verwalter wird froh sein, daß Sie zurück sind.«
»Gus? Ja ....« Paul warf seinen Hut auf das Sofa und strich sich das Haar zurück. Dann nahm er einen kräftigen Schluck Whisky.
»Was machen Sie, wenn Sie die Männer nicht finden?« kam Tyler zur Sache.
»Wir finden sie.«
»Und wenn nicht? Ich kann nur ahnen, was Sie durchmachen, aber Sie haben keine Zeugen, und ich bezweifle, daß Sie auf ei-

gene Faust die Täter finden werden.«
»Was geht Sie das an?«
Tyler lehnte sich zurück. »Nun, zum einen will ich nicht in einen sinnlosen Racheakt hineingezogen werden ...«
»Die Gefahr besteht nicht.«
»Sie sollen Ihre schwarzen Farmarbeiter aber ziemlich grob behandelt haben.«
»Ich hab' sie rausgeworfen, das ist alles.«
»Einen von ihnen hat's erwischt. Einen Unschuldigen.«
Paul sah Tyler über den Rand seines Glases an. »Und zweitens?«
»Das betrifft Sie selbst. Sie haben sich viel zu sehr in die Sache verrannt und sollten die Suche kompetenten Leuten überlassen. Gooding und seinen Männern.«
»Den Teufel werde ich tun. Wie kommen Sie auf die Idee, Sie Schlaumeier?«
»Wir Zeitungsleute sehen eine Menge mehr, als in der Zeitung steht. Wir erleben oft das Nachspiel von Katastrophen, sehen, wie blinde Rache ganze Familien zugrunde richtet, wie die Überlebenden ihrerseits zu Opfern werden. Haben Sie mit jemandem über Ihre Gefühle gesprochen?«
»Da gibt es nichts zu reden, verdammt noch mal! Was erlauben Sie sich! Sind Sie der Beichtvater?«
»Ich bin nicht katholisch«, erwiderte Tyler ruhig. Von Gooding wußte er, daß Mrs. Carlisle sich ernsthaft Sorgen um diesen Mann machte. Während seines kurzen Besuchs auf Camelot hatte Paul sich sogleich in harte Farmarbeit gestürzt und kaum mit jemandem gesprochen, praktisch jeden Kontakt vermieden. »Das sieht ihm so gar nicht ähnlich«, hatte Mrs. Carlisle gemeint. »So darf es nicht weitergehen. Er muß lernen, damit zu leben.«
Paul sah mit trübem Blick aus dem Fenster. »Es wird schon dunkel. Die Männer werden bald heimkommen. Ich zeige Ihnen Ihr Zimmer.«
Nach dem Abendessen – dank Baldys mangelhaften Kochkünsten eine einzige Katastrophe – saß Tyler mit MacNamara,

Gooding und dem Verwalter Gus zusammen. Sie besprachen die Lage und überlegten, wie am sichersten in die Berge zu gelangen sei. Paul erklärte, man könne von Oberon aus zahlreiche Lagerfeuer der schwarzen Camps in den Bergen ausmachen.

Sie gingen alle nach draußen, und Paul zeigte ihnen die winzigen Punkte in der Dunkelheit, die kaum von den Sternen zu unterscheiden waren.

»Bei den letzten Unruhen«, sagte Gus, »als die Clans sich versammelten, wimmelte es da oben in den Bergen nur so von Feuern. Sah manchmal aus wie die Milchstraße. Wir befürchteten schon einen Überfall, aber nichts dergleichen geschah.«

»Was schätzen Sie denn, wie viele da oben hocken?« wollte Gooding wissen.

»Eine ganze Menge«, meinte Gus. »Aus dem Tal sind wieder welche weggezogen, ganz zu schweigen von den Farmarbeitern, die wir fortgejagt haben.«

»Dann müßten wir mehr Feuer sehen.«

»Nicht unbedingt«, erwiderte Gus. »Auf der anderen Seite der Berge herrschen bessere Bedingungen. Da ist es tropisch, die Vegetation ist üppiger und das Meer in der Nähe. Wenn die Schwarzen in unseren Flüssen nicht mehr fischen dürfen, sind sie an der Küste besser dran.«

»Großer Gott!« rief der Lieutenant entsetzt. »Was geschieht dann mit den Siedlern dort?«

Tyler starrte ihn ungläubig an. »Verdammt noch mal! Die armen Teufel müssen schließlich auch von etwas leben! Wollen Sie diesen Leuten den Zugang zu jeglicher Nahrung verwehren? Ist das Ihre Absicht?«

»Ich will Frieden wahren«, verteidigte sich Gooding.

»Klingt mir nicht so«, murrte Tyler.

Paul MacNamara mischte sich ein. »Unser vorrangiges Ziel ist, die Mörder zu finden. Wenn sie weiße Frauen vergewaltigt und umgebracht haben und ungeschoren davonkommen, werden sie es wieder tun. Egal ob schwarz oder weiß«, fuhr er

fort, »Männer, die solche Verbrechen begehen, müssen gefaßt werden. Habe ich recht, Herr Journalist?«
»Schon«, lenkte Tyler ein. »Ich wehre mich nur dagegen, daß Sie sich den Kopf über ein paar lausige Siedler zerbrechen, während Sie einen ganzen Stamm seiner Lebensgrundlage berauben.«
»Wer tut das?« fragte Paul.
»Sie. Ihre Männer haben mir erzählt, daß Sie die schwarzen Bastarde ins Meer jagen wollen, und Ihre Männer finden das gut. Sie sind derjenige, der hier Unfrieden stiftet, und Gooding benutzen Sie bloß für Ihre eigenen Zwecke. Sie wollen nichts als Rache, egal ob es das Leben anderer kostet.«
Paul MacNamara funkelte Tyler böse an. »Sie wissen überhaupt nicht, worum es geht. Sie werden nicht mitkommen. Sie können hierbleiben und dem dämlichen Baldy das Kochen beibringen.«
Gooding versuchte zu vermitteln. »Tyler, was an der Küste geschieht, steht auf einem anderen Blatt. Ich denke auch, es wäre besser, wenn Sie in Oberon blieben.«
»Oh nein, wäre es nicht.« Tyler war wütend, daß er sich von seinem Temperament hatte hinreißen lassen. »Ich bin die Presse. Ich repräsentiere immer noch den *Brisbane Courier*. Wenn Sie versuchen, mich daran zu hindern, Sie zu begleiten, habe ich Grund zur Annahme, daß Sie etwas vertuschen wollen, und die Öffentlichkeit hat ein Recht darauf, das zu erfahren.«
»Lassen Sie ihn«, knurrte MacNamara. »Wen kümmert's schon.«
Gus lagen praktischere Dinge am Herzen. Es gelang ihm, Paul davon zu überzeugen, mit dem Aufbruch noch einen Tag zu warten. Zum einen wollte er ihm die prächtigen neugeborenen Kälber zeigen, zum anderen schlug er vor, Baldy noch eine Chance zu geben, damit sie wenigstens genug Proviant für unterwegs hätten.
Tyler nutzte die Zeit, um auf der Farm herumzuwandern. Er bemerkte die eingezäunte Stelle am Fluß, wo das schreckliche Verbrechen geschehen war, aber seine Achtung vor den Toten

und sein Aberglaube hielten ihn davon ab, näher zu treten. Er blickte zu den gewaltigen Bergen auf, und eine erbärmliche Angst beschlich ihn. Spät in der Nacht schrieb er einen langen Brief an seine Eltern, dankte ihnen für eine wunderbare, unbeschwerte Kindheit und gestand ihnen zum erstenmal in seinem Leben, daß er sie liebte. Als ihm aufging, wieviel Alkohol er bereits intus hatte, zerriß er den Brief mit dem sentimentalen Geschwätz. Ziemlich betrunken fiel er in sein Bett und dankte dem lieben Gott, daß er seinem Brummschädel noch einen Tag Ruhe gönnen durfte.

Am nächsten Morgen erfuhr Tyler von den Soldaten, daß sie dem Unternehmen mit ebenso gemischten Gefühlen entgegensahen wie er. Sie waren gespannt auf diese unbekannte Bergwelt und fürchteten sich zugleich vor einem Überfall der Aborigines.

»Die kämpfen aus dem Hinterhalt«, meinte einer der Männer.

»Wir sind hier nicht im Krimkrieg«, sagte ein anderer. »Erwartest du, daß die eine Frontlinie ziehen und sich zum Kampf aufstellen?«

Corporal Sam Harvey war zuversichtlich. »Die Farmarbeiter hier sagen, MacNamara weiß, was er tut. Er wird die feigen Hunde schnappen und aufknüpfen, das ist alles.«

»Ist das legal?« fragte Tyler leicht verwirrt.

Sie lachten ihn aus. »Was ist hier draußen schon legal?«

Nachdem die Männer die verkohlten Reste und Trümmer der ehemaligen McCann-Farm fortgeräumt hatten, schickte Roberts zwei seiner Leute zu den Goldminen, damit sie ein Auge darauf hielten. Zurück blieben drei seiner engsten Vertrauten, darunter auch George Petch, der schon jahrelang für Roberts arbeitete.

Boyd schien den Zwischenfall mit MacNamara nicht weiter tragisch zu nehmen, aber der Anschein täuschte. Er wartete nur auf einen geeigneten Zeitpunkt für seinen Vergeltungsschlag. MacNamara würde teuer bezahlen für das, was er ihm angetan hatte. Boyd war sich nur noch nicht darüber im kla-

ren, wie es am geschicktesten anzustellen sei, ohne daß er selbst in Verdacht geriet. Schließlich galt sein ganzer Ehrgeiz immer noch einem Sitz im Parlament.
Ein paar Rinder von Oberon hatten sich auf Boyds Land verirrt. Gute Nachbarschaft vortäuschend, wies Boyd zwei Viehhüter an, die Tiere zurückzutreiben und sich dabei ein wenig umzuhören. In der Zwischenzeit vertrieb er sich mit George die Zeit mit Truthahnschießen.
Als die zwei Viehhüter zurückkamen und berichteten, daß MacNamara in Begleitung von Lieutenant Gooding und seiner Truppe eine friedliche Expedition in die Berge plante, wußte Boyd, was zu tun war.
Denen werde ich zeigen, was friedlich ist, knurrte er.
Er weihte die Männer in seinen Plan ein, und bald darauf ritten sie zu viert schwerbewaffnet los. Sie hielten sich nicht lange im Tiefland auf und steuerten gleich auf die Berge zu, auf der Suche nach Schwarzen. Gegen Mittag folgten sie einer vielversprechenden Spur, die sie zu einer Waldlichtung führte. Hier hatte eine Gruppe von Eingeborenen ihr Lager aufgeschlagen. Es war eine idyllische Szene. Die Frauen wuschen singend und lachend Wäsche am Fluß, Kinder tollten herum, einige Männer lagen im Schatten und dösten. Sie merkten nicht, daß sie beobachtet wurden.
Boyd gab seinen Männern letzte Instruktionen. »Und vergeßt nicht, wir brauchen drei Schwarze. Egal ob verwundet oder nicht, Hauptsache lebend.«
Eine Stunde später brach das Unheil von allen Seiten über die ahnungslosen Menschen herein. In Panik rissen die Frauen ihre Kinder an sich und suchten Deckung vor den Gewehrsalven. Viele von ihnen wurden niedergemäht, eine Unzahl verwundet, der Fluß färbte sich blutrot.
Boyds Männer stellten zwei Schwarze und hielten sie mit Gewehren in Schach, während Boyd die niedergemetzelten Körper abschritt. Ein Mann mit einer Kugel in der Schulter wand sich stöhnend am Boden.
»Den da, nehmt ihn mit«, befahl Roberts. »Da drüben rühren

sich noch ein paar. Erledigt sie.«
Nachdem George seine makabre Pflicht erfüllt hatte, packten die Männer die Geiseln und fesselten sie mit Stricken an ihre Sättel. Nun begann der mühevolle Abstieg ins Tal. Die Pferde kämpften sich durchs Gestrüpp und über Baumstämme, während die Gefangenen, mit dem Hals in der Schlinge, in Panik neben ihnen herliefen und keuchend und würgend Schritt zu halten versuchten.
Als sie zu einer schmalen Klamm kamen, setzte Boyd, der keine Geisel bei sich hatte, mit seinem Pferd in einem Sprung hinüber. Seine Gefährten mußten in die Schlucht hinabsteigen, um dann die andere Seite zu erklimmen. George und Baxter gelangten ohne Mühe hinüber, ihre Gefangenen kletterten wie Gemsen hinter ihnen her, aber Freddy hatte den Verwundeten bei sich.
Goorari war ein kräftiger junger Mann, der sich seine Schmerzen verbiß. Er fand, dies sei die gerechte Strafe für ihn, weil er seine Familie nicht hatte beschützen können. Er wollte sich jedoch nicht auch noch von diesem Gesindel verschleppen lassen. In der Klamm sah er seine Chance. Er kletterte hinter seinem weißen Peiniger hinunter und sprang ihm, als er einen Moment lang genau über ihm stand, in den Rücken und riß ihn vom Pferd.
Mit einem Aufschrei ging Freddy zu Boden, das Pferd verlor den Halt und stürzte auf die anderen Männer.
»Erschieß ihn!« brüllte Roberts. George riß das Gewehr hoch und feuerte, verfehlte jedoch den Schwarzen und traf das Pferd.
Sie brauchten Goorari nicht mehr zu erschießen. Er war an den Sattelknauf gefesselt gewesen, und das unglückselige Pferd hatte ihn in seinen letzten Zuckungen mit den Hufen getroffen und ihm das Genick gebrochen. Er war tot.
»Helft mir«, schrie Freddy. »Das Pferd quetscht mir alle Rippen! Heilige Mutter Gottes, mein Bein ist gebrochen!«
Baxter wollte dem Freund zu Hilfe eilen, aber George hielt ihn zurück.

»Wir haben keine Zeit. Hier bricht jeden Moment die Hölle los, wenn die anderen merken, was passiert ist.«
»Wir können ihn doch nicht einfach liegenlassen«, kreischte Baxter. »Sie werden ihn kriegen.«
»Er wird's sowieso nicht mehr lange machen«, erklärte George lakonisch. »Und wenn du ihm nicht Gesellschaft leisten willst, mach, daß du in die Gänge kommst.«
Baxter warf einen letzten unsicheren Blick auf die schreckliche Szene. »Tut mir leid, Kumpel«, sagte er und wandte sich ab. Er zurrte seinen Gefangenen wieder am Sattel fest und machte, daß er fortkam. Freddys Schreie gellten ihm noch lange in den Ohren.
Am Abend schlugen die drei Männer ein Lager auf. Boyd zeigte sich hocherfreut über seine Beute, wußte aber, daß sie noch nicht außer Gefahr waren. Nach einem hastigen Mahl packten die Männer wieder zusammen und brachen auf. Boyd wollte in einem weiten Bogen um Oberon herum nach Westen reiten.
Sein Ziel war Bunya-Creek, eine neue Goldgräbersiedlung am Fitzroy River. Den ganzen Weg über setzte Boyd den Gefangenen zu, erzählte von weißen Frauen, die getötet worden waren, gab ihnen zu essen und scherzte mit ihnen, bis sie ihm ein klein wenig Vertrauen schenkten. Er brachte ihnen neue Vokabeln wie »Ja« oder »töten« bei und ließ sich von ihnen zeigen, wie man mit dem Speer umging. Die verwirrten Aborigines, beide erst Anfang Zwanzig, ahnten nicht, daß sie für einen üblen Zweck mißbraucht wurden.
Baxter begriff allmählich, daß sie Helden waren, weil sie die Mörder Jeannies und Claras gefangen hatten, und schob jeden Gedanken an Freddy beiseite. Ohne Bahre hätten sie den Freund wirklich nicht wegschaffen können, und jede Verzögerung hätte sie der Rache der Schwarzen ausgeliefert. Also beteiligte Baxter sich an dem Spaß, die Gefangenen zu unterrichten, und bald schon kannten diese Worte wie »Futtern«, »Feuer«, »brennen«, »Speer«, »Frau« und ähnliches, obwohl ihnen die Bedeutung nicht klar war. Es ging lediglich darum,

zu demonstrieren, daß diese zwei die Sprache der Weißen ein wenig beherrschten, ohne Nötigung befragt worden waren und die Verbrechen gestanden hatten.
Boyd hatte keine Eile, vorwärts zu kommen, der Sprachunterricht war ihm wichtiger, und so trafen die Männer mit ihren Gefangenen im Schlepptau erst vier Tage später in der Goldgräbersiedlung ein.
Die Goldgräber, ihre Frauen und Kinder kamen in Scharen herbei und starrten entsetzt auf diese zwei gefährlich aussehenden, pechschwarzen, nackten Bestien. Zufrieden mit dem Effekt dieses Auftritts, lieferte Boyd Roberts die Gefangenen ab.
»Ich habe meine Pflicht getan«, erklärte er. »Ich halte sie für schuldig, aber das müßt ihr entscheiden.«
Rasch wurde ein Gericht einberufen, ein Femegericht besser gesagt, und vier Männer, darunter ein nervöser Minenaufseher, wurden zu Richtern erkoren.
Boyd Roberts und sein Gefolge nahmen nicht daran teil. Sie fanden es auch ratsam, den toten Freddy nicht zu erwähnen. Boyds Kalkül ging auf, die Verhandlung war die reinste Farce. Auf die Gefangenen prasselte ein Gewitter von Fragen herab, und weil die verängstigten Kerle kein Wort von alledem verstanden, nickten sie immerzu, antworteten brav mit den neuerlernten Wörtern und zogen sich mit jeder einstudierten Phrase den Strick fester um den Hals.
Man sprach sie schuldig und wollte sie aufknüpfen. Der Minenaufseher stimmte dagegen und wollte die Gefangenen lieber nach Rockhampton bringen lassen, aber er wurde von der Menge niedergebrüllt. Die Menschen hatten Blut geleckt und wollten die Männer hängen sehen.
Stricke wurden über die stärksten Bäume geworfen, und ein frommer Christ mußte vortreten und die Bibelstelle über die Verdammten lesen, damit die Urteilsvollstreckung eine förmliche Note erhielt.
Die zwei Aborigines vom Stamme der Kutabura, Söhne des großen Volkes der Darambal, erkannten nun, was ihnen be-

vorstand und ergaben sich in ihr Schicksal.
Über ihnen kreisten Hunderte von rotschwänzigen Kakadus. Der Vogelschwarm wuchs zu einer riesigen Wolke an, die bald die Sonne verdunkelte, dann stob er auf und schraubte sich unter Kreischen und Krächzen in das Blau des Himmels. Die Weißen nahmen keine Notiz von den Vögeln, aber die Kutabura standen aufrecht und tapfer, getröstet, daß ihr Totem-Volk sie nicht verlassen hatte und sie in die Traumzeit begleiten würde.
Boyd wartete die Hinrichtung nicht ab. Er wollte mit seinen Männern so schnell wie möglich nach Rockhampton zurück.
Unterwegs brachten er und George die Sprache auf Freddy, um Baxters Reaktion zu testen. Wie erwartet, machte Baxter sich wegen des Freundes die größten Vorwürfe, insbesondere, weil er mit seiner Schwester so gut wie verlobt war und nicht wußte, wie er ihr die schlechte Nachricht beibringen sollte.
Es gelang Boyd und George, den etwas tumben Burschen davon zu überzeugen, besser nichts über die Umstände von Freddys Tod zu verraten.
»Wenn es eine Untersuchung gibt«, meinte Boyd gelassen, »sagen wir einfach, daß wir hinter den Mördern her waren.«
Der naive Baxter machte keinerlei Einwände und nickte heftig. Das rettete ihm das Leben.
Andernfalls hätte Boyd ihn beseitigen lassen. Dummheit war eine bequeme Sache, fand Boyd. Aus solchen Reihen rekrutierte er seine Leute. George war zwar nicht besonders helle, aber treu und ergeben wie ein Hund, und immer auf seinen Vorteil bedacht.
Boyd sprach Baxer noch einmal auf seine Heiratsabsichten an und fragte ihn, ob er denn nicht wüßte, daß auf die Ergreifung der Mörder eine Belohnung ausgesetzt sei. Er, Boyd, wolle auf seinen Anteil verzichten, aber Baxter und George hätten sich ihren redlich verdient. Außerdem würde er Baxter noch Freddys Anteil geben, sozusagen als Mitgift für dessen Schwester.
»Riesig nett von Ihnen, Boß.« George war beeindruckt.
»Sechsundsechzig Pfund«, sagte Boyd zu Baxter. »Wenn wir

nach Hause kommen, kriegt ihr euren Lohn, und dann habt ihr beide noch einen Bonus verdient. Ihr habt eure Sache wirklich gut gemacht, wir hätten da oben in den Bergen auch getötet werden können. Was sagst du dazu, George, wenn ich für jeden von euch die Summe auf hundert Pfund aufrunde?«

»Damit wüßte ich schon was anzufangen.« Baxter grinste verschmitzt. »Ich könnte ein Häuschen in Brisbane kaufen und noch was zurücklegen.«

»Deine Braut wird glücklich sein«, meinte Boyd. »Du warst ein guter Arbeiter, Baxter. Ich lass' dich ungern gehen. Und wenn du mal was brauchst, wende dich ruhig an mich.«

»Herzlichen Dank, Mr. Roberts.« Baxter strahlte wie ein Honigkuchenpferd. Dann ging ein Schatten über sein Gesicht. »Und was ist mit Freddy? Was soll ich seiner Schwester sagen?«

»Man spricht von neuen Goldfunden oben am Cape River«, erklärte Boyd. »Sag ihr, Freddy will sein Glück dort versuchen.«

Um Baxter ganz in Sicherheit zu wiegen, tat Boyd so, als überlege er laut. »Ich würd's ja selbst auch gern versuchen. Aber zuerst muß ich mich um meine Angelegenheiten vor Ort kümmern. Ich darf mich von diesem Gartenzwerg Cosmo nicht fertigmachen lassen. Erst kommt die Politik, dann alles andere.«

Die Männer ritten weiter, jeder hing seinen eigenen Träumen nach. Am Fluß wartete bereits die Fähre, mit der sie nach Rockhampton übersetzten.

ZEHNTES KAPITEL

Ein Sturm ohnmächtiger Entrüstung und Trauer fegte durch die Berge und ließ eine Spur von Angst und Verbitterung zurück. Die Eingeborenen zogen stumm und gebrochen durch das idyllische Tal, das ihre Vorfahren seit Generationen bewohnt hatten, und standen fassungslos vor den leblosen Körpern im blutgetränkten Sand. Dann trugen sie sie behutsam fort, nicht ohne das geschändete Ufer zur Versöhnung der Geister wieder mit Zweigen zu glätten. Denn dieser Boden war nie zuvor durch einen Kampf entweiht worden.

Andere blieben furchtsam im Schutz der Bergkämme und Hänge zurück. »Es hat begonnen«, riefen sie. »Sie verfolgen uns! Wir müssen auf die andere Seite fliehen!«

»Nein!«, mahnten andere, entschlossenere Stimmen. »Wir fliehen nicht mehr. Wir bleiben und kämpfen!«

Auch bei den hastig einberufenen Versammlungen gab es diesmal keine Gegenstimmen. Der alte Mann war in die Traumzeit gegangen, und Harrabura hatte sich an einen geheimen Ort zurückgezogen. Wodoro nahm als Zuhörer teil, in Entscheidungen von solcher Tragweite mischte er sich jedoch niemals ein. Insgeheim gab er ihnen recht: Es war an der Zeit, zu kämpfen. Der brutale Mord an ihren beiden Stammesgenossen durfte nicht ungesühnt bleiben.

Man hatte die Leichen von Goorari und dem Weißen neben dem toten Pferd gefunden und daraus geschlossen, daß Goorari im Kampf für die Freiheit gefallen war. Sie waren stolz auf ihn. Sein Heldentum war ihnen ein Ansporn. Überall arbeiteten die Männer fieberhaft an ihren Kriegswaffen; die Frauen spitzten die Steine zu, um sie dann mit bienenwachs- und harzgetränktem Menschenhaar an schlanken, biegsamen Stämmen zu befestigen. Wieder andere fertigten kurze Hartholzspeere mit gefährlich gezackten Köpfen an.

Wodoro mußte bleiben. Zwar hatte er sein Versprechen, mit dem Boß von Oberon zu sprechen, noch nicht eingelöst, aber

dafür war es wohl auch zu spät. Er hatte beschlossen, auf die Rückkehr Harraburas zu warten, um alles weitere mit ihm zu besprechen.
Auf den Bergen bezogen Wachposten Stellung, um weitere Übergriffe der Weißen auf ihr Gebiet zu vereiteln. Währenddessen nahmen die Kriegsvorbereitungen ihren Lauf. Sobald sie abgeschlossen waren, würden die Aborigines einen massiven Vergeltungsschlag gegen die nächstgelegene weiße Siedlung führen. Die Oberon-Farm sollte vollständig vernichtet und das verhaßte Vieh vertrieben werden.
Wodoro empfand kein Mitleid mit den Weißen. Zwei ihrer Frauen waren getötet worden; dagegen standen auf ihrer Seite acht schwarze Frauen, zwei Kinder und neun Männer, einschließlich der beiden Gefangenen, für die es sicherlich keine Rettung gab. Der weiße Mann hatte diesen Krieg begonnen, indem er zuerst friedliche Familien vertrieben und jetzt einen heimtückischen Angriff geführt hatte. Nun mußte er auch die Folgen tragen.
Aber der Krieg kam schneller als gedacht. Ihre Vorbereitungen waren noch nicht abgeschlossen, da meldeten Späher, weiße Männer seien im Anmarsch. Dieses Mal trugen sie rote Uniformen.
Soldaten! Ausgebildete Kämpfer! Wodoro eilte zu den Beobachtungsposten, um sich selbst davon zu überzeugen. In der Ferne erkannte er einen kleinen Trupp, der unbeirrt auf die Berge zuhielt. Wodoro griff sich an die Stirn. Die Weißen mußten verrückt sein. Er konnte nur acht oder neun Reiter ausmachen. Der vorige Angriff zwanzig Meilen weiter nördlich war von nur vier Männern ausgeführt worden, aber glaubten sie ernsthaft, das Massaker einfach wiederholen zu können? Damals war der Überraschungseffekt auf ihrer Seite gewesen, diese Rotröcke ritten jedoch geradewegs in ihr Verderben.
Dann sagte Wodoro sich, daß diese Männer möglicherweise gar nicht ahnten, wie viele Schwarze in den Bergen hausten. Schon bald würden sie einen sehr unangenehmen Denkzettel

verpaßt bekommen. Trotzdem mahnte Wodoro die Späher zur Vorsicht. Diese Männer waren Krieger, sie waren auf der Hut und geschult im Gebrauch von Feuerwaffen.
»Laßt mich zuerst mit ihnen sprechen«, schlug er vor. »Vielleicht gelingt es mir, sie fortzuschicken.«
»Willst du sie etwa warnen?« murrte ein Kutabura mißtrauisch. »Sollen wir um unsere Rache gebracht werden?«
Wodoro sah sich plötzlich von finsteren Gesichtern umringt. Schon einmal hatte er sich durch ein ähnliches Angebot in Gefahr begeben. »Es war nur ein Vorschlag«, wiegelte er ab.
»Die Ehre unseres Volkes steht auf dem Spiel«, rügte man ihn. »Wir wollen die Weißen ein für allemal vertreiben.«
Während Wodoro sich bedrückt zurückzog, klang dieses »ein für allemal« noch in seinen Ohren nach. Er wußte, daß der Kampf aussichtslos war. Aber er gönnte seinen Stammesbrüdern die Hoffnung auf Vergeltung. So viel Leid hatten sie ertragen, daß sie sich einfach wehren mußten, und wenigstens würde ihr Name in die zunehmend verblassenden Legenden eingehen.
Wenn er doch bloß Harrabura finden könnte. Doch niemand schien zu wissen, wohin er sich zurückgezogen hatte.

Harrabura und seine drei Gefährten waren in den äußersten Südosten der Berserker Ranges gezogen, wo die Hänge steil ins flache Buschland abfielen, das den Fitzroy River säumte. Die Ortschaft lag am anderen Ufer, aber auf ihrer Seite begann der Pfad, der an den Bergen vorbei zur Nordküste führte. An einer einsamen Stelle bezogen sie im Gebüsch Posten, um den Weg zu beobachten.
Harraburas Begleiter waren höflich, aber ungeduldig. »Warum warten wir hier?« fragten sie. Harrabura schwieg. Er saß im Schneidersitz auf dem Boden und war in eine Art Trance gefallen. Er fastete, nahm nur Wasser zu sich und murmelte leise Beschwörungen.
Charlie Penny war dem Tode nah, das spürte Harrabura. Er wußte nicht zu erklären, warum er ausgerechnet zu diesem

Ort getrieben worden war. Er folgte lediglich einer Eingebung, die ihm sagte, daß er hier an dieser Stelle ausharren mußte.
»Es ist mir bisher nicht offenbart worden«, sagte er, und seine Begleiter mußten sich mit dieser Antwort begnügen.

Sie konnten nicht wissen, daß Roberts mit seinem Troß eine leichtere Route in die Berge genommen hatte. Von Oberon aus war der Anstieg steil und beschwerlich, und auf halber Höhe führte der Weg durch dichten Regenwald.
Die Soldaten schlugen sich fluchend einen Weg durch die Ranken und zähen Schlingpflanzen. Die Pferde fanden oftmals keinen Halt auf dem modernden, übelriechenden Pflanzenteppich und rutschten aus. Gewaltige überhängende Feigenbäume und uralte Buchen zwangen sie immer wieder zu Umwegen. Paul hingegen war wie verzaubert und wünschte, Gus könnte diesen wunderbaren, unberührten Wald an der Peripherie seiner Ländereien sehen. Er schätzte einige der Bäume auf mehrere hundert Jahre.
Palmen und Bambussträucher knackten bedrohlich, unzählige Vögel kreischten und keckerten, und das Tageslicht sickerte durch das gigantisch gewölbte Blätterdach wie durch die bunten Fenster einer mächtigen Kathedrale.
»Einfach unmöglich«, schimpfte Gooding und duckte sich im Sattel, um den triefenden, herunterhängenden Ästen auszuweichen. »Wir sollten umkehren.«
»Es dauert nicht mehr lange«, meinte Tyler, der sich insgeheim an Goodings Unbehagen weidete. »Weiter oben lichtet es sich.« An Paul gewandt, fragte er: »Wem gehört dieser Urwald eigentlich?«
»Mir«, erwiderte Paul, »aber ich war auch noch nie hier oben.«
»Diese Zedernbestände sind phänomenal«, bemerkte Tyler. »Wirklich, die sind ein Vermögen wert. Sie sollten sie fällen lassen.«
»Ja, ja«, murmelte Paul wenig begeistert.
Einige Stunden später lichtete sich der Wald tatsächlich, nur

noch vereinzelt ragten dürre Gummibäume in den Himmel. Sie überquerten den Hang und gelangten an eine breite Schlucht, durch deren Talgrund sich ein seichter Fluß wand. Gooding beschloß, dem Flußlauf zu folgen. Auch diesmal widersprach Tyler. »Reine Zeitverschwendung. Da geht's nicht weiter.«

»Woher wollen Sie das wissen?« fragte Gooding.

»Sehen Sie mal da«, Tyler wies auf den Wald über ihnen. »Die kahle Felswand dort. In der Trockenzeit ist das sicher ein Wasserfall. Wenn wir dem Flußlauf folgen, landen wir in einer Sackgasse.«

»Wir sind schließlich nicht hier, um das Gebirge zu überqueren. Wir wollen lediglich ein paar Schwarze aufstöbern. Die können wir ebensogut hier suchen.«

Paul sah sich unruhig um. »Alles ist so verdammt ruhig«, meinte er. »Eigentlich hätten wir längst Schwarze zu Gesicht kriegen müssen.«

»Die halten sich sicher versteckt«, bemerkte Tyler. »Ich würdes es an ihrer Stelle genauso machen. Eigentlich sollten wir die weiße Flagge zeigen.«

»Fabelhaft«, knurrte Gooding. »Sie meinen wohl, die respektieren das.«

»Die denken, wir trocknen unsere Wäsche«, scherzte ein Soldat.

Auf Goodings Befehl ritten sie nunmehr im Wasser flußaufwärts. Fette Fische sprangen platschend vor ihnen aus dem Wasser, als die Pferde vorsichtig den großen Kieseln auf dem Grund auswichen und der sandigen Böschung zustrebten, wo sich dichtes Gras bis zur Buschgrenze hochzog.

Der Busch wirkte friedlich in der sirrenden Mittagshitze, dennoch waren die Männer auf der Hut. Sie hatten nicht einen Aborigine gesichtet, obwohl sie bereits an mehreren verlassenen Feuerstellen vorbeigekommen waren.

Die Soldaten fanden, sie seien jetzt weit genug marschiert, und Gooding stimmte ihnen zu. »Was nun?« fragte er Paul. »Sie scheinen ja alle in Deckung gegangen zu sein.«

»Wenn wir ruhig weitergehen«, sagte Paul, »signalisieren wir unmißverständlich, daß wir keine Eile haben. Sie müßten doch wissen, daß es uns nur um die Übeltäter geht. Das haben wir schließlich allen Freigelassenen mit auf den Weg gegeben.«
»Das meinen Sie!« war Goodings Kommentar.
»Sapperment!« rief einer der Soldaten aus. »Das reinste Anglerparadies hier. Der Fluß wimmelt von Fischen, die könnte man mit dem Netz fangen!«
Das erinnerte Paul schmerzlich an Jeannie. »Laßt jetzt die Fische und haltet die Waffen griffbereit«, sagte er barsch.
Gooding nickte zustimmend. MacNamara war wohl trotz der besessenen Suche nach den Tätern nicht ganz blind für die Gefahren, die überall lauerten. Gus hatte ihm von der Erschießung des schwarzen Gefangenen erzählt, und so bedauerlich dieser Vorfall auch war – er hatte auch sein Gutes gehabt. Der kaltblütige Mord hatte MacNamara endlich aufgerüttelt und zur Einsicht gebracht, daß seine privaten Rachegelüste zwangsläufig weitere Vergeltungsschläge nach sich ziehen und noch mehr Unschuldige das Leben kosten würden.
Dennoch blieb er in seinen Stimmungsschwankungen unberechenbar. Im nachhinein mußte Gooding Tyler recht geben. Paul hätte nicht mitkommen dürfen, aber was konnte er als einfacher Beamter schon machen? Die Viehbarone gaben hier den Ton an, und ihre Beziehungen reichten oftmals bis in die Regierungsspitze.
»So kommen wir nicht weiter«, meinte er zu Paul. »Wir sollten sie einfach rufen. Wir werden bestimmt von ihnen beobachtet.«
»Versuchen könnte man es«, stimmte Paul zu.
Der Trupp hielt an, und Gooding ritt ein Stück voraus, um den allgemein gebräuchlichen Buschruf auszustoßen. Er formte mit den Händen einen Trichter vor dem Mund. »Kuu-ii! Kuu-ii!« schallte es durch die Berge. Obwohl Gooding den Ruf mehrere Male wiederholte, wurde er nicht erwidert. Das Schweigen hing wie ein böses Omen über ihnen.
»Verflucht noch mal!« stieß Paul hervor. »Sie müssen doch

merken, daß wir ihnen nicht an den Kragen wollen!«
»Das kann ihnen doch egal sein«, meinte Tyler. »Da, wo ich herkomme, wären die Schwarzen inzwischen aufgetaucht, wenn sie verhandeln wollten. Ich würde zwar gerne die Gegend hier weiter erforschen, aber ich halte es für klüger, umzukehren.«
»Nein!« entfuhr es Paul. »So schnell dürfen wir nicht aufgeben. Wir müssen irgendwie Verbindung mit ihnen aufnehmen.«
»Wenn Sie all die friedfertigen Schwarzen nicht in die Berge gejagt hätten, müßten Sie sie jetzt nicht suchen«, bemerkte Tyler spitz und ignorierte Pauls wütende Reaktion. »Ich gebe Ihnen den guten Rat: Lassen Sie sie erst mal in Ruhe. Reiten Sie heim, nehmen Sie Ihre Arbeit wieder auf und lassen Sie die Leute wieder an Ihre Wasserstellen und andere vertraute Plätze. Wenn sich alles normalisiert hat, können Sie auch mit ihnen reden.«
»Das kann Jahre dauern«, knurrte Paul.
Tyler zuckte bedauernd die Achseln. »Das stimmt.«
Der Lieutenant stand an einer Flußbiegung und bedeutete ihnen, näher zu kommen. »Sehen Sie sich das hier mal an!«
Sie ritten zu ihm hin und fanden sich unvermittelt vor einer senkrecht aufragenden Felswand, an deren Fuß sich ein idyllischer, von riesigen Palmen umstandener kleiner See aufgestaut hatte. Aus Spalten in der Felswand sprossen uralte Farne unterschiedlichster Sorte.
Gooding musterte die Umgebung. Der Weg geradeaus war durch die Felswand zwar blockiert, aber zu beiden Seiten fiel das Land flach ab. Entweder hatte sich der Felsen vor Urzeiten gesenkt, oder der Untergrund hatte sich aufgefaltet und diese natürliche Barriere gebildet. Gooding rechnete nach wie vor mit der Möglichkeit eines Überfalls, aber selbst wenn der Angriff von hinten kam, stand ihnen nach rechts und links ein Fluchtweg offen.
»Sehen Sie? Ich hatte recht!« triumphierte Tyler. »Das ist die Wand, die wir vorhin gesehen haben. Die Quelle liegt ziemlich

hoch. Der Hauptwasserfall ist zwar versiegt, aber auf halber Höhe gibt es noch einen, der unterirdisch gespeist wird und diesen Fluß hier am Leben erhält.«

Aus einer Felsenhöhle plätscherte ein spärliches Rinnsal etwa sieben Meter tief in den jadegrünen kleinen See; über dem im Sonnenlicht glitzernden Wasser wölbte sich ein kleiner Regenbogen.

Tyler starrte nachdenklich nach oben und meinte versonnen: »In der Regenzeit muß das ja ein mächtiger Wasserfall sein. Kein Wunder, daß das Flußbett so breit ist. Sobald die Regenfälle einsetzen, wird das hier zum reißenden Strom.«

Paul stimmte ihm zu, verspürte aber keine besondere Lust, sich über landschaftliche Schönheiten auszulassen. Sie mußten wohl umkehren, und er hatte Gooding im Verdacht, Tylers Rat absichtlich in den Wind geschlagen zu haben, um sich einen Grund zum Rückzug zu verschaffen. Goodings routinierte Anweisungen an seine Leute bestätigten seine Vermutung.

»Wir werden hier biwakieren«, verkündete er.

Einer der Soldaten wies auf einen schmalen Sandstreifen am Fuß der Felswand. »Da drüben wär's noch geschützter.«

»Allerdings«, entgegnete Gooding. »Denken Sie doch mal nach, Mann. Der ideale Platz für einen Hinterhalt. Das Wasser ist hier verdammt tief. Wenn sie flußaufwärts kommen, bleibt uns nur der Weg nach rechts. Das haben die sich bestimmt so ausgerechnet und lauern uns auf. Nein, wir lagern hier. Rory, binden Sie die Pferde an, aber ohne Fußfesseln. Zwei von Euch bleiben bei ihnen, während sie grasen. Vier Wachen rund um die Uhr. Inzwischen machen wir Feuer und kochen.«

Gegessen wurde in zwei Schichten. Paul und Tyler wurden zum Wachdienst abgestellt. Als sie sich später hinlegen wollten, gab Gooding neue Anweisungen. »Ihr wißt ja Bescheid«, sagte er zu seinen Leuten. »Bereitet die Attrappen vor.«

Paul ballte die Fäuste. Der erfahrene Offizier kannte sich aus; es war in unsicheren Gebieten üblich, nachts in Decken gehüllte Attrappen ans Feuer zu legen und sich im Schutz der

Dunkelheit zum Schlafen ins Gebüsch zurückzuziehen. Paul akzeptierte die Vorsichtsmaßnahme, fühlte sich aber hintergangen. Offenbar hatte Gooding in diese Expedition nur eingewilligt, um ihn zu beschwichtigen, und morgen würde alles vorbei sein. Er hatte Gooding, der allgemein als sturer Beamter galt, anscheinend falsch eingeschätzt.

Paul suchte sich unter dem hohen Farnkraut einen bequemen Platz und wickelte sich in seine Decke. Sein Gewehr lag griffbereit. Die anderen waren in der Nähe, das eigentliche Lager war menschenleer. Nur zwei Soldaten hielten irgendwo versteckt Wache.

Paul konnte nicht einschlafen. Die Stille war ihm unheimlich, obwohl er es gewohnt war, unter freiem Himmel zu schlafen. Er war geradezu erleichtert, als er die Wachen flüstern hörte, und zwang sich, an den morgigen Tag zu denken.

Sollte Gooding nur umkehren; er würde jedenfalls hierbleiben. Die Gefahren schreckten ihn nicht.

Wie sollte er denn weiterleben, ohne Jeannies Tod zu sühnen? Er konnte förmlich hören, wie sie ihn anspornte. Womöglich war ein einzelner sogar erfolgreicher als ein ganzer Trupp Soldaten, redete er sich ein. Er mußte zu den Schwarzen vordringen, zu den Ältesten, vor allem zu diesem alten Gorrabah, und sie zwingen, ihn anzuhören. Einen anderen Weg gab es nicht. Wenn er es nicht schaffte, hatte er eben Pech gehabt und bezahlte dafür mit dem Leben. In diesen grauen Morgenstunden war es ihm herzlich wenig wert. Voller Bitterkeit schloß er die Augen: Wenn er schon nicht schlafen konnte, wollte er sich zumindest ausruhen und Kräfte für den nächsten Tag sammeln.

Sie standen wie angewurzelt da und sahen sich fassungslos um.

»Das ist also ihre Antwort«, sagte Gooding.

»Verdammt!« murmelte Rory mit einem Schaudern. »Mein Gott! Ich hatte die zweite Wache und habe nichts gehört!«

Die Attrappen lagen von Speeren durchbohrt an der Feuerstelle. Andere Speere, die nicht getroffen hatten, steckten dicht daneben im weichen Boden.

Nach und nach traten sie alle aus dem Gebüsch und untersuchten die sandige Böschung auf Fußspuren. »Die müssen durch's Gestrüpp runtergekommen sein«, stellte Paul wütend fest. »Diese Dummköpfe!«

»Würd' ich nicht sagen«, entgegnete Gooding. »Wenn wir so blöd gewesen wären, uns ans Feuer zu legen, hätten wir jetzt drei Leute weniger. Wir kehren um. Hat gar keinen Zweck, hier herumzuhängen und sich nachts abmurksen zu lassen.«

»Keine schlechte Idee«, meinte Tyler. »Sehen Sie mal, da oben.«

Über ihnen stand eine Phalanx von Schwarzen, eine gespenstische Silhouette vor dem bleichen Licht des Morgens. Finstere Gestalten in Kriegsbemalung hatten über die gesamte Länge des Felsrückens Aufstellung genommen und blickten drohend auf die Weißen herab. Begleitet vom dumpfen Aufstoßen der Kriegsspeere skandierten sie ihre Gesänge, martialisch und mit unverkennbarem Hohn.

»Das sind ja Hunderte«, krächzte Gooding. »Sattelt die Pferde, Leute. Keine Panik, vielleicht sollen wir uns ja nur zurückziehen. Das können sie haben.«

In diesem Augenblick brach ein unglaublicher Lärm los, die Luft wurde zerrissen vom wüsten Geklapper der Rasseln und von rhythmischen Stockschlägen, mit denen die Aborigines die Trommeln ersetzten. Der Busch erbebte unter einem Höllenspektakel.

Die Männer rannten zu den Pferden, banden sie los und warfen ihnen die Sättel über. Da brach das Getöse schlagartig ab, ebenso unvermittelt, wie manchmal der Gesang der Zikaden verstummt. Die plötzliche Stille wirkte wie ein Schock. Eine Entscheidung lag in der Luft.

Die Männer saßen bereits im Sattel. Die Pferde wieherten und tänzelten nervös. Paul nutzte das Durcheinander. Ehe Gooding ihn aufhalten konnte, verließ er seine Deckung und trat an das Ufer des kleinen Sees.

Schutzlos stand er im Freien und rief den Eingeborenen hoch über ihm seine Botschaft zu.

»Ich bin MacNamara«, schrie er. »Einige von euch kennen mich. Ich wohne in dem großen Haus da unten«, er wies bergab. »Ich will mit euch reden!«
»Sind Sie denn verrückt?« zischte Gooding. »Sie können sich doch nicht verständlich machen. Lassen Sie uns schleunigst verschwinden!«
»Irgendwer muß es versuchen«, beharrte Paul, und blickte zu der dunkelhäutigen Horde auf. Sie zeigte keine Reaktion.
»Wo ist Gorrabah?« rief Paul verzweifelt. »Laßt mich doch mit Gorrabah sprechen!«

Wodoro stand mit den anderen Kriegern auf dem Felsen und blickte auf die jämmerliche Truppe herab. Von unten boten sie gewiß einen überwältigenden Anblick. Die Darambal waren trotz der mangelhaften Ernährung kräftige und schöne Männer, ihre glatte Haut glänzte und war nicht von eitrigen Pusteln verunstaltelt wie bei so vielen Eingeborenen nach dem Kontakt mit den schmutzigen Weißen. Stolz standen sie da und demonstrierten Kampfstärke. Zwar waren sie auf einen Angriff auf Oberon noch nicht vorbereitet, doch galt es, gewissermaßen als Auftakt der kommenden Kampfhandlungen, weiteren Weißen das Eindringen in ihr Gebiet zu verwehren.
Mit dem Angriff auf das Lager hatten drei junge Männer ihre Stärke demonstrieren wollen; einer von ihnen war Moongi, Gooraris Bruder, der neue Held der Kutabura. Die drei hatten damit geprahlt, drei weiße Männer im Schlaf getötet zu haben, aber als die Posten am nächsten Morgen noch immer neun Weiße ohne Anzeichen von Verletzungen zählten, wurde Moongi kräftig ausgelacht.
Er stand neben Wodoro, außer sich vor Zorn wegen der Blamage und nur allzu begierig, seinen Heldenmut zu beweisen. Den Speer in der Hand, fieberte Moongi dem Kampf entgegen.
Die Clans hatten sich rasch zusammengefunden. So gab es nicht nur die Phalanx der Krieger oben auf den Felsen, auch beiderseits des heiligen Sees hielten sich Männer in den Wäl-

dern versteckt. Trotz seiner Bedenken verspürte Wodoro freudige Erregung. Er fühlte sich an die großen Schlachten aus der Zeit seines Vaters und Bussamarais erinnert, als über sechshundert Krieger in den Kampf zogen.
Er hatte bereits mit den Ältesten gesprochen. Natürlich waren sie stark genug, um diese kleine Gruppe zu überwältigen, aber um welchen Preis? Er erinnerte seine Stammesbrüder an die Warnungen des Alten. Gewehre waren effektiver als Speere und ihre Kugeln tödlich. Wenn sie diese Weißen töteten, würden immer wieder andere nachrücken. Sollte man sie nicht besser vertreiben und ihnen signalisieren, wer Herr war in diesen Bergen? Vielleicht würden sie dann wegbleiben. Was wollten sie überhaupt in den Bergen? In den Tälern gab es doch genug Weideland für ihr Vieh.
Wodoros Einwände waren auf taube Ohren gestoßen. Der feige Angriff der Weißen vor ein paar Tagen machte diesen Kampf zu einer Ehrensache.
Fasziniert lauschte Wodoro den Rasseln, deren Getöse den Gegnern Angst einjagen sollte. Es funktionierte tatsächlich: Die Weißen traten den Rückzug an.
Das brachte Moongi nur noch mehr auf. Schlimm genug, daß er sich zum Gespött gemacht hatte, aber nun war er hier oben auf dem Felsen auch noch zum Zuschauer degradiert worden.
Neben Wodoro stand der junge Malliloora. Der Schützling Harraburas durfte ebenfalls nicht kämpfen. Er mußte vielmehr um jeden Preis beschützt werden, denn man unterwies ihn in der alten Geistersprache und in den magischen Riten, von denen Wodoro nichts verstand. Wodoro gab zwar Legenden, Riten und Stammesvorschriften weiter, aber Mallilooras Ausbildung war viel umfassender. Wenn Harrabura starb, würde der jetzt Fünfzehnjährige Hüter des Kutabura-Träumens werden. Er war scheu, schweigsam und wohlerzogen und dank rigorosen Trainings und ausgesuchter Kost ungewöhnlich stark.
Aber was war das? Einer der Weißen löste sich aus der Gruppe und rief ihnen etwas zu. Wodoro trat näher an den Rand des

Felsvorsprungs und blickte auf den Mann hinunter, der ganz allein da unten stand, schutzlos den Speeren ausgesetzt, falls die Männer die *woomeras* einsetzten, und er sah, daß es Paul war, der Boß von Oberon. Nicht Pace, kein Gespenst also. Er rief etwas, nannte sogar seinen Namen. Aber die anderen verstanden ihn natürlich nicht und fühlten sich provoziert. Wodoro bezwang seine Furcht – schließlich war es hellichter Tag – und hörte sich an, was der Mann zu sagen hatte.
»Ich will mit euch reden!« rief der Weiße, und Wodoro glaubte ihm. Schließlich waren die Frauen dieses Mannes getötet worden, und er suchte immer noch nach den Tätern. Wodoro wünschte sehnlichst Harrabura herbei. Wo steckte er bloß? Jetzt bot sich eine gute Gelegenheit, dem weißen Boß klarzumachen, daß diese Menschen hier keine Schuld an den Morden trugen.
Wodoro wandte sich verzweifelt an die Krieger, versuchte zu vermitteln. Aber wie konnte man in Kauf nehmen, diesen Weißen laufenzulassen, wo doch die Morde an den Kutabura vor zwei Tagen zu rächen waren? Die dunklen Gesichter blieben reglos, und Wodoros Bitte, die Chance zu nutzen und die festgefahrene Situation zwischen Weißen und Schwarzen zu klären, stieß auf taube Ohren.
Dann machte der weiße Boß einen großen Fehler. Er nahm den Namen eines Toten in den Mund. Blasphemie!
»Gorrabah!« rief er. »Laßt mich mit Gorrabah sprechen!«
Mit einem Satz war Wodoro an der Felskante. Das schockierte Raunen um ihn herum wurde zu einem wütenden Zischen.
»Du verdammter weißer Narr!« schrie er in Panik in der Sprache der Weißen. »Jetzt ist es zu spät! Macht, daß ihr wegkommt!«
Gooding und die anderen brauchten keine weitere Aufforderung. Sie spornten die Pferde an, riefen Paul zu, er solle sich beeilen, und preschten los. Zu Wodoros Verblüffung rührte Paul sich nicht von der Stelle. Er blieb am Ufer des kleinen Sees stehen und schrie: »Wer bist du? Sprich mit mir. Ich komme in friedlicher Absicht.«

»Diese Menschen haben deine Frauen nicht getötet«, rief Wodoro ihm zu. »Du mußt ...«
Ehe er aussprechen konnte, warf Moongi sich dazwischen. »Verräter!« kreischte er. »Er will sie warnen!«
Tief unten in der Schlucht galoppierten Goodings Soldaten mit angelegten Gewehren auf die Flußbiegung zu.
In rasender Wut zog Moongi Wodoro den Knüppel über den Schädel. Wodoro ging wie ein Stein zu Boden und stürzte über den Felsen in die Tiefe.

Nun brach ein wilder Tumult aus. Aufgrund der dramatischen Ereignisse auf dem Felsen brachen die Eingeborenen, die sich unten versteckt hatten, aus der Deckung heraus. Sie schleuderten ihre Speere gegen die Rotröcke und jauchzten vor Freude, als einer nach dem anderen fiel. Dann stürzten sie herbei, um ihnen endgültig den Garaus zu machen.
Tyler hatte Glück – der Angriff konzentrierte sich auf die Soldaten, und sein Gaul Greybeard war schneller als die rassigen Armeepferde. Er preschte mit gesenktem Kopf voran, als befände er sich auf dem Rennplatz und nicht in einem Flußbett. Tyler segnete insgeheim die harte Jugend seines Pferdes. Die Soldaten neben ihm waren in Bedrängnis: Entweder stolperten ihre Pferde, oder sie selbst wurden von Speeren getroffen. Alle feuerten wie wild um sich und trafen dabei viele der schwarzen Angreifer. Tyler schoß auf einen Schwarzen vor sich, der eben den Speer zum Wurf ansetzen wollte, und Gooding, der keine Zeit zum Nachladen hatte, warf sich das Gewehr über die Schulter und nahm die Pistole zur Hand. Mit Erfolg.
Urplötzlich stürzte Goodings Pferd mit einem Speer in der Flanke in den Fluß, und Gooding wurde abgeworfen. Rory, der vor Tyler ritt, hatte das Flußbett verlassen und hielt auf festen Untergrund zu. Im Zurückblicken sah Tyler, daß ein Soldat, der sein Pferd eingebüßt hatte, von einem Felsvorsprung aus seinem im Wasser strampelnden Offizier mit Gewehrfeuer Deckung gab.
Tyler empfand Hochachtung vor der Besonnenheit dieses Sol-

daten. Dennoch war Gooding zur Zielscheibe geworden, denn die aufgebrachten Schwarzen scherten sich im Kampfgetümmel nicht um Gewehrkugeln. Gegen jede Vernunft machte Tyler mit Greybeard kehrt und ritt zu Gooding zurück. Der warf ihm sein Gewehr zu und klammerte sich an den Sattel Greybeards. Angespornt von seinem Reiter, trug das Pferd die beiden hinter eine Felswand in Sicherheit. Das Dauerfeuer des braven Soldaten zwang die Schwarzen endlich zum Rückzug.
Goodings Pferd lag wiehernd im Fluß und kam nicht mehr auf die Beine. »Der Vorderlauf ist gebrochen«, konstatierte der Lieutenant, legte sorgfältig an und erlöste das Tier. Das Echo des letzten Schusses dieser Schlacht hallte noch lange durch die Schlucht. Ein reiterloses Pferd trabte unverletzt an ihnen vorbei. Als es den Stallgenossen witterte, kam es zurück und gesellte sich zu Greybeard.
»Das war's wohl«, murmelte Gooding. »Sonst hätten sie das Pferd nicht so einfach ziehen lassen.«
»Einfach so Schluß gemacht?« fragte Tyler ungläubig. Er keuchte noch vor Schreck und von der Anstrengung.
»Ja. Das ist üblich bei denen. Sie kämpfen nie bis zum bitteren Ende. Irgendwann ziehen sie sich einfach wieder zurück. Sonst wäre ich heute gar nicht hier. Ich wurde mal von einem Speer getroffen. Sie waren im Vorteil. Ich hielt mich schon für verloren, aber sie kamen nicht mehr zurück. Ich denke, das beruht auf irgendwelchen alten Stammesriten. Sobald der Gegner getroffen ist, ist die eigene Ehre wiederhergestellt und man geht zufrieden nach Hause. Heute herrschen ganz andere Sitten.«
»Sagten Sie nicht, Sie seien unter den Schwarzen aufgewachsen?« fragte der Soldat Tyler.
»Das schon. Aber im Lauf der Zeit bekamen sie engen Kontakt zu den Europäern. Ich hatte keine Ahnung, daß hier regelrecht Krieg herrscht.«
»Für die im Norden wäre das hier noch friedlich«, meinte Gooding verächtlich. »Sie haben ja keine Ahnung, mein Lieber, und ich bete zu Gott, daß man mich pensioniert, ehe die

da oben noch mehr Truppen anfordern.«

Der Soldat unterbrach sie. »Dürfen wir uns jetzt zurückziehen, Sir?«

»Nein, wir warten auf Versprengte.«

»Und wenn es keine gibt?«

Gooding überlegte kurz. »Rory wird's wohl geschafft haben, darauf möchte ich wetten. MacNamara war zu exponiert. Den haben sie wohl erledigt. Also bleiben noch vier. Jack und Tommy hat's erwischt. Sie wurden von Speeren durchbohrt.«

»Corporal Harvey auch, Sir. In den Rücken getroffen.«

»Bleibt noch der junge Donald. Hat ihn jemand gesehen?«

»Nein.«

»Zurück können wir nicht«, meinte Gooding. »Das wäre reiner Selbstmord. Also warten wir.«

Nach einer Weile, die Tyler wie eine Ewigkeit vorkam, schreckte sie ein reiterloses Pferd auf, das bergab in den Wald galoppierte.

»MacNamaras Pferd«, sagte Gooding. Tyler nickte stumm, die Angst schnürte ihm die Kehle zu. Er stand noch unter Schock und fürchtete einen erneuten Angriff der Schwarzen. Er war entsetzt, wie gelassen Gooding die Verluste hinnahm. Nicht die Verluste, die Toten! korrigierte ihn eine innere Stimme. Panik erfaßte ihn. Am liebsten hätte er sich auf sein Pferd geschwungen und wäre verschwunden. Sollte Gooding doch warten, wenn er darauf bestand.

Tyler blieb dann doch. Es mangelte ihm einfach an Kraft und Mut, allein zurückzureiten. Mit zitternden Knien setzte er sich zu den anderen und wartete.

Gegen Mittag befahl Gooding den Aufbruch. »Wir müssen los. Verdammter MacNamara!« stieß er verbittert hervor. »Warum ist er nicht mitgekommen? Stand einfach da und machte sich zur Zielscheibe. Der Mann muß sich insgeheim den Tod gewünscht haben. Ich hab' von Anfang an erklärt, daß wir eine ganze Armee bräuchten, um die Berge zu überwachen. Für die Toten kommt diese Einsicht leider zu spät. Vielleicht ist Donald doch noch entkommen und im Busch untergetaucht. Für die anderen können wir nichts mehr tun.« Er wandte sich an Tyler. »Danke, daß Sie mich gerettet haben. Ich bin in Ihrer Schuld. Als das Pferd stürzte, bekam ich einen Schlag auf den Kopf und war ganz benommen. Aber Ihr Pferd hat mich auf Trab gebracht. Ich dachte, das Biest zertrampelt mich. Kam auf mich losgeprescht wie ein wilder Stier.«

Tyler brachte ein mattes Lächeln zustande. »Ich wußte wirklich nicht, ob ich ihn zum Stehen kriege. Aber trotz seines Gewichts kann er praktisch auf der Hinterhand wenden.« Erleichtert stellte er fest, daß das Gespräch über Greybeard seine Nerven beruhigte.

»Das wäre ein gutes Zuchtpferd«, meinte Gooding. »Viel Erfahrung. Phantastisches Tier. Würden Sie mir aufhelfen? Mir ist etwas flau.«

»Können Sie denn reiten?« fragte Tyler.

Der Lieutenant verzog das Gesicht. »Um von hier wegzukommen? Gar keine Frage.«

Als sie ihm auf das Ersatzpferd halfen, sah er sich noch einmal mißtrauisch um. »Ich hab' MacNamara geglaubt, daß er mit den Schwarzen verhandeln könne. Warum zum Teufel hab' ich ihm das abgekauft?«

Ihr Weg den Berg hinunter führte durch dichten Busch und wurde immer wieder von tiefen Schluchten und Felsen versperrt, so daß sie Umwege in Kauf nehmen mußten. Dabei fühlten sie sich die ganze Zeit über von triumphierenden Schwarzen beobachtet. Die Männer waren zutiefst erleichtert, als sie in der Abenddämmerung endlich die Ausläufer des Gebirges erreichten. Aber so müde und hungrig sie auch waren, sie wagten nicht, in der Ebene haltzumachen. MacNamara fehlte ihnen als Führer. Sie mußten absteigen und mit den Pferden durch offenes Waldland laufen. Es blieb zu hoffen, daß die Richtung in etwa stimmte. Als die pechschwarze Nacht über ihnen hereinbrach, fluchten sie.

Paul MacNamara glaubte, es geschafft zu haben. Von den finsteren Kriegern ließ er sich ebensowenig einschüchtern wie vom Geklapper der Rasseln und Stöcke. Er kannte das alles. Ganze Scharen von Eingeborenen waren gelegentlich über Oberon hergefallen, hatten gestampft, geschrien und die Speere geschwenkt, sich aber jedesmal durch einen geschlachteten Ochsen besänftigen lassen. Vermutlich bereiteten die Schwarzen einen Angriff vor und wollten mit diesem Auftritt Zeit schinden, bis sie zum Kampf bereit waren. Für ihn zählte nur, daß er sie endlich gefunden hatte. Diesmal mußten sie ihn einfach anhören!

In seinem Eifer hatte er jedes Gespür für Gefahr verloren. Er hörte Gooding rufen, wollte aber seinen Platz um keinen Preis verlassen. Er stand unbewaffnet im Freien, das Gewehr hing am Sattel. Die Schwarzen konnten sehen, daß er ungefährlich war, sie mußten einfach darauf reagieren! In seiner Verzweiflung verlangte er nach Gorrabah, worauf einer der Schwarzen vortrat und ihn anbrüllte, und zwar auf englisch! Es antwortete tatsächlich jemand in seiner eigenen Sprache. Der andere beschimpfte ihn zwar, aber der Kontakt war hergestellt! Er hatte einen Dolmetscher!

Doch dann wurden seine Hoffnungen sofort wieder zunichte gemacht. Ohne Vorwarnung sprang ein anderer, wutentbrannter Krieger mit Geheul vor und versetzte dem ersten einen Schlag mit der Keule. Paul mußte hilflos mit ansehen, wie der Mann vom Felsen kippte, wie in Zeitlupe in die Tiefe trudelte und auf dem Wasser aufschlug.

Noch während Paul sich in rasender Eile die Stiefel auszog und in das kristallklare, eiskalte Wasser sprang, sausten die ersten Speere durch die Luft. Unbeirrt tauchte er zu der Stelle, an der der Mann untergegangen war. Einmal nur kam er hoch, um Luft zu schnappen. Er versuchte Wodoro so verzweifelt zu finden, als hinge sein eigenes Leben davon ab. Endlich entdeckte er den leblosen Körper, der von der Strömung weitergetragen worden war.

Er bekam einen Arm zu fassen und riß den Mann an die Wasseroberfläche. Fest entschlossen, nicht loszulassen, und immer wieder nach Luft schnappend, schwamm er mit dem Bewußt-

losen auf den Wasserfall zu. Er war sicher, hier irgendwo einen Felsvorsprung gesehen zu haben, an dem er sich festhalten konnte.
Aus sicherer Entfernung hatte der Wasserfall wie ein zarter Schleier gewirkt, aber in unmittelbarer Nähe prasselten die Wassermassen wie ein heftiger Hagelschauer auf Paul nieder und brannten in seinen Augen, während er blindlings nach einem Halt tastete. Ans Ufer konnte er sich nicht wagen, da lauerten die Eingeborenen.
Dann, endlich, fand er den Vorsprung.
Verzweifelt stieß er den schweren Körper nach oben, aber die glitschige, grüne Kante befand sich mehr als einen Meter entfernt über ihm. Sich selbst hätte er wohl hochziehen können, aber nur um den Preis, den Bewußtlosen loszulassen. Wie lange würde er noch durchhalten? Bestimmt waren die Lungen des Mannes voller Wasser, doch Paul konnte in dieser Lage beim besten Willen nichts für ihn tun.
Es gab nur zwei Möglichkeiten. Er ließ den Schwarzen ertrinken und rettete sich selber, oder er zog ihn quer über den See ans seichte Ufer und lieferte sich damit den Eingeborenen aus, die den Schwarzen offenbar als Feind ansahen. Das würde keinem von ihnen nützen, also versuchte er noch einmal, den leblosen Körper mit aller Kraft auf den Vorsprung zu stemmen.
Als das Gewicht plötzlich nachließ, glaubte Paul einen Moment lang, der Mann wäre wieder zu sich gekommen. Da tauchte über ihm ein dunkles Gesicht auf, und ein paar Hände zogen den Bewußtlosen nach oben. Zu Pauls Überraschung streckte der junge Eingeborene anschließend auch ihm die Hand entgegen. Er war überaus kräftig, und Paul hatte das Gefühl, er würde mittels einer Winde aus dem Wasser gezogen.
Der junge Mann hievte sich seinen Gefährten über die nackte Schulter, eilte mit seiner Last den Felshang hinauf und verschwand geduckt im Eingang einer Höhle. Paul folgte ihm. Als er sah, wie der junge Eingeborene den Ohnmächtigen zu Boden gleiten ließ und ihn schüttelte, um die Lebensgeister

wieder zu wecken, schob er ihn beiseite. Pace hatte seine Söhne in der fluß- und überschwemmungsreichen Gegend, in der sie gelebt hatten, schon früh die Grundbegriffe von Erster Hilfe gelehrt. Paul machte den Mund des Mannes frei, drehte ihn auf den Bauch und drückte ihm dann mit heftigen Pumpbewegungen das Wasser aus der Lunge. Er arbeitete fieberhaft, bis der Mann mit der riesigen Beule am Hinterkopf sich rührte und unter Husten und Würgen noch mehr Wasser ausspuckte. Paul setzte sich erleichtert zurück und grinste seinen Helfer an. »Er hat's geschafft«, meinte er, und der andere lächelte – als Zeichen, daß er verstanden hatte.

Als Wodoro schließlich zu sich kam und einigermaßen klar denken konnte, hatte er das Gefühl, sein Kopf sei auf Melonengröße angeschwollen. Er schlug die Augen auf, sah Paces Gesicht über sich und zuckte in panischem Schrecken zurück.

»Teufel!« kreischte er in der Sprache der Darambal.

Der junge Mann beruhigte ihn. »Nein, nein. Du hast nichts zu befürchten. Der Mann hat dich vor dem Ertrinken gerettet.«

Wodoro mußte das erst einmal verdauen. Dann nahm er all seinen Mut zusammen und wandte sich auf englisch an Paul.

»Wer bist du?«

»MacNamara. Von der Oberon-Farm.«

»Der Boß-Mann dort?« fragte Wodoro.

»Ja.«

»Hast du noch einen anderen Namen?«

»Ja. Ich heiße Paul.«

Wodoro war erleichtert, aber noch nicht ganz beruhigt.

»Wie kommen wir hier weg?« fragte Paul, denn er ahnte, daß er noch längst nicht in Sicherheit war.

»Frag Malliloora«, sagte Wodoro und schloß die Augen. Er war zu Tode erschöpft. Ihm fiel wieder ein, daß dieser Narr Moongi ihn angegriffen hatte. Hätte er doch bloß den Mund gehalten und den Dingen ihren Lauf gelassen.

»Der versteht mich nicht«, erwiderte Paul. Er brannte darauf, mehr über diesen geheimnisvollen, sprachkundigen Eingeborenen zu erfahren, doch leider war jetzt keine Zeit dazu. Die

beiden beratschlagten in ihrer eigenen Sprache.
Schließlich kam der ältere mühsam auf die Beine. »Wir beide stecken mächtig in der Klemme«, keuchte er. »Du bist ein verdammter Dummkopf!«
»Das hast du schon mal gesagt«, entgegnete Paul. »Wie heißt du?«
»Ich bin Wodoro«, antwortete dieser stolz. »Sehr wichtiger Mann. Aber heute nicht. Du hast alles verdorben. Dieser Mann hier ist vom Stamm der Kutabura. Malliloora. Er wird hoch geachtet. Du mußt ihm Respekt erweisen.«
»Natürlich.« Paul nickte dem jungen Mann höflich zu. Trotz aller Gefahr amüsierte er sich über die seltsam verschrobene Art Wodoros. »Er hat uns schließlich aus dem Wasser gezogen.«
Wodoro ging nicht weiter darauf ein. »Wir gehen jetzt mit ihm. Verdammt schnell!«
»Wohin denn?« fragte Paul.
Wodoro schüttelte den Kopf. »Verdammt, ich weiß es auch nicht!«
Vor ihnen verengte sich die Höhle zu einem Tunnel, den sie zuerst auf allen vieren und später auf dem Bauch entlangkrochen. Während sie sich auf den Ellbogen vorwärts robbten, machte Paul sich Gedanken über die beiden. Wenn sie wirklich so bedeutend waren, wieso mußten sie sich dann durch dieses Loch quälen? Als einfallendes Tageslicht das Ende des Tunnels anzeigte, atmete Paul erleichtert auf.
Malliloora zwängte sich ins Freie, aber Wodoro rührte sich nicht von der Stelle.
»Mach schon«, meinte Paul. »Ich ersticke hier hinten.«
»Dann erstick eben«, gab Wodoro zurück. »Wir können da nicht raus. Wir warten.«
»Auf was denn?«
Wodoro antwortete mit einem Wortschwall in seiner eigenen Sprache.
Vielleicht ist er müde, überlegte Paul, oder er ist es leid, immer englisch zu sprechen. Der Mann vor ihm streckte sich lang aus,

als lege er sich schlafen, und Paul beschloß, sich ebenfalls auszuruhen, wenn er sich auch vorkam wie ein Tier, das nachts in einem unterirdischen Loch Zuflucht gesucht hatte. Er machte sich Sorgen um Gooding und die anderen. Obwohl er seinen Alleingang nicht bereute, hoffte er, seine Kameraden dadurch nicht in Gefahr gebracht zu haben. Soweit er sich erinnerte, saßen sie schon in den Sätteln, als der Zwischenfall mit Wodoro den Angriff auslöste. Sie hatten sich garantiert rasch aus dem Staub gemacht, denn Gooding war viel zu sehr Berufssoldat, um lange zu zögern.

Es gab so vieles, was Paul Wodoro gerne gefragt hätte, doch wollte er ihn nicht verprellen. Ihm war klar, daß sie sich jetzt hinter den feindlichen Linien befanden und er allein nicht weit kommen würde. Es sah so aus, als müsse er sich in Geduld fassen, und das war nicht gerade seine Stärke.

ELFTES KAPITEL

Grace Carlisle besprach sämtliche Angelegenheiten mit ihrem Mann Justin, ob er sie nun verstand oder nicht. Das stärkte seine Selbstachtung. »Justin, mein Lieber«, begann Grace, »ich möchte mit dir über Laura sprechen. Leg bitte die Zeitung weg und hör mir zu.«

»Ich höre ja zu«, erwiderte Justin, über seine Zeitung gebeugt.

»Laura hat ein Problem«, fuhr Grace fort.

Justin blickte auf. »Ja, sie hat kein Geld mehr. Das arme Ding. Warum heiratet sie nicht einen von unseren Söhnen?«

»Die sind bereits verheiratet«, sagte Grace nachsichtig. »Ich habe ihrem Onkel William geschrieben, aber es wird Monate dauern, bis wir Antwort erhalten. Er wird ihr bestimmt helfen, da bin ich sicher, aber in der Zwischenzeit müssen wir etwas tun.«

»Ja, ja. William Maskey.« Justin lächelte in sich hinein. »Ist er immer noch mit dieser Kuh Freda verheiratet?«
»Sie ist gestorben, Justin.«
»Ja, richtig. Und Fowler Maskey ist auch tot. Wo steckt Hilda, seine Frau?«
»Sie lebt jetzt in Brisbane.«
Justin kicherte. »Die war ganz schön in William verknallt. Und aus Enttäuschung hat sie dann diesen Fowler geheiratet.«
»Das stimmt.« Die Geschichte war reichlich verzwickt gewesen. Grace konnte sich lebhaft an alles erinnern. Sie waren alle zusammen aufgewachsen, und Hilda hatte in der Tat ein Auge auf William geworfen. Als sie ihm in ihrer unverblümten Art ihre Liebe gestand, hatte er ihr erklärt, daß er Grace zu heiraten beabsichtige. Daraufhin hatte Hilda sich erbost an Williams Bruder Fowler herangemacht und ihn wenige Monate später geehelicht. Grace wiederum mochte William zwar sehr gern, empfand aber nichts weiter als Freundschaft für ihn. Justin war der Richtige, gutaussehend und spritzig. Sie liebte ihn aufrichtig, auch heute noch. Als Hilda damals von ihrer Verlobung erfuhr, wurde sie noch wütender und weigerte sich, an den Hochzeitsfeierlichkeiten teilzunehmen. Sie beschuldigte Grace, ihr Leben ruiniert zu haben. Zu spät, Hilda hatte bereits den falschen Maskey geheiratet.
Das alles war lange her, aber Hilda hatte Grace die Sache nie verziehen. Sie verkehrten wohl in denselben Kreisen und wahrten die Form, aber Freundinnen wurden sie nie wieder. Trotz seiner Ehe mit Freda war William Grace unverändert zugetan, und sie vertraute darauf, daß er eher ihr als Lauras Mutter Glauben schenken würde. Er hatte mit den Jahren eine Aversion gegen Hilda entwickelt und vermied jede Begegnung mit ihr. Aber er liebte Laura, seine einzige Nichte.
»Wir sollten das Haus der Maskeys in Rockhampton kaufen«, erklärte Grace.
»Ist das nötig?« fragte Justin. »Wir haben doch schon ein Haus in Brisbane.«
»Laura braucht ein Zuhause. Wir sollten zugreifen, ehe ein an-

derer es tut, und dann sehen, was William schreibt.«
»Wie du meinst.« Justin lächelte sie liebevoll an und versenkte sich wieder in seine Lektüre.
Grace hoffte von Herzen, daß William ihren Brief richtig verstehen würde. Sie hatte ihm Lauras Situation in aller Offenheit geschildert. Zugegeben, das Mädchen hatte kopflos gehandelt, aber das ganze Unglück war allein darauf zurückzuführen, daß Fowler sie unbedingt mit diesem Captain Cope hatte verheiraten wollen, der nach Graces Auffassung ganz und gar nicht der passende Mann für Laura war. Sie konnte sich lebhaft vorstellen, wie William reagieren würde, wenn er erfuhr, daß eine geborene Maskey nicht nur enterbt worden war, sondern dank ihrer sturen Mutter noch dazu völlig mittellos und ohne Zuhause dastand.
William war ein großzügiger Mensch und stolz auf den Namen Maskey. Er würde nicht zulassen, daß Laura sich verdingte, wie sie offenbar plante. Grace hatte absichtlich »verdingen« geschrieben, um William in Rage zu bringen, fand aber auch, daß es nicht einmal gelogen war. In der Hierarchie der reichen Viehzüchterfamilien standen Gouvernanten nur eine Stufe über den Dienstboten.
Dieses Problem war also für den Moment gelöst. Sie würden das Haus der Maskeys erwerben und es Laura freistellen, wieder in ihre eigenen vier Wände zurückzukehren. Sie würden auch für ein Darlehen sorgen, bis Nachricht von William eintraf. Wenn er anders als erwartet reagierte, müßte man weitersehen. Vorerst galt es, rasch zu handeln.
Grace setzte ein Schreiben an ihre Anwälte in Rockhampton auf, in dem sie ihnen Anweisung und Vollmacht für den Erwerb des Hauses in der Quay Street erteilte. Danach schrieb sie an Cosmo.
Es war ihr bislang nicht gelungen, einen weiteren Kandidaten ausfindig zu machen, der es mit Boyd Roberts aufnehmen konnte. Es sah so aus, als bliebe Cosmo die einzige Alternative, denn auch in Rockhampton wollte niemand gegen Roberts antreten. Aus verständlichen Gründen. Die kleine Gemeinde

wurde von der gegenwärtigen Arbeitslosigkeit hart getroffen. Auch wenn Permier Herbert rasche Abhilfe versprach, brauchte der Aufschwung seine Zeit. Grace fand es ausgesprochen peinlich, daß sich aus dem Kreis der Viehzüchter niemand zu einer Kandidatur bereit fand. Entweder war ihnen allen der Reichtum zu Kopf gestiegen und sie interessierten sich nicht für Politik, oder ihre Arbeit ließ ihnen tatsächlich keine Zeit dazu.

Beim Schreiben kam Grace der Gedanke, daß Cosmo womöglich auf die Kandidatur eines ihrer Söhne spekulierte, deshalb teilte sie ihm vorsorglich mit, daß die Familie traditionsgemäß damit beschäftigt sei zu expandieren und ein riesiges Areal an sattem Weideland im Norden zu kaufen gedenke. Sie erwähnte allerdings nicht, daß es innerhalb der Familie heftige Diskussionen darüber gab, wer auf Camelot bleiben sollte.

Justin war keine große Hilfe – er behauptete zwar, sich um Camelot kümmern zu können, aber das stand außer Diskussion. Armer Justin. Er hatte den Reichtum der Familie begründet, und nun wurde er zunehmend senil, was die Ärzte in seinem Alter völlig normal fanden. Normal? Grace war entsetzt, als sie das hörte, und schwor sich, ins Wasser zu gehen, sobald sie ähnliche Anzeichen bei sich selbst feststellte.

»Ich sehe da eine Möglichkeit«, schrieb sie an Cosmo. »Wir haben zur Zeit einen jungen Mann mit einer persönlichen Empfehlung vom Gouverneur zu Gast. Es ist Captain Leslie Soames, der ehemalige Berater von Gouverneur Bowen. Er hat den Dienst quittiert und möchte nun die politische Laufbahn einschlagen.«

Es war ein offenes Geheimnis, daß mancher junge Brite aus bester Familie weit weg in die Kolonien geschickt wurde, ehe er zu Hause irgendwelchen Schaden anrichten konnte. Soames gehörte allerdings nicht zu dieser Spezies, die von Zuwendungen aus der Heimat lebte, und dementsprechend pries Grace seine charakterlichen wie finanziellen Vorzüge. Sie verschwieg allerdings, daß sie persönlich ihn für einen Langweiler hielt, der andauernd mit seiner vornehmen Herkunft angab und mit

den Namen berühmter Adliger, angeblich seiner Verwandten, um sich warf.
Anfangs war es Grace nicht unlieb gewesen, daß Leslie sich um Laura bemühte, denn sie spielte gerne Ehestifterin. Bis ihre Schwiegertochter Pamela sie darüber aufklärte, daß Laura ihn sterbenslangweilig fand und ihn mit Hilfe von Graces Sohn Kevin abgewimmelt hatte. Der brauchte Leslie bloß zu stecken, daß Laura mittellos dastand, und prompt war Leslies Interesse erloschen.
Graces Gedanken wanderten zu Paul MacNamara, den sie vom ersten Augenblick an ins Herz geschlossen hatte. Ein gutaussehender, liebenswerter Mann mit viel Humor, dem es nichts auszumachen schien, eine alte Dame zum Empfang der Maskeys zu begleiten, und der sich wie ein vollendeter Gentleman benahm. Eigentlich hatte sie ihn als Gegenkandidaten vorschlagen wollen, aufgrund der letzten Ereignisse jedoch Abstand von dieser Idee genommen.
Paul war kalt und unnahbar geworden, nur darauf versessen, den Mörder seiner Frau zu finden. Sie mußte ihn von ihrer Wunschliste streichen. Blieb also nur noch Soames. Würde er Roberts schlagen, wäre sein Weg gemacht. Sollte er doch. Grace fühlte sich mit einem Mal zu alt und zu müde für politische Ränkespielchen.
Eine Woche später erhielt sie Nachricht aus Rockhampton und lachte Tränen, als sie die Einzelheiten über den Hauskauf erfuhr. Die Anwälte hatten ein Angebot gemacht, das auch akzeptiert worden war, doch sobald Hilda erfuhr, wer das Haus kaufen wollte, hatte sie versucht, den Preis in die Höhe zu treiben. Leon mußte wohl die Oberhand gewonnen haben, denn der Anwalt der Maskeys wurde in knappen Worten angewiesen, das Haus zum gebotenen Preis zu verkaufen.
Grace jubelte innerlich. Zum Glück war das Haus mitsamt der Einrichtung verkauft worden, das würde ihnen einige Mühe sparen.
Am Abend nahm sie Laura beiseite und schlug ihr vor, zur Rennwoche mit nach Rockhampton zu fahren. Laura hatte

sich bereits darüber Gedanken gemacht und ihre Antwort schon parat. Nein, sie würde lieber in Camelot bleiben. Sie wollte den Carlisles nicht mehr auf der Tasche liegen als nötig. Da platzte Grace mit der Nachricht heraus, daß sie das Haus in der Quay Street gekauft hatten.

Laura freute sich wirklich. »Mein Vater hat es gebaut, und es ist schön, daß es nun Freunden gehört.«

»Gut. Dann komm doch mit und wohn bei uns. Du kannst sogar dein altes Zimmer wiederhaben.« Grace nahm Lauras Hand. »Und falls du dort bleiben möchtest, kannst du das Haus für uns hüten, dann brauchen wir, wenn wir in der Stadt sind, nicht mehr in tristen Hotels abzusteigen.«

»Ich komme gerne mit.« Laura sprang auf und gab Grace spontan einen Kuß auf die Wange. »Du bist ein Schatz! Wenn es dir recht ist, werde ich in Rockhampton bleiben. Ich kann mir ja in der Stadt eine Stelle suchen.«

»Die hast du schon.« Grace bemühte sich, ernst zu bleiben. »Du wirst unsere Haushälterin.« Der Gedanke war ihr eben erst gekommen. Das Mädchen konnte unmöglich ohne einen Pfennig Geld in der Stadt leben, und es war schwierig, ihr welches aufzuschwatzen. »Wir müssen nur noch eine Köchin finden. Es schickt sich nicht für ein junges Mädchen, alleine zu wohnen.«

»Aha, es geht um meinen guten Ruf?« fragte Laura verschmitzt.

»Ja, dein guter Ruf ist ungemein wichtig«, erklärte Grace. »Ich will hoffen, daß du nicht noch einmal Dummheiten machst.«

Laura schüttelte den Kopf. »Ich glaube, ich bin geheilt.«

Grace hatte drei Söhne; ihre einzige Tochter, die jetzt in Lauras Alter gewesen wäre, war mit zwei Jahren an Gelbfieber gestorben. Grace drückte Hildas Tochter an sich. »Es wird alles gut werden. Wart's nur ab.«

Laura war sich da nicht so sicher. Sie freute sich ungemein, wieder nach Hause zu dürfen, wenn auch nur als Gast im eigenen Haus, aber der Gedanke an Paul MacNamara ließ sie nicht los. Resolut wie sie war, gab sie die Hoffnung nicht so schnell auf. Wenn er erst seinen Schmerz überwunden hatte, würde er wieder zu sich selbst finden. Und sie würde in Rockhampton auf ihn warten. Auf Camelot hatte sie eine Reihe ›akzeptabler‹ junger Männer kennengelernt, aber keiner gefiel ihr. Keiner, dachte sie traurig, könnte Paul je ersetzen. Sie mußte sich einfach in Geduld üben und hoffen, daß er eines Tages ...

Und dann kam die schreckliche Nachricht, daß es in den Bergen bei Oberon einen Kampf gegeben hatte. Die Truppe, die von Camelot aufgebrochen war, hatte sich ein heftiges Gefecht mit Eingeborenen geliefert. Vier Soldaten waren gefallen. Lieutenant Gooding, Tyler Kemp und zwei Soldaten hatten die Rückkehr nach Oberon geschafft, aber ohne MacNamara. Er war im Kampfgetümmel verschwunden, und irgendwann war sein Pferd reiterlos auf der Farm aufgetaucht.

Laura saß mit aschfahlem Gesicht da, während die anderen sich über das Unglück ausließen. Sie konnten von nichts anderem reden, Pauls Name fiel wieder und wieder. Grace Carlisle weinte, und Laura weinte mit ihr. Sie machte lange, einsame Spaziergänge oder schloß sich ein, um zu trauern. Paul war tot! Für Laura hatte das Leben keinen Sinn mehr. Sie wollte so schnell wie möglich weg von hier, zurück in ihr Elternhaus, um endlich allein zu sein. Erschrocken dachte sie an Pauls Worte bei ihrem letzten Wiedersehen ... er hatte auch allein sein wollen. Sie hatte sich ihm in seinem Kummer aufgedrängt und würde nun keine Gelegenheit mehr haben, ihn um Vergebung zu bitten.

Sergeant Hardcastle befahl Cope und dem kläglichen Rest seiner Eingeborenenpolizei, zu dem auch Stan Hatbox gehörte, dem Fitzroy River bis zur Mündung zu folgen und in dem besiedelten Küstengebiet zu patrouillieren. Er war zum gleichen Schluß gelangt wie Lieutenant Gooding: Die Eingeborenen, die in immer größerer Zahl in den Bergen Schutz suchten, würden bald gezwungen sein, an die Küste zu ziehen, um ihre Existenz zu sichern – und mit ihnen gingen die marodierenden Horden.

Cope, der lieber in Rockhampton bleiben wollte, versuchte, seinen Rang auszuspielen, aber Hardcastle ließ nicht mit sich spaßen. »Tun Sie endlich was für Ihren Sold! Sie haben Ihre Leute in unverantwortlicher Weise allein gelassen und drei Männer verloren. Sie mögen ja Captain sein, aber Sie sind immer noch bei der Polizei! Das Küstengebiet muß kontrolliert werden, und wenn Ihre Männer Scherereien machen und die Schwarzen grundlos angreifen, werde ich Sie zur Verantwortung ziehen und Ihnen den Sold kürzen.«

»Was ist mit Blackie? Er ist mein bester Fährtenleser.«

»Der bleibt hinter Schloß und Riegel, bis der Friedensrichter nach Rockhampton kommt und entscheidet, was mit ihm geschehen soll. Und nehmen Sie Charlie Penny mit. Ich kann ihn nicht mehr sehen!«

»Er will nicht aufstehen, er rührt sich einfach nicht mehr.«

Hardcastle griff nach seinem Revolver. »Ich werd' dem Kerl Beine machen! Versucht's wieder mal mit seinem Stammeszauber.« Er stürzte nach draußen und fand Charlie unter einem Baum liegen. »Aufstehen, Penny!« bellte er und feuerte einen Schreckschuß ab. Charlie zuckte nicht einmal zusammen.

Cope beugte sich über den Mann. »Er ist tot!« rief er entgeistert. »Mausetot!«

Hardcastle schob Cope beiseite und drehte Charlie auf den Rücken. »Heiliger Strohsack! Er ist wirklich tot!« Er zuckte die Schultern. »Das war's dann wohl. Die Männer sollen ihn begraben.«

Später trug er in sein Rapportbuch ein, daß Charlie Penny aus unbekannter Ursache verstorben war. Keine Verdachtsmomente.

Nach Ada Davies brauchte Hardcastle nicht lange zu suchen. Sie hockte vor einer Taverne auf der Bank und zog an ihrer Tonpfeife. Unverkennbar die Frau, die Amelia Roberts beschrieben hatte. Als er näher trat, grinste er. Kein Wunder, daß das Mädchen sich ängstigte, diese Gestalt würde sogar einen Geist das Grausen lehren.

»Guten Tag«, sagte er und tippte an seinen Hut. »Sind Sie Mrs. Davies?«
»Ja.«
»Wie ich höre, suchen Sie Ihren Mann? Wie ist sein Name?«
»Tom Davies«, sagte sie forsch. »Und er steckt noch irgendwo hier in Ihrer feinen Stadt, falls man ihm nichts angetan hat.«
»Wer sollte so etwas tun?«
»Der miese Roberts tut so etwas. Und er hat Toms Pferd Stoker. Hat nie 'n besseres, braveres Pferd gegeben, und ich will's wiederhaben.«
»Möchten Sie Anzeige gegen Roberts erstatten?«
Sie spuckte verächtlich aus. »Da hab' ich meine eigenen Methoden. Aber wenn Sie meinen Tom finden, lassen Sie's mich wissen, ja?«
»Das werde ich tun.« Hardcastle war sicher, daß er am meisten aus der Frau herausbekommen würde, wenn er sie freundlich behandelte. »Wo kampieren Sie denn?« fragte er.
Sie zog den verschlissenen Hut tiefer in die Stirn. »Geht Sie nichts an«, murmelte sie. Mit einem vertraulichen Zwinkern fuhr sie fort: »Ich zeig' mich nur im hellen Tageslicht, damit mich keiner von hinten abknallt.«
»Glauben Sie, daß Sie in Gefahr sind?«
Sie lachte rauh. »Nicht, wenn ich aufpasse. Und das kann ich ziemlich gut.«
Hardcastle nickte. »Tun Sie mir einen Gefallen und halten Sie sich von Miss Roberts fern. Sie haben ihr einen gehörigen Schrecken eingejagt.«
»Wieso denn das?« erwiderte die Frau mit einem breiten Grinsen. »Ich fand sie recht hilfsbereit.« Sie stemmte sich von der Bank hoch und wallte von dannen.
Die Männer in der Taverne lachten. »Wissen Sie, wer das war?« fragten sie Hardcastle.
»Ja, Mrs. Davies. Sie sucht ihren Mann Tom. Kennt ihn einer von euch?«
Ihn kannten sie nicht, wohl aber die Frau. »Das war Big Poll.«

»Die von den Goldfeldern?« Jim hatte den Spitznamen schon mehrfach gehört.
»Wie sie leibt und lebt«, sagte einer der Männer. »Die ist ganz schön geladen. Möchte nicht ihr Mann sein, wenn sie ihn in die Finger kriegt.«
Oder Roberts umgekehrt, dachte Hardcastle besorgt. Er konnte die Frau nicht so herumlaufen lassen. Es war gefährlich, sich mit Roberts anzulegen. Er würde noch einmal mit Big Poll reden und sie überzeugen müssen, die Angelegenheit besser den Gesetzeshütern zu überlassen.

Das Gejohle vor seinem Fenster ließ den Sergeant aufmerken. Vermutlich ein neuer Goldfund, dachte er bei sich. Das war immer ein Anlaß zum Jubeln. Als er vor die Tür trat, sah er Roberts und zwei seiner Gefolgsleute auf ihn zureiten. Sie wurden von einer jubelnden Menge begleitet.
»Sie haben sie!« brüllte einer. »Roberts hat geschworen, daß er sie findet, und das hat er verdammt noch mal getan!«
»Wen findet?«
»Die Mörder. Die Mrs. MacNamara und ihr Mädchen getötet haben!«
Hardcastle wollte seinen Augen nicht trauen, als Roberts vom Pferd stieg und die Zurufe der Menge wie ein Potentat entgegennahm. Er reichte dem Sergeanten den Haftbefehl und den Vollstreckungsbescheid, und während dieser ungläubig die Schriftstücke studierte, wandte Roberts sich an die Menge.
»Ich bin nicht gekommen, um meine Belohnung abzuholen«, rief er und erhielt stürmischen Beifall. »Die steht George und Baxter zu, die freiwillig geholfen haben. Wie Sie alle wissen, habe ich nur das Haus verloren, das ich erst kürzlich gekauft habe, aber mein Nachbar, Paul MacNamara hat den schlimmsten Schicksalsschlag erlitten, den es gibt. Ich konnte doch nicht einfach zusehen, wie diese Wilden ungestraft davonkommen. Dann wäre keiner mehr von uns sicher.«
Roberts warf Hardcastle einen raschen Blick zu, während die Menge vor Begeisterung tobte. Er wollte den unangenehmen

Fragen dieses sturen Bockes von Polizisten zuvorkommen. »Unser Jim«, fuhr er in väterlichem Ton fort, »hat sein Möglichstes getan. Aber hier warten noch andere Pflichten auf ihn. Unsere Kavallerie war wieder einmal sonstwo unterwegs. Wie üblich, sind Freiwillige losgezogen, sich gegenseitig in die Quere gekommen und haben nichts erreicht. Also hielt ich es für meine Pflicht und Schuldigkeit, selbst etwas zu unternehmen, wenn ich schon für euch ins Parlament einziehen will.«

Roberts fuhr mit seiner Ansprache fort und Sergeant Hardcastle merkte schnell, daß er sich jeglichen Einwand gegen das willkürliche Hängen der Gefangenen sparen konnte. Im Bericht des Minenaufsehers stand, daß die Angeklagten vor vier ernannten Richtern die Morde gestanden hatten. Hardcastle kannte einige der im Bericht genannten Namen. Die Leute genossen eine gute Reputation, und der Sergeant mußte widerstrebend anerkennen, daß Roberts die Mörder gefaßt hatte. Trotzdem gab es noch einige Ungereimtheiten.

Hardcastle fiel Roberts ins Wort. »Wie haben Sie die Kerle gefunden?« wollte er wissen.

»Och, wir hatten ein kleines Schwätzchen mit ein paar Wilden, die wir gestellt haben«, erklärte George mit einem gemeinen Grinsen. »Wir haben ihnen gesagt, zeigt uns die Kerle, die die weißen Frauen getötet haben, oder es könnte mächtig unangenehm für euch werden.«

Er meinte ohne Zweifel brutale Quälereien, und das peitschte die Menge noch mehr auf. Alle lachten, als George lakonisch erklärte: »Nun, sie sind nicht gerade Helden und haben uns sofort zu den Tätern geführt.«

»Warum haben Sie die Gefangenen nicht nach Oberon gebracht«, bohrte Jim weiter. »Warum mußten Sie mit ihnen bis zu den Goldfeldern reiten?«

Roberts schüttelte seufzend den Kopf. »Jim«, begann er geduldig, aber laut genug, daß alle ihn hören konnten, »Sie sind doch ein Hüter des Gesetzes. Wollen Sie allen Ernstes behaupten, daß ich mit den zwei Bestien, die MacNamaras Frau vergewaltigt und getötet haben, auch noch zu ihm reiten sollte?« Roberts spielte seine Rolle perfekt, und die Menge hing an seinen Lippen. »Er hätte die Kerle auf der Stelle gelyncht! Nach Rockhampton war es viel zu weit, also haben wir uns für den nächstgelegenen Ort entschieden, Bunya. Und wenn Sie irgendwelche Einwände haben, rücken Sie damit heraus. Gleich jetzt und hier!«

»Wir haben getan, was wir konnten«, rief Baxter aufgeregt.

George pflichtete ihm bei. »So isses! Wir haben sie geschnappt und abgeliefert. Fragen Sie Mr. Roberts. Von da an haben wir uns aus allem rausgehalten.«

»Das stimmt. Man kann uns nichts vorwerfen«, rief Roberts. »Wir haben die Männer lediglich gefangen und der Gerechtigkeit ausgeliefert.«

»Sie haben's richtig gemacht«, erhob sich eine Stimme aus der Menge. »Sie haben die Belohnung verdient.«

Geld, dachte Jim. Nur darum geht's. Jeder Einwand von mir würde als Vorwand interpretiert, um die Auszahlung der Belohnung herumzukommen.

Roberts hob die Hand und gebot der Menge zu schweigen. »Am wichtigsten ist doch«, sagte er mit gespielter Bescheidenheit, »daß diese schreckliche Geschichte vorbei ist. Ich möchte, daß man Paul MacNamara mein tiefstes Mitgefühl ausdrückt und ihn wissen läßt, daß der Tod seiner Frau gesühnt ist. Das gleiche gilt für die Familie des armen Mädchens.«

Jim Hardcastle sah ein, daß er gute Miene zum bösen Spiel machen mußte, wenn er in dieser Stadt überleben wollte, und applaudierte Roberts und seinen Getreuen für ihre Heldentat.

Nur der kleine, drahtige Cosmo Newgate stand schweigsam am Rand der Menge und verweigerte die Ovation. Jim empfand Mitgefühl für den Mann. »Jetzt hat er gegen Roberts keine Chance mehr«, sagte er sich. »Wenn das die Runde macht, hat Roberts praktisch gewonnen. Er wird als Nationalheld gefeiert werden, und ich muß aufpassen, was ich tue, sonst habe ich ihn auch noch auf dem Hals.«

Eigentlich war Jim mit Cosmo nach Feierabend auf einen

Drink verabredet. Aufgrund der letzten Ereignisse überlegte er es sich anders und ging direkt nach Hause.

Amelia war völlig aufgelöst. Wie sollte sie es so allein in diesem einsamen Haus aushalten? Sie mußte neue Dienstboten einstellen, wußte sich dabei aber nicht zu helfen. Um solche Dinge hatte sich stets ihr Vater gekümmert. Sie könnte natürlich in die Stadt fahren und sich dort umhören, aber der Gedanke, Fremde ins Haus zu holen, die vielleicht trinken oder stehlen würden oder schlimmer noch, aus der untersten Arbeiterschicht Rockhamptons kämen, erschreckte sie.
Ihr Vater war an allem schuld. Warum konnten sie nicht in der Stadt leben wie die anderen? Amelia begann, Beauview, das so einsam lag und finstere Elemente anlockte, zu hassen.
Normalerweise wurde das Anwesen von den Leuten ihres Vaters bewacht, aber die hatte er ja mitgenommen und sie mit dem alten Andy, dem dämlichen Teddy und den Hausmädchen, diesen undankbaren Geschöpfen, allein gelassen. Sie war ihm offenbar egal, Hauptsache, ihm ging es gut. Na, wenn Paps nach Hause kam, würde sie ihm gehörig die Meinung sagen.
Die ersten Zweifel begannen an ihr zu nagen. Wozu brauchte ihr Vater überhaupt Wachen? Sie mußte an Newgates Artikel denken, an sein schmutziges Geschmiere und die Behauptung, Roberts wende Gangstermethoden an und sei schuld am Verschwinden einiger Männer. Pure Verleumdung, um seinen Namen in den Schmutz zu ziehen und ihm die Aussichten auf einen Sitz im Parlament zu vermasseln. Apropos. Wenn Boyd ins Parlament einzog, würden sie in Rockhampton und in Brisbane zur gesellschaftlichen Elite gehören. Tyler würde hier in Rockhampton seine Zeitung leiten, und sie würde in beiden Städten als perfekte Gastgeberin gerühmt werden. Und dazu bräuchte sie Schränke voll neuer Kleider – was für eine wunderbare Vorstellung.
Die half ihr allerdings in der gegenwärtigen Lage nicht weiter. Im Haus sah es inzwischen furchtbar aus, aber das kümmerte sie nicht. Sie ließ sich von Andy morgens den Herd in der

Küche anheizen, damit sie sich wenigstens ein Ei oder ein Kotelett braten konnte, aber auch das Fleisch war inzwischen schlecht geworden. Sie wußte nicht einmal, wie man es salzte oder einlegte. Das Gemüse schimmelte vor sich hin und lockte ganze Armeen von Ameisen in die Küche. Sie hatte versucht, sich Reis zu kochen, aber das Ergebnis war ungenießbar gewesen. Also lebte sie hauptsächlich von Brot und Marmelade, nachdem sie die ranzige Butter weggeworfen hatte. Wieder gab sie ihrem Vater die Schuld. Eine Dame ihres Standes kochte nun einmal nicht selbst. Wie konnte ihr Vater es bloß wagen! Wenn Tyler nun zurückkam und sie in dieser Verfassung vorfand? Sie mußte sich ja schämen, ihm so unter die Augen zu treten. Nach ihren halbherzigen Versuchen, ihre Garderobe in Ordnung zu halten und ihre kostbaren Seidenkleider zu waschen und zu bügeln, prangten bereits diverse Brandflecken darauf.
Das alles ging über ihre Kräfte. Sich selbst überlassen und zu Tode gelangweilt, begann Amelia nachzudenken. Über die Sache mit dem Pferd zum Beispiel. Sie wußte, daß Boyd das Pferd Tyler gegeben hatte. Und diese gräßliche Frau behauptete nun, es gehöre ihrem Mann. War das Tier etwa gestohlen? Natürlich nicht! Ihr Vater konnte sich ein Dutzend Pferde leisten, wenn er wollte, und weitaus bessere als diesen Gaul.
Und dann George, dieser Kriecher. Immer um ihren Vater herum, immer dabei. Sie saßen oft stundenlang in seinem Büro, und dabei ging es nicht nur ums Geschäft. Die beiden tranken auch zusammen, denn Boyd roch manchmal nach Schnaps, wenn er nach Hause kam.
Wieso durfte eigentlich dieser George in Vaters Büro und sie nicht? Amelias Abneigung gegen George, dieses Nichts, steigerte sich zur Wut. Was er durfte, konnte sie auch! In ihrem Elend fand Amelia es nur recht und billig, die Gelegenheit zu nutzten und sich einmal im Allerheiligsten ihres Vaters umzusehen.
Sie fand die Schlüssel in der Schreibtischschublade, dann rannte sie durch den Garten zu dem unscheinbaren Sandsteinge-

bäude. Das Büro war unerwartet karg eingerichtet und erinnerte mit seinen vergitterten Fenstern an eine Gefängniszelle. Ein kleiner Safe stand im Raum, ließ sich aber nicht öffnen, und so wandte Amelia ihre Aufmerksamkeit dem Aktenregal zu. Auf dem oberen Bord standen nur Gläser und Flaschen, auf dem unteren entdeckte sie eine Geldkassette mit ein paar hundert Pfund in Scheinen. Die anderen beiden Regalfächer enthielten lediglich Gestütbücher und Ordner mit Lohnabrechnungen. Während Amelia gelangweilt in einem der Ordner blätterte, entdeckte sie Georges Namen auf der Lohnliste. Er hatte absonderliche Summen erhalten, die sich zwischen zwei und fünfzig Pfund bewegten.

»Du meine Güte!« murmelte sie. »Was für ein Betrag für einen Diener!« Wenn ihr Vater so mit Geld um sich werfen konnte, war er noch reicher, als sie vermutet hatte. Angesichts dieser guten Neuigkeit verflog ihr Unmut. Sie ließ ihren Finger weiter über die Lohnliste gleiten, da stach ihr ein Name in die Augen: Tom Davies. Ihm waren vor etwa fünf Wochen siebzehn Pfund ausbezahlt worden.

»Ha!« Amelia triumphierte. Das würde der alten Hexe das Maul stopfen. Ihr Mann war hier gewesen, hatte für Boyd gearbeitet und war ausbezahlt worden! Na bitte.

Nachdem weiter nichts Interessantes mehr im Büro zu finden war, ging Amelia zum Haus zurück und fand ihren Korbschaukelstuhl auf der Veranda besetzt. Dieses monströse Weib hatte es sich darin gemütlich gemacht.

»Stehen Sie sofort auf!« herrschte Amelia sie an. »Sie sind viel zu schwer für diesen Stuhl.«

»Mir gefällt's«, erklärte Mrs. Davies geruhsam. »Seit meiner Kindheit hab' ich nich' mehr in so was gesessen.«

»Kein Wunder«, gab Amelia schnippisch zurück. »Wollen Sie jetzt bitte gehen, oder soll ich wieder die Polizei rufen?«

»Ja, ich hab' gehört, daß Sie die Bullen geholt haben. Aber wir müssen noch ein wenig über meinen Tom plaudern.«

»Oh nein, müssen wir nicht. Wie ich Ihnen schon sagte, habe ich Ihren Mann nie gesehen. Allerdings«, fügte Amelia –

mächtig stolz auf ihre Entdeckung – hinzu, »habe ich inzwischen herausgefunden, daß er tatsächlich für meinen Vater gearbeitet hat. Er hat genau siebzehn Pfund Lohn bekommen, und dann ist er gegangen.«

»Gut gemacht«, sagte Mrs. Davies. »Komm, hilf mir aus diesem gräßlichen Stuhl, mein Kind. Der klemmt mir noch den Hintern ab.«

Widerwillig packte Amelia die ausgestreckte Hand, die kalt und hart wie Granit war, und zog die Frau auf die Füße. »Also suchen Sie bitte Ihren Mann woanders«, erklärte sie resolut, »und belästigen Sie mich nicht weiter.«

»Ja, ganz recht«, meinte die Alte und schlappte von der Veranda. »Du bist doch Amelia, nicht wahr?«

»Ja.«

»Ein hübscher Name. Ja, ein verdammt hübscher Name.«

»Danke«, sagte Amelia, froh, daß sie die Alte endlich los war.

Big Poll gefiel gar nicht, was sie da gehört hatte. So, ausgezahlt hatten sie ihn also. Und warum hatte er Stoker dagelassen? Nicht um alles in der Welt würde Tom seinen Stoker hergeben, geschweige denn verkaufen! Er liebte seinen Gaul mehr als seine Frau.

Nach einer Weile verließ Poll den offiziellen Weg und schlug sich in den Busch. Mit ihrem untrüglichen Orientierungssinn fand sie direkt zu ihrem Lagerplatz in der Nähe eines Baches. Für ungeübte Augen wirkte die Stelle unberührt, ein Aborigine würde sich allerdings nicht täuschen lassen. Polls Sachen waren gut versteckt, und die Stelle, an der das Lagerfeuer gebrannt hatte, war mit trockenem Reisig verdeckt.

Wie gewohnt, kümmerte sich Poll zuerst um das Pferd, sattelte es ab und führte es zur Tränke. Dann ließ sie sich auf einem Baumstumpf nieder und genehmigte sich einen kräftigen Schluck Rum.

»Ja, Matey«, sagte sie zu dem Pferd, »jetzt sind wir zwei auf uns allein angewiesen. Tom ist fort und Stoker ist auch verschwunden. Meine Güte, der hatte Tricks drauf! Reagierte auf

verschiedene Pfeifsignale, konnte tanzen, sich drehen, vorne aufsteigen oder in die Knie gehen. War wie ein großes Kind. Hatte auch ein bißchen Vollblut in den Adern, aber sein Verstand, der war vom Leben in der Wildnis geschärft.«
Lieber Himmel! Sie redete daher, als ob Stoker nicht mehr lebte. Wenn das tatsächlich so war, würde einer schwer dafür büßen müssen. Der Name Kemp fiel ihr wieder ein. Der ritt jetzt Stoker. Sie mußte Stoker finden – aber zuerst Tom.
»Glauben Sie, daß Ihnen Gefahr droht?« hatte der Polizist sie gefragt.
»Nur von Schlangen, jetzt, wo der Hund tot ist«, sagte sie zu dem Pferd, das neben ihr graste. »Aber nicht von zweibeinigen Schlangen.« Mit dieser Feststellung wandte sie sich ihrem Lagerfeuer zu, um sich ein frühes Abendessen zu bereiten. Nachts machte sie grundsätzlich kein Feuer, um niemanden auf ihr Lager aufmerksam zu machen. Sie fürchtete sich nicht im Dunkeln, man konnte die Sterne beobachten und seinen Gedanken nachhängen oder den Buschratten und anderen nächtlichen Räubern bei ihren Streifzügen zusehen. Bei ihnen fühlte sie sich sicher und geborgen, denn die Tiere reagierten auf das leiseste Geräusch.

Boyd machte sich zufrieden auf den Heimweg. Seine Rede hatte ganz schön eingeschlagen. »Eins zu null für mich, Cosmo«, dachte er. »Hast dagestanden wie 'ne Kuh wenn's blitzt! Na ja, soviel zu dem schmutzigen Geschmiere, das du in deiner nun nicht mehr existierenden Zeitung fabriziert hast. Die Leute haben ein Gedächtnis wie ein Sieb und vergessen schnell. Die Wähler interessiert bloß, was für sie drin ist.« Und Boyd hatte ihnen die gute Nachricht der Woche geliefert: MÖRDERN WIDERFÄHRT GERECHTIGKEIT! Boyd schlug sich auf die Schenkel. Als er an dem Gebäude der Capricorn Post vorbeiritt, tat er so, als ob er die verriegelten Türen und Fenster nicht bemerkte. Aber innerlich triumphierte er. Jetzt war Cosmo erledigt. Tyler mußte unbedingt sofort mit dem Aufbau einer neuen Zeitung beginnen, schließlich würden die Nachwahlen für das Parlament in Kürze stattfinden. Vielleicht würde Boyd kurz vor den Wahlen noch eine Zeitungsente in Umlauf bringen: NEUER GOLDFUND DURCH BOYD ROBERTS! WIEDER HAT ER ES GESCHAFFT! ER BRINGT DIESER STADT GLÜCK! Solche Schlagzeilen würden die Menschen zum Jubeln bringen. Nach den Wahlen konnte er dann immer noch erklären, daß die neue Mine sich als unergiebig erwiesen hatte. Das fiel nicht weiter auf. Derlei kam fast täglich vor.

Als er auf sein Haus zuritt, kam ihm Amelia entgegen, wie sie das immer tat, nur sah sie heute wie ein Waschweib aus mit ihren strähnigen Haaren und den ungepflegten Kleidern. Boyd wollte schon ein grimmiges Gesicht aufsetzen, da sah er, daß seine Tochter weinte.

»Was, zum Teufel, ist los mit dir?« fragte er und stieg vom Pferd. Amelia bekam einen hysterischen Weinkrampf. Boyd versuchte, sie zu beruhigen, führte sie in den Salon und griff nach der Klingelschnur, um das Hausmädchen zu rufen.

»Es ist niemand da«, schluchzte Amelia. »Alle sind fort, die Köchin, die Mädchen, sie haben mich einfach meinem Schicksal überlassen. Warum bist du so lange weggeblieben? Das war nicht fair.«

»So lange war ich nun auch wieder nicht weg«, meinte Boyd mit finsterer Miene. »Reiß dich zusammen. Wo ist Tyler?«

Amelia schneuzte sich in ein Taschentuch. »Er ist auch nicht da. Er hat mir von Camelot geschrieben, daß er nach Oberon wolle.«

»Wann war das?« fragte Roberts barsch.

»Weiß nicht mehr. Hab' ich vergessen. Hier«, sie zog den Brief heraus. »Lies selber.«

Boyd überflog Tylers Liebesschwüre und seine ausführlichen Reiseschilderungen bis zu der Stelle, wo er berichtete, daß er mit Lieutenant Gooding, Paul MacNamara und ein paar Soldaten auf dem Weg nach Oberon sei.

»Gütiger Gott!« stieß Roberts hervor. Es gab noch keine Nachricht über den Ausgang der Expedition, dazu war es

noch zu früh, aber den brutalen Überfall auf die Schwarzen hatte Boyd mit dem Kalkül begangen, die Truppe ins Verderben reiten zu lassen. Und dieser blöde Tyler steckte mittendrin!
»Warum, was ist passiert?« Amelia schluckte.
»Oh nichts, ich hatte nur erwartet, ihn hier zu sehen. Es gibt eine Menge für ihn zu tun. Denkt der vielleicht, ich warte, bis er zu erscheinen geruht?«
»Tut mir leid«, sagte Amelia. »Vielleicht hat er dich mißverstanden. Ich hoffe, er kommt bald heim. Ich vermisse ihn so, und wir müssen Vorbereitungen treffen.«
Falls er heimkommt, dachte Boyd bitter. Was mußte dieser Kerl auch seine Nase in anderer Leute Angelegenheiten stecken? Mit Haut und Haaren Reporter, unser guter Tyler, bis zum bitteren Ende. Na ja, Künstlerpech. Dann mußte eben ein anderer herhalten.
Boyd sah sich um. »Was sagst du, das Personal hat gekündigt? Warum?«
Amelia erging sich augenblicklich in einer weinerlichen Geschichte über diese gräßliche Ada Davies, die ihren Mann suchte, und stammelte konfuses Zeug über die Dienstboten.
»Wo ist er denn, dieser Tom Davies?« fragte sie ihren Vater.
»Nie gehört, den Namen.«
»Er hat doch für dich gearbeitet.«
»Nein, hat er nicht.«
»Hat er doch«, beharrte Amelia. »Sein Name steht in ...« – sie zögerte – »... in einem Buch.«
»In was für einem Buch?«
Amelia nagte an ihrer Unterlippe. »Weiß nicht mehr.«
»In was für einem Buch, Amelia?« herrschte Roberts sie an.
»Ich mußte doch etwas tun«, versuchte sie sich zu verteidigen. »Der Polizist wollte wissen, ob er hier war, also hab' ich in der Lohnliste nachgesehen.«
»Du warst in meinem Büro? Wie bist du da hineingekommen?«
»Ich hab' den Schlüssel gefunden, und schnauz mich nicht so

an. Ich hab' schon genug durchgemacht. Außerdem wollte ich bloß helfen.«
»Was hat die Polizei hier gewollt?«
»Ich hab' sie gerufen, das mußte ich tun. Und ich hab' der Frau erklärt, daß ihr Mann hier gearbeitet hat, daß er ausbezahlt wurde und gegangen ist. Und daß sie hier nicht weiter nach ihm zu suchen braucht.«
Boyd hatte mit wachsendem Zorn zugehört. Großer Gott! Sie hatte in seinem Büro herumgeschnüffelt und diese Lohnliste gefunden, die er längst hatte verbrennen wollen. Und dann mußte sie auch noch der Polizei und der Frau alles über diesen Tom Sonstwas petzen. »Du hast nicht einen Funken Verstand! Davies ist nie hier gewesen. Das war jemand anders.«
»Nein!« fuhr Amelia ihn an. »Er hat sein Pferd hiergelassen.«
Boyd zuckte zusammen, wie von der Tarantel gestochen. »Welches Pferd?«
»Das du Tyler gegeben hast.«
Allmählich dämmerte Boyd, wovon sie sprach. »Ich hab' ihm einen dämlichen Klepper gegeben, der oben auf der Koppel stand.«
»Genau den meine ich.« Amelia triumphierte. »Die Frau behauptet, er gehöre ihrem Mann.«
Jetzt erkannte Boyd seinen Fehler. Dieses dämliche Pferd! Sie hätten es einfach im Busch laufenlassen sollen.
»Na ja, ist ja auch egal«, lenkte Amelia ein. »Auf jeden Fall kriegt die Frau jetzt Ärger. Ich hab' sie wegen Körperverletzung angezeigt.«
»Du hast was?« Roberts Stirnadern schwollen bedrohlich an. Er griff nach seiner Reitgerte. »Du hast sie zur Polizei geschickt?«
Amelia wich erschrocken vor ihm zurück. »Nein«, kreischte sie. »Ich hab' ihr die Polizei auf den Hals gehetzt.«
»Das ist das gleiche!« brüllte Roberts und holte zum Schlag aus. In sinnlosem Zorn drosch er auf das Mädchen ein, das sich in eine Ecke flüchtete, um dort Schutz vor den Schlägen zu suchen. Er ließ seine Wut an ihr aus, weil sie soviel Schaden ange-

richtet hatte, und gab ihr die Schuld an seiner eigenen Dummheit. »Ich werde dich lehren, dich in meine Geschäfte zu mischen!« raste er und schlug zu, bis Amelia weinend am Boden lag. Angewidert warf Boyd die Peitsche weg und stürmte aus dem Zimmer.

Amelia wand sich vor Schmerzen und wünschte, sie wäre tot. Ihr Kleid war blutverklebt, aber aus Angst vor Boyd traute sie sich nicht, sich zu rühren. »Er ist verrückt«, murmelte sie. »Er hat den Verstand verloren.« Panik überfiel sie. Sie war nun zwar nicht mehr alleine im Haus, dafür aber in der Gesellschaft eines Wahnsinnigen.

Boyd kam zurück und baute sich vor ihr auf. »Die Küche ist der reinste Schweinestall«, tobte er. »Geh und mach sie sauber. In einer Stunde steht das Essen auf dem Tisch!«

Amelia rührte sich nicht. Ihr ganzer Körper schmerzte, und ihre Haut brannte wie Feuer, aber sie hatte aufgehört zu weinen und sich selbst zu bemitleiden. Sie haßte ihren Vater. »Kümmere dich selber drum!« schleuderte sie ihm entgegen. Sollte er sie ruhig wieder schlagen, schlimmer konnte es gar nicht kommen. Boyd tat nichts dergleichen, er schnappte sich seinen Büroschlüssel und stürmte hinaus. Krachend fiel die Haustür hinter ihm zu.

Amelia erhob sich mühsam und taumelte, Halt an den Wänden suchend, über den Flur in ihr Zimmer. Vorsichtig schälte sie sich aus dem zerfetzten Kleid und versuchte, sich so wenig wie möglich weh zu tun, als sie den Stoff von den blutigen Striemen löste. Sie war entsetzt über die rohe Gewalt ihres Vaters.

Mit zitternden Fingern versuchte sie, etwas Wasser auf ihre Wunden zu tupfen und die vielen blauen Flecken zu kühlen.

»Warte nur!« zischte sie. »Das wird dir noch leid tun. Warte nur, bis Tyler zurückkommt und sieht, was du mir angetan hast.«

Sie klammerte sich an den Gedanken, daß Tyler sie von diesem Verrückten befreien würde, diesem Despoten und Lügner. Es

hatte ihn keinen Deut interessiert, was ihr inzwischen widerfahren war, und warum regte er sich überhaupt so auf? Sie war gewitzt genug, um zu begreifen, daß Boyd etwas zu verbergen hatte, sich vor Nachforschungen der Polizei fürchtete und daß Tom Davies mit der ganzen Sache zu tun hatte. Was also gab es zu vertuschen?
Cosmo Newgate hatte Boyd in seinen Artikeln als Gangster bezeichnet, der mit verbrecherischen Methoden seine Ziele verfolgte. Wenn jemand die eigene Tochter so mißhandelte, wie ging er dann wohl mit seinen Feinden um? Amelia verkroch sich in ihr Bett und ließ ihren Tränen freien Lauf. Sie fühlte sich entsetzlich einsam und sehnte sich nach Laura. Was für einen Aufstand Laura wegen ihres Vaters und dieses albernen kleinen Hiebes gemacht hatte. Das war nichts im Vergleich zu dem, was Amelia heute erlebt hatte.
Aber Laura hatte sich wenigstens zu ihrer Freundin flüchten können. An wen konnte Amelia sich wenden? An niemanden. Boyd sollte ja nicht glauben, daß es mit einer Entschuldigung getan war. Sie würde nie wieder mit ihm reden.
Ein leises Klopfen an ihrer Terrassentür ließ Amelia aufschrecken. »Wer ist da?« rief sie voller Angst, es könnte ihr Vater sein.
»Andy, Miss.«
Sie kämpfte sich aus dem Bett und öffnete die Tür einen Spalt. Draußen stand der alte Gärtner.
»Alles in Ordnung, Miss?« fragte er unsicher.
»Nein«, sagte Amelia unter Tränen, gerührt von soviel Mitgefühl. »Er hat mich geschlagen.«
»Dachte ich mir«, flüsterte Andy. »Er ist in die Stadt geritten. Soll ich Ihnen nicht eine warme Tasse Tee bringen?«
»Würdest du das tun?« fragte Amelia kläglich.
»Ja. Warten Sie, ich bin gleich wieder da.«
Unter den neugierigen Blicken des Stallburschen goß Andy Tee aus dem Mannschaftsteekessel in einen Becher und gab vorsorglich noch Milch und Zucker dazu. »Für wen ist das denn?« wollte Teddy wissen.

»Geht dich nichts an. Und rühr dich nicht vom Fleck. Ich muß mit dir reden.«
Die ›Tasse‹ Tee wurde ihr in einem Steingutbecher serviert, aber Amelia nahm sie dankbar an. »Wie nett von dir, danke Andy.«
Er winkte ab. »Nicht der Rede wert. Jetzt legen Sie sich hin und versuchen zu schlafen. Morgen ist alles wieder gut.«
Da war sich Andy allerdings nicht so sicher. Er hatte sich in der Nähe des Hauses aufgehalten und den Streit zwischen dem Boß und seiner Tochter mitbekommen. Er hatte auch gehört, wie Roberts auf sie eindrosch, aber nicht gewagt, sich einzumischen.
Andy kehrte in die Schlafbaracke zurück. Er und Teddy teilten eine gemeinsame Unterkunft, nachdem die anderen Männer fort waren. Er sprach Teddy noch einmal auf Mrs. Davies an, und der lachte schallend. Sie hatten die seltsamen Vorkommnisse mit dieser Frau, die ihren Mann und sein Pferd suchte, und das Auftauchen des Sergeanten schon mehrfach erörtert.
»Wenn ich du wäre«, sagte Andy jetzt zu dem Stallburschen, »würde ich machen, daß ich fortkomme.«
»Warum? Ich würde meine Stelle verlieren.«
»Du könntest mehr als die Stelle verlieren«, erklärte Andy ruhig. »Roberts hat eine sinnlose Wut wegen der Sache mit dem grauen Pferd. Irgendwas stimmt da nicht, wahrscheinlich ist es gestohlen. Und du hast die Katze aus dem Sack gelassen, Mrs. Davies gesagt, das Pferd sei hier gewesen, während die Tochter sagte, es sei nicht hier gewesen. Wie du mir erzählt hast, hat er das Pferd Kemp gegeben?«
»Das stimmt.« Teddy sah Andy fragend an.
»Nun, der Boß hat dem Mädchen gerade eine Tracht Prügel verpaßt, bloß weil sie den Gaul erwähnt hat. Was meinst du, was er mit dir anstellen wird?«
»Hab' ich denn was falsch gemacht?« fragte Teddy bestürzt.
»Nein, mein Junge. Du hast nur eine Lawine losgetreten. Sieh

zu, daß du hier wegkommst. Auf der Gracemere-Farm suchen sie noch Viehhüter. Also verzieh dich dahin. Da draußen bist du sicher.«
»Sicher wovor?«
»Weiß der Geier«, knurrte Andy. »Jetzt hau ab. Ich werd' mich um die Pferde kümmern und ansonsten von nichts wissen.«
Teddy hatte in wenigen Minuten seine Siebensachen zusammengepackt und sich auf sein Pferd geschwungen. Dann machte er sich im Schutz der Dunkelheit auf und davon. Andy übte schon einmal grinsend seine Rolle. »Ich, Boß? Ich bin bloß der Gärtner. Hab' keine Ahnung, wo Teddy steckt.«

ZWÖLFTES KAPITEL

Paul MacNamara rieb sich die steifen Glieder. Es war ermüdend, in dieser engen Höhle zu hocken.
»Malliloora ist gleich da«, sagte Wodoro. »Warum bist du gekommen und hast diese Leute getötet? Sie haben eure Frauen nicht angefaßt.«
Paul blickte verblüfft auf und stieß sich prompt den Schädel an der niedrigen Decke. Wodoro hatte stundenlang in Schweigen verharrt, und nun kam dieses überraschende Bekenntnis. »Das wollten wir ja herausfinden«, meinte Paul. »Bist du sicher?«
»Ganz sicher.«
»Wer hat es dann getan? Ich muß es wissen.«
»Sie wissen es auch nicht. Ihr kommt einfach her, gebt die Schuld den Kutabura, verfolgt und tötet brave Leute.«
»Wir sind nicht gekommen, um irgend jemanden zu töten«, entgegnete Paul. »Ich wollte nur reden, Fragen stellen.«
Wodoro knurrte mißmutig. »Warum habt ihr dann vor zwei Tagen die Familien getötet? Gefangene gemacht?«

»Was für Familien? Wir haben niemanden umgebracht.« Wodoro erzählte Paul von dem hinterhältigen Überfall, vom Niedermetzeln friedlicher Schwarzer und daß die Angreifer Gefangene genommen hatten. Einer davon sei in den Bergen getötet worden. »Und ein Weißer. Liegt noch da mit dem toten Pferd.« Wodoro richtete sich auf und sah auf Paul herab. »So, du kommst also in friedlicher Absicht? Mit Soldaten? Du glaubst, die Kutabura empfangen dich freundlich und sagen, macht nichts, gebt ihm zu essen. Ihr müßt verrückt sein.«

»Ich weiß nichts von der Sache, das schwöre ich.«

»Und die Kutabura wissen auch nichts über eure Frauen«, gab Wodoro zurück, indem er Paul nachahmte.

»Und dann mußt du auch noch den Namen eines toten Mannes herumbrüllen. Du törichter Kerl. Das hat sie erst richtig in Wut gebracht.«

»Ist es nicht erlaubt, den Namen eines Toten auszusprechen?« fragte Paul vorsichtig.

»Böser Zauber«, murmelte Wodoro.

Paul wählte seine nächsten Worte mit Bedacht. »Der alte Mann, von dem ich sprach, ist er tot?«

»Ja. Was wolltest du von ihm?«

»Er konnte meine Sprache ein wenig sprechen, das ist alles. Es tut mir leid, daß er tot ist. Er war ein tapferer Mann.«

»Er war mein Freund«, erklärte Wodoro. »Er wollte nicht, daß gekämpft wird. Er wußte, daß sein Volk in großer Not ist.«

»Bist du von einem anderen Stamm?«

»Ja.«

»Von wo?«

»Von sehr weit weg«, antwortete Wodoro wortkarg und versank wieder in Schweigen.

Paul überlegte fieberhaft, wer die Angreifer gewesen sein könnten, die nicht nur Tod und Verwüstung verursacht, sondern auch Goodings Leute in Gefahr gebracht hatten. Womöglich eine Schar Freiwilliger, die auf eigene Faust helfen wollte? Aber lediglich vier Männer? Wer zum Teufel konnte das gewesen sein? Pauls Gedanken überschlugen sich. Wenn es einen oder zwei Tage vor seinem und Goodings Aufbruch in die Berge einen Überfall auf die Aborigines gegeben hatte, waren sie geradewegs in die Falle getappt. Die Schwarzen wollten sich rächen und hatten ihnen aufgelauert. Er konnte nur hoffen, daß die anderen entkommen waren, aber eine innere Stimme sagte ihm, daß auf den Speerregen, der da am See auf ihn niedergegangen war, noch weitere folgen würden, daß eine wahre Schlacht zu entbrennen drohte.

Wer war schuld an all dem? Irgendwelche Angeber, die sich mit Heldentaten brüsten wollten? Die friedlich lagernde Eingeborene überfielen, mit ihren Gewehren herumballerten und wahllos alles, was sich bewegte, niederschossen; die Gefangene nahmen, um Tapferkeit zu demonstrieren, die Schwarze umbrachten, als sei es ein Sport!

Paul machte sich die größten Vorwürfe. Er hatte Gooding dazu überredet, in die Berge zu reiten und mit den Aborigines Verbindung aufzunehmen, im Vertrauen darauf, daß ihnen nichts geschehen würde, solange sie in friedlicher Absicht kamen. Der hinterhältige Überfall von Roberts' Leuten vor ein paar Wochen hatte die Feindseligkeiten erneut angefacht. Dennoch war es nicht zu einer größeren Vergeltungsaktion von seiten der Schwarzen gekommen. Jeannie und Clara waren allen Anzeichen nach von nur wenigen, vielleicht drei oder vier Wilden überfallen worden. Wären die Aborigines wirklich auf Vergeltung aus gewesen, hätten sie mit aller Kraft zugeschlagen und das Tal verwüstet.

Diese Erkenntnis hatte Paul in seiner Überzeugung bestärkt, daß die Schwarzen wirklich Frieden wollten, und ihn veranlaßt, Gooding zu dieser Expedition zu überreden.

Und nun erfuhr er endlich von diesem sonderbaren Kauz Wodoro, daß die Kutabura Jeannie und Clara nicht ermordet hatten. Um welchen Preis? Daß andere für ihn, Paul, den Kopf hinhielten? Er gab sich selbst die Schuld an dem Unglück, das die anderen Männer ereilt hatte, und betete inbrünstig, daß sie entkommen waren. Wenn bloß diese bestialischen Weißen nicht eingegriffen hätten! Er würde herausfinden, wer sie waren und ...

Paul hielt in seinen Gedanken inne. Wann würde bloß dieses ganze Gemetzel ein Ende haben. Er dachte an den Gefangenen, den Blackie Bob erschossen hatte, ein weiteres unschuldiges Opfer dieses eskalierenden Krieges, dessen wahre Ursachen immer mehr in den Hintergrund gedrängt wurden. Inzwischen bezichtigte jeder jeden.

Wenn Kemp oder Gooding oder auch nur einer seiner Soldaten von rachsüchtigen Schwarzen getötet worden waren, würde das erst recht das Militär auf den Plan rufen.

»Heilige Mutter Gottes«, murmelte Paul, »das habe ich nicht gewollt.«

Er stieß Wodoro an. »Ich muß nach Hause. Wir wollen nicht noch mehr Ärger.«

Wodoro schreckte aus dem Schlaf auf. Er fühlte sich unbehaglich in Gegenwart dieses Mannes, der ihn zwar vor dem Ertrinken gerettet und aus dem Wasser gezogen hatte, ihn aber dennoch in heiligen Schrecken versetzte. Wodoro glaubte an die Macht der Geister und fürchtete Paces Rache besonders jetzt, da er verwundbar war. Er schauderte bei dem Gedanken, daß Stimmen sein Geheimnis laut hinausschreien könnten, bis es von den Bergen widerhallte und sein unwillkommener Begleiter von seiner Schuld erfuhr. Das Gesicht verfolgte Wodoro unerbittlich, und er wünschte nichts sehnlicher, als diesen Boß-Mann Paul zu fragen, ob er einen Blutsverwandten namens Pace hatte, wagte jedoch nicht, den Namen auszusprechen. Wodoro trommelte nervös mit den Fingern auf den Boden und wälzte sein Problem hin und her. Fiel die Antwort negativ aus, konnte er seine Ängste vergessen, war sie jedoch positiv, würde er um sein Leben rennen. Zudem würde seine Frage nur Gegenfragen nach sich ziehen, die zu beantworten er nicht bereit war.

Malliloora rettete ihn aus seinem Dilemma. Er tauchte am Eingang der Höhle auf und flüsterte mit ihm.

»Es hat einen Kampf gegeben«, sagte er. »Viele Tote auf beiden

Seiten. Moongi ist auch verletzt und wird sich bei dir entschuldigen müssen. Die Stammesältesten sind froh, daß du überlebt hast. Es wäre eine schreckliche Blamage, wenn du von einem Kutabura getötet worden wärst.«
»Was ist mit diesem Weißen«, fragte Wodoro und richtete den Blick auf Paul.
»Ich habe erklärt, wer er ist, was er von uns will und daß er dir das Leben gerettet hat. Die Meinungen sind geteilt, man erlaubt uns aber, ihn zu Harrabura zu bringen. Der soll entscheiden.«
»Wo finden wir Harrabura?«
»Es heißt, er ist oben auf dem Felsen in der Nähe der Höhle, in der der alte Mann zu den Ahnen gegangen ist.«
»Das ist sehr weit von hier. Sind welche von den Rotröcken getötet worden?«
»Ja, vier Mann.«
»Dann werden noch mehr Rotröcke kommen.«
»Die Leute wissen das und bereiten sich vor«, erklärte Malliloora.
»Wir müssen sie aufhalten und diesen Weißen rasch nach Hause zurückschicken. Er allein weiß den Grund für diesen Kampf.«
Malliloora schüttelte den Kopf. »Du vergißt die weißen Männer, die unsere Stammesbrüder überfallen und gefangengenommen haben.«
»Das wußte er aber nicht«, beharrte Wodoro. »Die Rotröcke auch nicht. Sie sind nur gekommen, um die Mörder der weißen Frauen zu suchen.«
Malliloora lächelte nachsichtig. »Warum reden wir im Kreis? Wir kennen *seine* Absicht, aber nicht die der Rotröcke. Und er bleibt nur am Leben – vorläufig –, weil einige von unseren Leuten, wie zum Beispiel der mächtige Kamarga, ihre Stimme für diesen Weißen erhoben haben. Trotzdem hat keiner das Recht, ihn freizulassen.«
Wodoro mußte Paul MacNamara auseinandersetzen, daß er noch nicht freigelassen würde und weiter mit ihnen in die Berge ziehen müsse.
»Das ist nicht klug«, sagte Paul. »Laßt mich gehen, und ich

werde mich erfolgreich um Frieden bemühen.«
»Zu spät.«
Paul war bestürzt, als er erfuhr, daß vier Soldaten gefallen und mehr als ein Dutzend Schwarzer erschossen oder verwundet worden waren. »Großer Gott! Das macht die Sache noch dringlicher! Ihr müßt mich gehen lassen.«
Sie verließen die Höhle, kämpften sich durch dichtes Buschwerk und erreichten schließlich ein zerklüftetes Felsplateau. Paul sah sich um, als ob er, allen Warnungen zum Trotz, einen Fluchtversuch wagen wollte.
»Das würde ich nicht tun«, sagte Wodoro. »Sie würden dich nicht durchlassen.«
Paul blinzelte im ungewohnten Sonnenlicht. Dann sah er sie, kohlrabenschwarze Gestalten in Kriegsbemalung, die zwischen den Bäumen kaum auszumachen waren. Es sah ganz so aus, als würde er mit Begleitschutz zu diesem ungemein wichtigen Mann gebracht.

Hoch über ihm in einem Eukalyptusbaum knurrte ein Koalabär, und Harrabura war sogleich auf der Hut. Er spähte aufmerksam durch das Geäst und entdeckte den Koala, der von einer wütenden Krähe attackiert wurde, weil er ihrem Nest zu nahe gekommen war. Schließlich gab er auf, wechselte auf den nächsten Baum über, wo er sich in eine Astgabel hockte und Harrabura aus schläfrigen Äuglein ansah.
»Wir müssen weiter am Fluß entlang«, sagte Harrabura zu seinen Begleitern. »Diese Stelle hier ist nicht gut.«
Für jede Abwechslung dankbar, trotteten sie hinter ihrem Anführer her zu einer anderen Stelle, von welcher aus sie das Gelände überblicken konnten, und bezogen ihre Posten.
Am späten Nachmittag hörten sie das Pferdegetrappel und sahen die Reiter kommen. Mit einer Schicht grauen Lehms gut getarnt, verharrte Harrabura im Schatten der Bäume und musterte den vorüberziehenden Troß.
»Er ist dabei«, sagte er zu seinen Leuten.
»Wer?«

»Der, den wir fangen wollen«, gab Harrabura aufgeregt zurück. »Kommt rasch, wir müssen ihnen folgen. Sie werden bald Rast machen.«
Als sie, immer noch in Deckung, aufgeholt hatten, waren Captain Copes Polizisten bereits abgestiegen und dabei, das Lager aufzuschlagen.
Harrabura wies mit dem Finger auf Stan Hatbox, der sich im Getümmel der grün Uniformierten befand. »Das ist der, den ich will. Laßt ihn nicht aus den Augen. Wir müssen ihn fangen und zu Wodoro bringen. Er darf nicht getötet werden.«
Harraburas Begleiter sahen betreten drein. Einen Mann mitten aus dem Kreis bewaffneter Soldaten zu entführen, war immens gefährlich, wenn nicht selbstmörderisch. Harrabura beruhigte sie. Die guten Geister würden mit ihnen sein. Doch schade es nichts, trotzdem vorsichtig zu Werke zu gehen. Die Männer nickten heftig.
»Am besten schnappt ihr ihn gleich«, setzte Harrabura hinzu, »solange sie noch herumlaufen und beschäftigt sind. Später werden sie nämlich Wachen aufstellen, und dann wird es noch schwieriger für euch.«
Die drei postierten sich sofort, um Stan zu beobachten. Dieser nahm den Hut ab, trank einen Schluck Wasser und begann, die Pferde abzusatteln. Er ließ sich Zeit damit, wechselte hier und da ein paar Worte mit den Kameraden. Harraburas Gefolgsleute stellten erleichtert fest, daß der Mann sein Gewehr nicht bei sich trug.
Nun führte er drei der Pferde ein wenig vom Lagerplatz weg. Er hatte Fußfesseln dabei, die, wie die Eingeborenen inzwischen wußten, die Weißen ihren Pferden anlegten, um sie am Streunen zu hindern. Eigentlich bot sich hier bereits eine gute Gelegenheit, den Mann zu überwältigen, aber in Sichtweite der anderen Soldaten schien es zu riskant. Zudem könnten die Pferde scheuen und das ganze Camp alarmieren.
Harraburas Leute verständigten sich mit Handzeichen, was zu tun war, aber Stan Hatbox nahm ihnen die Entscheidung ab.

Statt die Fußfesseln anzulegen, band er die Pferde an einem Baum fest und ging auf seine drei Kidnapper zu.
Im ersten Schreck wollten sie davonlaufen, weil sie glaubten, entdeckt worden zu sein, doch dann sahen sie, daß Stan sich die Hose aufknöpfte. Ein breites Grinsen zog über das Gesicht der Schwarzen.
Stan ließ die Hose runter und hockte sich, mit dem Rücken zu seinen Angreifern, ins Gras. Mit einem Satz waren sie bei ihm, schlugen ihn mit der Keule bewußtlos und zogen ihn mitsamt der herunterhängenden Hose ins Gebüsch. Sie entkamen unbemerkt mit ihrer Beute.
Harrabura strahlte. »Wir müssen uns beeilen«, flüsterte er. Sie fesselten Stan an Händen und Füßen und warfen ihn dem kräftigsten Krieger wie ein erlegtes Känguruh über die Schulter. Dann hasteten sie mit ihrer Last durch den Busch in Richtung Berge.
Captain Cope tobte. In letzter Zeit ging ihm aber auch alles schief. Jetzt, wo sie dabei waren, ihr Lager aufzuschlagen, merkte er erst, daß diese ausgemachten Idioten sein Zelt vergessen hatten. Nach einem heißen, trockenen Tag sank die Nachttemperatur gewöhnlich auf fünf Grad Celsius und brachte reichlich Morgentau mit sich. Cope stapfte durch das Lager und wies die Männer an, ihm aus Baumstämmen eine *Gunyah*, eine Eingeborenenhütte, zu bauen.
»Ihr wißt doch, wie das geht, oder?« bellte er. »Eure Väter, falls ihr welche gehabt habt, werden es euch gezeigt haben. Und jetzt klotzt ran, ihr nutzloses Gesindel.«
Die provisorische Unterkunft des Captains war schnell gebaut. Feldbett, Stuhl und Tisch wurden aufgestellt und die Petroleumlampe angezündet. Als die Männer sich an die Zubereitung des Abendessens machten, stellte sich heraus, daß Copes gepökeltes Schweinefleisch ebenfalls fehlte. Im Camp ging es bald drunter und drüber. Drei Pferde, die nicht richtig angebunden waren, scheuten wegen eines Geräusches und rissen sich los. Sie galoppierten über die Lichtung, setzten über die Lagerfeuer, über denen Töpfe mit Hammeleintopf hingen,

zertrampelten Blechgeschirr und warfen Becher mit Tee um, bevor sie am anderen Ende des Camps in die Freiheit galoppierten.
Bobby Cope stand am Eingang zu seiner Behelfshütte und brüllte Befehle in das Chaos, während er sich mit hochprozentigem Rum warm hielt. Das Abendessen bestand aus verkohlten Kartoffeln und Eintopf mit Sandeinlage und war ungenießbar. An diesem Abend stellte Cope vorsorglich Wachen auf. Er kroch mit der Flasche Rum ins Bett, um sich darüber hinwegzutrösten, daß er mit einer Truppe uniformierter Orang-Utans geschlagen war.
Irgendwann mitten in der Nacht wurde er von einem der Männer geweckt, weil angeblich noch etwas fehlte.
Der Captain wünschte den Kerl zum Teufel und erklärte, daß, was immer es sei, bis zum Morgen Zeit habe.
Am nächsten Tag verbrachten sie Stunden damit, den vermißten Kameraden im neblig-trüben Licht zu suchen. Schließlich erklärte Captain Cope, daß der Soldat Hatbox wohl ›herumwandere‹. Copes dürftiges Wissen über die Aborigines beschränkte sich auf eine vage Vorstellung von ihren Wanderungen. Die Männer fanden das zum Totlachen, hatten sie doch längst ihre Beziehung zu den Mythen ihres Volkes verloren, und das traditionelle ›Herumwandern‹ gab es für sie nicht mehr. Ihrer Ansicht nach war Hatbox entweder von einer Giftschlange gebissen worden und irgendwo im Busch verendet oder einfach desertiert, wie schon so viele vor ihm.
Cope glaubte fest daran, daß Stan irgendwann zurückkommen würde und drohte für diesen Fall mit den schlimmsten Strafen. Dann hieß er seine Leute zusammenpacken und aufbrechen.
Inzwischen hatte Stan das Bewußtsein wiederlangt und die Hosen hochgezogen. Voller Panik stolperte er neben seinen Kidnappern her, die ihn aus den nebligen Talgründen bergan trieben. Es wurde immer unwegsamer, sie kletterten gähnende Abgründe entlang und kraxelten über Steilhänge, die eigentlich nur Gemsen bewältigen konnten. Stan wagte nicht, in die Tiefe zu blicken. Er hatte keine Ahnung, wohin es ging und

was sie von ihm wollten, und konnte auch nicht fragen, denn sie sprachen ein für ihn unverständliches Kauderwelsch, den Dialekt eines anderen Stammes.
Immerhin begriff er, daß sie ihn für irgendeinen Zweck brauchten und deshalb am Leben ließen. Solange er sich auf dieser halsbrecherischen Tour nicht das Genick brach, war er vorerst sicher.
Sie zogen tagelang weiter, von morgens bis abends, und um ihn an jeglichem Fluchtversuch zu hindern, wurde der Gefangene wie ein erlegtes Tier mit Stricken auf dem Pferd festgebunden. Aber Stan war so erschöpft, daß er selbst in dieser Position Schlaf fand.

Paul MacNamaras Ritt mit seinen schwarzen Begleitern verlief vergleichsweise angenehm und zog sich über Tage hin. Wäre da nicht die Sorge um Goodings Truppe und um seine Farm Oberon gewesen, hätte er ihn sogar genossen. Die Schwarzen führten ihn mitten in die geheimnisvollen Berge hinein, und je höher sie hinaufstiegen, desto überwältigender wurde der Ausblick.
Einer der grimmigen Krieger sprach mit Wodoro, der wiederum wandte sich an Paul. »Dieser Mann heißt Kamarga. Er sagt, er kennt dich. Er sagt, du hast seinem Volk einen Ochsen geschenkt.«
Paul betrachtete den Eingeborenen, der ihn unbefangen anlächelte. Dann erinnerte er sich. »Bei Gott, ja. Das stimmt.« Er streckte die Hand zum Gruß aus. Der Schwarze ergriff sie und schüttelte sie nach Manier der Weißen so heftig, daß Paul befürchtete, sein Arm würde ausgekugelt. Er ließ sich jedoch nichts anmerken.
»Sag Kamarga bitte, daß dies ein wichtiger Augenblick ist«, bat er Wodoro. »Und daß ich es bedauere, nicht schon früher versucht zu haben, seinem Volk die Hand zu schütteln.«
Während Wodoro übersetzte und Kamarga mit ernster Miene zuhörte, fuhr Paul fort: »Es tut mir auch leid, daß ich immer

viel zu beschäftigt war, um die Sprache seines Stammes zu erlernen. Ich hoffe, daß es dafür noch nicht zu spät ist.«
Während er dies sagte, wurde ihm bewußt, daß es für ihn selbst vielleicht schon zu spät sein könnte, ganz nach dem Ermessen des Richters, zu dem er geführt wurde. Er befand sich wie in einem Schwebezustand, taumelte zwischen zwei Welten und war trotzdem so ruhig und gefaßt wie lange nicht mehr.
Wodoro übersetzte Kamargas Worte. »Kamarga glaubt, daß du es ehrlich meinst. Und er besteht darauf, daß sein Volk deine Frauen nicht getötet hat.«
Kamarga sagte noch etwas, das Wodoro überraschte. »Er sagt, er glaubt, daß Harrabura es weiß.«
»Wer ist Harrabura?« wollte Paul wissen.
Wodoro sah in betrübt an. »Der Mann, den wir aufsuchen«, erklärte er.
Wodoro ließ Paul und seine Bewacher zurück und machte sich mit Malliloora auf den Weg zu Harrabura. Sie fanden ihn am großen Felsen. Der alte Mann war bestürzt, als er vom Überfall der Weißen und dem erbitterten Kampf erfuhr, der sich in seiner Abwesenheit abgespielt hatte. »Ich fürchte, jetzt ist es zu spät für den Frieden«, klagte er. »Und meine Bemühungen sind sinnlos geworden.«
Es blieb Malliloora überlassen, Harrabura von dem Gefangenen zu berichten, über den er richten sollte, ihm zu sagen, wie der Weiße hieß, und die Umstände seiner Gefangenname zu schildern. Diese Neuigkeit war so bedeutsam, daß Harrabura seinen eigenen Gefangenen vorerst nicht erwähnte und sich die Ereignisse ausführlich schildern ließ. Wodoro hatte sein Versprechen, mit dem Mann zu reden, eingelöst, wenn auch nur durch einen Zufall, und war somit entlassen. Harrabura blieb mit Malliloora allein, um sich mit ihm in dieser wichtigen Angelegenheit zu beraten.
Am nächsten Morgen wurde Wodoro darüber informiert, daß man im Gedenken an den Alten Mann, den der Gefangene hatte aufsuchen wollen, dem Weißen die Freiheit wiedergeben wollte – unter der Bedingung, daß er für Frieden in der Region

sorgte. Kamarga sollte ihn so weit begleiten, wie der weiße Mann für seine Sicherheit garantieren konnte.
»Ich werde es ihm sagen.« Wodoro wollte gehen, doch Harrabura hob die Hand.
»Warte. Wir haben noch einen Gefangenen.«
Wodoro konnte es nicht fassen, als Harrabura stolz seinen Gefangenen präsentierte, den Wodoro an der schlampigen Uniform sofort als einen Angehörigen der verhaßten Eingeborenenpolizei erkannte.
Harrabura wies mit dem Finger auf Stan Hatbox. »Wir haben hier ein Problem. Obwohl er der schwarzen Rasse angehört, können wir nicht mit ihm reden, er spricht aber die Sprache der Weißen. Malliloora muß so schnell wie möglich diese Sprache lernen, sonst können wir uns nicht mit ihnen verständigen, wenn du einmal fort bist.«
»Der weiße Mann hat versprochen, unser Volk wieder ins Tal zu lassen und von ihm zu lernen«, erinnerte ihn Wodoro.
»Und wenn er durch den Biß einer Schlange stirbt oder vom Pferd stürzt, was dann? Ich möchte, daß Malliloora die Sprache lernt, und es wird uns eine Ehre sein, dich an einen sicheren Ort einzuladen, wo du dich mit ihm zurückziehen und ihm alles beibringen kannst.«
Wodoro wußte, daß er diesem Stamm einen Gefallen schuldete, und willigte ein.
»Gut«, sagte Harrabura und wandte sich an Malliloora. »Paß gut auf. Wodoro wird dieses Stück Dreck jetzt für uns befragen.«
Stan Hatbox wurde vorwärts gestoßen, und Harrabura feuerte die erste Frage ab. »Frag ihn, wer die weißen Frauen mißbraucht und getötet hat.«
»Was?« Wodoro mochte nicht glauben, was er da hörte, aber der alte Mann wartete. Also stellte er die Frage.
Stan schüttelte heftig den Kopf. »Weiß nich'. Wie soll ich das wissen?«
Wodoro brauchte Stans Worte nicht zu übersetzen, Harrabura

verstand auch so. Er nickte zweien seiner Männer zu, die Stan packten, an den Rand des Felsens zerrten und drohten, ihn in die Tiefe zu stoßen. »Frag ihn noch einmal«, wurde Wodoro angewiesen.

Stan geriet in Panik. »Ich war's nicht«, kreischte er, »Charlie Penny hat's getan!«

Als er diesen Namen hörte, atmete Harrabura erleichtert auf. Er war also auf der richtigen Spur. »Dieser Verbrecher ist tot«, erklärte er Wodoro. »Frag ihn, wer noch dabei war.«

Stan erging sich in Ausflüchten und behauptete, nichts zu wissen, bis starke Hände ihn erneut in die Höhe hoben und über den gähnenden Abgrund hielten. Er schrie und bettelte um Gnade, bis sie ihn wieder absetzten.

»Die Frau hat einen von ihnen erschossen«, sagte Harrabura. »Frag ihn, wen sie getötet hat.«

Als Wodoro diese Frage übersetzte, fiel Stan auf die Knie. »Woher weiß er das?« flüsterte er, tödlich erschrocken.

»Er ist ein großer Zaubermann«, klärte Wodoro ihn auf. »Du sagst also besser die Wahrheit. Er weiß, wann du lügst.«

Stan wurde klar, wer mit dem Knochen auf Charlie gezeigt hatte, und begann hysterisch zu schnattern. Wodoro befahl ihm, ruhig zu sein, und wiederholte seine Frage.

»Sie hat meinen Bruder erschossen«, wimmerte Stan.

»Wer?«

»Die Missus. Mrs.MacNamara.«

Wodoro stieß einen leisen Pfiff aus und übersetzte.

»Aha.« Harrabura nickte. »Ich habe das vor meinem inneren Auge gesehen, konnte es aber nicht verstehen. Frag ihn weiter.«

Allmählich kam die ganze schreckliche Geschichte ans Licht, vom Abfackeln der ersten Farm bis zum Mord an den zwei Frauen, wobei Stan seinen eigenen Part säuberlich ausließ und auf seine Speerwunde verwies. Er wollte möglichst viel Schuld auf Blackie Bob abwälzen, der, wie er Wodoro erklärte, wegen einer anderen Sache in Rockhampton im Gefängnis saß. Es würde die Situation noch verschärfen, wenn diese Horde

Schwarzer erfuhr, daß Blackie einen von ihnen auf dem Gewissen hatte.
»Jetzt ist alles klar«, sagte Harrabura nach einer Weile. »Und dafür mußte so viel Blut fließen. Bringt den weißen Mann herbei, damit er hört, was dieser Kerl zu sagen hat.«
Paul betrat den Felsen, und sein erster Blick fiel auf Stan Hatbox. »Was zum Teufel macht der hier?« fragte er.
Niemand reagierte. Paul wurde Harrabura vorgestellt, der ihn einlud, neben ihm auf dem Felsen Platz zu nehmen. Während Paul sich umständlich niederließ, erhob sich eine heftige Brise, die nach Salz schmeckte. Paul vermutete, daß sie sich auf dem Kamm der Ranges befanden. Aus dem Augenwinkel nahm er einen Streifen türkisblauen Meeres wahr.
»Er begreift immer noch nicht«, murmelte Harrabura und Wodoro nickte. Er ließ Stan nicht aus den Augen, der noch mehr in Panik geriet, als er den Boß-Mann erblickte. »Du kennst diesen Mann?« fragte Harrabura Paul.
»Ja. Er gehört zur Eingeborenenpolizei.«
»Er ist einer von denen, die deine Frau getötet haben«, erklärte Wodoro ruhig. Paul zuckte zusammen und glaubte, sich verhört zu haben.
»Die lügen, diese Schurken«, schrie Stan. »Hören Sie nicht auf die, Boß! Ich war's nicht!«
Paul sah Harrabura an, blickte in dieses dunkle, würdevolle Gesicht, in dem unendliche Weisheit geschrieben stand, und richtete seine Worte nur an Harrabura, im Vertrauen darauf, daß dieser Mann ihn verstand. »Ist das wahr?«
Harrabura erwiderte seinen Blick und nickte bedächtig. Paul wäre am liebsten aufgesprungen, um diesen Kerl zusammenzuschlagen, aber irgend etwas hielt ihn zurück, lähmte ihn.
Wodoro übersetzte, was Harrabura ihm auftrug. »Er hat mich gebeten, dir genau zu berichten, was passiert ist, und dich nicht zu schonen. Er sagt auch, daß dieser Mann lügt, denn er war an dem Verbrechen beteiligt.«
Die Hände vors Gesicht geschlagen, hörte Paul sich die ganze schreckliche Geschichte an. Er hatte sich immer gefragt, wie

die Angreifer Jeannie kampflos so nah gekommen sein konnten, und erfuhr nun, daß sie Clara verteidigt und einen von ihnen erschossen hatte. Hilflos begann er zu weinen. Als Wodoro die gräßliche Szene unter den Trauerweiden schilderte, sprang Paul auf und wollte sich auf Stan stürzen.
Kamarga hielt ihn fest, während Wodoro den Rest der Geschichte erzählte, wie das Trio seine Spuren verwischt und Billy Hatbox in der Nähe der abgebrannten Farm begraben hatte.
»Du warst das?« Paul zitterte vor Wut. »Du hast meine Frau getötet!«
»Ich hab's nicht allein getan«, winselte Stan. »Sie haben's doch gehört, Blackie Bob war auch dabei, aber das ist jetzt egal. Sie werden uns sowieso töten. Und Sie kommen hier auch nicht lebend raus!«
Paul wandte sich an Wodoro. »Diese Bande hat sie also getötet«, sagte er mit bebender Stimme. »Als sie in Oberon auftauchten, habe ich keinen Moment lang Verdacht geschöpft. Großer Gott«, stöhnte er. »Und wir waren auch noch froh, daß die Kerle kamen.«
»Und dann habt ihr alle guten Leute weggeschickt«, sagte Wodoro voller Verachtung. »Ihr seid wirklich zu dämlich.«
»Hör schon auf, verdammt noch mal!« fuhr Paul ihn an. »Sag Harrabura, wie leid es mir tut, daß ich sein Volk verdächtigt habe.«
»Die Kutabura und andere schwarze Stämme ebenfalls.«
»Ja, sag's ihm«, lenkte Paul ein. »Laß uns zum Ende kommen.«
Wodoro übersetzte, und Harrabura erhob sich feierlich.
»Du bist frei und kannst gehen«, sagte Wodoro und erläuterte die Bedingungen, die Paul dankend akzeptierte. »Ich werde den da mitnehmen, und beide werden hängen.«
»Das geht nicht«, erwiderte Wodoro rasch. »Das steht dir nicht zu. Du kannst den anderen haben, Blackie Bob.«
»Ich muß ihn aber als Zeugen mitnehmen.«
»Unmöglich«, erklärte Wodoro und blickte an Paul vorbei.

Der fuhr herum und sah gerade noch, wie Stan Hatbox durch die Luft flog, hörte den gellenden Schrei, der an den Wänden der Schlucht unendlich lang widerhallte und dann abrupt verstummte.

Nach diesem schrecklichen Erlebnis und Wodoros erschütterndem Bericht brauchte Paul Zeit, um sich zu sammeln. Er merkte nicht, daß Kamarga ihn stützte und zu einer abgelegenen Stelle führte, wo er sich auf einen Baumstumpf setzte und auf das Meer hinaus starrte.

Ein Adler mit einer Schlange im Schnabel kreiste vor ihm, um dann in seinem Horst hoch oben in den Baumwipfeln zu landen, wo die Jungen ihn gierig kreischend begrüßten. Paul versuchte, sich auf diesen Vogel zu konzentrieren, um seine Gedanken wieder in normale Bahnen zu lenken. Er mußte sich damit abfinden, daß die Mühlen des Lebens unerbittlich weitermahlten, egal was geschah.

Seine Gedanken wanderten erneut zu Jeannie und Clara.

Jeannie hat einen der Mistkerle erwischt, tröstete er sich. »Genau zwischen die Augen«, wie Wodoro berichtete. Wenigstens war ihr diese Genugtuung vor ihrem Tod noch vergönnt gewesen. Von den dreien waren also zwei tot, einen galt es noch zu strafen.

Auf Harraburas Drängen hin hatte Wodoro erklärt, daß Charlie Penny »durch den Knochen« umgekommen sei. Wodoro beschränkte sich stets darauf, nur das Nötigste zu sagen und würde auch hier kein weiteres Wort über die Sache verlieren. Paul, der im Busch aufgewachsen war, wußte, daß ›mit dem Knochen auf jemanden zeigen‹ für die Aborigines eine schreckliche Bedeutung hatte, selbst für Abtrünnige wie Charlie Penny. Es blieb also nur noch Blackie Bob, und Paul würde ihn finden.

Er hielt Zwiesprache mit Jeannie. Jetzt, da die drei Schuldigen feststanden, betete er, daß Jeannie ewige Ruhe finden möge, und versprach, auf Oberon zu bleiben und sich um ein friedliches Auskommen mit den eingeborenen Stämmen zu bemühen. Es würde schwer werden, Freunde und Nachbarn davon zu überzeugen, es ihm gleichzutun. Der größte Fehler, das wußte er jetzt, war gewiß, ungebildete, unerfahrene Schwarze bei dieser Eingeborenenpolizei zu legalen Mördern abzurichten.

Jetzt und hier schwor sich Paul MacNamara, erst dann zu ruhen, wenn diese Truppe aufgelöst war und Leute wie Captain Cope von der Armee suspendiert worden waren; er wußte leider auch, daß solche Leute nicht mit Disziplinarstrafen für die von ihren randalierenden Horden begangenen Morde belangt wurden.

Die Nachmittagssonne brannte auf seinen Rücken. Nach einem letzten Blick auf das Meer und das üppige Grün der Küste wandte Paul sich ab und kletterte auf das Felsplateau zurück. Außer Kamarga hatten ihn alle verlassen. Kamarga stand reglos, wie ein dunkler Schatten, vor dem sich rosa färbenden Himmel.

»Wo sind die anderen?« fragte Paul beunruhigt, aber Kamarga verstand nicht und zuckte nur die Schultern.

»Wo ist Wodoro?« versuchte Paul es erneut.

Kamarga setzte seinen Speer ab, holte tief Luft und formte die beiden Worte, die Wodoro ihm beigebracht hatte. »Nach Hause«, sagte er, den Blick fest auf Paul gerichtet.

»Nach Hause?« wiederholte Paul ungläubig, und Kamarga lächelte glücklich, weil er richtig geantwortet hatte.

»Nach Hause«, sagte er noch einmal im Brustton der Überzeugung.

Paul hatte keine Vorstellung davon, wo sie sich befanden und in welcher Richtung Oberon lag. Kamarga führte ihn ein Stück den Berg hinunter zu einem Aussichtspunkt. Von dort aus konnten sie den Fitzroy River erkennen, der sich wie ein silbernes Band durch das Tal wand. Paul mußte daran denken, wie er mit seinem Bruder John vom Tal aus auf diese wilden Berge geblickt hatte. Ihn übermannte die Erinnerung, und er brach in Tränen aus.

Kamarga klopfte ihm auf die Schulter und wies in die Ferne

jenseits des Flusses, wo die Lichter von Rockhampton funkelten. Paul begriff, daß die Stadt näher lag als Oberon, und daß Kamarga ihn nach Rockhampton bringen würde.
Er nickte als Zeichen, daß er verstanden hatte und einverstanden war. Dennoch drängten sich ihm neue Fragen auf. »Wo ist Wodoro? *Wer* ist Wodoro?«
Kamarga konnte diese Fragen nicht beantworten. Daß Harrabura zu den Clans zurückgegangen war, um auf Friedensverhandlungen zu drängen, wußte er, aber Wodoro vom Stamm der Tingum? Er hatte sich mit seinem Schüler Malliloora an einen geheimen Ort zurückgezogen und würde danach weiterziehen, um sein Wissen und seine Hilfe anderen Stämmen anzubieten. Kamarga würde mindestens drei Tage brauchen, um diesen Mann ins Tal zu geleiten, und er wollte diese Zeit nutzen, wie Wodoro ihm geraten hatte, um die Sprache der Weißen zu lernen. Der weiße Mann schien beunruhigt, weil Wodoro kein Wort des Abschieds hinterlassen hatte, aber warum sollte er? Wodoro war bloß ein Dolmetscher, und obschon er sein Leben risikiert hatte, um den Boß-Mann zu warnen, hatte dieser wiederum Wodoro das Leben gerettet.
Eine Legende, die Malliloora bereits für die Nachwelt aufbereitete, und Kamarga war stolz darauf, ein Teil davon zu sein.

Am zweiten Tag übernahm Tyler die Führung, um das Häuflein Versprengter durch hohes Buschgras und endlose Wälder nach Oberon zurückzubringen. Gooding, der eine Gehirnerschütterung erlitten hatte, hing mehr auf seinem Pferd als daß er saß, und einer seiner Soldaten, Hal Simmonds, ritt neben ihm und hielt ein Auge auf ihn.
Es war sinnlos, Tyler wußte, daß sie sich verirrt hatten. Er konnte keinerlei markante Zeichen in dieser eintönigen Landschaft ausmachen. Als ein Reiter durch den Busch auf sie zugesprengt kam, glaubten sie schon, Hilfe würde nahen, aber es war bloß Rory, der auf Umwegen zur Truppe zurückgefunden hatte.

Sie ritten auf eine Anhöhe, in der Hoffnung, von dort aus endlich Oberon sehen zu können, und entdeckten bloß verlassene Koppeln und Viehställe. Es gab jedoch Spuren eines vor kurzem abgebrochenen Lagers. Tyler beschloß, den Trampelpfaden der Viehherden zu folgen.

Das brachte sie nicht nach Oberon, doch bei Sonnenuntergang kamen zwei Viehtreiber auf sie zugeritten. »Wohin des Wegs?« riefen sie von weitem.

»Nach Oberon«, rief Tyler zurück.

»Das ist die falsche Richtung«, erklärten die Männer. »Das hier ist ein Viehtreck nach Rockhampton. Die Treiber sind mit dem Vieh auf dem Weg dorthin.«

Einer der Männer erkannte den Trupp. »Seid ihr nicht mit MacNamara losgeritten?«

»Ja«, sagte Tyler. »Wir haben Ärger bekommen.«

»Und wo ist der Boß?« wollte der Mann wissen.

Tyler schüttelte den Kopf. »Keine Ahnung. Wir sind in einen Hinterhalt geraten.«

»Ihr habt ihn zurückgelassen?« fragte der Viehtreiber vorwurfsvoll.

Tyler war zu erschöpft, um irgendwelche Erklärungen abzugeben. »Wenn ihr uns bloß nach Oberon bringt. Wir erklären euch alles unterwegs.«

Als endlich die Lichter von Oberon auftauchten, fiel Tyler ein Stein vom Herzen. Eine Schar von Reitern, Gus an der Spitze, kam ihnen entgegen. »Pauls Pferd ist allein zurückgekommen«, rief der Aufseher. »Wo ist der Boß?«

Während sie zur Farm eskortiert wurden und Tyler alles erklärte, fühlte er sich, als sei er auf Feindesland. Die Soldaten schwiegen, und Gooding war einer Ohnmacht nahe, die feindseligen Blicke und knappen, scharfen Fragen galten allein ihm, als ob er für dieses Debakel verantwortlich sei.

Tyler wünschte sich meilenweit weg und entschied, daß dieses Problem nicht länger seines war. Er würde so schnell wie möglich nach Rockhampton zurückreiten. Sollten sie hier doch allein mit den Schwarzen klarkommen. Nach diesen ersten Erfahrungen im Konflikt mit den Eingeborenen war der Kreuzfahrer in ihm – der die Aborigines immerhin nicht gleich verdammte – gestorben. Es kümmerte ihn nicht mehr, was mit ihnen geschah. Er würde sich auch nicht mehr für ein Freiwilligenkorps gewinnen lassen. Das war nicht sein Krieg.

Eine gespenstische Stille lag über MacNamaras Anwesen. Die Männer bewegten sich wie auf Zehenspitzen, standen murmelnd in kleinen Gruppen beisammen und werkelten auf dieser nunmehr herrenlosen Farm herum, kaum fähig, ihre Trauer über das Schicksal der MacNamaras zu bewältigen. Unbewohnt, wie es war, verströmte das Haus die unpersönliche Atmosphäre eines leeren Versammlungsgebäudes, die Männer wanderten ruhelos umher und mieden still und respektvoll die Räume der Verstorbenen.
Sie beklagten den sinnlosen Tod von Paul, denn gerade heute war ein Reiter aus Rockhampton mit der erlösenden Nachricht eingetroffen, daß die Mörder der Frauen gefaßt und gehängt worden seien.
Gus hatte zunächst erwogen, einige Reiter auf die Suche nach dem Boß zu schicken, aber wo hätten sie ihn suchen sollen? Er wußte, daß Gooding diese Expedition praktisch nur Paul zuliebe unternommen hatte, in der Vorstellung, sich ein paar Tage lang in den Bergen aufzuhalten, um zu versuchen, Kontakt mit dem alten Gorrabah aufzunehmen. Dann wollte er sich mit seiner Truppe wieder zurückziehen, ob sie Gorrabah nun gefunden hatten oder nicht. Gus mußte sich eingestehen, daß seine Reiter in jedem Fall zu spät gekommen wären.
Das Schicksal hatte erneut zugeschlagen.
Nach diesen schlimmen Neuigkeiten war Gus vollauf damit beschäftigt, die Leute im Zaum zu halten. Einige Hitzköpfe wollten sofort in die Berge aufbrechen und blutige Rache nehmen, jeden Wilden, der ihnen vor die Flinte kam, erschießen und ein für allemal mit diesen schwarzen Bastarden aufräumen. Gus machte ihnen klar, wie gefährlich ein solches Unterfangen war, daß sie in der Minderheit waren und dieser Vergel-

tungszug sie am Ende das Leben kosten konnte. Zu guter Letzt siegte seine Autorität. Gus hatte sich als unerschrockener und erfahrener Reiter und mit seiner unerschütterlichen Loyalität als Aufseher der Farm den Respekt dieser harten, draufgängerischen Männer erworben. Sie lenkten ein und warteten auf seine Anweisungen.

Lieutenant Gooding hatte mit Tylers Hilfe einen minutiösen Bericht von dem Überfall und den Gefallenen zu Papier gebracht. Dann war er zusammengebrochen. Die Männer wußten eine Gehirnerschütterung nicht zu behandeln, das war etwas anderes als Arm- oder Beinbrüche, wie sie alle Tage vorkamen, also ließen sie den Lieutenant einfach schlafen.

Tyler nahm sich unterdessen Gus vor und befragte ihn über die Gefangennahme der beiden Schwarzen, während er sich Notizen machte. Mit freudiger Überraschung konstatierte er, daß die Mörder auf Boyd Roberts' Eigeninitiative hin gefaßt worden waren, aber Gus sah die Sache anders. »Ich trau' dem Burschen nicht. Warum hat er sie nicht zu uns gebracht? Sie behaupten, er habe die Gefangenen schützen wollen.«

»Das ist nur recht und billig«, meinte Tyler. »Wenn er die Mörder von Jeannie und Clara nach Oberon gebracht hätte, wäre der Teufel los gewesen. Es hätte eine Lynchjustiz gegeben. Ich finde, er hat wirklich im Interesse des Gesetzes gehandelt.«

»Seit wann zeigt Roberts an irgend etwas anderem Interesse als an seinem eigenen Wohl?« gab Gus zurück. »Das Militär hier vor Ort hätte eine Lynchjustiz garantiert verhindert, und Paul und seine Leute wären noch am Leben. Die Expedition in die Berge wäre gar nicht nötig gewesen.«

»Ja, ja, schon gut«, lenkte Tyler ein. »Sie haben ja recht. Es war alles umsonst.«

»Ich hab' verflucht recht. Es war umsonst. Und Schuld daran hat dieser verdammte Roberts.«

»Sie können Roberts nicht die Schuld geben«, fuhr Tyler Gus an. »Er konnte ja nicht wissen, was wir vorhatten.«

Gus hieb mit der Faust auf den Tisch. »Konnte er nicht, ja?

Dann schreiben Sie mal schön mit. Eine unserer Grenzwachen traf auf Roberts Leute und hat ihnen gesagt, daß Lieutenant Gooding und seine Truppe in Oberon angekommen seien. Dieser Mistkerl Roberts wußte genau, daß das Militär hier war. Und ich würde zu gern wissen, wie er es fertiggebracht hat, Informationen aus den Schwarzen rauszuholen, wenn wir es nicht konnten.«

»Soweit ich weiß, wendet er andere Methoden an«, sagte Tyler.

»So sagt man. Aber diese Wilden sprechen kein Englisch. Und wenn Sie meinen, daß sie ihm einfach gezeigt haben, wo er reinmarschieren muß, damit er sich die Mörder rauspicken und wie zahme Lämmchen abführen kann, dann sind Sie nicht ganz dicht.«

»Es könnte aber doch so gewesen sein«, meinte Tyler ein wenig verunsichert.

»Wer's glaubt, wird selig. Denken Sie doch bloß mal dran, wie es Ihnen ergangen ist. Sie wollten nicht mal Gefangene machen und waren noch dazu in Begleitung von Kavallerie, Mann! Roberts will es gerade mal mit drei Mann mit all diesen Schwarzen aufgenommen haben. Blödsinn!«

»Wir kennen eben die ganze Geschichte noch nicht«, versuchte Tyler Roberts zu verteidigen.

»Werden wir auch nie erfahren«, gab Gus barsch zurück. »Morgen früh nehme ich alle Männer mit, wir reiten die Gegend ab, falls Paul oder einem der anderen doch die Flucht gelungen ist und sie Hilfe brauchen. Sie bleiben besser hier und ruhen sich aus.«

Gus ritt in Begleitung von zwei schwerbewaffneten Soldaten, für den Fall, daß sie angegriffen würden, aber es blieb alles ruhig, und sie entdeckten keinen einzigen Schwarzen. »Ich glaube, das war die Revanche«, sagte Gus. »Roberts hat zwei von denen geschnappt, also haben sich die Schwarzen an Ihren Leuten gerächt.«

»So ist es«, pflichtete Rory bei und grinste gemein. »Jetzt hat das Militär das Sagen. Die werden sich wundern, wenn wir zurückschlagen.«

Gus zuckte ergeben die Schultern. Sie würden Oberon zu einem Schlachtfeld machen, und das war das letzte, was Paul gewollt hätte.

Zum Glück erholte sich der Lieutenant rasch wieder. Da die Suche nach Überlebenden ergebnislos blieb, beschloß er, mit den übriggebliebenen Kavalleristen nach Rockhampton zurückzureiten, um dort auf weitere Befehle zu warten. Er war sich darüber im klaren, daß – sollte eine größere Truppe in dieses Gebiet entsendet werden – er zwangsläufig das Kommando übernehmen mußte.

Er versprach, Mrs. Rivadavia, Pauls Mutter, ein Telegramm zu schicken. »Die arme Frau«, sagte er zu Gus. »Noch eine Hiobsbotschaft für sie. Ich werde sie allerdings ganz offiziell abfassen; ich habe nur mitzuteilen, daß er vermißt wird und wir anzunehmen haben, daß er umgebracht wurde.«

Gus konnte nur nicken. Jetzt, da der Augenblick gekommen war, sich mit dem Tod des Freundes abzufinden, war seine Kehle wie zugeschnürt. »Würden Sie für mich noch etwas hinzufügen? Schreiben Sie ihr bitte, daß ich hier weitermache, bis die Familie über das weitere Schicksal von Oberon entschieden hat. Und daß ich sehr traurig bin.«

»Selbstverständlich«, sagte Gooding.

Bevor sie aufbrachen, nahm Gus Tyler beiseite. »Schätze, Sie sollten anfangen, Ihren Verstand und nicht nur Ihre Ohren zu gebrauchen, wenn Sie sich hinsetzen, um über die Ereignisse zu berichten.«

Poll wußte genau, daß sich, was Klatsch und Tratsch anging, eine Kleinstadt in nichts von einer Bergarbeitersiedlung unterschied; jeder wußte genau Bescheid, was der andere tat. Wenn Big Poll also bei den alten Männern in der Kneipe herumhockte oder mit ihnen im Schatten des großen, knorrigen Banyanbaums Tee trank, erfuhr sie eine Menge über die Bewohner Rockhamptons. Da wurde über Boyd Roberts gesprochen und auf ihre gezielten Fragen hin auch über diesen Mr. Kemp, der Stoker, Toms Pferd hatte. Er sei ein Reporter aus Brisbane, sagte man ihr, ein Kumpel von Roberts, in dessen prächtigem Haus er auch logiere, obwohl er zur Zeit mit Lieutenant Gooding und einem Trupp berittener Polizisten einen Streifzug unternehme. »Dürfte jeden Tag zurück sein«, erklärte man ihr. Poll war zur Stelle, hielt sich im Hintergrund, als Roberts mit seiner Meute in Rockhampton einritt und lauthals Neuigkeiten verbreitete, die Poll nicht weiter interessierten. Wenn sich ihr Tom noch immer hier herumtrieb, würde er sie finden. Sie hatte auf den Goldfeldern hinterlassen, daß sie zu »Rocky« unterwegs war, und jeder Kneipenbesitzer in der Stadt war über sie im Bilde.

Katz und Maus, sinnierte sie, als sie, die Hände in die ausladenden Hüften gestemmt und an ihrer Pfeife saugend, Roberts musterte. Hardcastle schielte immer wieder zu ihr herüber. »Keine Bange, Freundchen«, sagte sie zu sich selbst, »ich bin für Seine Eminenz noch nicht zu sprechen; erst möchte ich mir sein Pferd ansehen.«

Beeindruckt äußerte man sich über Roberts, diesen Hitzkopf, der auf dem besten Weg war, ins Parlament einzuziehen. Poll spuckte aus. Sie verstand nichts von Politik, wollte auch gar nichts davon wissen; sie hatte Wichtigeres vor und jede Menge Zeit. Immerhin merkte sie sich die beiden Männer, die Roberts begleiteten. »Seine Vertrauensleute«, sagte ein Goldgräber. »Sind schon 'ne ganze Weile bei ihm.« Sie nickte, prägte sich auch ihre Pferde ein, um sie im Falle eines Falles wiederzuerkennen.

»Die halten was aus«, murmelte sie und stapfte, des Geschwätzes und der Jubelrufe überdrüssig, unter den Banyan zurück.

Cosmo Newgate war zu Ohren gekommen, daß beim *Brisbane Courier* moderne Druckerpressen installiert wurden. Er machte sich sofort auf, um eine der alten aufzukaufen. Bevor das neue Gerät mit dem Schiff eintraf, räumte er in den Redaktionsräumen gründlich auf und freute sich, daß die Umstände es ihm ersparten, über die Festnahme der Mörder von Mrs.

MacNamara und ihres Dienstmädchens durch Boyd Roberts zu berichten. Seine fragwürdige Genugtuung verwandelte sich jedoch in Enttäuschung, als nach mehr als einer Woche Lieutenant Gooding mit einer weiteren Sensationsmeldung zurückkam: Schwarze hätten die Kavalleristen in den Berserker Ranges überfallen, vier Soldaten und MacNamara seien dabei umgekommen.
So erschütternd diese Nachricht war, so sehr haderte Cosmo doch auch mit seinem eigenen Schicksal. Mit dieser Geschichte hätte er die Auflage verdoppeln und wahrscheinlich sogar Extrablätter in Umlauf bringen können. Er brauchte jetzt das Geld, um die Zeitung wieder auf die Beine zu bringen. Noch immer war er davon überzeugt, daß Roberts hinter der Zerstörung seiner Pressen steckte; da jedoch Jim Hardcastle nicht erpicht darauf schien, die Sache weiterzuverfolgen, schwante Cosmo, daß seine Probleme angesichts aller anderen Ereignisse für den geschäftigen Polizisten nebensächlich waren.
Dennoch fand sich Cosmo zu Besprechungen auf dem Polizeirevier und in der Kaserne ein, bedauerte Gooding, der in einer Zwickmühle steckte, Beschwerden, Vorwürfe und Forderungen der Bevölkerung, etwas zu unternehmen, von sich wies, solange keine Weisungen vom Militärhauptquartier in Brisbane vorlagen. »Die lassen sich Zeit«, raunte Cosmo dem Lieutenant zu.
»Kommt mir gelegen«, gab Gooding leise zurück. »Wär' schön, wenn's einmal beim Reden bliebe. Die in Brisbane können das hier wiederkäuen, solange sie wollen. Als ich um Verstärkung bat, hat man mir Cope und seine Banditen geschickt. Wenn ich jetzt mit den Männern, die mir im Augenblick zur Verfügung stehen, in dieses Gebirge reite, müssen sie sich auf eine hohe Verlustquote gefaßt machen.«
»Warum das?«
»Weil das Gelände einer Festung gleicht und die Verteidiger zum Kampf bereit sind. Cosmo, als ich diese Wand von Schwarzen auf den Hängen über uns sah, ist mir fast das Herz stehengeblieben.«

»Und deshalb mußten Sie MacNamara seinem Schicksal überlassen?«
Tyler Kemp mischte sich ein. »Wir hatten keine andere Wahl. Wie Sie ja selbst sagten, Peter: Der Mann hatte den Wunsch, zu sterben.«
»Ein Schwarzer rief ihm was auf englisch zu«, sagte Gooding. »Das hielt ihn zurück.«
»Es hielt ihn nicht zurück«, knurrte Tyler. »Er spielte sich als großer weißer Vater auf und brachte uns damit in Teufels Küche. Er trägt die Schuld am Tod dieser Kavalleristen.«
»Sind Sie auch dieser Ansicht?« fragte Cosmo Gooding.
»Nein. Ich trage weiterhin die Verantwortung. Schlimm genug, das rundheraus sagen zu müssen. Jedenfalls wäre ich Ihnen dankbar, Tyler, wenn Sie Ihre Meinung für sich behielten.«
»Jede Wette«, meinte Cosmo düster, »daß wir seine Version im *Brisbane Courier* zu lesen kriegen. Stimmt's, Kemp?«
»Warum nicht? Die Leser haben ein Recht, Tatsachen zu erfahren.«
»Tatsachen wie die, die Sie über Laura Maskey verbreitet haben?« schnappte Cosmo.
Tyler lachte. »Lassen Sie's gut sein, Cosmo. Sie hätten sich da besser nicht eingemischt. Ich bin völlig ausgepumpt. Wenn Sie mich nicht länger brauchen, geh' ich jetzt.«
»Zu Boyd Roberts?« stichelte Cosmo.
»Ich möchte zu meiner Verlobten und endlich ein bißchen wohlverdiente Ruhe in einem bequemen Bett finden. War ein langer Tag.«
Nachdem er fort war, berichtete Gooding Cosmo, daß Tyler bei Grace Carlisle in Ungnade gefallen war und sie ihn bei den Viehtreibern untergebracht hatte.
»Ist ein widerlicher Kerl«, meinte Cosmo.
»Nicht unbedingt«, erwiderte Gooding. »Man wird nur nicht so recht schlau aus ihm. Ich weiß, daß er in bescheidensten Verhältnissen aufgewachsen ist und ein Faible für Leute mit Geld hat, aber auch einen hellen Kopf. Er hat sich beim *Courier*

eine achtbare Position erkämpft. Und jetzt hat ihn das Luxusleben da draußen auf Beauview, mal ganz abgesehen von der hübschen, jungen Amelia, auf den Geschmack gebracht.«

»Ein elender Schmierfink ist er«, sagte der eingefleischte Journalist. »Einer, der einer reißerischen Geschichte wegen die Wahrheit außen vor läßt.«

»Vielleicht hat man ihn so abgerichtet«, gab Gooding zu bedenken. »Wir sollten dabei aber nicht vergessen, daß, als es für mich Spitz auf Knopf stand, Ihr mieser Reporter umgedreht ist und mich rausgeholt hat.«

»Vermutlich hat er durchgedreht«, spöttelte Cosmo.

»Von wegen. Er ist ein ausgezeichneter Reiter. Ich geb' ja zu, daß er einem mit seiner Klugschwätzerei auf die Nerven geht und Ihnen beruflich nicht das Wasser reichen kann, aber er muß sich wohl erst noch die Hörner abstoßen. Und mögen seine Eltern auch bettelarme Hinterwäldler gewesen sein – beigebracht haben sie ihm jedenfalls 'ne Menge.«

Seine Abneigung gegenüber Tyler Kemp erlaubte Cosmo nicht, zuzugeben, daß Boyd Roberts' neueste rechte Hand auch ihre guten Seiten hatte. »In einem solchen Fall empfiehlt sich ein schriftliches Dankeschön; jetzt, wo er sicheren Boden unter den Füßen hat, werden Sie nichts mehr aus ihm rauskriegen.«

»Genau das habe ich vor«, sagte der Lieutenant, »und dann werde ich um Versetzung in den Ruhestand bitten. Ich bin als Artillerist ausgebildet und zu alt für den Buschkrieg, noch dazu, wenn ich wie eine Bergziege kämpfen muß.«

Mittlerweile war Tyler unterwegs nach Beauview. Er war restlos erschöpft. Um ein Haar hätte er in der Stadt übernachtet, um Amelia nicht als abgekämpfter Buschkrieger mit rotem Stoppelbart und verschossenen, zerfetzten Kleidern unter die Augen zu treten, sondern sie mit dem ihr gebührenden Überschwang zu begrüßen. Aber vielleicht hatte sie erfahren, daß die Männer zurück waren, und wäre gekränkt, wenn er sich nicht blicken ließe.

Er hoffte, daß Boyd irgendwo unterwegs war, nicht nur, um mit Amelia allein zu sein, sondern weil er ihm gegenüber zwiespältige Gefühle hegte. Nicht, daß er Gus' durchaus verständliche Schuldzuweisungen für bare Münze nahm; dennoch plagten ihn Zweifel wie damals, als er seine erste Nacht auf Beauview verbrachte.

Tyler zwang sich, sie zu verdrängen. Was geschehen war, war geschehen. Wenn er erst einmal diese furchtbare Müdigkeit abgeschüttelt hatte, wollte er einen Bericht über den Überfall schreiben. Eine Sensation würde das werden! Tyler Kemp mitten im Geschehen! Eine Story, besser als alle bisherigen über seine Reisen in den Norden, und eine schöne Stange Geld würde sie ihm außerdem einbringen.

Der robuste, keineswegs erschöpfte Greybeard galoppierte den schattigen Pfad entlang, als Tyler hinter sich das Stampfen eines weiteren Pferdes vernahm. Er hielt an und drehte sich um. Nach allem, was er durchgemacht hatte, stand ihm so kurz vor dem Ziel nicht der Sinn nach einer Keilerei.

»Wer da?« brüllte er. Seine Befürchtungen waren umsonst gewesen. Der Fremdling entpuppte sich als eine massige, alte Frau, die rittlings auf einem unförmigen Gaul hockte. »Tut mir leid«, sagte er und schob das Gewehr wieder in die Halterung. »Man kann heutzutage nicht vorsichtig genug sein.«

»Wie wahr«, erwiderte die Frau mit einer Stimme, die ebenso derb wie ihre Erscheinung war. »Sind Sie zufällig Mr. Kemp?«

»Der bin ich.«

»Dann sollten wir uns mal unterhalten«, meinte sie träge.

Tyler starrte die alte Frau an. »Ein andermal, Madam. Ich hab's eilig.«

»Wie Sie meinen«, sagte sie freundlich. »Aber vorher will ich mein Pferd zurückhaben.«

»Was für ein Pferd?«

»Das, auf dem Sie sitzen, Freundchen. Es gehört meinem Mann.«

Tyler seufzte. »Das Pferd gehörte Mr. Roberts. Er hat es mir

überlassen. Jetzt ist es meins, und ich habe nicht vor, mich von ihm zu trennen.«
Die Frau lachte. Ein kehliger, rasselnder Heiterkeitsausbruch. »Nein?« Sie pfiff, worauf Stoker unvermittelt in die Knie ging, so daß Tyler kopfüber vom Pferd fiel.
Big Poll griff in Stokers Zügel und tätschelte ihm den Kopf. »Bist ja mein Guter. Schön, dich wiederzusehen. Und jetzt komm, mein Junge.«
Schimpfend und fluchend hetzte Tyler hinterher, als Poll, Stoker mit sich ziehend, geradewegs in die Stadt galoppierte, wo sie die Pferde vor dem Polizeirevier festband.
Jim Hardcastle blickte verdutzt, als sie ihm Tylers Sattel, seine Tasche und das Gewehr vor die Füße warf. »Ich hab' Toms Pferd gefunden«, sagte sie, »aber ein Dieb wie gewisse andere, die wir kennen, bin ich nicht. Das da gehört Mr. Kemp. Das Gewehr konnt' ich ihm schlecht lassen. Er hätt' mir sonst vielleicht eine Kugel in den Rücken gejagt.«
»Verstehe. Und das da ist das Pferd?«
Sie lächelte Stoker zu. »Ja, ist es.«
»Können Sie beweisen, daß es Ihnen gehört?«
Sie grinste. »Aber ja doch. Passen Sie auf.« Sie stieß erneut einen Pfiff aus, und diesmal nestelte Stoker mit den Zähnen die an dem Geländer festgemachten Zügel auf und trug sie im Maul hinüber zu den Holzstufen. »Wollen Sie, daß er auf die Veranda raufkommt?« fragte sie Jim. »Treppen steigen kann er nämlich auch.«
»Nein, bloß nicht«, lachte Jim. »Die würden wohl sein Gewicht nicht aushalten.« Er ging auf das Pferd zu, besah es sich genau. »Ja, das hat Tyler geritten«, bestätigte er und kraulte das Tier am Kopf. Intelligente Augen unter dichten, grauen Wimpern sahen ihn an. »Ein ganz heller Bursche bist du, wie?« meinte er lächelnd.
Poll strahlte und ließ einen trillernden Pfiff hören. »Bedank dich, Stoker«, rief sie, und das Pferd stellte einen Fuß vor und senkte den Kopf. »Er vergißt nie was«, sagte sie und teilte einen Apfel zwischen beiden Pferden auf. »Und jetzt sagen Sie doch

mal selbst, würde irgendwer ein solches Pferd verkaufen?«
Besorgt schüttelte Hardcastle den Kopf. Keine Frage, es war ihr Pferd, aber was würde Roberts dazu sagen? »Ich muß ihn beschlagnahmen, bis der Sachverhalt geklärt ist«, sagte er.
»So grausam können Sie doch nicht sein!« jaulte Poll. »Armer Stoker, war die ganze Zeit so elendiglich allein. Wir bleiben hier, Stoker und ich, bis wir Tom gefunden haben; so bleibt das Pferd in Reichweite. Außerdem wett' ich, Freundchen, daß Roberts keinen Anspruch auf ihn erhebt. Und wenn das so ist«, knurrte sie, »sollte es Ihnen zu denken geben.«

Also war er doch noch reingelegt worden! Noch dazu von einer Frau! Einer verdammten Frau! Tyler nahm zornentbrannt die letzte Meile seines Weges in Angriff, schleppte sich über die Auffahrt zum Haus, kämpfte gegen den Wind an, der die Bäume zauste und über die Terrasse fegte.
Als er an die Haustür klopfte, öffnete ihm ein ihm unbekanntes, neues Dienstmädchen.
»Ja?« fragte sie und blickte ihn verächtlich an, als wäre er ein Landstreicher.
»Zu Miss Roberts«, antwortete er.
»Wen darf ich melden?«
»Mr. Kemp«, stieß er ungeduldig und noch immer sein Mißgeschick verfluchend aus.
Dann rannte Amelia auf ihn zu, warf sich, ungeachtet seines Äußeren, in seine Arme. »Tyler, mein Liebster, ich bin so froh, dich zu sehen. Wie schön, dich endlich wiederzuhaben. Ich dachte schon, du kämst nicht mehr.«
Boyd erschien, schüttelte ihm lachend die Hand, klopfte ihm auf den Rücken und lud ihn, mit der strahlenden Amelia am Arm, zu einem Drink im Empfangszimmer ein. Kaum hatte Tyler tief durchgeatmet, da platzte er auch schon mit seinem Debakel heraus. »Kaum zu glauben«, fing er an, »da bin ich auf dem Heimweg und endlich in Sicherheit, und dann werde ich überfallen.«

»Oh nein!« rief Amelia. »Bist du verletzt?«
»Wo ist es passiert?« wollte Boyd wissen.
»Auf der Straße hinauf zum Haus, am Hang. Gerade eben.«
»Großer Gott!« sagte Boyd. »Ich jag' ihnen George auf den Hals. Welchen Weg haben sie genommen?«
»Nicht haben«, gestand Tyler kleinlaut, »hat. Ich wurde von einer alten Schreckschraube überfallen. Sie legte mich rein, gab sich ganz freundlich und faselte dann was davon, daß Stoker ihr gehöre oder so ähnlich. Verhexte das verflixte Pferd. Es hat mich abgeworfen, und sie ist mit dem Tier abgehauen, mit meinem Gewehr, meiner Tasche, mit allem! Ich blieb mit leeren Händen zurück. Gleich morgen früh werd' ich sie anzeigen, ungeschoren soll sie nicht davonkommen. Leicht zu erkennen, diese Frau. Sie sieht aus wie ein Walroß.«
Gereizte Stille folgte. Amelia, kein Zweifel, war zutiefst erschrocken, und Boyd schien zu Stein erstarrt. Seine Kinnladen spannten sich, die Augen verengten sich zu Schlitzen; verdrossen fuhr er sich über den Schnurrbart, wie um diese unerfreuliche Nachricht wegzuwischen.
In der Annahme, man glaube ihm nicht, machte Tyler einen neuen Anlauf. »Ich weiß, es klingt verrückt, aber es ist wahr. Ich bin von einer verlotterten, alten Frau aufs Kreuz gelegt worden.« Um die Atmosphäre aufzulockern, riskierte er einen kurzen Lacher. »Aber keine Sorge. Ich suche Jim Hardcastle auf, der wird sie sich schon vorknöpfen. Schlimm genug, daß mir dadurch mein ganzer Schreibkram verlorengegangen ist. Das Pferd jedenfalls wird sie auf keinen Fall bekommen.«
»Vergessen Sie das Pferd«, meinte Boyd, der sich wieder einigermaßen gefangen hatte. »Ich gebe Ihnen ein anderes. War sowieso nur ein minderwertiger Klepper.«
»Sehr freundlich von Ihnen, Boyd, aber Greybeard ist mir ans Herz gewachsen. Ein wunderbares Pferd. Ich werd' nicht zulassen, daß diese verdammte alte Vettel ihn bekommt.«
Boyd stürzte seinen Whisky hinunter. »Zum Teufel mit dem Gaul«, sagte er ungehalten. »Wir haben uns um Wichtigeres zu

kümmern. Einbrecher haben die Räume der *Capricorn Post* verwüstet.«
»Davon hab' ich gehört.«
»Just zu dem Zeitpunkt, als ich sie kaufen wollte«, fuhr Boyd fort. »Wir müssen also jetzt unsere eigene Zeitung starten. Ich habe Ihre Rückkehr erwartet«, sagte er vorwurfsvoll, »und mich gefragt, ob es Ihnen mit diesem Vorhaben ernst ist.«
»Und ob es mir ernst ist damit«, sagte Tyler. Daß die Stimmung nach der Begrüßung derart frostig geworden war, irritierte ihn.
»Dann gilt es, Nägel mit Köpfen zu machen«, sagte Boyd. »Ich möchte, daß Sie nach Brisbane fahren und alle nötigen Geräte kaufen. In wenigen Monaten sind Wahlen; bis dahin muß der Betrieb längst angelaufen sein.«
»Die Zeit ist knapp«, gab Tyler zu bedenken.
»Und wessen Schuld ist das?« Roberts wandte sich mürrisch ab, angelte sich eine Zigarre aus einer silbernen Dose.
Amelia brachte Tyler auf sein Zimmer, wo sie ihn stürmisch küßte. »Ich werde dem Mädchen sagen, sie soll dir ein Bad einlassen«, flüsterte sie.
»Das wäre himmlisch. Wie schön, dich wiederzusehen. Willst du noch immer meine Frau werden?«
»Oh, ja«, erwiderte Amelia und schmiegte sich an ihn.
»Du siehst ein wenig müde aus«, stellte er fest. »Alles in Ordnung mit dir?«
»Ja, mir geht's gut. Ich hatte Sehnsucht nach dir, das ist alles.«
Sie ging auf ihr Zimmer, um sich fürs Abendessen umzuziehen. Wie gut, daß das langärmelige Kleid und der Stehkragen aus gestärkter Spitze die abheilenden Schrammen verbarg. Sie hatte vorgehabt, ihm zu erzählen, daß ihr Vater sie ausgepeitscht hatte, würde es aber nicht über sich bringen. Es war zu peinlich, und möglicherweise würde es seine Einstellung zu Boyd verändern. Nach dem Gespräch von vorhin konnte sie nicht zulassen, daß es zwischen Tyler und Boyd zu einem Streit kam; womöglich untersagte ihr dann der Vater die Heirat. Am liebsten wäre sie mit Tyler durchgebrannt. Ob er

ebenso fühlte? Schwer zu sagen. Vielleicht war er wie all die anderen Männer auch, die für Boyd Roberts arbeiteten und seine Befehle widerspruchslos ausführten.
Möglich auch, daß es Tyler höchst unangenehm wäre, von der Mißhandlung Amelias zu erfahren. Dann wäre er gezwungen, Boyd zur Rede zu stellen und verspielte damit vielleicht die Chance, zu Wohlstand zu kommen.
Nach einigem Hin und Her entschloß sie sich, den Vorfall nicht zur Sprache zu bringen, ihren Vater im Glauben zu lassen, alles sei vergessen und vergeben, auch wenn sie ihm niemals vergeben würde. Ihr trotziges Gesicht, das ihr aus dem Spiegel entgegenblickte, verzog sich zu einem Grinsen, als sie an Tylers Jammern wegen des Pferdes dachte, das man ihm unter dem Sattel weg gestohlen hatte. Tyler war unverletzt geblieben, er konnte die Notizen, die er sich gemacht hatte, aus dem Gedächtnis rekonstruieren; Boyds Gesicht allerdings hatte verraten, daß ihn das, was sich abgespielt hatte, erschreckte. Bei der Erwähnung der alten Frau war Amelia zusammengezuckt, hatte erwartet, ihr Vater würde ihr erneut Vorwürfe machen, dabei – Amelia flocht sich mit geschickten Fingern blaue Bänder ins Haar – hatte es diesmal nichts mit ihr zu tun. Wenn Tyler Anzeige erstatten wollte, würde Boyd ihn nicht davon abhalten können. Ihn konnte er nicht auch noch auspeitschen! Mit keinem Ton hatte er verraten, daß er wußte, wer diese Frau war, und ein warnender Blick hatte Amelia befohlen, den Mund zu halten. Sie hatte gesehen, wie nervös Boyd geworden war, und das tat ihr gut. Was hatte er eigentlich zu verbergen?
Mrs. Davies wurde Amelia immer sympathischer. Diese Frau war wie ein Orkan, und Angst vor Boyd Roberts hatte sie auch nicht.
Amelia legte sich eine weiche Häkelstola um die Schultern und ging lächelnd hinunter zum Essen, als wäre alles wieder im Lot. Sie störte sich nicht mehr daran, daß die neue Köchin, die der Vater eingestellt hatte, ihr Handwerk nicht so gut wie ihre Vorgängerin verstand; statt dessen drängte sie Tyler, ihr von

seinen Unternehmungen, der furchtbaren und tragischen Auseinandersetzung mit den Schwarzen und von seinem Entrinnen in letzter Sekunde zu berichten.
»Paps ist nämlich auch ein Held«, verkündete sie. »Er hat die Mörder dingfest gemacht; die Belohnung ging an seine Leute.«
»Ja«, sagte Tyler. »Sie können froh sein, Boyd, daß Sie es nicht mit dem Haufen zu tun gekriegt haben, dem wir begegnet sind. Wo haben Sie die Kerle aufgespürt?«
»Himmel noch mal, Tyler«, wehrte Boyd verdrießlich ab, »gibt's denn kein anderes Thema als diese verdammten Schwarzen? Ich kann's nicht mehr hören. Und was dieses Pferd angeht – ich habe keine Ahnung, woher es stammt. Und unser Stallbursche ist noch nicht lange genug hier, um Bescheid zu wissen. Soll das verrückte Weib den Gaul doch haben! Warten Sie, bis ich Ihnen die drei Vollblüter zeige, die ich vergangene Woche gekauft habe. Sie dürfen sich einen aussuchen.«
»Darum geht es mir doch gar nicht«, wandte Tyler ein. »Ich hab' nur was dagegen, ausgeraubt zu werden.«
Amelia säbelte wie unbeteiligt an ihrem Fleisch herum. Sie hätte Tyler umarmen mögen! Gut so, dachte sie, zahl's ihm heim. Jedes Wort über das Pferd und Mrs. Davies treibt ihn noch mehr zur Weißglut. Amelia ergötzte sich förmlich an Boyds Verärgerung und überlegte, wie sie ihm ihrerseits zusetzen könnte. Diesem Scheusal!
»Ich denke, ich werde nach Brisbane mitkommen«, sagte jetzt Boyd zu Tyler.
Amelia richtete sich auf. »Prima. Ich etwa auch?«
Boyd musterte sie gleichgültig. »Meinetwegen«, sagte er.
Im Sattel des Vollblüters, den Boyd ihm aufgedrängt hatte, machte sich Tyler am nächsten Morgen umgehend zum Polizeirevier auf. Er hatte keine Chance gehabt, das Geschenk auszuschlagen, der Weg in die Stadt war zu Fuß viel zu weit. Obwohl er seine Ausrüstung zurückerhielt, war er verbittert, daß Hartcastle nichts wegen des Pferdes unternehmen wollte. »Ich bin genau im Bilde«, sagte dieser ruppig, »das Pferd gehört ihr, kein Zweifel. Hab' mich, als Sie weg waren, mit dem Stallbur-

schen unterhalten. Draußen auf Beauview hielt man das Tier für einen herrenlosen Gaul, jedenfalls nicht für ein Zuchtpferd. Was regen Sie sich also auf?«

»Menschenskind! Dieses verdammte Weib hat mich ausgetrickst.«

»Ganz ruhig, Tyler. Sie heißt Big Poll. Jeder kennt sie, und so ist sie nun mal. Sie können froh sein, daß sie nicht auf Sie losgegangen ist. Pferdediebstahl kommt hier genausooft vor wie Mord.«

»Ich hab's aber nicht gestohlen!«

Jim Hardcastle wußte das wohl, war aber nicht willens, sich in Boyd Roberts' Angelegenheiten einzumischen. »Woher sollte sie das wissen?« entgegnete er. »Sie hat sich fair verhalten und Sie laufenlassen. Das Pferd gehört ihr, und damit basta.«

Es schmerzte, auf Greybeard verzichten zu müssen, aber Tyler hatte sich zu fügen. Gedankenvoll verließ er das Polizeirevier. Beauview kam ihm irgendwie verändert vor. Boyd war gereizt, beim kleinsten Anlaß drohte er aus der Haut zu fahren. Die Hausangestellten waren samt und sonders ausgetauscht worden, ohne daß darüber ein Wort verloren wurde, und selbst Amelia war ganz anders. Empfindlich, nervös. Wahrscheinlich war ihm das anzukreiden. Die beiden nahmen ihm übel, daß er so lange fort gewesen war. Daß Boyd es leid war, immer wieder von der Gefangennahme der Männer reden zu müssen, war Tyler verständlich; ihm erging es mit seiner Geschichte nicht anders. Höchste Zeit, sich wieder dem Beruf zuzuwenden. Er begab sich ins Büro der Reederei, wo man ihm mitteilte, daß in zwei Tagen ein Schiff nach Brisbane auslaufen würde. Tyler buchte drei Passagen, genoß die Vorfreude, mit seiner Verlobten nach Brisbane zurückzukehren. Boyd hatte darauf gedrungen, daß sie alle im Royal Exchange abstiegen, dem besten und vornehmsten Hotel der Stadt. Tyler wollte bei dieser Gelegenheit mit seiner Vermieterin reinen Tisch machen und seine restlichen Sachen abholen. Angesichts der großartigen Zukunft, die vor ihm lag, beschloß er außerdem, den Großteil seiner kümmerlichen Ersparnisse abzuheben und davon einen Ring für Amelia zu kaufen. Nach all den schrecklichen Ereignissen war eine luxuriöse Stippvisite Brisbanes mit Amelia im Arm eine verlockende Aussicht.

Am Abend desselben Tages bat er Boyd, in Brisbane seine Verlobung mit Amelia bekanntgeben zu dürfen. Roberts zeigte sich hocherfreut. Tyler hatte ihm voller Kummer berichtet, daß er endgültig auf das Pferd verzichten müsse, und Boyd hatte aufgelacht. »Pech gehabt, alter Gauner. Wundert mich aber immer noch, daß Sie den alten Klepper einem Vollblut vorgezogen haben.« Diskret zog er sich nach der Mahlzeit zurück und überließ den Salon den beiden Turteltauben.
Amelia war entzückt, ihre Verlobung in Brisbane bekanntgeben zu können, vor allem, weil Tyler versprach, die Neuigkeit im *Brisbane Courier* zu veröffentlichen. Ihre Enttäuschung darüber, daß die ganze Aufregung um das Pferd verpufft war, ließ sie sich nicht anmerken. Mit ihrem berühmten und so geistreichen Liebsten saß sie auf dem ausladenden Sofa und erlaubte ihm Unanständigkeiten, die sie in Ekstase versetzten.
Den nächsten Tag, an dem die Männer beschäftigt waren, verbrachte sie damit, das Nötigste für die Reise zu besorgen; wirklich hübsche Dinge wollte sie in Brisbane einkaufen. Jeden Einkauf ließ sie einzeln zur Kutsche bringen, die mitten im Stadtzentrum in der East Street wartete. Schade, daß Laura nicht da war, dachte sie, um ihr von der offiziellen Verlobung zu erzählen. Nun, vielleicht würde sie ihr nach ihrer Rückkehr beim Pferderennen begegnen. Jeder besuchte diese dreitägige Veranstaltung. Deswegen wollte Boyd – sie weigerte sich, ihn in Gedanken länger »Paps« zu nennen – ja auch so schnell wie möglich nach Brisbane, um rechtzeitig zum Rennen wieder zurück zu sein. Amelias augenblickliche Hochstimmung ließ in ihr einen Anflug von Mitgefühl für Laura aufkeimen, die ja jetzt völlig mittellos dastand und sich vielleicht gar nicht leisten konnte, die Veranstaltung zu besuchen.
Es war ein warmer, sonniger Tag, so daß sie, als sie die William Street entlangbummelte, ihren Sonnenschirm aufspannte. Wie

sie erfahren hatte, lebte in einer der Arbeiterhütten Madame Rosetta, eine Zigeunerin, die die Zukunft voraussagte, und genau zu diesem Zweck wollte Amelia sie aufsuchen. Daß die sagenumwobene Dame nur Kunden empfing, wenn eine Schiefertafel mit ihrem Namen am Zaun hing, wußte Amelia ebenfalls.
Auf ihrem Weg dorthin kam Amelia an einer der vielen häßlichen Stehkneipen vorbei, aus der gerade – ausgerechnet! – dieser widerliche Kerl mit den struppigen Haaren torkelte, der für ihren Vater arbeitete. Baxter hieß er, und wenn er sich mal tüchtig schrubbte, mochte er durchaus passabel aussehen; im Augenblick jedenfalls war er voll wie eine Haubitze, was immer das war.
Er schwankte auf sie zu, um sie zu begrüßen. »Tag, Miss«, formten seine Lippen, während er sie anschielte.
Amelia wies ihn mit einem scharfen »Aus dem Weg!« zurecht, ungeachtet seines Einwands, er wolle ihr doch nur sagen, wie hübsch sie aussähe. Er ließ sich nicht abschütteln.
»Meinst wohl, du bist zu schade für mich, wie?« murmelte er. »Hab' ein Mädchen zu Haus', die is' genauso gut wie du.«
»Dann gehen Sie doch zu ihr«, herrschte Amelia ihn an.
»Miss Hochnäsig, wie?« schnauzte er und packte sie am Arm. »Ja? Is' sich zu fein, wenn einer nett zu ihr sein will.«
»Lassen Sie mich los, sie versoffener Kerl!« brüllte Amelia. »Das werd' ich meinem Vater erzählen!«
Er lachte auf. »Ach ja», krächzte er, »der verdammte Kerl. Soll mir gestohlen bleiben. Ich hab' mein Geld gekriegt und fahr' heim.« Unvermittelt wurde er rührselig, Tränen glitzerten in seinen kalten, wäßrigen Augen. »Will sagen, wenn dann noch was von dem Lohn übrig is'.«
»Loslassen, hab' ich gesagt!« schrie Amelia und wehrte ihn mit ihrem Sonnenschirm ab.
Baxter lachte über die Attacke, die er mühelos parierte. »Eine kleine Wildkatze sind wir, wie?« sagte er und tat, als krümme er sich vor Schmerzen. »Komm mit zu meinen Freunden.« Damit zerrte er die jetzt zu Tode erschrockene Amelia, die wie

wild um sich schlug, auf eines der Häuser zu. Er hatte nicht mit Mrs. Davies gerechnet, die plötzlich wie aus dem Nichts auftauchte, weit ausholte und Baxter einen Rückhandschlag versetzte. Er flog durch die Luft und ging zu Boden. Anschließend verpaßte sie ihm noch mehrere gezielte Tritte gegen die Rippen und in den Hintern. Als er wieder auf die Beine gekommen war, suchte er das Weite.

»Was haben Sie denn in diesem Teil der Stadt verloren?« fragte Mrs. Davies Amelia.

»Ich war auf der Suche nach einer Wahrsagerin, und da tauchte dieser Kerl auf und wurde zudringlich.«

Poll grölte vor Vergnügen. »Mir kommen die Tränen! Zu einer verdammten Wahrsagerin will sie!«

»Meinen Schirm hat er demoliert!« ereiferte sich Amelia und warf die Überreste fort.

Poll gluckste. »Elende Mannsbilder. Was die uns alles antun.« Amelia, die die Anspielung nicht verstand, pflichtete ihr bei. »Ein gräßlicher Mensch«, sagte sie. »Ich zittre am ganzen Leib.«

»Dann kommen Sie doch rüber und nehmen Sie für einen Augenblick Platz«, meinte Poll. Sie führte Amelia über die Straße zu dem Banyanbaum, unter dem mehrere alte Seemannskisten standen, Sitzgelegenheiten für ihre Freunde, die jetzt in ihre Stammkneipen abgetaucht waren.

»Danke.« Amelia setzte sich. Daß sie am ganzen Leibe zitterte, konnte man nicht behaupten. »Ich bin Ihnen sehr dankbar, Mrs. Davies, daß Sie mir zu Hilfe gekommen sind.«

»Ha! Gutes Mädchen! Weiß sogar noch meinen Namen!« krächzte Poll.

»Wie könnte ich den vergessen?« meinte Amelia gespreizt. Sie hatte sich bereits völlig beruhigt. »Freut mich, daß Sie Ihr Pferd wiederhaben«, flüsterte sie, aus Angst, jemand könnte sie hören. Dabei war niemand zu sehen.

Poll faßte die letzte Bemerkung als kleine Ermutigung auf, Amelias Nerven zu strapazieren. »Sie armes, kleines Ding. Wie schrecklich, daß junge Mädchen auf der Straße nicht si-

cher sind, ständig werden sie von fremden Männern belästigt.«
Poll wußte, daß dieser Baxter für Amelia kein Fremder war; sie hatte ihn beschattet, seitdem er mit Roberts in die Stadt gekommen war. Sie hielt ihn für den schwächeren Teil des Gespanns George – Baxter, schon weil er jedem, der es hören wollte, erzählt hatte, daß er der Stadt den Rücken kehren wolle, weil zu Hause die Liebe seines Lebens auf ihn wartete. Nur ließ er sich damit verdammt viel Zeit. Poll plante, sich den Kerl zu schnappen, sobald er aufbrach, um dann die Wahrheit aus ihm rauszuquetschen; niemand würde ihn vermissen.
Amelia blickte über die verwaiste Straße. »Er ist kein Fremder«, sagte sie beiläufig. »Er hat für meinen Vater gearbeitet.«
»Ach ja? Geht's wieder besser, mein Kind?«
»Ja, danke. Viel besser. Haben Sie Ihren Mann gefunden?«
»Noch nicht, Liebes. Übrigens ... tut mir leid, wenn ich ein wenig ruppig mit Ihnen umgesprungen bin. Wir Frauen sind nun mal auf uns allein gestellt. Niemand schert sich um uns. Ich wollt' Ihnen nicht wehtun.«
»Blaue Flecken habe ich gekriegt«, sagte Amelia.
Poll zuckte die Schultern. »Bei manchen Leuten geht das schnell. Bei mir wäre dafür 'ne Brechstange nötig. Ob dieser Bock, der Sie am Wickel hatte, weiß, wo ich meinen Tom finde?«
»Nicht anzunehmen. Nicht mal, wieviel Uhr es ist, würden sie Baxter verraten. Ein einfältiger Kerl ist das.« Vielleicht hätte Amelia das nicht sagen sollen, aber irgendwie glaubte sie zu spüren, daß sie in Poll eine Verbündete gegen ihren Vater gefunden hatte, und dieser Gedanke wurde jetzt übermächtig. Sie zwang sich, in das derbe, von Wind und Wetter gegerbte Gesicht zu blicken und entdeckte zu ihrer Überraschung sanfte, warme braune Augen, eingerahmt von beneidenswert langen, dunklen Wimpern. Irgendwann in der Vergangenheit, überlegte Amelia, vielleicht vor hundert Jahren, mußte diese verlotterte Alte ein bildhübsches junges Mädchen gewesen sein. Amelia drängte es, jemandem ihr Herz auszuschütten.
»Er hat mich geschlagen«, flüsterte sie.

Poll starrte sie nur verständnislos an. »Wer hat Sie geschlagen?«
»Mein Vater.« Tränen schossen Amelia in die Augen. »Sie erzählen das doch nicht weiter, ja?«
»Großes Ehrenwort«, erwiderte Poll, und ihr Herz schlug diesem mutterlosen Mädchen entgegen. »Warum denn?«
»Nicht nur geschlagen hat er mich. Sondern auch noch ausgepeitscht. Weil ich mit Ihnen gesprochen habe«, schluchzte Amelia. »Mein Körper ist voller Striemen.«
»Hab' ich's nicht gesagt«, nickte Poll. »Männer sind grobe Klötze. Wenn man es ihnen nicht mit gleicher Münze heimzahlt, hat man nichts zu lachen.«
»Ich habe Angst vor ihm«, sagte Amelia. »Wenn ich Ihnen jetzt etwas anvertraue, versprechen Sie mir dann, niemandem zu verraten, daß ich Ihnen das erzählt habe?«
»Sie können sich auf Big Poll verlassen, Kleines«, sagte die Frau, und Amelia, wenngleich peinlich berührt, als sie den Spitznamen hörte, wußte, daß es der Wahrheit entsprach.
»Boyd behauptet, er habe nie von Ihrem Mann gehört. Aber das stimmt nicht. Ihr Mann hat für meinen Vater gearbeitet. Warum also streitet er das ab?«
»Warum war Toms Pferd noch dort?« war die Gegenfrage Polls. »Vielleicht sollte ich mir den Saufbruder schnappen, der Ihnen ans Leder wollte, und es aus ihm rausschütteln.«
»Baxter? Dieser Trottel? Der hat doch von nichts eine Ahnung. George ist derjenige, der weiß, was wirklich vorgeht.«
»Ach ja, George«, sagte Poll gedehnt. Gute und schlechte Nachrichten. Baxter war ihr als der Schwächere von beiden vorgekommen; George zu knacken war eine harte Nuß. Sie hatte auf den Falschen gesetzt.
»Wir fahren morgen nach Brisbane«, sagte Amelia. »Falls Sie beabsichtigen, mit George zu sprechen, dann bitte erst, wenn wir weg sind. Sonst würde ich vor Angst sterben.«
»Wer fährt alles nach Brisbane?«
»Mein Vater, mein Verlobter – Mr. Kemp – und ich«, gab Amelia Auskunft und fügte hinzu: »Mr. Kemp war sehr trau-

rig, das Pferd abgeben zu müssen. Er fand Greybeard hinreißend.«
»Ist er auch«, sagte Poll im Brustton der Überzeugung. »Ich bin jedenfalls sehr froh, daß er gut behandelt worden ist. Sein richtiger Name ist übrigens Stoker.«
»Ich werd's Mr. Kemp sagen«, scherzte Amelia.
»Wenn Sie klug sind, Kleines, dann verraten Sie ihm kein Sterbenswörtchen. Baxter wird sich nicht mehr dran erinnern, was ihn zu Boden hat gehen lassen, und auch Sie täten gut daran, zu vergessen, daß wir uns begegnet sind.«
Amelia lächelte. »Wenn Sie meinen.«
»Genau. Sie geh'n jetzt schön zur Hauptstraße zurück, und ich behalt' Sie dabei im Auge. Sie haben genug Ärger gehabt. Vergessen Sie die Wahrsagerin.«
»Danke, Mrs. Davies«, sagte Amelia höflich und machte sich auf den Weg. Wenn ihr das Glück wirklich hold war, würde Boyd schon bald die Quittung dafür kriegen, daß er sie geschlagen hatte.
Poll zog sich in ihren Unterschlupf zurück, wo sie auch Stoker versteckt hatte. Sie wollte auf keinen Fall riskieren, daß die Polizei ihn fand und konfiszierte, sie traute den Bullen ebensowenig wie allen anderen Halunken. Dieser George ... Sie goß einen Schuß Rum in einen Becher Tee und dachte nach. Er war keine leichte Beute, und wenn es zu einer Prügelei kam, stand zu befürchten, daß sie zu guter Letzt nur zweitbeste wurde. Sie hatte beobachtet, wie er in verschiedenen Kneipen einiges getrunken hatte und dann gegangen war. Wahrscheinlich kippte er sich zu Hause einen hinter die Binde, und jetzt, wo er und Roberts zurück waren, empfahl es sich nicht, unvorbereitet dort aufzukreuzen. War ja schon beim ersten Mal ein bißchen kitzlig gewesen, sie hätte es anders aufziehen müssen. Höflicher, als wollte sie eine Auskunft einholen, und in der Rolle der »verrückten Alice«, die Männern stets ein Gefühl der Überlegenheit vermittelte und die sie schon vor manchem Schlamassel bewahrt hatte.
»Vergiß bloß nicht«, sagte sie sich, »daß dieser George weiß,

wer du bist.« Jemand mußte ihn aufgeklärt haben, denn als er aus einer Kneipe kam, hatte er sie erkannt und sie kurz darauf vom Pferd herab gemustert, um dann seinem Boß davon zu berichten.
»Verrückte Alice?« murmelte sie. »Wär' diesmal nicht schlecht. Warten wir, bis die Familie morgen verschwindet, dann knöpfen wir uns George vor.«
Big Poll fand sich an der Anlegestelle ein und beobachtete, wie Roberts, seine Tochter und ihr Mr. Kemp sich an Bord des Raddampfers begaben und George Gepäckträger spielte. Unglaublich aufgeputzt marschierten die Damen und Herren der guten Gesellschaft über die Gangway, als enterten sie gerade Noahs Arche, und blickten vom Deck aus auf die Zurückbleibenden hinunter. Poll grinste in sich hinein. Was für ein Segen, Roberts und George getrennt zu wissen. In den zurückliegenden Tagen hatte sie befürchtet, dem mächtigen Mann im Verein mit seinem muskelbepackten Kumpel sei unmöglich beizukommen, und sie hatte sich gegen die Versuchung stemmen müssen, mit Stoker ihres Weges zu ziehen. Aber was sollte dann aus Tom werden? Noch immer gab es kein Zeichen von ihm, obwohl Poll ahnte, daß die Lösung des Rätsels irgendwo hier in der Gegend zu finden war. »Ich brauch' keinen Wahrsager«, hatte sie zu dem Pferd gesagt, »und auch keine idiotische Kristallkugel, um zu wissen, daß was faul ist«, und hatte, um sich Mut einzuflößen, einen kräftigen Schluck aus der Rumflasche genommen und ihre Lieblingslieder aus den Kneipen gesungen.

George genoß es, während der Abwesenheit der Herrschaften auf dem Anwesen das Sagen zu haben, was er den übrigen Bediensteten auch nachdrücklich zu verstehen gab. Das Frühstück nahm er wie üblich in der Küche ein, bestand jedoch darauf, daß die Köchin eigens für ihn deckte und ihm das vorsetzte, was sie normalerweise für den Boß zubereitete. Er neckte die beiden neuen Hausmädchen, machte ihnen schöne Augen und paßte auf, daß sie ihren Pflichten im Haus nachka-

men. Wenn George das Zepter schwang, gab es keine Schlamperei.
Den Vormittag verbrachte er damit, den Stallknecht und den faulen, alten Andy auf Trab zu bringen und danach den noch nicht fertigen Krocket-Rasen in Augenschein zu nehmen, der ihm, da er so etwas zum erstenmal sah, ein wenig eigenartig vorkam. Da der Boß jedoch die Fertigstellung angeordnet hatte, beschloß George, in die Stadt zu reiten und Chaser Barton aufzusuchen. Barton war der einzige, der sich damit auskannte.
Mißmutig setzte die Köchin George ein dreigängiges Mittagessen vor – Suppe, Pastete und Pudding –, das er mit einer Flasche Weißwein aus dem Keller des Hausherrn hinunterspülte, ehe er sich für eine Stunde aufs Ohr legte. Danach brach er auf.
Vor dem Tor sah er dieses fette, alte Schwein von einem Weib auf einem Markstein nur wenige Schritte von der Straße entfernt hocken und sich die Kehle aus dem Leib singen.
»Mach nicht so einen Lärm«, herrschte er sie an, »und scher dich fort.« Sie verfiel in ein Murmeln und schwenkte eine Rumflasche.
George kannte sie. Roberts hatte angeordnet, sie im Auge zu behalten, aber in Ruhe zu lassen, weil die Polizei wußte, daß sie ihren Mann suchte, diesen Schwätzer Tom Davies. Alles vermeiden, was Aufmerksamkeit erregt, hatte der Boß gesagt, die Alte nicht weiter zur Kenntnis nehmen. Schön und gut, hatte George gedacht, aber sie hatte sie immerhin reingelegt und ihnen das Pferd geklaut. Vor allem George hatte sie übel mitgespielt; er hatte sich von Roberts, der außer sich vor Wut gewesen war, eine gpfefferte Strafpredigt anhören müssen, weil er den Grauen auf dem Gut gelassen hatte anstatt ihn in einem Aufwasch mit Davies zu beseitigen. »Wie konnte ich denn wissen, daß es der Gaul von diesem Kerl war, den ich Kemp gegeben hab'?« hatte er sich heftig zur Wehr gesetzt. Darauf hatte der Boß nur geantwortet: »Laß dir was einfallen, George, du wirst schließlich anständig bezahlt. Leute, die Feh-

ler machen, kann ich mir nicht leisten.«

Obwohl George klar war, daß Roberts ihn nicht rausschmeißen würde – dazu wußte er zuviel -, wurmte ihn die Zurechtweisung noch immer. Zwar hatte der Boß recht, aber wenn diese fette Schlampe da nicht aufgetaucht wäre, hätte es keinerlei Ärger gegeben. Sie steckte dahinter, ihr hatten sie es zu verdanken, daß der Kerl von der Polizei rumgeschnüffelt hatte, sie hatte eine Lektion verdient.

Er saß ab und ging mit wiegendem Schritt auf sie zu. »Verschwinde, hab' ich gesagt!« schnarrte er.

»Nun mal langsam, Freundchen«, murmelte sie und wühlte in den Falten ihrer weiten, dicken Röcke nach der Rumflasche, die ihr entglitten war. »Da, nimm erst mal 'n Schluck.«

Er sah sie voller Abscheu an. »Versoffene alte Schlampe.« Er trat ins Gebüsch, öffnete seinen Hosenschlitz und pißte geräuschvoll, während er gleichzeitig nach einem handfesten Prügel Ausschau hielt. Den Schaft seines Gewehrs wollte er nicht benutzen; die neue Flinte hatte ihn einen Batzen Geld gekostet, ein Jammer, wenn sie auf ihrem nutzlosen Schädel zu Bruch ginge.

Mit einem Knüppel in der Hand drehte er sich zu dem wabernden Fettberg um, bereit, ihr eine saftige Tracht Prügel zu verabreichen. Das würde sie lehren, Boyd Roberts weiterhin zu belästigen! Als er auf sie zuging, war ihr Gesicht unter einem alten Hut verborgen, und noch immer murmelte sie vor sich hin.

Er holte aus. Der Knall zerriß die Luft. Vögel stoben kreischend auf, ein Dingo hetzte über die Straße, und der Himmel tanzte über George, als er zu Boden ging. Sein an Schüsse gewöhntes Pferd scheute, bäumte sich auf, kam wieder zum Stand und starrte George an, der völlig verdutzt ein paar Schritte von der Alten entfernt im Staub lag. Er sah, daß sie die Rumflasche wegwarf und eine Pistole aus ihren Röcken hervorholte. Eilig schien sie es nicht zu haben, wie sie so dahockte und die Schußlöcher betrachtete. »Wir sind quitt«, meinte sie vergrätzt. »Ich' hab ein Loch im Kleid und du eins im Stiefel.«

Ein heftiger Schmerz durchfuhr ihn. Sein Fuß brannte wie Feuer, und er spürte Blut in seinem Stiefel sickern. Bewegen konnte er den Fuß nicht, die alte Vettel mußte ihm die Knochen zertrümmert haben. Er warf einen sehnsüchtigen Blick auf sein Gewehr, das noch immer in dem neuen Lederfutteral an seinem Sattel hing, verfluchte sich, das Wahnsinnsweib nicht auf der Stelle erschossen zu haben.

Auch Big Poll sah das Gewehr. Sie sprang auf, packte es am Lauf, zerschmetterte es und warf die Trümmer ins Gebüsch.

»Sieht aus, als bräuchten Sie 'nen Arzt«, stellte sie nüchtern fest.

»Ich werd' dir das Gesetz auf den Hals hetzen!« brüllte er.

Unbeeindruckt stimmte sie ihm zu. »Alles zu seiner Zeit. Erst der Arzt, dann das Gesetz.«

»Du bist ja total übergeschnappt«, rief er und machte sich daran, den Stiefel auszuziehen und die Wunde zu betrachten. Schweiß rann ihm übers Gesicht.

»Stiefel anlassen!« befahl sie und stieß ihm die schwere Handfeuerwaffe ins Genick. »Das ist im Augenblick besser als 'ne Schiene. Sollten Sie eigentlich wissen, Mister. Und jetzt marsch, marsch – ab zum Doktor.«

Er starrte sie an. »Sie sind ja wahnsinnig! Die andern hatten schon recht, Sie sind eindeutig meschugge.«

»Kann schon sein. Steh'n Sie jetzt auf. Zu Fuß schaffen Sie's jedenfalls nicht.«

George sah einen Hoffnungsschimmer aufleuchten. Sie ließ ihn reiten! Wenn er erst auf seinem Pferd saß, war er fein raus. Sie mußte ihm in den Sattel helfen, und wenn er schnell genug war, konnte er diese verdammte, fette Furie niedertrampeln, ehe sie die Möglichkeit hatte, auszuweichen. Er beschloß zu tun, was sie verlangte.

»Weiß ich doch selbst«, lenkte er ein und biß angesichts der Schmerzen in seinem lädierten Fuß die Zähne zusammen. Wehleidig war er nicht. Er würde schon irgendwie zurechtkommen. »Eins muß ich sagen: Sie sind ein mit allen Wassern gewaschenes Schlitzohr.«

»Raffinierter als Sie allemal«, grinste sie.
Schmeicheln. George schaltete schnell. Diese blöden Weiber fielen immer wieder auf so was rein. »Da muß ich Ihnen wohl recht geben.« Er kehrte den Kumpel heraus. »Wir sind demnach quitt. Sie haben gewonnen, also helfen Sie mir jetzt aufs Pferd.«
»Klar doch. Momentchen noch.« Poll stieß einen Pfiff aus, und aus dem Busch trabte ein graues Pferd, das George irgendwie bekannt vorkam. Er rappelte sich auf und hielt sich an einem Baum fest. Wenn sie ihm erst einmal in den Sattel geholfen hatte, würde er es ihr heimzahlen.
Es kam nicht dazu. Sie hievte ihn auf den Grauen. »Falls Sie's nicht wissen«, sagte sie schleppend, »das ist Stoker, und bei der ersten falschen Bewegung sind Sie Hammelragout.«
George packte die Zügel, schob den gesunden Fuß in den Steigbügel, wartete darauf, daß die verrückte Spinatwachtel ihm den Rücken kehrte. Sein Gesicht war schmerzverzerrt, aber als er die Knie an Stoker preßte und das große Pferd dazu bringen wollte, sie über den Haufen zu rennen, verspürte er bereits das süße Gefühl der Rache.
Nichts. Es war, als säße er auf einer Mauer. Das Pferd blieb stocksteif stehen. Er fluchte, weil er keine Sporen trug, riß aufgebracht an den Zügeln. Zu spät. Sie ging zu seinem Pferd und schwang sich mit der Leichtigkeit einer Tänzerin in den Sattel.
»Vorwärts«, sagte sie, und der Graue trug ihn den Weg hinunter, lammfromm und aufmerksam auf ihre Anweisungen wartend. George versuchte, ihn durch Schenkeldruck anzutreiben, preßte die Knie noch enger an, um das Pferd zu zwingen, davonzustürmen, aber alles umsonst. Als hockte er auf einem müden, alten Ochsen.
Sie bog von der Straße ab in den Busch. »Wohin reiten wir denn?« schrie er.
»Eine Abkürzung«, erwiderte Poll und hielt ihr Pferd zurück, um George vorbeizulassen. »Ich bleib' hinten, Stoker kennt den Weg.«
»Es gibt keine Abkürzung in die Stadt«, begehrte er auf.

»So, meinen Sie?« entgegnete Poll. »Nach Hause, Stoker. Nach Hause. Hab 'nen Mordshunger.«
Das Pferd schien aufzuwachen, jagte den Abhang hinunter, hinein in das Buschland, sich in östlicher Richtung von der Stadt entfernend. Als George sich umdrehte, sah er, daß Poll die Pistole auf ihn gerichtet hielt. Keine Chance demnach, irgendeinen Trick auch nur zu versuchen.
»Wohin reiten wir?« rief er nochmals, als sie zu ihm aufschloß.
»Dahin«, keuchte sie, »wo wir ungestört reden können.«
»Worüber denn?«
»Über Tom Davies«, antwortete Ada Adeline Davies.

DREIZEHNTES KAPITEL

»So schön es tagsüber auch ist«, sagte Mick O'Leary, »sobald die Sonne untergeht, wird's lausig kalt hier oben werden.«
Die Soldaten nickten bloß, sie dachten nur noch an das kurz bevorstehende Ende ihrer Buschpatrouille am Südufer des Fitzroy entlang. Bis zur Küste waren sie geritten, wo ihnen der Sergeant gestattet hatte, mit ihren Pferden im angenehm warmen Wasser zu baden und am Strand Wildenten zu braten. Sie waren dankbar für die Rast gewesen; sich durch den unwegsamen Busch hindurchzukämpfen, hatte sie erschöpft, und der Heimritt schien sich ins Unendliche zu dehnen.
O'Leary war zufrieden mit diesem Streifzug durch die Wildnis. Sie waren auf mehrere kleine Gruppen Schwarzer gestoßen, die noch immer am Fluß lebten, sich jedoch ruhig, manchmal sogar freundlich verhalten hatten. Und beide Seiten, seine Leute ebenso wie die Eingeborenen, hatten Gelegenheit erhalten, einander näher kennenzulernen. Wie schön, daß er Meldung von friedlichen Schwarzen auf dieser Seite des Flusses machen konnte. Wenn es doch überall so wäre! Seine

Burschen jedenfalls würden in Zukunft knobeln, um an dieser Patrouille teilnehmen zu dürfen.
Aus dem dichten Buschwerk gelangten sie jetzt auf einen schmalen Pfad, der erste Hinweis auf zivilisiertes Gebiet, etwa acht Meilen von Rockhampton entfernt. Da er hauptsächlich von Fischern benutzt wurde, die mit ihren Karren hier lang zogen, um den Fang aus den ruhigeren Flußabschnitten aufzuladen, hielt O'Leary Ausschau nach einem von ihnen. Was für eine Überraschung, wenn er zur Krönung des Tages einen frischen Fisch oder einen Hummer mit nach Hause brächte!
»Na, wer sagt's denn«, lachte er, als er vor sich einen Fischer marschieren sah, wie die übrigen seiner Zunft und ungeachtet der niedrigen Temperaturen barfuß und in zerlumpten, weit heruntergerutschten Hosen. »Heda!« brüllte er ihm hinterher, worauf der Mann sich im Gehen umdrehte und dann stehenblieb. Er war groß und hatte einen schwarzen Bart und dickes, verfilztes Haar. Magst ja zum Fürchten aussehen, grinste O'Leary in sich hinein, aber aufs Äußere kommt es in diesem Land nicht an.
»Herr des Himmels! Bin ich froh, daß Sie da sind!« sagte der vermeintliche Fischer. Er klang völlig erschöpft.
»Zu Ihren Diensten«, lachte O'Leary. »Was macht das Fischen?«
»Welches Fischen?«
»Sie sind kein Fischer?«
»Nein, Sergeant«, kam die müde Antwort. »Ich bin Paul MacNamara aus Oberon.«
O'Leary starrte ihn an; die Soldaten ließen die Zügel schießen.
»Jesus, Maria und Josef«, entfuhr es ihm. »Wir dachten, Sie seien tot! Wie kommen Sie denn hierher?«
»Bin durch den Fluß geschwommen«, sagte Paul. Unwillkürlich wandten sich sämtliche Augen in ungläubigem Staunen dem breiten, reißenden Strom zu. »Mit einem Floß«, erklärte Paul. »Einem Borkenfloß der Eingeborenen. Das hielt mich über Wasser. Können Sie mich in die Stadt mitnehmen?«
Sofort befahl O'Leary zwei von seinen Männern, sich ein

Pferd zu teilen, und stellte Paul das freigewordene zur Verfügung. »Sie müssen schon entschuldigen, Sir, daß ich Sie nicht erkannt habe, aber wir hatten Sie schon aufgegeben. Das wird vielleicht 'nen Wirbel geben! Unser Lieutenant ist Ihretwegen völlig geknickt. Wenn er jetzt erfährt, daß Sie fliehen konnten!«

»Ich bin nicht geflohen«, sagte Paul. »Die Schwarzen haben mir einen Führer mitgegeben und mich nach Hause geschickt. Bin über den Steilhang die Berge runter und dann über das flache Land.«

»Ist das zu fassen!« rief O'Leary aus. »Dann sollten wir zusehen, daß Sie den Rest der Strecke auch noch hinter sich bringen.« In gestrecktem Galopp jagten sie vorwärts. O'Leary brannte darauf, seine Trophäe in die Stadt zu bringen. Was für ein Ereignis, in diesen Zeiten einen so zufriedenstellenden Bericht verfassen zu können. MacNamaras glückliche Heimkehr stärkte darüber hinaus die Moral der Truppe ungemein.

MacNamara bestand darauf, sofort das Polizeirevier aufzusuchen. O'Leary hatte nichts dagegen. Seine Soldaten strahlten übers ganze Gesicht und beeilten sich, die frohe Botschaft unter den Schaulustigen zu verbreiten. Als Jim Hardcastle erschien und Paul überschwenglich die Hand schüttelte, hatte der nur eine Frage auf dem Herzen: »Wo ist Blackie Bob?«

»Hinter Schloß und Riegel«, antwortete Hardcastle überrascht. »Warum?«

Paul wandte sich an O'Leary. »Dürfte ich Sie um einen letzten Gefallen bitten? Sie müssen unbedingt Wachposten aufstellen, damit dieser Halunke nicht entwischt.«

»Betrachten Sie die Order als ausgeführt«, gab O'Leary zurück.

»Blackie Bob?« fragte Hardcastle ungläubig. »Weshalb denn? Wenn Sie wollen, hol' ich ihn her.«

»Nein!« wehrte Paul erregt ab. »Ich will ihn nicht sehen. Er soll bleiben, wo er ist!«

Ohne ein weiteres Wort postierte O'Leary zwei Soldaten vor

dem kleinen Verschlag, den sich Blackie mit zwei Betrunkenen teilte. »Sie kommen wohl am besten mit uns, Jim«, sagte er zu dem Polizisten. »Mr. MacNamara ist fix und fertig. Es spart 'ne Menge Zeit, wenn Sie sich gleich zusammen mit Lieutenant Gooding anhören, was er zu berichten hat.«

Mit unendlicher Erleichterung umarmte Gooding MacNamara. »Gott sei Dank, daß Sie zurück sind. Gott sei Dank! Kommen Sie rein. Na, kommen Sie schon. Sie müssen ja völlig durchgefroren sein«, meinte er mit einem Blick auf Pauls zerlumpte Kleider. »Sie nehmen jetzt erst mal ein heißes Bad, und dann verpassen wir Ihnen was Warmes zum Anziehen. Sonst holen Sie sich noch den Tod.«

»Kaum«, meinte Paul, »sonst wäre ich längst draufgegangen, als ich mich in diesen Bergen aufhielt. Ich empfinde nicht einmal jetzt die Kälte.« Mit Bestürzung nahm er die Nachricht auf, daß vier Soldaten ihr Leben verloren hatten, und wandte sich zunächst an Rory und Hal, die mit einem blauen Auge davongekommen waren und sich sofort zur Begrüßung eingefunden hatten.

»Sie haben durchaus ein Recht zu erfahren, was alles geschehen ist«, sagte Paul zu Gooding. »Nur würd' ich vorher sehr gern etwas essen.«

Während sie auf das Abendessen aus der Garküche warteten, spendierte Gooding eine Flasche seines besten Jamaika-Rums. »Wir sind verdammt erleichtert, daß Sie zurück sind, Paul«, sagte er und füllte die Gläser.

Paul nickte. »Das mit Ihren Männern tut mir sehr leid. Mal sehen, ob ich was für die Hinterbliebenen tun kann. Und mag es auch nur ein schwacher Trost sein, so kann ich immerhin sagen, daß ich erreicht habe, was wir uns vorgenommen hatten. Nämlich herauszufinden, wer die Mörder von Jeannie und Clara sind.«

Zu seiner Überraschung schwiegen die anderen, als sie diese Neuigkeit hörten. Es war Jim Hardcastle, der schließlich sagte: »Ja, wir haben sie gefaßt. Und am Bunya Creek gehängt.«

»Was sagen Sie da?!« rief Paul und blickte von einem zum an-

deren. »Wen, um Gottes Willen, habt ihr gehängt?«
»Zwei Schwarze. Wilde. Sie wurden zu den Minen gebracht und haben das Verbrechen gestanden – vor Zeugen.«
»Himmel noch mal!« ereiferte sich Paul. »Hört denn das niemals auf? Die, die ihr festgenommen habt, waren nicht die Mörder! Ihr gottverdammten Narren ...«
»Nicht wir waren das«, berichtigte Jim. »Sondern ...«
Paul schnitt ihm das Wort ab. »Ich kann mir denken, wer es war«, knirschte er. »Die Vollidioten Stan Hatbox, Blackie Bob und Charlie Penny! Die Kerle von diesem Stinkstiefel Cope. Eingeborenenpolizei.«
»Deswegen soll wohl Blackie so scharf bewacht werden?« folgerte O'Leary.
»Ja. Ich weiß alles.«
»Woher?« kam es von Jim Hardcastle.
»Einer der Schwarzen sprach englisch. Sie müssen mitbekommen haben, daß er mich rief«, sagte Paul zu Gooding.
»Richtig. Ich glaub', ich hab' so was gehört«, erwiderte der Lieutenant.
»Sieht so aus«, bequemte sich Hardcastle einzugestehen, »als würden Sie Stan Hatbox nicht erwischen. Er ist über alle Berge.«
»Nein, ist er nicht. Er ist tot. Aber vorher habe ich noch die ganze dreckige Geschichte zu hören bekommen.«
»Sie haben ihn umgebracht?« fragte O'Leary. Es klang wie eine Feststellung.
»Nein.«
Beim Abendessen in der überfüllten Amtsstube berichtete Paul seinen atemlos lauschenden Zuhörern von dem, was sich in den Bergen abgespielt hatte. »Die Schwarzen hätten uns niemals angegriffen«, sagte er zu Gooding, »wenn nicht ein paar verrückte Weiße wenige Tage vor unserem Aufbruch ins Gebirge eines ihrer Lager verwüstet hätten. Eine Familie hatte mehrere Tote zu beklagen, darunter Frauen und Kinder, und zwei Schwarze wurden gefangengenommen. Der Überfall erfolgte so plötzlich, daß die Eingeborenen keine Chance hatten,

sich zu wehren.« Paul schüttelte den Kopf. »Weiß der Himmel, was aus den beiden armen Teufeln geworden ist, die sie mitgenommen haben.«

Niedergeschlagenheit breitete sich auf den Gesichtern der Männer aus, deren Aufgabe es war, sich für Frieden und Gerechtigkeit einzusetzen. Niemand sprach, keiner sah Paul MacNamara an, alle schienen vollauf damit beschäftigt, an ihren dick mit Fleisch belegten Broten herumzukauen. Es dauerte wohl seine Zeit, bis sie Pauls ausführlichen Bericht verdaut hatten.

Rory und Hal waren außer sich, daß Boyd Roberts - wer sonst sollte es gewesen sein? – durch den Überfall auf die Schwarzen den Tod ihrer Freunde verschuldet hatte. O'Leary verfluchte im stillen Blackie Bob, diesen widerlichen Mörder, und war froh, der Sonderbewachung zugestimmt zu haben. Gooding dachte widerwillig an das, was es gleich morgen früh zu erledigen galt, nämlich das Hauptquartier sowie sämtliche Farmen über die Ereignisse zu informieren, um weitere Zwischenfälle zu vereiteln, und Jim Hardcastle grämte sich, daß er die Belohnung an die falschen Männer ausbezahlt hatte.

Es stimmte! Die ganze Stadt sprach davon. Paul MacNamara war unversehrt aus den Bergen zurückgekehrt!

»Ein Wunder!« sagte die Frau des Warenhausbesitzers. »Gelobt sei Gott ... ein Wunder!«

Ein ungeschlachter Viehzüchter knallte seine Bestelliste auf die Theke. »Von wegen Wunder! Beweist nur einmal mehr, daß MacNamara mit den Niggern unter einer Decke steckt! Er wußte, daß er dort oben bei den Abos in Sicherheit sein würde – was aus den anderen Männern wurde, darum hat er sich einen Dreck gekümmert.«

»Das kann ich nicht glauben«, protestierte die Frau schwach.

»Doch, natürlich! Warum sonst hätten sie vier Soldaten umbringen und ihn laufenlassen sollen? Eine abgekartete Sache war das.«

Eine junge Frau trat neben ihn. »Halten Sie den Mund, Clem Carney! Sie und Ihresgleichen gehören doch zu denen, die gewalttätige Auseinandersetzungen überhaupt erst heraufbeschwören.«

»Sieh einer an, Laura Neunmalklug! Ich wette, Ihnen ist noch nie ein ungehobelter Schwarzer über den Weg gelaufen!«

»Das ist auch gar nicht nötig, um zu wissen, daß Schwarze auch Menschen sind«, gab Laura zurück.

Carney wandte sich ab. »Erzählen Sie das mal MacNamaras Frau!« höhnte er.

Trotz dieser unerfreulichen Begegnung war Laura selig. Paul lebte, und er war hier in Rockhampton. Wie ein Wunder wirkten diese Neuigkeiten auf sie. Als ob eine schwere Last von ihr abgefallen wäre. Sie hatte Paul für tot gehalten, und die urplötzliche Erleichterung über seine Rückkehr war überwältigend. Als sie Cosmo Newgate entdeckte, eilte sie auf ihn zu, packte ihn ungeachtet aller zurückliegenden Reibereien am Arm. »Es stimmt doch, ja?« rief sie. »Mr. MacNamara ist zurück?«

»Gewiß«, lächelte Cosmo. »Er ist zurück.«

»Und es geht ihm gut?«

»Recht gut, meine Liebe, wenn man bedenkt, daß er sich wochenlang in den Bergen rumgetrieben hat und auf die Verpflegung der Schwarzen angewiesen war.«

»Wo hält er sich auf?«

»Im Haus von Wexford. Wenn Sie mich jetzt entschuldigen würden, Laura, ich bin in Eile.«

Sie sah ihn mit einem – wie ihr durchaus klar war – einfältigen Lächeln unfaßbarer Glückseligkeit nach. Schließlich raffte sie die Röcke und rannte nach Hause. Fröhlichkeit war wieder in ihr Leben eingekehrt.

Wäre sie auf der Straße geblieben, hätte sie auch den restlichen Klatsch vernommen, der die Runde machte: daß MacNamara behauptete, die wahren Mörder zu kennen; eine Nachricht, die für Boyd Roberts nichts Gutes verhieß. Schon machten sich Leute aus der Stadt zu Pferd und zu Fuß auf, um in Wexfords

Haus wichtigen Gesprächen unter Einbeziehung von Polizei und Militär zu lauschen.
Für Laura war einzig und allein ausschlaggebend, daß Paul in Sicherheit war. Beschwingt wanderte sie durchs Haus, beglückwünschte sich selbst zu der wunderbaren Nachricht. Er war hier in Rockhampton. Bald würden sie sich sehen. Diesmal wollte sie sich nicht aufdrängen, sondern warten, bis er kam. Zumindest eine Zeitlang würde sie sich gedulden. Wenn er sich dann noch immer nicht blicken ließ, würde ihr schon etwas einfallen; schließlich hatte sie ein Recht darauf, zu erfahren, wie es zwischen ihnen stand.
Dieser Gedanke ernüchterte sie ein wenig. Gefaßter begab sie sich in den hinteren Garten, in dem Grace und Justin morgens gern ihren Tee zu sich nahmen.
»Wunderbar!« kommentierte Grace die frohe Botschaft. »Wie schön für seine Familie, die weiß Gott genug gräßliche Nachrichten verkraften mußte. Sobald er sich erholt hat, sollten wir ihn unbedingt einladen.«
»Ja, natürlich«, erwiderte Laura mit größtmöglicher Zurückhaltung.
»Seine Frau ist tot«, sagte Justin.
»Ja, mein Lieber«, erwiderte Grace nachsichtig.
Mit einem verklärten Lächeln auf dem noch immer schönen Gesicht wandte sich Justin an Laura. »Nun, dann solltest du ihn heiraten, Laura. Netter Bursche. Wäre genau der Richtige für dich. Ich hab' seinen Vater gekannt ...«
Laura errötete und floh – den erstbesten Vorwand benutzend – um im Flur prompt auf Leslie Soames zu prallen.
»Oh, Laura«, sagte er. »Ich darf doch hoffen, daß Sie mich zu den Rennveranstaltungen begleiten.«
Noch ganz durcheinander, nickte sie. »Sie dürfen.« Du liebe Güte, dachte sie. Wen interessieren schon die Rennen? Paul lebt! Und ich habe mich nie lebendiger gefühlt. Das ist der schönste Tag meines Lebens.
Kopfschüttelnd ging Leslie hinaus zu den Carlisles. Laura war ohne Zweifel reichlich sonderbar, man wurde einfach nicht

klug aus ihr. Aber was konnte man in diesem eigenartigen Haus anderes erwarten?

Der Gedanke, Blackie Bob gegenüberzutreten, war Paul MacNamara schier unerträglich; aber auf seine Anwesenheit beim Prozeß wurde bestanden. Hardcastle war zwar geneigt, erst einmal das Eintreffen des Friedensrichters abzuwarten, mit dem täglich gerechnet wurde, Lieutenant Gooding dagegen sprach sich für eine Vorverhandlung aus. »Dies hier ist kein Pseudo-Gerichtsverfahren wie das in Bunya Creek, Jim. Wir müssen uns Klarheit verschaffen, damit es nicht zu weiteren Fehlurteilen kommt.«
»Sie glauben MacNamara nicht?« fragte Jim hoffnungsvoll und fragte sich, wie Roberts wohl auf all das reagieren würde. Ihn vernehmen zu müssen, war Jim ausgesprochen unangenehm.
»Natürlich glaube ich ihm. Nur halten wir uns diesmal genau an die Vorschriften.« Fragend blickte er den Polizeisergeanten an. »Was stört Sie daran?«
»Ich mag's nicht, wenn alle möglichen Leute mitmischen«, meinte Jim. »Die Vernehmung ist Sache der Polizei und sollte mir überlassen bleiben.«
»Quatsch. Blackie Bob muß unter schwere Bewachung gestellt werden. Wollen Sie etwa Tag und Nacht auf ihn aufpassen? Sein Vorgesetzter, Captain Cope, wird ebenfalls zugegen sein; somit hat der Häftling jemanden, der für ihn sprechen kann. Von einer Dampfwalze überrollt wie vermutlich diese anderen armen Schlucker wird er also nicht.«
»Cope!« höhnte Hardcastle. »Wenn er seine Männer im Griff gehabt hätte, wär's erst gar nicht so weit gekommen.«
»Für Gegenattacken ist es zu spät«, sagte Gooding. »Wenn einer wegen Einmischung einen Tritt in den Arsch verdient hat, dann Boyd Roberts.«
»Sie können ihm nichts vorwerfen«, ereiferte sich Jim. »Er hat in bester Absicht gehandelt.«
»Von wegen«, sagte Gooding verbittert, wenngleich er nur zu genau wußte, daß kein Gericht im Umkreis Roberts zur Re-

chenschaft ziehen würde, weil er ein paar Schwarze »weggeputzt« hatte. Galt hier oben nicht der Schlachtruf: »Nur ein toter Nigger ist ein guter Nigger«? Er selbst war ja nach jenem Überfall unbeschreiblich wütend auf die Schwarzen gewesen; wie konnte man also denen Vorwürfe machen, die durch die Hand der Aborigines Menschen, die sie liebten, verloren hatten? Dennoch mußte diesem Haß endlich ein Ende gesetzt werden. Würde aber die Mehrheit der weißen Bevölkerung jemals imstande sein, die Schwarzen als menschliche Wesen zu akzeptieren? So, wie MacNamara nach seinem Aufenthalt in den Bergen wieder dazu imstande war?
Gooding veranlaßte, daß Blackie Bobs Vernehmung im Kutschenhaus stattfinden würde, das, unauffällig gelegen, zum Anwesen von William Wexford, dem Bevollmächtigten für die Landvergabe, gehörte. Weiterhin sollte O'Leary Soldaten an den Eingängen postieren, um Unbefugten den Zutritt zu verwehren. Schließlich wies Gooding eine Eskorte an, den Gefangenen um zehn Uhr morgens abzuholen; Paul sollte erst einmal ausschlafen.
O'Leary begleitete ihn zum Haus William Wexfords, der sich über alle Maßen freute, ihn zu sehen.
»Nur damit Sie Bescheid wissen, Mr. MacNamara«, sagte O'Leary noch, »Rory und Hal haben sich geradezu darum gerissen, die gute Nachricht nach Oberon zu bringen. Bei Tagesanbruch reiten sie los. Könnte mir vorstellen, daß ihnen dort ein wahrhaft königlicher Empfang zuteil wird.«
»Ich muß meine Familie benachrichtigen«, sagte Paul.
O'Leary grinste. »Darum kümmert sich der Lieutenant. Er wird das Telegrafenamt in Beschlag nehmen. Wenn Sie dann soweit sind, können Sie selbst alles weitere veranlassen.«
Höflich, wie Wexford nun einmal war, lud er O'Leary auf ein Gläschen ein, aber der Ire wußte, was sich gehörte. »Schrecklich nett von Ihnen, Sir, aber ich möchte Sie nicht stören. Mach mich wohl jetzt besser auf die Socken.«
Der vertraute irische Klang tat Paul wohl und erinnerte ihn an seine Mutter. »Schrecklich nett« war eine ihrer typischen Re-

dewendungen. Wenn sie doch jetzt nur hier wäre! Bis die Nachricht, daß er wohlbehalten zurück war, Dolour erreichte, würde sie all den Kummer aus vergangenen Tagen noch einmal durchleiden. Den Tod ihres Mannes und den ihrer Schwiegertochter, und dazu das Bangen um den Sohn, der sich in der Hand von Schwarzen befand. »Arme Mutter«, seufzte Paul.
»Alles in Ordnung mit Ihnen?« fragte William und drängte Paul in den wohlig warmen Salon.
»Ja danke, William. Nur in Gesellschaft zu sein, fällt mir schwer.« Wo, wem gegenüber hatte er sich vor nicht allzulanger Zeit ähnlich geäußert? Oder lag das schon Jahre zurück? Er konnte sich nicht erinnern.
»Wir sind hier ganz unter uns«, sagte William. »Sie sehen aus, als wären Sie in einen Wirbelsturm geraten, mein Junge.«
»Haut fast hin«, erwiderte Paul.
»So ähnlich kommt es mir auch vor.«
»Möchten Sie zu Bett gehen? Ich hätte volles Verständnis dafür.«
»Nein«, sagte Paul nachdenklich. »Mit Ihnen zusammenzusein, tut mir gut, William. Ich muß mit jemandem sprechen, dem es nicht darum geht, eine persönliche Rechnung zu begleichen.«
»Fragt sich, ob ich der Geeignete bin«, gab William leise zurück. »Ich hatte noch keine Gelegenheit, Ihnen zu sagen, wie leid mir das mit Ihrer Frau tut. Ich war doch derjenige, der Ihnen Oberon angetragen hat, Ihnen und Ihrem Bruder John. Als dann das mit Ihrer Frau passierte ... mein lieber Junge, können Sie mir jemals verzeihen? Ich fühle mich entsetzlich schuldig.«
»Das brauchen Sie nicht«, entgegnete Paul. »Hätten Sie was dagegen, wenn ich mir eine Zigarre nehme?«
»Ganz und gar nicht.« Wexford hielt seinem Gast die Kiste hin. »Ich werd' auch eine rauchen.« Er schnitt die Enden ab, gab Paul und sich selbst Feuer.
»Ich weiß, wie quälend Schuldgefühle sein können«, sagte Paul, »und ich möchte sie Ihnen nicht wünschen, mein

Freund. Heute abend komme ich mir alt vor. Uralt sogar. Ich habe mit wilden Schwarzen zusammengelebt, und das geht mir immer noch nach.«

»Einiges habe ich bereits darüber gehört. Von dem Soldaten, den Gooding zu mir schickte, um zu fragen, ob ich Sie aufnehmen könnte. Daß Sie sich entschlossen haben, bei mir zu wohnen, freut mich sehr.«

»Ich wollte niemanden um mich haben«, gestand Paul. »Das verkrafte ich noch nicht. Diese Eingeborenen ... wie soll ich's erklären? Würden Sie mich für verrückt halten, wenn ich sage, daß sie mir fehlen? Ich war sogar ein wenig gekränkt, als sie mich mit einem Führer zurückließen und es nicht mal für nötig hielten, sich zu verabschieden.«

William blickte ihn nachdenklich an. »Möglicherweise können sie sich nicht vorstellen, daß auch wir Gefühle haben. Wir haben haben sie ihnen ja bis jetzt auch kaum gezeigt.«

»Könnte sein«, meinte Paul. »Aber daß ich hinter den Mördern meiner Frau her war, dafür hatten sie sehr wohl Verständnis.«

»Wäre es zuviel verlangt, wenn ich Sie bitte, mir alles der Reihe nach zu erzählen?« fragte William vorsichtig. »Bei einem Glas Portwein?«

»Ich werd's versuchen. Den andern gegenüber habe ich mich auf eine Zusammenfassung beschränkt, aber da war so viel mehr, so unendlich viel mehr. Haben Sie schon mal was von einem Eingeborenen gehört, der Wodoro heißt und unsere Sprache spricht?«

»Nicht, daß ich wüßte«, sagte Wexford nachdenklich.

»Ein Mischling«, half Paul weiter, aber William mußte abermals verneinen.

»Er fungierte als Vermittler. Und obwohl er ein Mischling ist, trug er die Initiationsnarben und im linken Ohr eine Perle.«

»Eine Perle? Dann stammt er irgendwo aus dem Norden.«

»Schwer zu sagen. Seine Haut war heller als die der anderen, und er hatte eine Hakennase, wie ich sie noch bei keinem anderen Abo gesehen habe.« Wenn Paul an Wodoro dachte, konnte er sich nur immer wieder wundern. »Ein Pfundskerl. Mitte Dreißig, würde ich sagen, und zart besaitet wie eine Mimose. Brüstete sich zum einen damit, wie wichtig er sei, um gleich darauf ganz eigenartig zu reagieren. Nicht, daß er bösartig geworden wäre. Ich hatte das Gefühl, er glaubte, ich wollte ihn auf die Probe stellen. Wichtiger schien mir allerdings der jüngere zu sein, Malliloora.«

»Wer?« fragte William nach.

»Malliloora«, wiederholte Paul abwesend. »Und den eigentlichen Anführer habe ich auch kennengelernt, einen Mann mit magischen Kräften, wie man mir mitteilte. Einen gewissen Harrabura.«

»Ist das die Möglichkeit!« rief William aus.

»Sie hätten ihn sehen sollen«, sagte Paul. »So alt wie Methusalem, aber was für Augen! Manchmal waren sie ganz weiß, als wäre er blind. Und dann wieder schwarz, kohlrabenschwarz. Was ich Ihnen aber unbedingt erzählen muß, ist folgendes: Auf dem Rückweg hatte ich einen Traum. Ich glaube jedenfalls, daß es ein Traum war. Als ich mich von meinem Führer trennte, stand Harrabura neben mir, am Ufer des Fitzroy, und sprach zu mir über Schuld.«

»In was für einer Sprache?«

»Das ist es ja eben. Ich weiß es nicht. Deshalb muß es wohl ein Traum gewesen sein. Er sagte, er erkenne in meinen Gedanken Schuldgefühle, und ich dürfe sie nicht in meine Traumzeit mitnehmen. Ergibt das einen Sinn?«

»Ich weiß nicht«, sagte William und schenkte sich nach. Paul hatte seinen Portwein kaum angerührt.

Bis tief in die Nacht hinein sprachen sie – zwei Männer, die fasziniert waren von einem Volk, das zu begreifen sie nicht hoffen konnten, das ihnen aber immerhin einen kleinen Einblick in ihre Lebensgewohnheiten gewährt hatte.

Am folgenden Morgen zog Paul an, was der fürsorgliche William für ihn besorgt hatte, und gesellte sich zu seinem Gastgeber ins Eßzimmer. Verdrießlich nippte er an seinem Kaffee.

»Diese Verhandlung heute liegt mir schwer im Magen«, gestand er schließlich.
»Ja, wird verdammt hart werden«, sagte William. »Aber dem Mann muß Gelegenheit gegeben werden, sich zu äußern. Vergessen sie nicht, Paul, daß er sich eines schändlichen Verbrechens mitschuldig gemacht hat und Sie der Ankläger sind. Gooding war schon in aller Frühe hier, um mir zu sagen, daß Ihre Anwesenheit erst am Ende der Beweisaufnahme erforderlich ist. Sie können also vorläufig hierbleiben.«

Wo immer eine Verhandlung stattfand, Cosmo Newgate mußte unbedingt daran teilnehmen. Da seine Zeitung nicht mehr existierte, gab er sich als freier Mitarbeiter des *Brisbane Courier* aus, für den er als Beobachter zugelassen werden wollte. Und wenn auch mittlerweile jeder in der Stadt wußte, daß MacNamara den Überfall unbeschadet überstanden hatte und sich in Rockhampton aufhielt – in der Kaserne, wie man munkelte –, war Cosmo dennoch darauf erpicht, Näheres zu erfahren.
Er hängte sich an Jim Hardcastle, der sich jedoch ausschwieg, bekam schließlich mit, wie Blackie Bob unter scharfer Bewachung in Ketten aus der Zelle geführt und auf ein Pferd gesetzt wurde. »Wo bringen sie ihn hin?« rief Cosmo. »Hardcastle, wenn Sie diesen Kerl aufknüpfen, ehe der Friedensrichter hier eintrifft, dann sind Sie geliefert! Selbst wenn er schuldig sein sollte, muß das Gesetz respektiert werden.«
»Er wird nicht aufgeknüpft«, gab der Polizeisergeant genervt zurück. »Er wird zu einem weiteren Verhör gebracht.«
»Was für ein Verhör? Im Zusammenhang mit MacNamara?«
»Ja«, sagte Jim. »Wenn Sie wollen, können Sie mitkommen«, lenkte er dann ein. »Ich leite die Untersuchung. Nicht Gooding.«
Cosmo zog also ins Kutschenhaus, wo man sowohl für den Gefangenen als auch für den Polizeisergeanten jeweils eine Gartenbank aufgestellt hatte. Alle anderen mußten stehen.

Begleitet von Captain Cope, der zur Abwechslung einmal äußerst adrett in voller Uniform erschien, wurde Blackie Bob hereingeführt. Sein Gesicht verriet Bestürzung.

Jim Hardcastle schleppte eine Teekiste herbei, die ihm als Pult dienen sollte, legte ein Notizbuch darauf und spuckte dann auf seinen Kopierstift. Weiterhin anwesend waren William Wexford, der sich im Hintergrund hielt, Lieutenant Gooding, mit einem Stapel Papiere ausgerüstet, sowie zwei bewaffnete Wachposten, die neben dem Gefangenen Aufstellung nahmen. Von MacNamara keine Spur. Cosmo hatte das Gefühl, daß, was immer hier vor sich ging, mit Sicherheit nicht legal war; allein seine Neugier hielt ihn davon ab, Einwände zu erheben.

»Dies ist keine öffentliche Gerichtsverhandlung«, begann Hardcastle und zog die Brauen hoch, als Cosmo ein »Hört, hört!« vernehmen ließ.

»Soldat Blackie Bob, hiermit werden Sie des Mordes an Mrs. Jean MacNamara und Miss Clara Carmody angeklagt.«

Cosmo war fast genauso entgeistert wie Blackie, hielt aber nur die Luft an und zog sich einen Melkschemel heran, um sich im Sitzen Notizen zu machen, während Blackie mit seinen Ketten rasselte und lauthals seine Unschuld beteuerte.

»Lieutenant Gooding wird Ihnen den Sachverhalt darlegen«, fuhr Hardcastle fort und blickte zu Cope, dessen sonnengegerbtes Gesicht in Erwartung des Kommenden fahl geworden war. »Sind Sie damit einverstanden, Captain?«

Bobby Cope nickte so gottergeben, als ginge es um seinen eigenen Kopf. Könnte ja durchaus darauf hinauslaufen, durchfuhr es den an seinem Bleistift kauenden Cosmo, der atemlos lauschte, als Gooding Punkt für Punkt die schwerwiegende Anklage gegen die vier Eingeborenenpolizisten verlas, ihnen die Brandstiftung am Haus von Jock McCann, den Ritt nach Oberon, den Gewaltakt an Clara anlastete ...

»Woher wissen Sie das?« brüllte Blackie verzweifelt und verriet sich dadurch.

Gooding sah von seinen Unterlagen auf. »Sie haben Clara die Kleider vom Leib gerissen«, hielt er dem Schwarzen entgegen.
»Das war nich' ich!« schrie Blackie. »Das ham die andern gemacht. Ich war gar nich' dabei.«
Die Anklage wurde unbarmherzig weiterverlesen, kam auf die Vergewaltigung und schließlich die Ermordung der Frauen zu sprechen. Cosmo wurde übel. Kein Wunder, daß MacNamara nicht danach zumute war, sich das alles anzuhören. Wer aber war der Informant? Welcher der vier?
Ebendiese Frage stellte jetzt Captain Cope. »Wer hat diese Anschuldigungen erhoben? Wer behauptet, daß sie der Wahrheit entsprechen?«
»Stan Hatbox«, erwiderte Gooding und sah Blackie Bob an. »Ihr Kumpel Stan Hatbox.«
»Dann soll er verdammt noch mal auch hängen!« rief Blackie aus. »Bloß weil ein Speer ihn lahmgelegt hat, wär's verdammt ungerecht, wenn er ungeschoren davon käm'. Er is' doch genauso auf die weißen Frau'n los.«
Das hübsche, kleine Kutschenhaus hallte wider von Blackies Worten und seiner abgrundtiefen Verzweiflung. Erneut brachte Captain Cope genau auf den Punkt, was Cosmo beschäftigte. »Aber die Männer, die dieses Verbrechen begangen haben, sind doch bereits abgeurteilt worden.« Er blickte zu Blackie, der jämmerlich vor sich hin schluchzte, und versuchte noch einmal, zur Ehrenrettung seiner Truppe beizutragen. »Wen wollen Sie denn noch alles für dieses eine Verbrechen zur Verantwortung ziehen?« fragte er in die Runde.
Jim Hardcastle nickte wie eine Gummipuppe, beugte sich zu Cope, als benötigte er dessen Beistand, um sein Gleichgewicht wiederzufinden. Es war der Lieutenant, der die Herausforderung annahm. »Darum geht es hier gar nicht«, wies er Cope zurecht. »Zweck dieser Anhörung ist es, Klarheit zu schaffen, nachdem wir, wie ich nicht bezweifle, den wahren Sachverhalt aufgedeckt haben. Ich schlage vor, jetzt Mr. MacNamara zu holen.«
Gespannt verfolgte Cosmo, wie die beiden Wachen des Ge-

fangenen vortraten. Gooding ging kein Risiko ein. Ehe man MacNamara – der frisch rasiert war und, ohne Blackie eines Blickes zu würdigen, mit unsicheren Schritten diesen provisorischen Gerichtssaal betrat – vorließ, wurde er nach Waffen abgetastet.

»Paul«, sagte Gooding freundlich, »ich habe dem Gefangenen gerade die mir von Ihnen übergebene Aussage des Kavalleristen Stan Hatbox vorgelesen. Auch wenn Sie jetzt noch nicht unter Eid stehen – können Sie bezeugen, daß sie der Wahrheit entspricht?«

»Ja.«

»Und wo ist Stan Hatbox?«

»Er ist tot.«

»Dann kann er auch nichts bezeugen!« rief Cope dazwischen. »Somit ist das ein Racheakt von MacNamara gegen die Eingeborenenpolizei. Gegen alle Schwarzen.«

»Wieso is' Stan tot?« meldete sich Blackie. »Das möcht' ich von Ihnen schon wissen.«

Noch immer konnte Paul dem Angeklagten nicht ins Gesicht sehen. »Harrabura hat ihm das Leben genommen«, sagte er tonlos. »Harrabura vom Volk der Kutabura, der auch zu Charlie Penny gesprochen hat. Sie sind als einziger übriggeblieben.« Jetzt zwang er sich doch, Blackie anzusehen, der auf der Bank zusammengesunken war. Paul trat auf ihn zu, streckte die Hand nach diesem armseligen, ahnungslos in eine Welt voller Laster hineingeborenen menschlichen Wrack aus. »War es nicht so?« fragte er. »Wie Stan gesagt hat? Wie Stan es geschildert hat?«

»Mmm«, flüsterte der Mann. »Ja, so war's. Wir wollten's gar nich', is' irgendwie über uns gekommen.«

»Ihr Wahnsinnigen«, sagte Paul nur, ohne etwas zu empfinden. Angesichts Blackies trostloser Verfassung wußte er nicht mehr weiter. Er verließ den Raum und begab sich hinaus zu William in das satte Grün des tropischen Gartens. »Ich kann's nicht länger ertragen, dem Tod ins Auge zu sehen«, brach es aus ihm heraus.

Cosmo war von der Zusammenkunft im Kutschenhaus eher enttäuscht. Was hatte er eigentlich erwartet? Daß MacNamara herumbrüllen und das große Wort schwingen würde? Daß er vielleicht versuchen würde, den Mann da mit bloßen Händen zu erwürgen? Auch die übrigen Anwesenden schienen enttäuscht zu sein. Eine Pause trat ein, als hätte das Drama noch einen zweiten Akt, in dem MacNamara in der Rolle des rachelüsternen Ehemanns auftreten würde.

»War's das dann?« fragte der Polizeisergeant, und Cosmo erwiderte: »Sieht so aus.« Als der Gefangene abgeführt wurde, mußte der Journalist in ihm Paul jedenfalls Respekt zubilligen, hatte der doch immerhin den Beweis angetreten, daß auch in diesem Rassenkrieg noch so etwas wie Anstand existierte. Zu gern hätte er daran ein Gespräch mit Paul angeknüpft, wäre nicht noch eine andere Sache zu verfolgen gewesen, die sich Cosmo auf keinen Fall entgehen lassen wollte.

Gelassen wartete er ab, während der Sergeant überlegte, ob es nicht ratsamer sei, Blackie Bob in die Kaserne zu verlegen. Die Gefahr, von Mithäftlingen drangsaliert zu werden, wäre dort geringer. Im schlimmsten Fall könnte Blackies Anwesenheit mitten in der Stadt einen Aufruhr heraufbeschwören, sobald der wahre Sachverhalt durchgesickert war. Gegen die Lynchjustiz des Pöbels war Jim Hardcastle nicht gewappnet.

»Lieutenant«, sagte Cosmo jetzt, »wie wär's, wenn wir zusammen zu Mittag essen würden? Bei mir zu Hause? Ich habe eine ausgezeichnete Köchin.«

Gooding musterte ihn, als wolle er den Grund für die Einladung herausfinden, und fragte dann: »Laden Sie mich als Lieutenant ein?«

»Warum einigen wir uns nicht darauf, es als Geschäftsessen zu betrachten?«

»Verstehe. Nun, da feststeht, wer die Frauen auf Oberon umgebracht hat, gehe ich wohl nicht fehl in der Annahme, daß Sie sich jetzt für die beiden Aborigines interessieren, die unschuldig aufgeknüpft wurden?«

»In der Tat. Da klafft noch eine gewaltige Lücke in Boyd Roberts' Bericht.«
»Dabei wissen Sie nicht mal die Hälfte«, meinte Gooding großspurig. »Wie wär's mit ein Uhr? Vorher hab' ich nämlich noch einiges zu erledigen.«
»Wunderbar.« Dann fügte Cosmo noch hinzu: »Nicht, daß Sie meinen, ich würde gegebenenfalls meine Einladung rückgängig machen, Lieutenant – aber wird das, was Sie mir zu sagen haben, auch publik gemacht? Oder geht es um Dinge, über die ich nicht berichten darf?«
Gooding, bereits zum Gehen gewandt, zog seine untadelige Uniformjacke zurecht und richtete den Säbel aus. »Alles offiziell«, rief er über die Schulter zurück. »Kommt alles in die Akten.«

»Ich vergaß, Ihnen zu sagen«, sagte Cosmo zu Lieutenant Peter Gooding, als er den Gast ins Speisezimmer führte, »daß ich mittags ein Abendessen einnehme und abends dafür einen leichten Imbiß. Ich werd' langsam zu alt für eine schwere Mahlzeit abends und kann danach nicht schlafen.«
»Und ich freue mich über die Gelegenheit, der Abspeisung in der Kaserne zu entgehen«, erwiderte Gooding. »Kein Grund also, sich zu entschuldigen.»
Bei einem köstlichen Essen – Mulligatawny-Suppe, Steak und gebratene Nieren sowie Brot und Butter – schilderte Gooding Cosmo die Hintergründe, die zum Angriff der Schwarzen auf seine Männer geführt hatten. Diese Information, erklärte er, stamme von MacNamara, der mit den Eingeborenen verhandelt habe.
»Wir waren die Hasen«, meinte er schließlich. »Sind blindlings in eine Falle von Roberts getappt.«
»Stellt sich allerdings die Frage«, fühlte Cosmo sich bemüßigt zu sagen, »wie Roberts, obwohl er, wie ich sagen muß, auf rücksichtslose Weise eine Familie von Schwarzen überfallen und zwei Geiseln genommen hat, wissen konnte, daß er den Zorn der Schwarzen auf Sie lenken würde.«

»Gus, der Verwalter von Oberon – der Deutsche – behauptet, Roberts habe gewußt, was uns bevorstand. Ich hörte, wie er sich mit Tyler Kemp unterhielt. Seiner Meinung nach war das Ganze ein raffinierter Plan, um MacNamara loszuwerden. Roberts will nämlich Oberon kaufen und dem McCann-Besitz angliedern und sich gleichzeitig als Held feiern lassen. Damals hab' ich das nicht so recht durchschaut.«

»Wer Roberts kennt, würde sagen, das ist typisch für ihn. Dennoch bleibt es eine reine Vermutung. Beweisen läßt sich das nicht.«

»Beweisen läßt sich bei ihm nie etwas«, sagte Gooding. »Es läuft immer aufs Gleiche raus. Er ist sauber. Anhängen kann man ihm nichts, dabei« – und das stieß er erregt aus – »hat dieser Schurke vier meiner Männer auf dem Gewissen!«

»Offiziell wird davon nichts verlauten«, stellte Cosmo bedauernd fest. »Wenn ich meine eigene Zeitung hätte, wär's mir egal, wenn er mich verklagte. Aber ich schreibe für den *Brisbane Courier.* Der wird die Rückkehr von Paul MacNamara – allein schon, weil seine Familie im Süden sehr bekannt zu sein scheint – ganz groß rausbringen und dafür die Sache mit Roberts unter den Tisch fallen lassen, zumal der ja als neuer parlamentarischer Abgeordneter für Rockhampton gehandelt wird. Wäre ein brisantes Thema, nur braucht's dazu Fakten. Unterstellungen bringen gar nichts.«

»Lassen Sie sich was einfallen«, beschwor ihn Gooding. »Es muß sein. Gibt's denn keine weiteren Kandidaten für diese Wahl?«

»Doch«, meinte Cosmo mürrisch. »Ein gewisser Captain Soames tritt an, ehemals Adjutant des Gouverneurs.«

»Na also! Jeder andere ist besser als Roberts, und dieser Soames weiß sicher, auf was es ankommt.«

»Fragt sich nur, wer ihn wählen wird.«

»Na, alle, sobald wir die Geschichte über Roberts und seine elendigliche Bande in Umlauf gebracht haben!«

Nach dem Essen wurde Gooding müde und hätte gern ein Mittagsschläfchen gehalten. Dennoch raffte er sich auf und ritt hinaus nach Beauview, obwohl er sich von einer Unterhaltung mit diesem George Petch, Roberts' unmittelbarem Nachbarn, nicht allzuviel versprach – es sei denn, der Mann verplapperte sich ungewollt. Zumindest aber wollte er diesen Kerl mit der Tatsache konfrontieren, daß sie die Falschen hierhergeschleppt hatten. Vielleicht war das für Petch gar nichts Neues, aber er sollte wenigstens wissen, daß die wahren Zusammenhänge inzwischen bekannt waren.

Eine Bedienstete in einem schlecht sitzenden, schwarzem Kleid und unordentlich gebundener Spitzenschürze öffnete.

»Ja?«

»Wo finde ich Mr. George Petch?«

»George?« Neugierig nahm sie den feschen Offizier in Augenschein. »Weiß ich doch nich'. Hockt vermutlich in der Kneipe. Na ja«, sie zwinkerte, »wenn die Katz' aus dem Haus is', tanzen die Mäuse.«

»Wann wollte er zurück sein?«

»Keine Ahnung. Ist ja auch egal. Kann ich was für Sie tun?« flötete sie einladend.

»Nein danke. Wann erwarten Sie Mr. Roberts zurück?«

»Wenn er wieder da is'«, sagte sie, jetzt wieder kühl. »Er hält's nich' für nötig, uns Bescheid zu sagen.«

Tylers Rückkehr nach Brisbane wurde ein Triumph. Roberts hatte drei der besten Zimmer im Royal Exchange Hotel belegt, mit Blick auf den Fluß. Tyler genoß das alles. Amelia sah in ihren neuen Kleidern zauberhaft aus, und entsprechend stolz zeigte sich ihr Zukünftiger, wenn er sie auf ihren Einkaufstouren begleitete, während Boyd, wieder ganz der alte, den charmanten Gastgeber spielte. Nichts war ihm für sie zu teuer. Wie angenehm das Leben doch sein konnte, wenn Geld keine Rolle spielte. Es wurde viel gelacht und herumgealbert, und bereits zum Frühstück tranken sie Champagner. Früher hätte Tyler das für dekadent gehalten, aber jetzt, in dieser Gesellschaft, machte es ihm Spaß, ungemein viel Spaß.

Er hatte nicht einmal etwas dagegen, daß Boyd ihn zu seinem

Schneider mitnahm. Während er selbst anprobierte, erklärte er Tyler, daß auch für ihn eine neue Garderobe fällig sei, und natürlich dürfe ein kostbarer Abendanzug nicht fehlen. »Schreiben Sie alles auf meine Rechnung«, sagte er großspurig und wischte Tylers zaghafte Einwände beiseite. »Dieser junge Mann wird in Kürze mein Schwiegersohn sein. Bleibt zu hoffen, daß ihr Burschen ihn ebenso zufriedenstellend bedient wie mich.« Die Schneider beeilten sich, das zu bekräftigen und reichten ihnen zu Tylers Verwunderung sogar Sherry und Gebäck auf einem silbernen Tablett.

Boyd zeigte sich keineswegs beeindruckt, er fand solche Aufmerksamkeiten ganz selbstverständlich. »Haben wir jetzt alles, was wir brauchen?« fragte er Tyler, nachdem sich die Schneider zurückgezogen hatten.

Druckerpressen waren schwer aufzutreiben, aber Tyler, der von einer neuen Zeitung gehört hatte, die wegen finanzieller Schwierigkeiten bereits nach wenigen Monaten eingegangen war, fuhr gleich am ersten Tag mit Roberts nach Fortitude Valley und kaufte dem dankbaren Eigentümer die gesamte Einrichtung ab.

»Wir übernehmen alles«, winkte Boyd ungeduldig ab, während Tyler noch um den Papierpreis verhandelte, »mit allem Drum und Dran. Tyler, Sie kümmern sich um den Transport. Und beschaffen Sie, was noch fehlt.«

In Hochstimmung stellte Tyler eine Liste zusammen, die alles Erforderliche enthielt, auch Bleistifte und Notizbücher. Und in der Gewißheit, das Beste zu bekommen, was für Geld zu haben war, reichte er beim *Brisbane Courier* seine Kündigung ein.

Ein neuer Chefredakteur hatte seinen Mentor abgelöst, aber selbst das bekümmerte Tyler nicht. Er schwebte wie auf Wolken.

»Man hat mir gesagt«, knurrte der Chefredakteur, »Sie würden mir ein paar Artikel von dort oben schicken. Aber nicht eine einzige Zeile hab' ich zu Gesicht bekommen.«

»Tut mir leid«, erwiderte Tyler, »ich hatte zuviel um die Ohren.« Die Aufzeichnungen von der Expedition hatte er zwar wieder vervollständigt, mochte sich aber nicht mit einem lächerlichen Honorar für die Überarbeitung abspeisen lassen, jetzt, wo er im Begriff stand, seine eigene Zeitung herauszugeben!

»Wir haben neuerdings einen weiteren freien Mitarbeiter in Rockhampton. Einen gewissen Cosmo Newgate«, grunzte der Herausgeber. »Was ist das für einer?«

»Cosmo?« meinte Tyler leichthin. »Ein netter Kerl. Versteht was von seinem Beruf.« Sich kollegial zu verhalten, schien angebracht; Cosmo war zur Zeit bestimmt auf Aufträge angewiesen. Nur ganz kurz durchzuckte ihn ein unangenehmes Gefühl, als er noch hinzufügte: »Newgate besaß mal eine eigene Zeitung.«

Er verabschiedete sich von seinen alten Kollegen, zog sogar kurz in Betracht, sie zu seiner Verlobungsfeier einzuladen, die Boyd im Hotel ausrichten wollte. Dann aber meinte er, ihnen einen Gefallen zu tun, wenn er von einer solchen Einladung absah. Sie würden sich unter all den anwesenden Snobs völlig fehl am Platze fühlen, und einen Abendanzug besaß auch keiner von ihnen. Roberts' Freundeskreis war ein aufgeblasener Haufen, und die Leute waren Tyler teilweise durchaus nicht unbekannt. Dies wiederum hatte Amelia beeindruckt, weshalb er ihr wohlweislich verschwieg, daß seine Bekanntschaften sich auf flüchtige Begegnungen beim Pferderennen und im Spielsalon beschränkten. Jedenfalls stieg dadurch sein Ansehen bei Boyd, deutete doch alles darauf hin, daß der zukünftige Schwiegersohn über die geeigneten Verbindungen verfügte. Boyd erwartete von ihm, in die wirklich gute Gesellschaft von Brisbane eingeführt zu werden, in die Kreise der Schafzuchtbarone, von denen einige in der Politik mitmischten. Und die ihrerseits gespannt darauf waren, den Mann kennenzulernen, der, wie es hieß, bereitstand, das Erbe des verstorbenen Fowler Maskey anzutreten. Einladungen wurden geschrieben und angenommen; das Trio geriet in einen Wirbel gesellschaftlicher Verpflichtungen. Tyler gelang es sogar, während der Rennen eine Einladung zum Mittagessen

im Zelt des Gouverneurs zu ergattern. Amelia war vor freudiger Erregung schier aus dem Häuschen, und selbst Boyd konnte seine Begeisterung nicht verhehlen, wie Tyler mit nicht geringer Befriedigung konstatierte. Es kam ihm vor, als habe er in seinem neuen Umfeld bereits fest Fuß gefaßt.
Am Tag des Pferderennens strahlte die Sonne ungetrübt – die Gelegenheit schlechthin für die Damen, sich in ihrem ganzen Putz zu zeigen und hoheitsvoll lustzuwandeln unter den Blicken der weniger privilegierten Gesellschaft, die sich jenseits der mit Fähnchen geschmückten Absperrung aufhielt. Amelia trug eine kostspielige Kreation aus rubinroter Damastseide mit schwarzer Satinpaspelierung; das enge Mieder betonte ihre schmale Taille, und der lange, vorn schmale Wickelrock bauschte sich hinten in reichen Falten. Eine hohe, rote Haube aus demselben Material sowie ein zarter, ebenfalls roter Sonnenschirm vervollständigten ihr Äußeres. Tylers Befürchtung, ihr Kleid sei vielleicht doch ein wenig zu auffallend – die anderen Damen im Zelt hatten sich für gedämpftere Töne entschieden, nicht wenige sogar für Weiß –, schien Boyd nicht zu teilen, meinte sogar ausgelassen, Amelia sehe umwerfend aus. Gut und gerne hätte er für den Preis dieser Kleider auch ein Rennpferd kaufen können. Die anderen Damen sind ja auch um einiges älter, sagte sich Tyler; den Jüngeren steht es sehr wohl zu, bei einer solchen Veranstaltung für ein wenig Farbe und Fröhlichkeit zu sorgen. Und befriedigt machte er sich auf, seine Wetten zu plazieren.
Er verlor an diesem Tag sehr viel Geld; sein schmales Kapital schmolz dahin. Wie gut, daß er entsprechend vorgebaut und frühmorgens das Hotel verlassen hatte, um für Amelia einen Ring zu erstehen, einen hübschen, in Gold gefaßten kleinen Rubin, der seither in einem kleinen Samtbeutel in Tylers Westentasche steckte; er würde, dessen war er sich sicher, wunderbar zu Amelias Kleid passen.
In einem ruhigen Augenblick zwischen zwei Rennen schlenderte er mit ihr hinüber zu einer Gruppe hoher Gummibäume. »Ich kann nicht länger warten«, sagte er, »ich muß es dir heute

einfach geben.« Er zog den kleinen Beutel heraus, ließ den Ring in seine Hand gleiten und zeigte ihn ihr.
»Was ist denn das?« fragte sie, alles andere als begeistert.
»Allgemein nennt man so etwas einen Ring, Liebste. Einen Verlobungsring. In Liebe von Tyler für Amelia.«
»Ach so«, sagte sie, »danke.«
Er streifte ihr den Ring über. »Gefällt er dir? Er paßt zu deinem Kleid.«
»Ja«, meinte sie lediglich und spielte an dem Ring herum, und Tyler bemerkte erst jetzt, daß sie am Mittelfinger ihrer rechten Hand einen großen, dunklen Saphir trug, demgegenüber der Rubin geradezu kümmerlich wirkte.
»Mehr konnte ich mir nicht leisten«, entschuldigte sich Tyler, »dafür schenke ich ihn dir aus ganzem Herzen.«
»Du hättest dir das Geld sparen können«, meinte Amelia. »Ich hatte mir bereits einen ausgesucht, einen hübschen Brillantreif.«
»Brillanten sind etwas für später«, sagte er lächelnd. »Dies soll der Ring sein, der uns verbindet.«
Enttäuscht runzelte sie die Stirn. »Das war dumm von dir. Boyd wollte den anderen Ring bezahlen, wir hätten ihn umsonst bekommen. Jetzt kann ich ihn abschreiben.«
»Ich möchte nicht, daß dein Vater deinen Verlobungsring bezahlt.«
»Warum denn nicht?« fuhr sie ihn an. »Das ist doch das mindeste, was er tun kann.«
Tyler schüttelte den Kopf. »Meinst du nicht, daß er schon genug tut?«
»Für mich kann er niemals genug tun«, gab sie zurück, wobei sie nachdrücklich den Kopf schüttelte. »Gehen wir wieder ins Zelt. Ich bin müde und würde mich gern setzen.«
Wie ein begossener Pudel schlich Tyler hinter ihr her. Im weiteren Verlauf des Nachmittags mußte er feststellen, daß Amelia kein Wort über ihren neuen Verlobungsring verlor. Falls Boyd ihn bemerkt hatte, gab er es nicht zu erkennen. Für Tyler war der Tag gelaufen, er war wütend auf die beiden. Und

gleichzeitig wurde ihm bewußt, daß er einen weiteren Kratzer an der Fassade dieser idealen Vater-Tochter-Beziehung entdeckt hatte. Er mußte daran denken, wie nervös Amelia in Gegenwart ihres eben aus dem Busch zurückgekehrten Vaters gewesen war. Warum nur? In Brisbane dagegen hatte sie sich zunächst ausgelassen und vergnügt gezeigt. Das heißt, berichtigte er sich, sie hatte mit größtem Vergnügen Geld ausgegeben. Gewiß doch, Roberts hatte seine Fehler, aber er war ein liebevoller, spendabler Vater, weitaus spendabler als Tyler sein würde. Waren sie erst einmal verheiratet, mußte diese grenzenlos verwöhnte junge Frau erwachsen werden, lernen, daß es außer Einkaufen auch noch andere Dinge gab.

Die Stadt lag im Dunkeln, als die Pferdedroschke über die Eagle Street fuhr, der Fluß sah aus wie ein breites, düsteres Band, reizlos und einsam in der Nacht, während das Leben ein paar Straßenzüge weiter auf der hell erleuchteten Queen Street stattfand. Boyd war bester Laune, plauderte mit Tyler über die Leute, die er kennengelernt hatte und die er als wichtig für seine Karriere bezeichnete. »Der Gouverneur ist gar nicht so übel, wie?«

»Nein«, meinte Tyler zerstreut. Was war nur mit Amelia los? In sich gekehrt, schwieg sie in dem schwarzen Ledersitz vor sich hin.

»Er hat vor, Rockhampton zu besuchen«, sagte Boyd. »Ich werde mir also etwas Besonderes zu seinem Empfang ausdenken. Würde mir ungemein helfen, als sein Gastgeber aufzutreten. So was macht Eindruck.«

»Vor den Wahlen wird das wohl nichts mehr«, knurrte Tyler. »Bowen mischt sich nicht in die Politik ein.«

»Seit wann denn das?«

»Jedenfalls nicht öffentlich«, ergänzte Tyler.

Boyd schlug sich aufs Knie. »Machen Sie doch nicht so ein Gesicht, mein Junge! Wohl 'ne Kleinigkeit verspielt, wie?«

»Ein paar Pfund«, räumte Tyler ein.

»Und wenn schon! Ist doch nur Geld. Ich hatte einen sagenhaften Tag! Bei mir konnte einfach nichts schiefgehen.«

Bei mir schon, haderte Tyler mit sich selbst. Geld regiert eben die Welt.

Gleich nachdem sie ins Hotel zurückgekommen waren, zog sich Amelia auf ihr Zimmer zurück, und da Boyd die überfüllte Bar aufsuchte, sah sich Tyler nach einer Zeitung um.

Auf der ersten Seite wurde über Macalister berichtet, der nach der Eindämmung der Bankkrise sein Amt als Premier wieder aufnahm. Tyler wußte bereits davon, las aus Gewohnheit den Artikel dennoch aufmerksam durch.

Ein Sir John Manners-Sutton war zum Gouverneur von Victoria ernannt worden, und im Leitartikel wurde warnend darauf hingewiesen, daß weitere »Brot oder Blut«Aufstände zu befürchten seien, wenn den Arbeitslosen nicht unter die Arme gegriffen würde. Hatte Herbert demnach zu früh abgedankt? Mit zynischem Grinsen mußte Tyler beim Weiterlesen feststellen, daß man die alten Geschichten von Schiffsuntergängen wieder aufwärmte. So was verkaufte sich immer gut. Vor Newcastle war seinerzeit die *SS Cawarra* gesunken, sechzig Tote hatte es gegeben, und nur sechs Tage später war es in der Bass Strait zur Havarie der *Netherby,* einem Auswandererschiff, gekommen, nur daß diesmal Passagiere und Besatzung hatten gerettet werden können. Man hatte eine Familie ausfindig gemacht, die nach der Katastrophe nach Brisbane gebracht worden war, wo sie die Nachricht ereilt hatte, daß weitere Angehörige mit der *Cawarra* untergegangen waren.

Wie nennt man so etwas? sinnierte Tyler. Die Gnade Gottes oder seine strafende Hand? Daß der Artikel keine Überschrift trug, sondern lediglich die Interviews von damals wiedergab, nahm Tyler dem Redakteur nicht übel. Er blätterte um, überlegte dabei, wie man in knappen Worten diese Kolumne treffend überschreiben könnte, gab schließlich auf und überflog statt dessen die Leserbriefe, in denen die Wasserversorgung von Brisbane aus dem neuen Enoggera Creek Reservoir als unzureichend bezeichnet wurde. »Daß die Leute aber auch nie zufrieden sind«, murrte er. Dann entdeckte er eine kleine Meldung aus Rockhampton: VIEHZÜCHTER GERETTET.

Tyler richtete sich kerzengerade auf, kämpfte mit der Zeitung auf seinen Knien, um sie so zu falten, daß er den Artikel besser lesen konnte.
»Mr. Paul MacNamara, ein Überlebender des grausamen Überfalls wilder Schwarzer, bei dem vier tapfere Kavalleristen ermordet wurden, befindet sich, obwohl er noch unter Schock steht, in guter körperlicher Verfassung. Daß Mr. MacNamara erst vor kurzem unter tragischen Umständen seine Frau verloren hat, die zusammen mit einem Hausmädchen ein Opfer der Schwarzen wurde, liegt wie ein düsterer Schatten über seiner Rückkehr. Mr. MacNamara ist der Stiefsohn des bekannten Viehzüchters im Hunter Valley, Mr. Juan Rivadavia.«
Tyler raschelte mit der Zeitung. »Das ist alles?« entfuhr es ihm, die Blicke der Vorübergehenden nicht beachtend. »Wo bleibt der Rest? Außerdem gehört so was auf die Titelseite, du Rindvieh!« Dabei wußte er genau, daß ausführliche Berichte mit der Schiffspost befördert werden mußten. Offenbar hatte Cosmo Newgate die Geschichte durchtelegrafiert und keine Erlaubnis erhalten, dem Blatt die Mehrkosten für die Übermittlung des gesamten Textes in Rechnung zu stellen. Darüber hinaus hatte man Cosmos Kurzfassung eindeutig verfälscht und die letzten Zeilen in der Redaktion hinzugefügt. Cosmo hätte doch den Stiefvater MacNamaras nicht erwähnt! Eher hätte er daran erinnert, daß auch MacNamaras Vater durch die Hand von Schwarzen umgekommen war.
Tyler war unendlich erleichtert, daß MacNamara es zurück nach Hause geschafft hatte. Er fragte sich allerdings, wie. Warum nur stand der Artikel an der völlig falschen Stelle? Frustriert ließ Tyler die Zeitung sinken, verfluchte diesen neuen Chefredakteur, fragte sich dann aber ehrlicherweise, ob er zu seiner Zeit einen solchen Bericht ganz groß auf die Titelseite gesetzt hätte. Rockhampton war lediglich eine kleine Stadt auf dem Land, und noch dazu weit weg. Und Reibereien mit den Schwarzen waren im Norden und im Westen an der Tagesordnung. Queensland galt nun mal als Brutstätte für Unruhen zwischen Eingeborenen und Weißen. Himmel noch

mal, war er denn schon derart vernagelt?! Außerdem störte ihn an diesem Artikel, daß sich der Verfasser nicht die Mühe gemacht hatte, darauf zu verweisen, daß er, Tyler Kemp – bis vor kurzem Journalist beim *Brisbane Courier* –, bei besagtem Überfall ebenfalls als Zielscheibe hatte herhalten müssen und nur mit Glück einem tödlichen Speer entgangen war! Das war anscheinend nicht der Rede wert ...

Großer Gott, überlegte er, wenn man abserviert ist, nimmt keiner mehr Notiz von einem. Hatte er nicht selbst häufig genug versäumt, Politiker zu zitieren, die ihren Sitz verloren hatten? »Nichts ist uninteressanter als ein abgehalfterter Politiker«, pflegte er zu sagen. Jetzt durfte er erleben, daß seine eigenen Kollegen ihn bereits abgehakt hatten.

Eigentlich sollte er Boyd von diesem Artikel in Kenntnis setzen, aber er hatte einfach keine Lust. Er bestellte sich einen doppelten Whisky und brütete über dem kurzen Bericht. Nein, nichts von dem hier trug Cosmos Handschrift. Tapfere Kavalleristen? Sie alle waren um ihr Leben gerannt, Lieutenant Gooding und Tyler Kemp eingeschlossen. Nur MacNamara war so blöd gewesen, stehenzubleiben und nach einem Speer zu verlangen – um dann doch mit heiler Haut davonzukommen. Was für eine ungeheuerliche Geschichte! Und er hockte hier in Brisbane herum und mimte den feinen Herrn. Zur falschen Zeit am falschen Ort. Mit einer ausführlichen Reportage mit allem Drum und Dran könnte Cosmo landesweit Furore machen. Er, Tyler, würde es! Voller Wehmut dachte er an seine journalistischen Ambitionen.

Es war, als hätte man ihm etwas weggenommen.

»Wie wär's mit einer Partie Billard vor dem Abendessen?« riß ihn Boyd aus seinen Überlegungen.

»MacNamara konnte entkommen«, sagte Tyler.

»Ich weiß. Hab's in einer Zeitung gelesen. Also, was ist mit einem Spiel?«

»Ich war mit ihm zusammen. Interessiert Sie das nicht?«

»Warum sollte es? Ihr wart doch allesamt verdammte Narren, euch überhaupt auf so was einzulassen.«

»Wirklich?« meinte Tyler. »Dann verraten Sie mir doch mal, warum wir Narren waren, Sie und George dagegen nicht.«
»Weil ich genau wußte, was ich tat.«
»Was genau haben Sie denn getan? Einzelheiten haben Sie nämlich noch gar nicht erzählt.«
»Sie wollen, daß ich Ihnen das jetzt erläutere, Zug um Zug?«
»Warum nicht? Ob jetzt oder erst später, das kommt doch aufs gleiche raus. Ich wüßte gern, warum drei Männer erfolgreich waren, wo neun versagt haben.«
»Weil wir nicht mit fliegenden Fahnen drauflos gestürmt, sondern gezielt an die Sache herangegangen sind.«
Boyds Großspurigkeit reizte Tyler. Er dachte daran, was Gus gesagt hatte, und nahm einen neuen Anlauf. »So schlau waren Sie doch gar nicht«, spottete er, in der Hoffnung, den ziemlich beschwipsten Boyd, der Mühe hatte, sich auf den Beinen zu halten, aus der Reserve zu locken. »Sie wußten doch, daß, wenn's brenzlig werden würde, Gooding und seine Leute nicht allzuweit weg waren.«
»Die brauchte ich nicht«, prahlte Roberts. »Sie dagegen ja wohl um so mehr.«
Da Tyler nichts Rechtes mit sich anzufangen wußte, folgte er Boyd ins Billardzimmer. Immer mehr setzte sich das Gefühl in ihm fest, daß Gus' Vermutung begründet war.
Roberts hatte nicht bestritten, von der Anwesenheit der Soldaten auf Oberon gewußt zu haben, demnach hatte er auch gewußt, warum sie sich dort aufhielten. Unwillkürlich packte Tyler Boyd am Arm. »Sie wußten, daß wir auf Oberon waren!« rief er.
»Ich wußte nicht, daß *Sie* dort waren.« Boyd zuckte die Achseln. »Na, wenn schon.«
»Stellt sich somit die Frage, warum Sie nicht nach Oberon geritten sind und Ihre Gefangenen den Militärs übergeben haben, die dort Posten bezogen hatten.«
»Das geht Sie einen Dreck an«, fauchte Boyd und stieß Tyler von sich.

Tyler machte auf dem Absatz kehrt und stürmte hinaus in die Hotelhalle, wo ihn ein kleiner, gedrungener Mann einholte. »Na, bißchen frische Luft schnappen, Mr. Kemp?« Ferret, sein Informant. »Ich dacht' mir schon, daß ich Sie hier finde.«
»Ach, Sie sind's. Tag, Ferret. Was gibt's denn?«
»Dieses und jenes, Sir. Dieses und jenes.«
»Ich arbeite zur Zeit nicht. Bin auch nicht mehr beim *Courier.*«
»Weiß ich doch«, sagte Ferret und trat mit Tyler ins Freie. »Wollt Ihnen trotzdem 'nen Tip geben. Gratis sozusagen.«
»Was für einen Tip?« Der kalte Nebel vom Fluß her ließ Tyler unangenehm frösteln.
»Über Ihren Freund da drin.«
»Wen? Roberts?«
»Genau. Die Zeitungen woll'n erfahren haben, daß er gar kein Held ist. Daß man die Falschen für die Morde da oben aufgeknüpft hat.«
»Roberts hat sie nicht aufgeknüpft.«
»So, wie's sich anhört, könnt er's durchaus getan haben. Auf den hat's eindeutig jemand abgesehn.« Ferret putzte sich geräuschvoll die Nase und schlug den schmalen Kragen hoch. »Nichts für mich, diese kalten Nächte. Fällt dem Körper schwer, sich nach einem sonnigen Tag so schnell umzustell'n.«
»Woher will man wissen, daß er die Falschen erwischt hat?« bohrte Tyler weiter.
»Weil man inzwischen die Richtigen hat! Haben Geständnisse abgelegt. 's war die berittene Eingeborenenpolizei, die Ihnen doch seit jeher ein Dorn im Auge is'. Die haben das verbrochen. Sie hatten also recht. Hab' ich auch meinen Freunden gesagt. ›Mr. Kemp‹, hab' ich gesagt, ›der hat niemals was für die übrig gehabt.‹«
»Mist, verdammter!«
»Ja, find' ich auch«, meinte Ferret. »Wenn Ihr Freund fürs Parlament kandidiert, wird man ihm diese Geschichte ankreiden. Also hab' ich überlegt, ob Sie's vielleicht einrichten könnten, beim *Courier* vorbeizuschau'n und das Ganze 'n

bißchen zu vertuschen. Ich mein', zu veranlassen, daß seine Version gedruckt wird, ehe der Schaden nich' mehr zu beheben is'.«

Tyler blieb nachdenklich stehen. Dann griff er gewohnheitsmäßig in die Tasche und gab Ferret fünf Schilling.

»Nein«, beharrte Ferret. »Geht auf Kosten des Hauses.«

»Schon gut, genehmigen Sie sich einen.«

»Dann auf Ihr Wohl, Sir«, sagte Ferret und schlurfte um die Ecke.

Machbar wäre es, überlegte Tyler. Er konnte zum *Courier* gehen und sich informieren, was zur Veröffentlichung anstand. Und eine Erklärung zugunsten von Boyd abfassen, der doch an der Exekution gar nicht teilgenommen hatte. Wer zum Kuckuck waren dann aber die Männer, die Boyd gefangengenommen und abgeliefert hatte?

Er konnte sogar dem Chefredakteur mit einer Verleumdungsklage drohen. Das würde ihn bremsen. Andererseits täuschte sich Ferret so gut wie nie; schon vier Zeilen mit den neuesten Fakten über die wahren Mörder konnten eine Katastrophe bedeuten. Warum stand er also weiterhin hier rum? Heute war Mittwoch. Die Rückreise nach Rockhampton war für Freitag vorgesehen, und für morgen abend hatte Boyd ein paar Freunde zu einer Dinnerparty eingeladen, um die Verlobung seiner Tochter mit Tyler zu feiern. Feiern? Wenn Amelias Vater, milde ausgedrückt, der Lächerlichkeit preisgegeben wurde?

Sein Kommentar »Mist, verdammter!«, den Ferret mißverstanden hatte, stand noch im Raum. Was war bloß aus seinem Vorhaben geworden, die Eingeborenenpolizei einmal gründlich von allen Seiten zu beleuchten? Er hatte sich ablenken lassen und darüber versäumt, das zu schreiben, was er sich fest vorgenommen hatte.

Er ging nicht zum *Courier,* sondern zurück ins Hotel. Warum? Weil er nicht in die Sache hineingezogen werden wollte. Sein Ruf als Journalist wäre dahin, wenn er, die Mütze in der Hand, in der Redaktion auftauchte und Erkundigungen über etwas anstellte, das sich vor seiner Nase zugetragen hatte.

Alles andere als angenehm. Boyd würde es eben allein ausbaden müssen.

Das Abendessen verlief einigermaßen zwanglos. Amelia erschien in einem tief ausgeschnittenen, sehr offenherzigen rosa Satinkleid mit glitzernden Glasperlen. Sie schmollte zwar noch immer, flirtete aber mit jedem Mann, der ihr vorgestellt wurde. Boyd zeigte sich in bester Laune, ließ Champagner fließen, bezahlte den Pianisten dafür, daß der seine Lieblingsmelodien spielte, und bezauberte alle Damen. Tyler, der zwischen diesen beiden Paradiesvögeln saß, die die Aufmerksamkeit aller auf sich zogen, beobachtete, wie im Verlauf des Abends Tisch um Tisch dazugestellt wurde, damit vergnügungssüchtige Schönheiten und deren Galane Platz fanden.
Er trank sehr viel – ein guter Vorwand, um am nächsten Morgen zu spät zum Frühstück zu erscheinen, während Amelia und Boyd bereits am Tisch saßen.
Amelias von den tiefschwarzen Locken umrahmtes Gesicht war so weiß wie ihr indisches Musselingewand, und sie warf ihm flehende Blicke zu. Wenn es nach ihm gegangen wäre, hätte sich Tyler am liebsten mit ihr in sein Zimmer verzogen.
Boyd warf ihm die Zeitung vor die Füße. »Haben Sie das gesehen?«
»Was gesehen?« Er hob das Blatt auf. Boyd machte einen reichlich mitgenommenen Eindruck. Tyler fiel zum erstenmal auf, daß man dem Lebemann sein Alter ansah; sein Haar wirkte schütter, die Haut nicht länger sonnengebräunt, sondern gelblich, die Lippen unter dem Schnurrbart bildeten eine schmale, ungleichmäßige Linie.
»Seite drei«, knurrte Boyd, und Tyler schlug raschelnd die Zeitung auf.
Dort stand es. Überschrift: UNSCHULDIGE GEHÄNGT. Und darunter eine viertel Seite lang der dazugehörige Text. »Was soll denn das?« fragte Tyler und mimte Erstaunen, während er sich einen Stuhl heranzog.

Der Artikel enthielt genau das, was er erwartet hatte; im zweiten Teil wurde Boyd Roberts erwähnt.
»Als Goldgräber bezeichnet man meinen Vater«, schluchzte Amelia. Tyler las weiter. »Zunächst wurde Mr. Boyd Roberts, Goldgräber mit parlamentarischen Ambitionen, als Held gefeiert, der die Mörder dingfest gemacht hatte; mittlerweile steht jedoch fest, daß Mr. Paul MacNamara unter Einsatz seines Lebens den wahren Sachverhalt aufgedeckt hat, so daß jetzt ein Angehöriger der Eingeborenenpolizei, der lediglich als Blackie Bob bekannt ist, vor Gericht steht.«
Der Bericht, in nicht übermäßig gutem Stil abgefaßt, ging noch weiter, blähte Cosmos Fakten zu schauerlicher Prosa auf. Eine weitere Kolumne mit der Überschrift EHEMANN RÄCHT SEINE FRAU rollte noch einmal die vergangenen Ereignisse auf. Auf der nächsten Seite wurde der Überfall erneut geschildert und Lieutenant Gooding, nicht aber Tyler Kemp, erwähnt.
Boyd tobte. »Verklagen werd' ich diese Schmierfinken!«
»Wozu?« gab Tyler verwundert zurück. »Dazu gibt es keinerlei Veranlassung. Hier wird mehr oder weniger zum Ausdruck gebracht, daß Sie sich geirrt haben. Das ist doch kein Verbrechen.«
»Ich habe mich nicht geirrt!« schrie Boyd. »Ebensowenig wie die Männer, die auf schuldig erkannt haben. MacNamara lügt. Begreifen die das nicht?«
»Warum sollte er lügen?« fragte Tyler.
»Weil er mich haßt. Ein niederträchtiger Kerl ist das und ein ausgemachter Schwächling dazu. Ich hatte ihm ein Angebot für seine Farm gemacht, um sie meinem Gut anzugliedern, damit das Land flächenmäßig nutzbar wird. Aber nein, er muß unbedingt den Fuchs im Hühnerstall spielen.«
»MacNamara«, mischte sich jetzt Amelia ein, die bislang weitgehend unbeteiligt geblieben war, »ist das nicht der Mann, für den Laura so geschwärmt hat?«
Tyler fiel wieder der Klatsch ein, der auf den Farmen kursierte – daß Boyd MacNamara vor versammelter Mannschaft Vorhaltungen gemacht hätte, eine Affäre mit einer jungen Frau in

der Stadt zu haben –, wurde aber jählings aus seinen Gedanken gerissen. »Kein Wort über Laura!« schrie Boyd seine Tochter an. »Du hast sie rausgeekelt! Gib's nur zu! Kaum war ich weg, hast du sie vergrault. Ein richtiges kleines Luder bist du. Aber ich hab' dich durchschaut! Und jetzt ist das Maß voll!«
Weinend stürzte Amelia aus dem Zimmer. Tyler bemühte sich, Boyd zu beschwichtigen. »Nur keine Aufregung. Ist doch nichts weiter als eine Eintagsfliege. Und kein Grund, Ihre Wut an Amelia auszulassen.«
»Kümmern Sie sich um Ihren eigenen Kram! Sie werden schon sehen! Alle müssen nach ihrer Pfeife tanzen. Nur daß Sie Trottel das nicht merken. Besorgen Sie mir einen Rechtsanwalt, wenn Sie dazu imstande sind. Ich werde gegen diese verdammte Zeitung vorgehen.«
»Das sollten Sie lieber bleibenlassen«, sagte Tyler mit Nachdruck. »Und drüber hinwegsehen. Mit einer Klage erreichen Sie nur, daß alles erst recht aufgebauscht wird und immer mehr Leute sich darüber Gedanken machen. Und genau dies gilt es zu verhindern.«
»Meinen Sie?«
»Meine ich. Halten Sie sich zurück und lassen Sie sich auf nichts ein.«
»Verstehe. Die Männer von Bunya Creek sind sowieso auf meiner Seite. Sie werden niemals zugeben, ein Fehlurteil vollstreckt zu haben.«
Was hatte Gus doch gleich gesagt? Den Verstand gebrauchen und nicht nur die Ohren aufsperren. Roberts' veränderter Tonfall schien darauf hinzudeuten, daß er sich sehr wohl bewußt war, die Falschen zur Verantwortung gezogen zu haben.
Verwirrt eilte Tyler hinauf zu Amelia, um sie zu trösten, um ihr zu sagen, sie solle Boyd nicht böse sein; daß er wütend sei, hätte nichts mit ihr zu tun, sie habe nur als Sündenbock herhalten müssen, das käme in den besten Familien vor.
Er schloß sie in die Arme, drückte sie fest an sich. »Schon gut«, sagte er zärtlich, »war nur ein Sturm im Wasserglas.«

»Hoffentlich«, schluchzte sie und klammerte sich an ihn. »Du liebst mich doch, Tyler, ja? Tut mir leid, das mit dem Ring. Ich war gemein. Er ist wirklich hübsch.«
In der Geborgenheit ihres Zimmers fand Tyler die Amelia, nach der er sich sehnte. Keine Tändeleien mehr; sie brauchte ihn. In dem breiten, daunenweichen Bett erwachte ihre Sinnlichkeit, die Begierde, auf die er so lange gewartet hatte und mit der sie ihn jetzt so verzweifelt festhielt, als befürchte sie, auch er könne sich von ihr abwenden. Wie zwei verirrte Kinder kuschelten sie sich aneinander, gaben sich schließlich leidenschaftlich einander hin. Berauscht von ihrem hinreißenden Körper, versprach Tyler, sie nie zu verlassen. Amelias Tränen versiegten unter Küssen, und ein unbeschreibliches Glücksgefühl durchrieselte Tyler, als sie sein Drängen voller Lust erwiderte.

VIERZEHNTES KAPITEL

»Weiß gar nicht, warum Sie sich beschweren«, sagte Poll. »Wo ich doch Ihren Fuß versorgt hab', obwohl ich das gar nich' hätt' machen müssen.«
»Sie hätten erst gar nicht drauf schießen sollen«, raunzte George. »Und von versorgen kann keine Rede sein. Ich brauch' einen Arzt.«
Grunzend stocherte Poll im Lagerfeuer herum. »Wenn ich die Kugel nicht rausgeholt hätt', würd' der Fuß brandig werden und Sie könnten ihn ganz vergessen. Also halten Sie den Schnabel.«
Sie hatte ihn in einiger Entfernung an einen Baum gefesselt und darauf geachtet, daß das eine Ende des Seils eines seiner Handgelenke umschloß und das andere sein gesundes Bein. Anfangs hatte er rumgebrüllt, sich aber rasch beruhigt, als sie

drohte, ihm bei weiterem Geschrei das Wasser zu entziehen. Hier oben würde ihn, wenn nicht rein zufällig, sowieso niemand hören.
Die Sonne schimmerte durch die Bäume, warf helle Tupfen auf ihr Lager, und das Feuer prasselte, als Poll behaglich grinsend Speck in die Bratpfanne warf. Nichts wirkt auf einen hungrigen Mann demoralisierender als der Duft von schmurgelndem Speck, und George war ausgehungert – zwei Fastentage hatten ihm arg zugesetzt. Jetzt schlug Poll zwei Eier in die Pfanne und setzte sich dabei so, daß er gequält mit ansehen mußte, wie sie das Essen zubereitete, dann stellte sie die Pfanne beiseite und röstete an einem Stock ein paar Brotscheiben.
»Sie müssen mir was zu essen geben!« rief er. »Mir ist hundeelend. Sterben werd' ich.«
»Werden Sie nich'. Jedenfalls nich' gleich. Soll ein schauriger Tod sein, Verhungern.«
»Die Polizei wird Sie dafür belangen, das schwör' ich Ihnen.«
»Erzählen Sie mir von Tom Davies, und Sie kriegen was ab.«
»Kenn keinen Tom Davies nich'.«
Sie hockte sich wieder hin und begann zu essen, kaute geräuschvoll auf den Speckstückchen herum. »Daß Sie sich da man nicht täuschen«, meinte sie schmatzend, »sonst bleiben Sie hier, bis Ihnen die Dingos ans Leder geh'n.«
Zwei Tage später war George weichgekocht und zu einem Handel bereit. Ein verdammt zäher Brocken, mußte Poll anerkennen. Gestern hatte er sich immerhin dazu bequemt, sich an Tom Davies zu erinnern. »Er ist tot«, hatte er zu ihr gesagt.
»Dacht' ich mir schon«, erwiderte Poll ungerührt. »Wie ist er gestorben?«
Geduldig hörte sie sich sein Gefasel von einem Unfall an, den er der Polizei nicht gemeldet hätte. Auch behauptete er, er wisse nicht mehr, wo sie die Leiche vergraben hätten.
»Wer – ›sie‹?«
»Seine Kumpel. Keine Ahnung, wie sie heißen.«
»Aber sie haben auch für Roberts gearbeitet.«

»Ja. Warum fragen Sie nicht ihn? Warum hacken Sie ständig auf mir rum? Geben Sie mir lieber ein Stück Brot.«
Heute jedoch zerrte er wie ein Affe an seinen Fesseln, krächzte: »Bringen Sie mich nach Hause, und ich erzähl' Ihnen genau, wie's gelaufen ist.«
»Und das soll ich Ihnen abnehmen?«
»Gut, dann meinetwegen zur Polizei. Denen werd' ich's sagen.«
»Wer's glaubt, wird selig.« Sie überließ ihn sich selbst, stieg hinunter zum Bach, um Wasser zu holen, ließ sich absichtlich Zeit, in dem kühlen, klaren Wasser herumzuplantschen und nach kleinen Panzerkrebsen zu suchen.
Als sie zurückkam, stellte sie ihm ein Ultimatum. »Hab' nich' mehr viel Zeit, George, morgen früh muß ich weiter. Pech für Sie, daß Sie mir nicht helfen konnten. Jetzt müssen Sie allein hier zurückbleiben.«
Er fing an zu toben, schleuderte Poll die unflätigsten Schimpfwörter an den Kopf, ohne sie allerdings im mindesten zu beeindrucken.
Schließlich gab er auf. »Davies ist erschossen worden.«
»Von wem?«
»Weiß ich nich' mehr. Auf Befehl von Roberts.«
»Warum?«
»Nichts Besonderes. Er ging Roberts auf den Geist. Quatschte zuviel.«
»Soll das heißen, er wußte zuviel?«
»Ja, er quasselte ständig über was, was draußen im Busch passiert ist, wollte seinen Lohn und ein bißchen mehr, dann würde er's Maul halten.«
»Das Maul konnte er nie halten«, gab ihm Poll recht.
»Der Boß wußte das, deshalb mußte er ihn abknallen.«
»Wie einen Köter.«
»Na ja, mit dem Boß legt man sich besser nicht an. Allmächtiger! Wenn er jemals dahinterkommt, daß ich Ihnen das gesagt hab', bin ich garantiert dran.«
»Wo habt ihr ihn begraben?«
»Is' das so wichtig?«

»Wo habt ihr ihn begraben?«
»Im Fluß.«
»Widerliches Pack!« fauchte sie.
Sie holte das eigens dafür gekaufte Heft und den Bleistift, setzte sich hin und brachte mit unsicherer Hand mühsam seine Aussage zu Papier. Immer wieder stellte sie Zwischenfragen.
»Wer hat ihn erschossen?« drang sie erneut in ihn, aber er behauptete weiterhin, er habe keine Ahnung. Da sie überzeugt war, daß er log und offensichtlich derjenige war, der die Drecksarbeit für Roberts erledigte, schrieb sie, daß Tom bei dem Haus namens Beauview von George Petch erschossen worden war, auf Befehl von Boyd Roberts. Warum nicht ein bißchen frei interpretieren?
Als sie fertig war, ging sie zu ihm hinüber. »Jetzt unterschreiben.«
»Und dann lassen Sie mich geh'n?«
»Klar doch. Ich hab' ja, was ich wollte.«
»Ich trau' Ihnen nicht.«
»Müssen Sie wohl oder übel.«
Sie sah das verschlagene Aufblitzen in seinen grünen Augen, als er nach dem Bleistift schnappte und seinen Namen unten auf die Seite setzte.
»So, und jetzt binden Sie mich los«, sagte er, als er ihr Papier und Stift zurückgab.
»Noch nich'«, meinte Sie. »Sie müssen doch Hunger haben.«
Sie schnitt eine dicke Scheibe Brot ab, reichte sie ihm mit ein paar Streifen gelblichem Räucherspeck.
George schlang alles gierig hinunter, sah zu, wie sie ihr Pferd sattelte. »Wohin wollen Sie?«
»In die Stadt.«
»Verdammtes Weibsbild! Sie haben versprochen, mich laufenzulassen!«
»Ganz recht. Genauso, wie Sie Tom seinen Lohn ausbezahlt und ihm weisgemacht haben, er könnte gehen. Das war doch auch gelogen, oder irre ich mich da?«
»Sie werden mich doch nich' allein hier zurücklassen«, winselte er.

Poll füllte seine Wasserflasche auf und warf sie ihm vor die Füße. »Nein, ich komm' zurück. Ist eine größere Chance als die, die ihr Tom gegeben habt.«
Als sie mit Stoker auf und davon ritt, brüllte er hinter ihr her, aber sie machte sich keine Sorgen darüber, ob ihn jemand hörte.
Als Sergeant Hardcastle nach dem Mittagessen wieder aufs Revier zurückkam, sah er Poll draußen auf der Treppe sitzen.
»Lesen Sie«, sagte sie. »Ich kann zwar nich' besonders gut schreiben, aber die Wahrheit is' das hier allemal.«
Hardcastle entzifferte die großzügige Handschrift und starrte dann auf die Unterschrift. »George Petch. Er hat das hier unterzeichnet?«
Sie nickte. »Jetzt können Sie ihn und diesen Boyd Roberts verhaften.«
Hardcastle suchte nach Ausflüchten. »Es geht doch nicht, daß ich nur aufgrund einer Behauptung von Ihnen jemanden verhafte.«
»Nicht ich behaupte, sondern er, George Petch. Man hat meinen Tom erschossen und seine Leiche in den Fluß geschmissen.«
»Wie haben Sie Petch zu diesem Geständnis gebracht?«
»War nicht schwierig. Sie verhaften jetzt erst mal Roberts, und dann holen wir George.«
»Erzählen Sie mir nicht, was ich zu tun habe«, brauste Hardcastle auf. »Zum einen ist Roberts gar nicht im Land, und wenn George das hier unter Zwang unterzeichnet hat, ist es nicht das Papier wert, auf das es geschrieben wurde. Am besten, Sie lassen's hier, und ich seh' zu, was ich machen kann.«
»Kommt nicht in Frage.« Sie riß das Dokument wieder an sich. »Das gehört mir. Ich heb' es auf. Und Ihnen rat' ich, sich um George Petch zu kümmern.«
»Im Augenblick hab' ich keine Zeit dazu, das kann warten.«
»Sie werden sich verdammt noch mal sofort um ihn kümmern!« schleuderte sie ihm entgegen und sorgte damit für einiges Aufsehen auf der Straße. »Sie sind doch das Gesetz. Ich

verlange, daß er auf der Stelle hergebracht wird. Er wartet drauf.«

»Wo?«

»Steigen Sie auf Ihr Pferd, dann zeig' ich's Ihnen.«

»Hören Sie, Mrs. Davies, ich werde mitkommen, wenn ich es für richtig halte. Wie ich Ihnen schon sagte, habe ich jetzt keine Zeit. Kommen Sie um vier Uhr wieder.«

Poll zuckte die Schultern. Mußte George eben noch ein paar Stunden länger ausharren. Da sie diesem Polizisten ebenfalls nicht traute, beschloß sie, auf der Treppe zu warten, damit er sich nicht verdrücken konnte.

Fünf Uhr war längst vorbei, als Poll den wütenden Hardcastle zu ihrem Lager brachte, wo sie einen offenbar schlafenden George erblickten.

»Sie haben ihn gefesselt!« entfuhr es Hardcastle.

»Klar hab' ich das. Sollte ich vielleicht riskieren, daß er mir entwischt?«

Plötzlich aufs äußerste beunruhigt, sprang sie vom Pferd. »Irgendwas stimmt nicht mit ihm. Mein Gott, er ist ja tot!«

Hardcastle folgte ihr. »Sie haben ihn umgebracht!«

Poll hatte sich hingekniet, untersuchte den Toten. »Nein, nicht ich, mein Bester. Sondern Sie. Wär'n Sie gleich mitgekommen, wär' er vielleicht noch am Leben. Ein Schlangenbiß. Seh'n Sie sich das Bein an!« Sie deutete auf die geschwollene, blau verfärbte Wade und die vom Hemd abgerissenen Stoffstreifen, mit denen George wohl versucht hatte, das Bein abzubinden. »Er ist noch warm«, meinte sie. »Eine Stunde früher, und Sie hätten ihn retten können. Pech gehabt.«

Zufrieden rieb Cosmo sich die Hände, als die neuen Druckerpressen aufgestellt wurden; dann eilte er wieder geschäftig hin und her, schärfte den Arbeitern ein, Vorsicht walten zu lassen, dankte ihnen dafür, die kostbare Fracht unverzüglich ausgeliefert zu haben, und schickte seinen feixenden Gehilfen los, saubere Lappen aufzutreiben, um damit jeden Fleck oder Staub von den kostbaren Geräten zu entfernen. »Morgen erscheint

eine Zeitung«, rief er vergnügt. »Ich habe so viele gute Geschichten auf Lager, daß ich gar nicht weiß, womit ich anfangen soll.«
»Entweder geht's drunter und drüber, oder es herrscht absolute Flaute, Sir«, lachte der Gehilfe.
»Das kannst du laut sagen, mein Sohn. Jetzt heißt's hart arbeiten; wir haben genug Stoff für eine Sonderausgabe. Aber vielleicht sollte ich mich besser auf die wichtigen Themen beschränken. Diese Pressen sind besser als meine alte, moderner. Ich werd' dich unterweisen müssen, wie du sie zu bedienen hast.«
»Wir könnten noch eine Arbeitskraft gebrauchen«, meinte der Gehilfe und band sich die Schürze um. »Sie sagten doch, wenn wir wiedereröffnen, wollten Sie einen Lehrling einstellen und das Drucken mir überlassen.«
»In der Tat«, sagte Cosmo. »Ich werd' mich nach jemandem umschauen. Bis dahin, Adam, heißt's, keine Zeit verlieren. Misch Tinte an.«
Er setzte seinen grünen Augenschutz auf und begab sich in sein Büro. Als erstes sollte dieses Gerangel um die Wahl publik gemacht werden, und mit einem Seufzer der Erleichterung formulierte Cosmo seinen Verzicht auf die Kandidatur und sagte Captain Leslie Soames seine Unterstützung zu.
»Gute alte Grace«, murmelte er anerkennend.
Die Carlisles hielten sich in der Stadt auf, sie waren im Golden Nugget abgestiegen, bis auf Justin und Grace, die bei Laura Maskey in der Quay Street wohnten. Gewiß ein interessanter Gesprächsstoff, wenn bekannt wurde, daß Justin Carlisle jenes Haus erworben hatte.
Cosmo wußte, daß Leslie Soames, der zur Zeit im Hotel wohnte, darauf brannte, ihn zu sprechen, doch heute hatte er keinen Termin mehr frei – trotz seines Vorhabens, den jungen Mann umgehend in den notwendigen Papierkram einzuweisen, mit dem er sich als Kandidat herumzuschlagen hatte. Auch wollte Cosmo für die erforderliche Anzahl von Unterschriften sorgen.

Wichtiger waren ihm die nächsten beiden Artikel, das Ergebnis seiner Gespräche mit MacNamara und Gooding. Hoffentlich hielt sich Boyd Roberts noch immer in Brisbane auf und erfuhr dort aus der Presse, daß sein Status als Held angekratzt war. Angesichts der Tatsache, daß er frei über jede Menge Platz verfügen konnte, entschied sich Cosmo, Roberts' Rolle bei der Ergreifung und Hinrichtung der beiden unschuldigen Männer ausgiebig zu beleuchten und sein Handeln als unverantwortlich, anmaßend und in höchstem Maße unangebracht abzukanzeln. Ein Mann, der von der Öffentlichkeit erwartete, daß sie ihm vertraute, konnte sich so etwas kaum leisten. Cosmo kicherte. Das Warten hatte sich gelohnt.
Die Geschichte von Blackie Bob und seinen toten Spießgesellen, denen kein Mensch eine Träne nachweinte, war zweifellos der eigentliche Knüller und eine wunderbare Überleitung zu dieser Pseudo-Gerichtsverhandlung und der anschließenden Urteilsvollstreckung. Daß ein Verfahren über diese Sache im Sande verlaufen würde, war Cosmo sonnenklar – die übrigen Mittäter würden sich darauf berufen, in bester Absicht gehandelt zu haben, und über die beiden unbekannten Schwarzen würde man kein Wort mehr verlieren, auch wenn alle Beteiligten daran zu knabbern hätten.
Irgendwann im Laufe des Nachmittags, als Cosmo gerade mit Klebstoff und Lineal zugange war, um die Anzeigen einzufügen, die er während der langen Wochen erzwungener Untätigkeit akquiriert hatte, fiel ihm ein, daß er Adams losschicken könnte, sich bei Jim Hardcastle zu erkundigen, was sich in letzter Zeit alles ereignet hatte. Polizeiberichte wurden immer gerne gelesen.
Adams kam mit ein paar stichpunktartig skizzierten Geschichten zurück: fünfzig junge Ochsen von der Greenbank-Farm gestohlen; Keilerei im Schlachthof, bei der ein Enthäuter, Joseph Leighton, tiefe Schnittwunden davongetragen hatte; in der Bank war ein Kassierer verhaftet worden, weil er zehn Shilling unterschlagen hatte. Cosmo kreuzte weitere Ereignisse an, die er als Kurzmeldungen bringen wollte, bei-

spielsweise, wie ein durchgehendes Pferd in dem neu angelegten Park Schaden angerichtet hatte, oder, daß aus einer Metzgerei eine Rinderhälfte gestohlen woren war, und anderes mehr, bis er zu der letzten Eintragung kam: Mr. George Petch Opfer eines tödlichen Schlangenbisses.
»George Petch?« Er sah Adam an. »Ist das nicht der unmittelbare Nachbar von Roberts?«
»Ist mir nicht bekannt. Jim sagte lediglich, daß ihn eine Schlange gebissen hat und er daran gestorben ist.«
Cosmo hatte keine Zeit, darüber nachzugrübeln. Auf Schlangenbisse mußte man in diesem Land immer gefaßt sein. Überall lauerten diese gefährlichen Biester. Er sollte sich mal von einem Fachmann aufklären lassen, welche von ihnen giftig waren und woran man sie erkannte. Über solchen Gedanken vergaß er George Petch.
Sie arbeiteten bis spät in die Nacht hinein, mühten sich mit den noch nicht vertrauten Geräten ab. Aber Cosmo war glücklich. Die *Capricorn Post* meldete sich zurück, die Bürger von Rockhampton hatten wieder eine Zeitung, und die neue Ausgabe würde ihnen genug Informationen liefern, um sie zum Nachdenken anzuregen.
An der Hintertür klopfte es. Cosmo, der sich auf kein Risiko mehr einlassen wollte, griff zum Gewehr, als Adam zögernd öffnete.
»Wer da?« rief Cosmo, und aus dem Dunkel tauchte eine mächtige Frau auf, in der er Big Poll, seit einiger Zeit eine unübersehbare Erscheinung in der Stadt, erkannte.
»Ich bin Mrs. Davies«, sagte sie, und ihre tiefe Stimme hallte im stillen Hof wider. »Und ich suche einen gewissen Mr. Cosmo.«
»Der bin ich«, antwortete Cosmo höflich und ließ die Waffe sinken. »Was kann ich für Sie tun?«
»Na ja«, meinte sie, »das weiß ich nich' genau, aber Freunde von mir ham gesagt, ich soll Sie aufsuchen.« Neugierig spähte sie ihm über die Schulter. »Hier also schreiben Sie Ihre Zeitung, wie?«

»Ja.« Sie hereinzubitten, schien ihm aus Platzgründen nicht ratsam. Ihr Umfang war bedrohlich.
Sie schien eine Aufforderung, näher zu treten, auch gar nicht zu erwarten, sondern blieb, mit ihrer ausladenden Gestalt das Licht über der Tür verdunkelnd, draußen stehen. »Ham Sie gehört, daß George Petch an 'nem Schlangenbiß gestorben ist?« fragte sle.
»Ja, davon hab' ich gehört«, entgegnete Cosmo.
Sie fuhr unschlüssig mit dem Fuß über den Boden, um dann Cosmo zuzuraunen: »Ich trau' diesem Polypen nämlich nicht. Dann schon eher Ihnen.«
»Danke«, sagte Cosmo, der gerne weitergearbeitet hätte.
»Gibt's da noch Unklarheiten?«
»Nicht für mich, jetzt nicht mehr. Ich find' nur, jemand sollte das hier lesen.« Sie übergab ihm ein Schulheft. »Schau'n Sie mal rein«, forderte sie ihn auf.
Cosmo schlug das schmale Heft auf, trat unter die Lampe. »Wer hat das geschrieben?« fragte er, während er die Seiten überflog.
»Ich«, sagte sie stolz.
»Und entspricht das den Tatsachen?«
»Bei Gott, das schwör' ich. George hat seinen Namen drunter gesetzt.«
»Warum sollte er ein solches Geständnis unterschreiben?«
»Weil's wahr ist. Tom Davies war mein Mann, und sie haben ihn umgebracht.«
Cosmo kratzte sich am Kopf, rückte seine Brille zurecht. »Haben Sie Sergeant Hardcastle informiert?«
»Er weiß Bescheid. Nur will er nichts davon wissen, wenn Sie mich fragen.
Hat nich' mal was gegen Roberts unternommen, wo der doch Toms Pferd gestohlen hat.«
»Das ist alles sehr interessant, Mrs. Davies. Falls Ihr Mann getötet wurde, tut mir das außerordentlich leid, aber im Augenblick bin ich sehr beschäftigt. Macht es Ihnen etwas aus, zu warten, bis ich fertig bin?«

»Ich hab's nicht eilig.«
»Gut. Kommen Sie rein. Adam, führ die Dame in mein Büro.«
Mit angehaltenem Atem sah Cosmo ihr nach, wie sie den schmalen Gang entlangging, ohne Setzkästen oder Tische anzurempeln. »Gut, gut«, sagte er zu sich selbst, »ein weiterer Nagel zu deinem Sarg, Boyd. Diesmal schaffen wir es möglicherweise sogar, den Deckel drauf zu setzen.«

Am nächsten Tag präsentierte er Jim Hardcastle eine Kopie des Geständnisses. Wie erwartet, wischte der Polizeisergeant die Anschuldigungen ohne weiteres vom Tisch. »Das hat sie dem armen George gewaltsam abgepreßt.«
»Verstehe«, meinte Cosmo nachsichtig. »Erinnern Sie sich, wie Roberts mit diesen beiden Gefangenen umgesprungen ist? Sie wissen doch noch, Jim, daß er damit prahlte, andere Schwarze gezwungen zu haben, auf die angeblich Schuldigen zu deuten.«
»Damit hab' ich nichts zu schaffen.«
»Und das Pferd? Das, das sie Stoker nennt. Ist das rein zufällig auf den Koppeln von Beauview aufgetaucht?«
»Ja. War ein herrenloses Tier. Über diesen Punkt ... werd' ich mit Mr. Roberts sprechen, wenn er zurück ist.«
»Dann ist's ja gut. Haben Sie heute morgen die Zeitungen gelesen?«
»Klar doch. Nichts Neues. Jetzt, wo George tot ist und Baxter über alle Berge, kann ich die Belohnung schlecht zurückfordern – falls Sie darauf anspielen.«
»Sie sollten sich in acht nehmen, Jim«, warnte Cosmo. »Setzen Sie nicht aufs falsche Pferd.«
»Behalten Sie Ihre Ratschläge für sich, Cosmo«, knurrte Hardcastle.
Als bei der *Capricorn Post* nach dem ersten Überschwang wieder der graue Alltag einkehrte, entschloß sich Cosmo, mit dem Abdruck des Geständnisses noch zu warten. Roberts aufzustacheln, ihn dazu zu bringen, Klage zu erheben, ging ja noch an; ihn des Mordes zu bezichtigen, war dagegen ein schweres

Geschütz, das am wirkungsvollsten abgefeuert wurde, wenn er wieder in der Stadt weilte und nicht länger mit Jims Verschwiegenheit rechnen konnte, sondern mit der öffentlichen Meinung konfrontiert wurde.
Er hatte Poll, die, wie sich herausstellte, hier nirgendwo eine Bleibe besaß, den Verschlag hinten am Haus angeboten, und sie hatte angenommen. »Jetzt brauch' ich nich' mehr im Freien zu kampieren«, sagte sie. »Aber hier hält mich sowieso nichts mehr. Ich geh' nach Hause. Was ich zu erledigen hatte, hab' ich erledigt. Den Rest überlass' ich Ihnen. Wenn ich noch länger bleiben würd', würd' ich eigenhändig 'ne Kugel durch Roberts jagen, aber dann käm' ich in den Knast, und was wird dann aus meinem Pferd?«
Cosmo lächelte bei dem Gedanken daran, was für einen Anblick sie gestern nacht geboten haben mochten, als sie die menschenleere Straße entlang zu seinem Haus gezockelt waren. Die mächtige Frau, die, um einiges größer als er, ihr geliebtes Pferd am Zügel führte, und er, der ein scharfes Tempo anschlagen mußte, um mit der kleinen Karawane Schritt zu halten.
Heute morgen hatte seine Haushälterin mit allen Anzeichen von Verachtung Poll das Frühstück gebracht, und kurz darauf war diese mit den Tellern an der Hintertür erschienen. »Hat verdammt gut geschmeckt, der Toast und der Tee. So 'n Innereienzeugs dagegen ist nichts für mich.«
Da Cosmo sich vorstellen konnte, wie abgrundtief gekränkt die Haushälterin sein würde, wenn sie feststellte, daß die von ihr zubereiteten gebratenen Nierchen von dieser Landstreicherin verschmäht worden waren, hatte er Poll draußen Lebewohl gesagt.
»Passen Sie gut auf sich auf.«
»Tu ich immer«, erwiderte sie. »Und Ihnen rat' ich: Enttäuschen Sie mich nicht«, fügte sie noch ernst hinzu und machte sich daran, ihr Gewehr am Sattel zu verstauen und sich einen Patronengurt quer über die Brust zu hängen.
Klingt ja fast wie eine Drohung, ist vielleicht auch eine, s choß es ihm durch den Kopf, als er Poll in einer Staubwolke

davongaloppieren sah.
Da er mit Mrs. Davies' Geschichte der besseren Wirkung wegen bis zu Roberts' Rückkehr warten wollte, hatte er jetzt nicht nur Zeit, juristischen Rat einzuholen, sondern auch das, was er durch Poll erfahren hatte, in der Stadt herumzuerzählen. Nicht zuletzt, um damit Jim Hardcastle das Leben schwer zu machen.
Eine spannungsgeladene Atmosphäre herrschte in der Stadt, die der Rückkehr zweier Männer, des Friedensrichters und Boyd Roberts', entgegenfieberte. Auf den Straßen ging es von Tag zu Tag lebhafter zu. Es war noch mehr Betrieb als an Weihnachten, wenn die, die es sich leisten konnten, in den Süden fuhren, um der Hitze zu entfliehen und um Angehörige zu besuchen. Rockhampton wurde nun für eine Woche des Jahres zum Mittelpunkt des Geschehens.
Wie Laura erfahren hatte, hielt sich Paul MacNamara noch immer in der Stadt auf, um gegen Blackie Bob auszusagen, hatte aber noch keinen Versuch unternommen, sich mit ihr in Verbindung zu setzen. Ob er vielleicht irgendwann bei den Carlisles vorbeikommen und somit »zufällig« auch ihr begegnen würde? Jedesmal, wenn es an der Tür schellte, hoffte sie, daß er davorstünde, aber die Tage verstrichen, und ihre freudige Erwartung schlug ins Gegenteil um. »Von wegen Freund«, haderte sie mit sich selbst. »Das ist aus und vorbei. Und du Närrin verschwendest noch einen Gedanken an ihn. Sei froh, daß dieser Flirt ohne Folgen geblieben ist.« Anfangs war sie so verliebt gewesen, daß ihr nicht einmal eine Schwangerschaft etwas ausgemacht hätte – ein Kind von ihm als sichtbarer Ausdruck ihrer Gefühle füreinander! –, aber dann, als ihr Leben eine so jähe Wende nahm, war ihr tagelang angst und bange gewesen.
Wenn Laura jetzt daran dachte, was aus ihr geworden wäre, wenn sie das Kind eines Mannes geboren hätte, dem sie völlig gleichgültig war, dann wurde ihr bewußt, daß sie einigermaßen glimpflich davongekommen war. Daß er sich von ihr fernhielt, verbitterte sie trotzdem.

Zum Teufel mit ihm, sagte sie sich.
Auf Anraten von Grace Carlisle ließ sie sich darauf ein, Leslie Soames zu öffentlichen Anlässen zu begleiten und dadurch deutlich zu machen, daß sie, Fowlers Tochter, seine Kandidatur befürwortete. Daß er Boyd schlagen konnte, stand für sie fest. Sie hatte von den Anschuldigungen gegen Roberts gehört, hatte eine Kopie der Erklärung George Petchs gelesen und war entsetzt gewesen. Wie alle anderen, mit denen sie zusammenkam, hielt sie das Geständnis für beweiskräftig. Ein fadenscheiniger Beweis, gewiß, aber mittlerweile hatte sich die ganze Stadt gegen Roberts verschworen, und selbst einstmals rückhaltlose Anhänger behaupteten neuerdings, sie hätten diesem Mann nie getraut.

Endlich waren sie zu Hause, nach einer unseligen, anstrengenden Reise, die nicht nur dadurch zusätzlich belastet wurde, daß die Zeitungen aus Brisbane an Bord auslagen, sondern auch durch die Anwesenheit eines aufgeschossenen, ausgehungert wirkenden Mannes mit totenkopfähnlichem Schädel in einem staubigen, schwarzen Anzug. Er sah aus wie ein Geistlicher. Es war Simon Cleever, der Friedensrichter.
Boyd hatte vorgehabt, ihn in ein Gespräch zu verwickeln, war jedoch mit dürren Worten abgewiesen worden. Und das in Gegenwart anderer Passagiere!
Amelia mit ihrer robusten Konstitution hatte der schwere Wellengang nichts anzuhaben vermocht; Tyler dagegen war die ganze Zeit über seekrank gewesen und hatte sie der Gesellschaft ihres Vaters überlassen. Es war, als müsse sie einen Bär im Käfig begleiten. Wutentbrannt hatte sie an Tylers Kabinentür gehämmert und auf ihn eingeredet, daß es ihm guttäte, sich mit ihr an Deck zu begeben.
Tyler hatte nur mit Stöhnen geantwortet. Erst nachdem er wieder festen Boden unter den Füßen hatte, wurde ihm besser.
Andy holte sie mit der Kutsche ab. »George ist tot, Boß. Ein Schlangenbiß«, waren seine ersten Worte.
»Was?!« rief Boyd, als wäre er schon wieder verleumdet wor-

den. »Wovon redest du da?«
»Mehr weiß ich auch nich'«, sagte Andy. »Der Polizist war da und hat Bescheid gesagt.«
»Scheiße!« fluchte Roberts. Als sich die Kutsche in Bewegung setzte, schrie ihnen eine Frau hinterher: »He, Roberts! Wo ist Tom Davies?«
Amelia sank in ihren Sitz zurück, als hätte man sie geschlagen, der Vater schob hastig den Vorhang vors Wagenfenster.
»Wer ist Tom Davies?« fragte Tyler.
»Woher zum Teufel soll ich das wissen?« keifte Boyd.
Die kleine Kutsche passierte die Quay Street, wo Amelia eine vertraute Gestalt erblickte. »Das ist doch Laura!« rief sie und lehnte sich winkend hinaus. »Ja, sie ist es. Sie ist wieder daheim, in ihrem Haus.«
Sie sprang auf, um Andy zuzurufen, er möge anhalten, aber ihr Vater riß sie zurück auf den Sitz. »Weiterfahren!« brüllte er.
Telegrafisch vorgewarnt, daß Mr. Roberts und seine Tochter an diesem Tag zurückkehren würden, präsentierte sich Beauview aufgeräumt und blitzsauber; die Vorratskammer war gut gefüllt, und auf dem Tisch in der Eingangshalle lag säuberlich gefaltet eine Ausgabe der *Capricorn Post* von dieser Woche.
Tyler griff danach. »Er ist wieder im Geschäft!« rief er aus. »Wie hat er das nur geschafft?«
»Er hat sich eben nicht wie Sie im Busch rumgetrieben«, fauchte Boyd und schnappte sich die Zeitung.
Amelia erhielt keine Gelegenheit zur Lektüre; ihr Vater verbrannte Seite um Seite. Ein Zeichen für sie, daß das, was in dem Blatt stand, höchst unerfreulich für ihn war. Die beiden Männer verzogen sich in den kleinen Salon, wo sie erregt miteinander diskutierten. Hin und wieder hörte man, wie Boyd aufbrauste und Tyler versuchte, ihn zu beschwichtigen. Amelia wäre am liebsten zu Laura geritten, so wie Laura damals zu ihr gekommen war. Andererseits: Solange Tyler hier war, würde er sie vor dem rasenden Boyd beschützen.
Sie war erleichtert, daß George tot war, froh, daß Gott seiner

schrecklichen Anwesenheit auf Erden ein Ende bereitet hatte. Ein Schlangenbiß? Das paßte zu ihm. Und wenn George nicht mehr da war, würde sich Boyd in Zukunft auf Tyler verlassen müssen. Sie hängte die neuen Kleider in den Schrank, schichtete Handschuhe und die noch verpackten Strümpfe in eine Schublade und hielt nachdenklich inne. »Ich glaube wirklich«, sagte sie laut, »daß Boyd drauf und dran ist, den Verstand zu verlieren. Verprügelt mich ohne triftigen Grund. Wird vor allen Leuten ausfallend. Vermutlich das Alter.« Sie rümpfte die Nase. »Trotzdem täte er gut daran, sich zu beherrschen. Wenn nicht, muß ich mich seiner entledigen.« Sie hatte keine Vorstellung davon, wie man sich eines anderen »entledigte«, aber allein schon der Gedanke war verlockend.

Summend packte sie weiter aus, verstaute spitzenbesetzte Taschentücher, Mieder, Unterhosen.

Der Abend verlief in mürrischer Stimmung. Tyler war sich nicht sicher, ob sich zwei Zeitungen in der Stadt behaupten konnten. »Gut möglich, daß wir eine Weile mit Verlust arbeiten müssen«, gab er zu bedenken.

»Dann arbeiten wir eben mit Verlust«, sagte Boyd. »Wen geht das was an? Ist doch mein Geld. Ich will umgehend meine Zeitung auf den Straßen sehen. Sie werden das morgen als erstes in Angriff nehmen.«

»Abgemacht«, sagte Tyler und wandte sich an Amelia. »Wir nennen die Zeitung *Northern Star.*«

»Klingt wunderbar«, sagte sie mit gespielter Begeisterung, um die beiden nicht vor den Kopf zu stoßen. Sie war jetzt überzeugt davon, daß ihr Vater verrückt war. Wie konnte er nur so mir nichts, dir nichts Geld für eine alberne Zeitung vergeuden! Oder steckte etwas anderes dahinter? Sie mußte sich unbedingt Klarheit verschaffen.

»Tyler, ich komme morgen früh mit in die Stadt«, sagte sie.

»Davon kann keine Rede sein. Du bleibst zu Hause«, herrschte der Vater sie an. Und dabei blieb es.

Als Sergeant Hardcastle am nächsten Tag anklopfte, war sie

froh, daheim geblieben zu sein. Sie versteckte sich im Gebüsch vor dem offenen Fenster des Empfangszimmers, einem Ort, den sie seit jeher aufsuchte, um Gespräche zu belauschen, und diesmal kam sie voll auf ihre Kosten.

Sie erfuhr, daß George vor seinem Tod ein Geständnis unterschrieben hatte, in dem er zugab, Tom Davies getötet zu haben. Schon wieder dieser Name! Und daß er zu allem Übel behauptet hatte, ihr Vater habe ihm befohlen, Davies zu erschießen und seine Leiche zu beseitigen.

Boyd indessen schienen diese Behauptungen keineswegs zu beeindrucken. »Wo ist dieses sogenannte Geständnis?«

»Hat die Frau wieder mitgenommen.«

»Sie haben sie einfach damit ziehen lassen?«

Hardcastle berichtete, wie Mrs. Davies an das Geständnis gekommen war. Daß sie dazu George an einen Baum gefesselt hätte. Amelia gluckste in sich hinein. »Sie hat ihm das Geständnis unter Gewaltanwendung abgepreßt, Sir, das hab' ich ihr auch gesagt, und daß das vor dem Gesetz keine Gültigkeit hat. Ich wollt' Ihnen ja eigentlich nur berichten, was während Ihrer Abwesenheit hier so los war, und Sie keineswegs beunruhigen. Aber wie's aussieht, haben 'ne Menge Leute das Papier zu Gesicht bekommen. Cosmo Newgate konnte sich eine Kopie davon beschaffen.«

»Dann sollten Sie ihn warnen, daß ihm im Falle einer Veröffentlichung die Verhaftung droht. Und der Frau auch. Nennen Sie's Verschwörung, Verunglimpfung oder wie auch immer, Sie können ihn einbuchten, noch ehe die Zeitungen raus sind, und außerdem die gesamte Auflage beschlagnahmen.«

»Das kann ich?« fragte Hardcastle ungläubig.

»Zweifelsohne. Hören Sie zu, Sergeant. Jeder weiß, daß George Petch weder lesen noch schreiben konnte. Sagten Sie nicht, die Frau hat das Geständnis hingeschrieben, und er hat's unterzeichnet?« Boyd lachte abfällig.

»Wenn er Analphabet war, wie konnte er dann unterschreiben? Ein Kreuz hat er jedenfalls nicht gemacht.«

»Die alte Wachtel hat Sie reingelegt«, höhnte Boyd. »George

konnte lediglich seinen Namen schreiben. Hab' ich ihm selbst beigebracht. Erkundigen Sie sich in den Geschäften oder bei den Händlern. Aufgezogen haben sie ihn, weil er nie zugeben wollte, daß er nicht lesen konnte. Wenn ich ihm eine Liste mitgab, fragten sie ihn: ›Was heißt das, George?‹, und dann starrte er auf die Liste und erfand irgendwas. War immer falsch. Zum Schreien komisch, wirklich.«

»Er konnte gar nicht lesen?« japste Hardcastle.

»Nicht ein Wort, der arme Kerl. Dieses Weib hätte ihm ein Wiegenlied unter die Nase halten können, und er hätte es unterschrieben. Am besten, Sie setzen Cosmo unverzüglich davon in Kenntnis. Dieses Geständnis ist keinen Pfifferling wert.«

Bis sie die Haustür erreichten, war Amelia längst verschwunden. »Danke, Jim, daß Sie mich informiert haben«, sagte Boyd noch zu seinem Besucher. »Ein Mann in meiner Position hat viele Feinde, die alles daransetzen, seinen Namen in den Dreck zu ziehen. Dies hier ist nur ein weiterer mißglückter Versuch.«

Er seufzte. »Gott sei Dank lassen sich meine Freunde und Anhänger nicht zum Narren halten ... Sie sollten mal abends mit Ihrer Frau zum Essen kommen, Jim.«

»Sehr freundlich von Ihnen, Sir«, erwiderte der Polizist.

Der Prozeß gegen Blackie Bob fiel mit den Rockhamptoner Pferderennen zusammen; dennoch herrschte in dem kleinen Gerichtssaal sowie auf dem umliegenden Gelände Betrieb. Da Friedensrichter Cleever sich vorbehalten hatte, die anstehenden Fälle nach einer ihm genehmen Reihenfolge zu verhandeln, vergingen Tage, ehe Paul an der Reihe war. Bis dahin wurde er unaufhörlich von Freunden bedrängt, sich um den Sitz im Parlament zu bewerben, was er jedoch vehement ablehnte. »Ich bin kein Politiker«, sagte er, überrascht, daß man ihn überhaupt in Betracht zog. »Die Spielregeln sind mir völlig fremd.«

»Was für Spielregeln?« lachte jemand.

»Na, die haben doch bestimmt ihre Spielregeln und würden mich in kürzester Zeit verheizen. Freunde, ihr braucht jemanden, der sich besser auskennt als ich.«
Schließlich wurden nur zwei Namen gehandelt: Boyd Roberts und Leslie Soames.
Paul kannte Soames noch nicht, vertraute aber darauf, daß der Captain, der bereits dem Gouverneur als Adjutant gedient hatte, wußte, worauf er sich einließ. Deshalb schickte er ihm hundert Pfund als Beitrag zur Deckung der Unkosten für seine Wahlkampagne. »Roberts in den Kneipen niederzubrüllen, kann kostspielig werden«, grinste er, »auch wenn es den Zechkumpanen gefallen dürfte.«
Den Prozeßverlauf hatte er sich so vorgestellt, daß, sobald er im mucksmäuschenstillen Gerichtssaal seine Zeugenaussage gemacht hätte, sein Auftritt dort beendet sein würde. Statt dessen brach in dem Augenblick, da der Gefangene vorgeführt wurde, ein Tumult aus. Die draußen wartende Menge brüllte, erging sich in lautstarken Haßtiraden und Beschimpfungen, schob und drängelte in den bereits überfüllten Raum, stieß Stühle und Bänke um und forderte Blackies Verurteilung zum Tod durch den Strang.
Wie oft der Hammer auch niedersauste, dem Chaos war nicht beizukommen. Der Friedensrichter zog sich zurück, weigerte sich, die Verhandlung fortzusetzen, ehe nicht Hardcastle mit Hilfe der Kavallerie für Ruhe und Ordnung gesorgt hätte. Zwei Stunden später erschien er wieder und verkündete, daß alle, die keinen Sitzplatz hätten, den Raum verlassen müßten – was erneut Aufruhr verursachte und weitere Verzögerungen mit sich brachte.
»Verschließen Sie jetzt die Türen«, wies er Hardcastle an, der verunsichert den Kopf schüttelte.
»Die Türen haben keine Schlösser, Euer Ehren.«
Mürrisch rieb sich der Friedensrichter die Nase, erklärte sich nach längerem Schweigen dann doch bereit, die Verhandlung zu eröffnen. Hardcastle stand auf und verlas die Anklage, die, völlig unerwartet, von mehreren Zuhörern mißbilligend und

lautstark kommentiert wurde.
»Ruhe!« schrie Cleever. »Was geht da hinten vor?«
»Alles erlogen!« rief einer. »MacNamaras Aussage ist eine einzige Lügengeschichte.«
»Wer sind Sie?« wollte der Friedensrichter wissen.
»Barney Croft. Ich bin der Mineninspektor dieses Bezirks. Wir haben die Männer gefangengenommen, die diese Frauen ermordet haben. Dieser Prozeß ist eine Farce.«
Cleever beugte sich vor, auf seinem kahlen Schädel glänzte Schweiß. Er setzte sich die Brille auf und blickte Croft an. »Davon hab' ich gehört«, sagte er unheilvoll. »Sie kommen schon noch dran.«
»Ich will aber sofort aussagen!« brüllte Croft. »Dieser Mann ist nicht schuldig.«
»Sie meinen, er muß unschuldig sein«, entgegnete der Friedensrichter, »damit Sie Ihren Hals retten. Darf ich Sie daran erinnern, daß ich hier der Richter bin, und wenn Sie die Falschen gehängt haben ...«
»Wir haben nicht die Falschen gehängt!« rief Croft dazwischen.
Cleever grinste süffisant. »Das spart mir Zeit. Verhaften Sie diesen Mann wegen Amtsanmaßung.«
»Einen solchen Straftatbestand gibt es nicht!« brachte der Mineninspektor noch heraus, ehe ihn die Soldaten ergriffen.
»Was zeigt, daß Sie nicht viel von den Gesetzen verstehen«, gab Cleever zurück.
Als der sich wehrende Mann abgeführt wurde, rief ihm Cleever noch nach: »Ich habe Ihnen ja gesagt, Sie kommen noch dran.« Er blickte sich im Raum um. »Mittagszeit. Die Verhandlung wird auf heute nachmittag vertagt.«

Als alle wieder vorschriftsmäßig ihre Plätze eingenommen hatten und die Türen geschlossen waren, hielt der Friedensrichter erneut Einzug. Sogleich ordnete er an, auch die Fenster zu seiner Linken zu schließen, um nicht durch das heisere Krächzen der Krähen von einer nahe gelegenen Koppel ge-

stört zu werden. Paul kam es vor, als inszenierten die Vögel da draußen eine eigene, höchst kontroverse Gerichtsverhandlung, um gleich darauf mit einen Schlag zu verstummen.
Cleever nickte zufrieden. »Führen Sie den Gefangenen vor«, sagte er.
Hardcastle eilte zur hinteren Tür und rief einem Soldaten, der den Befehl an einen anderen weitergab, zu: »Lassen Sie ihn herbringen!«
Nervös wartete Paul darauf, daß Blackie Bob aus der Haftzelle geholt wurde. Die Vorstellung, ihn wiederzusehen, war ihm unbehaglich; auch ohne die Verzweiflung dieses Burschen gleich hautnah miterleben zu müssen, war er völlig aufgewühlt. Er hatte darum gebeten, von der Teilnahme an der Verhandlung befreit zu werden, solange er nicht benötigt wurde, Cleever hatte das jedoch mit der Begründung abgelehnt, daß die Anwesenheit des Klägers unabdingbar sei.
Die Stirn runzelnd, klopfte der Friedensrichter mit langen, gelblichen Fingern ungeduldig auf sein Pult. Füße scharrten, Stühle stießen aneinander, jemand hustete und nieste gleich darauf heftig. Cleever warf dem Störenfried einen finsteren Blick zu.
Draußen schien plötzlich Verwirrung zu herrschen. Schwere Stiefelschritte kamen auf den Saal zu, Stimmen schwirrten durcheinender, hastig, wie in Panik. Jetzt riß der Polizeisergeant die hintere Tür auf und stolperte in den Gerichtssaal.
»Er ist tot!« keuchte er. »Blackie Bob ist tot! In seiner Zelle! Hat sich die Kehle durchgeschnitten ! «

Enttäuscht, daß Tyler so viel um die Ohren hatte und deshalb nicht mitkommen konnte, besuchte Amelia die Rennen in Begleitung ihres Vaters. »Wozu bin ich verlobt«, hatte sie Tyler angefaucht, »wenn ich ohne dich ausgehen muß?«
»Tut mir leid, Liebste, aber es gilt jetzt, so schnell wie möglich mit dem Drucken der Zeitung zu beginnen.«
»Warum stellst du nicht einfach jemanden ein, der diese blöde

Arbeit einfach für dich erledigt?«
»Habe ich doch bereits, Amelia. Aber ich muß diesen beiden Burschen erklären, was sie zu tun haben. Wie's aussieht, kann ich von Glück reden, wenn bis nächste Woche alles soweit ist, daß die erste Ausgabe erscheinen kann. Offenbar hat sich alles gegen mich verschworen.«
Schlecht gelaunt fuhr Amelia zum Ort der Veranstaltung, der eigentlich nichts weiter zu bieten hatte als eine holprige Rennbahn und ein paar aus Blech zusammengefügte Erfrischungsstände. Keine Spur von Eleganz wie in Brisbane. Dennoch trug sie dasselbe rote Kleid wie dort und auch denselben Sonnenschirm und fühlte sich sämtlichen anderen jungen Frauen, die reichlich bieder wirkten, weit überlegen.
Als sie Laura entdeckte, eilte sie ihr entgegen und umarmte sie. »Wie schön, daß du wieder da bist!« rief sie. »Du hast mir schrecklich gefehlt. Stimmt es, daß du jetzt wieder in eurem Haus wohnst? Finde ich wunderbar.«
Boyd, der schmunzelnd daneben stand, mischte sich ein. »Wie geht es Ihnen, Laura? Sie sehen ungemein elegant aus. Geht es Ihnen wieder besser?«
»Sehr viel besser, Boyd, danke.«
»Da habt ihr's«, strahlte er, »alles ist wieder im Lot. Obwohl ich gestehen muß, daß ich enttäuscht war, Sie bei meiner Rückkehr nicht mehr anzutreffen.«
»Tut mir leid«, sagte Laura verlegen. »Mir blieb keine Zeit.«
»Deine Sachen sind noch in Beauview«, sagte Amelia. »Wann holst du sie ab? Morgen? Dann könnten wir zusammen zu Mittag essen. Weißt du eigentlich, daß ich verlobt bin? Oh, wie schrecklich, ich hab' doch glatt meinen Verlobungsring zu Hause vergessen. Na ja, ist nicht so tragisch. Und du, was gibt's Neues bei dir?«
Ein hochgewachsener, junger Mann gesellte sich zu Laura. Amelia zog wohlgefällig die Augenbrauen hoch und forderte Laura durch einen unmerklichen Wink auf, sie einander bekannt zu machen.
Laura errötete. Es ließ sich wohl nicht vermeiden, Captain So-

ames vorzustellen. Boyd bewahrte Haltung. »Guten Tag, Sir. Mein Kontrahent, wenn ich nicht irre? Freut mich, Sie kennenzulernen. Wie sagt man doch gleich wieder? ›Möge der Bessere gewinnen.‹ Was dagegen, mit uns einen Schluck zu trinken? Ich habe Champagner mit, da drüben, auf dem Picknicktisch bei Amelias Kutsche.«

Soames' Antwort fiel kühl aus. »Nett von Ihnen, Sir, aber nicht jetzt.«

Gegen Amelia kam der Engländer allerdings nicht an. »Sie müssen aber mitkommen!« rief sie und hakte sich bei ihm unter. »Laura und ich sind seit Ewigkeiten Freundinnen. Für lächerliche politische Machenschaften haben wir nichts übrig. Wir sind hier, um uns zu amüsieren. Geben Sie mir doch mal einen Tip, auf welche Pferde ich setzen soll.« Damit zog sie ihn mit sich.

Boyd wollte den beiden folgen und nahm Lauras Arm, aber sie befreite sich.

»Sie können doch sicher ein paar Minuten Zeit für uns erübrigen«, meinte er.

»Lieber nicht, Boyd«, sagte sie nachdrücklich.

»Ach, so ist das«, spöttelte er. »Ich werde nicht länger benötigt, wie? Beauview war nur gut genug, solange Sie nichts Besseres hatten.«

»Durchaus nicht«, erwiderte Laura. »Ich bin Ihnen sehr dankbar für Ihre Hilfe, aber ich muß mein eigenes Leben leben.«

»In dem kein Platz für mich ist?«

Laura wich seinem Blick nicht aus. »So ist es.«

Wie vom Schlag gerührt, zuckte er zusammen, dann verengten sich seine kalten Augen zu schmalen Schlitzen. »Sie sind wohl dabei, klar Schiff zu machen für MacNamara, wie?«

»Was?!« rief sie, aber der Hieb hatte gesessen, das Blut schoß ihr ins Gesicht. Verlegen wollte sie sich abwenden, aber Boyd baute sich vor ihr auf, berührte ihre Wange.

»Dafür solltest du dir zu schade sein, Liebste. Fragt sich, wer seine Frau tatsächlich auf dem Gewissen hat. Hat er etwa auch

klar Schiff gemacht?«
»Sie sind abscheulich!« schrie sie und stieß ihn beiseite, hörte noch, wie Amelia hinter ihr herrief.

Blackie Bob hatte sich mit einem Jagdmesser die Kehle durchgeschnitten. Wer hatte ihm das Messer zugespielt? Ein Freund oder ein Feind? Während seine Häscher beim Mittagessen saßen, hatte sich sein Blut über den gestampften Lehmboden der kleinen Zelle ergossen. Wieder war ein Schlußstrich gezogen worden. Die offizielle Untersuchung über den Mord an Jeannie und Clara wurde eingestellt.
»Jetzt werden wir niemals erfahren, wie's wirklich war«, hatte Hardcastle achselzuckend gesagt.
Paul hatte ihn am Hemd gepackt. »Das wissen Sie ebenso gut wie ich, Sie Arschkriecher.«
Es war vorbei. Ein für allemal vorbei, und morgen würde er nach Oberon zurückkehren. Es würde ihm guttun, allein zu sein, wieder den Fitzroy zu überqueren, auf dem bequemen Weg diesmal, und nach Hause zu kommen. Mit dem, was sich dort ereignet hatte, würde er sich abfinden müssen, um sein Versprechen gegenüber den Schwarzen einzulösen. Sein Land sollte für alle sicher sein.
»Nicht mit Roberts als unmittelbarem Nachbarn«, murmelte er auf dem Rückweg zu Wexfords Haus. »Solange er sich dort rumtreibt, wird's keinen Frieden geben.«
Auf einmal kam ihm die Idee, Roberts einen Vorschlag zu machen. Es war einen Versuch wert. Roberts sollte sich darüber klarwerden, daß Rücksichtslosigkeit nicht sein Exklusivrecht war, sondern daß andere, beispielsweise die MacNamaras, ebenso ungnädig auftreten konnten. Er hatte Boyd gesehen, wie er mit zwei neuen Gefolgsleuten – Minenarbeitern, wie es hieß, die als Ersatz für George angeheuert worden waren – durch die Stadt geritten war, in hochherrschaftlicher Pose und im Bewußtsein, keinesfalls für den Tod einer seiner eigenen Männer zur Rechenschaft gezogen zu werden. Cosmo machte das noch immer schwer zu schaffen. Paul dagegen ging es viel

mehr darum, Einvernehmen zwischen Schwarzen und Weißen herzustellen, und der erste Schritt in diese Richtung könnte auf Oberon getan werden – sofern er Roberts zur Vernunft brachte.

Ein Blick auf seine Taschenuhr zeigte ihm, daß die Rennen vorbei waren. William konnte jede Minute zurück sein. Am besten, er knöpfte sich Roberts jetzt gleich vor, auf dessen eigenem Grund und Boden und ohne daß sich irgendwelche Dritte einmischten.

Da Paul wußte, daß Boyd stets seine Leibwächter bei sich hatte, nahm er den Revolver samt Gurt aus Williams Waffenschrank mit. Er hatte nicht etwa die Absicht, die Waffe zu benutzen; sie mitzunehmen, war lediglich eine Vorsichtsmaßnahme, falls den Helfershelfern der Finger zu locker am Abzug saß. Paul war gewappnet.

Er legte Rock und Weste – seine Stadtkleidung – ab und schnallte sich den Revolvergurt um die Hüften.

Amelia war bitterböse. Warum hatte sich ihr Leben derart verändern müssen? Einsam und verlassen wanderte sie auf Beauview umher, sinnierte darüber nach, daß eigentlich seit dem Tag, an dem sie Laura die Freundschaft aufgekündigt und diese das Haus verlassen hatte, nichts mehr so war wie früher. Die Tränen schossen ihr in die Augen. Sie sehnte sich nach der Freundin, sehnte sich danach, ihr das Herz auszuschütten. Welch fröhliche, durchtriebene junge Mädchen sie doch gewesen waren!

Auf dem Rennplatz waren sie nur wenige Stunden geblieben. Boyd hatte sich als Politiker hofieren lassen, und gerade als Amelia sich wohlzufühlen begann, hatte er erklärt, es sei Zeit aufzubrechen. Da sie bemerkt hatte, daß er den ganzen Nachmittag lang trotz seiner in der Öffentlichkeit zur Schau gestellten Jovialität mal wieder schlecht gelaunt war, hatte sie nicht zu widersprechen gewagt. Andy hatte alles eingepackt und sie nach Hause kutschiert. Während alle anderen sich da draußen großartig amüsierten! Nach den Rennen sollte gefeiert wer-

den, und sie hatte darauf verzichten müssen! Wie ungerecht! Nicht, daß sich Amelia nicht bemühte, dem Leben seine guten Seiten abzugewinnen. Heute zum Beispiel, tröstete sie sich, hatte sie zum einen Laura wiedergesehen, die zwar ein wenig abweisend gewesen war, in deren Augen Amelia jedoch Wärme und Zärtlichkeit gesehen hatte. Ihre Freundschaft existierte also noch. Warum in drei Teufels Namen auch nicht? Zum anderen – Amelia spähte verstohlen um sich, als sie, da sie nichts Besseres vorhatte, die Auffahrt hinunterschlenderte – hatte sie Captain Soames kennengelernt. Ein göttlicher Mann! Weitaus eleganter als Tyler. Und so herrlich britisch, mit dieser schönen Stimme, die ihr fast den Verstand geraubt hatte. Als Laura und ihr Vater zurückgeblieben waren und Andy bereits den Champagner servierte, hatte sie Leslie Soames rundheraus gefragt, ob er Lauras Verehrer sei. Leslie hatte nachdrücklich verneint. Interessant. Tyler war ja ganz nett, aber doch nur ein Reporter und jetzt im Dienst ihres Vaters. Leslie dagegen hatte nicht nur als Adjutant dem Gouverneur höchstpersönlich gedient, er entstammte darüber hinaus einer aristokratischen Familie. Amelia nahm an, er meinte damit englische Grafen und Herzöge, und dementsprechend war sie beeindruckt.
»Wie schade«, hatte sie Leslie zugeraunt, »daß Sie und mein Vater Gegner sind. Ich wünschte, er würde Ihnen den Sitz überlassen. Er braucht ihn doch gar nicht. Das ist doch nur eine Marotte von ihm.«
»Ich darf Ihnen versichern«, hatte Leslie genäselt, »daß ich, um mit Ihren Worten zu sprechen, den Sitz ebenfalls nicht brauche. Genausowenig wie ich Ihren Vater brauche, damit er mir diesen Sitz überläßt. Wenn seine Kandidatur nur einer Laune entspringt, scheint er mir allerdings eine höchst merkwürdige Einstellung zu haben.«
»Stimmt.« Amelia war nachdenklich geworden. »Sie wissen die Ehre zu schätzen, während für meinen Vater Prestige ausschließlich mit Geld zu tun hat. Ihre Prinzipien sind auf alle Fälle edler.«
»Das hoffe ich doch«, hatte Leslie erwidert. »Wenn Sie mich jetzt entschuldigen würden. Ich muß gehen.«

»Mein Vater ist ein Narr«, vertraute Amelia dem Torpfosten an und blickte den Weg hinunter. »Wenn er netter zu mir wäre, würde ich vielleicht anders über ihn denken.«
Voller Groll trat sie auf ein Büschel Veilchen. »Hoffentlich gewinnt er nicht. Langsam wird er größenwahnsinnig.«
Ein Reiter tauchte von Westen her aus der gleißenden Sonne auf. »Guten Tag.« Schalkhaft lüpfte er den Hut. »Sie müssen Miss Roberts sein.«
Amelia lächelte verzückt. Zwei bildschöne Männer an einem Tag! Himmlisch! »Und wer sind Sie?«
»Paul MacNamara, Miss. Ist Ihr Vater zu Hause?«
MacNamara? Großer Gott! Der ist das! Kein Wunder, daß Laura sich in ihn verliebt hat! Wenn sie erfährt, daß er hier war!
»Ja, er ist da.« Sie wartete darauf, daß er die Unterhaltung fortsetzte.
»Danke«, sagte er nur. »Dann such' ich ihn am besten gleich auf.«
»Wie Sie meinen.« Sie trat zurück, und er ritt die lange Auffahrt hinauf. Amelia wäre fast über ihre eigenen Füße gestolpert, als sie versuchte, ihn einzuholen. Aber er war bereits um die Ecke gebogen.

Boyd Roberts sah ihn kommen.
Seit seiner Rückkehr vom Pferderennen hatte er seinen Zorn mit Whisky angeheizt und sich den Kopf zerbrochen, wie er es am besten anstellte, Laura wieder für sich zu gewinnen. Wie ein billiges Flittchen hatte seine eigene Tochter neben ihr ausgesehen! Daß sich Amelia wie ein Mädchen aus einer Varieté-Nummer kleidete und ihn damit zum Gespött der Leute machte, war ihm noch nie aufgefallen. Und von diesem einfältigen Tyler war auch nichts zu erwarten. Laura dagegen! Sie hatten sie gegen ihn aufgewiegelt, alle miteinander. Angefangen bei MacNamara. Das stand für ihn jetzt eindeutig fest. Sie hatte ihn lediglich benutzt, sich in seinem Haus eingenistet, bis ihr Liebhaber sie abholen kam.

Außerdem war der Renntag ein Fiasko gewesen. Man hatte ihm den Rücken zugekehrt, Erfrischungen, die er spendiert hatte, ins Gras gekippt. Geschmäht hatte man ihn; die Carlisles und deren Freunde, unter ihnen Laura, hatten den Ton angegeben, ihm hochnäsige Blicke zugeworfen.
Er war zu dem Stand mit den preiswerteren Getränken gegangen und hatte ganze Karaffen voll Alkoholischem spendiert. Auch wenn sich die Männer am kostenlosen Grog gütlich getan hatten – ihr hämisches Grinsen hatte ihm deutlich gezeigt, daß er seinen Traum begraben mußte. In der Stadt war es nicht anders gewesen, trotz seines forschen Auftretens, trotz seiner Versprechungen. Alle, die ihm lauthals Unterstützung zugesagt hatten, waren Newgates hinterhältiger Propaganda aufgesessen und abgetaucht.
Und durch wessen Schuld? Zwei kamen dafür in Frage. Zum einen Tyler, der, anstatt Newgate kontra zu geben, seine Zeit vergeudete, zum andern MacNamara. Jawohl, MacNamara mit seinem Märchen, wie er den Schwarzen entkommen sein wollte. Er würde schon mit ihnen klarkommen. Tyler war ein Niemand; am besten, er warf ihn hochkantig raus.
Wie aber sollte er mit MacNamara verfahren? Vor allem durfte er Laura nicht bekommen. Auf gar keinen Fall.
Boyd goß sich einen weiteren Whisky ein. Wenn er nun die Wahl nicht gewinnen würde? Vielleicht war es klüger, seine Kandidatur zurückzuziehen, dann würde er zumindest nicht als Verlierer dastehen. Eine Krankheit vorschützen. Dringende Geschäfte. Beauview verkaufen und nach Brisbane ziehen. Es lebte sich dort soviel unbeschwerter, die Leute waren lange nicht so engstirnig. Und die Frauen weniger arrogant. Nicht so wie Laura. Und dennoch begehrte er sie noch immer. Er liebte sie. Hatte er nicht seine schützende Hand über sie gehalten, ihr seine Freundschaft bewiesen, als sie in Schwierigkeiten gewesen war? Was konnte sie mehr verlangen? Aber dann war MacNamara, dieser Heuchler, aufgetaucht und hatte ihr den Kopf verdreht.
Die Flasche fiel um, als er nach seinem Gewehr griff, es durch-

lud und auf die Veranda eilte. »Stehenbleiben!«
Der Besucher zuckte die Schultern. »Legen Sie die Flinte weg. Ich möchte mich mit Ihnen unterhalten.«
»Worüber?«
»Über das Grundstück neben meinem. Das von Jock McCann. Sie brauchen es doch nicht.«
»Sie meinen wohl die Airdrie-Farm? Die gehört mir.«
»Ja, sie gehört Ihnen. Was möchten Sie dafür haben?«
»Sie wollen sie kaufen? Sind Sie nicht schon genug gestraft? Außerdem habe ich Sie bisher in keiner Weise behelligt.«
Paul setzte sich im Sattel zurück, sah sich nach Roberts Spießgesellen um, die sich jedoch nicht blicken ließen. Lediglich seine Tochter hastete die Auffahrt hoch. »Jetzt hören Sie mir mal gut zu«, sagte er warnend. »Ich *bin* ausreichend gestraft worden, und mehr lasse ich mir nicht mehr bieten. Sie haben versucht, mich von meinem Besitz zu vertreiben, und jetzt bin ich am Zuge. Sie verkaufen an mich – ich zahl' Ihnen einen vernünftigen Preis –, oder ich sorge dafür, daß Airdrie nicht bewirtschaftet werden kann. Sobald Ihre Männer und Ihr Vieh dort auftauchen, werde ich sie verjagen. Ich kenn' mich in der Gegend gut aus, und wie Sie wissen, versteh' ich mich darauf, mit der Peitsche umzugehen. Also nennen Sie mir Ihren Preis.«
»Den können Sie ja doch nicht bezahlen!« höhnte Roberts.
»Warten Sie's ab.«
Boyd lehnte sich über die Veranda, blickte hinunter auf den Mann, der ihm sein Glück geraubt hatte, Laura. »Wirtschaftlich gesehen, liegt Ihnen doch gar nichts an dem Gut, Roberts«, hörte er Paul sagen. »Warum können Sie nicht ein einziges Mal nachgeben?«
»Sie unverschämter Kerl! Was wollen Sie denn damit bezwecken? Etwa Laura imponieren, indem Sie sich vergrößern?«
»Laura?« fragte Paul verständnislos. »Was hat denn die damit zu tun?«
»Eine Menge«, knirschte Boyd. Sein Haß auf diesen Mann,

seine Eifersucht waren unermeßlich. »Sie werden sie niemals bekommen!« schrie er. »Weil sie nämlich mich heiraten wird!« Amelia hatte die beiden erreicht. »Was soll das heißen?« keuchte sie. »Du willst Laura heiraten?«
»Du gehst ins Haus!« fuhr der Vater sie an.
Amelia wandte sich an Paul. »Ist das wahr?«
»Das glaube ich erst, wenn ich es sehe«, gab Paul zurück und dirigierte sein Pferd zur Treppe. »Sie sind am Zug. Überlegen Sie sich's. Verkaufen Sie mir Airdrie, dann sind wir quitt.«
Er wendete sein Pferd, tippte an seinen Hut. »Wiedersehn, Miss«, sagte er lächelnd zu Amelia.
Er ritt über die planierte Fläche vor dem Haus und wollte gerade in die Allee, die hinab ins Tal führte, einbiegen, als ein Schuß die Luft zerriß.
Zwei Minenarbeiter, seit kurzem in Roberts' Diensten und gerade dabei, ihre Pferde in den Stall zu führen, hörten den Schuß ebenfalls. Sofort schwangen sie sich wieder in den Sattel, galoppierten an der Remise vorbei zur Vorderseite des Wohnhauses, und zügelten ihre Pferde, als sie den Körper am Boden liegen sahen und auf der eleganten Veranda den Boß mit dem Gewehr in der Hand erblickten. Sie wechselten einen Blick, nickten sich zu. Hatten die anderen Kumpel nicht gesagt, daß sie bei Roberts zwar eine Stange Geld verdienen würden, der Job allerdings äußerst riskant sei? Sie gaben ihren Pferden die Sporen und machten sich aus dem Staub, während Roberts ihnen hinterherbrüllte, sie sollten zurückkommen.
Paul MacNamara war, hinterrücks von einem Schuß getroffen, vom Pferd gestürzt. Blutüberströmt lag er am Boden. Sein Pferd hatte gescheut und sich aufgebäumt, ehe es davongestürmt war.
Amelia kniete bereits neben ihm. »Du hast ihn erschossen!« schrie sie ihren Vater an. »Er ist tot! Ich glaube, er ist tot!« In ihrer Panik warf sie sich über den Körper, als wollte sie ihn vor weiteren Kugeln schützen. »Mein Gott! Mein Gott! Nein. Bitte sei nicht tot.« Verzweifelt flehte sie den Vater an: »Hilf mir doch.« Aber Boyd rührte sich nicht. Mit selbstzufriede-

nem Grinsen, so, als hätte er einen Fuchs oder einen Dingo zur Strecke gebracht, stand er oben auf der Treppe.
Endlich bewegte er sich die Stufen hinunter. »Du bist ja wahnsinnig!« schrie Amelia, deren hübsches Kleid bereits über und über mit Blut verschmiert war, während sie gleichzeitig an Pauls Revolvertasche herumnestelte. »Ja, wahnsinnig bist du!« wiederholte sie, als er lässig, überheblich, ganz Herr des Hauses, näher kam, und tastete angsterfüllt nach dem Revolver an Pauls Hüfte. Wie man damit umging, wußte sie. Hatte der Verrückte da drüben ihr nicht beigebracht, sich zu verteidigen? Sie spürte das Gewicht der Waffe, ihre Finger glitten daran entlang. Lieber Gott, mach, daß sie geladen ist, betete sie. Boyd war unentschlossen auf der untersten Stufe stehengeblieben. »Jetzt ist kein George mehr da!« höhnte sie, um Zeit zu gewinnen. Sie hörte das Klicken, als sie den Revolver entsicherte. »Wer soll jetzt die Drecksarbeit für dich erledigen?«
»Halt den Mund«, herrschte Boyd sie an, »und verschwinde.« Er kam näher, um sein Werk zu begutachten.
Vorsichtig richtete sich Amelia auf und ging dann mit ausgebreiteten Röcken wieder in die Hocke. Den Revolver fest in der Hand, drehte sie sich um, zielte auf den sich nun in Reichweite befindenden Wahnsinnigen und drückte ab. In Gedanken daran, daß ihr Vater ein gutaussehender Mann war, sah sie davon ab, sein Gesicht zu verunstalten, und schoß ihm mitten ins Herz.
Was ihr wie Stunden vorkam, hatte nur wenige Minuten gedauert. Sie ließ die Waffe neben Paul fallen und stürzte völlig aufgelöst ins Haus, in die Arme der Köchin, die sich mit dem Hausmädchen in der Küche verschanzt und nicht gewagt hatte, zum Fenster hinauszusehen.
»Sie haben sich gegenseitig erschossen!« schluchzte sie. »Großer Gott! Gegenseitig haben sie sich umgebracht! Mein Vater und Mr. MacNamara!« Dann verlor sie die Besinnung.
Die Angestellten ließen sie zurück, stürzten hinaus, stellten fest, daß der Boß mausetot war, während der andere mit einer

Kugel im Rücken schwerverletzt dalag und stöhnte.
»Du hast ihn erschossen, ja?« fragte Tyler.
Amelia hatte ihr blutbeflecktes Kleid mit dem luftigen Weißseidenen vertauscht, das eigentlich für die Frühmesse bestimmt war, fühlte sich aber keineswegs besser. Und Tylers Ton paßte ihr auch nicht. Eigentlich war ihr hundeelend zumute, sie zitterte am ganzen Leib, konnte sich kaum auf den Beinen halten, war völlig benommen. Im Haus wimmelte es von Leuten. Der Arzt war da und kümmerte sich um Paul MacNamara, ausgerechnet im Schlafzimmer ihres Vaters, aber darüber sah sie hinweg. Er würde durchkommen, hieß es.
Hardcastle, der Polizist, stiefelte ungeniert herum, als wäre Beauvieuw sein Eigentum. Amelia beachtete ihn gar nicht, hatte ihn doch der Vater stets als Einfaltspinsel bezeichnet. Und auf dem Gelände trieben sich bewaffnete Soldaten herum, darunter auch der eigentlich recht nette Lieutenant Gooding, der sich – wie es sich gehörte – äußerst besorgt um sie gezeigt, ihr die Hand getätschelt und gemeint hatte, sie müsse sich hinlegen. Mit verstohlenen, von ihren langen, schwarzen Wimpern getarnten Blicken, hatte sie sich umgesehen und unter den übrigen Anwesenden beispielsweise Cosmo Newgate und sogar Justin Carlisle entdeckt. Auf Mr. Carlisle war sie seit jeher neugierig gewesen, und jetzt stellte sie fest, daß er der Netteste von allen war. Ein reizender alter Herr, der ihr ständig Tee mit einem Schuß Brandy brachte, der mit ihr plauderte, als wäre nichts geschehen. Tatsächlich trug sie ja an dem, was geschehen war, auch keinerlei Schuld. Mr. Carlisle sprach über die Grünanlagen von Beauview, die ihm ausnahmslos gut gefielen, und Amelia, obgleich geschwächt und verstört, hörte ihm gern zu. Seine liebenswürdige Art tat ihr gut.
Alle waren schrecklich nett zu ihr gewesen. Und jetzt das. Ausgerechnet von Tyler.
»Du hast deinen Vater erschossen, stimmt's?«
»Wie kannst du nur so etwas behaupten?« brauste Amelia auf

und knüllte ein Bündel frisch gestärkter Spitzentaschentücher zusammen. »Mein Vater ist tot. Mein Vater!« Ihr Körper wurde von herzzerreißendem Schluchzen geschüttelt, ohne daß es Tyler beeindruckte.

»Du mußt es getan haben. Wenn ich's mir recht überlege, komme ich zu dem Schluß, daß sich der Vorfall unmöglich so abgespielt haben kann wie du ihn Hardcastle geschildert hast. Nicht MacNamara hat deinen Vater erschossen. Sondern du.«

Amelia wandte sich von ihm ab und rollte sich auf dem Sofa zusammen. Um in ihrem Zimmer nicht von allem, was im Hause vor sich ging, ausgeschlossen zu sein, hatte sie darum gebeten, ihr im kleinen Salon aus ihrer kuscheligen, mit Spitzen gesäumten Daunendecke ein Lager zurechtzumachen. Und Tyler verdarb alles.

»Laß mich allein«, flüsterte sie. »Begreifst du nicht, daß ich jetzt Waise bin?«

»Schon gut«, sagte er zärtlich und schob ihre schwarzen Locken beiseite, um sie auf den Nacken zu küssen. »Amelia, ich liebe dich. Ich möchte doch nur wissen, wie sich das Unglück tatsächlich abgespielt hat.«

»Ich hab's denen doch erzählt«, wimmerte sie. »Wie oft soll ich es denn noch wiederholen? Ich bin krank. Geh und laß mich in Ruhe.«

Am nächsten Tag kamen die Frauen, Laura war unter ihnen, betrat allerdings nicht das Zimmer von MacNamara, sondern setzte sich zu Amelia. Beide kamen kaum zu Wort, weil Mrs. Carlisle, von Laura Grace genannt, die Unterhaltung bestritt. Nicht, daß Amelia etwas dagegen gehabt hätte; sich um ein Haus voller Fremder zu kümmern, war jetzt einfach zuviel verlangt. Sollte doch jeder tun, was er für richtig hielt. Wie betäubt saß sie auf der Veranda, nicht imstande, über das, was sich ereignet hatte, nachzudenken. Eine fürchterliche Angst steckte ihr in den Knochen. Nicht vor diesen Leuten, sondern vor ihrem Vater. Sie hatte ihn erschossen, und jetzt wartete sie förmlich darauf, daß er wutentbrannt wieder auftauchen und sie zur Rechenschaft ziehen würde. Das gesamte Haus war erfüllt von seiner Aura, von seinem Zorn auf sie, aus jedem Winkel hallte ihr entgegen, wie unbarmherzig er sie bestrafen würde. Ins Grab würde er sie bringen ! Und Tyler quälte sie weiterhin mit seinem ewigen »Wie war es wirklich, Amelia?«, bis sie hysterisch zu schreien anfing und zu Bett gebracht werden mußte.

Die Tage verstrichen. Paul MacNamara erholte sich langsam. Die Kugel hatte das Rückgrat verfehlt, war aber in die linke Lunge eingedrungen, und der Arzt hatte sein ganzes Können aufbieten müssen, um sie herauszuoperieren. Auf Messers Schneide habe es gestanden, hieß es, aber es sei noch einmal glimpflich ausgegangen, die andere Lunge müsse eben jetzt um so mehr arbeiten. Während es Paul zusehends besser ging, wurde Amelia Nacht für Nacht von Alpträumen gequält, in denen ihr Vater sie mit sich in die Hölle zog.

Die Pflegerin, die man für Paul hatte kommen lassen, war vollauf damit beschäftigt, das junge Mädchen zu beruhigen. Ständig mußte sie Lampen anzünden, weil sich Amelia im Dunkeln fürchtete. »Das arme Ding«, meinte sie zu Paul. »Mit ansehen zu müssen, wie der eigene Vater erschossen wird! Da ist's doch nur verständlich, wenn so 'n junges Mädchen durchdreht. Ist ja auch so 'n sensibles Wesen, überempfindlich. Möglich, daß sie nie drüber wegkommt.«

Sie schüttelte Pauls Kissen auf und stopfte die Zudecke so fest, daß er sich buchstäblich ans Bett gefesselt fühlte. »Bloß gut, daß Sie nich' abergläubisch sind, Mister. Liegen im Bett von 'nem toten Mann, den Sie auch noch eigenhändig erschossen haben.«

»In der Tat kein angenehmer Gedanke, Mrs. Moloney«, erwiderte Paul. »Nur daß ich's mir nicht aussuchen konnte. Man hat mich einfach hierherverfrachtet. Ich wäre Ihnen allerdings dankbar, wenn Sie sich nach einem anderen Zimmer für mich umsehen könnten, zumal ich, wie Sie sagen, ja derjenige bin, der die Tat begangen hat.«

»Nichts zu machen«, gab sie zurück. »Der Doktor sagt, Sie

dürfen sich nicht bewegen, und außerdem sind alle Zimmer belegt, weil Mr. Kemp und ich ja auch hier übernachten. Sprechen Sie also ein Gebet, dann wird der liebe Gott schon auf Sie aufpassen. Genau das hab' ich auch der jungen Missy gesagt, aber die Gebete von Protestanten richten wohl nichts aus. Ob wir sie umtaufen sollten?«

Er bemühte sich, nicht zu lachen, denn Lachen tat weh. »Ich glaube nicht, daß das nötig ist«, sagte er freundlich. »Warum bitten Sie sie nicht, doch einmal bei mir reinzuschauen. Damit ich ihr wenigstens dafür danken kann, daß sie mich hier aufgenommen hat.«

Mrs. Moloney schüttelte zweifelnd den Kopf. »Ich hab' ihr gesagt, Sie sind über 'm Berg, aber sie scheint nicht g'rade wild drauf zu sein, Sie zu seh'n. Versetzen Sie sich doch mal in ihre Lage, Mr. Mac. Sie haben ihren Vater erschossen. Ich sag' ja nich', daß er's nich' verdient hätte, bei allem, was man so über ihn hört, und wo dieser Kerl Sie von hinten angeschossen hat. Trotzdem ...« Sie schlurfte in Hausschuhen durchs Zimmer. »Nehmen Sie's mir nich' krumm, aber so was zu schlucken is' für die Tochter ein harter Brocken.«

Sie öffnete die großen Fensterflügel, raffte die Vorhänge, um einen warmen Luftzug ins Zimmer zu lassen.

»Der Winter geht zu Ende«, sagte sie. »Das heißt, was die hier draußen Winter nennen. Die merken doch gar nich', daß sie lebendig sind, stimmt's?«

»Kann schon sein«, sagte Paul abwesend. Verwundert hatte er im Verlauf dieser reichlich wirren Unterhaltung, die wie durch einen Nebel zu ihm gedrungen war, festgestellt, daß man ganz selbstverständlich annahm, er habe Roberts erschossen.

»Notwehr«, hatte Jim Hardcastle im Beisein von William Wexford und anderen gesagt, an die sich Paul nur schemenhaft erinnerte. Die Leute, die ihn gebannt und besorgt zugleich angestarrt und über ihn geredet hatten, waren ihm unangenehm gewesen. Ein Priester hatte ihm die Letzte Ölung gespendet und still gebetet. Er war zu Tode erschrocken, als Paul gemurmelt hatte: »Sie verschwenden Ihre Zeit. Ich laufe Ihnen schon

nicht weg.«
»Gut gemacht«, hatte Hardcastle gesagt, und eine schwielige Hand war wie Sandpapier über seine Stirn gefahren. »Ganz ruhig, Paul. Alles wird gut. Roberts hat seinen Meister gefunden.«
Daran erinnerte sich Paul jetzt wieder ganz deutlich. Man hatte ihn beglückwünscht. Wofür, hatte er sich damals gefragt, aber nichts gesagt, sondern versucht, es anhand ihrer Gespräche herauszufinden.
Daß hinterrücks auf ihn geschossen worden war, hatte er überhaupt nicht registriert. Der Schmerz beim Durchatmen zeigte ihm jedoch deutlich, daß es so gewesen sein mußte. Ihm fiel ein, daß Roberts mit seiner Flinte herumgefuchtelt und gleichzeitig wirres Zeug über Laura von sich gegeben hatte. Was war das doch gleich gewesen? Paul konnte sich einfach nicht mehr daran erinnern. Das Gespräch mit Roberts war jedenfalls ergebnislos verlaufen, deshalb hatte er kehrtgemacht und Beauview verlassen.
Was war dann geschehen? Er mußte sich konzentrieren. Er hatte mit dem Gesicht nach unten auf der Erde gelegen, und sein Rücken hatte sich heiß und klebrig angefühlt. Sein Pferd war durchgegangen, er hatte den Duft von Parfum wahrgenommen und etwas Weiches. Eine Frau lag auf ihm, sie schrie wie am Spieß. Er konnte seine Hände sehen, die linke unter dem Gesicht, die rechte, riesengroß, in Augenhöhe, und beide hatten ihm den Dienst versagt, als er sich hochstemmen wollte.
»Ja, wahnsinnig bist du!« hatte Amelia geschrien. Jemand war also wahnsinnig, aber nicht er, er hatte nur keine Kraft mehr. Und dann der Schuß. Direkt an seinem Ohr, wie eine Explosion.
Und er sollte Roberts erschossen haben? Unwahrscheinlich. Unmöglich.
»Mrs. Moloney«, sagte er, »hätten Sie mal kurz Zeit?«
»Wozu bin ich denn sonst hier?«
Er grinste. »Es fällt mir schwer, mir vorzustellen, was passiert ist. Können Sie's mir erklären?«

Mrs. Moloney in ihrer schwarzen Montur, den ausladenden Busen stolzgeschwellt, strahlte ihn an. »Aha«, meinte sie, »wir machen Fortschritte. Lange werden Sie mich wohl nicht mehr brauchen.«

»Roberts hat auf mich geschossen?« fragte er.

»Genauso war's. Dieser Halunke. Dieser Feigling. In den Rücken.«

»Und dann?«

»Und dann – wie uns Miss Amelia erzählt hat, tränenüberströmt und begreiflicherweise völlig durcheinander – sind Sie vom Pferd gefallen und haben den Revolver gezogen. Und als der Fiesling auf Sie zukam und Sie endgültig erledigen wollte, haben Sie ihn erschossen. Und dann haben Sie das Bewußtsein verloren.«

»So war das also?«

»Der Apfel fällt nicht weit vom Stamm, wie mein Alter sagt. Er kannte Ihren Vater. Pace MacNamara, stimmt's?«

»Stimmt.«

»Halleluja! Sie sollten ihn hören, wenn ich ihm erzähl', daß er recht hatte. Er hat gesagt, Ihr Vater konnte verdammt gut mit dem Schießeisen umgehen, damals, in der alten Heimat. Angesehener Scharfschütze der Widerstandsbewegung.«

»Davon weiß ich nichts.« Paul konnte sich über diese Seite seines friedliebenden Vaters nur wundern.

»Na ja, ist doch klar, daß hierzulande keiner über so was spricht. Jedenfalls haben Sie gezeigt, daß auf die MacNamaras noch immer Verlaß ist. Mein Alter sagt, wenn Roberts es hätte überleben wollen, hätt' er beim ersten Mal richtig treffen müssen. Sie haben diesen Bastard – nehmen Sie mir diesen Ausdruck bitte nicht übel – jedenfalls erwischt, und niemand in der Stadt weint ihm eine Träne nach. Also machen Sie sich bloß keine Gedanken. So, und jetzt hol' ich Ihnen Ihren Haferbrei.«

Paul lehnte sich in die Kissen zurück und blinzelte in den stahlblauen Himmel. Vielleicht wäre es doch besser gewesen, wenn Mrs. Moloney die Vorhänge zugezogen hätte – das grelle Licht störte ihn –, aber er hatte sich nicht getraut, sie darum zu bitten. Hingegen wollte er unbedingt Dolour, seine Mutter, bitten, ihm zu verraten, was Mrs. Moloneys Worte zu bedeuten hatten. Die alte Heimat? Die Bewegung? Wieviel an Familiengeschichte geht verloren, wenn die Eltern aus einem anderen Land stammen? Eltern, die nicht über die Vergangenheit sprechen, und Söhne, die erst Fragen stellen, wenn es zu spät ist. Er hatte keine Ahnung – und sein Zwillingsbruder John mit Sicherheit auch nicht –, daß der Vater irgend etwas mit den Aufständen in Irland zu tun gehabt hatte.

Zum jetzigen Zeitpunkt war er jedenfalls erst einmal dazu verdammt, den zweifelhaften Helden zu spielen, der von Roberts angeschossen worden war und dann, praktisch geschlagen am Boden liegend, die Kraft gefunden hatte, den Revolver zu ziehen und seinen Widersacher zu erschießen. Aus diesem Winkel! Was für ein Schuß!

»Was für ein Schuß!« Genau das hatten sie gesagt. Paul wußte durchaus mit der Waffe umzugehen, aber ein As war er nicht. Jeannie war ihm weit überlegen gewesen; sie hatte leidenschaftlich gern auf Zielscheiben geschossen. Aus dem Winkel, aus dem er Roberts erschossen haben sollte, hätte er wohl nicht einmal ein Pferd getroffen, geschweige denn einen Mann, der sich auf ihn zubewegte. Und dann noch mitten ins Herz. In seiner Verfassung!

Aber was zerbrach er sich den Kopf darüber? Ganz langsam und vorsichtig drehte er sich um, bis er mit dem Gesicht fast auf den Kissen lag. Schon diese kleine Bewegung verursachte ein Ziehen im Rücken, und die gebrochenen Rippen machten sich durch einen stechenden Schmerz bemerkbar, der erst verebbte, nachdem Paul eine Weile ganz still dagelegen hatte. »Absoluter Bockmist«, sagte er dann.

Er hatte Roberts nicht erschossen.

Wer dann?

Amelia. Miss Roberts. Boyds Tochter. Sie hatte ihm das Leben gerettet, sich über ihn geworfen. Ihr Parfum! Sie hatte sich sei-

ner Waffe bemächtigt und ihren Vater erschossen.
Seine Gedanken jagten einander. Warum hatte sie gelogen? Warum hatte sie nicht klipp und klar gesagt, sie sei Zeugin geworden, wie der Vater auf den Besucher schoß, und um den Verletzten zu beschützen, habe sie keine andere Wahl gehabt, als ihrerseits auf den Vater zu schießen?
»Gott im Himmel«, murmelte er. Kein Wunder, daß das arme Mädchen von Alpträumen heimgesucht wurde.
Er überlegte. Wenn er seinen Vater, seinen eigenen Vater erschossen hätte, hätte er dann von sich aus die zuständigen Stellen davon in Kenntnis gesetzt? Eines stand für ihn nun fest: Amelia baute darauf, daß er sich an den tatsächlichen Ablauf der Ereignisse nicht mehr erinnern würde.
»Gott im Himmel«, sagte er nochmals voller Dankbarkeit und Mitgefühl für die junge Frau. Ein entzückendes Geschöpf, vermutlich ahnte sie gar nicht, was ihr alter Herr im Schilde geführt hatte. Frauen wie sie standen nicht mit beiden Beinen auf der Erde, sie schwebten in höheren Sphären und spielten große Dame. Ihren Verlobten, diesen Tyler Kemp, hatte er weggeschickt; solche Besuche und das dabei zur Schau gestellte Mitgefühl waren ihm lästig. Auch wenn sich Tyler nie länger als ein paar Minuten bei ihm aufhielt und dringende Geschäfte in der Stadt vorschützte: er müsse sich um seine Zeitung kümmern.
»Mrs. Moloney!« rief Paul, »würden Sie so nett sein, Miss Amelia zu sagen, daß ich sie sprechen möchte? Es ist wirklich an der Zeit, mich bei ihr zu bedanken.«
»Ich hol' sie«, rief die Krankenschwester. »Und wenn ich sie huckepack anschleppen muß.«
Und nun stand Amelia an seiner Tür. Leichenblaß unter einem Wust schwarzer Locken, in einem schlichten, schwarzen Kleid.
Paul streckte die Hand aus, hielt sie ihr unter erheblicher Anstrengung so lange entgegen, bis sie näher kam und sie drückte. Mit kalten, schmalen, zerbrechlichen Fingern.
»Geht es Ihnen besser?« fragte er, ohne daran zu denken, daß ei-

gentlich sie diese Frage hätte stellen müssen. Sie nickte unsicher.
»Sie haben getan, was Sie tun mußten«, sagte er und zog sie zu sich heran.
»Ich habe Andy nach dem Arzt und der Polizei geschickt«, sagte sie hektisch, mit gekünstelter Stimme. »Ich wußte mir nicht zu helfen.«
»Sie haben mir das Leben gerettet. Darf ich Sie Amelia nennen?«
Sie nickte. »Gerne. Ich freue mich, daß Sie auf dem Weg der Besserung sind. Kann ich Ihnen irgend etwas bringen? Mrs. Moloney macht gerade Eierlikör. Wie wär's mit einem Gläschen?«
»Nein. Gehen Sie nicht weg, Amelia. Setzen Sie sich.«
Als wagte sie es nicht, sich seiner Aufforderung zu widersetzen, sank sie auf den Stuhl neben dem Bett. Schweigen breitete sich zwischen ihnen aus, das zu durchbrechen Paul absichtlich vermied.
Sie zog ein Taschentuch heraus, putzte sich die Nase, schob das Tuch wieder in den Ärmel, fingerte an den Perlenknöpfen ihres Kragens herum, als wäre ihr unerträglich heiß.
»Amelia«, sagte er endlich. Aber das Schweigen war zuviel für sie gewesen.
»Sie werden doch nichts verraten, oder?« brach es aus ihr heraus.
»Nein«, versicherte er ihr, »werde ich nicht. Ich komme mir zwar ein wenig lächerlich dabei vor, aber wenn es Ihr Wunsch ist ...«
Sie schlang die Arme um ihn, ihre weiche Haut schmiegte sich an sein Gesicht. »Was hätte ich denn tun sollen? Er hatte den Verstand verloren, auf Sie geschossen und kam auf uns zu ... Ich wußte nicht, ob er abermals auf Sie schießen würde – oder aber auf mich. Ich hatte schreckliche Angst.« Ihre Tränen benetzten seine Wangen, ihr Haar duftete süß, frisch, köstlich. »Sie dürfen mich nicht bloßstellen. Alle nehmen an, Sie hätten geschossen. Bitte, bitte! Wie steh' ich denn da, wenn die Wahrheit rauskommt? Was würden die Leute sagen? Ich finde kei-

nen Schlaf mehr«, fuhr sie verzweifelt fort. »Nacht für Nacht erscheint er mir, deutet auf mich, verflucht mich! Ich werde nie wieder zur Ruhe kommen.«

»Doch, das werden Sie«, sagte Paul und strich ihr die Locken aus dem Gesicht. »Ihr Vater war zum Zeitpunkt der Tat nicht zurechnungsfähig. Behalten Sie ihn so in Erinnerung, wie er früher war, fürsorglich und liebevoll. Wir wissen, daß er viel getrunken hatte, daß etwas Schreckliches passiert ist, was Sie gezwungen hat, ihn zu erschießen. Hören Sie mir eigentlich zu? Sie dürfen sich nicht länger Vorwürfe machen. Sie dachten, ich wäre tot. Ein paar Augenblicke später ...« – wie um Vergebung für diese Notlüge bittend, zu der er ihr zuliebe Zuflucht nahm, sah er zur Zimmerdecke empor– »... Amelia, und ich hätte das gleiche getan. Das wissen Sie doch, nicht wahr?«

Den Kopf im Kissen vergraben, die Arme noch immer um ihn gelegt, nickte sie.

»Bitte vergeben Sie mir«, sagte er, »daß Ihr Vater meinetwegen sterben mußte. Ich habe nicht bemerkt, in welcher Verfassung er war.«

Amelias Gesicht tauchte wieder auf, klare, blaue Augen blickten ihn bittend an. »Ich hab's nicht getan, nicht wahr?«

»Nein«, sagte er erschöpft. »Lassen Sie's gut sein. Die Meinung der anderen steht fest, es lohnt sich nicht, daran zu rütteln. Wir wollen auch keine bösen Träume mehr. Es ist alles schon schlimm und traurig genug, aber glauben Sie mir, irgendwann vergeht der Kummer. Denken Sie an die schönen Zeiten, Amelia, und wenn Sie mal wieder nicht schlafen können, dann kommen Sie einfach her und setzen sich in diesen großen Stuhl, so daß ich Sie sehen kann.«

Amelia erhob sich. »Sie hätten nichts dagegen?«

»Nein. Ich freue mich doch, wenn ich Gesellschaft habe. Die Nächte sind lang, wenn man den ganzen Tag im Bett liegen muß.«

»Was geht denn hier vor?« Mrs. Moloney stand mit einem Tablett am einen Ende des Bettes. »Sie sind doch nicht etwa

schuld daran, daß sie weint, wie, Mr. Mac?«
»Nein«, sagte Amelia. »Er war überaus freundlich.«
Draußen meinte sie zu Mrs. Moloney: »Ich bin völlig durcheinander. Erst hat er mir gedankt, daß ich ihm das Leben gerettet habe, und dann hat er mich um Verzeihung gebeten, weil er meinen Vater erschossen hat. Ist das nicht geradezu überwältigend?«
»Armes Ding, wie furchtbar das alles ist. Wissen Sie was? Auf dem Herd steht noch warme Milch. Ich schlag' Ihnen ein Ei rein, und dazu gibt's frische Rosinenbrötchen, und dann legen Sie sich ein bißchen hin.«
Die Herrin des Hauses trat hinaus ins Sonnenlicht. Sie verabscheute den penetranten Krankenzimmergeruch, vor allem diesen Äthergestank, der wohl niemals ganz aus den Räumen verschwinden würde. Wenn das Haus in absehbarer Zeit endlich ihr allein gehörte, mußte unbedingt ein Frühjahrsgroßputz veranstaltet werden. Es war doch Frühling.
Dank Paul ging es ihr inzwischen besser. Er würde sie nicht verraten, er war ein Gentleman und nicht darauf aus, sie in Verruf zu bringen, indem er publik machte, daß ... Zumal jetzt für sie feststand, daß sie ihrem Vater nur einen Gefallen erwiesen hatte. Aufgehängt hätte man ihn sonst. Schaudernd zog sie ihr Schultertuch fester um sich. Einfach schrecklich wäre das gewesen. Nicht auszudenken. In ihrem angeschlagenen Zustand damals hatte sie infolge der Ereignisse Angst gehabt, ihr selbst drohe der Strick. Dieser Gedanke hatte sie verfolgt und derart gelähmt, daß sie mit niemandem hatte darüber sprechen können.
Aber Boyd Roberts war tot und begraben. Sie hatte nichts mehr von ihm zu befürchten; sie hatte ihm den Galgen erspart und den Namen Roberts vor Schande bewahrt.
Sie schlenderte über den noch immer unfertigen Krocket-Rasen und beschloß, ihn anderweitig zu nutzen. Krocket interessierte sie nicht länger. Ein Pavillon mit weißen Gitterstäben und rundherum Rosenranken würde sich hier gut machen. Es gab so vieles zu überlegen. Einerseits sollte sie

Paul dankbar sein, daß er den Mund hielt, andererseits hatte sie ihm den Nimbus eines Helden verschafft; sie waren also quitt. Der einzige, der die offizielle Version in Zweifel zog, war Tyler. Was erlaubte er sich eigentlich? Was ging ihn das alles an? Wenn es die Polizei zufrieden war und Paul MacNamara auch, woher nahm sich Tyler dann das Recht, alles in Frage zu stellen? Er konnte einen gelegentlich regelrecht auf die Palme bringen.

An jenem Abend steckte sich Amelia das Haar auf und ergänzte ihr schlichtes, schwarzes Kleid mit Brillantohrringen und einer Perlenkette. Tyler zuliebe steckte sie sogar den kleinen Verlobungsring an.

Sie saß im kleinen Salon und nippte an einem Sherry, als Tyler hereinkam und müde, wenngleich zufrieden mit seinem Tagewerk, mit einem Krug Bier in einen der bequemen Sessel sank.

»Wie geht es dem Patienten?« erkundigte er sich.

»Ist bei bester Laune. Er wird sich in Kürze von hier verabschieden und sich bei Mr. Wexford noch ein bißchen erholen. Du scheinst auch gut gelaunt zu sein.«

»Hab' auch allen Grund dazu. Endlich weiß ich, wie ich den Durchbruch schaffen kann. Meine Zeitung soll keine Konkurrenz zur *Capricorn Post* werden, sondern nur einmal monatlich erscheinen. Den Leuten hier fehlt es an Lesestoff. Ich werde also einen Nachrichtenteil bringen und das Neueste vom Rindermarkt und anderes mehr, aber vor allem Erzählungen. Jeweils eine Kurzgeschichte, vielleicht auch zwei, und wirklich interessante, ausführliche Artikel. Also eher eine Zeitschrift und mit Sicherheit ein Renner.« Er blickte sie an. »Hörst du mir überhaupt zu?«

»Natürlich. Nur beschäftigt mich außerdem die Frage, wann wir heiraten. Die Leute werden sich die Mäuler zerreißen, wenn wir als Verlobte ohne Anstandswauwau hier leben. Als mein Vater noch im Haus war ...« Sie betupfte sich die Augen mit einem Leinentüchlein.

»Mein Liebes.« Tyler setzte sich zu ihr, nahm ihre Hand und

küßte ihre Wange. »Du brauchst nur den Tag zu bestimmen. Es bricht mir das Herz, daß du nachts nicht schlafen kannst. Auch wenn«, und jetzt lächelte er kaum merklich, »diese Mrs. Moloney dich geradezu als ihr Eigentum zu betrachten scheint.«
»Sie sorgt sich um mich.«
»Zu Recht. Du hast sehr viel durchgemacht.«
Zu Amelias Erleichterung schien er es endlich aufgegeben zu haben, sie mit Fragen zu bedrängen. »Normalerweise«, meinte sie, »wartet man die Trauerzeit ab, ehe man den Hochzeitstermin festlegt, aber in unserem Fall halte ich es für angebracht, die nötigen Vorbereitungen zu treffen, sobald Mr. MacNamara das Haus verlassen hat.«
»Aber ja doch, Liebste. Du wirst dich um dein Brautkleid kümmern müssen.«
»Das hab' ich mir bereits in Brisbane anfertigen lassen«, meinte sie verschmitzt. »Einfach umwerfend ist es – und sehr gut vor dir versteckt, mein Schatz.«
»Dieser Punkt wäre also erledigt. Sag mir, was sonst noch zu bedenken ist, und ich erledige es umgehend. Es gäbe da nur noch eine dringende Angelegenheit, die ich gern mit dir besprochen hätte.«
»Was denn?«
»Es fällt mir schwer, dich darum zu bitten, aber ich brauche Geld für die Zeitung. Anschaffungen, Gehälter, eins kommt zum anderen.«
Amelia schmiegte sich an ihn. »Brauchen wir denn die Zeitung jetzt noch?«
Er wich zurück, starrte sie an. »Unbedingt. Ich hab' dir doch eben erklärt, daß sie sich bezahlt machen wird.«
»Nur wann, Tyler? Wann? Soll ich weiterhin Geld zum Fenster hinauswerfen, in der zweifelhaften Hoffnung, daß die Leute das Blatt kaufen?«
»Ich gebe ja zu, daß es ein Risiko ist. Aber einen Versuch ist es allemal wert.«
Amelia besah sich eingehend ihr Taschentuch. »Du scheinst

zu vergessen, woher das Geld kommt, mein Lieber: aus den Goldminen. Ich kann nicht zulassen, daß du auf meine Kosten deinem Hobby frönst und die Minen links liegenläßt. Mein Vater inspizierte sie mindestens einmal monatlich. Weil er den Verwaltern nicht recht traute. Verständlicherweise.«

Tyler wurde unruhig. »Ich verstehe doch kaum was davon.«

»Tat er anfangs auch nicht. Er hat sich mit der Zeit das nötige Wissen angeeignet.«

Amelias Verlobter stand auf, trank sein Bier aus, goß sich ein weiteres ein. »Schatz, ich habe dich bisher nicht mit Geschäftlichem behelligt, aber jetzt scheinst du ja durchaus aufnahmebereit dafür zu sein.«

»Ich bin keineswegs begriffsstutzig, Tyler.«

»Nein, aber du solltest dir keine Sorgen machen. Ich habe mit ein paar Leuten gesprochen, Geologen und so, und es sieht so aus, als könntest du für diese Minen einen ausgezeichneten Preis erzielen. Du brauchst sie doch nicht. Ich habe mir erlaubt, mich im Büro deines Vaters umzusehen ...«

»Du hast *was* getan?« Auch Amelia hatte vorgehabt, sobald sie sich gefangen und das Haus wieder für sich allein hatte, ungestört alles zu durchsuchen. »Woher hattest du die Schlüssel?«

»Aus seinem Schlafzimmer«, sagte Tyler. »Hardcastle bestand darauf, einen Blick ins Büro zu werfen.«

»So ist das also«, stellte Amelia mit unheimlicher Ruhe fest. »Und was habt ihr gefunden?«

»Wir haben nichts angefaßt.« Er zog die Schlüssel heraus und gab sie ihr. »Der große ist für den zweiten Safe. Offenbar hat dein Vater den Banken mißtraut. Sein Arbeitszimmer gleicht einer Festung. Schriftliche Unterlagen haben wir nicht entdeckt. Nichts Diskriminierendes. Nichts, was ihn mit dem Verschwinden von diesem Davies in Verbindung bringen könnte.«

»Das hätte ich dir gleich sagen können«, meinte Amelia schroff. »Mein Vater war kein Dummkopf. Was ist sonst noch vorhanden, du weißt es jetzt ja wohl, wo du dir Zugang zu dem verschafft hast, was einzig und allein mich persönlich etwas angeht?«

»Sei doch nicht so«, wiegelte Tyler ab. »Das geschah doch nur in deinem ureigenen Interesse.«

»Was also hast du gefunden?«

»Du hast doch die Schlüssel.« Er zuckte die Schultern. »Schau selbst nach. In seinem Safe befinden sich mehr als eine halbe Million Pfund.«

Amelia nickte. Damit hatte sie gerechnet. Wie oft mußte man Tyler noch sagen, daß ihr Vater sehr wohlhabend gewesen war? Nur war jetzt dringend geboten, das Geld umgehend woanders zu deponieren. Diese verdammten Schnüffler! »Weißt du auch, woher dieses Geld stammt?« fragte sie. »Aus Goldminen. Und du willst, daß ich sie verkaufe? Diese Adern geben noch immer genug her. Weiß der Himmel, wie lange noch.«

»Ebensogut könnten sie urplötzlich versiegen.«

»Mit wem, zum Kuckuck, hast du gesprochen? Kein Mensch kauft eine Mine, deren Ausbeute sich in absehbarer Zeit erschöpft. Und so lange sie etwas abwerfen, hätte mein Vater seine Claims auf dem Land drumherum abgesteckt. Die Größe eines Claims ist genau festgelegt. Es geht nicht darum, ein paar Minen zu veräußern, es geht um die gesamte Ader.«

Er glaubte seinen Ohren nicht zu trauen. »Woher weißt du das alles?«

»Hältst du mich etwa für taub oder so was ähnliches? Mein Vater war Goldsucher. Die Dokumente für seine Claims befinden sich in seinem Schreibtisch, allesamt notariell beglaubigt und hieb- und stichfest. Die Starlight-Minen sind nur ein Teil davon. Um im Geschäft zu bleiben, muß man sich ständig vergrößern, immer weiterschürfen. Worüber, glaubst du, hat er in all den Jahren geredet, mit mir als einziger Zuhörerin? Brachliegende Claims verfallen nach drei Monaten, deshalb mußte er seinen Anspruch laufend erneuern. Aus einer dummen Laune heraus würde ich um nichts auf der Welt die Minen

verkaufen!«
Tyler war verblüfft, wie nachdrücklich und energisch Amelia auftrat. Schier nicht wiederzuerkennen. »Liebste«, sagte er beschwichtigend, »wozu das alles? Wir haben mehr Geld, als wir jemals ausgeben können. Noch mehr brauchen wir nicht.«
»Eben hast du gesagt, du brauchst welches für die Zeitung.«
Er lachte. Weibliche Logik. Unvernunft. »Wir können uns die Zeitung doch leisten.«
»Ich will sie aber nicht, Tyler. Die Goldminen sind mir wichtiger. Und wenn du nicht bereit bist, von dieser dämlichen Zeitung abzulassen, um dich statt dessen um meine Goldminen zu kümmern, dann frage ich mich, warum ich eigentlich eine gemeinsame Zukunft mit dir anstrebe.«
Sie trank den Sherry aus und reichte ihm das Glas. »Gieß mir bitte noch einen ein, Liebster.«
Tyler griff nach dem Glas, blieb vor ihr stehen. »Eins nach dem anderen. Was wird also aus meiner Zeitung?«
»Du machst dicht. Weil sie reine Zeitverschwendung ist.«
»Und wenn ich nicht dichtmachen möchte?« murrte er. »Ich bin nicht gewöhnt, rumkommandiert zu werden.«
»Niemand kommandiert dich rum.«
»Doch, du, du willst, daß ich für dich arbeite. In welcher Eigenschaft?«
»Wenn du es so ausdrückst«, sagte sie honigsüß, »dann würde ich sagen, in der des Hauptverwalters meiner Minen.«
»Unserer Minen«, berichtigte er. »Sobald wir verheiratet sind ...« Er brach ab, wurde sich auf einmal bewußt, daß er sich auf Neuland vorwagte. Als er sie ansah, blickte er in das kalte, starre Lächeln von Boyd Roberts.
»Ja, darüber habe ich auch schon nachgedacht«, sagte Amelia. »Und ich möchte, daß du dich entscheidest. Falls du auf der Zeitung oder dem Magazin oder wie immer du das nennst bestehst, dann bitte, aber ohne mich. Ich will keinen Mann, der nicht zu mir hält.«
»Aber Amelia, ich liebe dich doch. Spürst du das denn nicht?«

Ihre Diskussion ging über in ein Streitgespräch, das zu einer hitzigen Auseinandersetzung ausartete. »Du hast mir nichts zu befehlen!« brüllte er. »Ich lasse mir von dir nicht vorschreiben, wie ich zu leben habe. Ich bin Journalist, ein Mann des geschriebenen Wortes, kein idiotischer Minenarbeiter!«

»Ach, wirklich? Und du meinst, ich seh' mit an, wie du sinnlos mein Geld verplemperst, bis nichts mehr da ist? Ich bin nur das Beste gewöhnt und beabsichtige nicht, als armselige Kirchenmaus zu enden! Ich behalte die Minen.«

»Und wenn ich mich weigere, die Leitung zu übernehmen? Leitest du sie dann selbst? Wem kannst du denn sonst trauen?«

Voller Verbitterung darüber, eine Zeitschrift zu Grabe tragen zu müssen, die niemals das Licht der Welt erblickt hatte, stürzte Tyler aus dem kleinen Salon.

Amelia streifte seelenruhig den Rubinring ab und legte ihn auf den Kaminsims. »Wem kannst du denn sonst trauen?« hatte er wissen wollen. Gute Frage. Noch vor kurzem wäre sie bereit gewesen, auf die einträglichen Minen zu verzichten. Dabei gab es sehr wohl jemanden, dem sie vertraute, jemand, der Bescheid wußte und mit eiserner Faust ihre Minen leiten würde. Für Schlamperei und Betrug würde kein Raum sein. Dagegen waren die hinterhältigen Kumpanen ihres Vaters nur Schießbudenfiguren.

»Schade«, seufzte sie. »Ich wollte wirklich gern heiraten, aber Tylers Vorstellungen sind einfach beschränkt. Was ihm vorschwebt, reicht mir nicht.«

Sie mußte morgen unbedingt zu Laura reiten und sie überreden, Mr. MacNamara zu besuchen. Wie die Pest hatte sie ihn gemieden, und er seinerseits hatte sich mit keinem Wort nach ihr erkundigt. Vielleicht käme ja etwas dabei heraus, wenn Laura ihn wiedersah, es kursierten ja genug Gerüchte. Was hatte ihr Vater gebrüllt? Daß er beabsichtige, Laura zu heiraten? Na ja, er war wohl nicht bei Sinnen gewesen. Gütiger Gott! In seinem Alter!

Wichtiger als Laura war allerdings Captain Leslie Soames.

Amelia aß allein zu Abend, Tyler wollte nicht herunterkom-

men. Auch gut. Der Platz neben dem ihr angestammten gebührte sowieso Captain Soames, dem Abgeordneten von Rockhampton. Als einziger Kandidat würde er zweifelsohne gewinnen.
Gleich morgen würde sie zu Laura fahren.

Ein bußfertiger Tyler erwartete sie am nächsten Morgen über seine Kaffeetasse gebeugt, bis ihm das Dienstmädchen ausrichtete, Miss Roberts nehme ihr Frühstück im Bett ein.
»Sagen Sie ihr, daß ich sie sprechen möchte«, wies er das Mädchen an. Als er kurz darauf zu hören bekam, daß das gnädige Fräulein beabsichtige, in Kürze das Haus zu verlassen, begab er sich auf die Veranda, allein schon, um nicht die Neugier des Personals zu erregen, das sich sicherlich darüber wunderte, daß er noch immer hier herumlungerte, anstatt sich um seinen ›Betrieb‹ zu kümmern.
Da er wußte, daß Zeit für Amelia keine Rolle spielte, döste er in einem ausladenden Rohrstuhl so lange vor sich hin, bis sie endlich erschien. Nicht länger in Trauer, wirkte sie in ihrem weiten, zartgelben Kleid und dem schlichten Band im Haar wie eine frisch erblühte Butterblume. Tyler sprang auf wie damals, als er ihr zum erstenmal begegnet war. »Liebste, du siehst entzückend aus«, sagte er und küßte sie auf die Wange. »Es tut mir so leid, daß es gestern abend zu diesem dummen Streit gekommen ist. Ich bin sicher, daß wir alle Unstimmigkeiten beseitigen können.«
»Wie denn?« Der schroffe Ton paßte so gar nicht zu der lieblichen Erscheinung, die da im Sonnenlicht stand.
»Warum behalten wir nicht vorläufig beides, die Zeitung und die Minen? Für die Minen könnte ich mich nach einem Verwalter umsehen.«
»Da du kein Interesse daran hast, übernehme ich das, und bilde dir nicht ein, du könntest mich umstimmen. Ich habe dir gesagt, daß ich diese Zeitung nicht will. Basta.«
»Mit anderen Worten: Du läßt mir keine andere Wahl. Ich muß also die Minen übernehmen.«

»Nicht im Traum würde mir einfallen, dir etwas aufzudrängen, was dir nicht zusagt, Tyler. Dieses Angebot gilt nicht mehr.«

»Was heißt das, es gilt nicht mehr?« sagte er mürrisch.

»Wie du ganz richtig gesagt hast, beschränken sich deine Kenntnisse über Minen auf weniger als das Minimum. Der Posten steht nicht länger zur Verfügung.«

Er war so wütend, daß er zu stottern begann. »Was fällt dir ein, in diesem Ton mit mir zu sprechen? Als ob ich dein Dienstbote wäre! Dir ist wohl das viele Geld in den Kopf gestiegen, wie? Ich tu', was mir paßt, kapiert?!«

»Du brauchst gar nicht so zu brüllen. Niemand wird dich davon abhalten, das zu tun, was dir beliebt! «

»Meine gute Stellung in Brisbane habe ich aufgegeben, um diese Zeitung herauszubringen«, knurrte er, »und wenn ich das nicht schaffe, stehe ich mit leeren Händen da. Du kannst doch unmöglich die Absprachen durchkreuzen!«

»Die du mit meinem Vater getroffen hast, nicht mit mir. Und von wegen ›mit leeren Händen‹ ! Schließlich bin ich auch noch da, und wenn wir verheiratet sind, kannst du hier wohnen und mir Gesellschaft leisten.«

Nur mit Mühe unterdrückte Tyler seinen Zorn. Sie verhielt sich einfach unmöglich! Nur eine Heirat konnte die Machtverteilung zwischen ihnen ändern. Ein Ehemann hatte von Gesetzes wegen Anspruch auf das Vermögen seiner Frau. Nur nichts überstürzen! In absehbarer Zeit würde sie Kinder haben, und die würden sie dann schon in Atem halten. Bis dahin würde er längst rechtmäßig über ihr Geld verfügen, um die Zeitung herauszubringen. »Schon gut.« Er legte den Arm um sie, lächelte. »Bist ein kleiner Querkopf, wie? Gefällt mir.« Er küßte und streichelte sie. »Macht das Eheleben aufregender, so ein hitziges, kleines Frauchen im Bett.«

Amelia entwand sich ihm. »Laß das. Nicht hier. Man könnte uns beobachten. Übrigens bin ich zu der Ansicht gekommen, daß eine überstürzte Heirat unpassend wäre. Jedenfalls heiraten wir nicht vor Ablauf meiner Trauerzeit.«

»Du siehst nicht aus, als würdest du trauern«, flüsterte er anzüglich.

»Tu ich aber«, schmollte sie. »Wenn ich in die Stadt gehe, erwartet man von mir, daß ich Schwarz trage. Es war schon schlimm genug, den Klatsch und Tratsch über den Tod meines Vaters auszuhalten. Deswegen halte ich es für das Beste, wenn du dir bis zur Hochzeit eine eigene Bleibe suchst.«

Tyler war wie vor den Kopf geschlagen. Eine Bleibe? Seine Barschaft war so gut wie erschöpft. Wovon sollte er leben? Aber, verdammt noch mal, lieber biß er sich die Zunge ab, als daß er diese kleine Hexe um Geld bat. »Wann könnte dann deiner Meinung nach die Hochzeit stattfinden?« fragte er geschraubt.

»Ich weiß nicht, wie lange die Trauerzeit dauert«, meinte sie leichthin. »Sechs Monate vielleicht.«

Er eilte ins Haus, packte seine Tasche und begab sich durch den hinteren Ausgang zu den Ställen.

Als er wegritt, stand Amelia oben auf der Treppe. Die Arroganz, die sie jetzt an den Tag legte, erinnerte ihn so sehr an ihren Vater, daß es Tyler fast die Sprache verschlug. »Das Pferd schicke ich zurück«, sagte er.

»Nicht nötig«, zwitscherte sie fröhlich. »Behalt es.«

»Ich *reite* doch nicht nach Brisbane«, keifte er. »Ich nehme das Schiff. Wenn du die Zeitung dichtmachen willst, dann tu's, aber ohne mich. Ich werde dir meine Adresse in Brisbane zukommen lassen, und wenn du unsere Heirat für gesellschaftlich vertretbar hältst, laß es mich wissen. Vielleicht stehe ich bis dahin noch zur Verfügung, nur sei dir dessen nicht zu sicher.«

Sie zuckte nur die Schultern und blickte ihm nach. Gleich darauf ging sie zu Andy. »Bring diesen Brief sofort in die Stadt und gib ihn auf.«

Andy warf einen Blick auf den Umschlag. »Mrs. Ada Adeline Davies? In Canoona? Warum schreiben Sie ihr?«

»Ich möchte ihr eine Stellung anbieten.«

»Als was denn?«
»Wirst du schon noch sehen.«
Wieder sah er auf den Umschlag. »Hm. Nun ..., wenn Ihnen was dran liegt, daß der Brief ankommt, sollten Sie lieber ›Big Poll‹ draufschreiben. Ich wette, da draußen hat noch nie jemand was von einer Ada Adeline gehört.«
»Vielleicht hast du recht. Bin gleich wieder da.« Sie eilte mit dem Brief ins Haus und setzte in Druckbuchstaben »Big Poll« über die Adresse. Sie pustete auf die feuchte Tinte und lächelte. Mrs. Davies ersetzte zwei Männer. Sie würde den besten Minenverwalter im Distrikt abgeben.
William Wexford hatte einen riesigen Blumenstrauß für Amelia dabei, als er Paul und Mrs. Moloney abholen kam. Nachdem sie fort waren, tanzte Amelia ausgelassen von Zimmer zu Zimmer. Ihr Haus! Ihr Anwesen! Wie würde sie das jetzt alles genießen!
Sie kleidete sich in Schwarz, steckte eine Brillantnadel an den Kragen und fuhr in die Stadt. Ihr Vater hatte den Banken nicht über den Weg getraut – sie mußte sich zwangsläufig mit ihnen arrangieren, wenn auch, um sicherzugehen, nicht mit einer, sondern mit mehreren. Und da es in der Stadt gleich vier Stück gab, befanden sich in Amelias Kutsche vier Schachteln. Was für ein Spaß, von einem Geldinstitut zum andern zu fahren, jeweils Geld einzuzahlen und zu erleben, wie die Direktoren sich in überschwenglichen Dankbarkeitsbezeugungen ergingen, daß sie ausgerechnet ihrem Hause die Wahrnehmung ihrer Interessen anvertraute. Sie versprachen, alles in ihren Kräften Stehende für sie zu tun. Amelia kicherte. Lange würde es nicht dauern, bis herauskam, daß sie alle vier beehrt hatte.
Im Anschluß daran suchte sie den gutaussehenden jungen Anwalt John Laidley auf. »Obwohl Captain Soames als einziger kandidiert und gewinnen müßte«, sagte sie wehmütig, »halte ich es für meine Pflicht, ihn zu unterstützen. Ich habe Schlimmes durchgemacht, John, aber trotz allem nicht die Tatsache aus den Augen verloren, daß eine parlamentarische Karriere

viel Einsatz und Geld erfordert. Männer wie mein Vater und Fowler Maskey konnten sich das leisten; für einen jungen Mann dagegen dürfte es schwer sein, den Anforderungen zu genügen.«

»So ist es, Amelia«, sagte John. »Woran hatten Sie gedacht?«

»Die Bürger von Rockhampton müssen sich geschlossen hinter ihren Repräsentanten stellen und ihm beistehen.« Sie legte ein hübsch eingewickeltes Päckchen auf den Schreibtisch. »Das sind tausend Pfund. Ich möchte, daß Sie sie Mr. Soames aushändigen und ihm nichts weiter sagen, als daß sie von einem Bürger dieser Stadt kommen, der ihn mit dieser Geste willkommen heißen möchte.«

»Das ist wirklich großherzig», meinte John. »Captain Soames wird sich sehr freuen. Sie möchten demnach anonym bleiben?«

»Ja.«

Als Amelia wieder in die Kutsche stieg, mußte sie laut auflachen. Anonym? Noch schneller als die Bankdirektoren die Streuung ihres Vermögens würde Leslie die Identität seiner Mäzenin herausfinden. Und dann war damit zu rechnen, daß er ihr einen Besuch abstattete.

Und dann – mit ihrem Aussehen und ihrem Geld – würde sich alles von selbst ergeben. Sie würde nicht länger nur die Tochter, sondern die Ehefrau eines Abgeordneten sein. Das war die weitaus bessere Variante.

»Soll ich die Haustür schließen?« fragte Leslie Soames.

»Nein danke, lassen Sie sie ruhig offen. Der leichte Wind, der vom Fluß heraufkommt, ist mir angenehm.«

»Aber die Leute können hereinschauen!«

»Und wenn schon.« Leslie seufzte auf. »Sie sind wirklich ein seltsames Geschöpf.« Er legte Spazierstock und Hut im Flur ab und folgte Laura ins Eßzimmer. »Fühlen Sie sich eigentlich nicht einsam, so ganz allein hier?«

»Nein. Auch wenn ich wünschte, Justin und Grace wären länger geblieben. Mir gefällt es ganz gut hier. Sehen Sie mal, was ich im

Schuppen gefunden habe. Deswegen habe ich Sie ja hergebeten. In diesen Schachteln sind die Manuskripte der Reden aufbewahrt, die mein Vater im Parlament gehalten hat, zusammen mit allen möglichen Notizen. Vielleicht können Sie was damit anfangen.«
»Höchst interessant«, sagte Leslie. »Bestimmt sehr aufschlußreich für mich, wie?«
Laura hockte sich auf den Boden und kramte weiter in den Schachteln herum, bis sie von einem Klopfen an der Tür unterbrochen wurde. »Schauen Sie doch mal nach, wer das ist, Leslie«, bat sie den Besucher.
Sein Kopf machte eine ruckartige Bewegung. »Ich kann doch unmöglich für Sie zur Tür gehen. Wo steckt denn das Dienstmädchen?«
»Hat frei. Nun gehen Sie schon, Leslie.«
Er spähte den Gang entlang und schreckte zurück. »Großer Gott! Dieses aufdringliche Geschöpf, das sich bei den Rennen wie eine Klette an mich gehängt hat!«
Laura sprang auf. »Das ist eine Freundin von mir, Leslie, sie hat es in letzter Zeit sehr schwer gehabt.«
»Glaube ich gern«, gab er zurück. »Ihr Vater war ein ausgemachter Lump.«
»Hallo!« rief Amelia. »Jemand zu Hause?«
»Komme schon!« antwortete Laura. Und an Leslie gewandt: »Ich erwarte von Ihnen, daß Sie höflich sind.«
»Ich bin immer höflich«, begehrte er auf. »Das ist ja das Schlimme.«
Sofort aufbrechen konnte er schlecht. Und so kam es, daß er mit den beiden Damen Tee trinken mußte, wobei Laura eher die Pflichten des Dienstmädchens übernahm, während Amelia ihn abermals in Beschlag nahm. Er langweilte sich fürchterlich, aber es galt durchzuhalten, bis der Gast verschwunden war und Laura sich wieder an die Durchsicht der Papiere machen konnte.
Amelia hingegen war selig, daß sie Leslie hier so unverhofft begegnete. Zwei Tage waren seit ihrer großzügigen Spende ver-

strichen, und nun hatte er Gelegenheit, ihr dafür zu danken. Kein Dankeswort kam über seine Lippen. Anscheinend hatte ihn John Laidley noch nicht informiert. Was für eine Enttäuschung! Warum mußte er sich so korrekt benehmen?
Daß sie Leslie allerdings wiederum zusammen mit Laura antraf, machte Amelia stutzig. Und eifersüchtig. Sie mußte versuchen, ihn für sich zu gewinnen. »Hör mal, Laura, weißt du eigentlich schon, daß Mr. Kemp und ich unsere Verlobung gelöst haben?«
»Nein. Wieso denn? Ist etwas vorgefallen?«
»Nichts Besonderes. Wir haben uns in aller Freundschaft getrennt. Ich mußte Mr. Kemp klarmachen, daß wir einfach nicht füreinander geschaffen sind. Die Verlobung kam ja nicht auf meinen, sondern auf Wunsch meines Vaters zustande. Du kannst verstehen, wie mir zumute ist, du mußtest ja auch deine Verlobung lösen.« Sie sah, wie Laura die Stirn krauste, tat aber, als merke sie es nicht. »Es belastet einen ungeheuerlich, wenn man jemandem versprochen ist, der nicht zu einem paßt. Finden Sie nicht auch, Captain?«
Soames räusperte sich. »Tut mir leid, diese Erfahrung fehlt mir noch.«
»Sie Glückspilz.« Sie lächelte. »Die arme Laura und ich, beide haben wir den Vater verloren. Noch mehr Kummer können wir nicht verkraften. Vor allem nicht, an den Falschen gekettet zu sein. Aber wir sollten frohen Mutes in die Zukunft blicken. Wo wir doch jetzt wieder frei und ungebunden sind.« Sie nippte an ihrem Tee. »Zumindest ich. Hast du was von Mr. MacNamara gehört, Laura?«
Laura erstarrte, aber Amelia sprach unbeirrt weiter. Zu Lauras Bestem, wie sie sich einredete.
»Heißt das, du weißt nichts von ihm?«
»Er ist sehr krank«, sagte Laura.
»Von wegen. Er ist längst auf dem Wege der Besserung. Vor wenigen Tagen hat er mein Haus verlassen, unter der Obhut von Mr. Wexford.«
»Wie schön«, erwiderte Laura und schenkte Leslie eilfertig aus

der silbernen Teekanne nach.
»Schön? Du bist schrecklich. Du solltest ihn besuchen.«
»Warum denn? Noch ein Stück Kuchen, Leslie?«
»Äh ..., nein danke.« Diese beiden unberechenbaren jungen Frauen mochten ja Freundinnen sein, aber die Spannung, die zwischen ihnen herrschte, entging ihm keineswegs. Daß sie auch noch ihn in ihren Damenklatsch mit einbeziehen mußten!
»Paul war nämlich alles andere als begeistert«, sagte jetzt Amelia, »als mein Vater damit rausrückte, er habe die Absicht, dich zu heiraten.«
»Wer rückte womit raus?« fragte Laura, in der Annahme, sich verhört zu haben.
»Sagte ich doch – mein Vater.«
»Von Heiraten war nie die Rede.«
Amelia knabberte an einem Keks herum. »Du scheinst ihn ermutigt zu haben. Obwohl es mich, ehrlich gestanden, überrascht hat. Paul übrigens auch. Hast du mit meinem Vater übers Heiraten gesprochen?«
Leslie setzte seine Teetasse ab und strich sich eine Locke aus der sonnengebräunten Stirn. Das war zuviel. Er sah von einer zur anderen, fassungslos, daß zwei so hübsche Mädchen so überspannt sein konnten, jede Form von Schicklichkeit vermissen ließen. »Ich glaube, diese Papiere sollten wir ein andermal durchgehen«, sagte er und erhob sich. »Wenn Sie mich jetzt entschuldigen würden, Laura.«
»Habe ich euch etwa bei irgendwas gestört?« fragte Amelia geziert.
»Keineswegs«, sagte Leslie im gleichen Augenblick, als Laura kurz angebunden mit »Ja« antwortete.
Leslie hatte endgültig genug. »Dann gehe ich jetzt«, sagte er zu Laura und strebte bereits der Tür zu.
Sie beeilte sich, ihn hinauszubegleiten, und war froh über die Gelegenheit, Amelia zur Rede zu stellen. Was die Freundin im Schilde führte, wußte sie aus Erfahrung nur zu gut. Amelia hatte es auf Leslie abgesehen, und um bei ihm zu landen,

stellte sie Laura bloß. Diesmal war sie über das Ziel hinausgeschossen, hatte aber damit ihre Beute lediglich kopfscheu gemacht.
»Meine Liebe, ich fände es durchaus zweckmäßig«, sagte Leslie von oben herab, »wenn Sie diese Tür verschlossen hielten, wie es sich gehört. Und an Ihrer Stelle würde ich besser darauf achten, mit wem ich freundschaftlichen Umgang pflege.«
Laura starrte ihn an. Sie verdienten einander, diese beiden.
»Leslie«, sagte sie, »erwähnten Sie nicht etwas von einem anonymen Geldgeber?«
»Gewiß doch«, säuselte er, »und wenn ich den Spender ausfindig mache, werde ich meine unendliche Dankbarkeit zum Ausdruck bringen.«
»Nun, der Spender sitzt zufällig da drin«, trumpfte Laura auf.
»Wer? Was?« Sein Stock entglitt ihm, er taumelte.
»Es war Amelia. Ein Vögelchen hat's mir zugetragen.«
»Wie ungemein freundlich von ihr«, stammelte er.
»Sie hat's doch«, meinte Laura. »Allgemein wird angenommen, daß ihr Boyd Roberts alles in allem – inklusive Bargeld, Grundbesitz und Goldminen – etwa eine Million Pfund hinterlassen hat. Da tun tausend doch nicht weh.«
Er klammerte sich an seinen Stock wie an einen Rettungsring.
»Großer Gott! Meinen Sie, ich sollte zurückgehen und ihr danken? Ich meine, ich möchte nicht, daß sie glaubt, ich wüßte das nicht zu schätzen.«
»Ein andermal«, sagte Laura und warf die Tür zu.
In den Salon zurückgekehrt, stellte sie fest, daß Amelia die Teetasse beiseite geschoben hatte und mit der Weißweinflasche auf der Anrichte liebäugelte. »Niemand mehr, der uns Vorschriften machen könnte«, grinste sie. »Komm, trinken wir ein Gläschen.«
»Dein Benehmen war abscheulich«, sagte Laura.
»Nicht schlimmer als deins«, lachte Amelia. »Hol Gläser.« Sie streifte sich die Schuhe ab und rollte sich auf der Couch zusammen, während Laura, die einem Schluck Wein ebenfalls

durchaus nicht abgeneigt war, zwei Gläser füllte.
»Glaubst du, er mag mich?« fragte Amelia.
»Nein, er haßt dich.«
»Warum?«
»Mit diesem gräßlichen roten Kleid hast du einen denkbar schlechten Eindruck auf ihn gemacht.«
»Dann werd ich's eben verbrennen. Und du wirst mich beim Einkaufen beraten, damit ich mich in Zukunft gesitteter kleide.«
Laura leerte ihr Glas in einem Zug. »Ich würde dir nicht mal helfen, die Straße zu überqueren, nach dem, was du mir heute eingebrockt hast.«
»Was habe ich denn getan? Ich wollte doch nur helfen. Außerdem ... hast du mir keine Antwort auf das mit dir und meinem Vater gegeben.«
»Stimmt das, was du da behauptet hast?«
»Warum sollte ich lügen?«
»Ihr Engel im Himmel! Das ist wohl ein Witz!«
Amelia lief auf Strümpfen durchs Zimmer, um die Gläser erneut zu füllen. »Jetzt ist's ja egal, aber verrat es mir wenigstens: War mein Vater in dich verliebt?«
Die eher beiläufige, scheinbar zwanglose Erwähnung Boyds machte Laura hellhörig. Sie wartete, bis Amelia wieder saß. »Es ist dir gar nicht egal«, sagte sie dann betont ruhig. »Ich mag gewiß mit *meinem* Vater herumgestritten haben, aber als er starb, war ich am Boden zerstört. Ich weiß, wie dir zumute ist, Amelia, auch wenn du dir äußerlich nichts anmerken läßt.«
»Gar nichts weißt du«, entgegnete Amelia bitter. »Er hat mir die Seele aus dem Leib geprügelt. Seitdem du mir meinen Platz in seinem Leben streitig machen wolltest.«
Laura war wie versteinert. »Lieber Gott«, flüsterte sie. »Das tut mir unendlich leid. Ich hatte ja keine Ahnung. Er gab sich so charmant, so fürsorglich, ich habe selbst nicht begriffen, was los war.«
»Und er wollte dich heiraten?« hakte Amelia nach.
»Ja.«

»Na großartig. Damit du meine Stiefmutter wirst?«

»Nein. Sei nicht so gemein. Ich mußte Beauview verlassen. Dir alles zu erklären, war mir unmöglich. Was hätte ich denn sagen sollen? Aber dein Vater, hat er gesagt, daß er mich liebt?«

»Hat er denn?«

»Ich weiß es nicht.«

Amelia streckte die Beine aus. »Wahrscheinlich schon, auf seine Weise. Du wärst eine weitere Trophäe gewesen, etwas, was ihm gehörte. Wie ich. Und er hätte dich ebenso von sich gestoßen, wenn es ihm in den Kram gepaßt hätte.« Sie erhob ihr Glas, lächelte. »Über die Toten soll man nicht schlecht reden. Ich bin froh, daß er nicht mehr lebt. Möge ihm ein langes und glückliches Leben im Jenseits beschert sein!«

»Amelia!«

»Ach, hör doch auf, Laura. Deine Entrüstung ist völlig unangebracht. Sie ist doch sowieso nicht echt. Du bist zu seiner anrührenden, kleinen Beerdigung gekommen, was sehr nett von dir war und was ich dir nicht vergessen werde. Du und vier andere, darunter der Polizist. Niemand sonst hat es gewagt, sich blicken zu lassen, nicht bei der Beerdigung eines Mannes, der den Strick verdient hätte.« Sie brach in Tränen aus. »Aber du warst da, jawohl! Weil du Laura Maskey bist. Du hast immer nach deinen eigenen Gesetzen gehandelt. Warum bist du so anders? Was hebt dich von den übrigen ab? Warum werde ich stets ein Niemand sein?«

Laura eilte auf die in Tränen aufgelöste Amelia zu, hielt sie umfangen, bis sie sich beruhigte. »Schsch, beruhige dich doch. Was du da sagst, bildest du dir nur ein. Bei all seinen Fehlern war dein Vater immer nett zu mir. Und bei all meinen Fehlern hast du etwas in mir gesehen, was dir gefiel, und dafür, Amelia, war ich dir immer dankbar.«

»Wirklich?« fragte Amelia. »Ich dachte, du hättest dich nur mit mir abgegeben, weil nichts Besseres da war.«

Laura lachte verschmitzt. »Sag lieber: keine Bessere, um alles mögliche anzustellen. Du hast mich aus der Langeweile herausgerissen. Übrigens schuldest du mir noch immer die Belohnung für diesen Streich damals, als ich den Herren der Schöpfung beim Schwimmen zusah. Meine Güte, wie hat man mir die Hölle heiß gemacht!«

Amelia tupfte sich die Tränen ab. »Stimmt. Ich erinnere mich. Das scheint hundert Jahre her zu sein. Ich hab' Paps davon erzählt. Einen regelrechten Lachkoller hat er gekriegt.« Auf einmal wurde sie ernst. »Ich glaube, damit hat's angefangen. Ich glaube, damals nahm er zum erstenmal Notiz von dir.«

Eine Weile überließen sich die beiden jungen Mädchen ihren Gedanken. Bis Amelia sagte: »Es war wohl der Brigant in ihm. Daß er ein Brigant war, weiß ich jetzt, ein echter, leibhaftiger Brigant, der sich nicht um Konventionen scherte. In dir scheint er eine Seelenverwandte gesehen zu haben. Du hältst mir mein Benehmen vor! Und du? Hast du dich etwa nicht unmöglich benommen, damals, auf dieser Verlobungsfeier? Was ist eigentlich aus Bobby Cope geworden?«

»Bobby wer?« fragte Laura. Amelias Tränen versiegten allmählich und gingen über in lautes Gelächter.

»Alles wieder gut?« fragte Laura.

»Ich denke schon«, meinte Amelia. »Warum kann mich Leslie Soames nicht leiden?«

»Mein Gott, vielleicht tut er's mittlerweile ja. Ich werde ihm jedenfalls die kalte Schulter zeigen, diesem eingebildeten Fatzken.«

»Das ist er nicht. Er hat was von deinem Vater. Solche Leute gefallen mir. Ich habe mir immer einen so imposanten Mann, wie dein Vater es war, gewünscht. Wenn du Leslie abblitzen läßt, wird er nie mehr mit dir reden. Was gedenkst du wegen Paul MacNamara zu unternehmen?«

»Das ist aus und vorbei.«

Amelia griff nach Lauras Hand. »Da war also was? Du hast dich kein bißchen verändert. Ich wußte es die ganze Zeit. Was läuft denn, wovon ich nichts weiß?«

»Nichts von Bedeutung.«

»Du willst ihn also in dem Glauben lassen, du wärst bereit gewesen, meinen Vater zu heiraten?«
»Wenn er das glauben will ...«
»Pah! Er hat's nicht geglaubt. Sondern gelacht und gesagt: »Das glaube ich erst, wenn ich es sehe.« Das war, als er, mein Vater ..., das war, als ...« Sie holte tief Luft. »Laura, deswegen hat er ja auf Paul geschossen. Um ein Haar wäre er gestorben, und du willst ihn nicht besuchen?«
Laura sackte zusammen, vergrub den Kopf in den Händen. »Ich darf nicht, Amelia. Als ich ihn das letzte Mal sah, hat er mich weggejagt und mir rundheraus erklärt, er wolle in Ruhe gelassen werden. Ich habe mich unmöglich gemacht. Ich habe mich ihm in seinem Kummer aufgedrängt und das war für ihn unerträglich.«
»Und was ist mit deinem Kummer? Du hast ungefähr zur gleichen Zeit deinen Vater verloren. Zählt das etwa nicht?«
»Keine Ahnung. Vielleicht fand er das nicht so tragisch.«
»Wie Captain Soames«, sagte Amelia. »Der nimmt an meinem Schmerz auch keinen Anteil. Wenn ich ihn wiedersehe, sollte ich wirklich ...«
»Muß sich denn immer alles um dich drehen?« fragte Laura, ohne daß Amelia darauf einging. »Was gibt's zum Essen?« erkundigte sie sich statt dessen. »Ich bin am Verhungern.«

Eine Woche war vergangen. Die Tage hatten sich dahingeschleppt. Solange Paul sich in der Stadt aufhielt, schien Laura rein gar nichts von der Hand zu gehen. Sie stellte eine Liste mit Dingen auf, die sie erledigen mußte oder erledigen wollte, verlegte sie, schrieb sie neu, um sich letzten Endes doch nur um ihre täglichen Pflichten in Haushalt und Garten zu kümmern. Grace hatte eine Köchin und ein Dienstmädchen eingestellt, und Laura hatte ihren früheren Gärtner Wang Lu ausfindig gemacht, der überglücklich war, seine Arbeit wiederaufnehmen zu können.
Da alles in geordneten Bahnen verlief, hätte sie eigentlich zufrieden sein müssen. Nichts dergleichen. Sie kämpfte dagegen

an, sich darüber zu grämen, wie ihre Mutter und Leon sich ihr gegenüber verhalten hatten. »Wenn sie nichts mehr von mir wissen wollen«, versuchte sie sich einzureden, »dann eben nicht.« Dabei sehnte sie sich nach ihnen, sehnte sich danach, sich über sie zu mokieren, wieder in die Rolle des *enfant terrible* des Maskeyschen Haushalts zu schlüpfen. Seit sie neuerdings die vollendete junge Dame herauskehrte und alle um sie herum entsprechend freundlich waren, fehlten ihr kleine Reibereien.

Amelia hatte sie gedrängt, Paul einen Besuch abzustatten. Wenn er sie aber nicht sehen wollte? Eine Nachricht hatte er ihr nicht zukommen lassen – weshalb also zu ihm gehen?

Dann plagten sie wieder Selbstvorwürfe. Großer Gott! Was mußte er von ihr denken? Es wäre ihr lieber gewesen, wenn Amelia ihr nicht erzählt hätte, daß Boyd Paul – ausgerechnet ihm! – gesagt hatte, sie würde ihn heiraten. Das war einfach der Gipfel! Paul MacNamara mußte sie ja für verrückt halten. Und selbst wenn er es nicht glaubte ... Ein häufig zitierter Ausspruch ihrer Mutter fiel ihr ein: »Wo kein Rauch, da kein Feuer.« Wieso, dürfte Paul sich fragen, würde Boyd Roberts so was behaupten, wenn nicht ein Körnchen Wahrheit darin enthalten war? Selbst Amelia war mißtrauisch geworden.

Amelia, die nicht länger Trauer trug und für alles eine Entschuldigung parat hatte. »Schwarz erinnert die Leute an meinen Vater, und ich möchte für das, was er getan hat, nicht einstehen.« Laura lächelte. Für Amelia war der Weg frei, sich wieder ins gesellschaftliche Leben zu stürzen, und heute nachmittag hatte sie zu einer Gartenparty auf Beauview geladen, um vor Leslie Soames, ihrem Ehrengast, zu glänzen.

Als sich Laura jetzt für dieses Ereignis umzog, mußte sie anerkennend feststellen, daß Amelia genau wußte, wie sie ihre Ziele erreichte. Leslie hatte seine Abneigung gegen sie sehr rasch verloren und gab zu, vorschnell geurteilt zu haben, als er über ihre ›Gewöhnlichkeit‹ die Nase rümpfte. »Das arme Mädchen ist schließlich ganz allein auf sich gestellt. Sie braucht eine starke, leitende Hand«, hatte er zu Laura gesagt.

Obwohl Laura wußte, daß Amelia und die anderen Damen sich dem Anlaß entsprechend aufputzen würden, sah sie davon ab, es ihnen gleichzutun. Sie wollte nicht wegen eines Kleides gezwungen sein, den Einspänner zu nehmen, sondern lieber nach Beauview reiten. Deshalb entschied sie sich für einen schwarzen Rock und eine weiße Seidenbluse. »Die tun's genauso«, sagte sie sich, als sie in die halbhohen Reitstiefel schlüpfte. »Ich habe sowieso keine Lust, da hinzugehen.«
Aus Rücksicht auf die Gastgeberin steckte sie ihr Haar hoch und stülpte sich – nein, nicht den großen Filzhut, den sie hoch zu Roß am liebsten trug; Amelia würde sie zum Teufel jagen! – einen breitkrempigen Hut aus gelacktem Stroh auf, den sie mit einer Nadel feststeckte.
Wolkenfetzen, Vorboten eines Unwetters, jagten vom Gebirge her über den Himmel, als sie das Haus verließ. Kein gutes Omen für eine Gartenparty. Hoffentlich hatte Amelia entsprechende Vorkehrungen getroffen, sonst würden sie alle klitschnaß werden.
Warum, überlegte Laura unterwegs, leistete sie eigentlich der Einladung zu einem albernen Fest Folge, wenn es genug anderes gab, was sie lieber getan hätte. »Was denn zum Beispiel?« fragte sie sich.
Ohne zu überlegen, ritt sie vom Weg ab. Reiten weckte ihre Lebensgeister, beflügelte sie, machte sie kühn. »Warum eigentlich nicht?« ermutigte sie sich selbst und hielt auf das Haus von William Wexford zu. »Ich platze einfach rein und sage, ich möchte Mr. MacNamara besuchen. Ich kann schließlich nicht länger untätig rumsitzen und mir den Kopf wegen dieses Mannes zermartern. Ich will wissen, woran ich bin.«
Als sie bei Wexford ankam, hatte sich der Nieselregen, der inzwischen eingesetzt hatte, zu einer regelrechten Sintflut ausgewachsen. Laura war völlig durchnäßt. Sie schalt sich für ihre Eskapade, ärgerte sich, nicht mit dem Einspänner, der ein Verdeck besaß, nach Beauview gefahren zu sein – jetzt blieb ihr nichts anderes übrig, als umzukehren.

Entmutigt wendete sie das Pferd und entdeckte zu ihrer Überraschung einen weiteren Reiter. William Wexford!
Er blinzelte ihr durch den strömenden Regen zu. »Laura, Sie! Was hat Sie denn bei diesem Wetter hinausgetrieben?«
»Das Unwetter hat mich überrascht«, lachte sie gequält.
»Bei diesem Wolkenbruch können Sie unmöglich nach Hause reiten. Kommen Sie mit rein.«
»Lieber nicht«, wehrte sie ab, aber er schob bereits den Riegel am Tor zurück.
»Schnell! Sonst weiche ich auch noch völlig durch!«
Er saß im kleinen Salon, vermummt, warm, blasser als sonst, aber noch immer gutaussehend, mit markantem Kinn. William schob sie durch die Tür und schickte nach Handtüchern. Paul versuchte aufzustehen, er grinste über das ganze Gesicht. »Sieh einer an! Bist du hergeschwommen?«
Sie wußte, daß sie nie erbärmlicher ausgesehen hatte. Sie war bis auf die Haut durchgeweicht, die Kleider klebten an ihr, der vermaledeite Hut hatte sich aufgelöst und hing ihr schief ins Gesicht. Um ihre Verlegenheit zu überspielen, strich sie sich hastig die feuchten Haarsträhnen aus den Augen und griff nach den Handtüchern, die ihr das Dienstmädchen eilfertig reichte.
»Ich muß mich umziehen«, sagte William. »Bis dann also. Laura, ich werde den Mädchen Bescheid sagen, daß sie Feuer machen, damit wir Sie wieder trocken kriegen.«
»Verdammter Regen«, brachte Laura heraus, als er weg war. »Er hat mich überrascht.«
»Ich dachte, du magst den Regen«, neckte Paul.
Sie nahm den lädierten Hut ab, frottierte sich das Haar. »Wie geht es dir?«
»Viel besser, danke. Bald kann ich nach Hause.«
»Freut mich.«
»Wolltest du mich besuchen?«
»Nein, bin nur zufällig vorbeigekommen.«
»Dann muß ich dem Regen dafür danken, daß du mir Gesellschaft leistest.«

Ein Dienstmädchen, mit Holz und Spänen bewaffnet, hastete herbei. »Oh, Miss Maskey!« rief sie lachend. »Sie seh'n vielleicht aus!«

»Danke«, erwiderte Laura und sammelte Haarnadeln vom Teppich auf.

»Ich finde, sie sieht hinreißend aus, Daisy«, widersprach Paul.

Das Dienstmädchen grinste. »Sind Sie fertig mit der Zeitung?«

»Ja, vielen Dank.«

Daisy entzündete das Feuer und blieb davor sitzen, bis die Flammen züngelten. »So ist's gut«, sagte sie dann. »Wenn Sie vielleicht noch paar Minuten darauf achten könnten, bis es richtig brennt. Is 'n guter Kamin, gibt 'ne Menge Wärme ab. Sie werden bald wieder trocken sein, Miss.« Sie stand auf. »Wie wär's mit 'ner Tasse Tee?«

»Wunderbar«, sagte Laura.

Nachdem Daisy sich verzogen hatte, fragte Paul: »Warum bist du nicht nach Beauview gekommen und hast einen armen, kranken Mann besucht?«

Sie starrte ins Feuer. »Du hast mir in keiner Weise zu verstehen gegeben, daß du mich sehen möchtest. Das letzte Mal habe ich eine Abfuhr bekommen.«

»Das war vor hundert Jahren. Und sehr rücksichtslos von mir. Entschuldige bitte.« Er seufzte. »Ich schäme mich für mein Benehmen dir gegenüber. Du hast deinen Vater verloren, das hab' ich zwar irgendwie mitbekommen, aber nicht begriffen.«

»Schon gut«, sagte sie.

»Nein, ist es nicht. Ich hatte die Absicht, vor meiner Rückkehr nach Oberon bei dir vorbeizukommen, um festzustellen, ob du überhaupt noch mit mir redest.«

»Warum hast du mir nicht geschrieben?«

»Zu riskant.« Er lächelte. »Was hätte ich tun sollen, wenn du trotzdem nicht gekommen wärst? Ich nehm' meine Probleme lieber selbst in die Hand.«

»Bin ich denn ein Problem?«

»Das bleibt abzuwarten.«

Eine Frage brannte Laura auf der Zunge. »Du hast doch wohl

das, was Boyd Roberts behauptete, nicht für bare Münze genommen? Daß er mich heiraten wollte? Oder?«
»Nein. Das heißt, ich wollte es nicht glauben.«
Sie schüttelte den Kopf. »Nach dem Bruch mit meiner Familie habe ich in Beauview Unterschlupf gefunden. Boyd hat alles nur noch schlimmer gemacht. Ich mußte von dort weg. Weißt du eigentlich, daß ich wieder in das Haus in der Queens Street gezogen bin?«
»Ja. Vorübergehend.«
»Wieso? Ich habe nicht vor, umzuziehen.«
»Abwarten. Wie ich schon sagte, wollte ich dich aufsuchen und mit dir über uns sprechen. Denn ehe ich nach Oberon zurückkehre, möchte ich wissen, woran ich bin. Nach allem, was geschehen ist, kann ich nicht von dir verlangen, dort draußen zu leben. Solltest du aber bereit sein, mich zu heiraten, können wir uns ein anderes Zuhause suchen.«
Laura überfiel ein nervöses Zittern. »Das kommt so plötzlich.«
»Nein, tut es nicht. Du weißt das. Ich hab' nämlich gerade eben, als dieser erste heftige Guß seit dem letzten Sommer niederging, an dich gedacht und an den Regen damals und daran, wie sehr ich dich liebe. Und kurz darauf standest du vor mir.«
»In einem umwerfenden Aufzug.« Sie lachte.
»Richtig. Magst du mich denn immer noch so sehr, daß du mich heiraten würdest, oder muß ich dir ab sofort nach allen Regeln der Kunst den Hof machen?«
Laura küßte ihn. »Beides.«
Mit glühendem Gesicht stand sie am Feuer, als William zurückkam. »Ha! Wie ich sehe, ist Ihnen bereits mollig warm, Laura. Wie schön, an einem so garstigen Tag Besuch zu haben.«

FÜNFZEHNTES KAPITEL

Der Arzt legte sein Stethoskop beiseite. »Alles bestens, mein Junge. Ich glaube, wir können Sie wieder auf die Menschheit loslassen.«

»Wird auch höchste Zeit«, meinte Paul.

»Lassen Sie's trotzdem langsam angehen. Ist nicht gut, wenn Sie sich gleich wieder hoch zu Roß im Busch herumtreiben.«

»Davon kann keine Rede sein; ich habe vorher noch einiges in der Stadt zu erledigen.«

»Sein Stiefvater kommt morgen mit dem Schiff«, sagte William zur Erklärung. »Das heißt, ich darf das Vergnügen seiner Gesellschaft noch ein Weilchen auskosten.«

»Ihr Stiefvater?« Der Arzt packte seine Tasche zusammen. »Ist das nicht Juan Rivadavia?«

»Ja«, sagte Paul kurz angebunden. Juan gegenüberzutreten, fiel ihm nicht leicht. So vieles war in jüngster Zeit geschehen, daß er seinen Vorsatz, sich bei ihm zu entschuldigen, über Bord geworfen hatte. Und jetzt hatte sich Juan aus eigenen Stücken bereit erklärt, um ihm erneut zur Seite zu stehen. Es sah so aus, als wäre Paul diesem Mann für den Rest seines Lebens zu Dank verpflichtet. Er hatte durchaus einmal vorgehabt, Dolour und Juan auf seine gut geführte Farm einzuladen, aber dann war durch seinen Leichtsinn das Unheil über sie alle hereingebrochen. Er hatte seine Frau und die arme Clara im Stich gelassen.

»Ich kenne ihn«, sagte der Doktor. »Ein Pfundskerl. Hab' ihn mal in Sydney getroffen und später noch mal in Brisbane, nach diesem unglaublichen Ritt durch die Wildnis. Das war vielleicht was!«

»Warum?« wollte William wissen.

»Ist natürlich schon eine ganze Weile her«, fuhr der Arzt fort, und Paul krümmte sich innerlich. Dieser leutselige Doktor gab zu gerne aufregende Geschichten zum besten, und William war ein dankbarer Zuhörer. Paul, der im Begriff war, sich anzukleiden, versuchte wegzuhören. Er stopfte sich das Hemd in die Hose und setzte sich auf die Bettkante, um seine Stiefel anzuziehen.

»Er und sein Freund ritten damals von der Grenze aus nach Norden, um in der Gegend des heutigen Townsville Weideland abzustecken. Da die Stadt damals noch gar nicht existierte, stand den beiden ein Tausend-Meilen-Ritt bevor. Den Tip hatten sie von Leichhardt persönlich bekommen, war's nicht so, Paul?«

»Ja.« Paul wußte, was jetzt kam. Er haßte diese Geschichte, genauso wie er schon im voraus diese andere Geschichte haßte, die man sich immer und immer wieder erzählen würde: die vom Mord an den beiden Frauen auf Oberon. Würde sich Oberon je davon reinwaschen können? Vermutlich nicht. Er fühlte sich elend, Schweiß bedeckte sein Gesicht, als ob das Fieber zurückgekehrt sei.

»Keine Frage, daß ich mich freuen würde, Mr. Rivadavia wiederzusehen«, sagte der Arzt jetzt.

»Das läßt sich einrichten«, meinte William. »Kommen Sie doch morgen abend zum Essen.«

»Ich hab' mich um ihn gekümmert, als er nach Brisbane zurückkam«, sagte der Arzt stolz. »Nur noch Haut und Knochen war er damals, aber verdammt zäh für einen Spanier.«

»Argentinier«, stellte Paul richtig.

»Ach ja? Jedenfalls schienen er und sein Freund gut vorwärts gekommen zu sein – ein zügiger Ritt nach Norden, auf den prächtigen Rivadavia-Pferden. Sie steckten ihre Claims ab, aber dann wurden ihnen die Schwarzen zum Verhängnis. Gibt ja schon viel zu viele von denen hier, aber je weiter nördlich man kommt, desto wilder gebärden sie sich. Ich jedenfalls würde keinen Fuß da oben hinsetzen, nicht für alles Gold der Erde.«

»Aber es ging ihnen doch gar nicht um Gold?« fragte William nach.

»Nein. Diese Redewendung ist in der Tat irreführend. Nein, sie waren Viehzüchter. Richtige Grenzbewohner. Sie fanden auch gutes Weideland, steckten die Grenzen ab und wollten sich auf den Rückweg machen, als sie von Eingeborenen angegriffen wurden. Rivadavia entkam, seinen Partner dagegen hat's erwischt. Soll ein Ire gewesen sein. Den Namen hab' ich vergessen.«

»Himmel!« rief Williams. »Paul, ich hab' mich so drauf gefreut, Ihren Stiefvater in Queensland willkommen zu heißen. Ich bin dabei stets davon ausgegangen, daß er ein Viehzüchter aus New South Wales ist – und jetzt stellt sich raus, daß er unseren Staat wahrscheinlich besser kennt als ich. Das hätten Sie mir sagen sollen, Paul.«

Paul fühlte sich erbärmlich. Er hatte sich anziehen wollen, um rasch aufzubrechen, und jetzt starrte er auf den großen, geöffneten Kleiderschrank, in dem die Sachen hingen, die William für ihn besorgt hatte. Die brandneue Lederjacke – Paul hatte nicht die Kraft, sie vom Bügel zu nehmen. Er mußte allein sein, um mit den Geistern der Vergangenheit fertigzuwerden.

Er zwang sich aufzustehen, ein paar Schritte hin und her zu gehen. Über Pace konnte er einzig und allein mit seinem Bruder sprechen. Aber wenn er sich jetzt nicht ein Herz faßte – wie lange würde es dann erst dauern, bis er sich mit Jeannies Tod abfinden würde? Immer wieder würde über sie gesprochen werden, daran ging kein Weg vorbei. Er durfte sich nicht länger abkapseln, wenn andere diesen Ritt von Rivadavia und seinem Partner zur Sprache brachten, und aus Angst, seine Gefühle könnten mit ihm durchgehen, so tun, als wüßte er von nichts. Aus Angst, sich lächerlich zu machen.

Er verbiß sich die Tränen, holte tief Luft und sprang mitten ins kalte Wasser. »William!« rief er mit erstaunlich energischer Stimme den beiden Männern nach, die eben das Zimmer verlassen wollten. »Rivadavias Partner hieß Pace MacNamara.«

Die beiden starrten ihn verblüfft an. Der Arzt kam zurück. »Ihr Vater?«

»Ja, Sir.«

»Nun denn, mein Junge«, rief der alte Mann, »dann dürfen Sie sehr stolz auf ihn sein. Was für ein Esel bin ich doch, daß ich da nicht selbst drauf gekommen bin. Verzeihen Sie mir. Du meine Güte, was werden Sie Mr. Rivadavia zu berichten haben! Auch Sie sind aus dem Niemandsland zurückgekehrt.« Er schüttelte Paul herzlich die Hand. »Pace MacNamaras Sohn! Dann wissen Sie ja Bescheid.«

Paul spürte, wie ein Druck von ihm wich. Er fühlte keine Bitterkeit mehr, kämpfte nicht länger gegen seinen Kummer an, obwohl er ahnte, daß dieser begeisterte Geschichtenerzähler bei allen, die es hören wollten, sein Garn weiterspinnen würde. Das konnte durchaus amüsant sein. Pace selbst hatte einen Hang zum Schwadronieren gehabt, und als Volksheld zu gelten, hätte ihn gefreut. »Du hast es ihnen gezeigt«, sagte Paul in den leeren Raum hinein und zwängte sich in die Lederjacke. »Und du hast damit deinen Söhnen eindeutig eine Richtung gewiesen, die sie einhalten sollten.«

Zuerst suchte er Amelia Roberts auf. Er wollte ihr nochmals für ihre Gastfreundschaft danken und ihr versichern, daß ihr Geheimnis bei ihm gut aufgehoben sei. Was für eine merkwürdige Frau, dachte er, ein bißchen verdreht. Sie fiel ihm um den Hals, nötigte ihn, Platz zu nehmen, eilte geschäftig umher, um ihm eine Erfrischung anzubieten, erkundigte sich nach seiner Gesundheit und beteuerte, ohne mit der Wimper zu zucken, daß sie ihm nicht nachtrage, ihren Vater erschossen zu haben, der, wie sie hinzufügte, den Verstand verloren gehabt hätte. »Ich habe es seit langem kommen sehen, Paul, Sie sollten sich also keine Vorwürfe machen. Seine Tobsuchtsanfälle haben mir entsetzliche Angst eingejagt; ich konnte nichts dagegen tun.«

Wie gebannt hörte er ihr zu. »Fast totgeschlagen hat er mich mit seiner Peitsche, Paul. Mein Vater, der immer so gut gewesen war, fiel wie ein wildes Tier über mich her. Aber bitte behalten Sie das für sich. Drauf und dran war er, den Verstand zu verlieren, furchtbar. Er hätte mich bestimmt umgebracht, wenn Sie nicht gewesen wären. Das werde ich Ihnen niemals vergessen.«

»Haben Sie sich wieder einigermaßen gefangen?« erkundigte sich Paul, weil er sich nicht mehr sicher war, wer jetzt den Verstand zu verlieren drohte.
»Ja, doch, mir geht es mittlerweile wieder recht gut, danke. Daß Captain Soames die Wahl gewonnen hat, wissen Sie wohl schon?«
Paul unterdrückte das Lachen. Als einziger Kandidat hatte Soames zwangsläufig gewinnen müssen. »Ja.«
»Ich find's wunderbar. Wir werden heiraten und uns ein Haus in Brisbane zulegen, um standesgemäß zu wohnen, wenn das Parlament tagt. Sie müssen unbedingt zu unserer Hochzeit kommen.«
»Ich werd's versuchen«, sagte Paul unbestimmt. »Und jetzt liegt mir noch etwas auf der Seele – die Airdrie-Farm. Sie grenzt direkt an meine. Ich möchte sie nach wie vor kaufen, Amelia, es ist wichtig, daß die Schwarzen dort draußen begreifen, daß den weißen Siedlern im Tal daran gelegen ist, friedlich mit ihnen zusammenzuleben.«
»Lieber Freund«, sagte Amelia überschwenglich, »Sie können sie haben. Ich schenke sie Ihnen.»
»Nein«, wehrte er entschieden ab. »Das dürfen Sie nicht. Ich möchte sie Ihnen abkaufen.«
»Wie Sie wollen«, meinte sie. »Leiten Sie alles in die Wege, sprechen Sie mit John Laidley, meinem Anwalt. Und jetzt bestehe ich darauf, daß Sie mit mir einen Whisky Soda probieren.
Das ist der letzte Schrei.«
Als hätte Amelias Überspanntheit Paul so kurz nach seiner Genesung nicht genug verwirrt, schlurfte jetzt ein ungeschlachtes Weib an der Veranda vorbei. »Wer ist denn das?« erkundigte er sich.
»Mrs. Davies!« rief Amelia. »Kommen Sie doch mal eben rauf! Ich möchte Sie mit einem Freund bekannt machen, mit Mr. MacNamara.«
Die Frau raffte ihre Röcke, stieg die Stufen hoch und umfaßte Pauls Hand mit eisernem Griff. »Tag«, sagte sie.

»Freut mich, Ihre Bekanntschaft zu machen, Mrs. Davies«, erwiderte Paul.
»Mrs. Davies ist die neue Verwalterin meiner Minen.« Amelia lächelte. »Sie wird sich bestens um alles kümmern.«
»Worauf Sie sich verlassen können«, meinte die Frau im Brustton der Überzeugung. »Was treiben Sie denn so?« fragte sie Paul.
»Viehzucht«, sagte er hastig, als fürchte er, sie würde ihm bei einer falschen Antwort die Ohren langziehen. »Oberon-Farm.«
»Ah«, seufzte sie, »Oberon.« Er zuckte zusammen. Da war sie wieder, die Erinnerung. »Geh'n Sie dorthin zurück?«
»Ja.«
Sie nickte. »Das nenn' ich verdammt mutig.«
»Kann man wohl sagen.« Er zuckte mit den Schultern. »Ich hab' den Schwarzen versprochen, zu bleiben.«
»Erzählen Sie mir nicht so'n Unsinn«, schnarrte sie. »In diesem Land haut man entweder gleich wieder ab, oder man bleibt für immer. Sie sind mir eindeutig einer, der bleibt. Dann also viel Glück, mein Freund. Und jetzt muß ich los, Miss Amelia, hab' so einiges in der Stadt zu besorgen.«
»Gewiß doch, Ada«, sagte Amelia liebenswürdig.
Mrs. Davies pfiff durchdringend, worauf ein gesatteltes Pferd um die Ecke getrabt kam.
»Großer Gott!« entfuhr es Paul. »Das ist ja Greybeard, Tylers Pferd!«
»Nix da!« schnaubte Mrs. Davies. »Das ist Stoker.« Sie stapfte die Stufen hinunter und schwang sich in den Sattel.
»Wer ist Stoker?« fragte Paul baß erstaunt.
Amelia tat die Frage mit einem »Darüber wollen wir jetzt nicht sprechen« ab und erkundigte sich statt dessen nach Laura. »Haben Sie sie inzwischen gesehen? Sie mag Sie sehr.«
»Gut, das zu wissen.«
Anschließend suchte er Laura auf. »Wie mir Amelia gesagt hat, magst du mich sehr.«

»Amelia! Der kann man doch kein Wort glauben. Darfst du denn schon wieder raus?«
»Ja, ich bin gesund.« Er legte den Arm um sie, verzog das Gesicht. »Das heißt, so gut wie. Jedenfalls hat man mir tagsüber Ausgang gewährt. Und da dachte ich, du könntest mir Gesellschaft leisten.«
»So, so, statt daß du mir den Hof machst, soll ich dir jetzt schon Gesellschaft leisten«, neckte sie.
»Wir haben nicht viel Zeit. Warum läßt du die Haustür offen?«
»Dein Pferd steht draußen. Die Leute könnten auf merkwürdige Gedanken kommen.«
»Wir werden ihnen noch viel mehr Gesprächsstoff liefern. Wäre dir das unangenehm?«
»Nein. In bezug auf mich scheint das ja schon normal zu sein. Noch mehr allerdings werden sie sich über dich den Mund zerreißen, Paul.« Sie seufzte. »Aber das brauche ich dir wohl nicht zu sagen.«
Er wartete im Salon, wo er schon einmal – wie lange war das her! – als Begleiter Grace Carlisles gestanden hatte. Als stickig und ungemütlich hatte er damals den Raum empfunden. Jetzt war er durchgelüftet und wirkte richtig einladend, die großen Fenster standen offen, und eine sanfte Brise bewegte die zarten Spitzengardinen, die Laura anstatt der schweren Vorhänge aufgehängt hatte.
»Das Haus ist schöner geworden«, bemerkte er. »Heller und freundlicher.«
»Meine Mutter würde toben, wenn sie es wüßte.«
»Wie ich hörte, hat Grace es gekauft.«
»Sie ist sehr nett. Eigentlich braucht sie es nicht, sie wollte nur, daß ich ein Dach über dem Kopf habe.«
»Und dir gefällt es hier?«
»Ich liebe das Haus.«
»Warum kaufen wir es ihr dann nicht ab?«
Sie küßte ihn. »Nur nichts überstürzen. Grace rechnet damit, daß mein Onkel William es für mich erwerben wird. Damit seine Lieblingsnichte ein Zuhause hat.« Sie sah ihn verunsi-

chert an. »Du hast doch nichts dagegen, oder?«
»Natürlich nicht. Ich hab' Onkel William jetzt schon gern. Aber nun zu etwas anderem. Mein Stiefvater wird morgen hier ankommen. Möchtest du ihn kennenlernen?«
Auf der Sofakante hockend, überlegte Laura. »Ich glaube nicht«, sagte sie nachdenklich. »Noch nicht. Seit Jeannies Tod hast du noch niemanden aus deiner Familie wiedergesehen. Meiner Ansicht nach ist es für alle Beteiligten besser, wenn ich im Hintergrund bleibe.«
»Ich hatte gehofft, daß du das sagen würdest. Ich wollte nur nicht, daß du dich übergangen fühlst. Er bleibt sowieso nur ein paar Tage lang in der Stadt; anschließend reiten wir nach Oberon.«
»Nur ihr beide? Kannst du dir das schon zumuten?«
»Nicht nur wir beide. Er bringt ein paar Viehtreiber von seiner eigenen Farm mit, die in Oberon aushelfen sollen. Wir brauchen ihre Unterstützung, um bis zum Beginn der Regenzeit alle anstehenden Arbeiten zu erledigen, auch das Ausmustern der Tiere. Und dann, meine Königin« – er nahm ihre Hände – »komme ich zu dir zurück.«
»Und dann?« Sie schaute ihn an.
»Und dann bist du dran mit Pläneschmieden, das heißt, wenn du mich heiratest.«
»Ich denke, das wird sich einrichten lassen. Und jetzt komm mit, ich zeige dir das Haus.«
»Das Haus kann warten«, raunte er.

Die Ankunft des Raddampfers war in Rockhampton stets ein Ereignis. Jeder, der an Land ging, wurde neugierig beäugt.
Einmal mehr präsentierte sich die übliche Mischung von Goldgräbern und heimkehrenden Einheimischen; Schafzüchter und Viehtreiber ließen Damen in knisternden neuen Kleidern den Vortritt, Kinder drängelten die Gangway hinunter und stürmten auf die Zuschauer zu; Chinesen mit wehenden Zöpfchen trippelten schweigend an Land, die Hände in ihren weiten Ärmeln vergraben. Die größte Aufmerksamkeit zog

diesmal ein Passagier auf sich, der in aller Ruhe das Schiff verließ. Die Männer stießen sich gegenseitig in die Rippen und grinsten diesen feinen Herrn gönnerhaft an; die Frauen konnten den Blick nicht von ihm lassen und zogen beeindruckt die Nase kraus.
Der Fremde war ein dunkelhäutiger Lateinamerikaner. Er trug einen ausladenden, silbern eingefaßten Sombrero und war ansonsten in Schwarz gekleidet, abgesehen von einer Halsbinde aus tiefgrünem Samt, deren Schimmer eine auffällige Brillantnadel reflektierte. An der linken Hand trug er einen kunstvoll ziselierten Silberring. Ein sehr elegant geschnittener Rock aus feinstem Wollstoff und gut sitzende Hosen brachten die breiten Schultern und den muskulösen Körper vorteilhaft zur Geltung; seine Stiefel waren auf Hochglanz poliert. Jung war er nicht mehr, aber seine blitzenden, schwarzen Augen und sein strahlendes Lächeln schlugen vor allem die Frauen in Bann. Zugegeben, der Hut war etwas zu ausgefallen, aber er stand ihm, und er wußte ihn zu tragen.
Unbeeindruckt von der staunenden Menge, eilte Juan Rivadavia auf seinen Stiefsohn zu und umarmte ihn. Wieder begannen die Leute zu tuscheln: Eine solche Geste war unter Männern, selbst unter den eigentümlichen Chinesen, nicht üblich.
»Du siehst prächtig aus«, sagte er zu Paul. »Deiner Mutter wird ein Stein vom Herzen fallen. Sie wollte nicht glauben, daß du gut gepflegt wirst.«
Paul lachte. »Ich bin überrascht, daß sie dich hat alleine fahren lassen.«
»Sie wollte sofort mitkommen, als sie die erste schreckliche Nachricht erhalten hatte. Entsprechend schwer war es für mich, sie davon zu überzeugen, daß Oberon zur Zeit kein passender Aufenthaltsort für Frauen ist. Hast du unsere Briefe bekommen?«
»Ja, danke, ich habe mich sehr darüber gefreut.«
Rivadavia wurde ernst. »Ich rechne es dir hoch an, daß du mir gestattet hast, zu kommen und dir persönlich mein tiefempfundenes Beileid auszusprechen.«

Paul konnte lediglich nicken. Da war es wieder, dieses Schuldgefühl. Ständig dieses Schuldgefühl.
Der Ältere griff nach dem aus bestem Leder gefertigten Koffer. »Die Zeit hilft Wunden heilen. Du wirst dich doch nicht mit etwas herumquälen, was du nicht verhindern konntest.«
»Da bin ich mir nicht so sicher«, sagte Paul nachdenklich.
»Überlaß die Selbstgeißelung den Heiligen«, meinte Juan beschwichtigend. »Ich mußte das nach dem Tod deines Vaters auch erst lernen, und deshalb bin ich jetzt hier. Ich hoffe, du hast ihn inzwischen überwunden.«
»Mehr oder weniger«, meinte Paul. »Zumal seitdem so vieles geschehen ist.«
»Das kann man weiß Gott sagen! Deine Mutter weigert sich inzwischen, weitere Telegramme entgegenzunehmen. Komm, ich mach dich mit meinen Leuten bekannt. Hervorragende Viehtreiber. Ich selbst kann nur zwei Wochen bleiben, aber sie werden dir zur Hand gehen, bis das Wetter umschlägt.«
Paul sah hinüber zu den drei Männern, die mit Blick auf die ihnen unbekannte Stadt rauchend am anderen Ende der Anlegestelle standen, und stellte erstaunt fest, daß einer von ihnen ein Aborigine war.
Seinem Stiefvater entging dies keineswegs. »Du hast doch nichts gegen einen schwarzen Arbeiter?«
»Nein. Ganz und gar nichts.«
»Gut. Er versteht großartig mit Pferden umzugehen und ist auf dem besten Weg, ein guter Viehzüchter zu werden.«
Paul mußte schmunzeln. Rivadavia war wirklich ein verdammt schlauer Bursche! Kein Zweifel, daß Juan diesen Eingeborenen allein schon deswegen mitgebracht hatte, um Pauls Einstellung zu den Aborigines zu testen. Kein Problem. Dieser übers ganze Gesicht grinsende, schwarze Viehtreiber, dem er jetzt zuerst die Hand schüttelte, konnte sogar dazu beitragen, die alten Wunden zu heilen.

Auch die Post war mit dem Schiff gekommen, und unter einem Berg von Rechnungen fand Cosmo Newgate einen

Brief von Tyler Kemp. Besser gesagt, einen Artikel mit der Bitte um Veröffentlichung und dazu einen Zettel mit ein paar hastig hingekritzelten Worten, die besagten, daß Mr. Kemp neuerdings politischer Korrespondent bei der angesehenen *Sydney Mail* war. Cosmo staunte. Was für ein Aufstieg!
Er nahm sich Tylers Manuskript vor, das den Titel trug: WAS SICH AUF BEAUVIEW WIRKLICH EREIGNET HAT. Cosmo zündete sich seine Pfeife an, und nachdem er den Artikel gelesen hatte, nickte er. »Dürftest recht haben, Freundchen. Deckt sich mit meinen Vermutungen.«
Da die Pfeife mittlerweile ausgegangen war, zündete Cosmo sie erneut an und setzte mit demselben Streichholz auch Tylers Manuskript in Brand. Versonnen beobachtete er, wie die Seiten in sich zusammenfielen und die traurigen Reste in seinen flachen Marmoraschenbecher rieselten. Mit einem Seufzer wandte er sich seinem Tagewerk zu. »Und da heißt es immer: ›Eine verschmähte Frau ...‹«, murmelte er.

Die Männer auf Oberon freuten sich, daß der Boß endlich wieder zu Hause war, und atmeten erleichtert auf, daß er sogar drei dringend benötigte Viehtreiber mitgebracht hatte.
»Ist dieser Baldy, der Koch, noch hier?« erkundigte sich Paul bei Gus.
»Nein. Die Leute haben mit Meuterei gedroht, wenn ich ihn nicht rausschmeißen würde. Also hab' ich einen Chinesen angeheuert, der sich verdammt gut aufs Kochen versteht.«
»Gott sei Dank. Juan ist nämlich mit dem Essen sehr eigen.«
Wie Paul feststellen mußte, gelang es seinen Männern – einschließlich Gus – kaum, ihre Belustigung über den Aufzug seines Stiefvaters zu verhehlen. Juan war bereits als junger Mann nach Australien gekommen, hatte sich aber stets geweigert, sein äußeres Erscheinungsbild den Bräuchen dieses Landes anzupassen. Als Nachfahre einer Dynastie argentinischer Rinderzüchter war es für ihn undenkbar, sich wie ein Bauer zu kleiden. Paul, der sich seit langem mit Juans Äußerem abgefunden hatte, mußte unwillkürlich grinsen, wenn er dessen

weißes Hemd und die elegante schwarze Weste, die engen schwarzen Hosen und den unvermeidlichen Sombrero mit der Oberon-Uniform – kariertes Hemd, ausgebeulte Hosen, zerknautschte Stiefel – verglich. »Weitersagen«, raunte er Gus zu. »Dieser Mann ist nicht zu unterschätzen. Über Rinder weiß er mehr als wir in unserem ganzen Leben lernen können, und wenn er's drauf anlegt, sehen die besten Treiber neben ihm wie blutige Anfänger aus.«

Die Männer hatten Paul nicht mehr gesehen, seitdem die Schwarzen ihn ›gefangengenommen‹ hatten, und waren entsprechend neugierig auf seine Geschichte. Zur Feier des Tages gab es an diesem Abend ein Festessen, einen Rinderspießbraten, zu dem Mr. Chow, wie der Koch angesprochen zu werden wünschte, die Beilagen servierte.

Juan saß schweigend am großen Tisch, lauschte Pauls Erzählung und freute sich, daß Dolours Sohn sich so gut mit den Männern verstand. Daß Paul das Abendessen gemeinsam mit seinen Arbeitern einnahm, stärkte das Zusammengehörigkeitsgefühl, machte vergessen, daß im Grunde jeder auf sich allein gestellt war. Wie schön mußte es gewesen sein, als Jeannie und das junge Mädchen noch mit am Tisch gesessen und die Atmosphäre aufgelockert hatten. Ihr Tod war für alle ein grausamer Schicksalsschlag.

Die Männer bestürmten Paul mit Fragen, die er so ausführlich wie möglich beantwortete. Er berichtete, welche Rolle Wodoro, dem Halbblut, bei der ganzen Geschichte zugefallen war. Auf dem Weg nach Oberon hatte Juan bereits das eine oder andere erfahren, sich aber nicht dazu geäußert. Jetzt, da Paul den genauen Ablauf der Ereignisse schilderte, hörte er gespannt zu, und erst als er sich zum Kaffee – den er übrigens so scheußlich fand, daß er sich vornahm, etwas von seiner eigenen Mischung nach Oberon zu schicken – eine Zigarre anzündete, fragte er beiläufig: »Dieser Wodoro ..., wenn er kein Stammesangehöriger ist, woher kommt er dann eigentlich?«

»Ich weiß es nicht. Er hat es mir nicht verraten. Er konnte gelegentlich ziemlich ruppig sein, als wäre ich ihm fürchterlich

auf die Nerven gegangen. Und das, obwohl ich doch nur knapp einem Speer entgangen bin, als ich ihn aus diesem verfluchten Wasserloch rausholte! Das außerdem lausig kalt war.«
»Aber er wurde respektvoll behandelt?«
»Oh ja. Offenbar fanden sie's nicht in Ordnung, daß ihm einer ihrer Leute eins über den Schädel gezogen hat.« Paul lachte. »Mir hat er erzählt, er sei ein wichtiger Mann.«
»Bestimmt war er einer ihrer Magier«, sagte Gus.
»Nein, das war eher der Alte, von dem ich euch erzählt habe, Harrabura. Seine Augen sahen uralt aus.«
»Ein Halbblut würden sie auch nicht in den Rang eines Magiers erheben«, meinte Juan. »Unmöglich. Dein Bursche war vermutlich ein Kurier, ein Verbindungsmann zwischen den Stämmen.«
»Wozu brauchen die denn Kuriere?« fragte einer der Männer.
»Wozu gibt es bei uns Botschafter?« konterte Juan. »Solche Männer werden in den verschiedenen Sprachen unterrichtet und ziehen dann umher und organisieren Zusammenkünfte und Feste. Demnach wäre dieser Wodoro durchaus wichtig und nach ihren Gesetzen normalerweise sogar vor einem Angriff geschützt, wenn es zu kriegerischen Auseinandersetzungen zwischen einzelnen Stämmen käme.«
»Und einen zu haben, der außerdem unsere Sprache spricht, ist natürlich praktisch.«
»So ist es«, sagte Rivadavia. »Wer immer ihn ausgewählt hat, wußte, was er tat.«
»Wenn er mir nur eher über den Weg gelaufen wäre«, meinte Paul, »dann wären diese Soldaten noch am Leben.«
Gus schüttelte den Kopf. »Nein, Paul. Wenn wir gewußt hätten, daß dieser Verbrecher Charlie Penny und Konsorten schuld waren am ...« Er brach ab. »... wo wir sie direkt vor der Nase hatten ..., dann wäre alles anders gekommen.«
Die Männer verstummten beim Gedanken an Jeannie und Clara. Paul goß sich nochmals von dem exzellenten Portwein ein, den Juan mitgebracht hatte. Die Kälte der Nacht wurde zusehends spürbar.

»Wenn ihr mir eine Bemerkung gestattet«, ergriff Juan das Wort, »es ist besser, die Hausherrin und auch Clara so in Erinnerung zu behalten, wie ihr sie in glücklicheren Tagen gekannt habt. Ihr solltet euch nicht scheuen, über sie zu sprechen. Sie haben sich eure Achtung erworben, und darauf bin ich ebenso stolz wie sie es sein würden. Pionierinnen sind Gefahren durch Menschen und Naturgewalten ausgesetzt; sie ebnen den Weg für Frauen, die ihnen folgen.« Er lächelte. »Und es werden ihnen andere Frauen folgen und euch das Leben angenehmer machen. Deshalb sollten wir unsere Gläser füllen und auf Jeannie und Clara trinken.«
Unbehaglich blickten die Männer Paul an und warteten seine Zustimmung ab.
Paul zögerte kurz, stieß dann seinen Stuhl zurück und stand auf. »Ich möchte euch allen und Gus im besonderen für die tatkräftige Unterstützung danken. Und jetzt wollen wir zum Gedenken an Jeannie und Clara anstoßen.« Sein Herz bebte verhalten, aber er brachte den Trinkspruch zu Ende und war erstaunt, mit welchem Beifall er aufgenommen wurde. Die angespannte Atmosphäre wich zwangloser Unterhaltung.
Als Paul mit Juan ins Haus ging, hörte er einen der Viehtreiber erstaunt sagen: »Als Pionierinnen hab' ich sie eigentlich nie gesehen.«
»Stimmt«, meinte ein anderer. »Aber diese Jeannie, die konnte vielleicht schießen!«
»Hat den einen genau zwischen die Augen getroffen«, ergänzte jemand stolz.
Vor dem Zubettgehen faßte Paul sich ein Herz. »Juan«, sagte er, »ich möchte dich und Mutter um Verzeihung bitten. Als ihr geheiratet habt, war ich richtig gemein zu euch.«
»Warst du«, pflichtete ihm Juan bei. »Aber wir wußten, daß du dich beizeiten auf deine gute Erziehung besinnen würdest. Dolour wird sehr glücklich sein, wenn ich ihr erzähle, daß du den Anstand hattest, dich zu entschuldigen.«
»Das ist es nicht allein«, sagte Paul. »Ich möchte außerdem nicht als Heuchler dastehen. Weil ich nämlich ebenfalls vorha-

be, wieder zu heiraten.«
Rivadavia schlug ihm auf die Schulter. »Lag ich also doch nicht falsch! Dieser Mann muß verliebt sein, hab' ich mir gesagt, nur wollte ich mir jede indiskrete Frage verkneifen. Ist sie aus guter Familie?«
»Der besten.« Paul grinste. Er war auf einen Vortrag über Anstand und Moral gefaßt gewesen und hatte das Temperament dieses Mannes außer acht gelassen.
»Und hübsch?«
»Sehr. Blond, groß, bezaubernd.«
»Ich freu' mich für dich.«

Zwei Tage lang ritt Juan mit Paul bei schönem, klarem Wetter die Weiden ab, nahm die Farm und den Viehbestand in Augenschein, stand ihm mit dem Rat des erfahrenen Züchters zur Seite und versprach, ihm für das angrenzende Grundstück erstklassige Tiere zu besorgen. »Obwohl mit zunehmender Hitze das Land rasch austrocknet.«
»Ja. Es kommt hier immer wieder vor, daß es entweder zu naß oder zu trocken ist.«
»Dann richte dich danach. Sonst werden deine Herden, wenn sie zu groß sind, verhungern. Fühlst du dich schon wieder kräftig genug, die Arbeit aufzunehmen?«
»Durchaus. Eine Kugel im Rücken – daran stirbt man doch nicht gleich! Was ich dir übrigens noch gar nicht verraten habe, ist, daß ich im Gegensatz zu dem, was man sich so erzählt, Roberts gar nicht erschossen habe.«
»Nicht?«
»Nein. Seine Tochter hat es getan. Er hätte mich umgelegt, wenn sie ihm nicht zuvorgekommen wäre, aber sie möchte nicht, daß das rauskommt.«
»Nur verständlich«, meinte Juan. »Dadurch wäre sie gesellschaftlich unten durch. Ist sowieso schon alles schlimm genug für sie.« Er warf Paul einen skeptischen Blick zu. »Sie ist doch nicht etwa deine Herzallerliebste, oder?«
»Oh nein! Sie will einen Politiker heiraten.«

»Einen Dummkopf!« meinte Juan abschätzig. »Hoffentlich macht ihre Mitgift das Opfer wett.«
»Und ob«, lachte Paul.
Auf dem Heimweg sah sich Juan nochmals um. »Ein wirklich schöner Besitz. Gefällt mir ausnehmend gut. Aber von jetzt an kann ich mich wunderbar allein beschäftigen – kümmere du dich um das, was du zu tun hast.«
»Werd' ich auch, wenn du nichts dagegen hast. Viele Kühe kalben gerade.«
»Aha!« sagte Rivadavia. »Die Mütter der Prärie. Paß mir ja gut auf sie auf.«

Juan war froh, sich selbst überlassen zu sein. Sobald die Männer bei Tagesanbruch aufgebrochen waren, sattelte er sein Pferd, verstaute einen Wassersack und ritt, bewaffnet mit einem Gewehr und ausreichend Munition, in Richtung Berge. Erst um die Mittagszeit gelangte er zu einem auf halber Höhe gelegenen Plateau, wo er kleine Steine in Form eines von den Gipfeln aus gut zu erkennenden Bumerangs aneinanderreihte und dann laut »Wodoro! Wodoro!« rief.
Seine Stimme hallte durch die Bergwelt und kam als Echo zurück. Jetzt fügte er den Ruf hinzu, den er in diesem Land gelernt hatte und der wie der Lockruf des Peitschenvogels klang, eindringlich und fordernd: »Ku-iii! Ku-iii!«
Er wartete. Wenn sich Wodoro noch in dieser Gegend aufhielt, würden ihm seine Späher Bescheid geben. Juan mußte unbedingt herausfinden, ob der Mann, den Paul erwähnt hatte, sein Mann war, dieses Halbblut, das Pace umgebracht und anschließend, aufgrund seiner Geschicklichkeit im Umgang mit dem Bumerang, von den wilden Warunga-Kriegern die Erlaubnis erhalten hatte, den anderen Eindringling aus ihrem Land zu geleiten.
Wenn nun aber dieser Wodoro gar nicht der war, den Juan kannte, wenn ein anderer seinen Namen angenommen hatte? Eigentlich unwahrscheinlich – Namen bedeuteten den Schwarzen nichts, sie standen in keiner Beziehung zum Land.

Juan war versucht gewesen, Paul zu bitten, ihm diesen Wodoro näher zu beschreiben – sein Äußeres und sein ungefähres Alter –, hatte dann aber sicherheitshalber seine Neugier unterdrückt. Was hätte er sagen sollen, wenn Paul seinerseits gefragt hätte, ob er diesen Mann kenne und wenn ja, woher. Juan wäre es unmöglich gewesen, mit der Wahrheit herauszurücken. Es gab Dinge, die man besser auf sich beruhen ließ.

In den beiden darauffolgenden Tagen kehrte er immer wieder zu der markierten Stelle zurück, ohne Antwort zu erhalten; die Abende verbrachte er in sich gekehrt in Gesellschaft der Oberon-Männer, denen er seine Abwesenheit vom Gut mit »Ausflügen in die Umgebung« erklärte.

»Ist er denn da draußen sicher?« fragte Gus Paul.

»So sicher wie wir«, erwiderte Paul. »Verglichen mit seinen früheren Streifzügen ist das hier ein harmloser Vorstadtspaziergang.«

Am dritten Tag stellte Juan fest, daß sein aus Steinen gelegter Bumerang verändert worden war, und zwar so, daß er in die entgegengesetzte Richtung wies. Mehr noch: Aus weiteren Steinen hatte man einen Speer nachgebildet, dessen Spitze zur Farm zeigte. Die Botschaft war eindeutig: Er sollte nach Hause gehen. Mit dem Rücken zum Felsen ließ sich Juan auf dem Boden nieder und zündete sich eine Zigarre an. Angenehm warm war es hier, und man hatte einen wundervollen Blick über Oberon. Zu Hause im Hunter Valley herrschte jetzt Winter. Sobald sich die Lage hier endgültig beruhigt hätte, wollte er wiederkommen, und zwar mit Dolour. Noch besser wäre, Pauls Hochzeit mit dieser jungen Frau in Chelmsford zu feiern und dazu auch die Familie der Braut einzuladen; das würde Paul über alles, was geschehen war, hinweghelfen.

Über sich hörte er von hinten eine Stimme sagen: »Ich wußte, du bist hier.«

Juan sprang hoch und blickte hinauf zu Wodoro. Abgemagert, knochiger, dachte er bekümmert, aber doch der Wodoro, den

er kannte, mit der Hakennase des Vaters, die sich so gänzlich von den flachen Nasen der Aborigines unterschied. »Das habe ich angenommen«, erwiderte er. »Freut mich, dich wiederzusehen.«
Wodoro kletterte herunter und baute sich in einiger Entfernung auf dem Schieferfelsen auf. Seine schwarze Haut glänzte im hellen Sonnenlicht, und wie Paul bereits erwähnt hatte, trug er eine Perle im Ohr. »Was willst du?«
»Es ist lange her.« Juan lächelte Wodoro an, um ihn zu beschwichtigen und dazu zu bringen, seine drohende Haltung aufzugeben.
»Zeit vergeht.« Der Schwarze bewegte die Schultern.
»Ich habe von dir gehört. Eine lange Geschichte. Eine gute Geschichte. Paul MacNamara, dem dieses große Haus gehört, spricht lobend von dir.«
»Und was hast du ihm über mich erzählt?«
»Nichts.«
»Und doch bist du sein Freund?«
Unschlüssig ging Wodoro auf und ab, während Juan sich an einen Felsvorsprung lehnte.
»Wer ist er?« fragte der schwarze Mann verunsichert.
»Ich glaube, das weißt du«, sagte Juan. »Er ist der Sohn von Pace.« Als er sah, daß Wodoro die Luft anhielt, beeilte er sich hinzuzufügen: »In der Welt des weißen Mannes, zu der auch du gehörst, erweist man den Toten Respekt, indem man über sie spricht. Du hast also nichts zu befürchten.«
Wodoro stieß einen Seufzer der Erleichterung aus. Mehr als der unterschiedliche Umgang mit Toten hatte ihn die Identität dieses Mannes geängstigt. Ein Grinsen überzog sein Gesicht. »Ich dachte, er ist ein Geist. Ich gebe zu, er hat mich verdammt erschreckt.«
»Kann ich mir vorstellen. Er ist seinem Vater wie aus dem Gesicht geschnitten. Dazu kommt, daß er einen Zwillingsbruder hat.«
»Also zwei, und einer sieht aus wie der andere?«
»Ja.«

Wodoro warf den Kopf zurück. »Verrückt!« lachte er. »Sag bloß, man hat den einen umgebracht, und ich bekam's mit dem andern zu tun! Bin einem großen Spuk aufgesessen, wie?«
»Wäre jedem so gegangen«, meinte Juan.
Um einiges gelöster, setzte sich Wodoro Juan gegenüber hin.
»Ich weiß noch, daß du Wan heißt und ein eigenartiges Englisch sprichst.«
»Dein Englisch ist sehr viel besser geworden.«
»Was sagt der Sohn Paul über mich?«
»Daß er dir das Leben gerettet hat.«
»Ja, mächtig komisch ist das.«
»Durchaus nicht. Das ist die gute Seite des Lebens.«
»Hätte er gewußt, daß ich seinen Vater umgebracht habe, hätte er mich vielleicht ertrinken lassen, oder?«
»Das zu beurteilen steht mir nicht zu. Ich bin nur gekommen, um dir zu danken, daß du ihm geholfen hast. Ein Dolmetscher ist ein wichtiger Mann. Paul sieht das auch so, und er bedauert, dich erst jetzt kennengelernt zu haben. Viele Menschenleben hätten gerettet werden können. Bleibst du hier?«
»Nein.«
»Wohin gehst du dann?«
»Irgendwohin.«
Juan streckte die Hand aus. »Wodoro, soviel ich weiß, bist du ein Tingum. Eure Familien werden überallhin versprengt. Hier oben wird das gleiche passieren. Ich möchte, daß du mit deiner Frau, die damals in dem heißen Land, in dem Pace gestorben ist, mein Fieber kuriert hat, zu mir kommst und dich auf meiner Farm niederläßt. In einem Tal, in dem es im Winter grüner ist als hier. Du wirst dort in Freiheit und Sicherheit leben können.«
»Meine Frau ist gestorben, am Husten des weißen Mannes«, erwiderte er.
»Das tut mir sehr leid. Aber noch ein Grund mehr, in den Süden zu gehen, weg von diesen Kriegen.«
»Ich bin frei hier. Sicherheit ist ein Gefängnis.«
»Nein«, beschwor ihn Juan. »So darfst du nicht denken. Hör

zu – ich habe deinen Vater ausfindig gemacht und immer gehofft, ich würde dich wiedersehen, um dir das zu sagen.«
»Mein Vater war ein Tingum-Krieger. Er kämpfte mit den großen Bussamarai gegen die Weißen.«
»Das stimmt«, pflichtete ihm Juan bei. »Aber als weißer Mann hieß er Jack Wodrow.«
»Er hat sein weißes Leben abgelegt.«
»Weil er ein entsprungener Häftling war.«
»Er war eingesperrt?«
»Ja.«
Wodoro lehnte sich zurück, grinste. »Geschieht ihnen ganz recht. Er hat's ihnen tüchtig heimgezahlt. Verdammt richtig, was dieser Jack getan hat.«
»Durchaus. Aber er wollte immer, daß du weißt, wer du bist. Deshalb gab er dir den Namen Wodoro. Damit die Weißen, wenn sie sich die Mühe machen, ein wenig nachzudenken, dahinterkommen können.«
»Und du hast dir die Mühe gemacht?«
»Ja. Hast du Kinder?«
»Zwei Söhne.«
»Dann komm mit ihnen zu mir. Bei mir haben sie nichts zu befürchten und erhalten eine Ausbildung.«
Wodoros Stimmung schlug wieder um. Mit finsterer Miene meinte er: »Auch wenn mein Vater Jack Wodrow war, ein Weißer, er hat sich für das gute Volk entschieden. Meine Söhne werden nichts zu befürchten haben, weil ich ihnen vermitteln kann, was Sicherheit ist. Sicherheit ist das Wissen, daß dies ihr Land ist.« Er schlug sich an den Kopf. »Nur so werden aus ihnen richtige, stolze Männer. Ihr macht sie zu Dienern. Hab' ich doch gesehen. Und dieses giftige Schnapsgebräu auch. Ich erzieh' meine Söhne im Bewußtsein des Traumpfades.«
»Wodoro«, sagte Juan nachsichtig, »du weißt, daß die Weißen kreuz und quer das Land durchstreifen. Ich biete deinen Söhnen die Möglichkeit zu überleben. Große Städte wachsen aus dem Boden. Vielerorts ist für den Traumpfad kein Raum.«
»Warum bist du nur so verstockt?« Wodoro war gereizt. »Du

begreifst noch immer nicht. Das Träumen ist wie der Wind, der in den Bergen heult. Oder wie die Wellen, die seit Anbeginn der Schöpfung an die Ufer rollen. Schwapp. Schwapp. Schwapp. Immer und ewig. Dem Wind oder den Wellen kann man nicht Einhalt gebieten. Und dem Träumen auch nicht. Es ist einfach da.« Er lachte. »Überleben, sagst du? Das Volk der Wüste sagt, besser, ihr sorgt euch um euch selbst. Wir haben Größeres vollbracht als ihr.«
»So sehr haßt ihr uns?« fragte Juan leise.
»Die Zeit des Hassens ist vorüber. Die Jetzt-Zeit ist besser. Kein Zurückschauen. Ein Emu kann nicht rückwärts laufen. Ein Känguruh auch nicht. Das weiß ich von den Männern der Wüste mit den magischen Kräften. Die Traumzeit aber richtet sich nach dem, was rückwärts liegt ...«
»Der Vergangenheit?«
»Genau. Der Vergangenheit. Ich sag' dir was, Mr. Wan, mein Volk hat schwere Zeiten erlebt, lange bevor die Weißen kamen. Was, du glaubst mir nicht? Tausende und Tausende und Tausende von Jahren sind wir hier. Ihr Weißen seid nur ein Blitz, der kurz aufzuckt.« Er stand auf und stampfte auf den Boden. »Dieses Land sorgt für sein angestammtes Volk. Es gibt viel Ärger jetzt, aber das Volk auf dem Traumpfad wird niemals sterben.«
Schweigend saßen sie beieinander, schauten über das Tal, sahen, wie die Schatten länger wurden. Schließlich meinte Juan: »Ich muß jetzt gehen.«
»Ich auch«, sagte Wodoro. »Du bist ein guter Freund.« Er grinste. »Wodoro, Sohn von Jack. Gut, wie? Als halber weißer Mann kann ich das ohne Furcht sagen. Genauso wie: –Paul, Sohn von Pace. Das andere ist vorbei. Keine Geister mehr.«
Er stieß einen Pfiff aus, worauf ein Schwarzer mit einem langen Speer aus den Büschen auftauchte. »Das ist Kamarga. Er wird Schweigen über unser Treffen bewahren. Er hat drauf gewartet, daß dein Freund Paul zurückkommt, um sein Volk zurück ins Tal zu führen. Darf ich dich um einen Gefallen bit-

ten, mein Freund? Nimmst du Kamarga mit zu dem Haus, damit sie sich besprechen können?«
»Es ist mir eine Ehre«, sagte Juan. »Und dir, Wodoro, wünsche ich alles Gute. Solltest du jemals Hilfe brauchen, dann erkundige dich im Kamilaroi-Land nach mir.«
Wodoro nickte bedächtig. »Und wenn du mich brauchst«, erwiderte er, hochmütig den Kopf zurückwerfend, »dann kannst du jeden Stamm im Westen bis zur großen Wüste und im Norden bis zur Küste fragen. Nach Wodoro, Sohn von Jack.«
Darauf wechselte er mit Kamarga ein paar Worte in dessen Sprache und entließ ihn und Juan.
Die Sonne sank. Ihr gleißendes Gelb ging über in eine Palette rosafarbener Töne; eine Rinderherde zog vorbei, Viehtreiber blieben stehen, als Rivadavia mit seinem breitkrempigen, schwarzen Hut an ihnen vorbei auf die Farm zuritt, begleitet von einem nackten Schwarzen, der ungewöhnlich groß und muskulös war und dickes, wolliges Haar hatte und einen Vollbart trug. Auf althergebrachte Weise war sein Körper kunstfertig mit roten und gelben Ockertupfen bemalt. Leichtfüßig hielt er Schritt mit dem trabenden Pferd.
»Was ist los?« Paul stürzte herbei.
»Das ist Kamarga«, stellte Juan vor.
»Wir kennen uns«, erwiderte Paul und begrüßte erfreut seinen einstigen Führer. »Wo hast du ihn getroffen?«
»Da draußen«, meinte Juan nur.
Kaum hatte Kamarga seinen Speer niedergelegt, überschüttete er Paul mit einem Schwall englischer Wörter, die Paul nicht verstand. Da »Wodoro« das einzige war, was er aufschnappen konnte, hob er die Hand. »Langsam«, bedeutete er dem Schwarzen, »langsam.«
Kamarga sah Juan hilfesuchend an.
»Er ist zu aufgeregt«, erklärte Juan. »Wenn ich es richtig deute, hast du ihm ein paar Brocken Englisch beigebracht und dein Freund Wodoro hat ihn noch ein paar weitere gelehrt. Er hat den gesamten Weg über geübt. Was er zu sagen versucht, ist,

daß ihm an Freundschaft zwischen seinem und deinem Volk gelegen ist.«
»Wunderbar.« Paul nickte Kamarga zu.
»Ich glaube, er hat ein Geschenk für dich«, fuhr Juan fort und stieß Kamarga an, worauf der die zur Faust geballte, linke Hand ausstreckte.
Paul wartete, bis Kamarga einen Finger nach dem anderen geöffnet hatte und endlich eine dicke Perle in seiner Handfläche sichtbar wurde.
»Großer Gott! Die ist von Wodoro!«
Kamarga strahlte über das ganze Gesicht, als Paul das Geschenk entgegennahm. »Wodoro sagen, geben«, gelang es ihm zu radebrechen.
»Ich danke dir, Kamarga. Wodoro ist ein guter Freund.«
Juan lächelte in sich hinein. Wodoros Abschiedsgeschenk. Die Geister waren gebannt.

NACHWORT

Es waren die Gebrüder Archer, schottische Forscher, die dem Fitzroy seinen Namen gaben, als sie den Fluß 1853 entdeckten. Auch die Bezeichnung »Berserker Ranges« geht auf sie zurück. Im Gedenken an eine zuvor unternommene Reise nach Skandinavien wollten sie damit eine nordische Gottheit würdigen. 1855 kehrten sie mit ihren Viehherden ins Tal des Fitzroy zurück und errichteten dort die Gracemere-Farm. Ihr neues Zuhause gefiel ihnen so gut, daß sie auf ihrem Land zusätzlich Obstgärten anlegten und sogar tropische Bäume pflanzten.

Ein Goldrausch im nahen Canoona führte 1858 zur Gründung Rockhamptons: dort, wo Felsen in den breiten Strom des Fitzroy hineinragen, nach denen die Stadt benannt ist.

Im Oktober desselben Jahres wurde Rockhampton offizieller Einreisehafen; die ersten Landverkäufe fanden im November statt. Bis 1860 war das gesamte Gebiet um Rockhampton als Weideland – hauptsächlich für Rinder – ausgewiesen. Da aber Queensland ein Jahr zuvor seine Unabhängigkeit von New South Wales erklärt hatte, mußten die neugegründeten Städte des jetzt eigenständigen Staates um ihr Überleben kämpfen.

Das Glück war Rockhampton jedoch hold. Weitere Goldfunde in der näheren Umgebung trugen zum wirtschaftlichen Aufschwung der Stadt bei. Zum entscheidenden Höhenflug setzte sie an, als sich der Ironstone Mountain als wahre Goldgrube entpuppte, wenngleich den Leuten erst 1882 klar wurde, was da unmittelbar vor ihrer Haustür lag. Der Mount Morgan, wie der Ironstone nun hieß, erwies sich als größte Goldmine der Welt – als ein fast ausschließlich aus Gold bestehender Berg. 1888 besaßen acht Männer insgesamt Anteile von einer Million Ein-Pfund-Aktien an dieser Mine von unschätzbarem Wert; Rockhamptons Zukunft war gesichert.

Am 26. Dezember 1902 wurden Rockhampton und Brisbane zur Stadt erhoben.

Viehzucht, Goldbergbau und Landwirtschaft bilden seither die Haupterwerbsquellen der Stadt und ihrer Umgebung, ohne daß das Tal dadurch etwas von seinem Charme eingebüßt hätte. Auch wenn Rockhampton heute eher als Rindfleischmetropole Australiens bekannt sein dürfte, sollte nicht unerwähnt bleiben, daß – für Australien einmalig – die gesamte Quay Street von der National Trust als historisches Straßenbild unter Denkmalschutz gestellt wurde.

115
120
125
130
135
Java
Lombok
Flores
Dili
INDONESIA
Bali
Sumbawa
Sumba
Timor
Melville I.
C. Croker
Arafura
10
Timor Sea
Cambridge G.
Darwin
Arnhem Land
Rum Jungle
Daly
Roper
C. Londonderry
INDIAN OCEAN
King Sound
Victoria
Larrimah
Daly Waters
Wyndham
Kimberley
Ord
Durack Range
15
Derby
Fitzroy
L. Woods
Hall's Creek
Broome
NORTHERN
Sturt Creek
Tanami Desert
Tenna
Great Sandy Desert
Port Hedland
Barrow
Dampier
Roebourne
Marble Bar
TERRITOR
20
Fortescue
L. Mackay
Macdonnell Ranges
North West C.
Onslow
Hamersley Ra.
Mt. Bruce 1227
WESTERN
L. Disappointment
L. Macdonald
Alice Sp
Learmonth
Mt. Tom Price
Mt. Whaleback
L. Amadeus
Ashburton
Gibson Desert
Mt. Augustus 1105
Musgrave Ranges
Gascoyne
Carnarvon
L. Carnegie
Mt. Woodroffe 1440
25
Wiluna
Murchison
Meekatharra
AUSTRALIA
Great Victoria Desert
Oodnadatta
SOUT
Sandstone
Mount Magnet
Leonora
AUSTR
Geraldton
L. Barlee
Deakin
Kalgoorlie
Nullarbor Plain
Coolgardie
Boulder
Eucla
Penong
L. Gaird
Darling Range
30
Northam
Perth
Fremantle
Great Australian Bight
Narrogin
Esperance
Port Linco
Bunbury
C. Naturaliste
C. Leeuwin
Albany
35
40
SOUTHERN OC
115
120
125
130